NA BELEZA DOS LÍRIOS

JOHN UPDIKE

NA BELEZA DOS LÍRIOS

Tradução:
PAULO HENRIQUES BRITTO

COMPANHIA DAS LETRAS

Título original:
In the beauty of the lilies

Capa:
João Baptista da Costa Aguiar

Preparação:
Rosemary Cataldi Machado

Revisão:
Isabel Jorge Cury
Ana Maria Barbosa

Dados Internacionais de Catalogação na Publicação (CIP)
(Câmara Brasileira do Livro, SP, Brasil)

Updike, John, 1932 -
Na beleza dos lírios / John Updike ; tradução Paulo Henriques Britto. — São Paulo : Companhia das Letras, 1997.

Título original: In the beauty of the lilies.
ISBN 85-7164-635-X

1. Romance norte-americano I. Título.

97-0337 CDD-813.5

Índices para catálogo sistemático:
1. Romances : Século 20 : Literatura norte-americana 813.5
2. Século 20 : Romances : Literatura norte-americana 813.5

1997

EDITORA SCHAWARCZ LTDA.
Rua Bandeira Paulista, 702, cj. 72
04532-002 — São Paulo — SP
Telefone: (011) 866-0801
Fax: (011) 866-0814

A MARTHA,
que gosta de ancestrais
e também de descendentes

Na beleza dos lírios, Cristo nasceu além-mar,
Com uma glória no peito que nos vai transfigurar:
Ele morreu pra salvar; morramos pra libertar,
Enquanto Deus marcha avante.

Julia Ward Howe,
"Hino marcial da República"

SUMÁRIO

NA BELEZA DOS LÍRIOS

1

CLARENCE

Naqueles últimos dias quentes da primavera de 1910, no terreno espaçoso e elevado do Castelo Belle Vista, em Paterson, Nova Jérsei, um filme estava sendo rodado. A produtora era a Biograph; o diretor era David W. Griffith; o título era *Às armas.* A história passava-se na Idade Média, e a trama girava em torno de uma jóia sem preço que fora perdida. Para servir de castelo medieval, não poderia haver cenário melhor que o Belle Vista, popularmente conhecido como "o castelo de Lambert", construído por um magnata da seda, Catholina Lambert. Do gramado ondulado, com seus carvalhos e faias bem cuidados, de ar medieval, descortinava-se por entre a bruma uma vista da cidade de Nova York, a menos de vinte e cinco quilômetros a leste do amontoado de telhados de Paterson, uma cidade carrancuda, enlaçada por um meandro do rio Passaic. Dali do alto viam-se as fábricas enfileiradas, construções de tijolo, junto à cachoeira, e as três regueiras projetadas por Pierre L'Enfant, a agulha de arenito pardo, austera porém majestosa, da Catedral de S. João Batista, do padre William Dean McNulty; o bolo-de-noiva branco da Prefeitura; a fantástica fachada multicolorida do prédio dos correios, em estilo flamengo; e a cúpula arestada do Tribunal do Condado de Passaic, construída havia menos de dez anos, no alto da qual, sobre um zimbório sustentado por colunas, uma mulher gigantesca gesticulava eternamente, sem perder o equilíbrio. As longínquas agulhas dos prédios de Nova York eram maravilhosamente fotogênicas; pareciam não ter peso, pairando na névoa estival, ocultando a base de sofrimento e esforço humano sobre a qual se erguiam suas silhuetas encantadas. Porém a câmara estava posicionada de modo a excluir todos esses componentes modernos da paisagem. O cinegrafista aguardava, impaciente, exposto ao sol, ao calor, à tóxica fumaça de carvão de Nova Jérsei, temendo a possibilidade de que uma nuvem aleatória de repente o obrigasse a mudar a abertura da lente. Das delicadas engrenagens da máquina emanava um leve cheiro de óleo.

Eram duas horas da tarde e o calor estava no auge. Não obstante, os dois atores, Mack Sennett e Dell Henderson, trajavam armaduras de metal, e a estrela do filme, a pequena Mary Pickford, padecia dentro de sua roupa de pajem — malha, manto de veludo e pesada túnica de brocado. Ela teria que montar num cavalo e galopar, supostamente trazendo uma mensagem da maior importância, de um lado a outro do amplo gramado do castelo, onde cada folha de relva refletia o sol incolor. O corpanzil roliço do cavalo, quando vários homens de macacão ajudaram a senhorita Pickford a chegar até a sela, irradiava calor, e emitia um fedor de suor e pêlo molhado. O couro da sela queimava as nádegas e coxas da atriz, e a crina emaranhada da montaria parecia ter o efeito de convidar sua consciência a mergulhar num matagal cheio de sombra. A pequena estrela tinha apenas dezessete anos. O quarto de hotel, naquela cidade superlotada e barulhenta, não lhe proporcionara uma noite bem-dormida. Sentia que as forças lhe faltavam; porém foi só no momento do *close-up* — Griffith estava enlouquecido com essa sua nova invenção artística, o *close-up* do rosto do ator — que ela perdeu os sentidos. Já na terceira tomada de cena, o pajem estava nervosamente transmitindo sua mensagem, a qual apareceria na tela em letras brancas sobre um fundo negro, com uma moldura caprichosa: "Senhor, o rei ordena que as tropas invistam contra os infiéis sarracenos!". Dois maquinistas, em mangas de camisa, seguravam grandes refletores metalizados para melhor iluminar as delicadas feições da jovem, cuja palidez natural fora realçada pela maquiagem. Com o calor intensificado, do fundo de seu cérebro emergiu uma escuridão, e a atriz desmaiou. Chegaram-lhe às narinas simultaneamente um cheiro bom de grama úmida e a amônia dos sais aromáticos. Quando ela voltou a si, o senhor Griffith, embora sem jamais perder as maneiras refinadas de um cavalheiro de Kentucky, estava furioso, pois ela não apenas o fizera perder meia hora de luz natural — estavam na segunda-feira, e na sexta o filme deveria estar pronto — como também havia manchado de grama sua túnica de seda branca, que era cara.

No momento em que Mary Pickford desmaiava, o reverendo Clarence Arthur Wilmot, na casa paroquial da Quarta Igreja Presbiteriana, na esquina da Straight Street com a Broadway, sentiu que as últimas partículas de sua fé o abandonavam. Foi uma sensação palpável — uma entrega visceral, um enxame de bolhas escuras fugindo para o alto. Clarence tinha quarenta e quatro anos. Era um homem alto, de tórax estreito, com um bigode cor de areia caído e uns vestígios de beleza masculina, apesar de um vago ar de languidez doentia. No instante em que sentiu o golpe fatal, estava em pé, no andar de baixo da casa, tentando decidir se, tendo em vista o calor, poderia despir seu paletó de sarja preta, já que ninguém viria visitá-lo até a hora do jantar, quando então a Comissão de Obras da Igreja viria atormentá-lo com suas ambições. A imagem do rosto largo e confiante do presidente da Comissão — a boca ágil, circunflexa, batráquia, de Harlan Dearholt, dono de uma pequena fiação de fitas de seda, em cujo nariz achatado se encarapitava um *pince-nez* de lentes ovaladas, que ficavam opacas quando refletiam luz — confundia-se, na mente de Clarence, com a imagem igualmente pugnaz e calva do famoso ateu Robert Ingersoll, cuja obra *Alguns erros de Moisés* ele andava lendo com o fim de refutá-la para um paroquiano confuso; bastou esta suposta semelhança para que seus pensamentos fluíssem, com a rapidez do azougue, até a conclusão, à qual ele vinha resistindo havia tanto tempo, de que Ingersoll tinha razão: o Deus do Pentateuco era um tirano ridículo e bárbaro, a trovejar num cosmo concebido de modo totalmente equivocado. Um Deus assim não pode nem deve existir.

A consciência de Clarence era como um inseto áptero cheio de patas que passara muito tempo tentando subir as paredes lisas de uma pia de porcelana; agora um jato d'água, súbito e impaciente, o arrastara para dentro do ralo. *Deus não existe.* O espaço aberto e irregular do presbitério em que ele fora avassalado por essa revelação era delimitado pela porta fechada de seu escritório; a passagem em arco para a sala de jantar; a porta interna da frente, com sua vidraça grande ornada com desenhos foscos, emoldurada por vitrais retangulares cor de caramelo; e o pé da escada de nogueira escura, a qual, com seus dois patamares pontuados por balaústres retangulares truncados, levava ao andar de cima. Das portas da frente, e do vestíbulo com piso de linóleo que havia entre elas, vinham correntes de ar que levavam poeira pela escada acima, a senhora Wilmot vivia reclamando; assim também os vestígios invisíveis da fé e da vocação que ele vinha lutando para preservar havia tanto tempo, em oposição às tendências ímpias dos tempos em que vivia e às suas próprias suspeitas racionalistas insistentes, agora, reduzidos a pó, eram levados pela brisa.

Foi um momento terrível, um sondar silencioso do insondável. Lá fora, na Broadway, uma carroça de fazenda subia a ladeira pesadamente, virando na Straight Street em direção à ponte e à estrada que dava em Haledon e na parte norte, rural, do condado de Passaic, voltando da feira matinal da Main Street. As ferraduras do cavalo interromperam sua música sincopada por um instante quando o animal atravessou os dois trilhos de bonde fixados entre as pedras do calçamento; os eixos de madeira das rodas protestaram com guinchos contra o momento de tensão desigual, de torque. O carroceiro cantava alguma coisa baixinho; de início Clarence julgou que fosse um hino religioso, em alemão, até que ouviu com clareza uma frase melódica da valsa do momento: "Quero chamar-te querida... Meu coração... clama... por ti". O carroceiro tinha uma voz jovem, ou então havia duas pessoas sentadas na frente da carroça, um homem e um rapaz. Da cozinha, por detrás de uma porta de vaivém, vinham as vozes da senhora Wilmot e de Mavis, a criadinha irlandesa, às voltas com seu arsenal de utensílios metálicos pesados e amassados, no afã cotidiano de preparar o jantar; alguns membros da Comissão de Obras da Igreja, inclusive o presidente e sua esposa fornida, tinham sido convidados para o jantar, juntamente com alguns dos órfãos da paróquia — uma italiana recém-enviuvada, com suas duas filhas, e um velho tecelão recém-desempregado, despedido por causa de sua imprudência política.

Todos os sons da vida pareciam curiosamente leves e abafados, como se a caixa de ressonância que antes havia por baixo deles tivesse sido retirada. Aqueles sons diziam a Clarence Wilmot algo de que ele vinha suspeitando havia muito: o universo era de todo indiferente a seus estados mentais, e tão desprovido de conteúdo divino quanto uma chaleira enferrujada. Todo o seu conteúdo metafísico havia se esvaído, fora a crueldade e a morte, as quais, sem a hipótese da existência de Deus, nada tinham de metafísico; eram apenas fatos, que um dia mergulhariam no nada. O nada tornava-se uma idéia curiosamente tranqüilizadora. O enigma vertiginoso da predestinação — como pode o Homem ser dotado de livre-arbítrio sem diminuir a liberdade perfeita de Deus? Como pode Deus condenar o Homem quando todos os seus atos, do alfa ao ômega, são determinados por Ele? — simplesmente evaporava; a imensa tensão da necessidade de justificar era eliminada de um só golpe. As contorções mentais do ex-crente relaxaram de modo considerável. E no entanto as profundezas de vazio assim reveladas eram aterrorizantes. A lufada purificadora do ateísmo roubava dos seres humanos todo o seu valor especial. O sofrimento mudo do cavalo equivalia ao do lavrador; as samambaias verdejantes de outrora, esmagadas nas camadas fossilíferas de carvão, eram tão anônimas e extintas quanto seria a existência do próprio Clarence após um intervalo de tempo que, na escala tremenda da Terra, não passava de um piscar de olhos. Sem a bênção da Bíblia, todo o universo físico tornava-se simplesmente horrível e asqueroso. Todos os atos carnais, e não apenas alguns, eram abjetos. A realidade de homens a matar vacas e carneiros e peixes e aves para alimentar seus corpos ganhava feição de uma comédia macabra — o egoísmo sanguinário de uma carnificina cósmica.

A idéia de comer causava-lhe repugnância; Clarence sentia que todo seu corpo inchava, como um tornozelo luxado, e mal ousava dar um passo, temendo desabar daquela altura descabida. As palmas das mãos e as axilas estavam encharcadas de suor. Cauteloso, tentando evitar o ranger das tábuas do soalho e dos sapatos de couro, atravessou a sala de jantar, esgueirando-se até a porta da cozinha, e lá ficou a escutar, a cabeça inclinada, como um médico auscultando o coração de um paciente traumatizado. Na têmpera lívida uma veia azul pulsava, insistente, temerosa.

"Ah, Mavie", ouviu ele, "não seja tão sovina com o açúcar mascavo — aqui na América a gente gosta do presunto bem doce." A voz animada e autoritária de Stella era ela própria adocicada por seu sotaque sulista, o qual, após sete anos em Nova Jérsei, e antes disso seis anos em duas paróquias gélidas nas pradarias de Minnesota, havia sido diluído, mas não dissipado. Clarence a conhecera no Missouri, numa igreja melancólica numa cidadezinha desolada, com casas de madeira encarapitadas nos barrancos do rio. Ela tocava piano, à falta de órgão, durante o culto, e ensinava na escola dominical, onde não havia mais de vinte alunos. Era gorda, trigueira e feiosa; toda sua beleza feminina residia nos olhos negros muito vivos, com um brilho úmido ao mesmo tempo travesso e carente, e nos cabelos escuros e abundantes, com reflexos castanhos, cheios de travessas de tartaruga cuja função era conter toda aquela massa ondulante, oscilante, rebelde. A gratidão que Clarence sentia por ter ela conferido vitalidade à igreja — por fazer-lhe companhia naquele frágil posto avançado do presbiterianismo, numa terra cheia de licenciosidades ribeirinhas regadas a uísque, terra de batistas barulhentos e grosseiros — terminara levando, de modo imperceptível, sem que houvesse uma linha divisória de onde ele pudesse voltar atrás, ao casamento. Logo foram abençoados com dois filhos, um menino e uma menina, e depois — já fazia sete anos — mais um menino, o qual, após algumas discussões amistosas, haviam resolvido batizar com o nome do jovem e viril presidente da República.

Com sua voz doce e ressonante, Stella dizia: "Depois a gente põe duas colheres de chá rasas de mostarda em pó — preste atenção agora, Mavie, e veja como eu raspo o excesso da colher com a faca — e só um *bocadinho*, talvez meia xícara de chá, só que eu nunca meço, daquela farinha de rosca bem fina que preparamos, para encorpar o molho, e depois a gente acrescenta uma coisa para umedecer, pode ser quase qualquer coisa, menos cuspe, como dizia minha tia Dorothea — era uma personagem e tanto, a tia Dode, toda recurvada feito uma vírgula. Você pode usar a gordura do presunto, ou suco de ameixa, e meu pai costumava pôr uma dose de vinho de sabugueiro" — e neste ponto sua voz assumia uma inflexão arrastada de sulista — "mas o senhor Wilmot tem o estômago sensível e prefere vinagre de maçã, então a gente põe três colheres de sopa: uma, duas, três, *pron-to*". Ela prolongava as sílabas da palavra, e em sua imaginação Clarence via o queixo duplo de Stella avolumar-se quando ela vertia um olhar amoroso sobre a mistura. "Agora vou deixar você ficar mexendo um minuto enquanto eu vejo se você tirou a gordura direito. Acho que você cortou demais, Mavie. É só para tirar a pele, menos aqui junto ao osso, e deixar toda a gordura boa que você puder, que o presunto ainda vai ficar uma hora no forno e a gente não quer que ele fique ressecado, não é, minha querida?"

Clarence não ouviu a resposta humilde murmurada por Mavie. Sua família era de Cork, e ela morava naquele amontoado confuso de casas de madeira sem pintura que ficava depois das fábricas, conhecido como Dublin; o que a salvara das fábricas de fitas, onde as moças trabalhavam em jornadas diárias de dez horas, fora o emprego de doméstica. Chegava antes das sete da manhã e voltava para casa às seis e meia, depois que o jantar da família ia para a mesa; mas, nas noites em que havia convidados, ficava para servir. Por outro lado, nos dias em que não havia roupa para lavar, por vezes Mavie tinha permissão de voltar mais cedo, a pé, para ajudar a mãe a cuidar dos irmãos menores. Era a situação irlandesa típica: um monte de filhos e um pai que gastava todo o dinheiro nas tabernas. Uma raça de perdulários, que se apegavam teimosamente a uma seita antiquada. Mavis tinha mãos fascinantes, delicadas e pequenas, vermelhas de viverem mergulhadas em água com sabão, inseguras e desajeitadas como mãos de criança, e um rosto sério, com lábios tão pálidos quanto a tez clara. Quando, às quintas-feiras, ela conseguia escapulir do trabalho por uma hora para juntar-se aos jovens desocupados que subiam o monte Garrett, sardas avermelhadas brotavam-lhe no rosto. Então Stella, que como boa sulista temia os efeitos do sol sobre a pele, e cujas faces, não obstante, todos os verões escureciam de modo imperceptível, ralhava com Mavis de brincadeira por "se empanturrar de sol".

"E enquanto você faz isso, minha querida — e é para mexer *de verdade*, sem medo de usar as costas da colher para esmagar — eu pego o facão e corto a gordura em faixas grossas, na diagonal — está vendo? — e quando eu terminar você pega a lata de cravos e espeta um *bem* no meio de cada losango! Ah, é *tão* divertido! O Teddy adora arrancar os cravos um por um para chupar, como se fossem ossinhos de galinha!"

A intenção original do pastor bisbilhoteiro, aparvalhado por sua repentina desconversão, era empurrar a porta de vaivém e entrar na cozinha olorosa e iluminada, para que sua dor indizível fosse amenizada pela atividade inocente que lá transcorria; porém desanimou e recuou. Ficou imóvel, desconcertado, olhando à sua volta, à procura de algum sinal externo da alteração fatal que se dera em seu íntimo. *Deus não existe.* Num piscar de olhos, todo o universo afundara no negrume da total desesperança. Porém o ocorrido não causara nenhuma mudança de cor nos objetos ao seu redor. A mesa de jantar, de mogno, com pés centrais e tampo tantas vezes encerado, com suas tábuas ligeiramente desencontradas; o lustre de cristal iridescente, em forma de poncheira invertida, com as bordas onduladas e ornamentos em forma de borlas, habilmente confeccionados com vidro e chumbo; o aparador abaulado, com folheado de cerejeira, já lascado; o papel de parede marrom, que nunca fora mudado desde a construção do prédio, em 1880, em cujo padrão se alternavam cenas idílicas (um casal de namorados fazendo um piquenique, uma criança correndo atrás de um aro) emolduradas por volutas cujos reflexos prateados haviam quase desaparecido após três décadas de exposição à luz e poeira entranhada: nenhuma dessas superfícies mudas refletia a súbita ausência de Deus no universo — Suas legiões de anjos, Seu Filho sacrificado, Sua Providência sempre vigilante e notoriamente misteriosa, Sua misericórdia essencial, o Céu eterno tão difícil de imaginar e ao mesmo tempo tão ansiado por nossos corações, o Inferno definitivo que até mesmo um homem tão tranqüilo, doce e sensato quanto Calvino julgava indispensável para a justiça divina. Juntamente com o mistério de Sua liberdade desapareciam as distinções, discutidas tão apaixonadamente, entre sublapsarianismo, supralapsarianismo e infralapsarianismo, referentes ao exato momento em que Deus escolhe Seus eleitos. A mesa de mogno refletia em silêncio, numa mancha colorida, a poncheira suspensa sobre ela, uma vasilha que se esvaziava pelos séculos dos séculos. Na borda dessa imensa purgação, dessa desolação vulcânica, o mobiliário da casa permanecia intato, temporariamente contendo e protegendo o pastor e sua família.

Temporariamente, sim, pois a maioria dos móveis — elegantes, ainda que gastos — do andar de baixo pertenciam ao presbitério e passariam para o próximo pastor e os seus. Apenas no andar de cima — as camas das crianças e as cômodas, compradas com parcimônia à medida que se tornaram necessárias;

um baú de cedro cheio de roupa branca, o pesado enxoval de Stella, que os acompanhara ao longo de suas viagens no Meio-Oeste; uma cama de baldaquino de mogno, arranhada, que haviam comprado de segunda mão em Oshkosh quando a cama com estrado de corda fornecida pela paróquia começou a dar-lhes dores nas costas; uma gravura emoldurada um tanto sentimental, reprodução do quadro de Heinrich Hoffmann que mostra Jesus rezando em vão no Getsêmani para que seu Pai passe d'Ele aquele cálice enquanto os discípulos dormem — presente de despedida dos paroquianos de Granite Falls; uns poucos retratos de ancestrais com a tinta rachada; e pequenos objetos finos de prata e marfim herdados por Clarence, que remontavam aos tempos em que os Wilmot eram prósperos importadores e comerciantes em Manhattan, antes de a Guerra de Secessão gerar uma estirpe de empresários mais agressivos, obrigando a família, em decadência, a mudar-se para a zona rural de Nova Jérsei — apenas no andar de cima havia alguns móveis que pertenciam à família, e que a acompanhariam na próxima mudança, para seu próximo posto. Mas aonde iria sua família sem que a fé de Clarence a levasse? Era sua fé que pagava as contas.

Porém, tivesse ele o poder de reaver aquela fé hesitante, com seu ônus de falsidade e evasão, ele o faria? Em seu estado atual, Clarence era como uma casca, vazio por dentro mas pelo menos com uma forma própria, como se, após um longo e exaustivo cativeiro, uma raiva, um ressentimento secreto dirigido a seus captores, ardesse em suas veias. A covardia dos homens e das mulheres diante dos fatos naturais lhe impusera o papel desairoso de mágico. Ingersoll, entre outras afirmações tonitruantes, prometera libertar os clérigos, quebrar as correntes que os prendiam a livros e credos bolorentos. Precisava consultar aquele trecho. Estava tremendo, percebeu ao olhar para suas próprias mãos. Uma espécie de nó áspero, como se ele houvesse engolido errado, surgira em sua garganta. Temendo desviar a atenção das mulheres do presunto para si próprio, caminhou com passos sorrateiros de índio, evitando atritar contra o chão as solas de couro, passando pelo ponto exato do soalho de madeira escura em que seu universo teocêntrico havia desmoronado. As formas pontudas da escada, em madeira torneada e entalhada, e a porta interna do vestíbulo, com sua vidraça fosca cercada de vitrais translúcidos de cores leitosas, permaneciam tais como estavam dez minutos antes. O capitel do balaústre mais próximo era uma pirâmide alongada de quatro lados, que repousava sobre algumas meias-canas; o detalhe parecia-lhe ter algo de ferozmente oriental, como se os estilos gótico e chinês fossem obra da mesma mão bárbara, guiados pela mesma ignorância irremediável que busca na ornamentação um meio de não pensar na insuportável severidade do universo. Nu, puro, vazio: até mesmo a Bíblia continha esta informação, em versículos menos estudados pelos exegetas. *Tudo é vaidade e aflição do ânimo. Tanto morre o douto quanto o indouto. Se Cristo não ressuscitou, é vã a vossa fé. Se nesta vida tão-somente esperamos em Cristo, somos nós os mais infelizes de todos os homens. Deus meu, Deus meu, por que me desamparaste?*

Clarence fizera sermões sobre esses textos, tentara, com sua voz de tenor, esforçada, emocionada, um tanto frágil, escamotear o sentido que eles exprimiam, porém agora não tinha dúvida de que tal coisa era impossível. Voltou para seu escritório, sua gruta forrada de livros, impregnada com seu próprio cheiro, mais o odor de fumo e papel acumulado, livros empoeirados e revistas amarelecidas, panfletos e manuscritos de seu próprio punho, que nunca mais seriam consultados. A senhorita Brubeck, secretária da igreja, conseguia como ninguém manter uma aparência de ordem em sua sala no prédio da igreja, que ficava ao lado da residência, onde seus sermões e cópias carbono pouco nítidas de suas cartas, transcritas naquela invenção moderna e frenética, a máquina de escrever, enchiam vários arquivos de metal, organizados e esperançosos, como corpos à espera da Ressurreição; já ali, no escritório de sua casa, reinava a confusão da morte, a submissão ao mofo e ao caos. A porta era uma estrutura de carvalho amarelo, com algo de eclesiástico; a parte superior era arredondada e, no calor úmido do verão, tendia a emperrar, tornando necessário empurrar com força, para baixo, a maçaneta de latão trabalhado, que se tornara lisa na parte de cima por ser pressionada desse modo havia tantos anos, pela sua mão e as de todos os seus predecessores. A mão de Clarence estava impotente, enfraquecida pelo choque físico desencadeado por sua mente. O trinco estalou; o pastor respirou fundo, num gesto calculado, deu um passo à frente e fechou a porta.

Sentia-se protegido entre seus livros, livros que continham tanto perigo. Queria localizar a citação de Ingersoll. *Alguns equívocos de Moisés*, com sua encadernação cor de ferrugem, estava inclinado na estante, apoiado na coleção de comentários da Kegan Paul, *Púlpito*, que ele consultava com freqüência, junto à *Bíblia do pregador*; a passagem aparecia logo no primeiro capítulo, pois os pastores encabeçavam a procissão daqueles que Ingersoll queria libertar da tirania da Bíblia — os outros eram os professores e os políticos. Ali estava o trecho:

> As mãos das esposas e dos filhos pequenos calam-lhes as bocas. Eles precisam de pão, e assim os maridos e pais são obrigados a pregar uma doutrina que só lhes inspira desprezo.

Não, não era exatamente desprezo. Era mais pena. Havia alguns anos que a doutrina era para Clarence como uma pessoa inválida, um fantasma tênue, vagando invisível por entre os rostos que, nos leitos dos doentes, nos bancos da igreja, nas mesas das cozinhas de lares onde imperavam o sofrimento e a pobreza, suplicavam-lhe esperança e coragem, aquilo que Calvino, com sua lucidez francesa, chamava *la grâce*. No tempo em que sua fé tinha saúde, Clarence imaginava a graça como uma interação entre os homens e Deus, que se realizava no seio do mistério — concebido como um globo de vidro fosco, transparente apenas em alguns detalhes decorativos, onde a superfície fora polida — de Cristo e Seu sacrifício que nos redimira do pecado de Adão, o qual conferira aos homens — para usar uma expressão que outrora deliciara Clarence — "uma vívida tendência a desobedecer a Deus". A fé que ele se propunha a representar residia não nos oprimidos e magoados e decepcionados, nem em Clarence, que recebia casa e salário para oferecer-lhes esta mercadoria impalpável, e sim entre eles, que decidiam reunir-se na tênue esperança de viver milagres cotidianos. Não um inválido, talvez, e sim uma criancinha que demandava seus cuidados ternos, seus mimos, e muito cuidado para que nada de mau lhe sucedesse. Prosseguia Ingersoll, com uma veemência de evangelista:

> Faz parte de seu trabalho maldizer e caluniar os Voltaire, os Hume, os Paine, os Humboldt, os Tyndall, os Haeckel, os Darwin, os Spencer e os Draper, e baixar a cabeça humildemente diante dos

> assassinos, adúlteros e perseguidores do mundo. Em sua maioria, estes homens ocupam-se em envenenar as mentes dos jovens, incutindo nas crianças o preconceito contra a ciência, ensinando-lhes a astronomia e a geologia da Bíblia, e induzindo todos a abandonar o sublime critério da razão.

Clarence interrompeu a leitura. Aquela frase, como centenas de outras que atacavam e ridicularizavam a fé cristã, frases que, ao lê-las pela primeira vez, ele descartara com um ceticismo oposto, graças à couraça adquirida com sua formação em apologética, certamente teria calado fundo nele — cada zombaria fora uma gota a erodir mais um pouco a modesta montanha de sua vocação. Olhou para suas mãos, que repousavam pálidas sobre o mata-borrão verde, mãos tão inseguras e cegas quanto as de Mavie, embora vinte anos mais velhas, mais grosseiras por serem mãos de homem, e marcadas pela idade. Saltou um nervo na carne que ligava o polegar ao indicador. Clarence levantou a vista para a estante em frente a sua escrivaninha, lombadas com ranhuras sutis, livros encadernados com tecidos de cores sóbrias, tons sombrios de musgo e barro, os verdes e marrons da putrefação, com títulos em ouro esmaecido: *História e literatura apostólicas*, *Teologia sistemática* e *O que é darwinismo?*, de Charles Hodge; *A expiação* e *Palestras populares sobre temas teológicos* de seu filho, Archibald Alexander Hodge; ambos haviam lecionado no Seminário de Princeton antes de Clarence Wilmot entrar para lá, em 1888. Porém ele fora aluno de Benjamin Warfield — que diante do atril, com suas suíças brancas, tinha a postura ereta de um general prussiano — cuja *Introdução à crítica textual do Novo Testamento*, perdida em algum lugar naquela muralha de títulos acumulados, deveria ter-lhe dado forças para resistir às zombarias fáceis de Ingersoll; e também de William Henry Green, cujas obras *Alta crítica do Pentateuco* e *Gramática do hebraico* haviam proporcionado muitas dores de cabeça ao jovem e esguio seminarista nas noites passadas no Alexander Hall. Em seus tempos de estudante, sequioso de saber e munido de uma confiança destemida na proteção divina, Clarence mergulhara de cabeça no gélido mar Báltico da alta crítica bíblica — todos aqueles alemães, Semler e Eichhorn, Baur e Wellhausen, que ousavam aproximar-se das Sagradas Escrituras de modo irreverente, como se fosse apenas um livro humano, mais curioso e heterogêneo que o normal, porém assim mesmo um livro escrito por homens — de judeus envoltos em imundas peles de carneiro, nômades do deserto com os dentes estragados e os olhos voltados para o céu, homens presos em seu tempo histórico como insetos grudados em papel pega-moscas, perdidos entre mitos e conceitos próprios da infância da humanidade. Consideravam-se teólogos, esses bárbaros teutônicos a saquear o texto que Lutero soltara das amarras que o prendiam ao altar e traduzira do latim; aceitavam o pão que lhes davam os devotos patrocinadores de cátedras de teologia, e no entanto eram antiteólogos que, no porão úmido dos estudos de grego e aramaico, minavam as velhas paredes e vigas que sustentavam o cristianismo.

No seminário, Clarence tinha a sensação jubilosa do trapezista ao contemplar do alto estas profundezas de dubiedade e factualidade — o Evangelho segundo São Marcos, o mais antigo de todos, nos melhores manuscritos termina de repente no capítulo 16, versículo 8, quando o sepulcro está simplesmente vazio e as mulheres que vêm trazer ervas aromáticas para ungir o cadáver estão confusas e *assustadas*! — e em seguida voltava das perplexidades da biblioteca para o chão firme e tranqüilizador de Princeton, aquele *campus* gótico e semibucólico, onde seus eminentes professores irradiavam uma fé inquebrantável, e seus colegas, com todas as discussões veementes que travavam, pareciam ter todos a mesma vocação sólida e vigorosa, capaz de resistir a qualquer ferida espiritual mais debilitante. Às seis da tarde soavam sinos melodiosos, e era servido o jantar. Agora, quando se preparava mais um jantar na longa — porém finita — seqüência de refeições que constituía sua vida, as lombadas de seus livros formavam uma muralha severa, tão opaca e inexorável quanto uma onda avassaladora. Os dois volumes de *Das Leben Jesu* de Strauss formavam um quadrado escuro e bolorento, uma mancha que por pouco não absorvia seu vizinho mais fino, a *Vie de Jésus* de Renan, encadernado em tecido vermelho. Esses livros faziam parte de uma onda que ia subindo até culminar em Nietzsche e sua loucura, Darwin e seus achaques, Marx e seus furúnculos. Apesar de todas as suas vigorosas missões junto aos pagãos e às pecadoras e às almas perdidas dos cortiços das grandes cidades, o século dezenove fora uma longa erosão, e os livros do atual século que se encontravam na biblioteca de um pastor consciencioso — os sermões de Henry Sloane Coffin, a apologética de George William Knox, os relatos fervorosos do missionário Robert Speer e os massudos dicionários bíblicos de Hastings, Selbie e Lambert — agora lhe pareciam meros destroços a flutuar no mar, à deriva, testemunhos patéticos de uma fé que tentava desesperadamente não soçobrar. *Uma nova luz sobre o Novo Testamento. A vida conforme o plano divino. Do fato à fé. Nossos novos Edens. Os princípios de Jesus aplicados a algumas questões atuais. Calvino, Twisse e Edwards e a salvação universal dos que morrem na primeira infância.* Às apalpadelas, Clarence havia contornado a escrivaninha, na penumbra perene de seu escritório, e agora lia os títulos, à procura de um livro a que ele pudesse agarrar-se, nas sombras daquela tarde sufocante, enquanto afundava nos terríveis abismos, sem fundo e sem forma, da ausência de Deus. Os velhos livros vigorosos — *A marcha do peregrino* e *Graça em abundância para o maior dos pecadores*, de John Bunyan; a *Imitação de Cristo*, de Thomas à Kempis; os quarenta e quatro volumes dos *Comentários* de Calvino, com lombadas idênticas de um tom vivo de marfim, como teclas de um piano jamais usado — eram ignorantes, porém não eram patéticos como as tentativas do século recém-terminado no sentido de enfrentar a realidade inexorável do desaparecimento de Deus: os nobres poemas de Tennyson e Longfellow, que exprimiam a dúvida em versos em que ainda ressoavam os hinos religiosos; os estrepitosos romances religiosos *Quo vadis?* e *Ben Hur*; as astuciosas pseudo-afirmações de Emerson e seu descendente espiritual hiperativo, Theodore Roosevelt, que Stella insistira em homenagear dando seu nome ao caçula do casal, como se para conferir a sua prole a vitalidade do presidente. A mão espectral de Clarence passou por *A vida enérgica*, de Roosevelt, e deteve-se em *A origem das espécies*, que retirou da estante. A capa estava manchada e deformada por suas leituras freqüentes, ainda que descontínuas — mergulhos apavorantes no fluxo plácido de dados tranqüilos, firmes, inquestionáveis, recolhidos no mundo natural, entre besouros e estrelas-do-mar. Como se por obra da Providência, mas na verdade por efeito de ter ele tantas vezes consultado esta passagem que a lombada ficara marcada ali, o livro abriu-se de modo a expor um parágrafo cuja benevolência hipócrita mais de uma vez o fizera sorrir. Darwin, filho de pastor, tranqüiliza o leitor escandalizado:

> Não vejo motivo para que as idéias expostas no presente volume tenham o efeito de melindrar os sentimentos religiosos de quem quer que seja. Para se ter consciência do quanto tais impressões são efêmeras, basta lembrar que a maior descoberta já feita pelo homem, a da lei da atração gravitacional, foi também atacada por Leibniz, o qual a acusou de "subverter a religião natural e, por inferência, a religião revelada". Um conhecido escritor e religioso escreveu-me que "gradualmente veio a entender que o conceito de um Deus que se limitou a criar algumas formas originais capazes de desenvolver-se e transformar-se em outras formas necessárias é tão nobre quanto a idéia de que Ele precisou recorrer a novos atos de criação para preencher os vazios criados por efeito de Suas leis".

Porém certamente Darwin percebera que havia deixado muito pouco para "Ele" fazer. "Suas" leis, tal como as formulara o grande naturalista com base em observações pacientes, eram tão invariáveis, impessoais e cruéis que não precisavam de quem as executasse. Leibniz tinha razão; Newton dera origem ao deísmo, do qual bastara um pequeno passo para chegar a Diderot, a Robespierre, a Saint-Just e à filosofia horrenda, porém autêntica, do marquês de Sade. Seria neste livro ou em *A descendência do homem* que Darwin propunha a postura insensível do missionário Livingston quando estava sendo mordido por um leão como um consolo possível para todas as chacinas que se repetem incansavelmente por todo o mundo? Clarence folheou o livro na esperança de encontrar a passagem; desistiu, recolocou o volume na estante e permitiu-se o gesto de suspirar fundo. Os mecanismos da vida persistem até no condenado que galga a escada do patíbulo. *Deus não existe.*

A culpa era sua. Não era culpa de Darwin, nem de Nietzsche, nem de Ingersoll, nem do moderno materialismo científico, com suas mil e uma corroborações convincentes, se o vazio tinha invadido sua alma: o fracasso era seu; ele revelara-se frágil como uma mulher quando fora necessário ter força viril. A fé é um ato de vontade por meio do qual o cristão se arma contra as tentações de uma época. Cada época propõe suas próprias filosofias alternativas, equivalentes ao estoicismo e hedonismo ateus, ao mitraísmo e à astrologia, aos cultos extáticos, sanguinolentos e obscenos que ainda vigoram na Ásia e na África. O corpo sofre suas dores e busca seus prazeres; o que mais, não fosse a revelação, haveria a saber além disso? Os primeiros apóstolos foram recebidos e supliciados em meio a ceticismo e escárnio. A Ressurreição de Cristo não fora mais fácil de aceitar para Paulo e seus ouvintes do que era para os céticos modernos. Os obstáculos eram os mesmos de sempre. O escândalo jamais diminuíra. Mesmo na era das catedrais, os vikings destruíam os mosteiros do litoral e os sarracenos dizimavam os exércitos cristãos, tachando-os de infiéis. As elucubrações de Abelardo e Duns Scotus continham em seu bojo negações categóricas. O terror e a bílis de Lutero haviam dado o tom da Reforma; Calvino não conseguira encontrar um raciocínio que não desembocasse na danação preordenada e eterna, um fogo perene mantido aceso por um Deus que se vingava incessantemente sem experimentar nenhum remorso. Os puritanos comparavam o homem a uma aranha pendurada sobre uma lareira acesa; a eleição levanta no universo estrelado muralhas de ferro de uma altura infinita, que, como os férreos costados de uma belonave a naufragar, não sentem pena alguma das almas perdidas que se contorcem e gritam, aprisionadas. A única alternativa racional à preordenação absoluta, como já fora demonstrado de modo irrefutável por tantos professores, era um Deus de algum modo imperfeito, aleijado, debilitado, confinado a um canto do universo. O que fora escamoteado por tantos professores tão refinados e sorridentes, Warfield, Green e todos aqueles outros pedantes, o que se ocultara no silêncio decoroso das árvores frondosas e dos prédios góticos do Seminário de Princeton, era a possibilidade de que toda essa discussão girasse em torno do nada; que todos aqueles textos e ritos e livros e exegeses e cismas doutrinais (apenas no universo do presbiterianismo escocês havia os cameronianos, os *Burghers* e os *Antiburghers*, os *Auld Lichts* e os *New Lichts*, a Igreja do Consolo e a Igreja Secessionista Unida, a Igreja Livre Unida e a Igreja Livre, com mais uma outra dissidência, os "*Wee Frees*") — que todas essas entidades históricas incontestavelmente reais não passassem de galhos de uma árvore morta, ramificações sem nenhuma validade objetiva, tais como as seitas maias, faraônicas e polinésias; que o presbiterianismo fosse, desde suas raízes na Bíblia, apenas mais um emaranhado de fantasias agradáveis e mentiras conscientes a se autopromover e defender. Jesus, o Filho de Deus? O Filho do Homem? O que significavam essas expressões? Os Padres da Igreja, que tinham esmiuçado as distinções sutilíssimas entre tais conceitos, foram reduzidos, havia muitos séculos, a ossos e fragmentos de pele escura, roídos pelos ratos, nas catacumbas: aglomerados de pó girando em torno de um sol inexistente. Sobre sua mesa, dois exemplares de *O Presbiteriano*, abertos na seção de resenhas, atestavam de forma irrefutável a ausência problemática e disfarçada que era o centro de tantas e tão animadas atividades eclesiásticas:

> "O Cristo Invisível, nosso prêmio", do doutor A. H. Drysdale. [...] Os argumentos do autor são cumulativos, e os últimos capítulos são os melhores. Há uma ligação vital entre o Cristo ausente (porém presente) e nossa vida espiritual.

No outro número, havia a resenha de uma obra que o interessara — Clarence a assinalara com um traço preciso de sua caneta azul, marcas deixadas por uma criatura extinta, o pastor que tinha fé e tentava defender o indefensável — *O próximo passo na evolução*:

> O autor argumenta que a promessa do Advento é cumprida pela difusão da doutrina do Cristo e a reprodução de sua vida e seu espírito no mundo, de modo que Cristo está de fato vindo, e de certo modo já chegou. Não obstante, os que não concordam com a interpretação do doutor Funk haverão de admirar seu vigor e compartilhar de seu amor e sua adoração pelo divino Redentor.

Logo em seguida vinha *As opiniões do juiz West, segundo um vizinho*.

> As opiniões do juiz West a respeito do mundo e todas as coisas nele contidas revelam o otimismo jovial de quem tem uma fé substancial na bondade de Deus e na excelência de sua criação. O vizinho lhe faz várias perguntas difíceis a respeito da vida, a morte e as vivências da humanidade, e recebe respostas mais ou menos satisfatórias de uma perspectiva otimista. O que resulta desta coletânea de opiniões pode não ser uma grande obra, porém é um livro alegre, que ajudará o questionador a ver o lado bom das coisas, até mesmo nos casos em que lhe parecia não haver tal coisa.

Que baboseira melancólica, pensou Clarence. *Otimismo jovial, fé substancial, bondade de Deus, excelência de sua criação.* Paredes de papel para conter o ferro derretido da verdade natural. Com suas doutrinas fantásticas, suas tolas racionalizações, a Igreja serve a vida — a crédula e patética vida humana. A esperança é nossa seiva, nosso sangue. Clarence perdera a sua seiva — não de repente, mas ao longo dos quase vinte anos decorridos desde os tempos do seminário, quando ele e seus camaradas, como soldados sendo treinados para enfrentar os terrores e as sombras que afligiam a cristandade, sentiam pulsar nas veias a seiva férvida de uma fé máscula e militante. Conservar sua fé — fora este seu voto, sua vocação; e Clarence sentia seu fracasso como uma dor generalizada, que tornava todos os seus gestos rígidos e cautelosos.

Com movimentos mecânicos, numa letra discreta e firme, escreveu algumas cartas, uma delas para um vendedor de artigos eclesiásticos que havia assistido a seu culto e agora oferecia, a preços razoáveis, toda uma variedade de almofadas para genuflexórios, com acabamento em rolotê ou com franjas, para substituir as tiras amassadas, esfarrapadas e desbotadas que languesciam ao longo dos bancos da Quarta Igreja Presbiteriana; a outra era para um antigo paroquiano seu, atualmente morando em Paramus, o qual lhe pedia que celebrasse um culto em memória de seu pai, falecido em Livorno, na Itália, a quem Clarence jamais conhecera. Em ambas as cartas, lamentou ter que recusar. Admirava-o a constatação de que ainda conseguia escrever de modo fluente, mantendo uma pressão leve e constante sobre o papel e desenhando cada letra com cuidado, tal como o fazia antes de sua alma ser virada de cabeça para baixo e esvaziada. Tendo lambido os envelopes e os selado com a efígie violeta de George Washington de perfil, com os cabelos amarrados atrás, Clarence examinou os dados financeiros que seriam discutidos naquela noite na reunião da Comissão de Obras, e confirmou que a igreja não poderia de modo algum arcar com as despesas do novo anexo, onde seriam instaladas a sede das atividades sociais da igreja e uma escola dominical ampliada, obra essa que estava sendo proposta por alguns membros obstinados e excessivamente entusiásticos. Pérolas para porcos; dinheiro desperdiçado. Para que construir mais estruturas eclesiásticas redundantes, subutilizadas, quando a seis quarteirões dali havia imigrantes irlandeses e poloneses dormindo amontoados, seis em cada quarto?

Sorrateiramente, sem querer atrair a atenção das mulheres num momento em que se sentia fraco e envergonhado, Clarence saiu de seu escritório, atravessou as duas portas do vestíbulo e por um breve momento expôs-se ao calor opressivo da tarde para pegar seu exemplar do vespertino *Evening Times*, que era jogado na sua varanda, dobrado de modo engenhoso, todos os dias por volta das quatro da tarde. De posse do jornal, voltou para o escritório, instalou-se no sofá de couro, cujas mossas permanentes e botões perdidos o tornavam ainda mais confortável, e lá ficou a ler, a cabeça apoiada em duas almofadas grandes com bordados em pontos de cruz, tão amassadas pelo peso cotidiano de sua cabeça quanto as almofadas dos genuflexórios da igreja por várias gerações de joelhos. A manchete principal era CONSELHO DE EDUCAÇÃO PASSA A SER ELETIVO. A questão, calorosamente discutida, a respeito de quem deveria controlar o Conselho, o povo ou o prefeito, estava agora sendo decidida pelos vereadores. Uma outra notícia local dizia respeito a certos "cidadãos de Paterson, que supostamente pertencem aos estratos mais respeitáveis da cidade", cujo comportamento arruaceiro num bonde — "Foi no trajeto Palisade Park—Paterson, altas horas da madrugada, e seus modos ruidosos já eram um sinal de alerta" — atingiu o clímax quando

> os homens, tendo esgotado seu repertório de ruídos, canções libertinas e piadas velhas, começaram a jogar dado. Gritos de "Vamos lá!", "Passa cá esse dinheiro!" e centenas de coisas semelhantes eram claramente audíveis, apesar dos ruídos das rodas e do sacolejar do veículo. Alguns passageiros, escandalizados com a conduta desses homens, recorreram ao condutor. "Se eu me meter", disse este, "sou capaz de levar um soco na cara."

Havia ainda na primeira página outras notícias pouco edificantes: JAMES MENOW LEVA TIRO E FICA EM ESTADO CRÍTICO e ÓPIO ENCONTRADO EM BOLSO DE NEGRO. A segunda notícia dizia respeito a um certo "Fon Fen, chinês, residente em 326 Market Street"; dois fregueses seus, um de cor e outro branco, foram detidos pela polícia por motivo de "atitude suspeita", e um frasco de ópio fora encontrado no bolso do paletó do negro. Havia uma notícia referente aos problemas conjugais de um tal Samuel Barrmore, um levantamento dos terríveis estragos causados pelo vendaval ocorrido no sábado, a reforma dos banhos públicos da Broadway e o cancelamento de um espetáculo lírico no Lyceum "tendo em vista a reduzida platéia presente". A coluna de meteorologia previa "temperaturas bem elevadas". Na seção internacional, Clarence correu a vista por matérias referentes às inundações que haviam devastado recentemente a Alemanha, a Áustria e a Sérvia. No México, o presidente Díaz havia decretado lei marcial e prendido centenas de pessoas que estavam tramando um golpe, e em Nova York Theodore Roosevelt Jr. casava-se com a senhorita Eleanor B. Alexander na Igreja Presbiteriana da Fifth Avenue. Clarence examinou a lista de convidados — Francis Roche, John W. Cutler, Hamilton Fish Jr., E. Morgan Gilbert, Fulton Cutting, Eliot Cutter, Grafton Chapman, George Roosevelt, Monroe Roosevelt, Kermit Roosevelt — para ver se encontrava um nome conhecido, talvez o filho de algum ex-colega de Princeton, mas não viu nenhum. Esse feliz acontecimento dava ao *Evening Times* um pretexto para relembrar outro, a triunfal volta do ex-presidente de suas viagens internacionais dois dias antes, no sábado, 18 de junho:

> No momento em que o *Kaiser Auguste Victoria* chegou ao lugar da quarentena, tiveram início as cerimônias de boas-vindas, dignas de um rei. O barco da guardamoria *Manhattan* encontrou-se com o *Victoria* e recolheu a família do presidente. Mais tarde, o chefe do executivo subiu o Hudson no *Androscoggin.* Ao longo de todo o rio houve manifestações calorosas de boas-vindas, e no cais de Manhattan o presidente foi recebido pelo prefeito William Jay Gaynor e representantes dos Rough Riders, o regimento por ele comandado na Guerra Hispano-Americana. Enquanto o cortejo presidencial subia a Broadway, uma chuva de papel picado descia dos arranha-céus do centro financeiro — uma explosão de entusiasmo sem precedentes.

A respeito do atual chefe do executivo, havia pouca coisa: em quatro linhas, informava-se que o presidente Taft havia assinado a lei de regulamentação das empresas ferroviárias, mas não a que transformava em estados o Arizona e o Novo México; toda a família Taft iria a New Haven por ocasião da formatura do jovem Robert A. Taft na Universidade de Yale; temia-se que a volta do coronel Roosevelt aumentasse ainda mais a desunião do

Partido Republicano: *Ex-presidente pode assumir postura ditatorial em questões de Estado, e o presidente Taft não adotará postura submissa.* Na seção de esportes, o time de beisebol de Nova York continuava em primeiro lugar na Liga Americana. Os Giants estavam em segundo lugar na Liga Nacional; e os Lyceums derrotaram os Totowas por 3 a 2. Um cronista esportivo previa com confiança que, dentro de exatamente duas semanas, o boxeador Jim Jeffries livraria a raça branca do constrangimento e da humilhação que representava o atual campeão dos pesos pesados, o negro Jack Johnson, cuja perturbação mental era evidenciada pelo seu comportamento recente: vivia em farras, recusava-se a treinar e despedira seu empresário, o senhor George Little. Segundo informações preocupantes oriundas de diversas fontes, o exército japonês estaria se mobilizando para invadir a Coréia. Em outras palavras: o mundo tocava para a frente, com o estardalhaço e a crueldade de sempre, com ou sem Deus. Clarence sentia-se não apenas abandonado como também insultado, tal como se sentira quando, ainda em Princeton, levara tábua de uma moça de boa família que ele decidira cortejar. Chamava-se Eliza Cutler. O insulto ficou no fundo de seu estômago. Para distrair a consciência daquele vazio doloroso e vergonhoso que se abrira dentro dele, retirou da estante não um volume que o ajudasse a redigir o sermão de domingo — só de pensar em tal coisa sentia-se nauseado — e sim um livrinho pequeno, *A lâmpada preparada*, de O. Henry, o qual morrera havia algumas semanas, embora fosse apenas um pouco mais velho que Clarence. O título, que aludia à parábola das dez virgens, atiçou-lhe a curiosidade, e o pastor tentou ler o conto que dava nome à coletânea, a história de duas moças que trabalhavam numa loja em Nova York e mais um rapaz, Dan, mas antes de chegar ao final inesperado e à moral que ele continha Clarence cochilou, mergulhando nos braços de... do nada.

O calor do dia foi atenuado por uma precursora da brisa noturna, que fez a cortina corrediça roçar de leve na janela. Clarence sonhava que estava tentando consertar a tranca da porta de seu quarto, para evitar que um de seus filhos violasse a privacidade do casal. Porém à medida que ele trabalhava, a tranca transformava-se num objeto grande e complicado, uma peça curva de madeira que lembrava uma canga de boi, talhada a cinzel, ou um eixo de roda que precisava ser lubrificado, obrigando-o a enfiar-se, numa posição perigosa, embaixo de uma carroça pesada. A roda de madeira, com seu aro de ferro, começou a girar junto a sua cabeça, rangendo, e ele acordou de repente. Da sala de jantar vinham ruídos de louças e risadas; as mulheres estavam começando a pôr a mesa. A boca de Clarence estava ressecada; talvez ele tivesse chegado a roncar. A ferida da descrença, já um pouco cicatrizada, permanecia viva em sua consciência, como uma camisa enlameada que seca no canto em que foi jogada. *Deus não existe.* Rouco, Clarence arriscou suas primeiras palavras após três horas de mutismo. "Piedade", murmurou, sorrindo da inutilidade desta exclamação, com uma voz que rascava o silêncio como um cachorro que arranha a tela da porta, pedindo para entrar.

"Senhor Dearholt, gostaria de nos fazer o favor de dar graças?"

Os óculos ovais, os dentes artificiais, largos e confiantes, brilharam. A voz de Dearholt era encorpada e arredondada; ressoava das paredes úmidas da boca cavernosa. Ele tinha o hábito de deixá-la entreaberta quando acabava de dizer alguma coisa, como se a qualquer momento pudesse voltar a usá-la para fazer algum comentário adicional delicioso. Respondeu ele: "Reverendo, eu jamais ousaria fazer tal coisa à mesa de um clérigo".

Ousaria: seria a imaginação de Clarence ou haveria ali um toque de perigo? Dearholt era proprietário de uma pequena fiação — trinta empregados, doze teares — e era perito na arte de detectar fraquezas em máquinas e homens. O convite feito por Clarence raiava a excentricidade, se bem que ele tinha esperança de que pudesse ser interpretado como um gesto movido por uma cortesia extrema e uma modéstia habitual. Agora o pastor tinha um segredo — a inexistência de Deus — para guardar. Baixou a cabeça no silêncio pesado que pairava sobre o retângulo formado por doze cabeças baixas à luz amarela do lustre de cristal, e elevou a voz curiosamente áspera, que lhe parecia frágil e abafada. "Pai Celestial", começou, mecanicamente, e a prática pastoral lhe ditou as palavras que deveriam seguir-se: "Nestes tempos difíceis, ensina-nos o caminho reto com Tua divina misericórdia, para que possamos dar-Te de volta uma fração meritória das bênçãos que derramas sobre nós, como o fazes nesta refeição compartilhada por amigos. Ousamos elevar nossas vozes em súplica, não invocando nenhum mérito de nossa parte, e sim a intercessão compassiva de Teu único Filho, o Salvador, Nosso Senhor Jesus Cristo".

"Amém", disse Dearholt bem alto, como quem acrescenta mais um prego a uma estrutura bamba.

Porém, tendo se desincumbido dessa tarefa apesar de ter a boca seca como giz, Clarence constatou que estava com um apetite razoável. O presunto adocicado, com um leve e gostoso travo de vinagre de maçã; as terrinas fumegantes de legumes caramelados com manteiga e açúcar, uma das suculentas receitas sulistas de Stella; os três tipos de batatas, cozidas, fritas e em purê; o brilho dos talheres de prata e das taças de cristal — tudo isso parecia afirmar a vida em seu próprio velório. Sentados à mesa, servidos pela pálida e insegura Mavis, estavam sua mulher e seus três filhos, Jared, Esther e Theodore; o senhor e a senhora Dearholt; o senhor McDermott — também membro da Comissão de Obras — e sua esposa; a senhora Caravello, com suas duas filhas adolescentes, morenas de olhos negros, Maria e Sophia; e o senhor Kleist, o tecelão que recentemente perdera o emprego, um alemão magro e ranzinza com cinqüenta anos, mais ou menos, cheio de reclamações e propostas teóricas de solução.

O marido da senhora Caravello fora auxiliar de tingidor; morrera prematuramente por causa da umidade, do frio e do calor, das substâncias químicas tóxicas empregadas em seu trabalho, as quais destruíam a pele das mãos e manchavam-na de tal modo que não havia sabão que a limpasse. Como muitos imigrantes do norte da Itália, Caravello tinha fortes tendências anticlericais, e sua viúva, mulher tímida, de seios fartos, aparecera um belo dia no fundo da igreja presbiteriana com um ar de culpa, como se estivesse traindo o fantasma do marido porém não conseguisse conter a necessidade de estar junto de Deus. Aquela mulher o constrangia, com seu inglês trôpego, sua beleza úmida e pesada, a penugem escura que lhe recobria os antebraços e o lábio superior — mas Stella a abraçara num gesto impulsivo, e ela se tornara mais uma das muitas protegidas da esposa do pastor; as duas filhas, já núbeis, haviam sido batizadas na fé de Calvino alguns meses antes numa cerimônia reservada, realizada em dia de semana, junto ao batistério de mármore da igreja vazia. As três italianas, dispersas em torno da mesa de jantar, eram três bolsões de silêncio; mas com suas peles azeitonadas reluzentes, seus cabelos partidos ao meio e presos em coques abundantes, suas pálpebras recatadas de longos cílios, eram presenças perturbadoras, irradiando força vital, com sua ânsia de sexo contida.

À volta delas, os protestantes de nascença discutiam. Clarence acompanhava a conversa, quando conseguia, quase achando graça, ouvindo todas as vozes, inclusive a sua, à distância, como se seus ouvidos estivessem fechados com cera. De vez em quando sua audição desaparecia por completo, e sua consciência recolhia-se para contemplar o vazio que se instaurara dentro dela, contemplando atônita a imensidão, a majestade, a persistência abrasadora daquela ausência. *Deus não existe.*

"Tempos difíceis", disse Dearholt, devolvendo-lhe suas palavras com o queixo levantado. "O que o senhor vê de difícil no momento atual, reverendo? Eu diria que estamos vivendo num tempo excepcionalmente favorável, tanto para os Estados Unidos quanto para a cidade de Paterson. A indústria da seda vai a todo o vapor e a fábrica de locomotivas em breve vai pegar fôlego, disso não tenho a menor dúvida — é uma coisa que *tem* que acontecer, pois o que poderia substituir as ferrovias como meio mais barato e rápido de transportar passageiros e mercadorias neste país imenso? Alexander Hamilton tinha toda razão quando dizia que a cachoeira do Passaic faz deste lugar o mais adequado à indústria em todo o mundo ocidental; bastou pouco mais de um século para que a realidade viesse confirmar-lhe a visão." Aquilo certamente fazia parte de um discurso que ele estava acostumado a fazer, pois enquanto falava seus olhos reluzentes, um pouco protuberantes, por trás de lentes que faiscavam, voltavam-se, buliçosos, para os rostos a sua volta, detendo-se em cada um deles. E prosseguiu: "Ora, esta cidade está ficando tão importante que estão até fazendo filmes ali no monte Garrett; várias pessoas vieram me dizer que viram Mary Pickford entrando e saindo escondida daquele hotelzinho na Barclay Street, o hotel do Bill Ruffing e do George Marion. Virou camarim dos atores".

Clarence sentiu-se obrigado a introduzir um tom diferente. "É verdade, senhor Dearholt", começou ele, e pigarreou várias vezes, constrangido, para livrar as cordas vocais da rouquidão que as tolhia. "É verdade que sempre há pessoas felizes para quem época nenhuma parece ser difícil. Mas para a grande maioria da humanidade, se levarmos a sério o que eu estava lendo ainda há pouco no *Evening Times*, o sofrimento é muito mais a regra que a exceção. Enchentes, revoluções que começam e terminam, exércitos prontos para invadir. Quanto mais depressa o telégrafo nos traz as notícias, piores elas parecem ser. E, aqui mesmo em nossa cidade, tiroteios, bêbados perturbando a ordem pública, drogas, conflitos entre as raças."

"O senhor parece desanimado, meu caro", retrucou Dearholt, vigoroso. "É a luta pela sobrevivência — o mundo sempre foi assim. Pois eu gosto; é desse modo que o cristão põe à prova sua coragem." E ficou a girar a cabeça, a boca entreaberta, como um farol lançando um feixe de luz.

"Eu lhe pergunto", interveio Kleist, com um sotaque teutônico que o fazia parecer mais agressivo do que talvez fosse sua intenção, "o que a luta pela sobrevivência tem a ver com uma atitude cristã? Dar a outra face e confiar no Senhor — esta é a mensagem dos Evangelhos, no meu entendimento."

"Temos que lutar a boa luta, senhor Kleist. Jesus não era nenhum maricas. Ele sabia que a vida era uma luta constante — leia a parábola da cizânia. Ele nos avisou desde o começo que vinha para trazer a espada."

"Sim, mas será que Ele queria que a espada ficasse sempre na mão dos ricos?"

"Se é a mim que o senhor está se referindo, meu caro, estou longe de ser rico, como há de concordar minha cara-metade. Levamos uma vida modesta, e nossa mesa é menos farta do que esta aqui do nosso bom pastor. Comecei ainda menino, como bobinador; quando passei a tecelão, eu trabalhava doze horas por dia para ganhar a metade do que ganham hoje em dia esses operários que vivem reclamando. Pergunte aos meus empregados se eu não chego na fábrica antes deles todos os dias e se não continuo a fazer contas quando todos já voltaram para casa, ou então, o que é mais comum, estão desperdiçando seu dinheiro no bar da esquina."

"Por acaso, senhor Dearholt, eu conheço pessoas que tiveram a felicidade, se é essa a palavra adequada, de trabalhar para o senhor, e elas me dizem que ninguém se compara ao senhor, em matéria de controlar o horário de folga e de 'esticar'."

O senhor McDermott, sentado entre os dois, observou: "Tenho a impressão de que nem todos os presentes sabem o que quer dizer 'esticar'". Ele trabalhava como contramestre na Empire Silk; era um homem alto, delicado e preciso; adorava as máquinas com que trabalhava, embora tivesse perdido parte da audição por causa do ruído que elas faziam.

"Não é possível" — Clarence ouvia sua própria voz como se viesse do outro lado de um muro; também ele estava com dificuldade de escutar — "um morador de Paterson não saber o que é 'esticar'."

Da outra ponta da mesa, Jared, seu filho mais velho, que completara dezesseis anos, deu uma risada, como se seu pai tivesse feito um comentário mais engraçado do que pretendera. Jared era um rapaz de olhos castanho-claros, ágil, predatório, mais parecido com seu avô Jared do que com o pai. Estava sentado ao lado da filha mais velha da senhora Caravello, e talvez tivesse sentido necessidade de chamar as atenções. Junto à mãe, o pequeno Teddy, cujos olhos eram da cor do chocolate, como os de Stella, porém não tinham o brilho alegre dos dela — eram duas pequenas lagoas estagnadas que tudo observavam —, voltou a vista para o pai, percebendo, preocupado, que ele estava tenso e desorientado. Naquele momento, até mesmo o amor de Teddy parecia a Clarence um fardo incômodo.

"'Esticar'", prosseguia McDermott, com preciosismo de escocês, dirigindo-se em particular à viúva italiana, que não conhecia a expressão, "é aumentar a razão operário-máquina, o que se tornou possível com o extraordinário aperfeiçoamento do tear mecânico. O primeiro passo foi a substituição do manual pelo mecânico, nos anos oitenta, e depois, mais recentemente, a invenção desses dispositivos que param o tear quando quebra o fio da lançadeira ou a ponta de um dos fios do urdimento. Antigamente o operário tinha que perceber que o fio havia quebrado e parar o tear. Agora, um homem pode trabalhar com duas máquinas em vez de uma só, e ganhar um salário maior."

"Mas muito menos que o *dobro* do salário original", acrescentou o senhor Kleist, com seu tom germânico impiedoso, "embora ele produza o dobro."

"Não, não; não chega a ser o dobro; não exageremos. O ganho de produtividade é de no máximo dois terços."

"Qualquer que seja a cifra exata", interveio o senhor Dearholt, impaciente, "o fato é que os idiotas sempre resistem ao progresso, como aqueles operários que quebravam as máquinas na Inglaterra cem anos atrás. Os homens não aprendem: o progresso é inevitável, e a longo prazo todos são beneficiados. A mentalidade anarquista que encontramos em Paterson hoje em dia só ficaria satisfeita se todos nós estivéssemos lavrando com um arado de madeira, encarando o traseiro de um cavalo."

O rosto de Kleist, um pouco côncavo, como o de um polichinelo de feira ou o do homem da lua, estava imobilizado pelo esforço de conter-se e organizar seus pensamentos conturbados pela raiva. "Que os donos das fábricas são beneficiados, é ponto pacífico. Mas os mesmos operários que aceitaram o esticamento em troca de um salário melhor constataram poucos anos depois que estavam ganhando o mesmo que antes, só que tinham que trabalhar com duas máquinas em vez de uma."

"É a concorrência, senhor Kleist, a concorrência", explicou Dearholt, sorrindo. "Os custos de produção em Paterson têm que ser iguais aos da Nova Inglaterra e da Pensilvânia, senão não haverá trabalho para ninguém. São os proprietários que têm que arcar com os custos e manter viáveis as fábricas de Paterson. Os generais cuidam dos soldados, é assim que tem que ser, senão a batalha é perdida."

"E na fábrica do Doherty, onde eu trabalhava", prosseguiu Kleist, "eles dobraram o número de teares outra vez; agora cada operário cuida de quatro, dois à sua frente e dois atrás. Nós queríamos fazer greve, mas o Doherty comprou o sindicato, a Federação Americana do Trabalho; o sindicato nos mandou voltar para o trabalho, dizendo que tinham chegado a um acordo com os patrões e a gente ia ganhar mais. Só que depois interessou aos patrões abaixar os salários outra vez para o que era antes, sendo que a produção de fazenda de seda dobrou!"

"É verdade. Mas as máquinas novas são tão bonitas", disse McDermott, inclinando a cabeçorra, com uma voz suavizada pela ternura. As sobrancelhas grisalhas eram protuberantes; o queixo tinha no meio uma covinha que parecia uma cicatriz. "Elas praticamente funcionam sozinhas; o operário que toma conta delas pode até cochilar."

Como são estranhos os rostos, pensou Clarence. Se vivêssemos de cabeça para baixo, será que nossas partes inferiores funcionariam do mesmo modo para fins de identificação — para exprimir nossas identidades, nossas almas? Continuaríamos a nos reunir, a conversar, com fisionomias outrora consideradas obscenas.

Era hora de alguma outra pessoa manifestar-se, mas ninguém esperava que essa pessoa fosse a senhora Caravello. "Meu marido", exclamou ela, "trabalhando com pé molhado dia inteiro, dia inteiro! Chegando em casa tão cansado que dorme na cadeira. Trabalho mata ele — igualzinho um tiro de revólver!" E com um gesto vulgar, porém engraçado, formou uma arma com a mão gorducha, o dedo em riste fazendo as vezes de cano.

"*Mamma*", repreendeu-a a filha mais velha, e acrescentou em voz baixa, corando: "*Silenzio è sorte nostra*".

Nada intimidava Dearholt. Seu sorriso alargou-se ainda mais, exibindo molares tão perfeitos e tão artificiais quanto os incisivos. "Neste país se trabalha muito, minha senhora. Os que têm medo do trabalho deveriam ter ficado na Europa, onde a competição é menos aberta, menos honesta e acirrada, e onde todo mundo recebe cuidados, seja ou não merecedor, tanto o bobo da aldeia quanto o homem de iniciativa. Tudo muito bonito, porém estagnado — é esta a situação da Europa hoje em dia. Quem não gosta daqui pode perfeitamente voltar. Quando ouço alguém na minha fábrica manifestar idéias anarquistas, seja ele judeu ou italiano ou qualquer outra coisa, é rua na hora. Aqui nesta terra nada é de graça, senhora..." O nome da italiana não lhe veio à mente. "Quando ouço dizer que as fábricas deviam ser dos operários — mas já são! *Eu* fui operário, fui bobinador quando menino, como creio já ter dito. O próprio Catholina Lambert, chefe da Dexter, Lambert, começou como um humilde operário lá em Yorkshire. Doherty, Bamford, até John Ryle, que foi o primeiro a produzir seda aqui — todos eles são de Macclesfield, na Inglaterra."

Sentado ao lado da senhora Caravello, McDermott, solícito, explicou-lhe: "Catholina Lambert foi quem construiu o castelo. O trabalho de alvenaria é muito bom, e também o madeiramento".

Dearholt insistiu, olhando para ela com um sorriso de simpatia feroz: "Os ingleses e escoceses que chegaram aqui encontraram uma selva. Tinham que lutar contra selvagens canibais! Vocês que vieram depois tiveram mais sorte — aqui em Paterson não há peles-vermelhas, não é mesmo? Nós abrimos caminho para vocês! Seus filhos e netos, minha cara senhora, hão de nos agradecer, ainda que a senhora no momento não consiga fazê-lo. Estarei me excedendo, reverendo? Estou dizendo estas coisas na melhor das intenções; meu objetivo é incentivar *todos* os meus compatriotas. Coragem e fé, é tudo de que precisamos. *Fé*". Levantou e brandiu um punho cerrado. "É esta a fonte do poder que leva ao sucesso, numa terra que Deus favoreceu com tamanha riqueza de oportunidades."

A senhora Caravello interpretou mal o gesto; julgou-o agressivo. Protestou: "Aqui rico só pensa ficar mais rico. Na Itália é diferente: *pittura*, ópera".

Jared interveio mais uma vez, com sua voz estrídula de adolescente, talvez tentando salvar a italiana do excesso de atenção: "O Jamie Cressy foi à ópera lá em Nova York, e achou horrível. Um monte de gente gorda gritando, ele não entendeu uma palavra".

Então Stella, como se para proteger o filho, soltou sua voz, com seu tom musical de um clima mais ameno: "Ah, mas as melodias angelicais do soprano e do tenor! E a gente sempre aprende alguma coisinha de história. Pois eu acho muito mais saudável do que ficar fechado numa sala escura e enfumaçada vendo um filme, como os moços agora todos fazem! Vejo na rua uns rapazes tão pálidos que mais parecem fantasmas, e a meu ver a culpa é do cinema — e do cigarro".

Agora que os jovens haviam começado a falar, Esther manifestou-se: "Ah, mamãe, a gente fica até com vergonha quando vê gente de verdade no palco! Eles gritam demais, e além disso eu sempre fico pensando: e se alguém fizer alguma coisa errada? Já no filme tudo sempre sai direitinho, sempre igual! E a pessoa não tem que se arrumar toda para ir ao cinema!".

Clarence, embora a discussão a sua frente lhe parecesse uma fantasmagoria de carnívoros projetada na parede de seu mundo interior, sentiu-se obrigado a responder à pergunta do presidente da Comissão de Obras, que queria saber se estava se excedendo. "De modo algum, senhor Dearholt", foi sua resposta um tanto tardia; ao falar, tinha a impressão de que sua língua estava espessa, de que havia uma distância densa entre ele e todos aqueles olhos vigorosos, bocas a mastigar, cabelos. "Não há lugar melhor para se dizer livremente o que se pensa do que a mesa do pastor. Dizei a verdade com amor — são palavras de são Paulo."

"Quando os trabalhadores de todo o mundo se unirem", disse o senhor Kleist, olhando para Dearholt e McDermott, "quero ver se vocês vão continuar gostando de 'esticar'. Quando vier a revolução, quero ver se os patrões vão gostar de ser esticados até os membros se rasgarem."

"Pois a revolução *industrial* já veio, senhor Kleist", contra-atacou Dearholt, sorrindo de seu próprio chiste. "Quanto melhores as máquinas, menos trabalhadores serão necessários. Os que não aceitarem os empregos oferecidos, e salários que permitam preços de atacado competitivos no mercado, podem ir para as filas dos dispensários, ou então ir procurar ouro no Alasca!"

"As invenções são eminentemente positivas", disse McDermott, conciliador, dirigindo-se a todos os presentes. Seus dentes incisivos eram escuros e compridos, acavalados, como dentes de castor. Em suas irregularidades acumulara-se uma pasta de comida mastigada. "Elas já melhoraram o mundo muitíssimo, e ainda vão fazer muito mais, ouçam o que estou dizendo. Esses cartões de Jacquard são incríveis! Logo vão estar comandando toda uma linha de montagem."

"E qual a vantagem disso para os que não têm capital?", indagou Kleist, com uma agressividade um pouco atenuada pela lenta passagem do presunto doce e dos três tipos de batatas por seu tubo digestivo. "Os lucros gerados por essas invenções ficam todos com os que estão por cima, que gastam tudo em iates, mansões e dotes para suas filhas, que se casam com duques e condes europeus!"

"Absolutamente, senhor Kleist; absolutamente", disse Dearholt, assumindo agora o papel de conciliador cristão. "As próprias roupas que o senhor está usando agora — há um século, só um fidalgo poderia ter um terno como esse. Os lucros proporcionados por essas máquinas cada vez mais sofisticadas vão direto para o senhor, para o consumidor, sob forma de produtos mais baratos. Até mesmo os mais pobres se beneficiam, ainda que não saibam."

Um destes pequeninos, lembrou-se Clarence. Ah, mas Deus não existe.

Da extremidade oposta da mesa, o pequeno Teddy olhou para o rosto do pai e começou a chorar. Clarence ouviu claramente o menino murmurar para Stella, debruçada sobre ele: "O papai está esquisito".

Stella voltou o olhar para o marido, mas ao contrário do filho não conseguiu divisar seu íntimo; limitou-se a registrar, satisfeita, a imagem de um homem bem vestido sentado à cabeceira da mesa esplêndida que ela havia preparado. A filha mais moça da senhora Caravello, que olhava de esguelha, com olhos límpidos de longos cílios, para Jared, manifestou-se então, afirmando seus direitos de cidadania. "Eu gosto da América", disse ela, quase sem sotaque. "A vida aqui é dura, mas a gente tem liberdade. Na Itália, o papai dizia, havia três tiranos — *il padre*, *il signore* e *il tempo*. Aqui só existe um, o dinheiro. E quem tem dinheiro pode ser dono de si." Ela hesitou, assustada com o círculo de atenção silenciosa que se formara a seu redor; talvez também não tivesse certeza de que sua última frase era gramaticalmente correta. "Na Itália todo mundo tinha dono; sempre havia medo. Eles usavam Deus para meter medo."

"*Silenzio*, Sophia", sussurrou-lhe a irmã.

"A senhorita se expressou muito bem", proclamou Stella, com uma voz tão melíflua e complacente que Clarence concluiu que ela não havia prestado atenção. Num tom mais áspero, a anfitriã chamou a criada: "Mavie, é hora de tirar a mesa, minha querida". Para Clarence, a jovem empregada irlandesa, à luz confusa e iridescente do lustre, parecia um anjo pálido, dócil e neutro, que contrastava com os rostos vulgares dos convidados; seus dedos desajeitados de criança retiravam os pratos nojentos, empilhando-os sobre a travessa oval colocada sobre seu tripé dobrável. Sem dúvida, ela não conseguiria arcar com aquela travessa cheia de pratos grossos e talheres de prata pesados. Porém a jovem levantou-a, com um leve sorriso doloroso nos lábios brancos de santa, sorriso esse que só Clarence percebeu; muito tesa,

Mavie desapareceu atrás das portas de vaivém da cozinha, levando aquele fardo para seu destino de água quente ensaboada e — no caso dos talheres — polidor de prata.

Em torno da mesa, a conversação, que abrira tantas feridas difíceis de sarar, havia morrido, e Clarence percebeu com desânimo que era ele, o anfitrião, quem deveria fazê-la renascer, a partir de algum tópico inócuo. Pigarreou e disse: "Li no *Evening Times* que o jovem Teddy Roosevelt e sua noiva não vão voltar para o Leste depois da lua-de-mel. Ele vai para São Francisco, onde vai trabalhar como gerente regional da Companhia de Tapetes Hartford".

"Não diga!", exclamou Stella, levantando-se para ajudar Mavis a trazer a sobremesa, mas ao mesmo tempo tentando ajudar o marido a reativar a conversa. "Eles podem ser engolidos no próximo terremoto."

"Desastre acontece em qualquer lugar, senhora Wilmot", afirmou Dearholt, "como aliás seu marido observou ainda há pouco. Mesmo aqui, na nossa cidade, desde o início do século já tivemos um incêndio que engoliu todo o centro, duas enchentes furiosas e um ciclone! Apesar disso, Paterson nunca foi tão próspera quanto agora. Duzentas fábricas de seda, mais de quinhentas indústrias ao todo, produzindo mais de sessenta milhões de dólares por ano!"

"E quarenta mil homens e mulheres ganhando salários de fome para ter o privilégio de mourejar até morrer de cansaço", interveio Klein, apertando os olhos, já antegozando as reações dos representantes do patronato e da administração. Clarence julgava que ele transformara seu radicalismo numa espécie de mágica de salão. Era como um macaquinho a fazer piruetas de indignação profunda.

Com uma seriedade patética, McDermott mordeu a isca: "Para os empregados qualificados, os salários não são de fome, em absoluto. Um bom contramestre, ou perfurador de cartões — até mesmo um bom tecelão — ganha bem mais do que um tingidor recém-chegado de Gênova".

"Os capachos dos patrões são muito piores que eles", zombou Kleist.

Pois bem, pensou Clarence, quanto a Deus existir ou não, tudo se resumia à mínima diferença entre uma morte que era o fim de tudo, nem um pouco pior do que um longo sono profundo, fim do desejo tanto quanto da capacidade, e uma morte que seria o início de novas aventuras, uma vida inimaginável, totalmente à vista de Deus, e grotesca de se imaginar — o corre-corre da Ressurreição, a monotonia boquiaberta dos eternos cânticos corais em louvor ao Senhor. Para a maioria das pessoas, a religião era só isso, essa aposta no fundo da consciência, em que não se perdia mais do que uma ou duas horas nas manhãs de domingo. Mas para ele, infelizmente, era seu ganha-pão, a base de sua condição de homem. Se não há Deus, não há base. Clarence sentiu uma irritação no fundo do estômago dilatado.

Mavis e Stella trouxeram a sobremesa, duas tortas saídas do forno, quentinhas, uma de frutas picadas e a outra de maçã; nesta as fatias de maçã se sobrepunham com tanta regularidade como as escamas de um peixe, numa pilha alta recoberta por uma camada de cravo e açúcar mascavo; em torno da torta a massa formava espirais. Clarence já vira muitas vezes as mãos gorduchas de Stella fazendo estas formas, dando uma volta completa em menos de um minuto. Mavis trazia na bandeja, entre as duas tortas, uma tigela de cristal contendo os primeiros morangos do ano e um prato com *chantilly* espiralado, como a torre de uma igreja heterodoxa. Apesar da sensação de pânico que lhe roía o estômago, Clarence sentiu a boca encher-se de saliva.

Os outros membros da Comissão de Obras da Igreja chegaram a tempo de tomar café e provar a sobremesa. Os recém-chegados tentaram rapidamente assumir o ar jovial dos eleitos que haviam sido convidados para o jantar. Aquela confusão de rostos, aqueles sorrisos e vozes cheios de uma simpatia forçada, espicaçavam a consciência embotada de Clarence. Esfuziante, Kleist saiu com as Caravello na noite quente, sob um céu ainda não de todo escuro; Stella e as duas esposas de membros da comissão foram para a sala de visitas, enquanto Clarence levava os homens a seu escritório, onde um grupo de cadeiras fora colocado em frente à escrivaninha. A reunião foi iniciada com uma prece oferecida pelo presidente, o senhor Dearholt, pedindo a orientação de Deus; em seguida, passou-se a discutir a proposta de construir uma nova ala de dois andares, para a escola dominical e as atividades sociais da igreja, num terreno adjacente, que ia até a Fair Street e fora adquirido prudentemente logo depois do incêndio de 1902, para quando uma tal expansão se fizesse necessária. Os custos da construção ficariam em apenas dezenove mil dólares, segundo um empreiteiro confiável que o senhor Dearholt conhecia — aliás, seu cunhado. A nova construção não apenas proporcionaria um local mais adequado para a escola dominical, que no momento funcionava num porão escuro e apertado, como também teria um andar superior que poderia ser alugado a terceiros, por uma quantia cuja magnitude dependeria do bolso e dos méritos do interessado, mas que de qualquer modo teria um impacto positivo sobre o orçamento. Nesse recinto também se realizariam jantares da paróquia, eventos educativos e espetáculos musicais que granjeariam novos membros para a igreja entre os jovens respeitáveis de Paterson, uma cidade onde havia tantos interesses em competição. Os jovens eram fundamentais para uma igreja que desejava atender às necessidades das gerações futuras. "Crescimento, crescimento", enfatizava o senhor Dearholt. "Se uma organização não cresce, é porque está morrendo, ainda que só anos depois isso fique claro. A igreja congregacional da Auburn Street é um bom exemplo. Um belo dia, como diz o outro, ela acordou morta!"

Um riso discreto percorreu a comissão, que parecia inclinada a concordar com o presidente. Para Clarence, a idéia era simplesmente aterradora. O prédio ainda hipotético já lhe pesava no peito: os trabalhadores, as escavações, o barulho, a poeira, a dívida a ser financiada, os milhares de pormenores a discutir em detalhe, o fim daquele agradável retângulo de árvores umbrosas, com uma pia para passarinhos cercada de balsâminas, uma placa em que se anunciavam os horários dos cultos e o pensamento religioso da semana, e um banco de praça à disposição dos contemplativos de todas as seitas. Seu desânimo devia estar estampado em seu rosto, pois todos viraram-se para ele, prontos para receber um balde de água fria.

"Incomoda-me", confessou Clarence, "a idéia de dedicar tanto trabalho e tanto dinheiro a um fim puramente material. Dezenove mil dólares: essa quantia daria para sustentar vinte famílias durante um ano, ou então para que uma missão na Ásia atendesse a uma legião de miseráveis famintos. Penso nos juros, nos gastos prolongados, que vão nos acompanhar por muitos anos ainda, um ônus para os filhos de nossos filhos. Diz o salmista: 'Se o Senhor não edificar a casa, em vão trabalham os que edificam'. Será que a eficácia de uma igreja depende de seu tamanho físico? Eu pediria que os senhores fizessem um exame de consciência e vissem até que ponto essa súbita vontade de construir não teria raízes na competição e na inveja. Só porque a igreja metodista, nossa boa vizinha a alguns quarteirões de nós, construiu uma nova ala e reformou todo o coro, para realçar mais as vozes dos membros do seu coro, que aliás são profissionais pagos, isso não quer dizer que temos que fazer o mesmo e gastar uma quantia semelhante. Nosso presbiterianismo, sem dúvida, não é tão mundano e materialista." E permitiu-se um chiste teológico: "Os metodistas, afinal, são seguidores de Armínio, o qual atacava Calvino, pessoa muito frugal, dizendo que os homens têm a liberdade de gastar. Falando sério, a igreja é uma comunidade cuja força está na pureza e no zelo que ela demonstra, e não nos prédios que possui. Nosso prédio atual está situado numa posição harmoniosa em seu terreno, e o parque verdejante ao lado é um presente que damos à vizinhança em geral, aos transeuntes cansados". E suspirou; ele próprio estava cansado.

Os olhos dos membros da comissão fixavam-se em Clarence com uma vivacidade e uma curiosidade que o oprimiam; seu tom de voz já lhes dizia que ele fora derrotado. Nenhuma voz levantou-se para discordar de sua posição. Por fim, disse o senhor McDermott, com uma voz tranqüila e bondosa: "Ah, mas como saberão da nossa pureza e do nosso zelo se não dermos nenhum sinal externo, visível? É por meio dos prédios que anunciamos quem somos em Paterson. A prosperidade visível não é uma virtude, claro que não, mas a fé de Calvino admite que ela pode ser um sinal da graça divina". Seu tom não era de acusação; apenas inquiria delicadamente, como um médico.

E, de fato, Clarence sentia-se fisicamente mal, não apenas no estômago mas também no peito, que sempre fora seu ponto mais vulnerável, desde a infância, quando contraíra uma febre e depois sofrera de tísica. Respirou fundo, com um pouco de dificuldade, e não conseguiu evitar uma certa rouquidão. "Meus amigos", retrucou, "a igreja pertence aos senhores, não a mim. É este o significado do presbiterianismo. Sou o presbítero docente, mas os senhores são os presbíteros regentes. Vou ficar aqui durante o tempo que durar meu chamado, mas muitos dos senhores foram batizados aqui e serão enterrados aqui; esta igreja é sua por todas as suas vidas. Eu só me pergunto..." — e pigarreou para desobstruir a garganta — "se esta maneira de agir, muito pragmática, não será às vezes..." — e mais uma vez pigarreou com força, para poder falar direito — "um modo de evitar, de não enfrentar as questões mais profundas..." Não concluiu a frase.

Mais que depressa, os membros da comissão o socorreram, prontificando-se a criar uma subcomissão para examinar mais a fundo, tendo em vista a falta de entusiasmo do pastor, a estimativa dos custos imediatos e a longo prazo. Talvez valesse a pena consultar os metodistas, perguntar-lhes quais foram os problemas e os resultados da obra que haviam realizado. Mas é claro que Fulano, Beltrano e Sicrano — e neste ponto mencionaram vários aristocratas da indústria que ocupavam posição de relevo na comunidade metodista — tinham dado polpudas contribuições. Aliás, segundo alguns, metade do total viera do bolso de dois ou três fiéis. As lentes ovais dos óculos brilhando, o senhor Dearholt manifestou, com sua voz estridente, a esperança de que a comunidade presbiteriana fosse igualmente generosa. Aquela paróquia não era pobre, ainda que as três igrejas presbiterianas mais antigas da cidade fossem sérias concorrentes; a elas pertenciam muitas das mais antigas e respeitáveis famílias de Paterson. Ele, Dearholt, tomaria a liberdade de fazer pedidos informais aqui e ali, a alguns homens discretos e sensatos que faziam parte de seu círculo de relações. E se ele consultasse — sem nenhum compromisso, é claro — um arquiteto com muita experiência em prédios eclesiásticos? Algo em estilo gótico, é claro, em arenito pardo, era o que ele, pessoalmente, imaginava, um anexo imponente que se harmonizasse à perfeição com o prédio já existente, cuja beleza e integridade nosso pastor tinha toda razão de querer preservar.

Clarence teve a impressão de que fora mencionado com uma gravidade um tanto pomposa, como se estivessem falando de uma pessoa falecida. Com Dearholt na subcomissão, não havia nenhuma dúvida quanto ao resultado do relatório; era só uma questão de detalhes. Não obstante, Clarence sentia-se aliviado ao dar-se conta, quando a reunião terminou, num tom alegre, de que a verdadeira decisão fora adiada para uma ocasião futura. A vagueza e a procrastinação sempre proporcionam alívio aos fracos de espírito. Ele estava atônito de ver que conseguira enunciar as palavras da fé. Talvez as revelações que experimentara naquela tarde viessem a afundar dentro de seu ser, para misturar-se, naquelas profundezas inconfessas, quase esquecidas, aos grotescos sonhos sexuais e poluções noturnas de sua mocidade.

Stella o aguardava no quarto, acordada. As sombras pairavam nos cantos, longe da fraca lâmpada elétrica à luz da qual ela cerzia uma meia preta; estava sentada na cama de baldaquino, trajando uma camisola branca de algodão e uma touca com franjas, deformada pelo volume de seus cabelos. Ela contou-lhe que a senhora McDermott e a senhora Dearholt haviam voltado para casa de bonde, depois de uma agradável conversa acompanhada dos restos de morangos com creme. "Como foi a reunião?", indagou.

Clarence despiu o paletó preto, colocou-o com cuidado no encosto de uma cadeira e, tensionando o queixo para cima e fazendo uma careta de esforço, retirou o colarinho de celulóide. "O Dearholt fez uma tremenda pressão em favor do anexo, mas eu perguntei a todos se eles não estavam querendo fazer isso só para competir com os metodistas. A pergunta lhes deu em que pensar, mas acho que vão acabar aprovando a obra de qualquer jeito. Creio que eu devia deixá-los fazer o que bem entendessem, mas a escola dominical está com dificuldade de encontrar alunos, porque boa parte das melhores famílias está se mudando para Clifton e Totowa." Sentou-se na cadeira de balanço de palhinha para retirar os sapatos pretos e as meias pretas. "Ah, minha querida Stel, o cansaço que eu sinto! Não sei se tenho energia para enfrentar tudo isso."

"Tudo isso o quê, Clarence?" Pelo tom de voz, ela continuava ocupada com a cerzidura.

"Esta igreja, estas pessoas tão boas, querendo de mim alguma coisa que nenhum mortal é capaz de dar. Toda esta simulação de zelo." Não conseguiu dizer à mulher que até mesmo pronunciar as palavras se tornara difícil, agora que lhe fora revelada a verdadeira natureza da realidade. *Deus não existe.* Talvez todos, inclusive seus professores em Princeton, já soubessem.

"Você vai se sentir melhor depois de uma noite bem-dormida. O Teddy hoje achou que você parecia cansado."

"Eu ouvi, da outra ponta da mesa. Pobrezinho, é um menino tão sensível."

"Mais do que o Jared e a Esther?", perguntou Stella, ainda apertando a vista e concentrando a atenção sobre os fios pretos da meia esticada sobre o ovo de madeira. "São eles que tiram as melhores notas na escola."

Até mesmo o esforço mental de fazer comparações entre seus filhos era quase demais para ele. "Talvez não. Mas eles estão se dando bem na vida. Os dois já trabalham depois das aulas, e a Esther arranjou um namorado. O Teddy está sendo deixado para trás."

"Não por nós."

"Ah, espero que não."

Stella olhou para ele e resolveu ignorar aquele comentário enigmático. "O jantar foi animado, não foi?"

Clarence não pôde conter uma risada, apesar de seu estado de estupefação. O mundo nos distrai de suas próprias desgraças. "'Animado' é uma maneira de ver as coisas; uma outra maneira seria dizer que foi catastrófico. Você não devia ter convidado o Kleist; ele virou um fanático desde que foi despedido. Conseguiu até fazer com que nossas recatadas convidadas italianas fossem atrás da bandeira vermelha que ele levantou."

"É saudável as pessoas manifestarem suas idéias com franqueza", retrucou sua mulher. "É bom misturar pessoas de todo tipo. Se a gente deixar que as diferenças de classe de Paterson dividam a igreja, não vai restar mais nenhum lugar onde um lado pode ouvir o outro. Nosso Senhor nunca teve medo de uma boa discussão." Como se não quisesse dar a impressão de estar invadindo o território do marido, adotou um tom mais suave: "O McDermott parece ser uma pessoa muito boa, e o senhor Dearholt é bem-intencionado; o problema é que ele não sabe ser simpático".

"Ele quer transformar a igreja num ramo dos negócios dele, e do jeito que estou me sentindo hoje, estou pouco ligando se ele fizer isso."

"Clarence! Mas isso que você está dizendo é quase pecaminoso! Não há ninguém por aqui tão erudito e piedoso quanto você."

"Piedade! Não é um absurdo falar em piedade, quando os industriais estão com as espadas na mão, como diz o Kleist? As tais virtudes cristãs, como dizem Ingersoll e os radicais, não serão apenas uma desculpa para não se fazer nada, uma maneira de manter os pobres passivos enquanto os ricos enriquecem cada vez mais?"

Stella pôs de lado a meia já remendada e disse: "Nunca li uma linha do que Ingersoll escreveu nem pretendo ler. Ele zombava de Deus e no entanto continuava vivendo muito bem numa terra que se tornou próspera graças ao trabalho de homens e mulheres que respeitavam Deus. E você também não devia ler esses livros — alguma coisa está incomodando você, todo mundo percebeu hoje no jantar".

"É mesmo? Pois eu tentei ficar calado e deixar que os outros falassem."

"É o que você sempre faz, meu querido. Não faria mal se eles ouvissem o pastor dizer o que pensa de vez em quando."

"Ah, Stella, eu nem mais sei direito o que penso." Entrou no banheiro com os suspensórios e as calças pretas, para não impor à mulher sua nudez ao vestir o camisolão. Não queria aproximar-se ainda mais de uma confissão de seu ateísmo, aquela ferida ainda aberta dentro dele. Esfregou bicarbonato nos dentes e tomou um gole do Xarope Tranqüilizante da Senhora Winslow por causa da garganta irritada, e também para adormecer com mais facilidade. Quando saiu do banheiro, Stella já dormia; pegava no sono de súbito, como um animal saudável. A luz do abajur pardo projetava-se diretamente sobre seu rosto enrugado. Nunca fora bonita, porém outrora havia em seu rosto algo de compacto, algo de duro no maxilar, que com a idade estava amolecendo e inchando. Cada vez mais parecia um homem obeso. Clarence pensou na pequena Mavis, tão esguia, dormindo no canto de um quarto abafado em Dublin, as mãozinhas maltratadas encolhidas sob o queixo, as sardas daquele dia desaparecendo na pele tenra e branca como o leite. Puxou a corrente do abajur com cuidado para não acordar a mulher e mergulhou num espaço escuro ao lado dela que poderia perfeitamente ser seu túmulo, só que o calor daquele dia de junho persistia, bem como o zumbido dos mosquitos, e a confusão desolada de sua consciência, e os ruídos abafados da cidade a preparar-se para dormir. O estrépito das ferraduras e das rodas com aros de ferro sobre as pedras do calçamento misturava-se com o guincho de um bonde na Broadway que morria ao longe, e com o crescendo ocasional, pontuado de tosses que indicavam combustões frustradas, dos tais automóveis — no mais das vezes fordes-de-bigode e Oldsmobiles, cada vez mais numerosos — com que os cidadãos mais progressistas de Paterson invadiam as ruas antigas e desiguais, pontuadas de montículos de bosta. O século recém-iniciado era cheio de invenções que sempre divertiam Clarence, mesmo quando ele não conseguia achar graça em mais nada, e o som presunçoso, áspero e otimista de um valente carrinho sempre lançava sobre sua melancolia um raio de energia inocente, como se o automóvel fosse um anjo chegando com sua mensagem à Terra. O som rouco, cada vez mais distante, fez sua consciência concentrar-se num ponto; esse ponto fixou-se dentro de seu crânio como uma estrela, e Clarence adormeceu sobre o seio duro de um universo esvaziado.

Entre suas obrigações do dia seguinte, das quais ele se desincumbia às cegas, enquanto uma febre interior de confusão tentava combater o vírus do ateísmo, incluíam-se visitas aos doentes da paróquia. Clarence caminhou dois quarteirões até as cocheiras atrás da Hamilton Street e pegou a charrete do pastor. Betsy, uma velha égua cinzenta, de corpo compacto, que tinha uma mancha de sangue no olho esquerdo, saudou-o mexendo as orelhinhas orladas de branco. Num gesto desanimado, Clarence puxou as rédeas, fixando a vista nas ancas pesadas e na cauda agitada do animal, que seguia pelas pedras gastas do Parks Boulevard puxando a charrete leve de rodas finas. A senhora Van Scoyk estava em casa, recuperando-se de um parto difícil, o quinto. Ouviam-se os vagidos do bebê no quarto ao lado, e também as tentativas inúteis da ama no sentido de acalmá-lo com palavras e sons musicais. "Assim que colocam a pestinha nos meus braços", explicou a senhora Van Scoyk ao visitante, "me esqueço completamente daquela agonia toda, como se nunca tivesse acontecido!" A senhorita Harriet Bartle, membro da Sociedade Auxiliadora Feminina, estava acamada, por um período indeterminado, no Paterson General Hospital, outrora conhecido como "Hospital das Senhoras", na Wayne Street, sofrendo de uma indisposição nervosa cujos sintomas e causas profundas era melhor deixar encobertos, juntamente com outros mistérios do sexo feminino; o pastor limitou-se a contar-lhe alguns mexericos e fazer uma prece breve ao lado da doente dócil e melancólica. O Barnert Memorial Hospital, na Broadway, inaugurado havia apenas dois anos, para cuidar das abundantes doenças das massas de imigrantes, era — tal como o St. Joseph's, o hospital mais velho da cidade, fundado por um padre e cinco irmãs de caridade — pouco freqüentado por Clarence. Porém o senhor Orr estava lá, às portas da morte. Fora trabalhador braçal — ajudante de pedreiro, entregador de mercearia, sempre fazendo trabalhos humildes para homens que haviam logrado tornar-se comerciantes ou empresários — e por algum motivo nunca conseguira se dar ao luxo de ter esposa, casa e filhos. No entanto, na igreja fora um fiel devotado, sempre sentando-se do lado esquerdo da nave, num dos bancos laterais mais próximos aos vitrais que representavam um sexteto de mártires e heróis do protestantismo — Wyclif, Huss, Calvino, Knox, Cromwell e Bunyan, todos eles, menos o Protetor, representados de armadura — diante de um púlpito ou uma escrivaninha, com uma expressão austera e resoluta. Havia meses que Clarence percebia a ausência, sob essas efígies severas e compenetradas, do rosto de Orr, pequeno, mísero, com olhos sempre fixos, ouvindo o sermão com uma atenção tão intensa que o pastor sentia-se envergonhado, pois por conta de seu hábito de fazer pausas dramáticas muitas vezes seus pensamentos ficavam à deriva enquanto a língua seguia em frente. Agora o senhor Orr, cujo nome de batismo — Elias — atestava a fé de seus pais, estava mal; quando Clarence chegou ele estava dormindo, e sua cabeça, sobre a fronha engomada do travesseiro, parecia pouco maior do que uma maçã murcha. A doença desbastara-lhe os cabelos ruivos de modo desigual, fazendo com que sua cabeça se assemelhasse à de um recém-nascido, e a dor crônica lhe riscara rugas fundas nos dois lados do nariz e entre as sobrancelhas. Clarence já se preparava para ir embora, pé ante pé, quando dois brilhos úmidos surgiram no fundo das órbitas de Orr, que entreabriu as pálpebras rugosas, grunhiu uma saudação ininteligível e fez menção de semi-erguer-se apoiado nos cotovelos, para em seguida largar-se de novo no colchão.

"Não precisa se mexer, senhor Orr. Vim só para uma visita rápida. Como está indo o tratamento?"

"Se eu disser que vai assim, assim, vou estar exagerando, reverendo. Estou muito cansado de sentir dor. Mas sei no fundo dos ossos que não vai mais demorar muito tempo. Com todo esse calorão dos últimos dias, continuo com frio nos pés, e garanto que o frio está subindo cada vez mais."

"Esse calor úmido fora de época está derrubando todo mundo. Aposto que daqui a uma ou duas semanas o senhor vai estar bom."

"Ah, o senhor não diga bobagens para tentar me animar. Estou chegando ao fim, e estou preparado para enfrentar a sentença. Reverendo, seja franco comigo. Já passou a hora das palavras animadoras. O senhor acha que tenho possibilidade de ser um dos eleitos?"

O rostinho afundado no travesseiro emitia um fedor de dentes podres e muco velho que atingia as narinas de Clarence a dois metros de distância, embora a enfermaria fosse perfumada com álcool e éter. "Com toda a franqueza", respondeu ele, no tom mais grave que lhe era possível, olhando para aquele rosto que lembrava um macaco, "eu diria que o senhor tem excelentes possibilidades. No decorrer de sua vida, o senhor se lembra de alguma vez ter tido a experiência palpável do Cristo vivo?" Clarence sentia a boca seca ao repetir esta velha fórmula, um convite à alucinação e à histeria.

Os olhos do senhor Orr haviam afastado para os lados as dobras de pele que os cercavam; as íris embranquecidas estavam submersas em poças de remela amarelada riscada de sangue. "Com toda a sinceridade, acho que nunca tive esse tipo de experiência. Vasculhei meu coração, mas é difícil a gente ter certeza, não é? Porque essas mulheres, do jeito que elas falam, parece que Nosso Senhor vem visitá-las toda noite, fazendo a corte. Já senti uma espécie de inspiração umas vezes, rezando, e muito raramente no meio do dia, numa hora em que eu estava fazendo outra coisa. Mas eu não diria que tive experiências palpáveis. Porque uma experiência palpável é quando a gente não tem a menor dúvida — não é?"

O doente havia adotado um tom matreiro e persuasivo, que fez Clarence pensar como era cruel uma teologia que obrigava os fiéis a esquadrinhar seus próprios cérebros em busca de uma passagem para o Céu, ou pelo menos um vestígio de tal coisa. "O senhor é muito modesto. E de qualquer forma há presbíteros docentes que defendem a posição segundo a qual é impossível *haver* uma experiência palpável; haveria no máximo a experiência impalpável de viver com a graça divina, reconquistada por Seu Filho, Jesus Cristo."

O silêncio que se seguiu a essa observação foi talvez mais demorado do que Clarence esperava. Disse Orr então: "Pois bem, se eu não sou um dos eleitos, isso foi decidido no momento da Criação, e o que se há de fazer? O senhor me diga: o que é que nós podemos fazer aqui embaixo?".

Clarence ficou desconcertado: a proximidade da morte tornara o homenzinho um tanto ousado. "O que podemos fazer, senhor Orr, é fazer o bem ao próximo, confiar no Senhor e gozar das bênçãos que ele derrama sobre nós. Não sei o que mais uma divindade poderia pedir de nós."

Orr fechou um dos olhos, como se para enxergar melhor com o outro. "O senhor não sabe. É isso? O senhor fala como se fosse tudo a mesma coisa. Não é uma divindade qualquer, e sim o único Deus verdadeiro. O que ele pede não é pouca coisa, não, senhor."

Clarence pensou em responder, mas sua voz demorava a sair, de modo que o velho trabalhador, abrindo os dois olhos, prosseguiu, em tom de desafio: "Reverendo, eu levei uma vida muito dura. Nunca tive nenhuma facilidade. Nunca tive o bastante para me casar, apesar de várias moças se interessarem por mim quando eu era moço e forte. Depois de sessenta e seis anos de dificuldades, sem muito conforto mas com alguma esperança de coisa melhor na outra vida, não tenho medo de enfrentar o pior. Se o que vier for a danação eterna, eu agüento".

"Ora, mas o que é isso, senhor Orr! É claro que isso não vai acontecer com o senhor."

"É claro que não? Pois bem. Faça o favor de me explicar por quê."

Clarence esboçou um gesto tímido, cujo sentido, que a polidez o impedia de exprimir com mais clareza, era que o senhor Orr não valia a pena, não valia o trabalho de manter em funcionamento, com todo o combustível e o pessoal necessários, uma eterna fábrica de castigos.

O homenzinho desconfiou; repetiu o gesto inútil de apoiar-se nos cotovelos. "Meus pais me ensinaram a acreditar na danação. Eram gente muito devota, do condado de Sussex. De um lado ficam os eleitos, do outro os condenados. A Bíblia diz isso um monte de vezes, o próprio Jesus diz. E faz sentido. Não pode haver luz sem escuridão. Como é que a pessoa pode ser salva se não pode ser condenada? O senhor me responda. Faz parte da equação. Sem o mal, não há bem, e é por isso que o mal existe. Era o que meus pais pensavam — gente muito boa e religiosa; perderam a fazenda onde eles criavam porcos no pânico de 73, e nunca mais conseguiram tirar o pé da lama. Todas as noites, antes do jantar, nós cantávamos um hino. Mesmo quando não tinha nada na mesa, nós cantávamos um hino. 'Eis que o dia chega ao fim, e a noite se aproxima.' Essas coisas. Pois bem, o senhor me diga, reverendo Wilmot, onde é que está a falha no meu raciocínio? O senhor é um homem muito lido — isso a gente percebe todo domingo."

Clarence já tivera conversas como aquela antes, mas normalmente eram disputas abstratas e amistosas entre profissionais da fé; de modo geral, os leigos moribundos eram pessoas modestas e polidas, que não queriam de modo algum causar constrangimento ao ministro de Deus que vinha lhes oferecer um conforto rotineiro, num momento em que o que mais os preocupava eram suas sensações físicas e as disposições finais com seus entes queridos. O pastor percebia que Orr estava apavorado, e que ainda na véspera lhe teria sido possível responder com palavras mais fortes. Porém tudo que conseguiu dizer foi: "O senhor não incluiu na equação a infinita misericórdia divina; eis a falha. Jesus falou no Inferno e nas trevas exteriores, mas Ele só condenou com certeza os demônios; e qual de nós pode se considerar um demônio? Quem seria capaz de ser tão orgulhoso? Deus demonstrou Seu amor ao Homem duas vezes — quando o criou do barro e quando lhe deu Seu único Filho para redimi-lo do pecado de Adão. O Antigo Testamento nos mostra o quanto Ele amava Israel, o povo eleito, mesmo quando os israelitas desviavam-se do caminho da retidão. Não se preocupe com a danação, eu lhe peço, meu amigo, pense na gloriosa Ressurreição e na vida eterna. Pense no bom ladrão, a quem Jesus disse: 'Hoje serás comigo no paraíso'. Não que o seu estado de saúde seja comparável ao do ladrão crucificado. O senhor ainda tem muitos anos pela frente; senão não teria tanto espírito argumentativo. O senhor está ficando bom. Breve vou vê-lo outra vez sentado junto aos vitrais dos Reformadores".

O moribundo voltou o rosto lívido e murcho para o pastor, e ficou a examiná-lo. "Então o senhor não acredita na danação, nem um pouco?", indagou.

"Se acredito? Eu? Claro que sim. Sem nenhuma sombra de dúvida. Mas não no seu caso, senhor Orr. Um homem que sempre trabalhou tanto, que nunca faltou à igreja. É claro que, em termos de doutrina abstrata, tem que existir um estado de não-eleição. E — quem sabe? — talvez haja mesmo no mundo homens tão maus que mereçam a condenação eterna."

"Esses potentados orientais cheios de jóias e mulheres", arriscou o senhor Orr.

"Perfeitamente."

"E todos os judeus."

"Nisso devo confessar que não estou de acordo com o senhor. Nosso Senhor era judeu. Um dos homens mais notáveis de Paterson, Nathan Barnet, é judeu."

O senhor Orr fechou os olhos doridos repulsivos e cantou, com uma voz espantosamente alta e afinada: "Sombras da noite cobrem o céu". Clarence imaginou, aliviado, que o doente esquecera sua presença, mas os olhos de Orr voltaram a se abrir e ele afirmou: "Os seus sermões tinham muito pouca danação, reverendo. Eu não conseguia entender, e minha cabeça ficava tonta de tantas voltas que o senhor dava, se esquivando. Lembro que o senhor falava muito em compaixão pelos infelizes. Pois para mim essas histórias de se preocupar demais com os pobres nunca foi um bom sinal. Sempre haverá pobres em nosso meio, disse Nosso Senhor. Se os pobres têm tanta pena deles mesmos nesta vida, que esperem a próxima. Os últimos serão os primeiros. Para mim, religião sem danação é a mesma coisa que ateísmo. Um Deus que não pode condenar um sujeito ao Inferno para todo o sempre também não vai conseguir fazer um defunto voltar a viver".

"Senhor Orr, para tranqüilizá-lo..."

"Meu jovem, não precisa se preocupar em me tranqüilizar. Eu já lhe disse, estou pronto para o que der e vier. Sou capaz de enfrentar o pior, se é isto que foi determinado. Neste ponto Deus é tão impotente quanto eu."

"Mas é aí que está. Como é que um Deus pode ser considerado impotente..."

"Se Ele escolheu Seus eleitos no princípio dos tempos, Ele não pode mudar de idéia. Acho que isso é uma coisa que Ele não pode fazer. Pois bem, daqui a uns dias vou saber qual foi a escolha que Ele fez. Se fosse espírita, eu lhe prometia contar como são as coisas quando eu estiver do outro lado. Mas um lado é um lado e o outro é o outro, tal como de um lado tem os eleitos e do outro os malditos. O senhor pense um pouco, reverendo, e veja se não dá para ter um pouco mais de simpatia pela idéia da danação. Dizer a um homem que ele não pode estar condenado tem conseqüências que o senhor não levou em conta. Alguém tem que sair perdendo, senão não pode haver vencedor. É o que diz a Bíblia, e o senhor Herbert Spencer também."

"É uma ligação interessante", disse Clarence, e em sua surpresa por um momento esqueceu-se de seu profundo desconforto.

"Eu cá tenho pensado nessas coisas", prosseguiu o senhor Orr, não sem um toque de orgulho. "Nunca tive esposa, e passei muitas noites sozinho pensando e lendo um pouco. Todos os pensadores modernos chegaram à mesma conclusão — são muitos os perdedores e poucos os vencedores. Tem que haver a danação eterna, senão a coisa toda perde o sentido. Ouça bem o que lhe digo."

"Estou ouvindo, e vou pensar nas suas palavras, senhor Orr. Perdoe-me" — e, aliviado, Clarence pôs-se de pé, afastando a cabeça fina e bela daquele leito nauseabundo, ascendendo a uma atmosfera que cheirava a éter e anti-sépticos — "se não consigo acreditar que a danação é uma possibilidade aberta para o senhor. Talvez o seja mais para um homem como eu. Vejo nos seus olhos o brilho que é o sinal da salvação."

Como se de pirraça, o homenzinho fechou os olhos, e o ministro viu-se diante de uma máscara mortuária enrugada e amarelenta.

Algumas semanas depois, quando as debilitantes ondas de calor de junho haviam dado lugar ao tórrido cotidiano de julho, com temperaturas acima de trinta graus, o ciclo do lecionário chegara ao décimo domingo depois de Pentecostes, ao capítulo treze de Mateus, a parábola da cizânia:

De maneira que assim como é colhida a cizânia, e queimada no fogo: assim acontecerá no fim do mundo.

Enviará o Filho do homem os seus anjos, e tirarão do reino todos os escândalos, e os que obram a iniqüidade;

E lançá-los-ão na fornalha do fogo. Ali será o choro, e o ranger de dentes.

A igreja estava quase vazia; os membros mais abonados da congregação estariam com suas famílias gozando o vento fresco e as ondas das praias de Nova Jérsei, ou então em casas de campo nos montes Catskill; os que não tinham condições de possuir ou alugar casas de veraneio teriam ido aos bandos fazer piqueniques nos recantos de sombra do monte Garrett. Clarence, encarapitado em seu púlpito, ao som do "Amém" entoado pelos remanescentes de seu coro, voltou o olhar para a parede esquerda e constatou com tristeza que o rosto redondo, implacável e atento do senhor Orr havia desaparecido, para nunca mais voltar, de seu lugar habitual, sob a fileira de efígies translúcidas de severos Reformadores. O pastor havia mesmo meditado a fundo ao preparar esse sermão, atendendo à vontade do morto. A beca simples que o cobria era como o peso suave, porém inibidor, da consagração; sentia na garganta a constrição do colarinho de ponta virada que usava, juntamente com uma gravata-borboleta branca, uma versão moderna da tradicional volta usada pelos calvinistas. Encarou os rostos espalhados aqui e ali, destacando-se dos bancos envernizados. Abanos de papel, com cenas bíblicas impressas em cores oleosas, agitavam-se metodicamente diante daqueles rostos suarentos, com expressões de expectativa polida. Clarence começou num tom de voz neutro e tranqüilo. "O famigerado agnóstico Robert Ingersoll, cujas imprecações tanto fizeram no sentido de despertar e fortificar a igreja na geração de meu pai, certa vez começou um ensaio com as seguintes palavras:

"'Uma importante objeção que podemos levantar contra o Antigo Testamento é a crueldade que nele se atribui a Deus. Todas essas crueldades cessavam com a morte. A vingança de Jeová terminava no túmulo. Ele jamais ameaçava punir os mortos; e não há uma única palavra, desde o primeiro equívoco do Gênese até a última maldição de Malaquias, que dê a entender que a vingança de Deus será exercida num outro mundo. É apenas no Novo Testamento que se revela a doutrina do sofrimento eterno. Aquele que pregou a benevolência universal rasgou o véu entre o tempo e a eternidade, e fixou o olhar horrorizado do homem no espantoso abismo do inferno. No seio da não-resistência ocultava-se o verme que não morre nunca. Em comparação com isto, a doutrina da escravidão, as guerras de extermínio, as maldições e os castigos do Antigo Testamento eram todos misericordiosos e justos'".

Stella e os três filhos — Jared, com sua boca dura; Esther, com seu ar superior, ainda que não debochado; Teddy, o delicado, com seu olhar fixo que sempre continha um elemento de pavor — estavam sentados no primeiro banco; e o senhor e a senhora Dearholt, tendo resolvido passar o fim de semana no forno em que se transformara Paterson, estavam mais atrás; entre as duas famílias havia quatro fileiras vazias. Os óculos ovais de Dearholt brilhavam; sua volumosa esposa exibia um espectro de sorriso por trás do véu de renda. Clarence havia conseguido captar a atenção de seus ouvintes. Havia amarrado a si próprio dentro de uma camisa-de-força; agora tinha de escapar dela, como o grande Houdini.

"O que responder a essa feroz acusação? Que há sofrimento e brutalidade na Bíblia, ninguém há de negar; é um livro sobre a humanidade, e o sofrimento é um fato da existência humana. O Deus do Antigo Testamento não se mantinha distante de Seu povo eleito; participava de suas lutas e tratava os inimigos de Israel como Seus inimigos. Quando Israel transgredia Suas leis, Deus reagia com uma ira terrível. Nosso Deus não é uma divindade distante — um Buda que já transcendeu a tudo, ou um Zeus que faz troça das desgraças humanas. De todas as religiões do mundo, o cristianismo é a única a apresentar um Deus que sofre, um Deus que assumiu em Sua própria pessoa a dor humana, e que em Sua agonia gerou a salvação da humanidade. Ele derrotou a morte, o que O obrigou a lutar com a morte, tal como Jeová, no Antigo Testamento, lutou com Jacó uma noite inteira. Não adoramos um Deus que se encontra a uma distância incomensurável de nós, fora de nosso alcance, e sim um Deus que se digna a tocar-nos, até mesmo a lutar conosco e, até mesmo, naquela breve Existência cuja história nos é contada no Novo Testamento, a assumir nossa humana condição, e falar aos homens em metáforas extraídas da vida cotidiana.

"Pois o que *faz* um fazendeiro com a cizânia, com as ervas daninhas? Ele as *queima*, para manter sua plantação limpa, e para destruir aquelas sementes daninhas, pois se não o fizesse elas encontrariam um solo fértil e, na próxima estação, nasceriam mais ervas do que nunca. A economia da agricultura exige a seleção, exige o joeiramento. Antes, no Evangelho segundo Mateus, João Batista proclama à raça de víboras da Judéia: 'Toda árvore que não dá bom fruto será cortada, e lançada ao fogo'. Um que é maior do que ele, anuncia João Batista, virá e 'vos batizará no Espírito Santo, e em fogo. A sua pá na sua mão se acha, e ele limpará muito bem a sua eira: e recolherá o seu trigo no celeiro, mas queimará as palhas num fogo, que jamais se apagará'.

"Pobres palhas, dirão alguns que não compreendem a misericórdia e a justiça de Cristo. Pobres ervas, pobre figueira estéril. Porém" — e Clarence fez uma pausa, olhando a sua volta, com os olhos azul-claros esbugalhados, a boca entreaberta sob o pesado bigode louro — "eu lhes digo que os homens não são plantas, e sim seres dotados de inteligência, alma e livre-arbítrio; são responsáveis por seus atos e pelas eternas conseqüências desses atos. Eles próprios *se tornaram* palhas, se assim forem julgados quando vier o grande fazendeiro com sua pá de joeirar. Foi a própria árvore que se fez estéril, as ervas daninhas..." Sua voz parou de repente; Clarence não sabia mais onde estava, perdeu o fio do pensamento, e consultou suas garatujas, rabiscadas num momento desesperado de inspiração após o jantar da véspera, e mesmo assim não conseguiu pegar o fio da meada. Levantou a vista, e percebeu que sua pausa tivera o efeito de apertar ainda mais em torno de si a atenção dos fiéis, um abraço que o estrangulava. "As ervas daninhas", disse ele, com uma voz desprovida de ênfases, "nasceram onde não eram queridas, e escolheram elas próprias ser arrancadas e lançadas fora."

Mudou de tom; assumiu uma entoação cotidiana. "Na verdade, Jesus refere-se ao Inferno poucas vezes. Os versículos mais famosos, e os mais severos, aparecem no quinto capítulo, e vão reaparecer, com variantes, no capítulo 18, e também em

Marcos. Estas são as palavras colocadas na boca de Nosso Senhor:

"'Ouvistes que foi dito aos antigos: Não adulterarás.

"'Eu porém digo-vos: que todo o que olhar para uma mulher, cobiçando-a, já no seu coração adulterou com ela.

"'E se o teu olho direito te serve de escândalo, arranca-o e lança-o fora de ti: porque melhor te é que se perca um de teus membros, do que todo o teu corpo seja lançado no Inferno.

"'E se a tua mão direita te serve de escândalo, corta-a e lança-a fora de ti: porque melhor te é que se perca um de teus membros, do que todo o teu corpo vá para o Inferno.'"

Aquelas palavras pareceram ter o efeito de ressecar a garganta de Clarence sobremaneira; foi obrigado a pigarrear alto não uma, mas várias vezes, antes de conseguir apresentar suas mitigações consoladoras: "A palavra aqui traduzida como 'Inferno' era 'Gehenna' em grego, formada a partir do termo hebraico '*gehinnom*', nome derivado do vale de Hinom, um depósito de lixo perto de Jerusalém. Assim, o Inferno é um monturo, e o fogo do Inferno, a que Cristo se refere por vezes, deve ser entendido não como tortura eterna, e sim como a ação purificadora por meio da qual o lixo — cujo acúmulo terminaria tomando todas as casas e ruas de uma cidade ativa como Paterson —, por meio da qual o lixo volta à natureza, decompondo-se em seus elementos básicos e subindo aos ares em forma de fumaça e calor, e descendo à terra em forma de cinza. Aqueles que são condenados à danação já *condenaram a si próprios à inexistência*, tal como entendemos o conceito à luz da existência milagrosamente plena que foi tornada possível pela vinda de Cristo e Sua redenção. *Possível* para cada um de nós, mas não certa. *Prometida*, mas não, irmãos esperançosos, necessariamente obtida".

Clarence sentiu que sua voz falhava, se esgotava. O esforço de projetar suas palavras no amplo espaço da igreja, onde um punhado de fiéis o ouvia com indiferença, era demais para seu peito; sentia que os pulmões arfavam. Sentada na primeira fileira, sua família lhe dirigia olhares visivelmente preocupados. "*Nós*", recomeçou, com o máximo de ênfase de que era capaz, "temos que renovar nosso pacto com Deus de algum modo. A montanha veio até nós, porém precisamos subi-la. Quem se coloca ao pé da montanha e se recusa a subir se vê no fundo de um abismo. Este abismo de não-realização é o Inferno. É por isso que tem razão o infiel Robert Ingersoll quando afirma que o Novo Testamento trouxe o Inferno para a história humana. Os que se situam fora da luz da nova ordem de Cristo vivem nas trevas exteriores — uma expressão, *to skótos to exóteron*, que só aparece em Mateus, embora seja encontrada também nos escritos rabínicos e em certos textos intertestamentais, como Enoque. Mateus, capítulo 8, versículo 12: 'Mas os filhos do reino serão lançados nas trevas exteriores. Ali haverá choro e ranger de dentes'. 'Filhos do reino' refere-se àqueles que *deveriam* estar participando do reino, agora que chegou a boa notícia — aqueles *que tiveram oportunidade*. Os que não conhecem Cristo agora são infinitamente mais ignorantes do que os que viveram antes da vinda Dele. Ao não aceitar Cristo, nós nos transformamos em lixo, que só serve para ser queimado no monturo de Gehenna. A dor de ter perdido Cristo será tão grande que nem sentiremos as chamas. É este o significado do Inferno — um espaço imenso de perda consciente, de auto-recriminação, de *desprezo por si próprio*" — neste ponto, Clarence teve que fazer uma pausa, enquanto sua voz subia, agarrando-se com dificuldade, arranhando-se dolorosamente, a uma encosta interior que já começava a desmoronar; terminou numa explosão rouca — "que foi escavado do universo pela vitória cósmica de Cristo."

Ainda havia mais, um parágrafo de conclusão, otimista, que respondia às preocupações do senhor Orr e cujo objetivo era animar os desvãos mais escuros do legado calvinista de todos aqueles que compartilhavam as preocupações do falecido. "A eleição das almas feita por Deus", Clarence tentou dizer, "não é um peso enorme a onerar nossas vidas terrenas, tornando nossas lutas tão ridículas quanto" — aqui ele agitou os dedos da mão livre, causando risinhos de um membro jovem da congregação — "quanto o estrebuchar de um inseto, um besouro, uma borboleta espetada num pau. Não se trata de uma situação em que são poucos os vencedores e muitos os perdedores, como é o mundo pecaminoso e implacável em que vivemos." Era preciso apressar-se, era preciso resumir; sua voz estava por um fio; já ouvia o rangido dos bancos causado pela impaciência dos fiéis. "É, sim, uma situação", prosseguiu, "em que uns vencem e outros nem sequer jogam. Aqueles que não aceitam o grande presente que nos dá Cristo quando Se oferece a nós, estes morrem à míngua. Eles se reduzem ao nada. Ser eleito" — as palavras doíam-lhe e arranhavam-lhe a garganta — "é uma questão de *escolha.* Nossa escolha. É a mão de Deus" — e estendeu aquela mesma mão branca, de dedos longos, que havia pouco fora um inseto impalado — "estendida para baixo, em nossa direção, para aqueles que tentam alcançá-la. Se não conseguimos sentir a mão de Deus segurando a nossa, é porque" — e agora sua garganta fechou-se de modo catastrófico, seu fôlego reduziu-se a um fio de ar, um chiado — "não estendemos nossa mão para cima verdadeiramente." Não conseguia mais falar. Sentia-se estrangulado, a voz reduzida a menos que um sussurro, uma teia seca grudada em sua garganta. Os rostos dos que procuravam a fé em suas palavras constringiam-lhe o peito como uma multidão silenciosa. Os abanos de papelão estavam parados.

Por alguns momentos que duraram uma eternidade, Clarence permaneceu imóvel no púlpito, os olhos azuis protuberantes, os lábios entreabertos, até que Stella levantou-se de um salto do banco da frente, virou-se para a congregação, sorridente, e com seu doce sotaque sulista, de que ela não se envergonhava em absoluto, recitou as palavras que, após toda uma vida de cultos dominicais, haviam se tornado para ela uma segunda natureza: "Bênçãos e glória e sabedoria e graças e honra e poder, a nosso Deus, por todos os séculos dos séculos! Amém. O senhor Wilmot está lutando contra um terrível catarro. Vamos todos cantar o hino três sete sete, 'Soldados de Cristo, Avante'!". A organista, a senhorita Miriam Showalter, dirigiu um olhar interrogativo a Clarence e, quando ele assentiu com a cabeça, o primeiro acorde soou, e a congregação, levantando-se com um arrastar de parcos pés, começou a cantar:

"Soldados de Cristo, avante,
Vesti vossas armaduras,
A força que vem de Deus
Resiste às pelejas mais duras".

O hino tinha seis estrofes; à medida que aquelas gargantas saudáveis as desfiavam, Stella contornava a balaustrada do altar com agilidade, como se fosse a mesa de sua cozinha, e em seguida cochichou para Clarence: "Credo dos Apóstolos ou de Nicéia?".

Ele balançou a cabeça com irritação. Stella devia saber que o de Nicéia só era usado nos Domingos de Ceia. "Apóstolos", respondeu, apenas formando as palavras com os lábios. Seus lábios conseguiam mexer-se até mesmo naquela estranha e vergonhosa situação, no fundo daquele calabouço que havia surgido ao seu redor, com invisíveis paredes escorregadias. Sentia calor nas faces, porém as pontas dos dedos estavam frias, e um arrepio incontrolável percorria-lhe o peito de quando em quando.

"Qual a oração de ação de graças?"

"Você escolhe", replicou com os lábios, irritado. No meio daquele sofrimento grotesco, ainda queriam que ele se preocupasse com detalhes. Stella tinha nas mãos o boletim da igreja; já participara de milhares de cultos; ela podia perfeitamente retirar aquele rebanho da igreja. Clarence só queria ficar a sós com seu infeliz milagre, naquela situação de claridade ofuscante em que ele se encontrava. O hino chegava ao fim:

"Seguimos cada vez mais fortes,
Na peleja contra o mal;
Lutaremos incansáveis
Até a vitória final".

A congregação, com mais rangidos e tosses do que de costume, sentou-se outra vez, e Stella, diante do altar, proclamou, suas palavras ressoando nas profundezas da igreja meio vazia: "De bom grado oferecemos ao Senhor os frutos de nossa vida e nosso trabalho". Os dois diáconos, um esbarrando no outro, foram descendo o corredor com passos mal sincronizados. Stella dirigiu um olhar de pânico a Clarence; seu *aplomb* fora abalado. Lânguido, num torpor de impotência irônica, Clarence foi até o banco lateral onde ficavam os gazofilácios, forrados de feltro, e entregou-os aos diáconos, com um aceno sóbrio para tranqüilizá-los, pois via a inquietação estampada em seus rostos. Um deles era o simpático senhor McDermott, com seu queixo pontudo; o outro era o senhor Cyrus Terhune, o corpulento proprietário de um armazém da Market Street. Enquanto Clarence fazia uma mesura mínima para os dois, Stella declarava, estentórea: "Lembrai as palavras do Senhor Jesus: é mais abençoado dar do que receber". Ele teve a impressão de que o tom de voz de sua mulher estava um tanto excessivo.

Tendo em vista o estado reduzido do coro no verão, o órgão devia acompanhar a coleta com um solo, mas as mãos de Miriam Showalter estavam imóveis, como se estivessem tão paralisadas quanto a garganta do ministro. Os pratos flutuavam num silêncio constrangido, de mão em mão; o feltro amortecia o tilintar das moedas. Os coletores trouxeram-lhe os pratos; Clarence tomou-os — estavam quentes no lugar onde os homens os haviam segurado —, virou-se e elevou-os em direção ao vitral de Jesus, O Qual ascendia aos céus com as mãos apontando para o alto, num gesto gracioso, os olhos revirados para cima, os pés leves voltados para baixo, as dobras de suas vestes soltas entre as duas fileiras dos poeirentos tubos do órgão. Num movimento automático, Clarence abriu a boca para dizer as palavras costumeiras, mas o que se ouviu foi a voz potente de Stella: "Tua é, Senhor, a grandeza, o poder, o esplendor e a glória".

"Tudo o que há no céu e na terra é Teu", murmurou a congregação, constrangida, "e do que é Teu To damos."

Clarence não sabia se ia conseguir pronunciar as orações que se seguiam, mas Stella já havia ocupado com firmeza seu lugar nesses procedimentos conhecidos e inflexíveis: "Nós Te damos graças, Senhor", proclamou ela, com uma confiança crescente, "porque és misericordioso. Tu nos amas desde o princípio dos tempos, e Te lembras de nós quando nos vemos em dificuldades". A voz de uma mulher proferindo as palavras daquela ladainha era, naturalmente, uma blasfêmia espantosa para a maioria dos ouvintes, porém não lhes restava outra opção que não responder: "Tua misericórdia dura para sempre" e, em seguida, rezar o Pai-Nosso e cantar o último hino da manhã, "Ó abençoadas filhas da Galiléia", e despedir-se "regozijando-se com o poder do Espírito Santo", e receber a bênção. Stella ainda olhara para o marido, perguntando-lhe com as sobrancelhas se ele seria capaz de pronunciar a bênção, mas ele sacudiu a cabeça com impaciência; assim, num tom melodioso e teatral, e carregando no sotaque sulista, ela entoou as palavras: "O Senhor os abençoe e guarde. O Senhor lhes seja misericordioso. O Senhor lhes conceda suas graças e a dádiva da paz". Clarence participou do "amém", mas não do "aleluia!".

Miriam Showalter finalizou com uma passagem de Bach que parecia zangada. Stella, ao ver Clarence colocar-se em posição de sair atrás do coro, ainda com seus paramentos litúrgicos, fez menção de sair à frente dele, como deveria fazer, tendo em vista seu papel no culto; porém ele impediu-a, com dedos que mergulharam fundo na gordura de seu antebraço, protegida por uma fina camada de cambraia.

"Vá pegar as crianças", ordenou ele, rouco porém audível.

Os olhos de Stella faiscaram; a boca retesou-se, formando um O, pregueando o arco levemente hirsuto do lábio superior. "Sua voz voltou! Mas o que foi que aconteceu?"

Ele deu de ombros, impotente, começou uma frase com a palavra "Deus" mas concluiu-a com um gesto de desânimo, dizendo: "Não dá".

"É, assim não dá", retrucou Stella, voltando para ele as costas arredondadas e fartas. Sua cumplicidade de esposa, Clarence percebeu, fora truncada por seu triunfo litúrgico, pelo gostinho de fruta proibida. Num passo ágil, apesar do corpo volumoso contido no espartilho e coberto por um vestido com babados de valenciana marfim, com os pezinhos calçados em sapatos cheios de botões, desceu do coro, pôs o boletim da igreja no encosto do banco, juntamente com o abano de papelão, e pegou a sombrinha e a bolsa de couro preto. "Bem, foi uma experiência e tanto", disse ela aos filhos. As três crianças, as únicas testemunhas do vexame de Clarence que ainda permaneciam na igreja, estavam atônitas — até mesmo Jared, com seus olhos espertos e oblíquos e sua boca marota, estava apalvalhado demais para reagir com zombaria.

Na porta da frente, junto aos cordões dos sinos, Clarence conseguiu recuperar a voz o bastante para conversar. "Senhor Proctor... obrigado... pois é, um catarro... muito inoportuno, mas vai passar... senhora Wharton... é, mais um dia de calor... os gramados estão pedindo chuva." As poucas dezenas de fiéis, em sua maioria, preferiram não mencionar a insólita indisposição que tinham testemunhado; porém havia um constrangimento maior do que o normal pairando sobre as cortesias perfunctórias e os murmúrios de despedida, antes de se dispersarem na manhã clara.

De início, o domingo transcorreu como se nada de mais houvesse acontecido. Clarence nunca fora fisicamente forte, nem mesmo quando jovem; seus pequenos colapsos nervosos e súbitas recusas diante de obrigações costumeiras eram atribuídos a seu excesso de saber, sua gravidade, sua delicadeza. Era filho de Joshua Wilmot, um fazendeiro autoritário, de barbas fartas, que a partir de uma jazida de cascalho contida em sua fazenda de quarenta hectares tornou-se um próspero comerciante de pedra e areia, abastecendo os construtores locais; em seguida expandiu seu negócio e passou a vender no varejo a madeira e o tijolo que comprava de grandes atacadistas. Seu filho mais velho, Peter, fora preparado para herdar a empresa; Clarence, que viera ao mundo depois dos nascimentos sucessivos de três meninas — Rachel, Esther e a pobre Phebe, que nasceu corcunda e com um polegar a mais —, demonstrou desde cedo um temperamento maleável e obediente, e pela lei do menor esforço foi levado a uma carreira eclesiástica. Os momentos mais felizes de sua juventude, ele os vivera diante de uma folha de papel impresso, fosse o jornal de Paterson ou um romance de aventuras de Mayne Reid ou — já em Princeton — o Novo Testamento, no original grego. Naquele domingo, ele, Stella e os três filhos tinham sido convidados a almoçar com um dos mais importantes membros da paróquia, Amos Thibeault, dono de uma pequena fábrica de arame que ficava na McBride Avenue, escondida atrás das indústrias maiores, e proprietário de magnífica mansão em estilo Segundo Império, com um telhado de mansarda cheio de agulhas de ferro, na Park Avenue depois da Carroll Street. A refeição decorreu numa atmosfera fria, porém sem maiores constrangimentos. A anfitriã, mas não seu marido, estivera presente na igreja quando a voz do pastor falhou, de modo que o silêncio de Clarence durante o almoço — quando o convidaram a dar graças, ele se recusou, sacudindo a cabeça — era mais ou menos esperado. Enquanto o pastor consumia, com uma expressão de bondade melancólica, seu quinhão de porco assado, acompanhado de uma profusão de legumes, sua mulher e seus filhos — com exceção de Teddy, o caçula, cauteloso e mudo — pareciam excepcionalmente animados e falantes. Clarence era o vazio que eles estavam preenchendo. Durante a longa caminhada de volta para casa, em direção à esquina da Straight Street com Broadway, a família permaneceu em silêncio, percebendo-se ameaçada. Uma carrocinha vendendo sorvetes coloridos, com uma variedade irresistível de sabores adocicados, passou sem ser importunada; a presença de uma multidão de crianças proletárias seminuas, que patinhavam, ruidosas e provocativas, nas poças formadas por uma torneira pública aberta, não despertou nenhum comentário ou reação hostil da parte dos filhos do pastor; à frente das casas dos italianos e dos poloneses, os canteiros vulgares de petúnias e cravos-de-defunto, com imagens de Nossa Senhora com vestes azuis no meio, atraíam seus olhares mas não provocavam nenhuma observação. Aquele bairro não era nada elegante. Os moradores dessas casas exibiam-se nas varandas de madeira tronchas em mangas de camisa e vestidos largos, sem espartilhos por baixo, que revelavam aos olhos mais do que tornozelos morenos e pés descalços cheios de calos. Línguas estrangeiras — tiradas operísticas de italiano, rápidas punhaladas de ídiche, bocadas molengas de polonês — flutuavam no ar, enquanto as sombras se estendiam até os pequenos gramados pardacentos separados por sebes mirradas e disformes; olhos negros insolentes relanceavam de soslaio a família de protestantes que subia a rua com passos arrastados. Os três filhos do casal caminhavam de olhos baixos; ao chegar em casa, às quatro horas, recolheramse a seus quartos e em seguida saíram, espalhando-se pela vizinhança; sabiam que seus pais tinham que conversar e temiam que o destino da família estivesse diante de uma ameaça vaga e terrível.

"Pois bem, senhor Wilmot", foi dizendo Stella, estando fechada a porta do quarto do casal, recolocado no guarda-roupa de cedro o pesado vestido branco com que ela saíra, e afrouxado o espartilho que ela usava por cima do fino corpete de nanzuque, manchado de suor, "ainda não ouvi nenhum agradecimento pelo modo como acobertei seu estranho comportamento na igreja hoje. O que deu em você, querido?"

Clarence sorriu com tristeza; seu bigode — que parecia sujo, como é comum acontecer com bigodes louros — subiu um pouco, pondo a nu os dentes da arcada inferior. Sua voz estava mais rouca e baixa do que de costume, porém perfeitamente nítida, e inesperadamente sarcástica. "Minha cara, você parecia estar se divertindo tanto que achei desnecessário agradecer. De um golpe só, você resolveu toda a difícil questão da ordenação de mulheres. Você foi uma verdadeira Louisa Wooley — esplêndida! Pena você não ter minhas prerrogativas masculinas e eu não ter a sua fé inquebrantável."

"Fé?", repetiu ela, distraída. O espartilho, ainda que menos cruel para com sua cintura, menos antinatural que os de seu tempo de juventude, que reduzia os corpos das moças a ampulhetas, assim mesmo apertava; primeiro Stella soltou as ligas, presas ao espartilho, depois os colchetes na parte da frente, e por fim abriu em duas metades aquela carapaça semi-elástica, como se partisse o ventre de uma lagosta para garfar-lhe a carne. A sensação de alívio físico estampou-se em seu rosto largo; Stella andava de um lado para o outro no quarto trajando apenas o corpete fino, como se inconsciente da opulência de suas formas. Como jamais fora bela, aos quarenta e três anos de idade não era muito menos atraente do que fora aos vinte e seis, quando se casara. Embora nos tempos do seminário Clarence e seus colegas muitas vezes falassem sobre mulheres, e nem sempre num tom muito reverente, fora para ele uma revelação constatar que Stella não apenas se submetia ao ato sexual como também, nos primeiros anos do casamento, o solicitava, após uma semana de abstinência, ainda que ele estivesse cansado e desanimado com o trabalho naquele pequena e melancólica paróquia no Missouri. Havia muitos anos que ela não reivindicava, com certos toques das mãos e inflexões daqueles olhos vivos e brilhantes, escuros como olhos de cigana, seus direitos conjugais; nas noites de inverno, porém, os cônjuges ainda proporcionavam calor e conforto um ao outro sobre o velho colchão deformado, na mesma velha cama de baldaquino, e ela o aceitava naqueles raras ocasiões em que o desejo o tomava de assalto, inesperadamente. Naquela noite, ao vê-la desenrolar as meias e guardá-las no canto da gaveta de cima, e soltar os cabelos castanhos, deixando-os cair, apenas levemente agrisalhados, e lentamente retesar as costas gordas ao olhar-se, apertando a vista, no espelho oval da cômoda, Clarence achou-a extraordinariamente vigorosa e eficiente; decidiu então dividir com ela o fardo que havia um mês carregava sozinho.

"A *minha* fé, minha cara, ao que parece foi-se embora. Não é que eu apenas não consiga mais crer com um fervor ideal: tornei-me um incréu consciente. O que aconteceu hoje foi que minha voz se rebelou quando tentei tornar apresentável uma doutrina que considero intelectualmente detestável. Ingersoll, Hume, Darwin, Renan, Nietzsche — tudo que eles dizem parece verdadeiro, depois que a gente lê mais a fundo e pensa no que leu; eles não apenas têm a razão do seu lado como também são mais humanos e generosos. Jeová e Seu favoritismo pelos israelitas; a doutrina da expiação, essa lei de talião sanguinária; toda essa história de condenar seres humanos falíveis às chamas eternas do Inferno por conta de uns poucos erros que eles cometeram em suas existências tão breves; a própria idéia de que nosso espírito pode sobreviver sem olhos nem cérebro nem nervos — Stel, passei por um conflito terrível, retorci minha mente de todo jeito, tentando me apegar a alguma verdade ainda contida nessas idéias que justifique eu pregá-las; mas se não desistir disso tudo, vou acabar enlouquecendo. Meu amor por você não muda nem um pouco por saber que você não pensa como eu, e longe de mim qualquer intenção de convencer quem quer que seja a abrir mão de sua fé; mas para mim tudo isso não passa de relíquias, vestígios de pesadelos que tivemos na infância, quando o dia já raiou — estamos no século vinte! Não posso continuar tentando convencer a mim mesmo e os outros de coisas que são desmentidas por tudo que leio nos jornais, por todas as coisas concretas que vejo a meu redor. O universo é cem por cento matéria, e mais energia em ondas que provém também da matéria, e a pobre humanidade está sozinha no universo, como sempre esteve."

Stella, que antes se olhava no espelho, agora o encarava. Seu rosto pesado, um tanto masculino, com pálpebras semicerradas, estava curiosamente sedutor. A testa estreita emprestava-lhe um toque de brutalidade: os cabelos reluzentes e abundantes, com reflexos avermelhados e ondas encorpadas, brotavam de uma linha reta que lhe atravessava a fronte, sem nenhum bico-de-viúva. "Clarence, já tentou rezar?", perguntou-lhe. "A razão não é tudo. Há coisas que ela não alcança. E ter fé não é mesmo coisa fácil. O que foi mesmo que são Paulo dizia? 'Vemos como por um espelho, confusamente.'"

Aquele tom suave de súplica, que curiosamente, após tantos anos dormindo os dois lado a lado, tinha algo de sexual, levou-o a aproximar-se dela. Clarence retrucou: "São Paulo disse muitas coisas excelentes: 'Porque tanto os judeus pedem milagres, como os gregos buscam sabedoria. Mas nós pregamos a

Cristo crucificado: o que é um escândalo para os judeus e uma estultícia para os gregos'. Tenho muito amor por estas velhas palavras, mas agora elas estão mortas dentro de mim. Não sei o que foi que as matou — talvez estes tempos ímpios em que vivemos, ou simplesmente minha idade, o cansaço que com os anos veio a minar meu organismo — mas o fato é que elas estão mortas, tão mortas quanto os ossos no vale de Ezequiel".

"Mas aqueles ossos voltaram à vida", atalhou Stella. "É esta a moral da história. Com Deus, tudo é possível. Talvez o seu cansaço passe, e as dúvidas desapareçam junto com ele."

"Infelizmente, não se trata de dúvidas e sim de certezas. Não posso continuar a pregar num púlpito cristão, como um traidor infiltrado num exército. Tenho medo de que, se continuar meu ministério, eu termine por tirar a esperança e o conforto daqueles que ainda têm fé." E, como se para provar que ossos mortos podem voltar à vida, sentiu que seus olhos marejavam-se de lágrimas; uma convulsão de dor por muito tempo contida no peito sacudiu-lhe o rosto e os ombros; Clarence sentou-se na beira da cama e a mulher pôs-se a seu lado, com uma das mãos em sua coxa.

"Pobre coração", disse ela. "Há quanto tempo você anda com esses pensamentos desolados?"

"Desde antes do solstício, mas o germe destas idéias já está dentro de mim há muito tempo, sabe Deus quanto." Riu, fungando, em meio às lágrimas, ao usar impensadamente aquele nome que nada mais significava para ele. "Senti a perda como um acontecimento físico", explicou. "Foi na tarde do dia em que os Dearholt vieram jantar."

"O Dearholt é um peso para um homem com o seu temperamento", observou Stella. "Ele desperta o seu espírito de contrariedade. Clarence, todos nós temos momentos em que a vida parece vazia, parece não valer a pena. Mas eles passam; a gente toca em frente, pensando nas crianças que colocamos no mundo e em todas as outras pessoas que dependem de nós."

"Quisera eu poder tocar em frente, Stel. Pois se não posso, meu fracasso não só vai pesar em meus ombros como também há de se refletir em você, minha querida, em você e nas crianças, como você mesma diz."

As costas de Stella se retesaram, num movimento tão brusco que a velha cama rangeu e estalou uma ou duas vezes. "O que você quer dizer? Você não vai..."

"Vou sim. Vou abandonar o ministério."

"Ah! E como vamos viver?"

"Empregos não hão de faltar. Aliás seria difícil achar um trabalho que pague menos hoje em dia que este, em termos de dinheiro. Até mesmo nossa charrete e nosso cavalo são da paróquia."

"Mas..." Com um gesto, Stella abrangia o quarto, a casa, a respeitabilidade e a distinção que os cercava. "Garanto que muitos pastores e padres com certeza têm suas dúvidas."

Clarence pensou em mais uma vez protestar contra o uso daquela palavra, mas achou que isto seria um preciosismo mesquinho diante do abismo de conseqüências sociais que fora aberto por aquela confissão de impotência.

Stella insistia: "Mas o Verbo resiste, apesar de todas as dúvidas".

"E assim eu devia continuar fingindo? Talvez eu até fosse capaz disso, se as pessoas não percebessem a verdade — a ausência. Elas perceberam hoje na igreja. Foi por isso que fiquei seco. As palavras prenderam-se na minha garganta."

"Você não sabe o que aquelas pessoas perceberam; imagino que estavam pensando em mil coisas diferentes. Quanto à secura da sua garganta, você anda trabalhando demais e está se resfriando, tal como eu já previa. Clarence" — prosseguiu ela, prolongando bem o *a*, como boa sulista que era — "será que você não podia tentar seguir em frente, como se estivesse passando por uma ponte, de uma margem sólida à outra? O Senhor não nos abandona quando nos voltamos para Ele com sinceridade. Lembra-se da difteria do Jared, quando ele era pequeno? Nós dois passamos a noite em claro juntos, rezando, e..."

Delicadamente, Clarence pousou sua mão na mão da mulher e levantou-a de sua coxa, coberta pelo tecido negro da calça. "Você tem fé, eu sei, e acho isso lindo em você. Acho que até a invejo. Mas *eu* não consigo mais; você não vê que se força de vontade e preces adiantassem elas já teriam tido efeito? E a triste verdade é que meu respeito pela Igreja ainda é tanto que não posso poluí-la com minha hipocrisia."

Stella havia recuado; sentira-se ofendida ao ver que o marido rejeitara a mão que ela lhe estendera. Mudou de posição; a cama rangeu. "É uma atitude muito nobre de sua parte, sem dúvida; e não precisa se incomodar comigo — minha vida, minha situação em relação a todas as pessoas que me conhecem, o que vão dizer — mas e as crianças? Como é que elas vão comer?"

Clarence suspirou, irritado com a mesquinhez daquelas preocupações, quando todo seu universo havia se esvaziado. "Ainda não consigo pensar nisso com clareza. Mas nesta paróquia há alguns homens bem-sucedidos com quem eu tive um bom relacionamento... Sem dúvida... Ou talvez o nosso futuro não esteja aqui em Paterson. Podemos voltar para o Oeste."

"O Oeste?", ela reagiu, áspera. "Nós conseguimos escapar do Oeste, e ficamos aliviados. O Oeste era grosseiro demais para o seu espírito; ele o desanimava, com todos aqueles fazendeiros ignorantes e sovinas."

"É, mas..." O esforço de confessar-se com ela, a ponta de desapontamento que sentia agora, como se antes esperasse, ilogicamente, que ela o salvasse, de repente fê-lo sentir-se muito cansado. Relaxar naquela cama, descansar a cabeça sobre o travesseiro de penas... Disse então: "Primeiro eu tinha que falar com você. Agora, Stel, você me dá permissão para eu falar com Harlan Dearholt? Ele é o presbítero regente; o primeiro passo do meu pedido de exoneração seria falar com ele".

"Permissão?" Estava zangada; não ocorrera a Clarence, mergulhado em seu sofrimento espiritual, que a reação de Stella poderia ser a de ficar zangada. "Você não precisa da minha permissão. Você não me pediu permissão quando decidiu abandonar o seu Senhor; por que precisa dela agora?"

Surpreso com aquelas palavras, ele refletiu um pouco antes de responder, num tom tranqüilo: "Não fui eu quem decidiu, querida. A decisão escapou ao meu controle. Foi meu Senhor que decidiu — para encarar a coisa do seu ângulo — me expulsar".

"É a gente que salta fora, e é a gente que dá um jeitinho de entrar", disse Stella, surpreendendo o marido com aquele palavreado, que evocava o ambiente das barcas do Missouri. "Você tomou friamente a decisão de submeter a sua família a um sacrifício que podia muito bem ser evitado. Esta paróquia é boa para nós. A cidade está prosperando, está dando às crianças uma oportunidade de ser alguém no mundo, e agora, só porque... Mas não sei por que estou espantada. A sua própria irmã me avisou, antes do nosso casamento: 'Os Wilmot são uma gente muito fria'."

"Mas se a fé necessária..."

"Ah, pare com essa história de fé! A fé é uma coisa que a gente *constrói*; é um *hábito*. Sempre achei, desde o tempo de Jackson Bluffs, que você era um fraco, Clarence Wilmot, mas... você sabe como as mulheres são presunçosas" — agora era sua vez de rir fungando apesar das lágrimas — "eu achava que ia conseguir fazer de você um homem. E está aí o que consegui: fazer uma grande trapalhada, para mim e para as três criaturas indefesas que eu pus no mundo."

"Não, minha querida, não diga coisas tão duras, coisas... indignas de você. Vou ser firme no que vem pela frente, juro."

Os olhos que o miravam eram como pequenas ameixas escuras; a luz fraca da lâmpada elétrica destacava sob eles umas olheiras que pareciam apontar para uma longínqua ascendência pagã. "Com toda a firmeza de que você é capaz, é claro." Deu-lhe as costas, voltando para o marido a carne larga dos ombros, com alguns sinais negros entre as alças do corpete. "Ah", suspirou ela, dirigindo-se menos a Clarence do que a uma chusma de fantasmas de ancestrais e descendentes que lhe acorreram, solícitos. "As coisas que a gente passa nessa vida. Não admira que digam que há uma outra, para compensar."

Assim, à sua maneira, Stella lhe concedia tudo o que ele lhe pedira.

A casa do senhor Dearholt, na Pennington Street, tinha à frente arcos de pedras pesadas e ao lado uma torre arredondada, com um telhado cônico revestido de telhas que iam diminuindo em direção ao topo, encimada por um pára-raios que terminava com uma bola de vidro. A casa tinha a vastidão e a atmosfera lúgubre de uma igreja, porém na sala de visitas havia uma certa sensualidade oriental, com seus divãs e franjas e tapetes persas. Tendo ouvido tudo que seu infeliz visitante tinha a dizer, Dearholt levantou a cabeça, fazendo faiscar as lentes ovais dos óculos, e, exibindo os dentes perfeitos com uma careta simpática, disse: "Continue lutando, meu amigo. Jamais abandone a luta do bem. O senhor há de terminar vencendo, chegando a uma certeza renovada — disso *eu* tenho certeza — se conseguir manter o rumo. Isso são sombras que passam, uma crise de orientação, comum aos homens da sua idade. Pouco depois de completar quarenta anos, cheguei a pensar seriamente em jogar tudo para o alto e ir procurar ouro no Alasca. Desde menino que sou atraído pelas amplidões desertas — para mim, os vaqueiros de Montana eram os homens mais admiráveis do mundo, e com prazer eu teria virado índio se alguma tribo me fizesse a gentileza de raptar-me. Mas a metade melhor de minha vontade prevaleceu, e a minha cara-metade, minha querida Obelia, conseguiu resistir à tormenta, e continuei em Paterson, como o senhor pode ver. Esta cidade foi boa para mim. A indústria da seda foi boa para mim, apesar de todos os seus altos e baixos. É aqui que o futuro está sendo construído, nas cidades industriais, e não num Velho Oeste que só sobrevive em espetáculos mambembes em que meia dúzia de sobreviventes se exibe a um público de basbaques. Uma vez levei os gêmeos ao Madison Square Garden, reverendo, para ver Buffalo Bill e sua turma, e Geronimo estava tão bêbado que mal conseguia se mexer!".

Clarence sentiu que aquela conversa estava se afastando demais do objetivo de sua visita. "Senhor Dearholt", interrompeu ele, "todo cristão tem suas dúvidas; enfrentá-las é nosso desafio e nosso privilégio. Desde meus tempos de estudante em Princeton que me exponho a pensadores e poetas que defendem pontos de vista contrários à visão cristã, e mesmo alguns dos professores do seminário consideravam os argumentos agnósticos com uma seriedade assustadora — mas, ao final do dia, eu sempre retornava, por assim dizer, à vela acesa, às Sagradas Escrituras e a uma confiança infantil antes de dormir. Meu pai — alguns o chamavam de pão-duro, mas nunca deixava de ir à igreja e sempre pagava o dízimo em dobro, como quer que andassem as finanças da família — foi para mim um modelo de retidão. Em matéria de religião, sempre foi conservador até os ossos; quando sua igreja cogitou juntar-se aos congregacionalistas de Hopewell, com o argumento de que todos tinham em comum as raízes no calvinismo, meu pai afirmou que seria o mesmo que se juntar aos unitaristas e emersonianos e outros sonhadores, como ele os chamava. Durante muitos anos, achei que herdara a fé inflexível de meu pai. Assim, sei o que é ter fé, e agora sei o que é não ter.

Quando tento repetir uma das velhas fórmulas, aplicar a mim mesmo minha apologética, ou proferir uma prece interior, uma força negadora irresistível me rouba as palavras. Creio que, de tanto ler os pensadores ateus, para compreendê-los e refutá-los, derrubando seus argumentos, acabei por derrubar minha própria fé! Darwin, Nietzsche, Ingersoll — foram filhos de pastores que mataram o Pai celestial!"

O sorriso do senhor Dearholt persistia, tal como o brilho frio de seus óculos. Ainda não estava calvo, porém seus cabelos eram tão ralos que deixavam entrever a forma curiosa do crânio humano, semelhante a uma cúpula meio amassada. "Lembre-se dos porcos da terra dos gerasenos, senhor Wilmot. Nosso Senhor fez os demônios entrarem nos porcos, e estes se jogaram do alto do despenhadeiro para dentro do mar. É o que o senhor tem que fazer. Expulsar seus demônios, mais nada. Eu me recuso a pôr a mão nestes livrecos imundos de livres-pensadores; a vida é curta demais para nos perturbarmos com tais coisas. Encare os seguidores de Huxley, os desmistificadores da Bíblia, os socialistas zombeteiros, não como homens razoáveis e de boa-fé como o senhor ou eu, mas como demônios disfarçados, demônios que foram enviados para pôr o senhor à prova, o senhor e a igreja. *É claro* que são inteligentes; *é claro* que seus argumentos parecem plausíveis. Não se deve fazer pouco da campanha do Demônio. Ele manda à batalha bons soldados — inteligentes e sinceros. Só que são soldados *inimigos*, reverendo Wilmot, para pessoas como eu e o senhor. Eles estão a serviço da Besta e do Grande Dragão, Gog e Magog, na batalha ao final do milênio, quando o Demônio será lançado no lago de fogo e todos forem a juízo. O senhor está do lado dos demônios ou do lado do Senhor? É esta a questão. Não é?"

Clarence contemplava, fascinado, a abóbada irregular do crânio de Dearholt, que era capaz de conter idéias tão delirantes e violentas. Tentou ver àquela luz apocalíptica proposta pelo presbítero regente a figura tímida, doentia e cuidadosa de Darwin, a de Renan, tão detalhista, de voz tão suave, e mesmo a de Ingersoll, com sua franqueza direta; constatou que tal coisa lhe era impossível. E quanto aos socialistas zombeteiros, ex-operários como Debs e Haywood, depois de todo o sofrimento que haviam suportado, das prisões por que passaram, por que haveriam de ser reverentes? Esses homens esforçavam-se para encontrar a justiça, a verdade, que para eles era uma presença sempre um passo à frente, e não aqueles dogmas estrambóticos e petrificados, defendidos com uma complacência tão vigorosa pelo homem diante dele, munido de um charuto e um copo de limonada. O senhor Dearholt era adepto de todas as novidades da técnica: diante da lareira havia um ventilador elétrico, com um caule de latão encimado por uma espécie de gaiola achatada, a agitar o ar tão ruidosamente que os dois homens eram obrigados a forçar a voz para se fazer ouvir. O vento, Clarence observou, incidia principalmente sobre seu anfitrião, e de vez em quando levantava uma mecha de cabelo de seu crânio amassado e luzidio.

"É, mas..."

"É, mas o senhor é muito crédulo. E por causa de sua natureza crédula, o senhor deixou que o inimigo infectasse seu pensamento, meu caro. Encare seu estado mental como uma doença. O senhor precisa convalescer, descansar. Não se ofenda; vivemos tempos difíceis, como o senhor mesmo disse no mês passado, quando tive o prazer de ser convidado para jantar na sua casa. Agosto se aproxima; o que o senhor planeja fazer nas férias? Seria bom a sua patroa e seus filhos se afastarem da cidade, desses miasmas pestilentos. O seu caçula em particular está precisado de um pouco de ar fresco; a meu ver, um pouco de exercício lhe faria muito bem."

"Ainda não pensei nisso... Minha irmã Esther e o marido têm uma casa em Delaware, não muito longe da praia, e costumamos passar alguns dias lá. Meus dois filhos mais velhos arranjaram empregos para o verão, e a igreja..."

"...Não vai parar com a sua ausência, eu lhe garanto. Com sua permissão, vou consultar o conselho da igreja e pedir que suas férias comecem agora, e que as côngruas pastorais saiam dos fundos gerais da igreja e não do seu salário. Eu por acaso conheço um senhor — não é membro de nossa humilde paróquia, mas pertence à mesma denominação que nós, e ele dá contribuições vultosas à Primeira Igreja Presbiteriana —, pois este senhor tem, entre outras propriedades, uma excelente casa de praia em Ocean Grove a qual ele e sua família não vão poder usar este ano, porque pretendem fazer uma viagem à Europa, como presente de formatura à filha mais velha. Ele não estava pensando em alugar a casa, porque não queria arriscar a expor sua propriedade ao primeiro que aparecesse. Mas a família de um pastor..."

"É uma oferta muito generosa, mas..."

"Não há nada acertado ainda, naturalmente, meu caro. Mas acho que isso é possível. Vou conversar com esse senhor, a respeito do seu... problema de nervos, digamos assim. Não se trata de caridade, veja bem — é do interesse da própria paróquia. É um bom investimento, para garantir que o seu chamado renderá frutos para nós. Nós não nos equivocamos; o senhor tem todas as qualidades. Como é mesmo que está escrito no nosso Código de Disciplina?" Dearholt fechou os olhos por trás dos óculos; o esforço de memória fez suas pálpebras tremerem. "'Qualidades naturais, adquiridas e dadas pela graça de Deus, as quais o tornem apto para o posto.' São os requisitos para que se atenda ao chamado da igreja. A igreja chamou, o senhor atendeu. Nem sempre concordo com as posições que o senhor adota — por exemplo, com relação às obras da paróquia, o senhor me parece excessivamente cauteloso — mas o senhor tem tutano, como se diz lá na fábrica. Sei avaliar um homem de cara; isso faz parte do meu trabalho. O senhor sabe, para falar com franqueza, a Igreja Presbiteriana dos Estados Unidos não anda recebendo vocações tão boas como antigamente; o que mais se vê agora são rapazes medianos, ou menos que isso, procurando a maneira mais fácil de escapar da fazenda ou da fábrica, mas sem nenhum dos atributos de um cavalheiro. Um homem com as suas qualidades é um tesouro que não pode ser desperdiçado. Precisamos do senhor para militar do lado do Todo-Poderoso, meu caro."

Clarence ajeitou os pêlos da costeleta, eriçados por uma lufada do ventilador barulhento. "Mesmo estando eu estropiado do jeito que estou?"

"Não diga isso; digamos que o senhor está temporariamente indisposto. Meio alquebrado, como às vezes até mesmo os jovens ficam, não é? O senhor há de sair fortalecido dessa provação; disso tenho absoluta certeza."

"Infelizmente, creio que minha vontade..."

"E pense também no seu bem-estar pessoal. Permita-se alguns pensamentos egoístas. O que há para o senhor fora da igreja? Nada, em comparação com o que há dentro dela. O senhor já não é mais jovem, meu caro. O senhor investiu todos os seus bens no cargo que ocupa. O que diz Paulo a Timóteo? 'Não desprezes a graça que há em ti, que te foi dada por profecia pela imposição das mãos do presbitério.' Não desprezes a graça que há em ti", repetiu Dearholt, e começou: "A fé...". Estava se tornando pensativo, tal como antes, quando falou sobre seu desejo de ir para o Alasca, e interrompeu a si próprio: "Quer mais uma limonada? O senhor me reprovaria se eu acrescentasse a ela algumas gotas de uma coisa mais forte — digamos, um pouco de bom rum jamaicano?".

"Ah, não, obrigado." Sua denominação pregava a moderação, mas sem o fanatismo dos metodistas e batistas. "De vícios já basta meu cachimbo. Além disso, não quero lhe tomar mais o seu tempo. A sua esposa..."

"Está bordando, feliz da vida", Dearholt concluiu-lhe a frase. "Obelia gosta de bordar. A fé", prosseguiu, "não é uma mera escolha intelectual. É uma questão de força humana básica. É virilidade, e feminilidade também. Ela dá ânimo e alegria, desde os primeiros passos da criança até o último suspiro do ancião. Sem ela não vivemos, reverendo. Sem ela, somos como o servo que esconde seu talento na terra. Pode parecer estranho eu estar lhe dizendo essas coisas, mas o senhor está precisando ouvi-las, como eu precisei ouvi-las, anos atrás. Eu estava beirando os quarenta, e com o pânico de 1893 foi à falência o pequeno negócio em que eu havia mergulhado de corpo e alma. Eu estava cheio de autocomiseração, e caminhava pelas ruas, aqui mesmo em Paterson, e no parque lá perto da cachoeira ouvi um desses pregadores que ninguém ordenou, um homem que alguns chamariam de simplório, que evangelizava os pobres sem ter igreja nem traje de pastor, mas ele me disse o que eu precisava ouvir, e desde então sigo o que ele disse; suas palavras me deram vida e prazer de viver. O Verbo é vida, como dizem as Escrituras. É o caminho, a verdade e a vida. Fora das Escrituras tudo são apenas sombras vazias. Às vezes até são plausíveis. Chegam a nos tentar. Mas essas sombras são coisa do Demônio e, no fim, quando terminar o teatro de sombras, não fica nada no palco, só a realidade da morte."

Clarence ficou comovido de ver que o outro se abrira com ele tão completamente, revelando-lhe suas convicções mais íntimas

mas, porém saiu da bela casa de Dearholt tal como entrara: para ele, a vida, com seus riscos e com a derrota final, estava nas verdades tranqüilas, implacáveis e impessoais que homens sem fé estavam a cada dia descobrindo no vasto mundo que se estendia fora dos muros apodrecidos daquele castelo em ruínas. Para Clarence, os domínios do cristianismo haviam se transformado num castelo tão enclausurado, escuro e bolorento que mais parecia pertencer ao Demônio.

O ministro da Quarta Igreja Presbiteriana era membro do Presbitério de Jersey City, do Sínodo de Nova Jérsei. Num dia de agosto — tendo se esquivado do suborno que representava a casa de praia em Ocean Grove — Clarence tomou um trem na estação Erie, na Market Street, e ficou a ver Clifton e Passaic passar pelas janelas sujas de fuligem. Depósitos de carvão, fábricas pequenas, árvores já cansadas do verão, quintais esquálidos vizinhos aos trilhos aos poucos foram dando lugar às fazendas de Aquakanonck, logo substituídas por Nutley e Belleville e os arredores de Newark. Perdendo velocidade, o trem cruzou o rio Passaic na diagonal, chocalhando a ponte, e atravessou um belo trecho de campina — taboas altas e pardacentas, capim ainda verde como na primavera, no charco de água salgada, bandos de borboletas brancas e melros de asas vermelhas — para por fim cruzar o rio Hackensack e chegar à cidade onde Clarence saltou. Após uma caminhada estimulante, viu-se diante de um prédio de oito pavimentos, onde ficavam as modestas salas do presbitério. Um elevador barulhento levou-o até um corredor ladeado de portas que ostentavam, no vidro fosco da parte de cima, letras pintadas com capricho. O presbitério pouco se distinguia do Escritório de Advocacia de Spitz e Quinlan, ou do consultório de I. H. Levine, quiroprático. Na sala de espera havia bancos duros de carvalho, já gastos, e uma secretária-recepcionista obesa. Quando ela se levantou com um suspiro e entrou numa sala cuja porta entreaberta exibia prateleiras cheias de arquivos em caixas de papelão marmorizado, precisou da ajuda de uma bengala, e suas ancas avantajadas balançavam-se de tal modo com o esforço que dava até pena ver. Clarence olhou para o intervalo entre o vestido comprido de sarja azul-marinho e um sapato preto que parecia menos vincado que o outro pé, e viu uma meia marrom que parecia recobrir uma perna mecânica. Porém os cabelos luzidios, avermelhados, cuja cor uniforme traía alguma tintura artificial, estavam cuidadosamente penteados, e em suas faces rechonchudas um sorriso coquete formou duas efêmeras covinhas. *Quando banqueteares, convida os pobres, os aleijados, os cegos*: assim a igreja, construída com a pedra que os construtores rejeitaram, declarava sua piedade diante de um mundo cruelmente seletivo. Clarence retribuiu aquele sorriso com humildade, e durante uma espera de um quarto de hora compartilhou o silêncio com aquela outra criatura estropiada. Sentiria falta — pensou — de todos os recantos como aquele que havia no labirinto eclesiástico, onde uma inocente faina cotidiana ocultava e protegia a irrealidade essencial. Sua viagem levara mais de uma hora, e deixara amassado seu terno de linho creme. Pela única janela da sala via-se, em primeiro plano, uma série de telhados chatos, cobertos de alcatrão, cheios de caixas d'água de madeira, cadeiras e até mesmo sofás empapados, em que os moradores fugiam daquele calor palustre; em plano médio estendia-se um pântano de capim e taboas, brutalmente riscado pelo aterro estreito por onde corriam os trilhos da ferrovia; ao fundo, na névoa da distância, os arranha-céus graníticos de Manhattan destacavam-se como o chifre múltiplo de um rinoceronte cujo corpo não se podia ver. Num prédio vizinho, letras brancas esmaecidas anunciavam as PÍLULAS DE BEECHAM; Clarence viu também reclames de IRMÃOS WENTRAUB ALFAIATES DE ESCOL, SHINOLA, PÓ DR. WERNET PARA DENTADURAS e SONHOLÂNDIA, certamente um salão de dança ou cinema.

Essa contemplação da paisagem urbana foi interrompida quando o moderador do presbitério emergiu de sua sala. Thomas Dreaver fora eleito para aquele cargo recentemente; era ministro, tal como Clarence, e mais jovem do que ele imaginara — mais jovem que ele. O rosto era pálido e arredondado, os cabelos curtos eram partidos ao meio, e o terno azul-acinzentado fazia-o parecer um homem de negócios; também suas maneiras eram as de um comerciante, e apenas um toque a mais de suavidade, um tom adocicado de promessa na voz, indicava a natureza sacra de seus negócios. Movido por algum impulso teatral mórbido, Clarence, ao preparar-se para esse encontro fatídico, havia retirado do fundo do baú de Stella, no qual guardavam as roupas do passado, um colarinho largo com franzidos de renda, o único que lhe restava — usava-o no tempo em que vivia no Missouri, para distinguir-se em dignidade dos batistas, que pregavam em mangas de camisa — e um peitoral preto. Embora o calvinismo sempre evitasse esses adornos papistas, eles nunca haviam sido oficialmente proscritos, e em Princeton havia uma tendência a aceitar, de modo bem-humorado, alguns luxos — nos principais dias santos, chegava-se mesmo a usar estolas coloridas, enfeitadas com o monograma Qui Rô em fio dourado.

"Fiquei muito perturbado com a sua carta", disse Dreaver, ao mesmo tempo oferecendo, no entanto, um sorriso descontraído, e indicando com a mão a cadeira em seu escritório em que Clarence deveria sentar-se.

"E eu fiquei um tanto preocupado com a sua", disse o visitante, sentando-se. "Meus professores no seminário não me explicaram direito — ou então fui eu que estava desatento no dia — como era complicado e penoso o processo de renunciar ao ministério."

"'Nossas vinhas estão em flor', senhor Wilmot; são delicadas", disse o jovem. "Não é qualquer mão que pode colher nossas uvas. E como foi mesmo que disse o próprio Calvino — 'Seria uma acusação muito séria contra nós rejeitar o chamado de Deus'?" Dreaver pegou um pequeno livro flexível, de capa preta, com as bordas das páginas douradas. "Vou ler para o senhor a seção 51 do Código de Disciplina. 'Se um ministro de boa conduta solicitar o desligamento do ministério, ele poderá, a critério do presbitério, ficar em observação, pelo período mínimo de um ano, conforme o determinar o presbitério, com o fim de verificar os motivos e razões de seu pedido.'"

Clarence interrompeu: "Eu não conseguiria suportar mais um ano de fingimento. Dando comunhão, pregando, tentando consolar os doentes e moribundos... não posso dizer que seria uma blasfêmia, mas seria uma farsa. E os fiéis perceberiam. Aliás, já percebem o vazio, o oco que há em mim".

"Com todo o respeito, me pergunto se isso será mesmo verdade. Não é o senhor a fonte que eles buscam, e sim Deus. O senhor é apenas uma espécie de aqueduto; para um aqueduto, ser oco não é nenhum defeito, não é mesmo?" Dreaver levantou um dedo e continuou a ler, imperturbável. "'E se, ao final desse período, o presbitério convencer-se de que ele não pode ser útil nem feliz no exercício do ministério, poderá conceder-lhe a demissão do cargo, voltando ele à condição de membro leigo da igreja, caso em que seu nome será riscado da lista do presbitério, e ser-lhe-á entregue uma carta a ser apresentada na igreja a que ele resolva associar-se.'"

Clarence conteve um sorriso; o pesado fardo de culpa com que ele acordava de manhã e se deitava à noite parecia quase suportável, quando dissecado em palavras tão precisas. "De fato, eu não conhecia esta seção", confessou. "E acho pouco provável que eu venha a apresentar uma carta a alguma outra igreja; não posso associar-me a nenhuma, já que não tenho fé suficiente para continuar a exercer a única profissão que está dentro das minhas capacidades."

"Quanto às suas capacidades, não há nenhuma dúvida. É o que me diz o seu presbítero regente, Harlan Dearholt."

"Harlan é um modelo de fé. Se eu tivesse um décimo da que ele tem, seguiria em frente sem me queixar."

Dreaver largou o livro sobre a mesa, com uma pancada suave, e perguntou: "O que o leva a imaginar que perdeu a fé?".

Já tendo resumido, em várias outras conversas, o processo desolador de seus pensamentos e suas leituras, esboçou o quadro com pinceladas rápidas, concluindo: "Em termos matemáticos: há algum tempo sou assediado pela idéia de que Deus é um não-fator — todas as equações funcionam sem ele. A ciência ainda admite que há mistérios, é claro — a origem da matéria, da vida orgânica etcétera. Mas o modo como as formas de vida vieram a ser, como o homem derivou dos primatas, como a Bíblia veio a ser escrita, tal como outras compilações de folclore semelhantes — o Gita dos hindus, o Corão — que o cristianismo não considera sagradas: tudo isto ficou terrivelmente claro para mim. O universo é uma máquina que funciona sem objetivo e sem ninguém que a controle, e nós não passamos de subprodutos insignificantes, que a morte devolverá ao nada, com ou sem as pompas fúnebres da religião".

Dreaver deu de ombros — um leve enrijecimento de músculos sob o tecido do paletó. "Até mesmo Nosso Senhor teve tais pensamentos por vezes", disse ele, num tom suave. "A descrença é a contraparte da fé, tal como Satanás é contraparte de Deus. É a sombra que dá forma à verdade, o Não que tem que ser pronunciado para que o Sim possa ressoar. Creio que o senhor formou-se em Princeton, não foi?"

"Foi."

"Talvez seja este o problema. Lá o senhor recebeu uma formação conservadora, que agora está limitando seus pensamentos. Hodge pai e Hodge filho, Benjamin Warfield — grandes homens, dentro da velha e vigorosa tradição; mas os ventos da história os tornaram obsoletos. Eles não se *dobram*, senhor Wilmot, e quem não se dobra se quebra. Se o senhor tivesse estudado no seminário de Union, como eu, não teria medo de introduzir a história na sua visão — sua visão da Bíblia, de nossas vidas, do futuro da igreja. Hugh Black, Charles A. Briggs, que a velha-guarda expulsou do ministério por ele defender a alta crítica; William Brown e Henry Sloane Coffin, Arthur McGiffert e Henry Jackson Van Dyke —, a tradição liberal não teme o futuro; nada pode abalá-la. O senhor se lembra da Epístola aos Hebreus? Paulo começa assim: 'Deus tendo falado muitas vezes, e de muitos modos noutro tempo...'. *De muitos modos*, o que inclui Darwin e Marx, quando os fatos comprovam suas afirmações. 'Porque a lei nenhuma coisa levou à perfeição', disse Paulo aos hebreus; eles eram os conservadores da época — agarravam-se aos últimos farrapos da Tora e da lei, como se suas almas dependessem disso. 'Porque a lei nenhuma coisa levou à perfeição, mas foi introdutora de melhor esperança, pela qual nós chegamos a Deus.' Tudo que introduz uma melhor esperança nos faz chegar a Deus — foi o que aprendi em Union, senhor Wilmot, onde nos ensinaram a não temer a ciência, a não ter medo de admitir que as Sagradas Escrituras estão mergulhadas na história, que elas contêm a melhor sabedoria de sua época —, só que vivemos numa época diferente. A relatividade é a palavra-chave de nossos tempos. Tudo é relativo, e o que é importante é o modo como *nós*, seres humanos, nos relacionamos com nossos semelhantes. Compare os modos como os dois seminários se relacionam com o meio a seu redor — Union dentro da maior cidade do país, e num trecho de Manhattan que está longe de ser o mais nobre, porém extraindo da metrópole sua vitalidade, sua percepção da realidade; Princeton acomodada naquela terra onde se promovem caçadas à raposa, vastas propriedades aristocráticas, plantações de alface, desligada do mundo real, urbano e industrial. A teologia de Princeton tomou forma no século dezoito, quando os deístas eram uma ameaça terrível, e desde então não mudou. A *mudança*, senhor Wilmot, desde as nebulosas até os micróbios, a mudança rege a Criação, e temos de seguir esse caminho; mas pelo amor de Deus não destrua seu eu essencial. Não abandone sua vocação. Eu lhe afirmo que não há nada nas suas crenças, ou na sua descrença, que não possa servir de base para um ministério cristão eficiente e muito prazenteiro. O senhor assumiu seu fardo de modo excessivamente egoísta: é preciso também depender de seus paroquianos, tal como eles dependem do senhor. O senhor é o comandante, eles são a tripulação; mas o vento que impele suas velas não é obra sua."

O senhor Dreaver, um desses homens de cílios claros cujas pálpebras estão sempre rosadas, fez todo esse discurso numa inflexão homogênea, quase hipnótica, como se o conhecesse de cor, ou ao menos já o tivesse repetido a mais de um pastor perturbado. Por amor a seus filhos e a Stella, Clarence queria acreditar naquelas palavras. "E a imortalidade individual?", perguntou.

O moderador deu de ombros e adotou um tom confidencial, taquigráfico. Clarence sentiu que o tempo que Dreaver tinha para lhe dedicar estava se esgotando. "Quase inexistente no judaísmo clássico. No Novo Testamento, só referências ambíguas e divergentes. A ênfase que os católicos dão ao tema é claramente pós-patrística. Purgatório, Limbo, a anatomia do Inferno e do Paraíso — tudo inventado depois do ano 1000. Encare a coisa assim: a física moderna prova que nada se cria, nada se destrói, nem mesmo um átomo, uma partícula de energia; sob que forma a nossa energia sobrevive, ninguém sabe nem afirma saber. As investigações sobre o Além dos espíritas e congêneres dão em bichos-papões e bobagens. Afirmar com firmeza a esperança de uma existência eterna diminui a ansiedade. A vida segue em frente. No momento, cabe acreditar *nesta* vida; quanto a isso não há dúvida alguma. O que foi mesmo que Thoreau teria dito — 'um mundo de cada vez'?"

As pálpebras rosadas escancararam-se ainda mais; sob os cílios claros dois olhos inteligentes perguntaram a Clarence se ele ainda queria mais. O azul dos olhos de Dreaver não era leitoso; tinha um tom metálico que remontava aos mares do Norte, mares onde outrora, das ilhas Orkney à Jutlândia, seus ancestrais apertavam a vista para proteger-se dos ventos salgados e de um sol que bordejava o horizonte. Ele falava depressa, com um sotaque nova-iorquino sempre leve, fluido, suave, até mesmo despreocupado, pulando algumas letras aqui e ali. Clarence perguntou: "E a Ressurreição?". Sentia-se como um treinador de animais num circo, jogando uma bola para uma foca que, sem nenhum esforço, a equilibra na ponta do focinho.

Outro dar de ombros discreto, acompanhado de um olhar de soslaio dirigido à porta, como se a qualquer momento alguém pudesse entrar. "Os relatos dos Evangelhos são confusos. O Cristo ressurrecto foi visto aqui e ali, às vezes por multidões. Comeu um favo de mel, mostrou Sua chaga para são Tomé, e sumiu da história outra vez. Os relatos da ascensão em Marcos e Lucas parecem um tanto suspeitos; e o do início dos Atos dos Apóstolos é meio teatral — Cristo desaparecendo numa nuvem, e os tais dois homens de branco que surgem de repente. Paulo afirma ter testemunhado uma aparição, 'como a um aborto', porém não dá detalhes, e na carta seguinte aos Coríntios recorre à fórmula 'se foi no corpo, se fora do corpo, não o sei, Deus o sabe'. É o que se chama erigir uma casa sobre a areia! O que não se pode contestar, porém, é que o movimento cristão ressuscitou nos meses e anos que se seguiram à Crucificação. Pense na desolação, na humilhação que os discípulos devem ter sentido — e todos nós até hoje celebramos o Cristo vivo entre nós. Não é verdade? Se não houve uma Ressurreição, algo aconteceu que foi igualmente inspirador e transformador. Eis aí um ponto crucial em que a história está do lado do crente; o ônus da explicação cabe ao cético." Vendo que Clarence fazia menção de falar, Dreaver levantou uma mãozinha pequena e delicada, cuja palma era alva como um lírio. "E se a Ressurreição é apenas um modo de falar, uma metáfora do renascimento e crescimento da comunidade cristã, por que zombar das palavras, se são as palavras que evocam a única realidade que a mente pode apreender?" Deu um tapinha na testa brilhosa, ligeiramente vincada. "Leia o bispo Berkeley etcétera. Um pouco de William James, se quiser. Não apenas *A vontade de crer* e *Variedades da experiência religiosa*, mas também os livros mais recentes, como *O significado da verdade*. O pragmatismo faz o feitiço virar-se contra o feiticeiro. É a contribuição dos Estados

Unidos ao grande debate; pode-se dizer que é a resposta calvinista saudável àqueles luteranos preciosistas que queimaram o navio em que estavam e depois descobriram que não sabiam andar sobre as águas. Aliás, têm surgido algumas coisas novas interessantes em alemão — um tal de Husserl, que parte de umas idéias da *Phänomenologie des Geistes*, de Hegel, usando uma terminologia kantiana. Segundo ele, 'o real' não é uma coisa que se autodefine pura e simplesmente, como a intuição nos leva a crer. Pode-se encarar a Ressurreição como algo que nós *fizemos* acontecer, se você está acompanhando meu raciocínio, e não como uma coisa que aconteceu uma vez só e pronto, *se* aconteceu. Bem-vindo ao século vinte, senhor Wilmot; todos nós estamos precisando nos atualizar. Coisas extraordinárias estão acontecendo no campo da física na Europa. Estão descobrindo que o tempo é a quarta dimensão, e que ele desacelera quando o observador acelera. As outras dimensões não formam uma estrutura rígida; o espaço é mais uma espécie de rede que afunda quando se põe algo em cima dela, e este afundamento é o que chamamos de gravidade. Além disso, a luz não é uma presença estática e indivisível; ela tem velocidade, e se divide em porções irredutíveis chamadas *quanta*. Os *quanta* não representam apenas os limites de nossos instrumentos de medição; pelo visto, são mesmo um fato. A energia é descontínua! Todas essas idéias que atentam contra o senso comum são fatos. Agora não nos limitamos mais a investigar a realidade, como liliputianos caminhando em cima de um enorme Gulliver desconhecido e adormecido. *Construímos* a realidade, com nossa inteligência e nossa vontade. Somos nós que construímos Deus, por assim dizer."

"Um Deus pessoal?", perguntou Clarence, hipnotizado e sentindo-se traído, como talvez Lázaro teria se sentido ao voltar à vida. "O Deus bíblico?"

"De novo a questão da 'existência'! Em que sentido? 'Pessoal' é tautológico, evidentemente. Para que serve um Deus impessoal? Seria recair em Spinoza, para quem tudo é 'Deus', e portanto nada é 'Deus'. Os unitaristas tentaram esse caminho, e após três gerações se desgastaram. A alma precisa de alguma coisa *extra*, algum lugar fora da matéria onde ela possa ter um ponto de apoio. A Bíblia... você pode encará-la como uma espécie de cartilha de um idioma no qual podemos conversar sobre as coisas que são mais importantes para nós. É nosso ponto de partida, não nossa meta."

Clarence simpatizava com aquele homem veemente, de fala fluida e pálpebras rosadas, e tinha perfeita consciência do estrago que estava fazendo em sua agenda cheia. Sentia-se como um aluno fraco que tem o privilégio de uma aula particular dada por um professor muito ocupado. Para além dos edifícios de tijolo de Jersey City, com seus telhados chatos e anúncios de pílulas e alfaiates e salões de dança, as taboas do pântano oscilavam e brilhavam ao sabor da brisa, como aquelas paisagens de liberdade que se descortinam da janela de uma sala de aula, retângulos de um mundo magnífico, livre dos problemas e pensamentos intrincados que existem nos livros. Do fundo do peso acumulado de dois meses de um ateísmo aterrorizante, Clarence divisava aquele mundo despreocupado, nu, ao sol, e ocorreu-lhe que o eclipse em seu coração talvez fosse apenas uma espécie de pecado que aquele homem, com suas chicanas rápidas e escorregadias, poderia tirar-lhe dos ombros. "O que o senhor está me dizendo", Clarence começou, hesitante, "é que, dentro do quadro geral de indeterminação..."

"Há espaço para a fé", concluiu Thomas Dreaver, jogando-se em sua cadeira giratória de modo tão enfático que a mola sob o assento guinchou, espantada.

"Espaço para o fingimento."

"Fingimento? Absolutamente. Para caminharmos em direção à luz. Nenhum de nós vive nessa luz; o mais que podemos fazer é caminhar em direção a ela, com os olhos e pernas que Deus nos deu."

Como é fácil — pensou Clarence — usar a palavra "Deus" quando a realidade é construída a partir da existência. O Deus com Quem Moisés se defrontou era uma presença tremenda, ígnea, indizível. "Mas meus paroquianos pedem de mim que eu ao menos dê alguns passos nessa direção."

"Eles sabem que o senhor é humano; não os subestime. O senhor Dearholt me forneceu um bom número de testemunhos favoráveis. Eles gostam muito do senhor."

"Eu não os subestimo; é por isso mesmo que quero renunciar. 'Pedir a demissão do cargo'", corrigiu-se, com um sorriso. Aquele homem o fazia sentir-se bem, embora seus argumentos não o convencessem. A igreja tinha ainda algum futuro, se jovens inteligentes como Dreaver estavam ingressando nela.

Dreaver olhou para o ventilador de teto que agitava, sem ânimo, o ar tórpido. "As pessoas vêem as dificuldades. Sabem que da insegurança e dos terrores comuns a todos é que surgem magníficas demonstrações de fé. O que leva as pessoas a procurar a igreja — as que de fato vão? Para completar sua busca, elas pedem muito pouco ao senhor, mas este pouco que pedem é mesmo necessário, e se o senhor conseguir lhes proporcionar isto, muito lhe será perdoado. Já falamos da Bíblia como ponto de partida; pois agora tente ver-se a si próprio — o senhor, com seus paramentos eclesiásticos, o pilar visível da instituição — como a meta. O senhor se comprometeu a caminhar com eles rumo à luz."

"Mas eu não consigo..."

"Nunca diga isso, senhor Wilmot. Nosso eu interior é volúvel e imprevisível. Basta-lhe por vezes uma intenção para que de súbito ele se sinta preenchido, quando menos o esperamos. O senhor se vê como indigno de seu ministério. Pois eu o vejo como um pastor muitíssimo qualificado — um homem digno, consciencioso, que leva muito a sério as coisas da fé."

"'Leva muito a sério'! O senhor está vendo de modo positivo uma situação que na verdade é de todo negativa. Para mim, as coisas da fé simplesmente evaporaram."

Agora o jovem parecia de fato cansado; descontínua ou não, sua energia tivera o efeito de enrouquecer-lhe a voz. Seus olhos azuis atentos pareciam coçar; as pálpebras rosadas e cílios claros piscavam cronicamente. Clarence tivera o desplante de jogar todo o ônus de sua incapacidade sobre os ombros de um homem que estava defendendo aquilo em que se baseava a vida deles dois. Assim mesmo, o moderador sorriu e fez um gesto de pouco-caso sobre os papéis que aguardavam sua atenção. "O que evapora pode recondensar-se", retrucou. Pegou o Código de Disciplina mas não o abriu, pois ambos lembravam-se das palavras que ele tinha lido. "Não posso permitir sua demissão com base nos argumentos que o senhor apresentou, que dizem respeito a modificações ocorridas na sua visão da doutrina. A doutrina é a manifestação viva e mutável de um Deus vivo e é naturalmente sujeita a revisões constantes, por vezes radicais. O senhor me ouviu: um período de observação de um ano. A Assembléia Geral de 1889 formulou essa regra em conseqüência de uma situação ocorrida no Presbitério de Butler. O Presbitério de Chicago em 1901 e o de Puget Sound em 1906 fizeram propostas que confirmaram a sabedoria dessa cláusula. Durante esse período de um ano, o Presbitério de Jersey City pede-lhe que continue a exercer seu cargo, de boa-fé e movido por uma vontade genuína, e que submeta a uma introspecção profunda os motivos e razões que o levaram a pedir demissão de seu cargo."

Disse Clarence, levando a mão espalmada ao peito, um gesto de negação e quase de martírio: "Eu não perdi a fé porque *quis*; as razões vieram de fora e foram irresistíveis. Vieram de cima".

"Muitas coisas que julgamos vir de cima vêm de dentro", rebateu Dreaver, ainda num tom suave, mas já um pouco impaciente. "Não sufoque o espírito, senhor Wilmot. Também os eleitos têm de passar pelo vale da sombra da morte. A possibilidade de renascer está contida no senhor; basta dar-lhe condições de florescer. Ainda que tanto a ciência quanto nossa própria teologia tentem eliminar a idéia de livre-arbítrio, eu acredito nela com toda convicção. Somos nós que construímos nossa salvação, tal como construímos nossa fortuna terrena. Porém, na qualidade de moderador, não tenho opção quanto a seu pedido. Será que a perspectiva de pelo menos mais um ano no ministério lhe parece tão insuportável?"

"Pelo contrário, é até agradável. Conheço bem meu trabalho; é o único trabalho que sei fazer. Minha pobre família, que está tão abalada, vai ficar muito satisfeita. Eu mesmo estou aliviado. Mas tenho a impressão de que o senhor está me pedindo que eu aja com a mais gritante hipocrisia."

A postura de Dreaver era cada vez mais impessoal; seus olhos claros faiscavam. "Estou lhe pedindo que continue, durante mais doze meses, a arcar com a responsabilidade que o senhor jurou solenemente assumir pelo resto de sua vida. Por favor, senhor Wilmot — abra mão de seu orgulho intelectual e permita que a graça divina atue. Não se trata de hipocrisia, e sim da humilde submissão que o trabalho exige de todo homem — e não só daqueles que foram ordenados pastores." Dreaver baixou os olhos tensos, pigarreou e empurrou para o lado o Código de Disciplina. Todos os papéis empilhados em sua mesa tinham sido datilografados com capricho, como na maioria dos escritórios modernos. Concluiu: "O presbitério será informado a respeito desta conversação, e todos os seus membros rezarão para que, ao final do período de um ano, o senhor não continue querendo a demissão".

Quando embarcou no trem de Newark, Clarence sentia que sua cabeça, sob o chapéu de palha, estava leve. Ele não tinha escolha; haviam-no obrigado a adotar a solução mais fácil de todas. Balançando os braços, segurando, ora com a mão direita, ora com a esquerda, os braços curvos de bronze dos bancos acolchoados por que ia passando, em busca de um que estivesse desocupado, conferia a cada passageiro a bênção proclamada por seu colarinho eclesiástico, a bênção que se estenderia a todo o mundo. Lá fora passavam a campina, os dois rios, as treliças das duas pontes de ferro; patos e gaivotas conviviam nas águas e ilhas do pântano e melros de asas vermelhas voejavam de uma taboa a outra, dobrando-as com seu peso. Sob eles, sóis em miniatura balouçavam-se na água. Então edifícios e quintais sujos surgiram junto aos trilhos; numa parede de tijolo, uma inscrição, em letras brancas desbotadas, dava aos viajantes as boas-vindas: NEWARK — TERRA DA CERVEJA BALLANTINE. Clarence sentia-se tão leve de espírito que quis comemorar; movido por um impulso, saltou na estação Erie e, após caminhar alguns quarteirões, entrou num bar, com colarinho de franjas e tudo, e lá tomou um chope gelado e um sanduíche de salsicha com chucrute. Voltou sem pressa à estação e pegou o trem de Paterson das 14h26, já antegozando o alívio de Stella e a felicidade das crianças quando fossem informadas de que, ao menos por mais um ano, ainda gozariam da casa e do prestígio que seu cargo lhes proporcionava.

Três anos depois, durante a primavera e boa parte do verão de 1913, uma greve dos operários da indústria têxtil paralisou e eletrizou Paterson, jogando vinte e cinco mil trabalhadores contra trezentos industriais. A seção 152 da central Trabalhadores Industriais do Mundo (IWW) organizou o movimento. A greve começou no final de fevereiro e logo assumiu grandes proporções, quando o chefe de polícia prendeu três agitadores da IWW que não eram da cidade no Turn Hall, na Ellison Street. Mil e quinhentos grevistas reunidos enlouqueceram ao ver Elizabeth Furley Flynn nas garras da polícia; e nem uma saraivada de golpes de cassetete desfechados pela polícia montada conseguiu dispersar a multidão que acompanhou a prisioneira até a delegacia.

Em março, a polícia instalou camas-de-vento no quartel-general e contratou um cozinheiro e um barbeiro para atender aos policiais adicionais, que passavam vinte e quatro horas por dia no trabalho; e os grevistas, sentindo o aperto e temendo o pior, criaram uma Comissão Geral de Apoio. A Cooperativa Purity, uma padaria fundada oito anos antes por imigrantes judeus, distribuiu trinta mil pães de graça durante cada semana de greve. A Ordem dos Filhos da Itália decidiu por votação cobrar de cada membro uma taxa que permitisse levantar a quantia de mil dólares por semana. Piquetes foram formados para intimidar e humilhar os fura-greves que tentavam entrar nas fábricas fechadas. Bill Haywood, chefe da IWW, esteve em Paterson; Flynn estava quase constantemente na cidade, soltando sua voz diante de multidões de milhares de trabalhadores, encorajando as mulheres que surgiram como lideranças do movimento. Hannah Silverman, aos dezessete anos de idade, tornou-se a chefe dos piquetes à frente da fábrica Westerhoff, na Van Houten Street. Mary Gasperano, com vinte e três anos de idade, deu um tabefe numa fura-greve e foi presa pela quinta vez. Um quarto das mais de duas mil pessoas presas eram mulheres — mulheres e moças como as da fábrica de fitas de Bamford, que almoçavam na escada à frente da fábrica, fizesse chuva ou sol, que eram impedidas de entrar e perdiam um dia de salário se chegassem um minuto atrasadas, que eram multadas por infrações como rir ou abrir uma janela; além disso, metade de seus salários era retida por Joseph Bamford até o final do ano; se elas largassem o emprego antes disso, ele embolsava o dinheiro. Tentando apelar para o patriotismo dos trabalhadores, os industriais declararam um Dia da Bandeira e hastearam bandeiras americanas em suas fábricas para receber de volta os trabalhadores. A IWW distribuiu cartões para prender na lapela: *Nós tecemos as bandeiras. Nós tingimos as bandeiras. Nós não furamos greve à sombra das bandeiras.* No Turn Hall, Elizabeth Gurley Flynn disse à multidão que a IWW havia juntado todas as nacionalidades de Paterson e representava o espírito ideal da América. Quando tentava explicar a presença de uma bandeira vermelha, um tingidor pôs-se de pé num salto e levantou a mão, indelevelmente tingida de vermelho após anos de trabalho, e exclamou que aquela era a bandeira vermelha. Os milhares de trabalhadores presentes ovacionaram-no.

Os policiais da força local, que tinham vizinhos e amigos entre os grevistas, eram relativamente moderados; quebravam ossos, mas jamais mataram um grevista. Em abril, porém, um dos odiados detetives especiais da Agência de Investigações O'Brien de Nova York, contratados pela Companhia Weidmann de Tingimento de Seda, ao pôr um grupo de fura-greves dentro de um bonde à frente da fábrica, em Riverside, deu tiros para intimidar uma multidão irada de tingidores e matou um empregado de escritório da empresa, Valentino Modestino, o qual estava na varanda de sua própria casa. O detetive jamais chegou a ser indiciado. Os industriais mandavam na polícia e nos tribunais. Milhares de operários foram em passeata até o cemitério de Laurel Grove e jogaram cravos vermelhos no túmulo de Modestino. Os operários passaram a usar fitas vermelhas e a brandir bandeiras vermelhas.

Cinco semanas antes do fracasso do Dia da Bandeira, a Federação Americana do Trabalho, um sindicato relativamente conservador que congregava os empregados mais bem pagos da indústria, e que eram contrários à greve — os contramestres, urdidores e dobadores —, enviou John Golden para convencer os grevistas a sair da IWW, que era socialista, mas na assembléia por ele marcada no arsenal do Quinto Regimento surgiram milhares de membros da IWW agitando lenços vermelhos e as cadernetas vermelhas que comprovavam sua filiação ao sindicato. Os dias dos grevistas eram cheios de reuniões. Nas quartas, os tecelões de fita reuniam-se no Helvetia Hall, os tingidores e tecelões de fazenda no Turn Hall, onde ouviam discursos de agitadores forasteiros — e, aos poucos, de início timidamente, depois com fúria, começavam a falar eles próprios, em italiano, alemão, polonês, inglês, holandês, ídiche, até mesmo árabe. Às tardes havia reuniões de grupos menores no Probst Hall, no Clube Atlético dos Sindicatos, no Degalman's Hall, no Instituto do Trabalhador. E nas tardes de domingo realizavam-se gigantescas concentrações no outro lado do rio, no subúrbio de Haledon, onde havia um prefeito socialista e um único policial, que pesava quarenta quilos. A primavera avançava, a greve perdurava. Bandas de música se apresentavam, multidões cantavam canções, casais namoravam. Flynn, uma mulher separada, com vinte e dois anos de idade, olhos azuis e cabelos negros, teve um caso com o anarquista Carlo Tresca, italiano de nascimento, por quem se apaixonara durante a greve dos lanifícios de Lawrence, Massachusetts, em 1912. Uma vez, uma reunião no Helvetia Hall foi interrompida por uma queixa: "Senhor presidente, está havendo atividade amorosa", e foi votada a expulsão de um casal que estava se beijando.

Em maio, a maré voltou-se contra os grevistas. Patrick Quinlan, o primeiro dos líderes sindicais que vieram de fora a ser julgado por incitamento à violência, foi pronunciado culpado. A polícia e o prefeito McBride fecharam Turn Hall e Helvetia Hall, argumentando que os oradores que haviam se apresentado lá teriam abusado do direito de liberdade de expressão. Em retrospecto, ficou claro que a perda dos lugares de reunião tivera um efeito devastador sobre o movimento. Agora cada grevista enfrentava sozinho sua fome, seu aluguel por pagar, suas contas acumuladas. Os industriais permaneciam inflexíveis; os maiores deles haviam começado, muitos anos antes, a construir outras fábricas no Leste da Pensilvânia, onde as mulheres e os filhos dos trabalhadores das minas de carvão trabalhavam por salários mais baixos do que os que os operários especializados estavam acostumados a receber em Paterson, uma cidade industrial tradicional e orgulhosa. Graças a essas fábricas da Pensilvânia, os patrões conseguiam atender a uma parte de sua clientela.

Homens como Lambert, Doherty e Bamford eram capitalistas antiquados do século dezenove, movidos, por uma competição implacável, a explorar seus empregados impiedosamente. As mesmas pressões eram sentidas pelos fabricantes de seda mais novos e menos ricos, em sua maioria judeus; alguns deles talvez tivessem fechado acordo com os empregados se os sindicatos confiassem na sua palavra. Os grevistas pediam uma jornada de trabalho de oito horas e um salário mínimo semanal de doze dólares. As classes respeitáveis davam seu apoio integral aos industriais, temerosas do espectro da revolução. Entre os clérigos, apenas o reverendo Joshua Gallaway, pastor da Terceira

Igreja Presbiteriana, na esquina de Prince com Grant Streets, estava do lado dos trabalhadores; numa assembléia no Turn Hall afirmou diante do público que "sem greves, a opressão dos operários de todo o mundo jamais cessará". A opinião majoritária do clero era a do reverendo W. C. Snodgrass, para quem "os proprietários das fábricas, de modo geral, cuidam bem dos interesses dos trabalhadores". Não foi publicamente manifestada a opinião de Clarence Wilmot, que caminhava pelas ruas fervilhantes de Paterson vendendo de porta em porta uma coletânea de informações e ilustrações, encadernada em couro, intitulada *Enciclopédia popular*, a três dólares e quinze centavos o volume, quantia a ser paga mensalmente até terem sido adquiridos todos os vinte e quatro volumes, formando uma biblioteca doméstica de valor inestimável, um manancial de cultura que permitiria a qualquer pessoa que soubesse ler, por mais cedo que as circunstâncias a houvessem obrigado a abandonar a escola, aperfeiçoar-se e subir na vida. Encerrado o pagamento das prestações, uma bela estante de nogueira envernizada, de duas prateleiras, feita sob medida para a *Enciclopédia popular*, seria entregue gratuitamente em domicílio.

Esse emprego — que não era bem um emprego, pois não pagava salário e sim apenas uma comissão de trinta por cento, paga contra o pagamento da prestação, um dólar de cada vez, e não quando era conseguida a assinatura — estava sendo anunciado no *Evening Standard* quando, com a diminuição das vendas no centro da cidade causada pela greve, Clarence foi um dos primeiros empregados demitidos pela Modas Finas Goldman para Damas e Cavalheiros, na Main Street. Antes de ir trabalhar lá, Clarence passara pelo período de observação de um ano como ministro presbiteriano. Mais de uma vez, ao acordar na manhã de domingo sem voz, fora obrigado a pedir que Stella o substituísse. Os sermões de sua mulher, inspirados tanto na sua infância passada no Missouri quanto na Bíblia, de início recebidos com desconfiança, foram conquistando a admiração e mesmo o entusiasmo dos fiéis. Findo o período de observação, Clarence sentiu que sua vocação não se renovara. Pelo contrário, a sensação de vazio e insensatez no fundo do universo pairava diante de seus olhos como um véu, inibia sua língua nas situações sociais e tinha sobre ele um efeito tão debilitante que sentia falta de ar sempre que o tempo mudava, ou que o dia dava lugar à noite. Após o jantar, quase sempre era obrigado a deitar-se. Fez outra viagem a Jersey City e, com a amarga sensação de triunfo dos que vêem sua negação confirmada pelos fatos, relatou o que sucedera a Thomas Dreaver. As manifestações de angústia e surpresa do moderador foram tão exíguas que decepcionaram Clarence. Muito bem: nesse caso, o processo de demissão seria levado a cabo. Na cabeça de Dreaver, Clarence já não contava mais; como qualquer bom homem de negócios, ele assumia suas perdas e tocava para a frente, de olho no futuro.

Clarence tentou imitá-lo. Os Wilmot tinham umas poucas economias, os últimos vestígios do quinhão que coubera a Clarence — um quinto do total — da fortuna construída com a jazida de cascalho, quando seu irmão mais velho, Peter, resolveu liquidar a herança de família; munido dessa quantia, mais um empréstimo obtido em termos favoráveis junto a um banqueiro amigo do senhor Dearholt, Clarence comprou uma pequena casa de madeira na East Twenty-seventh Street, com um quintal mínimo, porém a apenas oito quarteirões do Eastside Park, onde as crianças teriam ar fresco e espaço para exercícios físicos. Teddy era a maior preocupação dos pais; estava com dez anos de idade, um menino pesadão, calado, medroso, com olhos e cabelos de um castanho fosco, que começara a entregar jornais para ajudar a família. Aos dezenove anos, Jared já estava quase terminando seu primeiro ano na Rutgers University; percebendo que Princeton no momento estava fora das possibilidades de sua família, fora até New Brunswick tentar obter uma bolsa em Rutgers, economizou o dinheiro que ganhou no verão como motorista de uma caminhonete de entrega de gelo, tentou entrar no time de futebol americano e agora trabalhava como garçom e jogava na segunda base no time de beisebol dos calouros. O pai de um outro jogador de seu time era corretor da Bolsa na Wall Street, e prometera arranjar trabalho para Jared lá, como estafeta, no próximo verão. Desde que Jared saíra da infância, Clarence via nele uma espécie de segundo homem da casa; havia uma semelhança desconcertante — as mesmas sobrancelhas espessas, ruivas como pêlo de raposa; a mesma boca rasgada e decidida, ainda que não emoldurada por uma barba cor de ferro — entre Jared e o falecido avô. Seguro de si, realista, bem-humorado, desde cedo Jared percebera que seu pai, mesmo antes de sua crise de vocação, não era uma pessoa de quem se pudesse depender. O garoto apreendera, por meio de alguma telegrafia sem fio, o ritmo da América do futuro, a nação que constantemente reinventava a si própria, fazendo pouco de todos os livros pessimistas que entulhavam o escritório abafado de seu pai. Era um rapaz alegre, distante e implacável; dentro dele ressoavam as ásperas melodias de ragtime do futuro. Quando se dignava a visitar a família, cheio de sabedoria universitária e gírias novas, era tratado por Stella e Esther como uma autoridade, embora não desse nenhuma contribuição à família, limitando-se a cuidar de seu próprio aperfeiçoamento.

Esther, que se tornara uma cópia alta, esguia e pálida de seu pai, em que os fartos cabelos castanho-avermelhados da mãe haviam se transmudado numa cabeleira menos abundante e mais alourada, dentro de um mês completaria seu curso secundário, e por mais envolvida que estivesse na azáfama da formatura, com suas cerimônias semi-sacras — amortecidas e complicadas naquela primavera pela greve e todas as suas privações, que se refletiam nas vidas dos jovens —, não deixara de procurar emprego. Dois anos antes, havia mudado para o curso de secretariado, na esperança de encontrar trabalho como datilógrafa numa das firmas de advocacia ou publicidade de Paterson. Se seu pai não tivesse abandonado o ministério, talvez fosse possível matriculá-la na Escola Normal, na Nineteenth Avenue, pois Esther tinha a aptidão para os estudos e a benevolência tranqüila e ereta de uma professora nata. Porém era mulher, e portanto seu destino preferencial era casar-se; o modo como viria a chegar ao casamento era apenas uma das incertezas menores, entre as muitas que Clarence tinha que enfrentar.

Ele não antevira o quanto sua renúncia ao púlpito lhe diminuiria a posição social; imaginara que prosseguiria por inércia nos mesmos caminhos de respeitabilidade, só que sem o fardo do fingimento hipócrita. Robert Ingersoll escrevera páginas vibrantes sobre a necessidade de libertar o clero; pois bem, agora ele estava livre — livre para afundar. Antes lhe ocorrera a possibilidade de que, com seu conhecimento de línguas estrangeiras e seu amor pela canção silenciosa da folha impressa, ele encontrasse um lugar apropriado como professor numa boa escola particular para meninos. Era isso que teria feito desde o início, se seu pai, com sua férrea fé, não tivesse insistido que seu filho deveria ganhar a vida no comércio com o mundo espiritual. Quando imaginava seu futuro, Clarence via-se liberado da mortalha negra de sua beca eclesiástica, porém ainda ocupando um cargo de igual dignidade, pregando, para uma platéia de meninos tão animados quanto um coro de igreja, o evangelho dos clássicos latinos ou dos poetas ingleses, ou preenchendo com detalhes precisos as vagas silhuetas dos presidentes americanos, de Washington a Wilson. Contudo, constatou que sua apostasia lhe emprestara, no âmbito de Paterson, uma reputação malvista por diretores e conselhos diretores. O problema não eram suas crenças ou sua ausência de crenças, diziam-lhe; afinal, os Estados Unidos eram uma democracia. Não haveria nenhum obstáculo se Clarence não houvesse publicamente feito uma profissão de fé e aceitado o encargo de pregar e servir; mas como ele o fizera e depois voltara atrás, havia em torno dele uma certa aura de traição. Clarence abandonara seu posto. O mundo aceita muitas opiniões sinceras diferentes, mas nele não há lugar para desertores e vira-casacas. Tendo feito questão de renunciar ao púlpito, apesar da esposa religiosa a seu lado e da congregação desanimada a sua frente, não era de se esperar que, na fúria do ateísmo, ele tentasse semear suas idéias nas mentes crédulas das crianças? O clima do momento atuava contra Clarence. As hordas de imigrantes haviam trazido às plagas americanas o radicalismo alemão, o anarquismo italiano e o materialismo semita; não era hora de protestantes nativos abandonarem os valores sublimes e os artigos de fé que induziram Deus a derramar sobre eles as bênçãos reservadas a um povo eleito. Foi Harlan Dearholt que, com uma franqueza amiga, explicara-lhe as filigranas de sentimento por trás das negativas por vezes rudes que Clarence encontrava em suas tentativas de obter um emprego condigno. De todos os seus ex-paroquianos, Dearholt era o único que continuava a relacionar-se com ele; além de ajudá-lo a negociar o empréstimo para a compra da casa, foi ele que o apresentou, na atmosfera mais próspera de 1911, à Modas Goldman, onde a cortesia e a dignidade naturais do ex-ministro fizeram muito pela loja, porém não elevaram seu salário ao patamar de doze dólares semanais pelo qual os grevistas lutavam. Outrora acumulavam-se dólares nos gazofilácios como folhas mortas no outono; o dólar era o sinal da graça especial concedida por Deus à América, a graça que se manifestava nos incontáveis milhões dos Carnegie, dos Mellon, dos Henry Ford, dos Catholina Lambert. Mas em meio a essa abundância fabulosa, no pedaço de terra seca que cercava Clarence Wilmot não caíam dólares nem cêntimos, afastados que eram por sua aura de danação.

Começou seu périplo no final de inverno, quando os triângulos de neve velha salpicada de fuligem facilmente se confundiam com os pedaços de jornal ou panfletos rasgados de grevistas que o vento espalhava por toda parte, nos quarteirões mais prósperos do East Side; e ali o que mais encontrou foram portas fechadas às pressas por criadas assustadas que atendiam a ordens gritadas de cômodos recônditos. Em uma e outra casa onde o tédio da riqueza tornava bem-vindo um visitante, houve quem o aceitasse como uma distração matinal. A editora da enciclopédia, localizada não num grande centro do Leste e sim na progressista cidade de St. Louis, enviava a seus apóstolos, juntamente com uma elegante pasta contendo formulários e amostras, um manual impresso em papel acetinado em que eram enumerados os méritos do produto — mais de trinta milhões de palavras, vinte e cinco mil verbetes em ordem alfabética, de Aachen a Zwickau, quase dez mil gravuras, diagramas e mapas, mais de mil colaboradores, oitenta e cinco por cento deles cidadãos americanos — ao contrário do que se dava com um produto concorrente, cujo nome não era mencionado, em que predominavam colaboradores e pontos de vista britânicos. Em termos industriais brutos, o empreendimento envolvia centenas de compositores e tipógrafos, toneladas de chumbo para a confecção dos tipos, quilômetros e quilômetros de linha para costurar os cadernos, toneladas de tinta e cola — curiosamente, a quantidade de cola era o dobro da de tinta. Presidentes de sociedades acadêmicas, membros do Congresso, professores cuja eminência era mundialmente comprovada — até eles eram computados. Alguns possíveis clientes ouviam numa atitude respeitosa essa torrente de informações; outros interrompiam-na; mas a maioria nem sequer deixava entrar o vendedor. Clarence pensava que haveria de se acostumar com as atitudes de rejeição e desprezo, tal como, na sua carreira anterior, acostumara-se com os relatos de desgraças e frustrações de seus paroquianos, mas havia nele algo de ferido, de exageradamente orgulhoso, que não conseguia encarar com serenidade a porta fechada com raiva, as palavras irônicas que o despachavam. Mais de um próspero morador do East Side de Paterson levou-o até o escritório e, com um gesto impiedoso, mostrou-lhe as altivas lombadas de couro — tão impecavelmente ordenadas na prateleira alta que pareciam indicar que aquele tesouro de cultura era apenas adorado, porém jamais consultado — da décima primeira edição da *Enciclopédia britânica*. Então era o momento de argumentar, num gambito já antevisto pelo manual do vendedor: "Ah, mas a *Popular* é inteiramente redigida por americanos, e é muito superior com relação a assuntos americanos. Os pontos de vista são americanos, e além disso a linguagem é mais acessível, e cada volume é um dólar mais barato. Se há jovens nesta casa...".

"Os jovens já cresceram e se mudaram. Moro sozinho com minha mulher e, quando queremos ouvir linguagem acessível, é só ir até o Question Mark Bar e escutar o que dizem os trabalhadores revoltados e seus amigos anarquistas." O homem riu. Devia ser um contador ou escrivão aposentado, aquele homenzinho amarelado, de óculos; teria passado a vida com os punhos sujos de tinta, uma viseira verde na testa, nalgum escritório fechado no último andar de uma fábrica, a escrevinhar enquanto batalhões de máquinas pulsavam e rangiam ao fundo. "Não o invejo", disse o homem a Clarence, simpático, levando-o até a porta sem que houvesse se concretizado a oferta de café com bolo que sua hospitalidade inicial parecia prometer. "Tentar vender livros sérios numa cidade onde a ignorância manda e onde dois terços da população nem sabem falar inglês direito, quanto mais ler... Não sei onde este país vai parar, não é, senhor...?"

"Wilmot."

"Wilmot. O nome não me é estranho. Também achei seu rosto familiar quando vim abrir a porta. Não costumo receber vendedores ambulantes, sabe? Ada, minha mulher, tem muito medo de ladrão, agora com essa onda de assaltos desde que os grevistas começaram a sentir o aperto — e vai piorar ainda mais, ouça o que lhe digo, quando as indústrias expulsarem esses vermelhos todos!"

"Todo cuidado é pouco, é verdade. Agradeço por ter me recebido. Gostaria de lhe dar o meu cartão, caso o senhor se lembre de alguém que possa se interessar por uma enciclopédia prática, elaborada para um público nativo e patriota, mas que contém os conhecimentos essenciais sobre todo o mundo."

"Wilmot", repetiu o homem.

"Meu pai era fazendeiro, tal como meu avô, no centro do estado, perto de Hopewell. Antes da Guerra de Secessão, a família morava em Nova York; eram comerciantes."

"Pelo visto, a situação da família mudou muito", disse o velho contador; não estava tentando ser desagradável, e sim como que registrando um item na coluna dos déficits. Clarence sentiu um certo alívio ao voltar ao dia frio de primavera, em que nuvens geladas cuspinhavam uma neve semelhante a cinza.

Ao contrário do que imaginara, era nos bairros proletários, junto ao rio e aos trilhos da ferrovia Erie, nas casinhas de madeira com varandas tortas e cortinas corrediças baixadas, que ele de vez em quando conseguia fazer uma venda. "Meu inglês, ruim. Nunca aprendi ler. Mas meus filhos, pode ser. Eles já fala direito."

"Pois tudo que eles quiserem saber, vão encontrar aqui", disse Clarence, dando um tapinha na fotografia colorida à mão da enciclopédia completa. "Para o século vinte, estes livros são o que era a Bíblia..." — rejeitou "nos tempos de outrora", que talvez fosse de compreensão difícil — "antigamente."

"Eu não sei nada", disse o possível freguês, um judeu polonês, magro e musculoso, com mãos nodosas e expressivas, "só fazer pano. Na minha terra, desde garoto" — e levou a mão à altura da cintura — "aprendi fazer pano. Meu pai dizia: Trabalhar na fábrica de seda. Ele sabia fazer pano, eu aprendi também. Eu vim cá. Agora trabalho de pano vai mal. Muita fábrica, fazendo mesma seda. Meu filho, não. Vai escola, aprende no livro. Eu digo a ele: na América, as pessoa aprende no livro. Não é como na minha terra, todo mundo fica no seu lugar" — ergueu um punho amarelado e rígido no ar e pousou a outra mão sobre ele, cativo e captor — "não muda nunca. Aqui, muda." Retirou a mão esquerda, e o punho foi subindo, relaxando os dedos. "Cada homem se faz novo."

Clarence estava ansioso, ansioso demais; o tremor das mãos agitava os folhetos promocionais que ele mostrava ao homem.

"*Popular*", disse. "A palavra vem de *populus*, que quer dizer 'povo'. Por apenas três dólares e quinze cêntimos por mês, o senhor recebe um volume, e depois de dois anos o senhor tem a coleção completa, mais uma bonita estante que vem *de graça*. Seus filhos vão ter uma fonte de consulta para os deveres de casa. Vão tirar notas altas." Conteve-se para não gritar; estava forçando a garganta.

As mãos do homem, manchadas e musculosas, deformadas pela manipulação constante da máquina, com um gesto desanimado afastou os prospectos e o contrato. "Hora ruim, moço. Greve. Não tem dinheiro ninguém, nem para comida. Volte quando greve vencer. Aí, muito dinheiro. O senhor é boa pessoa. Gosto das suas idéias. América é o melhor país."

Em uma outra casa modesta, cuja varandinha telada ficava a menos de dois metros da calçada — o bastante para um retalho de jardim onde, naquela época do ano, só se via um ou outro açafrão ou dente-de-leão — uma mulher pequenina e bem-falante, com um vestido de andar em casa abotoado na frente, perguntou-lhe: "Será que é anticatólica? Se for, a gente não quer".

"Minha senhora, de modo algum. Os organizadores não mediram esforços para que todos os verbetes sobre religiões fossem igualmente respeitosos e cuidadosamente neutros. Qualquer criança pode consultar esta obra sem correr o risco de encontrar nada que perturbe sua fé, qualquer que ela seja. A *Enciclopédia popular* só contém fatos, fatos a respeito do mundo, expostos de modo claro e direto." Ao dizer isso, Clarence sentia-se imerso no fundo de um poço de fatos que apontavam, todos eles, para a condição humana — desesperançada, bloqueada, infeliz. Os livros eram caixas de vermes que devoravam carne, frases rastejantes que haviam carcomido o universo, deixando-o oco.

A alguns quarteirões dali, cada vez mais perto, uma vaia aumentava mais e mais, até se transformar num rugido; a polícia estava tentando desmanchar um piquete, ou talvez algum pobre fura-greve, desonrando-se para comprar pão para a família, ousara dirigir um gesto de desafio à multidão de ex-colegas de trabalho. Era o rugido animal e sanguinário da platéia de uma partida de futebol, de uma luta de boxe, de algum Coliseu onde cristãos estavam sendo torturados e desmembrados; ouvido daquela distância, o som parecia crescer e crescer, uma onda imensa, terrível, impelida pelo peso de um oceano humano, chegando ao auge, prestes a desabar.

"Mas ela explica que o Santo Padre é infalível? Ela trata com o devido respeito os santos, mostra que eles são abençoados para sempre? Mostra que Lutero e esses outros são todos hereges?"

"Garanto que ela apresenta de modo equilibrado todas as controvérsias religiosas que surgiram desde a disputa entre Ário e Atanásio. A senhora não deve esquecer que todos os pontos da doutrina cristã ortodoxa foram debatidos um por um, e em relação a cada um deles é preciso mostrar os dois lados da discussão."

"Ah, só se a discussão terminar do lado certo", retrucou a pequena defensora da fé, com sua dicção curiosamente precisa, como se cada palavra fosse retida de propósito, para evitar qualquer contaminação. "Se um livro não é católico, ele é anticatólico. O padre McNulty uma vez fez um sermão contando que a enciclopédia atacava os jesuítas. Ele nos proibiu de ler essa enciclopédia ou qualquer outra que fosse parecida. Foi Jesus quem disse — e está lá mesmo na Bíblia — que quem não está com a Igreja está contra ela."

"Mas o senhor padre certamente não estava falando da *Enciclopédia popular*", tranqüilizou-a Clarence, "e sim provavelmente da *Britânica*, que é obra de estudiosos britânicos, em sua maioria, que não compreendem as temáticas e atitudes americanas." Porém já havia perdido todas as esperanças de realizar aquela venda; aquela católica ferrenha, que poderia muito bem ter se tornado freira, estava apenas usando-o como uma pedra de amolar para afiar seus preconceitos. A cabeça de Clarence estava muito longe dali, lá onde o frêmito da multidão crescia e de repente explodia numa cacofonia de gritos e assobios; decerto os policiais assustados começavam a brandir seus cassetetes pretos, e as moças frágeis e pálidas das fábricas de fitas desmanchavam-se e estrebuchavam sob aqueles golpes, e duas ondas idênticas de desespero se entrechocavam.

Às vezes, quando seu trabalho o levava aos cortiços de madeira que se enfileiravam, compactos, perto das fábricas, na Van Houten, McBride e River Streets, na Ryle Road e na Broadway, o ronco da cachoeira penetrava-lhe a consciência como um tumulto constante por trás dos gritos e vaias, dos discursos e hinos.

Desde o dia em que Alexander Hamilton se deslumbrara diante das quedas de Totowa e vira naquela cornucópia de energia o centro da indústria americana, a cachoeira continuara a cair, a rugir, a levantar sua névoa, e embora o fluxo das águas tivesse diminuído com a abertura de três regueiras, ela continuava a ser uma presença essencialmente selvagem no coração de Paterson, o epítome de tudo que há de furioso, acidental e avassalador na natureza, uma jóia de destruição e indiferença em torno da qual as gerações surgiam, sofriam e passavam. A cachoeira já estava ali no tempo em que só havia os leni-lenape para extasiar-se diante daquela grandeza insensível, e ali continuaria quando tudo que restasse de Paterson fosse um vale torto cheio de ruínas de alvenaria e metal enferrujado.

Numa tarde cinzenta, no início de abril, com uma luminosidade ofuscante, embora o céu não estivesse azul, Clarence bateu à porta de uma casa estreita na Fulton Street, precisada de pintura. Clarence surpreendeu-se ao ser recebido por uma pessoa conhecida, de rosto delicado.

"Mavis! É aqui que você mora?"

"Eu e mais uns outros, reverendo Wilmot. Entre, faça o favor. Que susto o senhor me deu! Quanto batem à porta agora, a gente nunca sabe o que vai ser. Foi a senhora Wilmot que mandou o senhor aqui?"

Clarence sentiu-se tentado a descer os dois degraus de madeira que havia subido para chegar àquela porta; a moça havia deixado de trabalhar para eles no tempo em que ainda moravam no presbitério, naquele último ano provisório, no qual ele cortejava a desgraça mas ainda não se casara com ela. Desde a última vez que a vira, Mavis encorpara, e seus olhos verdes já não se esquivavam dos seus com tanta timidez quanto antes. O avental ressaltava a cintura agora mais larga, porém as mãos ainda tinham dedos pequenos de pontas vermelhas, e o mesmo ar infantil de não terem ainda sido moldadas pelas coisas em que tocavam. Os cabelos estavam presos de modo mais descuidado, mais desgrenhados, do que da última vez em que ele a vira. "Não, não foi a Stella; mas ela está bem e sente muita falta de você, como já a ouvi dizer mais de uma vez. Estou batendo de porta em porta, Mavis, como parte de um empreendimento comercial; porém não vou incomodá-la. Mas ver você por um momento tornou meu dia menos penoso. Você está bem. Você ainda era menina quando tivemos que despedi-la, e agora você já é mulher."

"Que tipo de empreendimento comercial, reverendo?"

"Não sou mais reverendo, minha cara Mavie, o que explica tudo. Como não sou mais um pastor de almas, vou de porta em porta tentando vender assinaturas de uma obra mais de fato que de fantasia, a *Enciclopédia popular*, em vinte e quatro volumes. Mas imagino que você não precisaria dela."

"Olhe, isso a gente só pode saber depois que ouvir o que é. Por favor, entre para que eu lhe sirva pelo menos uma xícara de chá. Pois eu tomei muitas xícaras de chá na sua cozinha."

"E também preparou e serviu muitas, em troca de um salário muito pequeno."

"O senhor me pagava o mesmo que os outros pagavam, e sempre me tratou muito bem. A senhora Wilmot era uma pessoa bondosa e o senhor um perfeito cavalheiro. Nem todo patrão é assim, como logo descobri. Lamentei ter que sair da sua casa, se bem que de certo modo pode-se dizer que foi melhor assim."

A sala da casa era bem-arrumada e os móveis eram baratos, mas não vagabundos. A peça mais elegante era um sofá de veludo, enfeitado com sobrecobertas e duas almofadas pretas, cada uma ostentando uma grande rosa de renda. Havia na janela cortinas de renda, já amareladas, e um par de vasos de porcelana austríaca desses que se compravam por cinco dólares na Greene Brothers.

"Esta casa é dos seus pais, Mavis?"

"Ah, não, eles nunca tiveram casa, sempre moraram em quartos alugados, mesmo no tempo em que éramos seis. Esta casa é do senhor Czajkowski, e aqui moram a mãe e a irmã dele, e agora eu também."

"Você?"

Um rubor perpassou a tez irlandesa de Mavis, cuja palidez estendia-se até os lábios doces e femininos. "Nós nos amamos, senhor Wilmot."

"Mas não se casaram?"

"Eu sei; minha família reclama muito; mas ele me diz: Por que deixar que os padres mandem na nossa vida, se eles estão do lado dos ricos? Neste mundo de cadeias, o que há de livre senão o amor? Eu mudei muito nestes últimos anos, mas lembro que as conversas que eu ouvia na sala de jantar da sua casa me faziam pensar. O senhor disse mesmo que não é mais reverendo?"

"É verdade; larguei o ministério, Mavis. Ou, melhor dizendo, ele me largou."

"Mas como? Aquela casa, tão grande e bonita, e o senhor parecia nascido para morar nela."

"Ah, 'parecia'; é a palavra exata. Às vezes as aparências enganam. Minha fé já não estava mais à altura das exigências do cargo, nem mesmo das minhas. Estamos vivendo tempos difíceis para as velhas crenças. Fico feliz de saber que você e o senhor..."

"Czajkowski. Eu também no começo gaguejava sempre que dizia esse nome, de modo que o senhor entende eu não estar com tanta pressa de adotá-lo. Mas já ia me esquecendo do chá."

"Por favor, não se preocupe com o chá. Sente-se aí e fale-me sobre você. Onde estão as outras pessoas que moram aqui?"

"Eva está fazendo piquete na fábrica Dale; a mãe do Joe está lá em cima. Ela não está muito bem do peito e precisa de cuidados; as pessoas dizem que é por causa dos fiapos de tecido, depois de tantos anos."

"E... o Joe? Também está em greve?" Embora de corpo Mavis estivesse visivelmente mais cheia, seu rosto estava mais fino. Durante este mês de abril havia surgido um novo tipo de expressão em Paterson — olhar arisco, lábios secos — nos rostos de pessoas que estavam havia muito tempo fazendo uma única refeição por dia, refeição essa que dependia da caridade instável dos simpatizantes da IWW em Nova York.

"Ah, não", disse Mavis, com uma súbita nota de orgulho na voz. "Ele trabalha como fundidor na Danforth e Cooke, ganha dezoito dólares por semana, e lá todo mundo é sindicalizado. A fábrica já tem encomendas para até daqui a um ano; as pessoas dão um jeito de viver sem seda, mas não sem locomotivas."

"Sem dúvida. Fico feliz de vê-la tão bem, Mavis, e garanto que minha esposa também vai ficar. Ela sempre disse que você foi a nossa criada mais inteligente." Tendo dito essa frase, Clarence começou a achar que o elogio poderia parecer condescendente. Percebeu que estava cansado, agora que havia encontrado um lugar onde podia repousar por um momento, e lamentou ter dispensado o chá.

"Muitas moças escondem a inteligência, porque os homens não gostam, e os patrões e patroas também não. Mas para uma coisa essa greve está servindo: a capacidade das mulheres está se revelando. Essa senhora Flynn não tem medo de ninguém nem de nada, e fala mais e melhor que Haywood, Quinlan e Tresca, para milhares de pessoas. Quando os homens falam, nós ouvimos; mas quando é a senhora Flynn..." — Mavis esboçou com gestos rápidos uma espécie de janela no ar entre eles com as mãozinhas de criança e debruçou-se em direção a Clarence, afundado no centro do sofá novo — "ah, é como ouvir a voz do nosso próprio coração."

Clarence sentiu uma pontada dolorosa de ciúme, diante daquela descrição maravilhada de uma pregação ideal. Quando jovem, ele sentia um orgulho vaidoso de seus sermões e do toque judicioso de exagero que adotava quando vestia seus trajes eclesiásticos. Tinha a impressão de que uma eloqüência solene e poderosa o penetrava então e tornava-se ao mesmo tempo ator e espectador.

Mavis parecia não conseguir sentar-se na presença de seu antigo patrão. Como se lesse seus pensamentos, pôs-se a preparar o chá, o que não a obrigou a dar mais do que uns poucos passos até a cozinha, adjacente à sala. Podiam continuar conversando.

"A voz do seu próprio coração?", repetiu Clarence.

"Eu sei que parece exagero, mas quando ela fala no mundo que poderia existir, em vez deste em que vivemos, é difícil não chorar ouvindo coisas tão bonitas. Um mundo em que as mulheres são iguais aos homens e não escravas deles que vivem na cozinha, em que as crianças não têm que ir trabalhar na fábrica aos oito ou nove anos, em que não há empregados nem patrões, porque os trabalhadores são eles próprios os patrões, e tudo pertence à coletividade..." Seu enlevo utópico foi interrompido pelos rituais do bule — escaldou-o com a água fervente da chaleira amassada que chiava no moderno fogão a gás, de porcelana, que o senhor Czajkowski comprara com o dinheiro ganho fabricando locomotivas; depois jogou fora essa água, mediu cuidadosamente as colheradas de chá *pekoe* e voltou a deitar água no bule. Havia nações na Ásia e na África — Clarence lembrou-se de ter lido em relatórios de missionários — cujas economias eram inteiramente dedicadas ao cultivo do café e do chá que os brancos consumiam, em detrimento da agricultura e da dieta da população nativa.

"E no entanto", comentou Clarence, assumindo uma discreta postura de advogado do diabo só para manter aquele fluxo de deliciosas manifestações de vivacidade que vinham de sua anfitriã, "ao que parece, a senhora Flynn, como esposa e mãe, abandonou o marido e o filho pequeno, trocando-os pelo encanto romântico do *signor* Tresca."

O rubor voltou às faces de Mavis e sua voz assumiu um tom mais intenso. "O senhor sabe o que ela diz quando a acusam de praticar o amor livre? 'Melhor amor livre que amor escravo.' Se ela conseguir conquistar um pouco mais de amor-próprio para as mulheres, e salários um pouco mais próximos aos que os homens recebem, então ela há de ser mãe de um milhão de bebês felizes."

Clarence não sabia se ousava fazer alguma alusão ao bebê cuja presença já se anunciava por detrás do avental, mas em vez disso suspirou de ironia impotente. "Minha cara, alegra-me vê-la tão inspirada, tão decidida. Quanto a mim, estou velho demais, e tenho hábitos mentais presbiterianos arraigados demais para depositar esperanças nas profecias deste mundo. Os grevistas estão perdendo a luta, como você sabe — as grandes fábricas estão atendendo os pedidos com o que produzem em Allentown e Easton, e as pequenas estão atadas às grandes. Hoje em dia há tantas fábricas diferentes disputando o mercado que nenhuma delas pode se dar ao luxo de conceder aos empregados uma jornada de trabalho de oito horas."

Essa opinião pessimista fora colhida nas páginas do *Evening News* de Paterson, o qual até abril fora, se não exatamente favorável à greve, ao menos o principal veículo para os pronunciamentos dos trabalhadores. Como resposta, Mavis serviu o chá em silêncio, colocando a bandeja na mesa de centro oval. Pegou uma cadeira dura que estava encostada na parede da sala e sentou-se nela para servir o chá. Seus braços sardentos eram deliciosamente roliços; seu jeito de manusear o bule denotava uma prática amorosa. Recostando-se no espaldar, colocando seu rosto à altura do dele, Mavis dirigiu-lhe um sorriso confidencial, um sorriso largo e triste que reconhecia a capacidade do mundo de nos surpreender. "E como a senhora Wilmot reagiu quando o senhor largou a igreja?"

Seria isto uma sutil vingança por ter ele previsto o fracasso da greve? "Ela não gostou", admitiu Clarence. "É compreensível. Ela havia atingido os seus objetivos na vida; não tinha dúvidas sobre nada. Stella não consegue entender como eu fui capaz de mudar de idéia desse jeito. Preocupa-se muito com a perda de condição social sofrida pelas crianças, e pela situação financeira desesperadora em que nos encontramos. E essas coisas, naturalmente, me cansam muito. É um cansaço imenso, que às vezes me faz pensar que só me resta encolher-me num canto e morrer. Não é preciso ser operário, Mavis, para sentir na carne que o mundo nos joga fora quando não precisa mais de nós."

"Fale-me sobre seus livros", disse ela, retesando o corpo um pouco, com um gesto belo e discreto do pescoço alvo, ajeitando ao mesmo tempo os cabelos rebeldes, cor do cedro, com as duas mãos.

"Meus livros? Foram eles que me destruíram. Os livros são a desgraça da humanidade, é o que digo a mim mesmo pelo menos uma vez por dia."

"Os livros que o senhor vende de porta em porta."

"Ah, sim. Na verdade, não valem nada. Uma imitação mais barata de uma enciclopédia inglesa — uma coletânea de artigos sobre todos os assuntos, dispostos em ordem alfabética. Uma enciclopédia, pode-se dizer, é uma blasfêmia — uma tentativa de bancar o deus com objetivos comerciais, criando uma réplica da criação com palavras e figuras."

"Já ouvi a palavra 'enciclopédia'."

"Naturalmente, Mavis. A palavra está no ar, junto com a radiotelegrafia e as máquinas de voar. A primeira enciclopédia foi talvez a de um francês chamado Diderot, o qual resolveu demonstrar que o materialismo era um sistema completo, capaz de dar conta de tudo que há sob o Sol. Ele equivocou-se quanto a alguns detalhes, é claro, mas de modo geral conseguiu realizar seu intento. Você não precisa destes livros, Mavis."

"E quanto custam?"

"Três dólares e quinze cêntimos por mês, até completar os vinte e quatro volumes, em dois anos", respondeu Clarence, automático. "São vinte ę cinco mil verbetes, quase dez mil gravuras. Tudo que você ou seus filhos quiserem saber está lá; mesmo que não conste como verbete individual, certamente aparece no índice. Juro-lhe que você não precisa desta coleção; não há nada no mundo de que você precise menos. Todas as informações do mundo, e no final das contas ficamos desolados, tão sozinhos e confusos como se não soubéssemos nada."

"Mas ela tem nome?"

Clarence riu. "*Enciclopédia popular*, só que não é muito popular aqui em Paterson, em nenhuma das ruas em que já fui, e já fui na maioria delas. Escrita na linguagem do homem comum, dizem — como se o homem comum estivesse interessado em outra coisa que não um caneco de cerveja e um charuto barato. Vendi tão poucas que de vez em quando temos que mandar o Teddy almoçar no dispensário dos trabalhadores, para que o crescimento dele não seja prejudicado pela má alimentação. Ah, quanto mais alto... mas eu nunca estive tão alto assim, isso é que é o mais estranho de tudo. Deus não precisa de um alvo grande; Ele pode atingir até uma criança recém-nascida. Mas me desculpe; eu não devia estar blasfemando; eu não devia usar esta palavra antiga e terrível, 'Deus'."

Ao dar-se conta de que estava quase chorando, como outrora acontecia com freqüência no púlpito, Clarence ficou a se perguntar se não seria ele um ator desavergonhado. A própria temática era muito teatral — o rasgar de vestes, as cinzas na cabeça, o beijo da traição, o grito na Cruz.

"Três dólares por mês para nós não é muito. Além do salário do Joe, eu ainda trabalho fora, quando Eva está aqui para cuidar da Marka, e vou continuar trabalhando até..." Mais uma vez ficou vermelha, confessando o sangue quente que tinha.

"Até o bebê nascer", concluiu Clarence.

"Quero esses livros para ele. Ou ela."

"Não, Mavis, você não quer."

"Não venha me dizer o que eu não quero, senhor Wilmot. Estou na minha casa." Constrangida com sua própria explosão, a moça desviou a vista, fixando-a na rosa bordada na almofada. "O senhor não podia deixar uns folhetos para eu mostrar ao

Joe? Fale-me com franqueza: esses livros não seriam úteis para a criança? Eu sei que o senhor deve nos achar ignorantes e vulgares."

Clarence sentiu que seu rosto estava enorme, vazio, e reassumiu sua postura de vendedor. "Úteis, sim. As pessoas que os publicam em St. Louis são sérias e honestas. Há muitas informações nesses livros, tantas que nem eu nem você jamais poderíamos conhecê-las todas. Tudo que se sabe no momento, no ano de 1913 da era cristã, está aqui."

"Nesse caso..."

"Mas não será muito caro...? Você não deve comprar só porque..."

Porque está com pena de mim. Não conseguiu terminar a frase, mas ela entendeu. Os lábios pálidos de Mavis apertaram-se; ela baixou a cabeça — havia em torno dos cabelos mal presos um halo de filamentos de luz pura — em direção ao bule e perguntou: "Mais chá? Se o senhor espanta todos os fregueses desse jeito, senhor Wilmot, não admira que esteja se saindo tão mal como vendedor. Não esqueça de deixar o formulário para eu e Joe assinarmos".

Uma semana depois os formulários foram entregues, devidamente preenchidos, e foi-lhe paga sua comissão de um dólar por mês; mas foi depois dessa venda que o desânimo de Clarence aprofundou-se, e seu problema respiratório passou a tolher ainda mais sua vitalidade. Enquanto subia e descia as ladeiras de Paterson, seu corpo parecia-lhe cada vez mais pesado, embora na verdade estivesse emagrecendo. Como rareavam as vendas, Clarence era obrigado a ir de bonde ou charrete alugada às cidades vizinhas de Clifton, Totowa e Hawthorne, mas os resultados não eram melhores do que nas ruas do East Side de Paterson; quem tinha dinheiro escolhia livros pessoalmente e desconfiava de produtos que tinham de ser levados de porta em porta por um vendedor importuno. O próprio nome da coleção, *Popular*, tornara-se suspeito aos ouvidos da classe média, por efeito da retórica socialista da greve. Mais de uma vez, quando o morador ou seu representante vinha abrir a porta, a voz de Clarence engasgava-se em sua garganta e, após gaguejar algumas palavras que eram um convite à rejeição, ele ia embora. O verão esquentava, e a derrota da greve se espalhava pela cidade tal como o calor entorpecente, abafando o som das vaias e dos gritos, dos discursos e hinos, dos assobios dos policiais e dos cascos dos cavalos da polícia montada pelas ruas estreitas que serpenteavam entre as fábricas. Apenas o rugido da cachoeira permanecia. Em agosto, após uma série de concessões débeis, as fábricas voltaram a funcionar; os tingidores não resistiram à pressão de suas famílias esfomeadas; os tecelões de fazenda aceitaram as promessas que lhes foram feitas em cada fábrica; os tecelões de fita capitularam uma semana depois, fora um resíduo de militantes a reivindicar ao menos um expediente de nove horas. Pouco depois, também eles se renderam. Então teve início a contra-ofensiva dos patrões — "esticamento" e listas negras — enquanto os líderes da IWW se recriminavam à medida que se davam conta de que sua onda de influência nacional chegara ao auge e havia passado, para nunca mais voltar.

Nesse verão, Clarence assumiu sua própria derrota a portas fechadas, trocando as ruas quentes e ásperas que o rejeitavam pelos interiores sombrios daqueles cinemas que, como os museus de curiosidades grotescas, abriam suas portas durante o dia. Dentro dessas catacumbas, os fiéis, esparsos, assistiam em silêncio. Em 1913, o número dessas casas de espetáculos estava aumentando, nas Main e Market Streets: o Lyric Theatre, o Grand, o Bijou, o Apollo, o Royale e o Washington Show, o maior e mais novo, em 137 Main Street. Algumas das salas pioneiras já haviam se tornado coisa do passado: o Paterson Show, na Market, e o Nicolet, na Main, esquina com Van Houten, onde eram exibidas as mais recentes fitas francesas, no tempo em que Georges Méliès, os irmãos Pathé e os irmãos Lumière eram os líderes da nova indústria. Porém o Kinetoscope e o Wonderful Projectoscope tinham sido inventados ali perto, em West Orange, e o assistente de Edison, Edwin S. Porter, havia filmado *O grande assalto ao trem* em Nova Jérsei, transformando o local, com umas poucas armas e chapéus de caubói, no Velho Oeste: agora os filmes eram o que havia de mais americano. Após pagar seu ingresso — uma moeda de cinco cêntimos, uma das novas, com uma cabeça de índio na cara e um búfalo na coroa — e instalar-se na poltrona dura, colocando com cuidado sua pasta de couro em pé entre os tornozelos, Clarence tinha a impressão de que seus olhos sorviam uma bebida inebriante de luz. As cenas de amor, humor ou ação que bruxuleavam na tela, sarapintadas de arranhões luminosos, penetravam-no como se fossem um alimento essencial que até então lhe fora negado.

Desde que tivera, havia três anos, a revelação da inexistência de Deus, carregava dentro de si uma sensação áspera, de estar aparvalhado, perdido — era como se, numa seqüência de salas de aula, todas de mau aspecto, com móveis vagabundos, ele estivesse na sala errada, cônscio de ter um compromisso importante numa outra, tornando-se a cada minuto mais atrasado, provocando a ira crescente de algum disciplinador sem rosto e sem forma. Ao ver sua família — Stella, que envelhecera e emagrecera de modo perceptível após o desastre; Jared e Esther, entrando e saindo da casa, com a arrogância e ar de conspiração que caracteriza as crianças que foram obrigadas desde muito cedo a cuidar de si próprias; Teddy, aos dez anos de idade, formando em torno de si uma couraça cada vez mais espessa de reserva e estoicismo, em meio às ruínas da infidelidade de seu pai — sentia a mesma dor que lhe causava a visão de uma rua ensolarada cheia de casas a cujas portas ele estava condenado a bater em vão. No interior do cinema, entre outros tantos corpos imóveis e quase invisíveis, Clarence sentia-se protegido de todas as acusações. Aquelas imagens trêmulas de movimentos frenéticos, de mulheres com uma palidez luminosa e ideal a gesticular com emoção, acariciavam seu cérebro febril. Aquelas imagens de outras sombras em perigo, atormentadas, permitiam que sua alma se elevasse com asas curiosas, asas de esquecimento que não haviam funcionado antigamente, quando ele e Stella, com sóbrios trajes de gala, iam ao Lyceum Theatre assistir a uma produção da Metropolitan, ou a uma montagem de Verdi vinda diretamente de Milão na Opera House, ou um musical no Orpheum. Nos tempos do seminário, ele e seus colegas de Princeton de vez em quando esqueciam de seus votos e davam escapulidas de bonde até Trenton para assistir a um espetáculo de *vaudeville*, mas teria sido impróprio um pastor de Paterson freqüentar até mesmo o Empire, que anunciava "espetáculos refinados" e "matinês para damas". Como ex-ministro, podia agora perfeitamente pagar seus cinco cêntimos na roleta do cinema e mergulhar nas infinitas possibilidades que lá dentro se descortinavam. Antes de se apagarem as luzes, havia um burburinho de conversas indolentes, um crepitar de sacos de balas, pães doces e salsichas, de copos de papel com gelo moído; então fazia-se um silêncio cheio de expectativas quando se ouvia o projecionista mexendo-se em seu cubículo nos fundos, cujas janelinhas quadradas emitiam lampejos azuis imprevisíveis, acompanhados de baforadas de fumaça, indícios da faísca perigosa que era a base de sua bruxaria. Então o projetor, de tração manual, começava a rodar com seu ruído constante, uma espécie de risinho mecânico. Havia um ou outro vestígio da luz do dia a penetrar a sala, mas Clarence não os percebia mais depois que a tela enorme se acendia. Aquilo era uma igreja, cujos mistérios luminosos, de existência inegável, desenrolavam-se à vista dos fiéis atentos. O projecionista ora acelerava a ação, ora tornava-a mais lenta, como um maestro a regular o andamento de uma sinfonia; e o pianista em seu canto, encolhido junto ao brilho fraco e amarelado de sua luminária, como um monge rezando à luz de uma vela, tentava inscrever naquelas imagens silenciosas trovões e tilintares que canalizavam a emoção unificada da platéia em surtos de indignação, tormento, suspense e um alívio que, de tão violento, chegava quase a ser cômico.

Os filmes transportavam os espectadores a qualquer lugar, desde que distante do cotidiano prosaico de Paterson: o Velho Oeste, os cortiços de Nova York, acampamentos de lenhadores no norte do Canadá, antros de ópio na China, castelos ingleses, desertos na Terra Santa, anfiteatros romanos do início da era cristã. Vítimas eram salvas de seqüestradores por cães fiéis; havia pancadarias gerais em que os móveis se desmanchavam como se fossem feitos de massa de pastel; havia perseguições em que primeiro aparecia o perseguido, e depois, como que por milagre, os perseguidores. As aparições do sexo feminino provocavam deliciosos e lânguidos mergulhos na tentação sexual, que sempre culminavam na esbórnia abjeta e na morte merecida; e os indestrutíveis espectros masculinos eram sempre premiados com a camaradagem do campo de batalha, a emoção de juras renovadas e salvamentos espetaculares que sempre triunfavam, graças à agilidade estonteante da nova arte, no último instante.

Ainda havia muito de *vaudeville* na arte cinematográfica; a magia e o ilusionismo que outrora dependiam da perícia do prestidigitador agora eram conseguidos através de manipulação da câmara. Dois homens jantavam tranqüilamente no teto da sala, enquanto os paletós que eles despiam eram puxados para cima por fios invisíveis. Criaturas estranhas e maravilhosas, feitas de cetim e papel machê, saltitavam à frente de panos de fundo pintados com muito capricho, como ilustrações de um livro infantil, na copiosa fábrica de ilusões de Méliès. Libertos das barreiras lingüísticas, filmes mudos vinham da França, Itália, Dinamarca e Alemanha, e através deles firmavam-se os primeiros astros, Max Linder e Asta Nielsen. No início, montagens teatrais e números de *music-hall* eram filmados como se vistos pelos olhos imóveis de um espectador sentado na primeira fileira, mas a cada ano a câmara se tornava mais esperta e flexível, à medida que ia descobrindo seu vocabulário de cortes, fusões, *closes*, panorâmicas e *dolly shots*. Nenhum olho humano jamais vira o mundo dessa maneira; conexões e disjunções impossíveis formavam seqüências mágicas, deslumbrantes, que ultrapassavam os limites do tempo real e das três dimensões do espaço. Da planura cinzenta das páginas impressas erguiam-se, como orgulhosas nuvens de tempestade, adaptações cinematográficas: *A cabana do pai Tomás*, *Ivanhoé*, *Uma história de duas cidades*, com intervalos entre os rolos, que permitiam à platéia descansar por alguns momentos da tensão do deslumbramento. O mundo estava sendo recriado, Clarence percebia: o afundamento do *Titanic*, ocorrido no ano anterior, evento que parecera demonstrar do modo mais profundo a ausência de Deus, agora ressurgia como uma catástrofe esplendorosa num filme dinamarquês; e a rainha Elizabeth renascia na figura já envelhecida de Sarah Bernhardt. Uma sucessão de jovens infelizes, desmaiadas, eram vendidas como escravas brancas, um tráfico controlado por chineses malévolos, com tranças, mantos compridos e chapelões. Nessas tardes passadas no cinema, Clarence via-se em meio a uma platéia composta basicamente de trabalhadores humildes, fugindo às escondidas da faina cotidiana ou, como ele, da vergonha do desemprego; e junto com eles Clarence sofria e gozava os perigos, as tentações e as alegrias efêmeras da humanidade em seu nível mais elementar. Os filmes levantavam as saias de um mundo supostamente protegido, casto e tranqüilo, revelando uma anatomia de paixões indomáveis e desigualdades cruéis. Os homens que usavam cartolas eram sempre vilões ou palhaços; as moças que eram atraídas por homens das classes superiores terminavam, na maioria das vezes, desgraçadas. Simpáticas mulheres de meia-idade eram cortejadas por rapazes ardilosos, com ternos xadrez, e os resultados eram sempre os piores possíveis. Uma jovem pioneira apaixonava-se por um índio e casava-se com ele; de novo a coisa acabava mal. Uma moça mexicana era rejeitada por seu amante americano e tentava matá-lo. Um rapaz pobre era alvo do desprezo da próspera família de sua namorada, e terminava por conquistá-la quando as situações financeiras eram invertidas, por obra das ironias do capitalismo. Índios pérfidos e traidores atacavam caravanas e raptavam bebês, que sobreviviam a chamas e golpes de machadinha. A filha de um chefe de estação salvava um trem de uma tentativa de sabotagem. Esses filmes, de um ou dois rolos apenas, narravam suas histórias com uma velocidade estonteante e, quando assistidos um após outro durante uma hora, faziam com que Clarence saísse do cinema piscando e com uma leve dor de cabeça, ao defrontar-se com a luz do dia na Main Street, sob o céu estival de um azul duro e ofuscante. Assistir aos filmes não exigia nenhum esforço; porém recuperar-se deles era coisa diversa: havia que emergir daquele mergulho num mundo cintilante e enfrentar mais uma vez as tristes realidades da vida, da sua vida, que se tornara oca com o desaparecimento de Deus. Clarence sentia que ele próprio se esvaecia, exceto durante as horas em que era preenchido pelo poder incandescente das imagens fabricadas. Aqueles rostos em forma de coração, com lábios negros, com olhos buliçosos e atraentes, de contornos realçados por delineador; aquelas atrizes de membros roliços, semidespidas como pagãs, sempre metendo-se em apuros. Aqueles templos babilônios, com fachadas de papel machê que se fundiam com imagens pintadas de pórticos e extensões. Aqueles homens aguerridos, prontos para enfrentar a morte, trajando calças de couro e botas com ornamentos caprichosos. Aqueles lugares exóticos onde havia vida de verdade, e aonde ele jamais iria. Terminado o filme, acendiam-se as luzes fracas do mundo; Clarence levantava-se e voltava um olhar compassivo para os rostos estupefatos e saciados dos outros espectadores, que em sua imobilidade tinham vivido as mesmas aventuras que ele, e agora despertavam do mesmo sonho.

Um pouco tonto no calor da tarde, sob um céu que era

como uma tela vazia, Clarence saía com sua pasta pela Main Street, entrava na Market e rumava a Riverside, onde havia mais casas, com a remota esperança de resgatar aquele dia com uma venda. Com o fim da greve, um som diferente substituíra os assobios dos policiais, os gritos de desafio e cantorias dos trabalhadores nas ruas: a cacofonia insistente e ritmada das fábricas reativadas, nas ruas Van Houten e Ellison, Prince e McBride, centenas de lançadeiras jogadas de um lado para outro por manivelas ruidosas, centenas de pentes, semelhante a harpas, a bater a trama, a bater, a bater, enquanto os liços levantavam e baixavam as metades do urdimento alternadamente, para cima e para baixo, vinte vezes por minuto, e a seda se acumulava, fio a fio, metro a metro. Clarence respirava com dificuldade o ar quente e estagnado. Embora ainda caminhasse com as costas eretas, com vestígios da altivez dos Wilmot, seu bigode louro de tão encanecido já quase não se destacava em seu rosto — o rosto pálido de um viciado que se arrasta por mais um dia para poder esquecer, por uma hora, num transe tão infalível quanto o do ópio, sua queda, seu fracasso, sua vergonha, suas responsabilidades, sua nulidade essencial. Piedade.

2

TEDDY

O que ele nunca conseguiu esquecer foi a imagem do pai voltando para a casa da Twenty-seventh Street depois de passar o dia batendo perna à toa, sem ter vendido uma única enciclopédia, com um ar de esgotamento, como se a humilhação fosse um verme em suas entranhas, um parasita a crescer mais e mais, bebendo-lhe o sangue. Tomando com avidez o chá que a mãe lhe servia, na cozinha apertada nos fundos da casa, o pai, recurvo e humilhado, fazia-o pensar que havia lá fora uma terrível tempestade, um caos de pressão e movimento que poderia irromper pelas portas da casa de madeira, pintada de um verde sujo, e carregar a família inteira. Tão diferente da casa paroquial onde moravam antes, uma sólida construção de tijolo, com aquele madeiramento escuro cheio de ornamentos pontudos, onde se tinha a sensação de que tudo estava sempre muito bem lustrado e funcionando perfeitamente, como num navio, a nova casa da família (na verdade, a casa pertencia ao banco, graças ao senhor Dearholt) era frágil e podia a qualquer momento fazer água; quando ia explorar o sótão, Teddy via a luz do dia entrando ao longo de todo o beiral, e ouvia esquilos ou ratos arranhando as paredes junto a seu ouvido à noite, e sentia o frio penetrando sorrateiro pelos caixilhos frouxos da janela de seu quarto nas noites de inverno, quando tentava estudar ou organizar sua coleção de figurinhas de beisebol (vinham nos pacotes de pão Tip Top, de pé-de-moleque Cracker Jack e em maços de cigarros) ou selos estrangeiros, impondo ordem àqueles pequenos mundos de papel em que ele se sentia protegido, se bem que acordava tão cedo para entregar jornais que àquela hora ele muitas vezes estava cansado demais para entender o que quer que fosse, tanto que mais de uma vez dormiu vestido, cercado por pequenas imagens coloridas de Ty Cobb e Simon Bolívar, Christy Mathewson e o rei Jorge v, Frank Baker e o príncipe Alberto de Mônaco e Jake Daubert, que jogava nos Brooklyn Robins. Os barulhos dos vizinhos — famílias brigando e batendo portas, uma criança implorando e levando uma surra, uma gargalhada com algo de frouxo e descontrolado que traía os efeitos do álcool, vozes de homens e mulheres que iam baixando aos poucos até reduzirem-se a murmúrios solipsistas, ou duas ou três vozes cantando músicas como "Peg o'my heart" ou "There's a long, long trail" ou "You made me love you" acompanhadas pelas notas desafinadas de um piano hesitante, ou uma vozinha arranhada entoando "The Aba Daba honeymoon" numa vitrola de corda — varavam as paredes, naquele bairro pobre onde boa parte dos moradores nem sequer nascera no país, enquanto os Wilmot estavam lá desde o período colonial. Sua mãe dizia-lhe que a gente da vizinhança era vulgar mas tinha bom coração; Teddy, porém, a julgar pelos barulhos que ouvia através das paredes, imaginava vidas à mercê das paixões, pessoas que gritavam e cantavam e choravam alto e atracavam-se sem mais nem menos, de repente, como os acidentes e assassinatos que davam no jornal. Teddy largava os jornais às portas das moradias dessas pessoas quando elas ainda estavam dormindo, quietinhas; mas seu pai saía à rua quando seus apetites e ódios estavam à solta, e tentava lhes vender livros — e livros que nem eram de aventura, que só continham fatos, em duas colunas por página, com ilustrações esquemáticas; e Teddy sabia que era um trabalho impossível e que seu pai acabaria morrendo por causa dele. Por causa dele e daquele verme sanguissedento que lhe devorava as entranhas.

Até que um dia o verme recebeu um nome: tuberculose. Seu pai estava com tuberculose. Foi no mesmo ano em que um navio chamado *Lusitania* foi afundado, segundo as manchetes. Teddy sempre olhava de relance as manchetes do maço de jornais — os *Morning Call* de Paterson — que o aguardava na esquina de Market com Madison, sol ou chuva, neve ou gelo, nas manhãs de inverno frias e escuras, ou nas nevoentas madrugadas de verão em que o orvalho brilhava nos pequenos gramados das casas e nas teias de aranha. As notícias — da guerra na Europa — tingiam-lhe as roupas à medida que ele caminhava pelas ruas numeradas que a Market Street cortava na diagonal. Durante vários anos, Teddy ia a pé, entregando setenta jornais, recebendo meio pêni por entrega; depois, lembrava-se ele, a família passou um bom tempo discutindo a possibilidade de Teddy usar seu dinheiro para comprar uma bicicleta, o que lhe permitiria percorrer todo seu itinerário na metade do tempo. Sua mãe achava que seria um gasto excessivo — o importante era não economizar em comida, para todos conservarem suas forças, já não bastava aquela terrível escassez de açúcar e bananas, por causa da guerra e das ameaças sofridas pelos navios; porém seu pai argumentou que o menino estava exausto de acordar tão cedo, já estava crescendo e precisava dormir mais, e Esther, que trabalhava como secretária, contribuiu com dois dólares. A bicicleta, uma Pierce de segunda mão, custou onze dólares; os raios das rodas estavam enferrujados, o protetor da corrente chacoalhava, a tinta vermelha estava arranhada, e na hora de subir uma ladeira era preciso fazer muito esforço; assim mesmo, Teddy amava sua bicicleta como se fosse um animal de estimação. Quando, de manhã, a tirava de seu abrigo no quintal, conversava com ela; imaginava-a, com seus pára-lamas manchados, um fiel pônei malhado. "Depressa, depressa, os comanches estão quase nos pegando!" Tinha freio de contrapedal, uma campainha que era acionada com o polegar e uma cesta de arame onde ele podia colocar seus jornais. Com a prática, aprendeu a pedalar sem usar as mãos, deixando-as livres para pegar o jornal na cesta, dobrá-lo e jogá-lo, ainda que às vezes ele não caísse exatamente na varanda da frente. Gostava de jogar o jornal num lugar tal que o morador o visse assim que abrisse a porta; então seguia em frente, sentindo a bicicleta mais leve cada vez que fazia uma entrega, e imaginando as colunas de letras penetrando os olhos dos fregueses e depositando-se nos cérebros deles. Sempre adorava aquela sensação, difícil de pôr em palavras, de *fazer uma entrega*, e depois seguir em frente. Era semelhante à satisfação que lhe dava dispor os selos na página do álbum, ou trocar figurinhas até conseguir todo o time do Detroit ou do Pittsburgh, e não ficar só com o Honus Wagner. Entregar o *Morning Call* era um processo ordenado ao fim do qual sua sacola estava vazia e ele tinha mais trinta e cinco cêntimos de crédito com o distribuidor, o senhor

Larsen. Seis dias vezes trinta e cinco dava dois dólares e dez cêntimos por semana, e às vezes davam-lhe mais dez cêntimos quando ele ia fazer a cobrança, nas manhãs de sábado. Com a bicicleta Teddy podia dormir mais meia hora todos os dias, até as quinze para as seis, quando sua mãe o despertava sacudindo-o e cutucando-o, com um comentário brincalhão. Constrangia-o a constatação de que estava ficando cada vez maior e mais forte e mais esfomeado. Percebia, às refeições, que sua mãe e sua irmã continham-se para que ele pudesse comer mais um prato. Em casa, Teddy sentia-se pesado; porém nas ruas de Paterson, entregando jornais na manhã orvalhada, vendo as luzes dos sobrados se acenderem, sentia-se leve, livre, feliz, uma engrenagem pequena, porém funcional, girando satisfeita no mecanismo.

O médico — que freqüentara a Quarta Igreja Presbiteriana quando seu pai era o pastor — diagnosticou tuberculose do esôfago, e disse que o único tratamento era repouso absoluto, para que o organismo combatesse a doença. Assim, cessaram as atividades comerciais de seu pai, embora por algum tempo ainda chegassem pelo correio as comissões das poucas vendas que ele fizera, em envelopes com carimbos de Saint Louis, cujo tom marrom-claro Teddy associava aos flocos de maná que caíam do céu, na história da Bíblia. Teddy não ia mais à escola dominical — seria de algum modo vergonhoso ele continuar a freqüentá-la — e a lembrança daquelas aulas lhe inspirava um sentimento de horror, como se as raízes remotas da desgraça de sua família estivessem lá nos tempos bíblicos, em meio àqueles hebreus estranhos, com nomes como Elias, Eliseu, Josué, Judas, com mantos de cores berrantes. Era uma fonte de renda a menos, mas Teddy ajudava com cerca de três dólares e meio por semana, e sua mãe costurava para fora, pois quando ainda era solteira estudara numa escola para moças no Missouri onde aprendera muito bem a manejar agulha e linha, e Esther trabalhava como secretária na Weidmann, uma grande fábrica à margem do rio. Ela sabia datilografar sem olhar para o teclado, sabia taquigrafia e ainda morava com os pais, dando metade de seu salário para a família e usando a outra metade para comprar roupas e "para meus alfinetes", como ela dizia — dinheiro para o cinema, *sundaes* e os outros pequenos luxos de que as mulheres, ao contrário dos homens, necessitavam. Jared estava em Rutgers, em New Brunswick, e sua mãe dizia que a obrigação dele era ficar lá e se formar; daí em diante, porém, havia uma escuridão misteriosa nas lembranças de Teddy; tinha ocorrido algum problema com uma moça que achava que Jared devia casar-se com ela, porque de algum modo ele havia traído sua confiança. De uma hora para outra, Jared não estava mais em New Brunswick e sim em Nova York, e passou meses sem aparecer em casa. Seu pai ficava o dia inteiro deitado na cama, em silêncio. Quando Teddy ia vê-lo, depois da escola, só via suas costas, e não sabia se seus olhos estavam abertos ou fechados, se ele estava vivo ou morto. Quando não conseguia conter sua curiosidade, Teddy entrava no quarto e contornava a cama de baldaquino, e seu pai piscava para ele, sem mexer a cabeça pousada no travesseiro branco.

"Espero que o seu dia tenha sido mais interessante que o meu", dizia ele, com aquela voz suave que parecia filtrada numa espécie de peneira. Levantava a cabeça e só a baixava depois que Teddy pegava o outro travesseiro e colocava-o debaixo dela. Havia no hálito de seu pai uma doçura suave e escura de xarope.

"Tudo bem."

"Só isso? Mas ir à escola é um prazer, é ou não é?"

Era ou não era? Teddy não era nenhum atleta, nem tampouco era um sujeito durão, do tipo que as meninas gostavam, embora os durões não fossem bons para elas. As meninas não ligavam para ele; quando completou catorze anos, já estava grande, porém havia algo de mole em seu corpo quadrado; e os pêlos já brotavam em seu rosto. Na escola, era disciplinado e tirava notas boas mas não ótimas, não tão boas que o fizessem destacar-se como um futuro milionário. Teddy gostava de fazer parte da turma, atravessava os corredores e os dias em meio à maré de corpos jovens; os outros tratavam-no com indiferença mas o aceitavam, pois ele atendia aos requisitos básicos do clube — era da mesma idade que eles e nascera em Paterson. Sentia-se despreocupado, uma engrenagem inofensiva, cumprindo suas obrigações, sentando-se no lugar que lhe fora designado. Em casa, a doença e a preocupação imperavam, junto com uma expectativa, a espera de uma segunda desgraça, maior ainda que a primeira. Esta ameaça pairava no ar levemente adocicado do quarto. "É. Eu gosto da escola."

"Eu gostava muito da escola quando tinha a sua idade. Era um lugar muito agradável. Eu era um aluno excelente, e nunca entendi por que eu era tão bom. Tinha a impressão de que minha inteligência apreendia tudo sem o menor esforço. Ledo engano. As coisas não devem nunca ser fáceis demais."

"É", concordou o garoto, sem entender por quê. Ele jamais seria tão inteligente quanto o pai, nem tão popular e arrebatador quanto Jared — isso, Teddy já aceitara. E aceitara com satisfação: afinal, tanto o pai quanto o irmão, por causa de suas qualidades, haviam se dado mal.

Seu pai tentou apoiar a cabeça nos travesseiros altos, com um esforço preocupante; a cama gemia e estremecia, e a cabeça, macilenta e branca como cera, parecia maior do que o normal, com os longos bigodes pingentes, quase brancos. O colarinho do camisão, desabotoado, mostrava uns fios lisos e claros no peito. Teddy por vezes tinha a impressão de que só ele ainda pensava no pai, largado no quarto silencioso; sua mãe e Esther estavam sempre ocupadas, na luta pela sobrevivência. O pai era como uma planta esquecida, a lançar rebentos amarelados na penumbra. "Você precisa ficar sabendo de umas coisas", disse o doente.

Teddy teve tanto medo de saber que se limitou a fazer que sim.

"Tudo passa", disse o pai, rouquenho. "'Também isto há de passar': estas palavras são mais confortadoras do que tudo que li na Bíblia. São palavras de Abraham Lincoln, num discurso pronunciado antes da Guerra da Secessão. É uma referência à história de um potentado oriental, que pediu aos sábios de sua corte que lhe dissessem uma frase que servisse para todas as ocasiões; a frase que eles encontraram foi esta: 'Também isto há de passar'. Serve quando você está feliz e quando você está triste. Não estou tão triste quanto posso parecer, Theodore. Estou deitado aqui, descansando, como um egoísta, enquanto minha família está lutando. Às vezes me sinto culpado por estar me divertindo tanto nesta cama, vendo a senhora Levi pendurando a roupa na corda, agitada pelo vento, ou ouvindo as meninas dos O'Brien cantando em dueto, enquanto o resto da minha pequena tripulação carrega nos ombros o peso do mundo. Mas sua mãe é de briga; se tivesse um marido saudável, não teria o que fazer."

Houve um momento de silêncio; em seguida, o homem prosseguiu, como se Teddy tivesse perguntado alguma coisa. "Você vai se dar bem na vida, meu filho; não se preocupe. Você tem bom coração e uma cabeça bem equilibrada. O único perigo é você se contentar com pouco, por não se dar valor. Se eu na sua idade me desse mais valor, não teria deixado meu pai me obrigar a virar pastor. Ele é que tinha vocação para o ministério, só que em vez disso era dono de uma pedreira." Sorriu da expressão séria do filho. "Mas o que isso tem a ver com a história? Quando a gente fica muito tempo quase sem falar, quando começa não consegue mais parar." Estendeu a mão ossuda e seca, mais quente do que Teddy imaginava. Constrangido, o rapaz apertou-a com sua mão gorda, quadrada, suada. Com uma voz fraca, arrancada do fundo do peito, o pai prosseguiu: "Isto há de passar, bem ou mal. Por mais curioso que pareça, o fato é que estou me sentindo melhor. Você me acha melhor ou pior?".

"Melhor", mentiu o garoto; ele próprio sentia-se ofegante.

"Pois bem, vá dizer a sua mãe que tenho uma coisa a fazer." Isso queria dizer que estava precisando ir ao banheiro, e precisava de ajuda para chegar lá. Nessas horas, Clarence pedia ajuda às mulheres da casa, mas não a seu filho mais jovem.

Foi assim que Teddy viveu sua adolescência, contendo suas tempestades de desejo, esperando a morte do pai. Como tantos processos orgânicos, ela foi mais demorada do que parecia humanamente necessário; antes dela ocorreu outra perda, quando Jared saiu com um braço inutilizado da batalha do Marne, perto da aldeia de Trughy-Epied, no dia 24 de julho de 1918. Ficou um mês num hospital em Paris; depois o trouxeram para o hospital estadual de Newark. Só a mãe foi visitá-lo, pois no momento em que se anunciou o fim daquela guerra cruel uma epidemia de gripe estava devastando o mundo, matando mais gente do que a própria guerra. Ali mesmo, no hospital, homens que haviam sobrevivido a Château-Thierry e à segunda batalha do Marne estavam agora morrendo de gripe, uma morte rápida e silenciosa, depois de alguns dias de dor e febre: as almas deles saíam voando pela boca, dizia a mãe. Ela aconselhou Teddy a não pegar bondes e a afastar-se das multidões. Na escola secundária na Lee Place — um velho prédio de tijolo vermelho — que as autoridades recusavam-se a fechar, só se falava no pai ou na mãe ou no avô ou na avó ou no irmão ou na irmã que havia morrido de repente. As duas carteiras que ladeavam a de Teddy ficaram vazias por vários dias, mas os dois alunos — Charlotte Weed e Jacob Wyzanski — voltaram depois, gabando-se de ser mais fortes que a morte. Quando Teddy adoeceu, sentindo febre e uma secura na garganta, ele pensou em pedir a Deus para não morrer, porém achou que isso seria uma deslealdade para com seu pai. Afinal, o pai havia rompido com Deus, e Teddy não ia compactuar com Deus pelas suas costas. Não demorou a perder o hábito de rezar. As estatísticas mostravam que as crianças resistiam à gripe mais do que os velhos e os doentes; seria um castigo divino terrível se ele trouxesse para casa a doença que mataria seu pai — se ele se tornasse assassino de seu próprio pai. Mas a febre passou, depois a tosse passou, e logo Teddy pôde voltar a entregar jornais. Também Jared sobreviveu, no hospital de Newark, cercado de jovens agonizantes.

Jared tinha largado a faculdade quando só faltava um ano para completar o curso, em 1916 — nunca ninguém explicara a Teddy por quê; não era só a questão da moça que queria se casar com ele — havia também um problema relacionado a suas notas. Jared tinha descuidado dos estudos por causa de atividades extracurriculares, dissera-lhe a mãe. Porém trabalhou na Bolsa, e depois empregou-se como cobrador de aluguéis numa imobiliária de Nova York. Ao que parecia, estava se saindo bem. Quando visitava a família, vinha de terno xadrez e chapéu-coco; seu irmão achava-o mais duro e mais distante do que nunca; quando dava com os nós dos dedos na cabeça de Teddy, era como o impacto de uma máquina rígida, implacável. "Vou virar soldado", ele dissera a Teddy uma vez, em tom de bravata.

"Por quê? Você é obrigado?"

"É, eles vão acabar recrutando todo mundo mesmo. Todo o meu pessoal lá em Nova York está se alistando. As meninas dizem que se a gente não se alistar elas não dão pra gente. E lá na França as *mademoiselles* dão de graça para os americanos. Elas *aimez beacoup*."

"Dão mesmo?" Teddy tentou imaginar o que elas davam, e acabou imaginando uma série de posições contorcidas, como as do homem de borracha que ele vira numa tenda com o chão coberto de palha fedorenta.

"Se dão! A gente vai pra lá é para salvar a pele delas, então elas têm mais é que dar. Quando vêem um americano, elas se babam todas. Mas também, como diz o presidente, quem é que vai querer viver num mundo onde os alemães é que mandam? Todo mundo ia ter que comer chucrute todo dia e limpar o fiofó com uma escova de arame."

Teddy riu; gostava que falassem com ele daquele jeito — o código obsceno de um mundo monstruoso em que todos os homens, mais cedo ou mais tarde, têm que entrar. "Você não tem medo?"

"Medo de quê? Quando eles virem a nossa bandeira eles vão se borrar todos, aquele bando de Fritz. Eles fazem gato-e-sapato dos franceses e dos belgas, mas quando derem de cara com homens de verdade, eles vão ver. Mas, Ted, ninguém vive para sempre, de maneira que o jeito é a gente se arriscar mesmo, é ou não é?"

"Claro", concordou Teddy, embora no fundo não pensasse assim. Os jornais mostravam todos os dias que havia pessoas imprudentes e sem juízo, que pecavam e depois pagavam, e pessoas que andavam na linha e nunca viravam notícia. Agora, segundo sua mãe, tinham retirado oito pedaços de metal do ombro direito de Jared, e alguns nervos tinham sido rompidos de modo irreversível. Por sorte, não foi necessário amputar o braço, mas ele nunca mais poderia trocar um aperto de mãos normal, nem segurar uma caneta para escrever — ele que sempre tivera tanto jeito para tudo, fosse arremessar um bola de beisebol ou fazer malabarismos com três maçãs ou dar um cascudo no irmão enquanto o braço esquerdo apertava-lhe o pescoço como se fosse um torno. Tudo isso por causa de uma guerra que nada tinha a ver conosco, comentou o senhor Dearholt um dia quando veio visitá-los: "Os europeus de Paterson vieram para esta bela cidade para fugir de todos os ódios, todos os séculos de ódio que remontam à idade da pedra, e lá vamos nós nos meter nessa confusão, só para salvar os banqueiros internacionais, que na sua maioria são judeus, ao que parece".

Seu pai, com roupão de banho e chinelas turcas, recebendo a visita na sala, discordava: a guerra fora necessária, terminara bem e levaria a uma paz duradoura. Com o fim das monarquias, a democracia haveria de se instaurar até mesmo na Alemanha, onde as velhas idéias autoritárias estavam mais profundamente arraigadas — o lado mais sombrio do legado de Martinho Lutero. "Wilson tem razão; a América não pode mais se furtar ao papel que lhe está reservado no mundo. Como disse Lincoln, nós somos a melhor esperança da Terra."

O senhor Dearholt permaneceu imóvel, óculos e dentes a brilhar; não queria discutir com um doente, ou então ainda demonstrava por ele o respeito que se deve a um reverendo. Teddy não entendia por que motivo o senhor Dearholt não abandonava seu pai, tal como haviam feito todos os outros paroquianos. Havia algo em seu pai que era merecedor de admiração: o garoto apegava-se a essa idéia.

Jared, quando aparecia, um dos ouvidos mouco, o braço defeituoso na tipóia, não queria falar sobre a guerra, nem sobre suas experiências no campo de batalha. Uma vez Teddy perguntou-lhe a respeito das francesas que *aimezavam beaucoup*.

"É, era assim mesmo, mas não era bem como a gente pensava que fosse. Os franceses organizaram uma verdadeira indústria — eles são muito mais avançados que nós, têm médicos que vão todo mês examinar as *poules*, para ver se elas têm alguma doença — mas tudo isso era para oficial, não para soldado raso. Tudo lá é indústria, até mesmo a igreja. Nada é sagrado, pode crer. Mesmo os padres comem e bebem até ficar com a cara vermelha, gordos como porcos. Imagine só: a guerra a poucos quilômetros dali, o país transformado em campo de batalha há quatro anos, e aqueles garçons correndo de um lado para outro nos bistrôs, para ganhar uns trocados dos americanos que foram até lá para salvar a pele daqueles covardões. Se os alemães tivessem chegado a Paris, esses garçons iam fazer a mesma coisa com eles. Eles não têm o orgulho que nós temos, Ted. Vivem falando em *gloire* isso e *gloire* aquilo, mas pelo que eu vi a tal guerra gloriosa foi só um monte de gente morta, misturada com gente viva ainda esperneando, e ninguém fazia a menor idéia da razão daquilo — por que foi que a guerra começou e por que ela estava terminando. Morreram milhões de pessoas, e ficou tudo por isso mesmo. *C'est la guerre, c'est la vie.* Era muito estranho ver que a guerra acabou virando uma coisa normal. Um sujeito que você conhecia, que estava do seu lado dia e noite — de repente ele estava morto, virava um monte de lixo, que nem um tronco de árvore caído que você passa por cima dele sem pensar, até que ele começa a feder. Não estou me queixando, não. Até que a coisa não foi tão feia para mim. Pelo menos não perdi a vista que nem aqueles infelizes lá em Toul, que acabaram de sair do navio e foram mandados para o campo de batalha sem máscaras nem nada, por uns oficiais completamente sem experiência, e entraram no gás. Europa? Nem me fale. Francês, alemão, eu nunca mais quero ver aquela cambada de fodidos."

Teddy tentou não se mostrar chocado com o palavrão, o mais forte e estranho que já ouvira Jared usar. "E então, o que é que você vai fazer?" Ele próprio surpreendeu-se ao dar-se conta da pergunta que havia feito; percebeu que só ele poderia fazê-la, de modo tão direto — sua mãe, seu pai e Esther não teriam coragem. Tinham medo de Jared desde que ele voltara endurecido de um incêndio que eles jamais viriam a conhecer. Teddy não sentia a menor vontade de conhecer aquele incêndio, nem qualquer tipo de fogo, porém constatava que agora amava seu irmão, ao contrário de antes. E seu irmão, à sua maneira contida, encontrara em Teddy algo de que antes jamais sentira necessidade — uma platéia atenta, diante da qual pudesse ouvir-se a si próprio. As vítimas precisam de platéia.

Desde que Jared voltara, seus olhos estavam diferentes: antes eram de um verde sujo, cheios de energia, protuberantes; agora estavam baços, como olhos de peixe, sob as sobrancelhas ruivas e circunflexas. "Fazer? Bem, com essa tal de 'invalidez parcial', vou ficar um ano recebendo quinze dólares por mês, mais os sessenta que todo mundo ganha quando dá baixa. De modo que vou ficar de papo para o ar às custas do Tio Sam até eu conseguir fazer alguma coisa com esse braço, e esse zumbido no meu ouvido melhorar um pouco. Depois eu volto para Nova York e vou ganhar muita grana. Uma coisa que a guerra me ensinou é que dinheiro é mais importante que mulher. O dinheiro faz o homem, Ted, e a mulher desfaz. O dinheiro dá, a mulher tira."

Teddy percebeu que os olhos nervosos do irmão se apertavam, agora que a conversa ficava mais pessoal. Desajeitadamente instalado no braço da poltrona de palhinha na pequena varanda dos fundos, aonde tinham ido conversar, apesar do frio de novembro, para não ser ouvidos pelos pais — o inválido ouvia absolutamente tudo, o menor ruído no andar de baixo o incomodava — Jared debruçou-se para a frente, entortando a cabeça, um gesto que agora se tornara habitual, para posicionar o ouvido bom. "Você tem que se cuidar para não virar um filhinho de mamãe. Você vai ficar sozinho com a mãe e a Esther depois que o eu e o velho formos embora."

"O velho vai embora?" Ted ainda o chamava de "papai", o que lhe parecia infantil.

"Ele já está com um pé do outro lado desde que a gente se entende por gente", respondeu Jared. "Só que agora a coisa está indo mais rápido. Mas deixa eu terminar o que eu estava falando sobre mulher. Mulher só quer duas coisas, Ted: o seu dinheiro e os seus colhões. O dinheiro elas gastam; agora, Deus sabe o que elas fazem com os colhões. Acho que não fazem nada — só não querem que a gente tenha colhões."

Teddy achou essa idéia um tanto simplista — faltava-lhe uma dimensão, ainda que ele não fizesse idéia do que era exatamente que faltava. Seu irmão falava em sobrevivência, que era a regra do jogo do mundo. Sua mãe falava em amor, que era a regra do jogo que se jogava em casa, no abrigo e nos desvãos do lar.

Quando, em seu quarto, no escuro, tinha acabado de colocar a mão esquerda sob os testículos, já antegozando a solitária volta de montanha-russa que, como descobrira, podia dar em sua própria cama, sua mãe entrava, acariciava-lhe os cabelos e dizia: "Não fique preocupado, não, amorzinho, que o seu pai está cada dia melhor, segundo o médico, embora esteja emagrecendo — o organismo dele está só expulsando as células doentes, é isso que está acontecendo — e você, crescendo desse jeito, trazendo para casa uns boletins tão bons, você é um raio de sol na vida dele, é o que ele me diz todo dia, mais de uma vez".

Porém Teddy percebia que sua mãe tinha medo; via-o no passo apressado com que ela andava pela casa, no modo como tocava nele, como se para dar sorte ou tranqüilizar-se, mais do que antes, e na tensão de seu abraço, um abraço mais tímido, agora que ele já estava quase completando dezesseis anos. A mãe agora estava fazendo faxinas, não nas casas dos ex-paroquianos de seu marido — o que seria humilhação demais — mas nas casas de pessoas que eles haviam recomendado. Nem todas as casas ficavam no East Side de Paterson; algumas eram em Clifton e até em Hawthorne, o que a obrigava a fazer longas viagens de bonde. Muitas vezes, quando Teddy chegava da escola às quatro horas não havia ninguém em casa, só o pai, cochilando. Agora ele não falava mais; ficava imóvel, a cabeça virada para o lado, apoiada em dois travesseiros, os olhos azuis cada vez mais vivos, a contemplar as roupas da senhora Levi na corda, e as cercas e quintais ao longe, formando como que uma escada torta a se perder na distância, rumo ao sul, onde fileiras superpostas de nuvens de chuva pairavam sobre Clifton. Quando Teddy passava pela porta do quarto e olhava para dentro, sempre via seu pai imóvel. Mas então os olhos dele se abriam, revelando os olhos desconcertantes, de um azul claro e leitoso, e suas sobrancelhas — finas e longas como sobrancelhas de mulher, e não espessas como as de Jared e as do avô, nas fotografias antigas — se arqueavam, e Teddy compreendia a pergunta.

"Tudo bem", respondia. "Tudo bem lá na escola." Não contou que fumara um cigarro Fatima com Jake Wyzanski na volta, uma caminhada de mais de um quilômetro, subindo Grand e Essex Streets, atravessando o Sandy Hill Park, chegando à Twentieth Avenue; também não contou que tinha visto o tornozelo de Charlotte Weed quando ela se abaixou para coçar-se na aula de história dos Estados Unidos; nem que a blusa de Edna Jacobson estava molhada de suor na altura das axilas quando ela chegou correndo, atrasada, depois do almoço; nem que Peter McHegan lhe explicara que quando uma garota estava menstruada suas espinhas se avermelhavam; nem que Maria Caravello agora estava trabalhando na escola como professora substituta de inglês na nona série; nem — e isso Teddy sentira-se tentado a contar — que o senhor Loesser, o professor de geografia que era também o treinador do time de beisebol, vira-o brincando, ele e mais quatro colegas, com um cabo de vassoura e uma bola de borracha durante o recreio, em março, e perguntara-lhe se ele queria entrar para o time de beisebol. Por um momento, imaginou-se o grande ás da Paterson High School, viu todas as garotas na arquibancada se mijando só de ver suas proezas; mas aí lembrou-se de que se praticasse muito esporte talvez não conseguisse levantar-se cedo para entregar jornais, mesmo com sua fiel bicicleta Pierce, e que andava até pensando em arranjar, agora que estava maior, um emprego para depois das aulas, não no caminhão de gelo dos irmãos Nagle, como seu irmão Jared, mas talvez num depósito ou numa das fábricas de tintura, como alguns garotos já estavam fazendo havia anos, trabalhando como aprendiz até completarem dezesseis anos, quando então podiam por lei largar a escola. A partir daí, abandonavam o mundo dos estudos, mergulhavam nos ruídos e no vapor das fábricas, e as substâncias químicas atacavam-lhes as mãos, até só restar o osso. Um Wilmot não podia fazer uma coisa dessas. Mas com seu pai doente daquele jeito, um Wilmot também não podia se dar ao luxo de jogar beisebol depois das aulas. Assim, Teddy agradecera ao senhor Loesser, mas disse-lhe que não podia. O professor — não era alto, porém era mais alto que Teddy, tinha cabelos negros crespos com entradas profundas na testa, o rosto queimado de sol, cheio de rugas fundas e melancólicas — demonstrou que compreendia com um movimento de cabeça, e chegou mesmo a sorrir; mas Teddy sabia que se fechara uma porta a qual nunca mais se abriria para ele. Já tinha idade suficiente para perceber que a vida é um caminho tortuoso em meio a muitas possibilidades que se bifurcam — depois que se passa por uma encruzilhada na estrada, não se pode mais voltar atrás.

Sim, havia uma coisa ocorrida na escola sobre a qual ele podia falar ao pai. "Papai, se lembra da família Caravello, que antigamente freqüentava a nossa igreja?" A cabeça comprida, supina, com as duas pontas do bigode caindo para o mesmo lado, fez um movimento lateral que o garoto entendeu como um "sim". Não era a família que "antigamente" freqüentava a igreja, e sim a igreja que não era mais "nossa", mas seu pai compreendera. "Eu vi a moça no corredor e ela não me reconheceu, mas aí ela veio substituir a professora de inglês, porque a senhorita Harriman está doente, e reconheceu o nome da nossa família na pauta, e depois da aula conversou comigo um pouco. Ela é muito melhor que a senhorita Harriman, muito mais animada, e o inglês dela é perfeito — melhor que o nosso. A irmã e a mãe dela se casaram, diz ela, mas ela sempre quis ser professora aqui nos Estados Unidos, onde uma mulher pode ser professora sem ter que virar freira."

Seu pai formou uma palavra com os lábios e depois a repetiu, com o que lhe restava de fôlego, de modo que Teddy ouviu-o dizer "ótimo". Depois seu pai disse outra coisa, que o rapaz, após um instante de esforço, compreendeu ser uma expressão em italiano: "*La bella professoressa*".

Havia idiomas dentro daquela cabeça comprida e amarelenta — labirintos de livros, de palavras escritas por homens já mortos, as trilhas labirínticas por eles deixadas no pó. Teddy muitas vezes entrava no escritório de seu pai, cheio de livros, e lá ficava, sentindo-se diminuído, oprimido. Quando tentaram vender os livros por precisarem de dinheiro, ninguém os quis, nem mesmo o seminário de Princeton. A cabeça de seu pai, alongada e pálida, os cabelos finos que brotavam do crânio rosado, semitransparente, abrindo-se em leque sobre a fronha alva, parecia um ovo gigantesco — o ovo, pensou Teddy de repente, que o havia gerado. Tentou reprimir aquela idéia esquisita — gente nascendo de gente, como os segmentos de uma dessas lupas dobráveis. Seu pai e ele eram duas pessoas completamente diferentes, unidas apenas por um nome e uma piedade mútua e indizível. Como o homem não podia falar direito, apenas sussurrar de vez em quando, e o garoto não conseguia pensar no que dizer, Teddy passou a ler para o pai o *Evening News*, que ele encontrava dobrado na varanda todos os dias, ao chegar da escola, com seus calções entufados, boné e sapatos de cano alto abotoados, já tão gastos que o frio e a umidade das ruas atravessavam-lhes as solas. Tomava um copo de leite e comia um biscoito de aveia, se ainda restasse um na lata de pão, e lia para seu pai as manchetes e os artigos que pareciam interessá-lo. As notícias locais — necrológios, assassinatos, ameaças de greve, casamentos — interessavam-no menos que os acontecimentos internacionais no período de pós-guerra — monarquias derrubadas; milhões de pessoas passando fome; revoluções comunistas na Rússia, em Berlim, na Hungria; o presidente Wilson, ele próprio filho da Nova Jérsei, como um fantasma velho e cansado dos antigos ideais elevados, vendendo seu peixe de paz e perdão na América e na Europa, saudado como herói e engabelado, assim que virava as costas, por estrangeiros como Clemenceau e Lloyd George. Roosevelt, o xará de Teddy, morreu, e Wilson sofreu um esgotamento físico quando corria os Estados Unidos afora para convencer o Senado a aprovar a Liga das Nações. Lenin formou a Terceira Internacional Comunista; Charlie Chaplin, D. W. Griffith, Mary Pickford e Douglas Fairbanks criaram a United Artists, uma produtora de cinema. Essa notícia foi a que mais interessou o pai, e Teddy leu-a do início ao fim; leu também na íntegra a matéria sobre um cavalo chamado Sir Barton, que pela primeira vez ganhou uma tal de Tríplice Coroa, e mais outra na página de esportes a respeito de Jack Dempsey, que derrotara Jess Willard, o qual se tornara campeão ao vencer um negro chamado Jack Johnson quatro anos antes. O pai cochichou no ouvido de Teddy: "Campeão de mentira. Marmelada. Tanto perseguiram o Johnson que ele perdeu de propósito". Metalúrgicos em Indiana e mineiros na Pensilvânia estavam em greve, e morreram dois milionários, Frick e Carnegie, mas seu pai interessou-se mais por uma notícia segundo a qual os astrônomos tinham constatado que a luz se desviara ao passar junto ao Sol durante um eclipse solar, confirmando uma tal de teoria da relatividade formulada por um alemão. "Relatividade", corrigiu seu pai, quando Teddy gaguejou ao tentar pronunciar a palavra. "O universo está ficando cada vez mais estranho. Tal como me disseram que ia acontecer." E então começou uma nova década, o álcool foi proibido em todos os Estados Unidos, e o secretário da Justiça, A. Mitchell Palmer, acusou a IWW de provocar a greve dos rodoviários como parte de uma conspiração internacional, e declarou guerra aos "pervertidos morais e mulheres histéricas e neurastênicas que abundam no comunismo". Seu pai cochichou, com voz débil: "Se a IWW tivesse ganhado a greve em Paterson, este país seria outro". Mary Pickford e Douglas Fairbanks casaram-se, como se um filme de Hollywood virasse realidade, e a Europa se debatia em meio a golpes de Estado, turbulências e guerras localizadas, e a convenção do Partido Democrata escolheu James Cox e um outro Roosevelt, e Bill Tilden tornou-se o primeiro americano a ganhar em Wimbledon, e foi ratificada a emenda constitucional que concedia às mulheres o direito de voto, só que não havia nenhuma mulher presente à cerimônia. E então o pai, Clarence Arthur Wilmot, partiu para nunca mais voltar numa noite, uma das primeiras noites frescas do outono, no início de setembro; morreu sem fazer o menor ruído; seu corpo foi encontrado pela manhã, uma linda estátua perecível, rígida e pálida — sua alma escapara por entre os dedos de Teddy, da mãe e de Esther, como se não quisesse lhes dar mais trabalho. Mas havia também naquele silêncio uma acusação; ele os culpava por não terem conseguido reverter aquela maré que o levara embora, como um barco largado solto no cais.

Do período curto e confuso que se seguiu, quem mais ficou na memória de Teddy foi Esther, como se sua mãe, por ser a viúva, encerrada num luto que não excluía reluzentes pedras negras a rodear-lhe os pulsos como grilhões, estivesse tão possuída pela essência perigosa da vida, a lava oculta da catástrofe, tão incandescente, que não se podia olhar para ela. Esther, com vinte e cinco anos, já trabalhava nos escritórios da Weidmann, uma empresa especializada na tintura de sedas, havia cinco anos, desde que a companhia fora revitalizada pelo aquecimento das vendas causado pela guerra. Uma pequena greve dos auxiliares de tingidor, que pedia um aumento e um expediente de oito horas, em 1919, foi facilmente derrotada. As barras das saias de Esther ficavam a vinte e cinco centímetros do chão, tal como mandava a moda parisiense. Era alta e magra, como o pai, e fumava, mas não em casa, para a mãe não sentir o cheiro dos cigarros. Esther sabia que Teddy também fumava, quando voltava da escola, mas não contava aos pais. Teddy e Esther sentiam-se culpados, como espiões, penetrando as linhas inimigas, circulando pelo mundo real, transbordante de vida, indiferente, e depois voltando, cabisbaixos, para o silêncio terrível de derrota que imperava na casa após a morte do pai: o quarto dele, a cama dele, dia após dia, intatos, sem que ninguém dormisse lá, embora às vezes, no meio da noite, Teddy acordasse como se a tosse do pai lhe tivesse perturbado o sono — uma tosse seca, insistente, que começava discreta e ficava cada vez mais forte, mais descontrolada, como se o pai estivesse tentando expelir alguma coisa áspera e tenaz presa entre as cordas vocais. Mas a casa estava em silêncio. À noite, Paterson era silenciosa; tudo que se ouvia era um ou outro carro passando na rua, uma vitrola tocando muito baixinho e — quando Teddy prendia a respiração — o ronco longínquo da cachoeira, misturado com a cacofonia abafada das fábricas a produzir metros e metros de seda, operadas pelo turno da noite. Esses sons eram uma espécie de corrente submarina de sua vida, naquela cidade abraçada pelo meandro de um rio ao pé do monte Garrett; e agora falavam em mudar-se dali. Ainda que modesta, aquela casa era demais para eles, com o pouco que ela ganhava fazendo faxina e costurando — dizia sua mãe

— e mais as parcas esmolas de Jared e o magro salário de Esther; e até quando Esther continuaria com eles? A idéia de Esther arranjar marido fazia com que os olhos negros da viúva brilhassem de alegria melancólica, muito embora a filha afastasse aquela hipótese com um gesto de repulsa que estava se tornando seu maneirismo mais típico. "Enquanto o pobre Clarence estava vivo", prosseguiu a mãe, com aquela voz adocicada que agora tinha algo de patético, como se contivesse um antiquado pedido de galanteios que um mundo cada vez mais nervoso e acelerado ignorava solenemente, "nós tínhamos que ficar juntos, para não perturbá-lo; mas agora não é justo pedir ajuda ao Jared. Ele é um jovem que está subindo na vida em Nova York, e precisa de roupas boas. Não pode continuar morando naquela pensão cheia de gente mal-encarada. Ele precisa morar num apartamento, com porteiro e tudo, e entrar para um clube, para conhecer gente do nível das pessoas com quem ele trabalha." Que nível era aquele, exatamente, e o que fazia Jared além de cobrar aluguéis para proprietários — isso a mãe fazia questão de não deixar muito claro. Ela não queria saber. Jared, ao contrário de Teddy, já chegara àquela idade em que se permite aos rapazes ter seus segredos. "Tenho recebido umas cartas *muito* simpáticas da sua tia Esther, lá de Basingstoke." Basingstoke era uma cidadezinha em Delaware, alguns quilômetros ao norte do canal de Chesapeake-Delaware, onde morava a irmã do pai com seu marido, Horace Truitt, um homem alegre, de rosto corado, numa casa grande bem no centro da cidade, com um quintal comprido que, quando os Wilmot iam lá no verão, parecia a Teddy modorrento e sinistro, cheio de pinheiros de ramos pesados e flores altas, que pareciam fileiras de sinos molengas, um amarrado no outro. Horace trabalhara como químico na Du Pont e aposentara-se cedo porque tivera o privilégio de comprar ações da empresa antes que seus preços disparassem com a guerra. Agora se dedicava a cuidar do jardim, e seu principal motivo de orgulho era o que ele chamava de belvedere, uma estrutura de madeira octogonal, recém-pintada de branco. Para chegar-se ao belvedere, havia que seguir por um caminho que passava entre os canteiros. Porém do outro lado da cerca via-se uma rua movimentada, com casas menores e menos pitorescas, chamada Locust Street, e um quarteirão mais adiante ficava o centro comercial da cidade, cujas formas se ajustavam ao rio. Quando a família ia lá no verão, todos passeavam no Hupmobile do tio Horace, atravessando uma grande extensão de pântanos para chegar à praia, uma faixa estreita de areia em torno de um cabo rochoso onde o Delaware era mais largo do que um rio normal, mas não tanto que não desse para ver as florestas de Nova Jérsei na outra margem. Quando chegava à casa do tio, Teddy sempre ficava alegre, com a pequenez de tudo em Delaware, com o cheiro pungente de maresia no ar, sempre achando que estava prestes a acontecer alguma coisa que jamais aconteceria em sua casa; mas já no terceiro dia sentia-se entediado e mal-humorado, ao constatar que não ia acontecer coisa alguma, e tinha saudades de seu quarto, suas coleções de selos e figurinhas, seus aeromodelos, a vista das janelas dos vizinhos; às vezes Teddy via Deborah Levi de combinação, mas ela sempre sumia antes de reaparecer de camisola. "Pois bem, sua tia sempre diz que, desde que o Horace..." — sua mãe hesitou; o tio Horace havia fugido, alguns anos antes, com uma outra mulher lá de Basingstoke — "fez aquela coisa imperdoável, ela está muito sozinha naquela casa, e adoraria se nós fôssemos passar uns tempos com ela, até conseguirmos encontrar uma casa para nós. Lá tudo é mais barato, e seria muito saudável para o Teddy ficar longe dessas fábricas e desses elementos desagradáveis que elas atraem."

"Eu não quero me encafuar lá naquele fim do mundo", Teddy queixou-se à irmã uma noite, quando ainda não havia se deitado — estava em seu quarto, trabalhando na construção de um Sopwith Camel de pau-de-balsa; as longarinas e os cabos eram o mais difícil, e também as metralhadoras que disparavam sincronizadas com a hélice. Esther estava chegando de um programa com um homem que conhecia do escritório da Weidmann, um representante da firma que fazia vendas por todo o Leste do país. Teddy desceu até a cozinha, onde a ouviu pegando um copo de limonada na geladeira. Ela estava um tanto desgrenhada e irritada, à luz impiedosa da cozinha, com seu vestido verde cheio de brilhos que realçavam os lampejos dos cabelos louros avermelhados, presos num coque espesso, tal como fazia a mãe com seus cabelos negros, embora Esther andasse pensando em cortá-los curtos, *à garçon*. O vestido tinha um cinto com borlas abaixo da cintura, mas era de vestir pela cabeça, como

Teddy descobrira uma vez em que a irmã deixou a porta do quarto entreaberta. Era uma noite de novembro, e Esther saíra com um sobretudo raglã com gola e mangas de castor, que jogou numa cadeira da cozinha com uma careta irritada. A luz impiedosa da cozinha mostrava a Teddy uma mulher que não era exatamente bonita — magra, ossuda, lisa na frente e atrás, com lábios finos, inteligentes e impacientes demais; mas Esther, com sua tez muito alva, seus gestos rápidos e decididos, seu jeito enérgico, competente, duro e seco, deslumbrava o irmão. Teddy tinha uma coisa em comum com seus pais: era mole como eles. O mundo os empurrava de um lado para outro. "Mas por que não, ora?", perguntou-lhe Esther. "O que, prende você aqui em Paterson?"

"Meus amigos."

"Grandes amigos. Você nunca traz ninguém aqui."

"Aqui em casa não tem nada para fazer."

Esther riu, um riso rápido, surpreendentemente forte, quase um latido. "Aqui e na maioria das casas, imagino. Mas se aqui não tem nada para fazer, o que é que você tem a perder se for para Basingstoke? Você está precisando de uma mudança de ares. Você e todos nós. Paterson não tem mais nada para os Wilmot. Basingstoke é uma cidadezinha pachorrenta onde nós vamos ter oportunidade de entrar nos eixos."

"Nós? Você vai conosco?"

Diante da veemência do irmão, os lábios pintados de Esther esticaram-se num sorriso fino. "Você quer que eu vá?" Ela aproximou-se da porta da cozinha e abriu-a, para que a fumaça do cigarro saísse pela porta telada.

"Mas claro", respondeu Teddy. "Não quero ficar lá com duas velhas."

"Você vai fazer amigos."

"Lá só tem caipira; não me venha com essa."

"Tedsy, querido, eu tenho um bom emprego aqui. Tenho meus amigos, sabe?"

"Sei. Tem algum de quem você gosta mais? E esse que saiu com você hoje? Vi a cara dele quando vocês estavam saindo. Se você quer saber o que eu acho, ele é um tremendo enrolão."

"No trabalho dele, isso é uma qualidade. Ele é desses que conseguem seduzir uma estátua." Pegou o maço de cigarros —

eram Lucky Strikes, um pacote verde com um alvo no meio — e sacudiu-o. "Quer um?"

Tal como Jared, ela estava levando-o para águas profundas, onde só os adultos não perdiam o pé. Porém Teddy aceitou o cigarro e acendeu-o, chegando-se mais à porta, para que a mãe não sentisse o cheiro e descesse. Talvez ela não descesse. Talvez ela não se importasse tanto quanto ele imaginava. Às vezes seu pai fumava não apenas seu cachimbo no escritório mas também um Sweet Caporal — "por ordens médicas", disse ele uma vez a Teddy, com uma piscadela. Quando tragou, era como se uma coisa áspera estivesse sendo enfiada em sua garganta. Sentiu uma leve tonteira, tal como, quando pequeno, sentia-se ao subir alto demais no balanço do Sandy Hill Park.

Dizia Esther: "Talvez você tenha razão. Ele dá a impressão de que está sempre tentando vender seu peixe. Por um lado, a gente quer comprar; por outro, não quer. Você entende?".

Não era bem uma pergunta; ela estava falando mais consigo própria. Porém Teddy fez que sim com a cabeça, como se entendesse. Sentiu um cheiro de perfume e também de suor, talvez por eles terem dançado, e mais a fumaça do cigarro, tudo isso misturado com um cheiro enjoado, de coisa semi-apodrecida, que Teddy associava às garrafas quadradas que encontrava vazias perto do rio, no meio do mato. Birita. Bebida. Ilegal, mas ninguém se importava com isso. De uns tempos para cá, Esther andava apertando a vista, ou por estar trabalhando demais na sua máquina de escrever, ou por estar fumando demais, ou então só porque ela não conseguia mais olhar para o mundo com os olhos arregalados. Quando seu pai largou o ministério, Esther estava prestes a entrar para a escola normal. "Os homens", disse ela, apertando os olhos. "Todos uns fracassados. Acho que não é culpa deles, coitados. Mas, meu Deus, como são chatos! 'Eu faço, eu aconteço, eu vou fazer, eu, eu, eu.' Não quero que você cresça e vire homem, Tedsy; senão você vai acabar chato igualzinho aos outros."

"Aonde foi que ele levou você hoje? A um *speakeasy*?*"

"E desde quando você entende de *speakeasies*, hein, menino?"

"A cidade está cheia deles, em Riverside, nos porões das ca-

(*) Bar clandestino, no tempo da Lei Seca. (N. T.)

sas. Tem uns garotos italianos lá na escola que os irmãos e os pais deles vendem bebida."

"Não deviam fazer leis que as pessoas são obrigadas a desrespeitar", disse Esther. Dizendo isto, ela fez Teddy lembrar-se do pai. A irmã e o pai entendiam as coisas sem muito esforço, e isso os tornava vulneráveis, como animais com antenas compridas demais.

Teddy implorou: "Você vai conosco se a gente se mudar? Por favor. Só um ano ou dois. Você não vai querer ficar aí com esses homens que levam você a esses *speakeasies* fedorentos".

"Não vou querer?", perguntou ela, apertando a vista e soprando a fumaça para cima, de modo a quase ocultar seu próprio rosto, com aquele cinismo cruel dos adultos. Quando a gente é pequena, pensa que eles ligam muito para a gente; mas não: eles só pensam é neles mesmos, tal como a gente quando é pequena. Teddy sentiu que as lágrimas estavam começando a subir-lhe aos olhos, no meio de tantas sensações estranhas, ele fumando um cigarro proibido em sua própria casa, acordado até aquela hora, conversando com sua irmã, que falava e agia como uma vagabunda. O modelo do Sopwith Camel que ele havia deixado no quarto, com seu cheiro de cola fresca, fazia parte do mundo de inocência que Teddy estava sendo obrigado a abandonar. Esther perguntou-lhe, implicante: "E o que é que eu vou fazer lá em Basingstoke?".

"Quem sabe você não conhece um homem decente. Um que não fosse tão enrolão. Que estivesse à sua altura."

"Você também está me saindo um enrolão e tanto, hein, maninho? Quer dizer que você quer me ver casada com um pescador de caranguejo ou um empregado do curtume." Havia no centro da cidade um velho curtume, à margem do riacho que despencava numa cascata de dois metros de altura e depois se perdia nos meandros do pântano até chegar ao mar. "Olhe, agora que a gente tem o direito de votar e de estudar na faculdade, as mulheres têm mais o que fazer do que viver tentando fisgar uma dessas criaturas que usam calças." Quando Esther dava uma tragada no cigarro, seus lábios ficavam ainda mais finos do que já eram — duas linhas estreitas de um vermelho dissonante. Agora estava falando com Teddy como se o irmão fosse um de seus amigos, fazendo pilhéria daquele seu jeito anguloso, que lembrava um pouco o pai, no tempo em que ele era um homem elegante, antes de ficar melancólico. Quando Teddy pensava em seu pai — quando o visualizava, ainda que por apenas um instante — sentia uma pontada de dor em seu íntimo, com um ressaibo de vergonha. Esther, percebendo que ele estava tentando conter as lágrimas, provocou-o: "Dezessete anos, hein? E mesmo assim precisa que a sua irmãzona lhe dê uma mão, não é?".

Era aquilo que Esther tinha dito havia pouco: crescer e virar homem. Teddy agora ainda estava mole, não havia criado uma casca dura por fora, e se o largassem sozinho numa cidade estranha com a mãe e a tia Esther ele jamais conseguiria criar essa casca, ou então ela ficaria torta — ele não sabia exatamente como, mas era como se já a sentisse. Na escola, Teddy constatava que era cauteloso e imaturo: via por toda parte, nos corredores e no asfalto, o brilho ágil de canivetes de verdade, amores de verdade, rapazes e moças que faziam tudo, que estavam preparados para jogar à vera o jogo da masculinidade e da feminilidade, para agarrar um pedaço do mundo e apossar-se dele. Teddy não estava preparado; vivia voltado para dentro, dedicando-se a colecionar coisas inocentes — selos de países estrangeiros que davam a pedaços de papel o poder de correr mundo. Os poucos amigos que tinha na escola lhe davam, ou vendiam por um pêni, os selos que lhes chegavam dos parentes na Europa, até mesmo na Turquia e na Síria, e nos países novos, como Tchecoslováquia e Líbano. A paixão por aqueles selos pequeninos, com imagens de cores tão vivas e palavras em línguas desconhecidas, fascinava-o, atraía-o para dentro, para uma gruta pequena e protegida. Aquele fascínio por coisas de papel era herança do pai. Para tornar-se homem, fosse lá o que isso fosse, ele precisava de um pouco mais de tempo, um pouco mais de espaço, e se sua irmã, tão conhecedora das coisas do mundo, estivesse com eles na casa sinistra da tia Esther, lá em caixa-pregos, ela lhe daria esse tempo e esse espaço. Depois poderia voltar para Paterson e fisgar um homem que não fosse muito enrolão, um representante de vendas ou gerente. Teddy jamais pedira nada a uma mulher, a não ser a sua mãe, mas agora estava pedindo; já era mais maduro do que pensava, pois — tal como aqueles garotos fanfarrões na escola, que pediam às namoradas que fizessem safadezas com eles — estava descobrindo que as mulheres gostavam de dizer sim, e, por misterioso que fosse, quanto mais arriscado lhes fosse dizer sim, maior a vontade de dizê-lo. Esther amassou o cigarro na sola de sua chinela de couro verde e salto alto e estendeu a mão ao irmão, pedindo-lhe que ele apagasse o seu também, para que ela pudesse jogar fora as duas guimbas pela porta dos fundos, por cima da cerca do quintal dos Levi. O brilho atento nos olhos apertados de Esther indicava que ela estava achando graça em Teddy. "Vou pensar. Vamos ver o que a mamãe está pretendendo. Meu emprego na Weidmann não é tão bom assim que eu tenha que me agarrar a ele como se fosse uma questão de vida ou morte. E quanto aos homens daqui, qual é a vantagem de passar o resto da vida em Paterson? Eles só pensam em quando vai ser a próxima greve, e se a nova moda de Paris vai prejudicar as vendas de seda, e se não seria melhor transferir toda a fábrica para perto das minas de carvão, onde os homens são medrosos demais para entrar em greve. Que se danem todos eles, Tedsy. Você é o meu melhor amigo."

Esther deu um passo em direção ao irmão, e ele recuou por um instante, até se dar conta de que ela queria abraçá-lo rapidamente. No andar de cima, embora eles andassem nas pontas dos pés, a mãe apareceu no patamar da escada, com os maravilhosos cabelos castanhos, entremeados de fios prateados, caindo pelos ombros da camisola de algodão. "Mas por que vocês não param de bater essa porta?", indagou ela, num tom mais alto e mais jocoso do que teria sido capaz de usar se o pai ainda estivesse vivo, deitado de lado na cama, os olhos azuis contemplando o nada.

Basingstoke tinha o mesmo nome de uma cidadezinha em Hampshire, Inglaterra; fora batizada por colonos saudosos que haviam partido de Southampton em 1690. Os suecos e holandeses já haviam sido expulsos da região de New Castle, e o duque de York havia entregue a William Penn seus vastos territórios, em que se incluíam os três condados à margem do baixo Delaware; ficavam afastados do resto da Pensilvânia, o que já na época era um problema. Os colonos preferiam ser vassalos diretos do rei a submeter-se ao aristocrático quacre, cujo pacifismo os deixava à mercê dos ataques de piratas e franceses. Aquele minúsculo estado, arrancado a duras custas dos largos domínios de Penn e lorde Calvert, era marcado pela nostalgia da Inglaterra, uma emoção que parecia refletir-se nas névoas pitorescas que com freqüência subiam do rio nas manhãs, cobrindo o vale quase plano, úmido e cheio de árvores. O rio recebera o nome de Avon, embora os nanticokes outrora o chamassem Manito.

Teddy completou dezoito anos em seu primeiro verão após a ida para Delaware. Acordava cedo com o silêncio a que não estava habituado, um silêncio pontuado por cantos de galos que viviam nos pequenos quintais dos vizinhos, e via as névoas se evaporarem à luz dourada do sol, ou, por assim dizer, mergulharem de volta nos pântanos verdejantes que cercavam as setecentas casas — muitas de madeira, mas a maioria de tijolo, algumas delas com uma fileira de tijolos travados e outra a par, no estilo tradicional de Delaware — onde viviam os mais de três mil habitantes de Basingstoke. As casas foram construídas uma bem perto da outra, para não desperdiçar a terra fértil e preciosa. Outrora dois moinhos de cereais eram acionados pela correnteza suave do Avon, menos poderosa e rápida que a do Brandywine, na região montanhosa mais ao norte, que fornecia energia a fábricas mais prósperas de farinha e pólvora; no final do século dezoito, os moinhos tinham sido substituídos pelo curtume. Em menos de um século, essa indústria devastou as florestas de carvalho da região e parou de despejar seus ácidos e sais de cromo e tinturas no Avon, que pouco a pouco voltou a ser cristalino e recuperou suas trutas, percas e aqueles bagres pequenos, espinhosos e perigosos, conhecidos na região como "gatos-malucos". Agora a única indústria de maior porte que restava na cidade fabricava uma novidade, a "chapinha" para garrafas, que viera substituir as velhas rolhas de cortiça e arame. Na fábrica, por um lado entravam folhas finas de aço esmaltado de baixo teor de carvão, que vinham de Pittsburgo, e após passar por um labirinto de procedimentos industriais que produziam uma variedade de estalidos, estampidos e silvos, do outro lado saíam engradados de madeira, que emitiam um tinir metálico e musical quando manuseados, cheios de discos de aço que ostentavam os logotipos chamativos de marcas de salsaparrilha, soda limonada e outras bebidas à base de água gaseificada e açúcar. O engarrafamento era feito em fábricas longe dali, algumas até em Atlanta; nelas, as chapinhas de metal eram colocadas sobre as garrafas, e martelos mecânicos desciam com força para enfiá-las em torno das bordas dos gargalos, ao ritmo de várias por minuto; a resistência e a elasticidade da chapinha, ajustada com perfeição à boca da garrafa, garantiam que, quando por fim a destampasse, o consumidor ouviria um longo assobio de dióxido de carbono cativo finalmente recuperando a liberdade. A fábrica que manufaturava esse produto inocente, mais umas poucas vendas de armas e garagens de automóveis, e um único galpão, grande porém já esboroado, onde os últimos representantes de uma tribo de armadores, outrora numerosa, produziam um único barco ostreiro, a vela, por ano, constituíam toda a indústria visível da cidade. Ao que parecia, os cidadãos de Basingstoke que não participavam de nenhuma dessas atividades ganhavam a vida atendendo às necessidades dos vizinhos e dos fazendeiros da região, cujos pomares de pessegueiros, galinheiros, hortas e milharais ajudavam a alimentar as populações de Wilmington e Filadélfia. A prosperidade, surgida a partir dos lucros polpudos auferidos pela Du Pont durante a guerra com a venda de explosivos, e da expansão da empresa no pós-guerra, que a levou a atuar em todos os setores da indústria química, alcançou Basingstoke, tornando a cidadezinha economicamente viável. Pouca coisa mudara; alguns prédios novos foram construídos, e os que já havia foram ocupados e reformados. De vez em quando as cercas de madeira ganhavam uma demão de tinta branca; mesmo a viúva mais coroca conseguia, com a ajuda de uma criança vizinha ou de um negrinho, manter os arbustos podados. As lojas da Rodney Street — a rua principal da cidade, que tinha a forma de um S alongado, para acompanhar as curvas do rio, e cujo nome era uma homenagem a Caesar Rodney, que cavalgara a noite inteira até a Filadélfia para votar a favor da independência, no episódio mais famoso da história de Delaware — vendiam comida, implementos agrícolas, roupas, correntes de relógios de bolso, alpiste, *ice-cream soda*, biotônicos e elixires em quantidades regulares. Era muito diferente da violência comercial de Paterson, com seus perigos e suas paixões, suas massas de operários a enfrentar patrões invisíveis e implacáveis. Em Delaware, a situação era de tal modo diferente que T. Coleman du Pont estava custeando com seu próprio dinheiro a construção de uma auto-estrada para uso de todos, riscando o estado ao meio.

De início, tudo que Teddy sabia é que estava num espaço novo. Ao despertar, ouvia sons diferentes, mais distantes, no terceiro andar do casarão da tia Esther, na Willow Street. A atmosfera do lugar era mais pachorrenta, mais sulista. Não havia na gente de lá a variedade e a agressividade européias com que ele se acostumara em Paterson. Os nomes eram todos nomes ingleses simples; as únicas pessoas diferentes eram as de cor, que moravam em becos ou casebres além do alcance das ruas pavimentadas, e que pareciam tão tímidas, observadoras e cuidadosas quanto o próprio Teddy. Uma empregada de cor, Edwina, trabalhava na casa, tal como Mavis na casa antiga, mas quando Teddy tentou dirigir-lhe a palavra ela virou o rosto para o lado — um rosto com a cor profunda e baça de um fogão de ferro fundido — como se o rapaz tivesse um poder de que ele próprio não tinha consciência. Quando por fim Edwina respondeu, foi com uma voz tão enrolada, tão entremeada de risinhos nervosos, que ele não conseguiu entendê-la. Fora da casa, Teddy não conhecia ninguém. Com a ajuda do senhor Dearholt, a mãe vendera a casa — para o banco, sem lucrar um tostão — porém ficaram em Paterson até que ele concluísse o secundário, em 51º lugar numa turma de 312 alunos. Teddy implorara para que ficassem na cidade até a formatura; porém percebia agora que por esse motivo ele não tinha nenhum ex-colega em Basingstoke, que pudesse ser seu amigo. As pessoas de sua idade perambulavam pelas calçadas da Willow Street, ou então passavam roncando em seus fordes-de-bigode, enquanto ele, como um peixe num aquário, limitava-se a olhar. Havia passado da idade em que uma criança pode se postar à margem de uma partida de beisebol e, praticamente sem que uma palavra seja trocada, ser integrada ao jogo. Ainda pouco à vontade com seu corpo de homem, quadrado e ao mesmo tempo macio, Teddy caminhava pelas ruas, naquele primeiro verão solitário, tentando tornar-se parte da cidade, examinando os quarteirões ensombrados; as ruas tortas e irregulares do centro; o prediozinho da Prefeitura, em forma de templo grego; as igrejas bem pintadas, onde os presbiterianos, os metodistas, os batistas e os episcopalianos faziam sala a seu Deus barbudo, em suas diversas nuanças de doutrina protestante; as casas dos não-tão-mal-de-vida, uma colada à outra, mas com varandas espaçosas; e as casinhas de vila, todas iguais, de uma pobreza espantosa, com telhados de tabuinhas sarapintadas de betume, varandinhas tortas apenas um degrau acima da calçada, enfiadas entre o curtume vazio, com suas janelas vazadas e suas paredes cor-de-rosa, e a recém-construída fábrica de chapinhas, em plena atividade, um prédio de concreto com uma fachada vagamente ornamental de tijolos vidrados amarelos. O centro da cidade dava as costas para o rio; não fossem as fendas entre os prédios, por onde faiscavam reflexos de sol nas águas encrespadas, o rio seguiria invisível, levando para o mar as escumas pardacentas agitadas pela cascata de dois metros de altura junto às ruínas do curtume. Por vários quilômetros ainda, o rio era de água doce, até encontrar-se com a maré salgada. Teddy caminhava rumo aos arredores da cidade, até os casebres sem pintura onde viviam os negros, com quintais de terra batida onde galinhas sujas ciscavam e submetiam-se aos súbitos ímpetos carnais dos galos; até os luxuriantes milharais, cheios de asas e zumbidos, os pomares regulares e os vestígios de floresta que delimitavam o perímetro urbano de Basingstoke. Tudo aquilo caberia entre as duas ferrovias que atravessavam Paterson; depois de algum tempo, Teddy tinha na cabeça um mapa completo da cidadezinha.

O que era difícil entrar em sua cabeça era o fato da morte do pai, de sua eterna ausência. Teddy estava sempre meio que à espera de que o tempo andasse para trás e seu pai entrasse pela porta da frente para reassumir o controle, à sua maneira irônica, discreta, suave. Para Teddy, o modo como a existência de seu pai fora apagada da face da Terra por completo era como um milagre. Esse apagamento — essa ausência e esse silêncio cotidianos e obstinados — despertava nele uma sensação muda de incredulidade, e também de injustiça, o que era absurdo, já que não havia ninguém que lhe tivesse prometido justiça. Teddy tinha a impressão de que algum assunto crucial não fora totalmente discutido pelos dois, que instruções importantíssimas não lhe haviam sido dadas. Se, em suas caminhadas pelas ruas vazias de Basingstoke, Teddy visse no chão um papel e, ao pegá-lo, constatasse que era uma carta amorosa escrita por seu pai, ficaria surpreso, porém satisfeito; sentia que tal carta lhe era devida.

A tia Esther e seu inominável marido fujão, Horace — Teddy lembrava-se dele, um homenzinho careca de faces coradas, que fumava charuto e ria igual a uma mulher —, haviam feito uma horta, boa parte dela dedicada ao plantio de aspargo, no trecho do terreno onde batia sol; e, no primeiro verão que Teddy passou em Basingstoke, as mulheres não acharam um serviço melhor para o único homem da casa do que fazê-lo arrancar as ervas daninhas que vinham se acumulando havia muitos verões, afofar a terra e arrancar as raízes de capim, plantar alface, rabanete e todos os outros legumes que ainda dava para cultivar àquela altura da estação, capinar essas plantações, limpar e cuidar dos aspargos. O cultivo do aspargo tinha lá sua arte: era preciso saber o momento exato em que a planta, com seu nariz roxo e suas folhinhas superpostas como escamas de peixe, já havia emergido da terra o suficiente para ser colhida com o cortador de aspargo, que parecia a cauda de uma flecha. Ao cair da tarde, vendiam-se maços de uma dúzia de aspargos frescos na vizinhança. Em Basingstoke, era comum os cidadãos venderem uns aos outros o que produziam em seus quintais; as moedas acumulavam-se nos bolsos, proporcionando uma sensação agradável, e mesmo algumas das famílias de cor — as mais prósperas, que moravam mais perto da cidade, em casas pintadas — se dispunham a comprar. Mas a experiência de ir de porta em porta fazia Teddy pensar no ano terrível que seu pai passara vendendo enciclopédias, e a aversão pela possibilidade de sofrer essa humilhação fatal inspirava-lhe pânico quando a mãe e a tia o despachavam com uma cesta contendo uma dúzia de maços, cada um deles amarrado com um lacinho de barbante vermelho. Quando alguém vinha lhe abrir a porta, Teddy suava e gaguejava como se houvesse algo de vergonhoso no legume em si, com sua fragrância íntima, azeda e secreta, com sua ponta arroxeada — como se ele estivesse tentando vender uma parte de seu próprio corpo. Vendo que essas inocentes atividades de tal modo o constrangiam, sua mãe apiedou-se de Teddy e passou a vender o aspargo ela própria, o que fazia com prazer evidente. Gregária, a mãe apresentava-se a cada vizinho; seu sotaque sulista fazia-a parecer à vontade ali. Raramente precisava bater a um número de portas superior ao número de maços em sua cesta. Acompanhando-a em silêncio, o rapaz observava sua mãe em ação, mas limitava-se a invejar a confiança singela com que ela avançava, seu modo natural de enfrentar as transações humanas básicas sem nenhum constrangimento. Felizmente, a temporada do aspargo não durou muito; em julho, os canteiros já estavam cobertos das formas penugentas dos caules a dar semente. Com a chegada de agosto, as atividades agrícolas daquele ano aproximando-se do fim, a hora do jantar chegando junto com a do pôr-do-sol, sua mãe perguntou, à mesa da cozinha, no tom de voz um pouco elevado com que se fazem os pronunciamentos formais: "O que podemos fazer para ajudar o nosso Ted a arranjar um emprego de verdade, para que ele possa crescer?".

"Talvez a fábrica o aceite, mas acho que não é um trabalho apropriado para o filho de um homem tão instruído como o Clarence", disse a tia Esther. Tal como o falecido irmão, era esguia e tinha cabelos claros, os quais ela partia ao meio e amarrava atrás num coque severo. Os pálidos vestígios de uma beleza passada, que faziam seu irmão parecer uma figura frágil e deslocada, davam a ela a força da vaidade. Nos seus tempos de solteira, fora professora de piano, mas desde então jamais pensara em trabalhar para sustentar-se. Teddy tentava ver o que nela atraíra o inominável Horace, e o que terminara repelindo-o. As feições eram regulares, e teriam sido belas quando ela era jovem, porém sua mente não era capaz de enxergar nada além de suas necessidades egoístas imediatas, nem mesmo o pouco que sua mãe conseguia ver. A mãe ao menos tinha entusiasmo. Quando Teddy lhe perguntou por que sua tia jamais tivera filhos, sua mãe respondeu, cuidadosa: "Olhe, certeza não tenho, mas ela sempre foi muito vaidosa, e acho que não quis passar por tanto incômodo. Sem querer de modo algum justificar o comportamento imperdoável do Horace, ela o provocou, segundo as pessoas da cidade". Teddy imaginava que, para sua tia Esther, ele não devia ser mais do que um hóspede glutão que precisava arranjar uma maneira de trazer dinheiro para casa. De vez em quando chegavam cheques envergonhados de Horace, em envelopes sem o endereço do remetente; e todos os meses Jared mandava-lhes uma parte do que ganhava em seus empreendimentos cada vez maiores em Nova York. Não obstante, a casa tinha pouco dinheiro e não era barata de se manter, mesmo com uma única criada. Bastava o menor pretexto para que o passado próspero de tia Esther, seus tempos de segunda filha do religioso proprietário de uma pedreira, viesse à tona. "Era um menino muito esquisito", disse ela, referindo-se ao irmão, "sempre com o nariz enfiado num livro, aprendendo línguas estrangeiras como se pretendesse correr mundo. Só que acabou não indo a lugar nenhum. Tal pai, tal filho, pelo visto."

A mãe tomou as dores de Teddy, dizendo, com um sorriso cheio de orgulho e saudade que ofuscou as olheiras escuras agora permanentes: "O Teddy lembra mesmo o pai dele — se distrai com muito pouco, passa horas quietinho no quarto. Minha maior esperança é de que dentro de um ano ou dois a gente consiga economizar o bastante para matriculá-lo numa faculdade. Ele não daria um ótimo professor, com essa testa larga e esse jeito tão sério?".

A horrível decadência de seu pai deixara Teddy cheio de aversões. A idéia de sair de casa todos os dias em direção à fábrica, com uma marmita no braço, dava-lhe náuseas; e experimentava sensação idêntica quando pensava em lecionar. Tanto na fábrica quanto no colégio haveria um monte de pessoas curiosas, metidas, ásperas, entre as quais ele teria que encaixar-se, e com quem teria que, de algum modo, competir. Teddy não queria competir, e no entanto, ao que parecia, era só competindo que se podia ser americano. Era aceitar o "esticamento" ou entrar em greve.

"*Mamãe!*", protestou ele. "A gente mal tem o que comer; nem pensar em me mandar para a faculdade! O papai e o Jared fizeram faculdade; e o que eles ganharam com isso?"

"Ah, seu pai ganhou muita coisa. Sem os estudos, a vida e o trabalho dele não teriam sido possíveis."

"E foram esses mesmos estudos que acabaram com o trabalho e a vida dele. Se não soubesse tanta coisa, ele não teria que deixar de ser ministro."

"Ele deixou de ser ministro porque o corpo não agüentava mais", disse ela, virando a cabeça altiva, com cabelos reluzentes formando uma massa simétrica, de modo a dirigir-se para todos. "A mente funcionou perfeitamente até o fim."

"Funcionou até demais, a senhora já esqueceu?", insistiu Teddy. "Ele perdeu a fé." A irritação do rapaz quase o levava às lágrimas quando ouvia sua mãe refazendo a verdade, de modo que os fatos mais simples da história de sua família estavam sempre se transformando diante de seus olhos. Outrora ele não sabia como seria possível que as histórias dos milagres de Jesus e da Ressurreição tivessem corrido mundo se não fossem verdadeiras; mas sua mãe lhe mostrara como essas coisas aconteciam.

"Ele não perdeu a fé; perdeu foi a voz", informou sua mãe, tranqüila, à cunhada. Esther, como o irmão, era presbiteriana; porém, ao contrário dele, permanecia fiel a sua igreja.

Estherzinha — como era chamada ali — disse a Teddy: "Não é verdade que o Jared não ganhou nada estudando em Rutgers. Muitos dos contatos comerciais que ele tem hoje em Nova York começaram como amizades em Rutgers. Os ex-colegas de faculdade são muito unidos, mesmo os que não terminam o curso".

"Pois eu não vou nem começar."

"Ah, filhinho, não diga isso", implorou sua mãe. "Você tem um cérebro que seria pecado desperdiçar. Lembre-se da parábola dos talentos."

"Meu cérebro não é lá essas coisas", respondeu Teddy. O mesmo se aplicava a seu corpo atarracado. Ele próprio tinha consciência disso; que os outros tivessem aspirações — desse modo tudo ficava mais fácil para ele. "Estou disposto a trabalhar, eu quero trabalhar. Só não sei em quê."

"Foi para descobrir isso que você fez o curso secundário", disse a tia Esther. "Quais as matérias que lhe interessavam mais? Química? Aqui neste estado fala-se muito em química."

"Contabilidade", interveio a irmã. "Os contadores lá na Weidmann ganhavam vinte dólares por semana e nunca sujavam as mãos, e ainda por cima fechavam o expediente mais cedo nas sextas. Este país sempre vai precisar de homens que saibam lidar com números. Aliás, no futuro tudo vai virar número."

Teddy afirmou: "Não quero vender nada, nem ensinar nada".

"Bem, com essa você fecha duas portas bem grandes", comentou a tia Esther, lacônica; aquele problema insolúvel dava-lhe uma certa satisfação.

"E não quero *fabricar* nada", acrescentou, pensando naqueles pobres irlandeses e italianos e polacos presos nas fábricas, e seus filhos, seus colegas de escola, cujos corpos atrofiavam antes que tivessem tempo de ficar com as costas eretas —

para eles já havia lugares reservados junto aos teares e tinas de corantes. Mãos apodreciam, ouvidos ficavam surdos, pulmões enchiam-se de fiapos, tudo isso para que madame pudesse usar uma fita de seda nos cabelos.

"Ora, essa é muito boa", comentou a irmã, com uma ponta de sarcasmo. "Desse jeito não vai sobrar nada." Ela havia encontrado emprego imediatamente; agora trabalhava como secretária em um dos dois escritórios de advocacia que havia na cidade: a Pulsifer, McReady e Bundy. "Que tal virar piloto de avião?", perguntou, zombeteira. "Hoje em dia a moda é voar. Já estão até falando em usar aviões no serviço de correios."

Essa idéia de certo modo lhe parecia atraente, porém não gostava do perigo, do risco de cair daquela altura terrível, como o rapaz grego da história, o qual chegou tão perto do Sol que a cera de suas asas se derreteu. Teddy estava começando a gostar de sentir-se no centro das atenções, e seu poder sobre as três mulheres aumentava mais a cada vez que ele dizia não.

"Você se saiu muito bem na horta", sugeriu a tia Esther. "Algumas das velhas fazendas estão virando viveiros, para vender mudas aos paisagistas que trabalham nas propriedades ao norte de Wilmington."

"Mecânico de automóveis", disse a outra Esther, apertando a vista. "Você tem paciência — me lembro do tempo em que você montava aqueles modelos. Porque os automóveis chegaram para ficar; estão abrindo estradas asfaltadas para todos os lados. Você podia acabar dono de uma oficina, como o senhor Schwarzkopf lá da Twenty-sixth esquina com Marlet. Quando a gente se mudou para cá, ele tinha oito ou nove homens trabalhando para ele, mais uma moça em expediente integral no escritório."

"Clarence não ia querer ver o filho o dia inteiro enfiado embaixo de carros, sujo de graxa, exposto àqueles gases tóxicos", disse a mãe. "E além disso é perigoso — gasolina explode."

"É, mais uma possibilidade excluída", disse Teddy.

"Mas será que não existe nada que esse menino possa fazer?", exclamou a tia Esther, já impaciente com aquele jogo. "Ele é delicado demais para este mundo."

"Lá em casa — quer dizer, lá em Paterson — eu entregava jornais, e acordava de madrugada, quando estava escuro como um breu, a vinte graus abaixo de zero."

"Aqui só tem um semanário, e só sai quando o Ben Radford não bebe além da conta. Quem quer compra na loja do Pursey. Tem vezes que só publica notícias de casamentos e informações sobre as marés."

"Não quero trabalhar num ambiente fechado", disse Teddy, tentando ajudá-las agora, já que elas estavam tentando ajudá-lo.

Estherzinha riu. "Pois todos os empregos obrigam a ficar em ambiente fechado, menos o tipo de trabalho braçal que você é chique demais para fazer. Um pirralho mimado, se querem saber o que eu acho. Isso eu não faço, aquilo também não faço. Sustentado por um bando de mulheres."

"Não, não", interveio a mãe. "Ele só precisa de tempo para se encontrar. Clarence morreu há menos de um ano, e todos nós ainda estamos nos recuperando."

"Não há uma lei que proíba se recuperar e trabalhar ao mesmo tempo", observou a tia Esther, e levantou-se da cadeira apoiando na mesa as duas mãos alongadas, cheias de sardas e manchas avermelhadas, tal como as do pai, só que sem pêlos louros nas costas. "Ouvi dizer que a fábrica de chapinhas vai criar um segundo turno. A economia está em alta, agora que os republicanos restauraram a normalidade. Theodore, não há desculpa para você não achar algum tipo de trabalho, que aliás faz bem ao espírito. Quem sabe", prosseguia ela, lançando sobre o sobrinho um olhar rápido com seus olhos azuis frios, olhos de uma Wilmot, um pouco menos leitosos que os do pai, "na fábrica de chapinhas você não encontra uma boa moça de Basingstoke."

Teddy absteve-se de observar que, na sua opinião, as pessoas de Basingstoke eram todas umas caipiras.

"Ah, o Teddy não está preparado para *isso*", disse a mãe.

"Eu queria saber para o *quê* ele está preparado", retrucou a irmã. E perguntou ao rapaz: "Onde está a sua força de vontade de cristão? Você não tem nenhuma vontade de servir os seus semelhantes?".

"Tenho, sim", exclamou Teddy, surpreendendo a si próprio. "Mas eu só tenho dezoito anos, por que essa pressa toda? Então todo mundo tem que fazer *alguma* coisa o tempo todo? Será que às vezes não basta a gente não piorar a situação mais ainda?"

"Ah!", exclamou a mãe, deliciada. "Parece que estou ouvindo o Clarence falando!"

Mas Teddy, cheio de vergonha, sentiu-se pressionado, e no outono apresentou-se na fábrica de chapinhas, onde lhe deram um lugar na linha de montagem, já perto do final. Seu trabalho era observar a máquina que, por meio de uma grade de línguas de cobre ocas, alimentadas do alto, cobria de adesivo à prova d'água os discos de cortiça que eram inseridos, por diversas mãos femininas hábeis que vinham logo depois dele na linha de montagem, no rio de chapas invertidas que jorrava sem cessar sobre uma larga correia de lona, saídas das máquinas que imprimiam, carimbavam e encrespavam as bordas. A cola tendia a ficar espessa e dura nos tubos, e uma das tarefas que cabiam a Teddy era a de limpar a máquina, ao final de seu turno, no período de meia hora em que a linha de produção parava, utilizando um solvente que queimaria suas mãos se ele não usasse luvas de borracha, mas que assim mesmo lhe irritava as narinas e o deixava tonto. O barulho, a monotonia, a sujeira, tudo lhe parecia uma tentativa calculada de levá-lo à loucura, perpetrada pelas forças que haviam matado seu pai. Tinha a impressão de que seu ser espiritual era ele próprio um tubo fino, a encher-se de algum adesivo que endurecia mais e mais. As moças — gordas e pálidas, em sua maioria — que inseriam os discos de cortiça riam de seus gestos desajeitados, do ar de confusão e tristeza que ele ostentava o tempo todo; e quando, nos dois intervalos diários para descanso, de quinze minutos cada, elas tentavam aproveitar aquela preciosa oportunidade de flertar, irritavam-se ao ver que ele não manifestava nenhum interesse. Numa manhã de inverno, Teddy sentiu-se tão mal que não pôde levantar-se a tempo de chegar ao trabalho na hora acertada, e quando o médico da tia Esther chegou — o doutor Hedger, que ainda ia atender seus pacientes de charrete quando o tempo estava bom — não conseguiu encontrar o nome nem a localização exata do mal que impedia o rapaz de trabalhar; era apenas horror por seu emprego. Assim, para preservar a saúde, Ted pediu demissão.

Durante todo esse período de incertezas, Teddy sentia que as três mulheres, a mãe e as duas Esther, estavam sempre em conferência à sua volta, cochichando, tentando — com um farfalhar quase inaudível, um reajustar de penas, uma solicitude carinhosa constante — fazê-lo crescer. Sua irmã protegia-o convencendo as duas mulheres mais velhas de que Teddy era inteligente e sensível demais para viver encerrado na fábrica de chapinhas, ou em qualquer outro trabalho mecânico dos que havia em Basingstoke. Esther, satisfeita com o sucesso que conseguira na sua profissão de secretária, achava que, embora fosse impossível matricular o rapaz numa faculdade de ciências humanas, ele deveria aprender um mínimo de noções de administração para poder encontrar emprego num escritório. Teddy sempre fora bom aluno, e sua capacidade de passar a noite lendo um livro, ou admirando e organizando uma de suas coleções, enquanto os meninos de sua idade estavam na rua jogando sinuca ou mexendo com as meninas, indicava um temperamento ordeiro. Ele podia tornar-se contador. Assim, após mais um verão cuidando do canteiro de aspargos, e trabalhando nas fazendas vizinhas quando precisavam de mão-de-obra adicional na hora de recolher feno ou colher frutas, Teddy começou a ir a Wilmington três vezes por semana de bonde elétrico, fazendo uma baldeação em New Castle, para estudar no Colégio de Administração Prática O'Connell. A instituição fora criada tão recentemente que o senhor O'Connell, um homem rubicundo, ainda era o diretor. Ele entrava numa aula de datilografia e começava a gritar, em sincronia com a professora, porém encobrindo sua voz: "F, J, G, H; F, J, G, H!". Nada o irritava mais do que ver papel sendo amassado em uma bola e jogado fora; era desperdício de espaço na cesta de papéis e indício de frivolidade. "Rasgue o papel ao meio, *uma* vez, uma *única* vez", insistia ele, com sua voz apoplética, "e *coloque* o papel na cesta de modo que ele fique horizontalmente no fundo." Para demonstrar, ele rasgava um pedaço de papel de rascunho amarelo com uma expressão feroz e fixa no rosto, e então, num súbito gesto largo que fazia as moças rirem baixinho atrás de suas máquinas Remington pretas, pousava os pedaços delicadamente no fundo da cesta. Quando identificava a moça que tinha rido, aproximava-se dela e quase encostava seu rosto vermelho e redondo no dela. "Administração não é basquete", dizia ele, rangendo os dentes grandes e quadrados, dentes que faziam Teddy pensar nos dentes do senhor Dearholt, lá de Paterson. "Administração não é basquete. Administração não é diversão. Administração não é" — e punha-se de pé, sentencioso, dirigindo-se à turma majoritariamente feminina — "uma oportunidade de trocar risinhos e confidências sobre rapazes. Administração — e sei que vocês estão todas interessadíssimas em ouvir o que tenho a dizer — é método escrupuloso e repetição fiel. Método escrupuloso. Repetição fiel! F, J, G, H! D, K, S, L! Dedos recurvados, punhos retos, costas eretas! D, K, S, L! L, S, F, J! Ah-ah! Por essa vocês não esperavam, não é? Pois prestem atenção! *Prestem atenção!*" Por um instante, ele parecia não saber a que se devia prestar atenção; em seguida, prosseguiu: "Se eu pegar alguém amassando papel e fazendo uma bolinha, *rua*! Porque é lá na rua que se joga bola de todos os tipos! É *rrrua*, e *sem certificado*!".

O colégio fornecia diploma, mas também emitia certificados para quem concluía cursos específicos. Havia cursos de datilografia, estenografia e taquigrafia, técnicas de arquivística e uma série de cursos de contabilidade; destes últimos, o básico era um curso de sistema de contabilidade por partidas dobradas. Deve na esquerda, haver na direita, como água quente e água fria. A - P = PL, patrimônio líquido. Renda menos despesas igual a lucro. Um lado do balancete deve ser igual ao outro. Tudo muito tedioso, muito óbvio, até chegar aos títulos a pagar, que são obrigações exigíveis a longo prazo; e no labirinto de empréstimos e ativos ocultos e débitos alavancados que constitui o aparelho digestivo do capitalismo, Teddy começou a sentir-se confinado e oprimido de novo; chegou às raias do pânico. Continuava pegando o bonde de Wilmington, mas nem sempre ia à aula; por vezes ficava perambulando pelas ruas dessa cidade tão organizada, uma espécie de Paterson mais refinada, com mais cidadãos de cor e mais prédios de pedra com madeiramento pintado de branco, tudo em escala um pouco menor — ou pelo menos era essa a impressão de Teddy, que agora tinha corpo de adulto. Tal como em Paterson, os cinemas ficavam todos numa rua chamada Market. Havia o Grand Theater, outrora o teatro lírico da cidade, cujo órgão Wurlitzer valia dez mil dólares; o Garrick, onde também havia espetáculos de *vaudeville*; o Rialto, ex-Lyric; o Majestic, com sua imponente marquise de mármore e sua decoração com motivos gregos; o Playhouse; o New Arcadia, onde havia gaiolas com canários e uma fonte com peixes ornamentais perto do balcão; porém o mais suntuoso de todos era o Queen, instalado num prédio inteiramente reformado onde antes ficava um velho hotel, o Clayton House, que perdera a freguesia com a inauguração do Hotel du Pont. Dentro do Queen, Teddy ficava admirando o imenso arco do proscênio, os murais que representavam a Ciência, a Música, a Beleza e a Escultura, o jardim japonês do pano de fundo, e a grande cúpula dourada onde se ocultavam as instalações elétricas que iluminavam as paredes de cinza-azulado, marfim e rosa-esmaecido — cores que, segundo os folhetos, transportavam o espectador para o tempo dos reis de França. Teddy jamais vira nada em Paterson — nem mesmo a fachada do prédio dos correios, em estilo flamengo, cheia de volutas — que fosse comparável à vista esplêndida que se tinha da primeira fileira do balcão, entre os camarotes ornados de esculturas em relevo. Havia também, no centro de Wilmington, um cinema para as pessoas de cor, o National, onde os brancos também podiam entrar; mas Teddy nunca foi lá.

Ele não era um cinéfilo tão apaixonado quanto o pai. As imagens manchadas e tremidas, porém luminosas, que faziam com que Clarence Wilmot emergisse do abismo negro em que sua vida havia afundado, pareciam a Teddy um pouco ameaçadoras, uma profusão assustadora e vulgar. Os filmes — agora todos feitos ou na Califórnia ou na Europa, cinco mil quilômetros para o oeste ou para o leste — celebravam o caos que as pessoas sensatas, em suas vidas cotidianas, faziam tudo para evitar. Num frenesi, enquanto a platéia à volta de Teddy gritava de prazer mórbido, e os fortíssimos do pianista excitavam-na ainda mais, as figuras na tela silenciosa, aos trancos e barrancos, chegavam à beira da destruição, e muitas vezes mergulhavam nela. Homens de cartola dilapidavam fortunas na bebida e no jogo; mulheres com colares de pérolas e vestidos faiscantes destruíam seus casamentos, suas vidas inteiras, por um momento de êxtase, de pernas e braços alvos entrevistos atrás da cortina de um leito; em reencenações da guerra recém-terminada, atores de uniforme e capacete chafurdavam na lama, com bombas explodindo nas trincheiras; a miséria de um esquimó nos desertos gelados no Norte se expunha ao olho mecânico da câmara. Os filmes estavam sempre tentando obrigar o espectador a ver coisas que ele preferiria não ver — pobreza, guerra, assassinato, e aquilo que o homem faz com a mulher quando os dois estão sozinhos. Até mesmo as comédias: Teddy recuava um pouco diante de um tabefe brutal, de um tombo espetacular, do suspense terrível de um homenzinho simpático, com chapéu de palha e óculos grandes, equilibrando-se no parapeito de um arranha-céu. Havia algo de sinistro naqueles palhaços mudos — o estudante universitário de chapéu de palha; o homem cuja expressão jamais mudava, por mais que esperneasse; o pequeno vagabundo com um rosto branco, um bigodinho quadrado irreal, um chapéu-coco cheio de poeira e sapatões velhos. Quando Chaplin sorria, era um sorriso nervoso, preocupado. O que não era de admirar — sua existência na tela era um somatório de desencontros e mal-entendidos; estava sempre sem um tostão, atazanado pela polícia, fugindo a toda velocidade de alguém ou algo; e jamais conseguia conquistar a moça que amava. Seria mais deprimente do que engraçado, não fosse a rapidez com que se sucediam os perigosos qüiproquós, e enquanto aqueles homens de olhar triste sofriam tantas humilhações, castigos e frustrações, a platéia em torno de Teddy, inexplicavelmente, ria a bandeiras despregadas. Bem, havia uma explicação, sim: aqueles espectros com roupas largas demais e chapéus amassados viviam nossos piores pesadelos, de forma comicamente exagerada, e desse modo nos tranqüilizavam por algum tempo. Mas os pesadelos eram de uma precisão absoluta: somos mesmo uma nuvem de mosquitos, loucos de sede, fadados a ser exterminados. A crueldade da vida era infinita, e não havia ninguém lá no alto que se compadecesse de nós — isso seu pai provara. E o evento central da vida, que impelia homens e mulheres, de dia e de noite, era uma impensável colisão de membros peludos e lambuzados, que deveria permanecer oculta para todo o sempre. O cinema queria mostrar tudo, exibir corpos nus na tela, e sofrimento, e homens se atracando, e bombas explodindo, e cenas de violência, até mesmo cadáveres e monstros, interpretados por Lon Chaney. O terror atacava Teddy até mesmo no meio de cenas hilariantes ou românticas, quando ele se dava conta de que aquelas projeções luminosas estavam tentando fazê-lo não pensar na realidade pesada que aguardava debaixo de sua poltrona, debaixo do assoalho de cinema. A morte e o nada estavam ali, esperando que o filme terminasse. Não, dizia o cinema. A vida não era séria; era uma ilusão, uma história, uma coisa que incomoda e perturba mas que no fundo é indolor e misericordiosa. Aqueles astros tão conhecidos, que sofriam e morriam na tela, porém reapareciam um ou dois meses depois, com uma roupa diferente mas com a mesma cara de sempre — o homem de bochechas gordas e complacentes, que vivia saltando dos parapeitos das janelas, escorregando corrimão abaixo e riscando um Z no peito dos homens com um espadim; a mulher de cabelos crespos que sempre fazia papel de criança, e que num filme era ao mesmo tempo um menino e sua mãe; o homem de rosto severo, lábios finos e cabelos untados de brilhantina, que se vestia de xeique e toureiro e gigolô (pelo visto, um homem que as mulheres pagavam para que ele fizesse amor com elas; não havia muitos homens desse tipo em Paterson e Wilmington); o alemão calvo de monóculo, que era sempre vaiado pela platéia quando aparecia, de uniforme ou *smoking* — esses astros levavam na tela uma vida sempre renovada, a cada filme, sem sofrer algum mal que deixasse marcas permanentes; mas Teddy sabia que o mal deixava marcas permanentes. O filme da sua vida real só era projetado uma única vez. E agora a sordidez da ilusão estava aparecendo na própria Hollywood — Chico Bóia estava sendo julgado por assassinato, e o diretor William Desmond Taylor fora morto num caso ainda sem solução, que envolvia a rival de Mary Pickford, Mary Miles Minter, e até mesmo a própria Mary Pickford. A "namoradinha da América" não era nenhuma santa, como o público ficou sabendo quando ela foi até Nevada para conseguir um divórcio rápido e logo em seguida, com o maior descaramento, casou-se com Douglas Fairbanks. Por trás das mensagens alegres e positivas do cinema havia orgias pecaminosas, iguais às quais não se via nada desde o reinado de Nero.

"Mas quantos certificados você pretende colecionar, menino?", perguntou sua irmã um dia, impaciente. Estavam na sala de visitas da tia Esther, cômodo raramente usado; era setembro, pouco depois da morte do presidente Harding, ocorrida quando ele voltava do Alasca, quando todos comentavam que seu amigo, Albert Fall, havia praticado estelionato por ocasião da venda de terras federais que continham petróleo. Segundo a autópsia, o presidente morrera de apoplexia cerebral, mas Teddy sabia que Harding, tal como o presidente Wilson, tal como seu pai, morrera de desgosto. Agora a irmã apertava os olhos com mais força, de um modo mais agressivo; os olhos azuis faiscavam sob a franja. Usava os cabelos bem curtos, tingidos de vermelho com hena. Passara a fumar dentro de casa, e tinha nos braços magros e sardentos uma porção de pulseiras que chacoalhavam a cada gesto que ela esboçava. Havia ocorrido uma confusão, ou escândalo, a respeito do qual Teddy só ouvira cochichos e choros abafados naquela casa de mulheres, que tinha a ver com o relacionamento de Esther com o senhor Bundy, da Pulsifer, McReady e Bundy. Ele era casado e — após um período de indecisão — resolvera permanecer casado. Esther provavelmente teria de pedir demissão, para evitar um escândalo; talvez voltasse para Paterson, ou fosse para Nova York, ou para a Filadélfia, ou até mesmo para o Oeste. Esther estava cheia daquela vida, e parecia encarar Teddy como um assunto mal resolvido que era preciso concluir antes de ir embora.

"Não sei, não. O senhor O'Connell — ele até assusta a gente no começo, mas depois a gente vê que ele se acha engraçado — me chamou para um canto no outro dia e disse que, se eu passar a freqüentar o colégio em tempo integral e fizer mais um monte de cursos, eu consigo o diploma, talvez até em junho."

"Ora, ele está só tentando arrancar mais dinheiro da gente — um diploma que não vale nada em firma nenhuma. Essa escolinha dele não é como a Escola Wharton; tudo que o O'Connell faz é treinar a arraia-miúda da profissão. A meu ver, você já aprendeu tudo que ele tinha a ensinar."

"Não fui eu quem decidiu que eu ia ser contador."

Teddy não disse que a idéia fora de sua irmã. Ela, por sua vez, não disse que, se estava em Basingstoke, era — pelo menos em parte — por causa dele. Fora Teddy que implorara para que ela os acompanhasse até aquele fim de mundo, onde todos achavam que o melhor programa possível era um jantar de presbiterianos ou metodistas, e onde o único cinema existente, no sobrado da loja local da ordem dos Oddfellows, só funcionava nas noites de sexta e sábado, e onde a boate mais próxima onde se podia dançar e beber alguma coisa ficava a quinze quilômetros de distância, e onde o único homem que se interessava por ela era casado. O pai era sofisticado demais para o ministério; Esther era sofisticada demais para Basingstoke. Estava com vinte e oito anos, perigosamente próxima da virada dos trinta, e tinha uma expressão cada vez mais dura, os lábios cada vez mais finos sob a camada de batom, o maxilar cada vez mais tenso. No entanto, parecia não estar muito zangada com Teddy. "E então, alguma idéia nova, garotão?" Na verdade, ele não era muito grande — apenas um metro e setenta e dois — mas havia encorpado; o trabalho agrícola que fizera no verão para ganhar dinheiro engrossara-lhe os braços e abrira-lhe os ombros.

Sem graça, Teddy respondeu: "Bem, eu... andei me informando, mas aqui a única coisa que tem é mesmo a fábrica de chapinhas, e o contramestre se lembra de mim, que eu só trabalhei dois meses e pedi demissão. É a única firma que não é tão pequena que o dono não possa fazer a contabilidade toda na sala dos fundos uma vez por semana, depois do expediente; lá em Wilmington, o problema é que os patrões não estão interessados em homens que sabem estenografia e datilografia — é trabalho de mulher. Não gostam de ditar para um secretário. Para eles, homem tem que ser vendedor ou engenheiro".

"Quer dizer que agora você quer estudar engenharia? Não peça, Ted. Porque se você pedir à mamãe, a santa criatura é capaz de matricular você, mesmo que fique cega de tanto costurar para fora."

"Eu não quero estudar engenharia. Eu já não agüento mais escola." Sentiu um calor nas faces; Esther o fizera enrubescer.

"Quem sabe o Jared não pode ajudar? Parece que ele está se dando bem, a julgar pelas roupas que ele usa e aquele Maxwell que ele anda dirigindo, se bem que ele faz o maior mistério."

"Eu já disse que não quero. Eu gosto daqui."

"Pois isso eu queria entender. Você está aqui há três anos e, pelo visto, não conhece ninguém."

"Os garotos de Basingstoke são todos esnobes e caipiras."

"Você tem que aprender a sair e se entender com essa gente, menino. Mesmo que você acabe ralando os joelhos. Você é igualzinho ao papai, que queria ficar o dia inteiro escondido no escritório dele. Tinha medo da vida, e morreu aliviado."

Mas todos eles, os quatro moradores daquela casa, pensava Ted, tinham medo da vida. Anos atrás, quando Horace a abandonou, a tia Esther colocou uma placa na porta — "Aceitam-se hóspedes para pernoite" — e preparou dois quartos com um banheiro entre eles nos fundos do andar de cima. Mas eram raros os hóspedes, e os poucos que vinham eram gente barulhenta e desagradável — casais mal-intencionados, a moça com uma aliança falsa no dedo, ou então caixeiros-viajantes cansados com bafo de uísque. Ninguém recorria àqueles quartos se não estivesse procurando um quarto bem barato ou então um esconderijo. Uma vez vieram quatro homens de ternos escuros que eram sem sombra de dúvida traficantes de bebida, sondando o terreno, em busca de um lugar para fazer contrabando. O mundo que havia além dos limites de Basingstoke estava cada vez mais rápido, cada vez mais entregue a prazeres urbanos enlouquecidos, e ao mesmo tempo mais desesperado. Gângsteres matavam-se uns aos outros, pessoas participavam de maratonas de dança, e um dólar valia quatro trilhões de marcos alemães. Pelo visto, Wilson tinha mesmo razão: os aliados deveriam ter tratado melhor a Alemanha.

"Quando a gente não conhece ninguém, só contratam a gente como escravo", disse Teddy à irmã. "Estou começando a entender por que os operários lá de Paterson tinham tanta raiva."

Ela riu. "Então você aprendeu isso sem nem mesmo ter que trabalhar!"

Uma injustiça; Esther esquecera que ele havia trabalhado entregando jornais e que por isso perdera a oportunidade de entrar para o time de beisebol. Depois que uma versão desta conversa foi transmitida às duas mulheres mais velhas da casa, a mãe lhe disse, uma noite, à mesa do jantar, quando Esther tinha saído para um encontro: "Teddy, você devia voltar a freqüentar a igreja. É lá que vão todas as pessoas respeitáveis, as pessoas que podem lhe arranjar um emprego. Graças às nossas amigas na Igreja Presbiteriana Avon, não me falta trabalho de costura. Aliás estou com trabalho até demais; volta e meia tenho que mandar pôr lentes mais fortes nos meus óculos. E tem também umas moças muito bonitas no nosso coro. As pessoas vivem me perguntando sobre você — elas vêem você andando na rua, mas você nunca vai a reunião alguma. Fica parecendo presunçoso. Eles acham você meio misterioso. Principalmente as mocinhas estão sempre fazendo perguntas a seu respeito".

Esse discurso, pronunciado num tom tão carinhoso, estava preparado havia muito tempo, com todos seus apelos diversos. "Mamãe", respondeu Teddy, com uma firmeza já ensaiada, "a senhora me desculpe, mas não vou freqüentar a igreja presbiteriana. Nem nenhuma outra igreja."

Com um suspiro, Stella virou-se para a cunhada, explicando, e não pela primeira vez: "Ele acha que assim está sendo fiel a Clarence. Mas eu sei que seu pai" — prosseguiu, virando-se para o rapaz — "jamais achou que as pessoas que podem encontrar conforto na religião não devem ir à igreja. Ele simplesmente chegou a um ponto em que não conseguia mais chefiar a congregação. Se não tivesse adoecido, tenho certeza de que ele teria recuperado a fé. Percebi uns sinais, nas últimas conversas que tive com ele. Quando eu falava no Céu, ele escutava com a maior atenção. Ele praticamente me disse: 'Não deixe que as crianças se afastem. Especialmente o Teddy; ele é quem mais precisa. É um menino muito sensível, muito medroso'".

"Mamãe, por favor; você está fantasiando." Ele acabara de aprender esta expressão num livro chamado *A formação da mente*, de James Harvey Robinson. "Era eu quem lia o jornal para ele, e ele nunca me disse nada disso."

"Claro que não. O Clarence não seria capaz de agir assim, de maneira autoritária. E além disso, bem no final, ele já estava completamente sem voz."

"Eu gosto muito de vocês três", Teddy conseguiu dizer, "mas vocês não vão me convencer a ir louvar a Deus depois do que Ele fez com o papai."

Disse a tia Esther, seca: "Há quem pense que não foi Deus que fez alguma coisa com Clarence, e sim o contrário. A triste verdade é que meu irmão voltou as costas para a Luz".

"A triste verdade", corrigiu Teddy, com um assomo de virilidade que conquistou o apoio de suas adversárias, no exato momento em que ele queria derrotá-las, "é que vocês estão vivendo num mundo de duzentos anos atrás. Leiam um pouco de Mencken. Ou de Shaw. Ou até mesmo de Bertrand Russell." Em seu quarto no terceiro andar, sozinho, noite após noite, Teddy lia, preferindo os autores ingleses, leves, irônicos e racionais, aos americanos, com seus manuais de auto-ajuda, sua obsessão com saúde mental e seu terrível realismo provinciano.

Retrucou a tia: "Uma vez nós fomos assistir a uma peça de Shaw lá no antigo Lyceum, em Wilmington, antes de mudarem o nome para Empire e pegar fogo. Não entendi a coisa muito bem, mas o que ficou é que o autor é totalmente a favor do Exército da Salvação. Ele também lia o Mencken de vez em quando, no *Sun* de Baltimore, e ficava dias fervendo de raiva".

Todos entenderam que "ele" era o inominável Horace, o qual também estava incluído no "nós" anterior.

"Ele nos chama de 'burresia'", prosseguiu a tia Esther; "ele" agora era Mencken. "Pois bem, que fique lá com os amigos intelectuais dele. Do jeito que eles se envenenam com bebida falsificada, não são felizes nem mesmo neste mundo — que dirá no outro."

Teddy, tendo recusado as boas intenções de sua mãe, apiedou-se dela. Disse: "Mamãe, eu adoro as pessoas que vão à igreja". E tocou na mão dela, uma mão gorducha e derrotada, pousada no paninho de renda sobre a mesa, uma mão enrugada de viúva, com um dedo cuja ponta estava embranquecida e encolhida, por viver enfiada dentro de um dedal. "Elas são o sal da terra. Mas é que depois do que o papai sofreu..."

"Do que ele nos fez sofrer", emendou sua mãe, numa acusação frouxa.

"Seja lá como for, todo mundo tem que fazer parte de alguma coisa", interveio a tia, "senão não é gente. Ninguém vive sozinho."

Teddy sentiu uma sensação de vazio semelhante a que seu pai certamente sentira ao se dar conta de que não se encaixava mais em lugar nenhum — via-se flutuando no ar, cercado de superfícies lisas onde não havia nada a que ele pudesse prender-se. E no entanto Teddy gostava de gente, mesmo daquelas moças gordas e burras da fábrica de chapinhas, mesmo daquelas alunas de estenografia de Wilmington que tinham cara de fuinha. Sentia-se bem no meio de pessoas, desde que a presença delas não fosse opressiva. Gostava de gente, mas precisava manter uma certa distância.

"Ontem à noite, na sessão de leitura da Bíblia, ouvi dizer que o Seth Addison, lá da drogaria, está procurando um rapaz", disse a tia Esther, sem mais nem menos, mas com um sorrisinho arrogante de quem acha que falou na hora certa. "Seria bom se fosse alguém que entendesse de contabilidade, se bem que o trabalho principal seja servir soda. O Seth já teve problemas: quando arranja um rapaz muito moço, todos os amigos dele vão lá para ver se conseguem uma soda ou lá o que seja de graça, e a coisa acaba virando festa. Talvez um rapaz um pouco mais velho, não muito popular, seja justamente o que ele precisa. Não custa nada ir lá falar com ele, Theodore, se você não quer voltar a pegar o bonde para ir ao Colégio O'Connell quando chegar o outono. Diga ao Seth que você é sobrinho de Esther Truitt; logo quando viemos morar aqui, ele e a Amy, a mulher, e eu e o Horace íamos pescar caranguejos, por volta de 1908, no barco do velho Noah Watson. Mencione o velho Noah para ele; era a única pessoa que conseguia fazer o Seth sair do sério."

A Drogaria Addison — Fumo, Perfumes e Utilidades — ficava no centro da cidade, onde a Rodney Street, numa curva suave que acompanhava a curva do rio, formava um T com a Elm Street. Do outro lado da rua ficava o quarteirão comercial, uma estrutura de tijolos de dois tons com telhados de ardósia, quatro portas de comprimento e quatro andares de altura. Ali ficavam o Armarinho Pursey, a Ferragens e Sementes Krauthammer e, entre as duas lojas, um barbeiro e uma tinturaria. A ampla vitrine da drogaria exibia, acima de uma pirâmide de produtos descorados pelo sol, dois globos ornamentais suspensos, um deles contendo um líquido vermelho, cor de iodo, e o outro um líquido azul, que parecia tinta diluída. Entrava-se por uma porta na esquina; à esquerda da porta havia uma estante de revistas e, encostada às duas paredes à direita, ficava uma série de vitrines de metro e meio de altura com a superfície superior inclinada para a frente; junto à que exibia charutos, cigarros e rapé via-se uma pequena chama de gás sob uma cúpula de metal cromado; a chama era acesa às sete e meia da manhã, quando a loja abria, e desligada às nove da noite, quando fechava. Embutido na parede, como um apontador de lápis, havia um cortador de charutos, uma guilhotina em miniatura na qual as crianças sempre queriam enfiar os dedos. As vitrines que formavam um ângulo reto com esta, as quais ficavam em frente ao balcão de soda, com seus banquinhos redondos, continham balas, caixas de chocolates e também perfumes, guardados em vidros grandes com tampas de vidro, e colocados, ao serem vendidos, em pequenos frascos, atividade que normalmente cabia à senhora Amy Addison. Esta senhora, uma criaturinha miúda, de cabelos cor de ferro, um tanto esquiva, passava o dia entrando e saindo da loja, na medida em que suas obrigações de dona de casa o permitiam, pois as clientes da drogaria preferiam, por uma questão de pudor, consultar uma mulher. O balcão de soda era uma novidade, instalada em 1919; os efeitos terapêuticos da soda já vinham sendo propalados havia muito, mas com a Lei Seca surgira nas cidades de todo o país a necessidade de um lugar onde os cidadãos pudessem reunir-se, sentados em banquinhos e apoiando os cotovelos num balcão, sem estar infringindo a lei.

No fundo da loja, depois de uma área onde havia mesas redondas e cadeiras de metal, numa espécie de plataforma um pouco mais alta, ficava a farmácia propriamente dita; aqui Seth Addison e seu assistente, Charlie Wainwright, realizavam suas misteriosas operações de mensuração e dosagem, pulverização e tintura, fazendo pílulas com base em até seis ou sete ervas medicinais em pó e outras substâncias químicas, ou dissolvendo tudo em álcool diluído para fazer "tônicos"; trabalhavam atrás de um balcão alto que só deixava aparecer suas cabeças — a calva reluzente do senhor Addison e os cabelos negros, emplastrados de brilhantina, de seu jovem assistente, deslocando-se de um lado para outro, abaixando-se e levantando-se, conforme exigiam suas tarefas. Atrás deles, três estantes elevavam-se até mergulhar nas sombras, cheias de poções novas e velhas, algumas antiqüíssimas, como o Digestivo Maravilhoso de Hostetter, a Erva Medicinal de Lydia Pinkham e o Perfeito Purificador de Sangue e Tônico Cardíaco de Algas Marinhas do Doutor Kilmer. Atrás dessas estantes — Teddy logo descobriu, em sua nova condição de empregado — havia um quartinho com um velho sofá de couro e armários cheios de misteriosos arreios de metal, onde o senhor Addison colocava fundas nas pessoas, e um quarto maior, onde eram armazenados pacotes vazios e também pacotes cheios, aguardando quem os abrisse e colocasse etiquetas com preços nos produtos que continham. Depois vinha um pequeno corredor, iluminado por uma lâmpada muito fraca e empoeirada, que levava a um cubículo com uma pia manchada e uma privada de assento bambo, para uso dos empregados, e terminava na porta de fundos, a qual se abria, ofuscando a vista, para um pequeno estacionamento de terra batida, onde eram estacionados o Packard de Seth Addison e o forde-de-bigode de Charlie Wainwright, e uma ruela cheia de pedrinhas chamada

Fishery Way,* embora ninguém soubesse qual o lugar exato onde ficara o pesqueiro em tempos coloniais. A drogaria era um lugar que inspirava tranqüilidade, com toda sua abundância, seus estoques de ungüentos para os cabelos, desde o Restaurador Capilar e Anticaspa Tulepo (cuja insígnia era marcante: o perfil de uma mulher com cabelos longos que formavam um crescente) até o Óleo Cremoso de Raízes Silvestres e o Xampu Fitch; seus produtos para os pés, o Pé de Fada (alívio para a dor dos joanetes) e as diversas palmilhas do dr. Scholl, de diferentes formas, montadas em papelão amarelo; e os medicamentos e instrumentos discretos que atendiam às necessidades do baixo-ventre: laxantes, absorventes, seringas de borracha vermelhas, talcos para comichões e — uma novidade — preservativos Trojan, fabricados em Nova Jérsei e guardados fora das vistas do público, em suas latinhas de metal que pareciam conter pastilhas Zymole. Só eram vendidos a homens adultos que, respirando fundo, pediam o produto em voz baixa. Os fregueses ruborizavam-se, mas depois de algum tempo Teddy já não corava mais; enquanto aguardava os pedidos, permanecia com uma expressão calculadamente neutra no rosto, como se fosse um advogado.

Todo o puritanismo referente ao corpo que Teddy porventura tivesse herdado foi se perdendo à medida que passavam por suas mãos cremes e paliativos, pastas e gessos. Às vezes deixavam-no preparar os supositórios, numa máquina preta de ferro fundido, com uma manivela que se girava como se faz com um torno, e a pasta de supositório, uma mistura de manteiga de cacau com outros ingredientes, preparada pelo senhor Addison, era moldada em forma de balas de revólver. No verão, quando a temperatura do ar era a mesma do corpo humano, a pasta se derretia, naturalmente; a única maneira de mantê-la consistente o bastante para ser moldada era colocar um saco de gelo picado em cima da máquina, como se ela estivesse com dor de cabeça. A sua volta, Teddy via o pobre corpo humano — quente, semilíquido, sujeito a tantos males — exposto, escancarado, esfolado, nas embalagens que prometiam erradicar todas as manchas, aliviar todas as dores, satisfazer todos os desejos, limpar todas as cavidades. Sabonete Olivilo, sete cêntimos; Talco de Penteadeira

(*) Travessa do Pesqueiro. (N. T.)

Marrow, 52 cêntimos; Sodiphene, 21 cêntimos: Laxante Terra-Derma, 89 cêntimos; Pincel de Barba Ever Ready, 49 cêntimos; Ovomaltine, 42 cêntimos. Também havia muitos produtos dirigidos aos saudáveis: charutos pomposos, expostos nas vitrines em meio a papéis dourados e vistas coloridas de Cuba e Espanha; balas e gomas de mascar, dropes Salva-Vidas, melado Black Jack, Chicletes, caramelos Baby Ruth e chocolates sortidos Whitman's; sabonetes de vários tipos, desde o Ivory, com teor de pureza de $99^{44}/100\%$, passando pelo Lava, um sabão abrasivo como pedra que limpava graxa, até o feroz Borax Tropa de 29 Mulas; revistas, numa estante bem ao lado da entrada diagonal da drogaria, *Liberty* e *Collier's* e *Saturday Evening Post* e *Ladies' Home Journal* e *McClure's*, com rostos femininos sorridentes nas capas, vindas de Nova York e Filadélfia, em maços mais pesados do que os que ele era obrigado a carregar nos tempos em que entregava o *Morning Call* de Paterson. Essas revistas tinham o cheiro fresco de papel acetinado, de qualidade, e nas horas mortas do dia, no meio da manhã e no meio da tarde, antes de acabarem as aulas, Teddy pegava uma revista, levava-a para seu posto atrás do balcão e ficava a folheá-la, admirando os anúncios de aparelhos elétricos sofisticados, vendo as ilustrações dos contos, que representavam famílias ideais — ideais, salvo um único pequeno problema, jamais insolúvel, que era o tema da história — e os cartuns, a maioria dos quais ele "pegava". Essas revistas eram oriundas dos longínquos píncaros da sofisticação e do *glamour*, daqueles ousados arranha-céus de Manhattan cujas silhuetas se entreviam do alto do monte Garrett; havia algo de maravilhoso, de generoso, na presença das revistas numa cidade como Basingstoke, onde, não fosse por elas, as pessoas só saberiam o que lhes diziam os pastores e os políticos locais. Os filmes também eram assim — exibidos no pequeno cine Bijou, no sobrado do prédio dos Oddfellows — e agora também o rádio, que à noite transmitia principalmente música, música de dança executada pelas orquestras de Meyer Davis e Elmer Grosso, tocadores de gaita e imitadores de passarinhos, mas também resultados das partidas de beisebol, cotações da Bolsa, previsões do tempo e histórias sobre o mundo da natureza, lidas em voz alta por Thornton W. Burgess. Teddy vivia pedindo à tia Esther e à mãe que comprassem um rádio galena. O senhor Addison tinha um desses aparelhos na sala dos fundos em que funcionava seu escritório, e nos três dias da semana em que Teddy trabalhava até as nove da noite ele ouvia aquela música sussurrada, cheia de estalidos, enquanto andava de um lado para outro na loja; era como no tempo em que moravam na Twenty-seventh Street e escutavam as vitrolas dos vizinhos. "Indian love call", "Somebody loves me", "Fascinating rhythm", "I want to be happy": eram estes os sucessos do momento, cantados por homens com vozes estridentes, sérias, plangentes, e mulheres com vozinhas sapecas, nasaladas, como se estivessem cantando enfurnadas em algum *speakeasy* enfumaçado. De que modo aquelas válvulas luminosas conseguiam captar os sons do ar? Como era que a gente não sentia as invisíveis ondas do rádio atravessando nossos corpos? Também nos correios, que funcionavam na metade estreita de um pequeno prédio de tijolo na Rodney Street, depois da Elm, havia um aparelho de rádio, do outro lado do guichê gradeado onde ficava o senhor Horley. O agente dos correios era um homem torto, acorcundado, encardido, sempre com um lápis atrás da orelha e um monte de pêlos saindo das narinas, que usava camisas listradas antiquadas, com elásticos nas mangas, sob um colete azul-cinza que, no inverno ou no verão, parecia ser seu uniforme. Seu rádio sempre recebia sinais inaudíveis e ruidosos de navios no meio do oceano ou numa das duas grandes baías que ladeavam a península de Delmarva. Até o final da tarde, o rádio não tocava outra coisa. Mesmo assim, Teddy, na sua ida diária aos correios, gostava de escutar um pouco; talvez um navio estivesse afundando, como o *Titanic* ou o *Lusitania*, e um radiotelegrafista heróico estivesse mandando um S.O.S., imerso até os joelhos numa água verde como bílis.

Havia naquele cotidiano um ritmo paralisante, que devorava os anos. A manhã na drogaria era um corre-corre constante, pois chegavam os jornais de Wilmington e Baltimore e os trabalhadores de Basingstoke ocupavam todos os bancos do balcão para tomar um café apressado, acompanhado de um sonho ou pão doce feito na padaria da senhora Brindley, ali perto; depois o movimento diminuía, a maioria dos fregueses eram mulheres fazendo compras no centro; na hora do almoço, vinha uma revoada de crianças da escola, para comprar balas e sorvetes; daí até o final das aulas havia um longo período de inação, no qual

Teddy por vezes sentia que toda sua vida estava se esvaindo, sem nenhum aumento, nenhuma possibilidade de mudança. Dava para ouvir o gelo se derretendo na geladeira, onde eram conservados os sorvetes, pingando nos tabuleiros colocados embaixo, ao lado dos bujões de dióxido de carbono comprimido (para as sodas) e óxido de dinitrogênio (para o creme *chantilly*).

Quando Charlie Wainwright foi trabalhar como farmacêutico-chefe da nova drogaria Rexall's que abriu em Dover, o senhor Addison perguntou a Teddy se ele já havia pensado em estudar farmacologia; mas Teddy não conseguia suportar a idéia de ter que pegar o bonde interurbano até Wilmington outra vez, nem a de pedir às mulheres com quem morava para que lhe pagassem a faculdade. A tia Esther estava começando a ter problemas de saúde — seriam problemas de nervos, segundo o doutor Hedger, mas a faziam levantar-se várias vezes durante a noite para ir ao banheiro. Sua mãe não podia costurar mais do que já fazia sem arriscar-se a estragar a vista definitivamente; e suas tentativas de treinar uma assistente iam por água abaixo quando a moça em questão engravidava ou revelava-se incapaz de assimilar a ética meticulosa da costureira. Disse ela uma vez: "Essas moças de hoje em dia não são conscienciosas como as de antigamente; só querem saber de acabar o trabalho mais que depressa para ir dançar e beber e passear de baratinha. Será que ninguém mais conhece a diferença entre o bem e o mal?". Ao recusar a oferta do senhor Addison, Teddy sabia que havia se diminuído para sempre diante dele, tal como ocorrera com o treinador do time de beisebol nos tempos do secundário. Estaria condenado a passar o resto da vida recusando propostas? Na América, a oportunidade não bate à mesma porta várias vezes. Sua irmã — que acabara não saindo da Pulsifer, McReady e Bundy, pois se o fizesse estaria praticamente confirmando os boatos que circulavam a respeito dela e do senhor Bundy — surpreendeu a todos em 1925, no verão em que só se falava no julgamento de Scopes,* no Tennessee. Ela e Peter Pulsifer — não Bundy, que voltou atrás, nem McReady — decidiram casar-se as-

(*) John T. Scopes, professor da escola secundária, foi acusado de ter ensinado a teoria da evolução a seus alunos, violando lei estadual que proibia o ensino de qualquer doutrina sobre a origem do homem que contradissesse a Bíblia. O processo polarizou a opinião pública em todo o país. (N. T.)

sim que Pulsifer se divorciasse de sua mulher. Enquanto isso, para fugir do escândalo, Esther ia mudar-se para Nova York, para ficar com Jared e a esposa, uma loura platinada, esguia e chique, filha do homem para quem ele trabalhara cobrando aluguéis, o qual agora era um magnata, que atuava não apenas no ramo dos imóveis mas também no dos investimentos. A mulher de Jared viera até Basingstoke para conhecer a família, mas os recém-casados não passaram a noite lá. "Loura, mas com sangue de ralé irlandesa" — foi o comentário seco da tia Esther depois que o casal partiu.

"Como é que você pode ter certeza", perguntou Teddy à irmã, "que o Pulsifer vai cumprir a palavra e se divorciar mesmo?" A vida adulta sempre lhe parecia cheia de perigos, de riscos que podiam terminar mal.

"Bem", retrucou ela, apertando os olhos e soltando uma baforada de fumaça (agora estava fumando Chesterfield), "se ele der para trás, eu vou ficar sabendo. O que eu não posso é continuar nem mais um dia naquela firma; o Frank Bundy fica o tempo todo me fuzilando com os olhos, como se *eu* é que tivesse roído a corda. Bestalhão. Ele teve a oportunidade dele."

"Mas o que você vai fazer em Nova York?"

"Não sei. Vou assistir a *shows*, vou aos museus. Me sento num banco na Washington Square e fico escrevendo poemas. O Jared diz que vai me levar a todos os lugares que eles costumam freqüentar. Ele e a Lucille moram num apartamento de quatro quartos na Fifth Avenue — posso ficar com eles o tempo que eu quiser. Estou precisando de um banho de cidade grande, Tedsy. Eu nunca lhe disse que ia ficar aqui para sempre. Você já se adaptou direitinho, não é? Eu ajudei você na fase de transição, não é?"

"É", concordou Teddy, firme. "Mas é que... a mamãe e a tia Esther estão ficando velhas. Você é a única pessoa cheia de vida aqui. A única pessoa com quem eu podia conversar."

"Então encontre outra. Não é tão difícil. Meu Deus, você está com vinte e dois anos, e parece que vai fazer oitenta! O que foi que aconteceu com as suas glândulas?"

Sua irmã sabia fazê-lo ficar vermelho. "Não aconteceu nada, mas para as meninas de família daqui eu sou só o empregadinho da drogaria. E se eu arranjasse uma namorada firme, você não acha que a mamãe ia ficar contrariada?"

"*Au contraire*, meu caro. Você acha que lá no Missouri as pessoas se reproduziam por imaculada conceição? Ela quer *família*. Você precisa se soltar mais. Comece a freqüentar as festas da igreja, sei lá."

"Você sabe que essa história de igreja não me agrada."

Esther hesitou por um momento; pelo menos daquela vez, não tinha uma resposta na ponta da língua. "Num fim de mundo como este, a igreja é o lugar onde tudo acontece. Se não dá para viver sem eles, junte-se a eles, é ou não é?" Deu de ombros. "Você faz o que você quiser. Para mim, já chegam os meus problemas. Quem sabe você tem razão — o negócio é ficar quietinho, esperando a hora do enterro." E com essas palavras animadas, debruçou-se para a frente, ali na cozinha melancólica da tia Esther, sob o telhado de zinco pintado de marrom, e deu um beijo seco na testa larga do irmão, com seus lábios finos e pintados.

Realmente, o mundo parecia estar ficando mais *sexy*. No cinema, as moças dos filmes de Max Sennett cada vez mostravam mais as pernas com seus trajes de banho, e começavam a surgir as "vampes", atrizes estrangeiras com nomes como Pola Negri. No mundo real, as jovens conhecidas como "melindrosas" usavam uns vestidinhos mínimos e dançavam uma dança maluca chamada *charleston*. Uns fregueses da drogaria contavam que tinham recentemente ido à Filadélfia ver uma estrela de teatro-revista chamada Carrie Finnel, que rodopiava borlas presas aos seios e às nádegas. Só que os termos por eles usados não eram "seios" e "nádegas". As modas ousadas do país eram adotadas pelos jovens de Basingstoke — as meninas usavam tubinhos e meias soquetes; os rapazes, calças boca-de-sino de brim branco. Teddy admirava-se de ver que até mesmo os filhos dos operários da fábrica de chapinhas compravam roupas que imitavam os trajes da juventude rica de Long Island, Chicago e Grosse Pointe. Com ressaca de gim falsificado, os rapazes avançados de Basingstoke apareciam na drogaria de manhã para tomar bicarbonato de soda e Pepto-Bismol, enquanto as moças iam procurar a senhora Addison na seção de perfumes, em desespero, procurando exorcizar o fantasma de uma gravidez contraída durante um porre. Trabalhar na drogaria era como ficar na esquina de Rodney com Elm, vendo as desgraças da cidade passar. Trêmulos, ofegantes, com a tez azulada, os velhos vinham tomar digitalina para o coração. As jovens mães compravam leite de magnésia para acelerar os intestinos dos filhinhos e elixir paregórico para obter o efeito contrário. As pessoas de meia-idade compravam ferro e óleo de fígado quando precisavam de mais energia, brometo e barbitúricos para acalmar os nervos. A morfina e a aspirina mitigavam as dores. Os xaropes soltavam o catarro e aliviavam a garganta irritada. A ipecacuanha provocava vômitos. O cólquico curava — ou pelo menos melhorava — a gota; o iodo, o bócio; a insulina, o diabetes; o quinino, a malária; Salvarsan, a sífilis; a vitamina C, o escorbuto. Mas esses três últimos males eram raros em Basingstoke. Beladona, sassafrás, salsaparrilha, cáscara-sagrada, antiflogístico, sal de frutas, sal de Rochelle, ervas medicinais de todos os tipos — não havia como saber se essas coisas funcionavam de fato. O objetivo era fazer com que as pessoas sentissem que estavam recebendo atenção e que estava se tentando fazer alguma coisa. O médico da tia Esther, o doutor Hedger, tinha uma receita-padrão, para a qual mandara até fazer um carimbo: o Elixir de F, Q e E, que consistia numa mistura de ferro, quinino e estricnina, em quantidades minúsculas, numa solução alcoólica mais ou menos tão forte quanto *bourbon*. Provavelmente, o componente que mais fazia efeito era o álcool. O principal na vida era resistir. A natureza lutava do lado da gente até certo ponto; a partir daí, virava a grande adversária.

Entre os fregueses crônicos, Teddy começou a perceber, na primavera úmida e tardia de 1926, a presença de uma recém-chegada na cidade, uma moça manca que costumava vir à drogaria acompanhada pelo pai. Era um plantador de fumo que vendera suas terras perto de Lewes e mudara-se para Basingstoke, para comprar a velha estufa dos Culver que ficava a dois quarteirões dali, na Fishery Way; metade dos vidros da estufa havia se quebrado durante o longo período em que Jake Culver dedicou-se a beber até a morte, quando seus filhos se recusaram a voltar para Delaware após servir o exército na Europa. Teddy já estava em Basingstoke havia cinco anos e sabia quase tudo que se passava na cidade, com base no que ouvia nos correios ou no balcão de soda na drogaria. Era com prazer que a cidade via as novas vidraças sendo instaladas na estrutura enferrujada da estufa, mas todos achavam que a cidade jamais teria mercado para um florista. Na verdade, Daniel Sifford não estava interessado em ganhar dinheiro; havia ganhado uma fortuna ao vender suas terras para um especulador do mercado imobiliário, o qual previa um grande futuro para os arredores de Rehoboth Beach, que lhe parecia comparável às praias do sul de Nova Jérsei. Sifford queria a estufa, mais o hectare de terra e o casarão de 1880 que a acompanhavam, como uma espécie de *hobby*, algo que o mantivesse próximo da terra. Era um homem de ossos graúdos e andar desengonçado, que dava a impressão de estar sempre de macacão, independentemente do modo como estivesse vestido; seu rosto era tão enrugado que lembrava certas raças de cachorro em que as pregas de pele se sobrepõem. Ele tinha uma esposa, mas esta jamais era vista na drogaria, e quase nunca saía de casa — no máximo aparecia pendurando as roupas na corda e fugindo para dentro se alguém fazia menção de lhe dirigir a palavra. Os únicos filhos eram a moça manca e um rapaz bem mais velho que havia migrado para o Oeste, para Indiana ou Nebraska, onde se compravam fazendas de trezentos hectares.

A filha vestia-se de um modo ligeiramente estranho para os padrões de Basingstoke — às vezes estava bem vestida demais para o cotidiano, com os cabelos presos atrás, amarrados com uma fita à moda antiga; e às vezes mal-ajambrada demais, com um vestido de riscado sujo de terra e meias salpicadas de palha. Ela precisou encomendar um aparelho para a perna e um sapato ortopédico de cano longo, com palmilha elevada, através da drogaria, e o material teve que ser devolvido várias vezes para um endereço em Camden até o doutor Hedger achar que estava conforme as especificações. A jovem manca tornara-se sua paciente, e as receitas que ela vinha aviar — composto de aspirina, fenacetina e cafeína; sulfato de morfina; álcool para massagens; bálsamos — indicavam uma vida melancólica cheia de sofrimentos, que não condizia com seus olhos belos e límpidos, com seu jeito de ser animado e jovial. Os brancos de seus olhos eram maiores que os das outras moças: eram como os olhos das estrelas de cinema, Gloria Swanson ou Lillian Gish, tais como apareciam nos cartazes do Roxie, um cinema que funcionava todos os dias, menos domingo, num prédio especialmente construído para esse fim, com longas paredes laterais de tijolo exposto e uma marquise triangular, e que viera substituir o antigo Bijou, no sobrado da loja dos Oddfellows. Seu corpo de roceira era um tanto rechonchudo, mas a tez era acetinada e perfeita, como se toda a dor e constrangimento de seu pé direito deformado fizessem sua alma brilhar, confirmando o que dizem os pregadores sobre os efeitos do sofrimento. Como havia examinado com cuidado as medidas de seu aparelho e seu sapato ortopédico várias vezes, em todas as idas e vindas de Camden, Teddy sentia ter com ela uma intimidade curiosa que, surpreendentemente, parecia não ser recíproca. Através dos documentos da drogaria, ficara sabendo seu nome — Emily Jeanette Sifford. Era muito tímida, porém tinha um ponto fraco: *ice-cream soda* com sorvete de noz-pecã. Sentada no balcão da drogaria, os antebraços alvos e roliços e os cotovelos rosados palidamente refletidos no mármore verde, levava uma das mãozinhas calejadas, de unhas delineadas com terra da estufa, até a testa e jogava para trás uma mecha de cabelos castanhos finos — tão finos que os fios que se desprendiam da fita pareciam incolores — que lhe caíra no rosto; enquanto isso, as bochechas murchavam quando os lábios um pouco gulosos apertavam-se em torno do canudinho, sugando, com um ruído discreto, a última gota de soda antes de raspar o sorvete do fundo com uma longa colher de prata. Não se pintava. Resignara-se a sua condição de moça que ninguém jamais quereria namorar. Tinha um jeito abrupto, sem ademanes nem olhares lânguidos. Quando terminava a soda, passava as costas das mãos pelos lábios e ficava com o olhar parado, vazio, uma expressão de contentamento que quase parecia sugerir um arroto; nesses momentos Teddy constatava que de fato, em comparação com as mulheres magníficas e duras que brilhavam na tela do cinema e nas colunas sociais dos jornais de Wilmington, ela era feiosa e desinteressante. A testa era alta, e já naquela idade havia um início de queixo duplo. Porém então seus olhos pousavam nos de Teddy, tendo percebido que ele a fitava; tinham um tom de azul que não era leitoso nem gelado, como os dos olhos dos Wilmot, e sim veludoso, um azul florido que parecia ter diversas camadas, que refletia o verde do mármore, o brilho das torneiras de metal, dos produtos e anúncios que havia em torno do balcão. Havia atrás de Teddy um espelho no qual se refletiam os fregueses, no qual ela via sua própria imagem e a cabeça de Teddy por trás. “Estava boa demais”, disse ela um dia, quando não havia mais ninguém no balcão.

"O quê?", perguntou ele, surpreso, embora já tivesse ouvido antes aquela voz arrastada, cautelosa, caseira, conversando com o senhor Addison e com seu pai. Talvez por ser tão lenta, tudo que aquela voz dizia parecia musical.

"A soda. O seu *ice-cream soda* é muito bom."

"É, eu já tenho uma certa prática", disse ele, sem graça, com seu jaleco branco sujo, que imitava o traje dos farmacêuticos de verdade. O senhor Addison fazia questão de que o rapaz o usasse porque a roupa branca dava aos fregueses a impressão de estarem num lugar limpo, sem micróbios; mas como, por economia, o jaleco não era lavado com muita freqüência, no final da semana ele mais parecia um pano de chão. "Não tem nenhum mistério", disse Teddy. Sentiu que devia falar mais. "Já o *banana-split* é um negócio mais trabalhoso; até mesmo um *sundae* de chocolate, para ficar igual às fotos." Com um movimento de cabeça, indicou os anúncios de papelão atrás dele, apoiados no espelho; esses anúncios, enviados pela fábrica de sorvetes, em cores vivas e tentadoras, mostravam as estruturas — barcos, montanhas, homens de neve — que podiam ser feitas com sorvete, creme *chantilly*, castanhas moídas e xarope de chocolate e caramelo. "Você devia experimentar um *banana-split* um dia desses", disse Teddy, começando a corar, sentindo que não tinha mais nada a dizer.

Ela também o percebeu, e voltou à sua fala inicial: "Quanto tempo de prática?".

Estavam em 1926. No ano em que Teddy largou o curso de administração em Wilmington, o presidente Harding morreu; depois, no verão seguinte, morreu o filho de dezesseis anos do presidente Coolidge — Calvin Coolidge Jr. — e o país inteiro ficou oficialmente de luto; e no terceiro verão Scopes foi julgado culpado de ensinar a teoria da evolução e teve que pagar cem dólares de multa, mas o homem famoso que testemunhou contra ele, William Jennings Bryan, morreu logo em seguida. Isso era o que dava defender o Verbo do Senhor. "Três anos", admitiu Teddy. Ela o olhava com tanta curiosidade que ele acrescentou, com uma risada nervosa: "É melhor que fabricar chapinhas". Essa era uma expressão local, invocada toda vez que alguém questionava o valor de alguma atividade.

Surpreendentemente, aquela roceira manca aprumou as costas um pouco e disse, num tom de voz um pouco desafiador: "Bem, eu não tenho nada a ver com isso, mas era de se esperar que um homem simpático, inteligente e bonito como você encontrasse um trabalho mais condizente com os seus talentos do que fazer um *banana-split* parecido com os que aparecem nos anúncios".

Inteligente? Bonito? Homem? Porém, sentindo que seu orgulho fora ferido, só conseguiu exclamar: "É mesmo?". E acrescentou: "Pode ser que você tenha razão, mas quem é você para dizer isso? Que eu saiba, você só faz sujar as mãos na terra da estufa do seu pai".

Como se por mágica, o pai dela, com suas roupas cinzentas e largas demais para ele, apareceu na porta da frente, entre as revistas e os charutos; a moça desceu do banco, com uma expressão ofendida no rosto, e tentou andar até a porta sem mancar muito, deixando vinte cêntimos no balcão.

E a coisa provavelmente ficaria nisso mesmo. Durante vários dias, ela não apareceu na drogaria; mas Teddy achava impossível que ela fugisse dele para sempre, numa cidade tão pequena, ainda mais porque a estufa ficava a dois quarteirões dali. Várias vezes, ao voltar para casa, ele passou pela frente da estufa, mas não conseguiu vê-la. No tom mais indiferente possível, uma noite, ao jantar, perguntou à mãe: "A senhora conhece o tal do Sifford, que comprou a estufa dos Culver?".

"Não, meu filho, acho que não. É raro eu passar pela Fishery Way."

"Pensei que talvez a senhora o conhecesse da igreja, sei lá..."

"Na igreja presbiteriana ele nunca pôs os pés, disso eu tenho certeza. O que era que você queria saber, filhinho?"

"Ah, nada."

Fez-se o silêncio enquanto sua mãe colocou mais uma colherada de purê de batata-doce no prato de Teddy, sem que ele pedisse. "Talvez a sua tia saiba o que você está querendo saber. Quando for levar o pudim de chocolate para ela, pergunte."

A tia Esther passava a maior parte do tempo na cama. O doutor Hedger não era capaz de dizer o nome de sua doença, mas era um mal tão persistente que ele sacudia a cabeça calva todas as vezes que descia a escada. Suas bochechas pendentes estremeciam; a corrente do relógio balançava-se sobre o colete azul-escuro, que continha uma barriga volumosa; seus sapatos pretos pareciam mais amassados do que os de qualquer outra pessoa. O quarto da tia Esther estava começando a ficar com o mesmo cheiro das prateleiras dos fundos da drogaria, uma mistura de cânfora com xarope velho já açucarando, que se sobrepunha a um cheiro triste, rançoso e humano, que emanava de seu corpo. Não obstante, recentemente ela mandara instalar um telefone no andar de cima, um moderníssimo aparelho de baquelita preta; em sua mesa-de-cabeceira, ao lado das caixas de Pílulas de Blaud e Neurofosfato Eskay para os Nervos, o telefone parecia uma flor grossa, um narciso negro, com o microfone em forma de sino virado para a cabeça magra e amarelada da inválida, apoiada em três travesseiros. "Metodistas", disse ela. "Os Sifford freqüentam a igreja metodista. Ele vai sozinho, nunca leva a mulher. O filho mais velho foi para o Oeste, e tem mais aquela moça, coitada. Não é lá uma família muito alegre."

Teddy fez sua pergunta, e em seguida a tia, tal como a mãe, dirigiu-lhe um olhar penetrante. "E por que você quer saber isso?"

"Por nada. Eu vejo a moça entrando na farmácia com o pai, para comprar remédios e aparelhos. Acho que fico com pena dela."

"Não há por que ter pena. O pai dela ganhou um bom dinheiro com a venda das terras — ninguém sabe exatamente quanto." A enferma apertou os lábios e respondeu à pergunta do sobrinho: "Uns dizem que aconteceu antes de a menina nascer, mas outros dizem que a mãe é uma ébria, que deixou a criança cair. Não há dúvida de que a mãe é uma pessoa esquisita, nunca vai além do quintal, e foge para o andar de cima sempre que alguém aparece à porta. Seja lá o que for, o que aconteceu com a menina foi há bastante tempo, e imagino que ela já esteja resignada".

Da vez seguinte em que entrou na drogaria, Emily não parecia nada resignada. Sentou-se ao balcão e, sem cumprimentá-lo, disse: "Quanto ao seu comentário indelicado, de que eu só faço sujar as mãos na estufa de meu pai, nossos casos não são iguais. Você é homem, eu sou mulher. Homem tem que sair pelo mundo. Mulher não tem que fazer nada, só o que os homens mandam".

Mulher. Por mais inocente e mais desmazelada que parecesse ser, ela pensava em termos de homem e mulher. Teddy percebeu que uma das maneiras como a moça enfrentava o defeito da perna era dizer coisas provocantes para mostrar que não ligava para o que os outros pensassem. Não ficou tão desconcertado como ficaria se aquilo partisse de outra pessoa, pois imaginava que aquele era o estilo dela. Disse: "Quer dizer que ser mulher é muito ruim, é? Mas desculpe se eu a magoei. Pode sujar as mãos onde você bem entender".

"Isso também é indelicado."

"Puxa. Falar com você não é fácil, hein?"

Esse comentário a fez sorrir — uma covinha efêmera na pele macia junto ao canto da boca, um ligeiro piscar de pálpebras encobrindo os brancos muito vivos dos olhos. "Por que, você achou que era fácil?"

"Acho que sim. Bobagem minha. Eu devia estar sonhando." Um outro freguês havia se sentado ao balcão, e Teddy foi atendê-lo; depois veio mais outro, e quando ele voltou a Emily sua taça de sorvete de pistache só continha um pouco de líquido verde no fundo; a moça não estava mais lá. Uma moeda de dez cêntimos fora a única despedida que deixara. Como decorreu uma semana sem que ela reaparecesse, Teddy chegou a pensar que talvez os Sifford tivessem passado a freqüentar a outra drogaria da cidade, a de Liggett, do outro lado da rua e a um quarteirão dali, em direção às ruínas do curtume. Lá a maioria dos artigos eram um ou dois cêntimos mais baratos, mas o espaço era a metade do que havia na de Addison, e a variedade de charutos e revistas era muito menor. A de Addison recebia as revistas mais novas — *Time* e *Reader's Digest*, até mesmo *The American Mercury*, uma publicação que, segundo se dizia, era radical e zombava da religião. As pessoas sempre a viravam de costas para que a capa não aparecesse na estante, mas Teddy ia lá e a desvirava. Gostava de Mencken; era o que havia nos Estados Unidos de mais parecido com Shaw e Wells.

Num dos dias em que saía do trabalho às cinco e meia, ele resolveu voltar para casa pela Fishery Way, passando pelas garagens de blocos de concreto que imitavam pedra, todos os blocos de forma irregular saídos da mesma fôrma, e pela loja de armas, com seus ruídos de trituração e seu cheiro de metal quente. Era outono em Delaware; havia um brilho mais seco na extensão azul do Avon; o capim-salgado tomara a cor de um gato alaranjado; as árvores iam perdendo a clorofila. Folhas secas cobriam os gramados, e a grama — fora nos trechos onde algum morador fanático a regava, ou imediatamente acima de uma fossa séptica — já não crescia mais, e estava tão chata e seca quanto um tapete empoeirado, que Ted associava com o canto das cigarras, uma música que assinalava o final do verão tal como o coaxo das pererecas anunciava a primavera. Todas as vidraças da estufa enferrujada haviam sido trocadas; tinham levado um banho de cal por dentro, de modo que não era fácil ver o que se passava no interior. Parado junto a uma das garagens de pedra artificial, junto a um latão de óleo velho usado para queimar lixo, Teddy tentava entender o que seriam as manchas irrequietas que ele entrevia pelas vidraças opacas, e concluiu que as mais escuras eram o pai e dois empregados negros. Os pedaços de tecido claro que iam e vinham com uma agilidade surpreendente eram Emily. Emily Jeanette. O nome dela em sua boca, mesmo quando ele não o pronunciava, era como uma dessas pastilhas de hortelã que enchem a boca com um gosto tão forte que quase chega a doer. Porém ela apresentava duas características indesejáveis: era coxa e era caipira.

Teddy começou a achar que a mãe e a tia deviam estar preocupadas com sua demora. Jantavam cada vez mais cedo; e havia certos programas de rádio que ouviam religiosamente — o primeiro era um tal de "jantar musical", com cantores convidados, que ia ao ar às seis, na WEAF, uma estação nova-iorquina; depois, às 18h55, vinha o noticiário esportivo, que só interessava a Teddy. Naquele ano, Babe Ruth estava cumprindo as ordens dos médicos, e tudo indicava que os Yankees iam ganhar fácil, a menos que os Indians de Tris Speaker os alcançassem; no torneio da Liga Nacional, o mais provável era que os Cardinals de Rogers Hornsby derrotassem os Cincinnati Reds. Teddy se interessava, mas menos do que outrora. Quando estava a ponto de virar-se para ir embora, Emily saiu da estufa; a porta era tão baixa que a moça era obrigada a abaixar a cabeça para passar. Seus cabelos estavam cobertos por um lenço xadrez azul. Seu rosto ovalado virou-se imediatamente para Teddy, como se, graças a algum éter na atmosfera que transmitisse a eletricidade, ela tivesse percebido o olhar do rapaz. Emily deu um ou dois passos mancos em direção a ele; mas, para que a moça não tivesse que andar, Teddy mais que depressa — talvez depressa demais — atravessou a rua e aproximou-se dela, pisando os cacos de conchas que haviam sido recentemente espalhados pela pista. "Quem é que você está espionando?", perguntou ela, com seu jeito agressivo que, ele sabia, era apenas uma forma de defesa, uma compensação. Na luz suave de um entardecer outonal, seu rosto, emoldurado pelo lenço, não era belo, porém cada traço tinha algo de elétrico — os olhos arredondados, com um brilho úmido; as sobrancelhas arqueadas, inquisitivas; o narizinho pequeno, de formato irregular, com narinas rosadas, uma delas suja de terra onde ela havia passado a mão; os lábios cheios, com curvas que se encaixavam uma na outra com uma precisão complacente e desafiadora.

"Ninguém", Teddy mentiu. "Estava só voltando para casa no fim do expediente, cuidando da minha vida."

"Voltando para casa pelo caminho mais comprido."

"Talvez. Talvez eu tenha alguma coisa a fazer ali" — e apontou para o final da Fishery Way, que a quinhentos metros da estufa terminava no capim à margem do rio, onde uns restos de um cais há muito abandonado apodreciam entre espigas-de-ouro e cascas de mexilhões quebradas por gaivotas.

"Quer conhecer a estufa?", Emily perguntou, vendo que ele não sabia mais o que dizer.

"Quero, sim. Quero."

"Cuidado. Aqui a gente desce um degrau." Lá dentro, os vidros caiados reduziam a luminosidade a uma penumbra uniforme, em que o senhor Sifford — que parecia maior do que era de fato em meio a tantos vasos pequeninos, sob aquele céu artificial inclinado — andava de um lado para o outro atento e silencioso, tendo recebido Teddy com um cumprimento seco e desconfiado. Um dos rapazes de cor arrastava caixas chatas cheias de vasos com plantas novas, enquanto o outro pintava de branco a madeira dos canteiros elevados recém-construídos, que eram como mesas toscas. Tudo que podia ser pintado estava pintado de branco. "É que reflete a luz", explicou Emily. "Para crescer, a planta precisa de quatro coisas: luz, calor, água e gás carbônico."

"De gás carbônico eu entendo", replicou Teddy, pensando

não apenas nos bujões da drogaria, mas também nas aulas de biologia em Paterson.

"A gente expira o gás", disse Emily, "e as plantas inspiram. Por isso que é bom para a estufa ter gente dentro dela." Falando cada vez mais depressa, explicou que estavam plantando poinsétias a tempo de atender ao mercado natalino, e mais gladíolos, crisântemos e rosas de caules compridos. Mostrou ao rapaz uma grande geladeira em que as flores colhidas seriam guardadas à espera de compradores, e os encanamentos da calefação, que corriam ao longo das paredes e debaixo das mesas, partindo de uma fornalha de carvão recém-instalada na outra extremidade da estufa. Havia ventiladores para manter o ar em movimento, alavancas e correntes para abrir as vidraças superiores; mas Teddy praticamente não prestava atenção no que ela dizia, e sim pensava na situação delicada em que aquela visita não planejada o colocara. De certo modo, ele a recebera na drogaria, e a moça agora fazia o mesmo com ele no lugar onde trabalhava; depois seria a vez de Teddy fazer outra coisa. O quê? A consciência de que a mãe e a tia aguardavam-no com impaciência para jantar pesava-lhe no fundo do estômago; de vez em quando Teddy fazia um movimento nervoso em direção à porta, enquanto ela falava sem parar, excitada e fluente, visivelmente em seu elemento. O ambiente protegido, claro e silencioso acentuava a vitalidade da jovem; a atmosfera carregada de fragrâncias tolhia os movimentos do rapaz.

Por fim, já na rua, de certo modo arrependido por ter vindo, Teddy, num impulso, para dar fim àquele encontro, perguntou: "Você costuma ir ao cinema?".

O rosto acetinado de Emily, com seu discreto queixo duplo, ficou tenso, como uma gota de chuva oval prestes a cair. Teddy sentiu que estava assustando a moça, cuja voz agora estava mais cautelosa e lenta. "Até que não — quer dizer, muito pouco", respondeu ela. "Papai não gosta dessas coisas. Nós somos metodistas, você sabia? Mas uns anos atrás, quando a gente foi passar uns tempos em Cambridge, Maryland, eu e a minha prima entramos numa sala escura e vimos umas pessoas fazendo umas coisas na tela, aí veio o moço da lanterna dizendo que se a gente não pagasse o ingresso não podia ficar ali." Fez uma pausa, e como Teddy não aproveitou a oportunidade para falar, continuou, num tom mais animado: "Mas agora eu *posso*. O nosso ramo do metodismo não proíbe mais ir ao cinema e dançar — acho que é sinal dos tempos. Agora a gente só não pode fumar, jogar cartas e beber, é claro". E, vendo que o rapaz mais uma vez não dissera nada, acrescentou: "Mas isso tudo é uma bobagem, você não acha? Essas proibições que os velhos inventam. Acho que as pessoas deviam ter a liberdade de fazer o que quisessem, desde que não prejudicassem os outros".

Teddy pigarreou, para desengasgar-se, e disse: "É, vou ver o que vai passar no Roxie nas próximas semanas". E quando deu por si, tendo se aproximado um pouco da presença receptiva e animada a sua frente, estava caçoando dela: "Esses filmes estrangeiros às vezes são um bocado fortes; não vou querer chocar uma mocinha metodista de boa família".

Correu para casa; quando chegou à Willow Street, sua mãe exclamou: "Mas onde foi que você se enfiou, menino? As costeletas estão tão estorricadas que devem estar duras feito couro, e o purê está frio como lama".

"Desculpe — ele me prendeu um pouco hoje."

"Muito estranho, pois a sua tia ligou para a drogaria e o Charlie Wainwright disse que você tinha saído de lá havia uma hora."

"Mas que história é essa? Então eu não tenho liberdade nenhuma? Estou com vinte e três anos, ora!"

"Não precisa me dizer isso, meu filho; eu estava lá quando você nasceu. Você pode ter a idade que tiver que vai sempre ter que tratar as pessoas com quem você vive com um mínimo de civilidade. De agora em diante, faça o favor de nos avisar quando ficar preso por alguma pessoa ou pessoas misteriosas."

"Não se trata de pessoas, é só..."

"Não quero nem saber", disse sua mãe, um tanto infantil, tapando os ouvidos com as mãos, de modo que a colher de pau que segurava entre os dedos transformou-se num chifre alto espetado de um lado de sua cabeça. "Foi você mesmo que disse — você está com vinte e três anos, sua mãe não vai querer se meter na sua vida de modo algum! Agora vá logo jantar, mastigando devagarinho sua comida, enquanto eu vou devorar meu prato em cinco minutos para pegar o finalzinho da apresentação da Roxanna Erb, um contralto maravilhoso. Já servi sua tia no quarto, subindo e descendo a escada. E pensar que eu me dei ao trabalho de fazer a sua sobremesa favorita, torta de pêssego coberta de suspiro. Hoje não vai dar para você ouvir o noticiário de esportes."

Teddy sentou-se mais que depressa para comer, e o cheiro forte e adocicado da refeição apossou-se dele; porém, em comparação com a fragrância mais perfumada, mais uniforme da estufa, havia algo um pouco repulsivo naquele odor — plantas mortas cozidas, em contraste com plantas vivas e em crescimento.

A partir daí, nos dias em que não trabalhava até as nove, começou a chegar em casa para jantar um pouco mais tarde que de costume, ou então, quando chegava cedo, saía depois do jantar, no longo crepúsculo estival, e voltava quando já era noite fechada e todas as luzes do andar de baixo, menos a da varanda, já estavam apagadas. Teddy sentia que a mãe e a tia reprimiam sua curiosidade, respeitando sua privacidade masculina, mas na noite em que havia combinado levar Emily ao cinema, quando tentou sair de casa de fininho elas não conseguiram se conter. "Uma camisa branca limpa!", exclamou sua mãe. "Até parece que você nunca me viu engomar e passar uma camisa e não sabe o trabalho que dá."

"Tive que descer", anunciou a tia Esther, muito tesa e elegante com seu roupão chinês. "O cheiro estava tão forte que achei que o fogareiro de óleo estava prestes a explodir. Mas acho que é só a quantidade de brilhantina que o Theodore pôs no cabelo. Que aroma! Não vá chegar muito perto do fogo, ouviu?"

Ser objeto de uma caçoada, tal como caçoar dos outros, era uma sensação que ainda o constrangia um pouco. "Mas o que é isso?", exclamou o rapaz, sem saber o que dizer. "Vou só dar uma saída."

"Isso já percebemos", disse a tia.

"Vou ao cinema."

"Do jeito que você se emperiquitou todo, até parece que vai trabalhar no filme."

"Pois eu acho que ele está muito bonito", disse a mãe, defendendo-o. "Está igualzinho ao pai dele, quando ia para a reunião da sociedade de caridade, lá em Jackson Bluffs. Mas me diga", prosseguiu ela, a voz espessando-se como xarope, "quem é a felizarda?"

Teddy queria proteger Emily da mãe, e a mãe de Emily. "Ninguém", respondeu. "Vou com uns amigos."

"Você nunca falou nos seus amigos. Quem são esses novos amigos?"

"Ah, a senhora sabe", mentiu ele, pensando nos rapazes de sua idade que ele observava na drogaria e na Rodney Street, mas que se limitavam a cumprimentá-lo à distância na rua e dirigir-lhe comentários jocosos e condescendentes no balcão. "Angus Whaley, Judith Phillips, Ann e Ken Gordy, Harry Lower e mais alguns. Me perguntaram se eu queria ir. É aquela atriz sueca nova que está nos jornais."

"Dizem que ela é o Valentino de saias", comentou a tia Esther. "E veja o que aconteceu com ele! Adoração demais não faz bem a homem nenhum."

"Ah!", exclamou a mãe. "Só espero que ela não seja avançada demais. Esses europeus têm umas idéias muito diferentes das nossas sobre certos assuntos."

"Hoje em dia, quanto mais avançado, melhor", retrucou Teddy, sentindo uma oportunidade de sair de cena com um comentário jocoso. "Será que vocês nunca ouviram falar do ardor da juventude? E vocês não estão perdendo a 'Hora do Café Maxwell'?"

Saiu apressado pela Willow Street, entrou na Elm, que as árvores mergulhavam na penumbra, e tomou a Locust Street, a meio quarteirão da Fishery Way; era a rua da casa dos Sifford — a estufa ficava nos fundos. Emily o aguardava na sala da frente, com todas as luzes acesas. O senhor Sifford, sentado do outro lado da sala, saudou Teddy com um gesto mudo, mas não havia sinal da mãe. Um toque úmido de nervosismo realçava o brilho de Emily. Teddy achou sua roupa excessiva — um vestido de seda fora de moda e volumoso, com uma abundância de plissados na frente da blusa, as saias cheias e longas demais, cobrindo quase inteiramente o feio aparelho de metal e couro em sua perna. Talvez fosse imaginação do rapaz, mas parecia-lhe haver um pouco de maquiagem que realçava o branco dos olhos. Os cabelos castanho-claros estavam mais curtos do que quando ela chegara à cidade na primavera, e estavam frisados a ferro quente, o que o desconcertava, pois a fazia parecer bem mais velha do que quando ela usava os cabelos longos e escorridos amarrados atrás, como uma criança. Caminhando ao lado de Emily, passando pelas fachadas de lojas da Rodney Street, Teddy percebia a irregularidade de seus passos, via sua cabeça subir e descer na borda de seu campo de visão; começou a andar mais devagar, apesar do medo constante, que tinha desde seus tempos de entregador de jornais em Paterson, de chegar atrasado. Porém a multidão — uma dúzia de pessoas, mais ou menos, inclusive Angus Whaley e Harry Lowe, cujos nomes ele havia mencionado para a mãe — ainda estava comprando os ingressos na bilheteria, sob uma marquise iluminada que formava um espaço claro no meio da penumbra prateada do fim de tarde. Um bando de mariposas esvoaçava entre as lâmpadas que emolduravam o título, em letras destacáveis. "Ah, Senhor!", exclamou Emily, embora certamente já soubesse qual era o filme que estava passando.

"*A tentadora*", Teddy leu. "Puxa, espero que não seja tão forte para você que sua família depois fique zangada. Eu estava torcendo para ser uma história de aventuras, como *Beau Geste*, que passou no mês passado, mas sábado é só uma vez por semana, e eu não queria ficar adiando eternamente, não é mesmo?"

"Claro", respondeu Emily. "Não vai ter problema nenhum." Porém falou num tom um tanto preocupado — assim pareceu a Teddy —, como se mentalmente já estivesse entrando no *hall*, com tapete vermelho e cortinas de veludo, e voltando para casa em seguida. Ocorreu a Teddy a possibilidade de que ela, tal como sua mãe, fosse tímida na rua; seu sorriso — um sorriso simpático, rotundo, confiante — só se manifestou quando os dois sentaram-se em seus lugares, na sala quase completamente escura. Teddy ofereceu-lhe uma bala de hortelã; havia enchido um saquinho de papel com balas que ficavam à disposição dos fregueses, gratuitas, numa tigela no balcão de charutos, ao lado da caixa registradora. "Obrigada", sussurrou ela. "Mas agora, não."

As pesadas cortinas roxas se abriram, as luzes alaranjadas ao lado da tela diminuíram de intensidade e no ar acima de suas cabeças, após um ruído mecânico, um trêmulo feixe de luz surpreendeu alguns insetos, subitamente transformados em estrelas cadentes. O filme começava num baile de máscaras. A heroína, uma mulher alta, de uma beleza glacial, com movimentos lânguidos e hesitantes, e o *latin lover*, um homem moreno, apaixonam-se, e são vistos após o baile no jardim, ao amanhecer, em perfil. As expressões da atriz sueca são tão intensas, suas paixões tão evidentes, que os letreiros são quase supérfluos. Fica-se sabendo que ela é casada e que seu amante é amigo de seu marido. No passado, a tentadora já demonstrou ser uma mulher cruel, que desgraçou o marido e levou outros homens ao suicídio. Ela segue Antonio Moreno, o ator que faz o papel do amante, até a América do Sul, onde ele está tentando construir represas. Outros homens se apaixonam por ela e terminam se destruindo. A essa altura, Emily já está disposta a aceitar as balas de hortelã, que Teddy lhe passa uma por uma, sentindo a textura sedosa da palma de sua mão. Os desastres do filme vão se acumulando; relâmpagos e águas revoltas agitam a tela; a jovem transfere uma bala de uma mão para a outra, segura de leve os dedos do rapaz e baixa as duas mãos, agora entrelaçadas, até o descanso de madeira que separa as duas poltronas. O marido de Greta Garbo leva um tiro e, numa tempestade terrível, a represa desaba. Teddy percebe que a represa é uma miniatura, um modelo, a desintegrar-se numa enorme banheira de águas agitadas, mas isso não importa: sua garganta está apertada assim mesmo. O amante jura que vai reconstruir sua obra. Dito e feito; e, na inauguração, ele louva a mulher que o inspirou; ela entra em cena e finalmente o abraça. A imagem se apaga lentamente. O pianista, exausto, dedilha uma valsinha de despedida. A platéia levanta-se, ofuscada pela luz. Aquela mulher não deveria ter sido mais castigada, ou pelo menos condenada à solidão? Se mulheres desavergonhadas como aquela podem sair pelo mundo afora e terminar bem, o que haverá de sagrado?

As horas que ela passara sentada aparentemente tiveram o efeito de fazer Emily mancar mais. Nos cantos dos lábios havia marcas amareladas das balas de hortelã, das quais ela não tinha consciência; a moça sorria para ele ao tomar seu braço sob a marquise iluminada. Lá fora, na noite quente, Teddy não sabia como livrar-se dela. Angus Whaley e Harry Lowe haviam saído antes deles, e agora encaravam-no com um esboço de deboche no rosto. Com o rabo do olho, virando-se de repente na outra direção, fazendo Emily repuxar seu braço desajeitadamente, Teddy viu que Angus começava a imitar o passo manco da moça, enquanto Harry ria a bandeiras despregadas. Tentou andar mais devagar, para reduzir a pressão em seu braço. Mariposas aos montes esbarravam na vidraça iluminada da outra sorveteria da cidade, a Blue Hen. "Que tal tomar um... um *ice cream soda* de baunilha com uma bola de creme de noz-pecã?", perguntou ele. Lá dentro, atrás da vitrine em que tabuinhas dispostas como degraus de uma escada anunciavam os sabores disponíveis, os jovens da cidade reuniam-se sob uma nuvem de fumaça de cigarro. Vinham gargalhadas femininas estridentes do grupinho junto ao balcão; Teddy viu Ann Gordy, muito bonita, os cabelos crespos cortados bem curtos, o vestido de melindrosa chegando até os joelhos, os braços nus gesticulando em ângulos agitados, ágeis como relâmpagos.

Teddy fizera aquele convite de modo simpático, com um toque de ironia, já que ele conhecia os gostos da jovem; mas algo em seu tom a fez recusá-lo. "Não, obrigada, Ted, mas meus pais não estão acostumados a me ver sair à noite, e não quero que eles fiquem preocupados. Quem sabe da próxima?"

"Claro", disse ele, aliviado de não ter que entrar, rebocando aquela menina vestida como uma caipira, na sorveteria cheia de jovens animados que só o conheciam como o empregadinho da drogaria. No silêncio da Fishery Way, passando pelas portas de garagens e barris de lixo nos fundos das lojas da Rodney Street, Teddy perguntou-lhe: "O que você achou dela?". Greta Garbo, não Ann Gordy.

"Ela é mesmo muito bonita, mas se você reparar ela tem um andar meio desajeitado, os pés e as mãos são grandes demais, de modo que nunca a mostram de corpo inteiro, só em *close-up* ou então de longe."

"Mas eu queria saber da personagem, não da atriz."

"Ah, gostei dela. Gostei de ver que ela ia atrás do que ela queria. Hoje as mulheres ainda não podem fazer isso, mas é bom pensar que um dia elas vão poder."

"Você pensa muito nas mulheres", observou ele.

"Sendo mulher, tenho que pensar."

"Mas vocês já podem votar. Lá no Oeste, dois estados estão sendo governados por mulheres, e a tal Gertrude Ederle acaba de atravessar a nado o Canal da Mancha. O que mais vocês querem?"

Emily caminhou alguns passos em silêncio, a cabeça subindo e baixando, apertando o braço do rapaz com mais força. "Respeito", respondeu ela. "Queremos respeito e igualdade."

Teddy tinha um pouco de medo da casa dela, com aquela mãe misteriosa lá dentro. A luz da varanda estava acesa; naquela claridade, ele não ousava tentar beijá-la. Sua oportunidade fora no trecho escuro junto à estufa. Mas ele apertou-lhe a mão, e ela, ao agradecer a ida ao cinema, retribuiu o aperto. Afastando-se um pouco, Teddy virou-se para trás e viu, pela parte transparente da vidraça trabalhada e biselada da porta da frente, o rosto de Emily, em perfil, dizer alguma coisa inaudível para uma pessoa que ele não via onde estava. Cuidadosamente, ela retirou um grampo de cada lado do penteado e sacudiu a cabeça, como quem diz: *Bem, terminou.*

Sua família não o estimulava a procurar Emily, e Teddy não se sentia com muito ânimo para lutar. "Não que ela não seja uma moça *direita*, Teddy", disse sua mãe, em seu tom mais acentuado de bondade cristã. "Tenho certeza de que ela é, com seu defeito físico e tudo o mais. Mas a família dela não me parece muito apropriada para um Wilmot, e a mãe eu acho mesmo muito *estranha*." Teddy deu-se conta do quanto seu pai deveria sentir-se só; sua mãe só se importava com o que os outros pensavam.

"Não quero discutir não, mamãe; mas qual é o tipo de gente apropriada para os Wilmot? O pobre do Pete Pulsifer, morando no sobrado da loja de ferragens do Krauthammer enquanto a mulher dele emperra o divórcio e vive dizendo para todo mundo que ele é um cafajeste? Ou a mulherzinha do Jared, toda metida a besta, como se o nome de solteira dela não fosse McMullen e o pai não tivesse ficado rico explorando botequins irlandeses e o tráfico de bebida?"

Os olhos negros de Stella brilharam um pouco mais, porém esse tipo de desafio não abalava uma mulher que fora criada por batistas do Missouri. "Era o *pai* do senhor McMullen que era dono do botequim da Ninth Avenue", explicou ela. "O pai da Lucille aluga imóveis e tem uma companhia de investimentos com clientes muito ricos; ele é muito bom para o seu irmão. Não há nada de ideal neste mundo, Teddy, e não se deve fazer pouco das pessoas só por causa das origens delas."

"Mas a senhora não acabou de dizer..."

"Neste país, o importante é *para onde* as pessoas estão indo. Nunca ouvi seu pai falar mal de ninguém de outra raça ou religião, nem mesmo no tempo em que o padre McNulty, lá da Igreja de São João, começou a agir como se fosse o prefeito de Paterson. Na minha opinião, você está é constrangido de estar saindo com esta moça aleijada, e é por isso que está tão irritadiço."

"Ora", murmurou ele, querendo mudar de assunto, "levar uma moça ao cinema uma vez não é exatamente 'estar saindo' com ela. Nem eu nem ela temos amigos."

"Você não deve sair com uma moça por uma questão de caridade", ensinou-lhe a mãe. "Ela acaba ficando confusa. Você pode achar que está só fazendo uma boa ação, mas é claro que ela vai ficar pensando que você tem intenções."

"Mas quais *são* as suas intenções?", perguntou-lhe sua irmã, Esther, em particular, numa de suas raras visitas à família.

"E por que é que a gente tem que ter intenções? Acho a companhia dela agradável. Ela tem mais idéias do que você imagina. Ela acha que as mulheres têm que saber cuidar de si próprias, e achou que você agiu muito bem em se lixar para todo mundo quando fez o Pulsifer largar a mulher."

Aquilo era forte demais, até mesmo para Esther. "Eu não fiz ninguém largar ninguém, meu chapa. Os dois já andavam às turras havia muito tempo. Não dormiam na mesma cama desde o armistício. Ela dizia que achava aquilo uma porcaria, a menos que estivessem pretendendo ter filhos."

Teddy não sabia se devia estar ouvindo aquilo. Ficou constrangido, e um tanto confuso. "Bem, você sabe o que eu quero dizer."

"É claro que eu sei que é isso que dizem por aí nesta cidadezinha mesquinha. Eu só não gosto é de ouvir isso do meu próprio irmão. Seja como for, para seu governo — e cá entre nós — ela está criando tanto problema para conceder o divórcio que nem sei mais se ele vai agüentar. Ela está usando os filhos contra ele, e o dinheiro. Ela atazana o coitado de todas as maneiras e, se conseguir levar a coisa aos tribunais, vai ser difícil para ele voltar a praticar advocacia em Basingstoke. Pois eu estou me lixando. Homem é o que não falta no mundo. Tenho saído com uns homens muito simpáticos lá em Nova York." Vendo que havia chocado o irmão, Esther enfiou a mão na bolsa dourada e perguntou: "Quer um Chesterfield?".

"Não, obrigado."

"O que foi? A religião da Emily não permite?"

Teddy enrubesceu. "Ela não gosta quando eu cheiro a cigarro."

"Ah, meu Deus. Quer dizer que um já está cheirando o outro, é?"

Por mais que ele demorasse a convidá-la a sair outra vez, Emily sempre aceitava o convite com tranqüilidade, sem nenhuma queixa. Teddy era seu único pretendente: esse fato era confortador e, ao mesmo tempo, assustador. Agora ela vinha menos à drogaria do que no verão; o inverno era a época das danças e do Natal, quando a estufa ficou cheia de poinsétias, buquês, rosas de caules longos. O calor tropical, o madeiramento todo branco faziam de lá um lugar especial na cidade, e Emily estava começando a ser conhecida como a moça da estufa. Quando iam ao cinema, as pessoas a cumprimentavam, apesar de seu passo manco. Depois dos filmes, no auge do inverno, caminhavam para casa apressadamente, as bochechas ardendo de frio, e ela o convidava a entrar; no salão da frente, oferecia-lhe uma xícara de Ovomaltine com biscoitos Cameo. Sentados no antiquado sofá escarlate de veludo brocado, iluminados pelo lampião da rua, que projetava no soalho uma pálida cópia deformada da renda das cortinas, os dois iam se explorando mutuamente, a partir daquele gesto inicial, em que ele pousara os dedos sobre a pele sedosa da mão dela, na noite em que foram ver *A tentadora*. O rádio que havia no canto da sala — um Silvertone de mogno, comprado pelo reembolso postal da Sears Roebuck — era ligado para abafar quaisquer suspiros e ruídos de atrito que eles por acaso produzissem. Em algum lugar, Manhattan ou Chicago, uma banda de hotel tocava "In a little Spanish town", ou "When the red, red robin comes bob, bob, bobbin' along", ou "Someone to watch over me". Para todos os efeitos, eles estavam jogando cartas com um baralho especial, só com números, pois os tradicionais reis e damas e valetes eram considerados pecaminosos pelos metodistas. Na maioria das vezes, o pai de Emily, com calças cinzentas amarrotadas, uma camisa de trabalho e suspensórios, levantava os olhos do jornal para cumprimentar Teddy; em seguida, após alguns poucos comentários constrangidos, recolhia-se à cozinha, e por fim ao andar de cima, onde ficava a conversar com a mulher; então ouvia-se o rangido do soalho quando eles se deitavam. Teddy chegou a ver a mãe algumas vezes — uma mulher baixa, tão baixa que Emily até parecia alta a seu lado, o que era uma impressão agradável. A senhora Sifford tinha um rosto tenso, com o maxilar quadrado, e uma tez cor de casca de avelã; os cabelos eram escuros e sem brilho, como carvão; ela evitava o olhar de Teddy, mas fora isso não havia nada de estranho nela, a não ser o gesto nervoso de levar a mão constantemente à boca, que parecia não conter muitos dentes, para escondê-la. Era possível, portanto, que sua timidez decorresse de problemas dentários.

Sentada no sofá, depois que os outros habitantes da casa — entre os quais se incluíam dois *beagles* e uma gata malhada que estava sempre tendo filhotes — se instalavam em seus lugares, Emily, para surpresa de Teddy, sabia muito bem o que fazer. Onde teria ela aprendido aquilo? Tranqüila, silenciosa, com uma expressão tímida e sorridente no rosto, a jovem o estimulava a avançar mais e mais, como que a mergulhar cada vez mais fundo numa grande flor branca, quente e úmida, da qual seus dois corpos, lado a lado no sofá, fossem pétalas. A flor se abria muito devagar, enquanto ela emitia leves suspiros e murmúrios, e os passos de seus pais no quarto faziam o teto da sala ranger. Emily gostava de beijar ainda mais do que ele; depois de algum tempo, Teddy sentia necessidade de respirar. O rosto da moça ficava vermelho, como se a pele estivesse irritada, e seu olhar parecia perdido; ela tocava nos dois lados do rosto do rapaz, maravilhada, após um beijo mais prolongado, afastando-se um pouco para que ele visse os brancos dos olhos reluzentes em torno das íris em vários tons de azul. Começou a abrir a boca na hora do beijo, como Greta Garbo fazia com John Gilbert em *A carne e o diabo*. Uma vez ela não afastou a mão de Teddy quanto ele a pousou em seu seio, porém deixou-o testar sua consistência, seu volume surpreendente sob as camadas espessas de pano — blusa, combinação, sutiã. Assim, as carícias nos seios foram acrescentadas ao repertório de coisas que eles faziam juntos — beijar, abraçar, segurar o rosto. Uma noite, bem depois — passavam-se semanas até que o desejo que Teddy sentia por ela chegasse ao ponto de lhe inspirar coragem para enfrentar a reprovação da família —

ela permitiu, depois que os passos de seus pais no andar de cima silenciaram, que ele lhe desabotoasse a blusa branca cheia de babados, baixasse as alças do sutiã e soltasse os ganchos que o prendiam atrás, todos os três; nem mesmo toda essa manipulação desajeitada e sorrateira diminuiu a maravilha simples daqueles seios nus, a amplidão radiante de um torso de mulher jamais tocado pelo sol, as delicadas veias azuladas na pele finíssima e sensível, as mamilas pequenas, redondas, rosadas, que ela o deixava chupar, desde que não o fizesse com muita força. Eram como focinhos de filhotes de gato. A pele reluzia, coberta com a saliva do rapaz, e orvalhada de excitação; o rosto dela ficava róseo; os fundos dos dois lados do pescoço umedeciam-se, e neles grudavam-se fios emaranhados de cabelos. Então ela o tocava, de início muito timidamente, depois com mais confiança e curiosidade, na braguilha intumescida, onde se concentrava seu prazer, prestes a explodir. As mãos de Emily nada tinham de hesitantes quando exploravam esses volumosos mistérios carnais; a moça parecia atenta, com gestos naturais, como se soubesse que suas oportunidades de amar seriam raras, e que ela não podia desperdiçá-las com coquetismos falsos. Porém não o deixava tocar abaixo da cintura, e sempre que, no meio da excitação mútua, o joelho ou a canela de Teddy encostava nos metais duros de seu aparelho, ela enrijecia e esfriava.

"Desculpe", murmurava ele.

"Não, sou *eu* que peço desculpas, Teddy. Você sabe que eu queria dar tudo a você. Mas não posso. Ainda não. Não do jeito que as coisas estão."

Teddy sabia o que Emily queria dizer: ele, relutante, ainda não pronto para se casar; ela, uma noiva inadequada, coxa, uma estranha para os Wilmot. Teddy esforçava-se em direção a ela, mas era como sua ereção por trás da braguilha, que ela acariciava e apertava, até fazê-lo gozar, mas sem jamais ver. Teddy sentia-se preso, contido, pelo medo de ir longe demais, tal como seu pai, ir além dos limites que a sociedade havia determinado, para a proteção de todos. Voltava para casa sentindo-se culpado, esvaziado, quase em paz, passando sorrateiro pelas cercas, deixando pegadas na neve recém-caída; o brilho dos lampiões na neve era como vento sobre a água, e as poucas janelas iluminadas da vizinhança projetavam leques dourados nos quintais imaculadamente brancos. A janela do quarto de sua mãe estava sempre acesa quando ele se aproximava da casa. Quando batia os pés na varanda, para tirar a neve dos sapatos, tinha a impressão de golpear um grande vazio que amplificava o som.

Em março de 1927, Clara Bow fez sucesso como a indomável Betty Lou, a vendedora que encanta seu patrão, interpretado por Antonio Moreno, ex-galã de Greta Garbo, na adaptação cinematográfica de *O não-sei-quê das mulheres*, de Elinor Glyn; em abril, Mae West foi julgada culpada de indecência por um tribunal municipal nova-iorquino, por causa de suas bem-humoradas improvisações num espetáculo da Broadway, escrito e estrelado por ela, cujo título era simplesmente *Sexo*. No início desse mesmo mês de abril, Jared, que não havia podido visitar a família no Natal — ele, Lucille, os pais e o irmãozinho dela tinham ido de trem até a Flórida, onde se estavam fazendo fortunas no ramo imobiliário —, foi a Basingstoke com sua esposa *mignon*, que havia parado de oxigenar os cabelos negros de irlandesa. Lucille estava grávida de quatro meses, porém continuava usando as roupas masculinizadas da moda — tubinhos sem ancas, sem busto, que deixavam os joelhos à mostra, com um cinto largo e frouxo, um traje que fazia as mulheres parecerem pistoleiros esguios. Ela tentou distrair-se fazendo compras, mas após uma manhã caminhando na Rodney Street foi obrigada a reconhecer que não entendia como as pessoas sobreviviam naquela cidade onde não havia absolutamente nada para se comprar. "Vocês todos devem estar *ricos*! Aqui não tem onde gastar dinheiro!" A boca de Lucille era um pequeno botão de rosa — quase roxo, de tão escuro que era o tom de vermelho do batom — e ela usava dois pega-rapazes que apontavam direto para os malares, enfatizados por ruge. Os cabelos formavam um capacete negro e reluzente, e se Teddy não soubesse que seu nome de solteira era McMullen teria acreditado que era francesa, ou cem por cento espanhola, desde que ela não abrisse a boca. Não tinha mais nada a ver com aquela menina irlandesa pálida e sardenta que ajudava nas atividades domésticas quando ele era menino. Teddy gostava dela. De tão entediada, embora só tivesse vindo para passar o fim de semana, Lucille vivia pedindo-lhe que jogasse buraco com ela, ou então chinquilho no quintal. Quando Jared levou todos à praia de Woodland, em seu enorme Stutz conversível marrom, o maiô de Lucille era de longe o mais decotado atrás. A água estava gelada demais, mas atrás das dunas, onde o vento não chegava, estava quente. Lucille preocupava-se com a barriga, dizendo que estava começando a aparecer, e mais de uma vez perguntou a Ted o que ele achava. Com uma seriedade cômica, ele examinou o perfil do ventre da moça, ali no vale entre as dunas, enquanto ela posava. Havia agora algo em Teddy que demonstrava ser ele capaz de discutir assuntos femininos tão delicados. Por fim, sua mãe exclamou: "Lucille, deixe o menino em paz — ele já anda pensando demais em garotas!".

Na segunda noite, Jared levou-o até a varanda para conversar, enquanto as mulheres terminavam de lavar os pratos e ouviam um quarteto de cordas no rádio, seguido pelo barítono Emlyn R. Edwards, num programa da WOR, uma estação de Newark. O tom grave de Jared (que também era barítono) fez com que Teddy adivinhasse que aquela conversa fora encomendada por sua mãe; talvez até constituísse o objetivo da visita. "Ted", disse ele, oferecendo ao irmão um charuto La Palma para acompanhar o seu, que já estava aceso, "lembra o que eu lhe falei sobre as mulheres?" Virou o rosto, para que seu ouvido bom ficasse mais próximo do irmão.

"A mulher desfaz o homem, e o dinheiro faz."

"Eu disse isso mesmo, com todas as letras? Então eu já sabia tudo, mesmo quando ainda era garoto. Ted, meu caro, sua mãe não está gostando de saber que você está saindo com essa moça. Diz que a mãe dela é pancada, e que a garota é manca."

Jared falava como se não tivesse um braço inutilizado, que o obrigava a usar a mão esquerda quando tinha que apertar a mão de alguém. "Ninguém é perfeito", foi a resposta simples de Teddy. "Até que não saio com ela tanto assim. Só de vez em quando, de brincadeira."

"Com quem mais você sai?"

"Ninguém."

"Pois bem, essa brincadeira está ficando muito séria. Ela deve estar achando que você já está no papo. Você não está fazendo nenhum favor a ela — a questão não é nem o que a sua mãe quer."

"Mas o que é que ela quer?", exclamou Teddy, dando vazão a meses de frustração acumulada. "Eu tenho que sair com *alguém*, não posso passar a vida inteira em casa ou então preparando *banana-split* lá na drogaria."

"É justamente aí que eu queria chegar. Que tal trabalhar para mim?"

"Você?"

"Eu mesmo. Venha para Nova York também e vire gente. Eu e o pai da Lucille já temos um lugar preparado para você."

"E o que é que eu ia fazer? Ninguém sabe direito o que *você* faz."

"Às vezes nem eu mesmo sei. Eu sou supervisor da cobrança de aluguéis de propriedades, sendo que de algumas delas eu sou co-proprietário. Mas de uns anos para cá o mais importante é a parte de investimentos. Eu invisto dinheiro meu e dos outros — o Jimmy tem contatos com gente que tem tanto dinheiro que nem sabe o que fazer com ele. Ultimamente os preços das ações estão disparando, como você deve estar sabendo se costuma ler os jornais. Até um retardado consegue ganhar dinheiro em Wall Street hoje em dia, pode crer. Venha comigo que eu lhe ensino tudo. Você começa ganhando trinta por semana, e dentro de um ano já vai estar ganhando o dobro."

Teddy tragou mais fundo, tentando segurar a fumaça na boca tal como fazia Jared, soltando-a devagar, quase sem expirar, e disse: "Até um retardado. Até eu, não é?".

"Deixe disso. Você sabe o que eu quero dizer. A terra da oportunidade — é isso que os Estados Unidos representam. E lá naquela cidade tem tudo. *Shows*, boates onde você vai ver coisas que nem vai acreditar, garotas — se bem que nessa área eu não estou mais atuando, agora que estou com a Lucille e ela está grávida, como você viu hoje. Já reparei que você e a Lucille se dão bem — isso é ótimo. Ela é uma nova-iorquina autêntica. Se você gosta dela, vai gostar da cidade. Este vilarejo aqui talvez fosse mesmo o que você estava precisando seis anos atrás, quando o velho morreu; mas isto aqui é um fim de mundo, só tem criação de galinha e fábrica de chapinha. Você não vai querer ficar enfiado aqui o resto da vida, meu Deus — você é um Wilmot. Você quer mais do que isso. Essa tal moça... como é mesmo o nome dela?"

"Emily. Emily Jeanette Sifford."

"Ela vai ser um peso morto para você, vai prender você aqui neste cu-de-judas. É isso que assusta a sua mãe."

"A mamãe quer que eu vá embora de Basingstoke? Não é o que parece."

"Quer, sim. Todo o instinto materno dela quer isso. Ela quer que você saia daqui e seja alguém na vida, que nem eu estou fazendo, que nem a Esther estaria fazendo se não fosse mulher. O problema da Esther é que ela é mais inteligente que nós dois — ela sabe, e isso a enlouquece."

Um mal-estar crescia dentro de Teddy. A balaustrada da varanda parecia balançar-se, como a amurada de um navio que ele vira no cinema. Uma luz doentia, amarelada, vinha da única lâmpada da varanda, atenuada pelo globo de vidro cheio de moscas mortas e manchado por mariposas que haviam se esborrachado contra ele. Havia algo de errado em suas entranhas, como se um tapete estivesse sendo lentamente puxado sob seus pés. De repente sua boca encheu-se de uma saliva desagradável. A ponta do charuto desmanchava-se entre seus lábios, e o grito das pererecas, vindo do laguinho que Horace Pruitt fizera no quintal e que agora estava se enchendo de lama, parecia vir cambaleando, em ondas. Fechou os olhos e pensou em Emily, ele e ela sentados no sofá vermelho, mas essa imagem não o aliviou; sentia-se afundando numa fraqueza em que até falar era um esforço. "Não sei", conseguiu dizer. "Detesto ser dependente..."

"Você não seria dependente", retrucou Jared, num tom enérgico que desequilibrou Teddy mais ainda, em seu estado sensível. "Todo mundo é dependente. Todo mundo faz favores, ainda mais para um irmão. Você seria importante para nós, falando sério — você não estudou contabilidade?"

"Já esqueci quase tudo. O que não esqueci era só bom senso." Havia localizado a fonte do mal-estar: o charuto. Aquela fumaça azulada arranhava-lhe o rosto, que começara a suar.

A brasa do charuto de Jared descrevia círculos estonteantes no meio de uma nuvem de fumaça, no meio da qual Teddy com dificuldade conseguia discernir o rosto do irmão, com sua boca larga que falava com uma facilidade excessiva, os cabelos ruços tão espessos que tendiam a ficar em pé, os olhos astutos e oblíquos de pálpebras pesadas, semicerrados, como olhos de gângster. "É, eu sei que pode demorar para você encontrar seu lugar. Nossa empresa atua em várias áreas. Claro que você vai querer ficar onde for mais vantajoso para você; vai ter que saber jogar o jogo. Vamos ter que encontrar um lugar para você morar. Tem uns lugares bons e não muito caros em Murray Hill. Você e a Esther podiam morar juntos. Cá entre nós" — Jared aproximou-se e baixou o tom de voz, e toda a varanda parecia oscilar, impelida por esse movimento súbito, com o qual seu corpo semiergueu-se da cadeira de balanço e o braço inútil pôs-se a balançar — "a convivência com ela está começando a dar nos nervos da Lucy. Agora que está grávida, ela perde as estribeiras com facilidade. Você e a Esther podiam morar juntos até o tal do Pulsifer resolver se casar com ela, se é que ele vai mesmo fazer isso. Ela pode mostrar a cidade a você, e quando você não precisar da companhia dela, não tenha dúvida que a Esther não vai estar lá — entendeu?"

Teddy não entendeu muito bem, e sentia-se mal demais para fazer o esforço de entender. Tinha consciência de que o dia em que, após a morte do pai, pedira insistentemente a Esther para ficar com ele estava num passado distante, enterrado, coberto por uma camada de palha, como uma muda na estufa. Jogou o charuto longe e tentou encontrar algum lugar no madeiramento — as tábuas do soalho da varanda, os balaústres feitos no torno, as mãos-francesas ornamentais de madeira trabalhada, em forma de losango e coração — onde seus olhos pudessem fixar-se para que seu estômago se acalmasse. Como sempre, Jared o estava levando mais longe do que ele queria ir na estrada da vida. Teddy olhou para as palmas das próprias mãos, àquela luz amarelada; estavam úmidas e manchadas, como se contivessem uma mensagem tão apagada que já não podia mais ser lida. "Acho que esse charuto está me enjoando", confessou a Jared.

"É o que acontece quando você traga demais. Charuto é mais para a gente ficar com ele na boca e provar um pouquinho de vez em quando. É igual a conhaque: se engolir muito, é fatal."

"Jared..."

"O quê, Ted?"

"Obrigado. Muita generosidade sua me convidar, mesmo se foi a mamãe que pediu."

"Ah, não, não me venha com essa. O interesse é todo meu. Você tem muito a nos oferecer; é só a gente arranjar o lugar certo para você. Você não é como eu — eu esquento a cabeça por pouca coisa, e falo demais. Meu problema é que, se me vem uma idéia à cabeça, eu tenho que falar na mesma hora. Não consigo me segurar, como você faz."

Teddy arrotou e engoliu, sentindo que suas entranhas estavam tentando subir pela garganta. Forçou-as a descer. "No momento, não consigo pensar sobre isso. Não consigo pensar sobre nada." A imagem de uma *banana-split*, com cobertura de chocolate espalhada sobre três sabores de sorvete e fatias compridas de banana, surgiu na sua mente, indesejada. Teddy disse: "Acho que vou dar uma volta pelo quintal. Me deu vontade de ver a lua". A lua branca, quase cheia, parecia um seio nu.

"Vá lá", disse Jared, soprando uma baforada de fumaça e jogando o corpo para trás num movimento brusco, tão brusco que a palhinha da cadeira de balanço estalou alto. "Ar fresco não faz mal a ninguém. Olhe, eu e a Lucille vamos embora amanhã cedo, para fugir do trânsito; temos um almoço em Long Island. Oyster Bay. Mas pense nisso. Depois você me fala. Eu gostaria muito que você trabalhasse com a gente. Eu e você e a Esther juntos — vai ser como nos velhos tempos, na Straight Street."

Mas, pelo tom desanimado e apressado que Jared disse essas palavras, Teddy percebeu que seu irmão havia concluído que a oferta fora rejeitada e estava aliviado. Mesmo assim, ele continuava batendo na tecla da unidade familiar, à sua maneira: "Venha conhecer a grande metrópole. Você precisa conhecer gente diferente. Essa história de mulher... Você conhece a piada? Por que comprar uma vaca se o leite anda tão barato?".

Teddy não conseguiu nem sorrir. Temia que, se se levantasse da cadeira para sair da varanda, esse pequeno teste de equilíbrio faria tudo se derramar. Era como um daqueles tabuleiros quadrados que se enchiam d'água debaixo do gelo do balcão de soda: a água começava a transbordar quando enchia demais. Como é que os homens conseguiam envenenar-se daquele jeito diariamente? Implorou: "Não vamos mais falar nisso. Meu instinto me diz que Nova York é rica demais para mim".

"Não existe essa coisa de rico *demais*, garoto. Hoje em dia a filosofia é esta: se o tráfego agüenta, está bom. Vamos ver como é que você vai ver a coisa amanhã, porque hoje você está com a cara verde, falando sério. Converse com as pessoas mais próximas."

"Com a Emily?"

"De jeito nenhum, rapaz! A última coisa que ela vai querer é ver você escapar das garras dela." Seu irmão debruçou-se para a frente na cadeira de balanço e, sem perceber o que havia de patético naquele gesto, impediu que o braço inerte balançasse para a frente segurando-o com a mão esquerda. "Você sabe o que o *meu* instinto me diz? Que este ano vai ser maravilhoso para Wall Street e para o Babe Ruth. Acho que ele vai emplacar sessenta *home runs*, se o Gehrig não fizer isso antes dele."

Quando contou a sua mãe a proposta que Jared lhe fizera, Teddy teve a impressão de que ela ficou constrangida, embora suspeitasse de que a idéia tivesse partido dela. "Ah, não sei, amorzinho, não sei o que é melhor para você — pena que seu pai não esteja aqui para nos aconselhar! Mas todo mundo que conheceu seu pai com quem eu converso acha que ele gostaria que você fosse conhecer o mundo agora, antes que seja tarde demais e você acabe amarrado aqui em Basingstoke."

"Qual o problema? A senhora e a tia Esther..."

"Ah, sim, mas nós somos mulheres, e não temos grandes possibilidades, e só temos um pingo de dinheiro. Além do mais, sua tia não está nada bem de saúde, e eu..."

"O quê, mãe?", exclamou Teddy, subitamente assustado.

"Bem, eu não sou mais nenhuma mocinha", concluiu, como se disfarçasse uma dor secreta.

"A senhora anda sentindo alguma coisa?" O verme do pânico corroeu-lhe as entranhas, diante da idéia de ver sua mãe morrer tal como acontecera com o pai.

"Não, meu amor. Mas estou começando a sentir o peso dos meus cinqüenta e nove anos." Ela ia completar sessenta em maio. Quando Teddy nasceu, sua mãe já era velha, tinha trinta e seis anos. Ele não conseguia imaginar, aos trinta e cinco anos de idade, seu pai e sua mãe... "Eu rezo por você, Teddy!", disse ela abruptamente. "Ah, como me esforço para ouvir a resposta! Você sempre foi o filho com quem seu pai se preocupava mais. Você parecia ter medo do mundo."

"É, mas eu me lembro da cara com que ele chegava em casa depois de tentar..."

"Ah, a gente não deve procurar desculpas para não *viver*. Esse é o pior pecado de todos: voltar as costas para as oportunidades que o Céu nos manda."

Teddy ficava arrepiado quando ouvia sua mãe falar sobre rezas e pecados. "Está bem, mas quem foi que disse que Nova York é lugar para se viver? Lá vive todo mundo amontoado, mãe, um querendo passar a perna no outro." No entanto, quando estava com Emily, depois que não se ouviam mais os passos de seus pais no andar de cima, o rádio no canto da sala murmurava sua música que vinha de Nova York, do salão de bailes do Waldorf-Astoria ou outro lugar qualquer, e o aglomerado de válvulas compridas no fundo do móvel lhe parecia formar uma cidade mágica em miniatura, onde os filamentos brilhavam como cobras de fogo. Nova York, para ele, era isso: uma música de dança, suave, insinuante.

"É uma das maravilhas do mundo", sua mãe lhe disse. "É a maravilha do nosso *Novo* Mundo." O sotaque sulista, cantado e arrastado, ficou mais forte. "Eu e sua tia vamos ficar *muito* sozinhas, mas acho que se o Jared fez uma oferta *tão* generosa, lhe ofereceu uma oportunidade *tão* boa, seria um *erro* você não aceitar." Vendo que o filho ainda hesitava, disse uma coisa que ele nunca mais pôde lhe perdoar de todo. "Se é por causa da tal da Emily que você não quer, não se preocupe, que ela vai continuar aqui. Pode ter certeza de que ninguém vai querer tirá-la de você." Disse isso falando depressa, num tom quase sarcástico — o sarcasmo com que as mulheres vêem as outras em segredo.

Porém sua mãe lhe pedira tão pouco em toda sua vida que era difícil dizer não agora. Assim, Teddy foi para Nova York morar com Jared e trabalhar para os McMullen. Seth Addison, mais careca e mais magro com o passar dos anos, debruçado sobre suas poções, lamentou o afastamento de Teddy, mas ao mesmo tempo confessou que nunca imaginou que ele permanecesse tantos anos naquele emprego. Emily recebeu a notícia sem se abalar, e aceitou as promessas de Teddy, vendo nelas uma sinceridade maior do que ele próprio via. Porém não deixou que ele desabotoasse sua blusa na última noite em que se encontraram no sofá de veludo brocado. Apenas uma certa aspereza na voz dela, como se estivesse resfriada, e uma lágrima travada no canto do olho, como um segundo cristalino, traíam a sensação de que fora abandonada, uma sensação que ela não confessou, temendo tornar a separação ainda mais definitiva se o fizesse.

Devidamente liberado, Teddy tentou aproveitar Nova York naquela primavera, e durante alguns momentos conseguia não sentir a pontada de medo no fundo do estômago: a música que emergia da orquestra levantava cada vez mais alto as pernas das coristas, vestidas praticamente só de penas cor-de-rosa e chapéus brancos cheios de lantejoulas; e do segundo andar dos ônibus tinha a sensação de que jorrava espaço do alto daquelas montanhas e rochedos artificiais. Havia um certo esplendor que desafiava a morte, calcado em bases puramente humanas, naquele amontoado incansável de corpos e aspirações. Teddy deslumbrava-se com as multidões que percorriam aqueles desfiladeiros ao entardecer, quando o céu permanecia azul e luzes cor de trigo acendiam-se aqui e ali nas janelas cada vez menores, à medida que se aproximavam do topo dos prédios. Mulheres esguias com rostos pálidos emoldurados por chapéus *cloche*, trajando casacos com guarnição de raposa e visom, caminhavam pelas ruas, as avenidas largas de norte a sul e as ruas mais íntimas de leste a oeste, como um exército preparado para enfrentar grandes paixões, só que nenhuma delas pertencia a ele, um pedestre atarracado, aturdido, que não merecia maiores atenções. Naquele cadinho de identidades, sentia-se ameaçado, mais frágil do que jamais se sentira, mais mesmo do que nos últimos anos em Paterson, quando testemunhava a agonia de seu pai. As grandes mansões com cercas de ferro nas Fifth, Madison e Park Avenues eram tão fechadas para ele como as pirâmides, embora o tráfego de limusines indicasse que havia seres vivos dentro daquelas imensas estruturas de arenito, enquanto táxis e imigrantes disputavam espaço. Houve uma nevada no final de abril, e Teddy viu a cidade silenciada sob um véu de encantamento; mas horas depois a neve já estava suja e derretida, formando com a imundície das ruas — fuligem, pedaços de papel, pontas de cigarro — novos desenhos caprichosos em torno das sarjetas entupidas.

A vida que Jared, Lucille e Esther levavam lhe parecia movida a fumo e bebida falsificada, ao ritmo frenético de uma música tomada emprestada aos negros — o *jazz*. Teddy ia com eles, os três e mais um sócio de Jared, um sujeito com cara de enrolão, que atuava como acompanhante de Edith, aos *speakeasies* e boates e festas em Greenwich Village onde todos supostamente se divertiam, e fumava e bebia junto com eles, até chegar ao ponto em que a música negra incessante lhe parecia sua, definindo, com seus clarinetes e cornetas e baterias e pianos furiosos, uma forma interior de bem-aventurança e realização a que ele fora destinado desde o berço. A barriga de Lucille agora estava claramente visível, fazendo com que ela, sempre falando sem parar, os olhos arregalados, se tornasse uma figura um pouco cômica, como se estivesse se esforçando para ser ouvida apesar de uma presença que se grudara a ela, e da qual ela não tinha muita consciência. Havia agora uma elegância ousada em sua silhueta, que fazia a barra da saia elevar-se um pouco mais à frente, até os joelhos; e às vezes, sem querer, ela apoiava a mão do cigarro naquele bojo. Lucille era toda ângulos, com seus cabelos negros em forma de capacete justo. Teddy imaginava que ela se comportaria de modo mais comedido numa festa que seus pais deram em sua cobertura na East Fifty-second Street, porém Lucille foi a pessoa mais barulhenta, ousada e animada da noite, enquanto os pais — ele de *smoking*, com uma camisa e uma cara igualmente vermelhas; ela com um vestido de lamê sem mangas que deixava à vista as dobras de carne flácida acima dos cotovelos — contemplavam orgulhosos o produto americano de luxo que haviam gerado, aquela melindrosa perfeita com um colar de pérolas falsas de várias voltas, a balançar-se sem parar. Nessas festas, Jared e Esther sofriam uma transformação elétrica; corriam de um grupinho para outro, reconheciam rostos em todos os lados, e exibiam, com rostos corados e vozes forçadas, uma histeria de felicidade e afeto indiscriminado. Às vezes conseguiam contaminar Teddy com essa euforia, mas sempre que isso acontecia ele acordava no dia seguinte sentindo que a pequena ferida de medo em seu estômago havia aumentado. A boca seca por causa do excesso de bebida da véspera, os olhos lacrimejantes com a fumaça, sentia-se, no quarto dos fundos parcamente mobiliado que Jared e Lucille lhe haviam destinado, um prisioneiro, condenado por conta de algum crime de que não se lembrava, mas cuja existência ele não punha em dúvida. Dez andares abaixo de suas janelas sem cortinas, o tráfego da cidade já recomeçara a rugir e gritar — na verdade, não havia parado; o cansaço e a bebedeira, seis horas antes, apenas tiveram o efeito de abafar o ruído da metrópole, tão incessante como as ondas do mar. Os compromissos do dia se estendiam a sua frente, opacos e vazios como o céu sem nuvens que pairava, ignorado, acima dos arranha-céus da cidade, encimados por gárgulas douradas e caixas-d'água de madeira que tinham um certo ar rural.

A Teddy coubera o trabalho com o qual Jared começara a servir ao império dos McMullen: o de cobrador de aluguéis. Com seu livro de registros encadernado em couro e seu bloco de recibos, o rapaz aventurava-se em regiões distantes do *glamour* e da azáfama das avenidas centrais de Manhattan, em fileiras de prédios baixos de tijolos na Ninth e Tenth Streets, bairros barulhentos de italianos e eslavos ao sul da Washington Square, no East Side, onde as avenidas eram designadas por letras do alfabeto ou então se dissolviam numa massa confusa de ruas tortas com nomes prosaicos como Henry, Hester, Water e Broome. Atravessava o East River, mais comumente pelo claustrofóbico túnel do metrô do que pelas pontes elevadas que eram visíveis das bordas de Manhattan, e ia ao Brooklyn e a Queens, onde havia aluguéis a arrancar de gavetas emperrentas em quartos dos fundos de moradores empoleirados em seus apartamentos como pombos num parapeito. Teddy, saudoso da natureza com que convivera em Basingstoke, de seu quarto na Fifth Avenue, examinava os pombos a remexer-se inquietos em cima de seu próprio esterco já seco, emitindo um gargolejar confuso com suas gargantas cinzentas, esvoaçando com asas imundas e atabalhoadas quando ele tamborilava na vidraça.

Os inquilinos eram trabalhadores, gente que vivia apertada; muitos eram imigrantes que ainda guardavam lembranças recentes do centro de triagem de Ellis Island, onde os portões escancarados haviam finalmente se fechado havia seis anos, com a aprovação da Lei Emergencial de Quotas. Ouviam-se vozes conversando em línguas ininteligíveis vindas de cômodos invisíveis, junto com o cheiro de batatas, nabos, cebolas e pedaços de carneiro cozinhando. Quem vinha atender à porta era o mais das vezes uma mulher, com uma criança magra agarrada à barra da saia, meio escondida, e uma explicação quase incompreensível:

agora não podia pagar, só semana que vem, ela jurava por Deus, o homem dela estava doente e sem trabalhar, estava melhorando, amanhã já ia, ela jurava por Deus. Teddy lembrava-se de Paterson, mas lá a população poliglota parecia mais saudável, mais esperançosa; naquele tempo a América era mais promissora, e as ruas da Cidade da Seda, com seus pequenos quintais onde havia um pé de brinco-de-princesa ou uma imagem da Virgem de gesso com manto azul, pareciam mais habitáveis do que aqueles becos amontoados, fedorentos, mal iluminados. Naquele tempo, também ele fizera parte da população, um colegial preocupado com as minúcias da competição, das expectativas, das conspirações e hierarquias infantis, imerso no calor da luta, absorto demais para julgar ou apiedar-se; mas agora ele vinha de fora, e de cima, como representante do poder e da propriedade; vinha impor e vingar, em nome do sistema que oprimia os humildes por meio das mesmas férreas leis que geravam lucros para os afortunados e fortes. Teddy pensava em seu pai, tentando sem sucesso vender uma enciclopédia que poucos poderiam entender e pouquíssimos tinham dinheiro para comprar; já ele próprio, embora muitas vezes também voltasse de mãos vazias, representava as sanções básicas do capitalismo, seguindo a ordem dos endereços anotados em seu caderno. Teddy gostava de encontrar os endereços, de ir extraindo, dia a dia, do pântano humano da cidade, uma mapa mental preciso e cada vez maior. Contudo suas cobranças não eram firmes e implacáveis, e Jared inspecionava seu relatório semanal com uma impaciência que cada vez escondia menos. Quando Teddy tentava parafrasear a desculpa deste ou aquele inquilino inadimplente, o irmão o interrompia: "Todo mundo tem uma história triste para contar. Eu tenho, você tem. Aqui nós estamos lidando com números. A McMullen Investimentos nos paga para que a gente faça esses números todos baterem. O Jimmy tem gastos também, não esqueça — impostos, hipotecas, manutenção. Os bancos não estão interessados nas histórias tristes dele. Eles querem acertar os números *deles* e, para isso, nós temos que acertar os *nossos*. Nós somos fornecedores e aqueles judeus e cucarachas de que você tem tanta pena são os consumidores. Eles estão consumindo o que é *nosso*. Eles estão nos roubando, e sabem disso. Você está lidando com vigaristas, não se esqueça. Sem nós, meu caro, eles não vão ter um telhado para proteger-se da chuva, calefação com água quente, vidro nas janelas. Na América não se dá nada de mão beijada — você não aprendeu isso lá em Paterson? Quer dizer que para eles é difícil pagar o aluguel? Problema deles. Eles que se estiquem ao máximo para conseguir pagar. O Jimmy também está esticado, e eu com ele. A gente pega dinheiro emprestado no banco e compra com a menor margem permitida — cada dólar tem que valer por três, porque é assim que a concorrência faz. Mas será que eu já lhe fiz esse sermão antes? Se fiz, me avise".

Na verdade, Teddy não estava prestando muita atenção; preocupava-se com o que Jared consideraria a história triste dele, Teddy. A de Jared era clara — seu braço defeituoso, talvez o mistério que interrompera seu curso universitário antes da guerra, uma defasagem entre aspirações e realizações que de algum modo estava em jogo em seu casamento, tornando Lucille um tanto frenética. Mas e Teddy? Qual era a história triste dele? Até então, podia considerar-se um homem de sorte, pensava. Esquivara-se de todos os relâmpagos. Seu único problema eram as saudades de Basingstoke, das tortas de sua mãe e de Emily. À noite, em seu austero quarto dos fundos, quando os lençóis esquentavam, ele se lembrava do corpo dela — os úmidos ninhos de cabelos junto ao pescoço, a pele que ficava orvalhada quando ela fixava sua atenção calma nas carícias que fazia no ponto do corpo de Teddy onde seu potencial de felicidade se concentrara, até ele gemer e gozar, lá no sofá de veludo brocado e aqui, na cama estreita do apartamento de Nova York.

Não o queriam ali para sempre, Lucille pretendia instalar a ama no quarto quando a criança nascesse. A idéia de Jared — Teddy e Esther procurarem um apartamento para morar juntos — não agradava sua irmã. Sentada do outro lado da mesa de vidro de Jared e Lucille — a maior novidade, uma vidraça sobre tubos de metal, *design* alemão —, apertou os olhos e disse: "Não sei como é seu estilo de vida, mas garanto que ia atrapalhar o meu".

"Eu não vou incomodar você", argumentou Teddy. "Você vai ter o seu quarto; qualquer coisa é só trancar a porta."

"Está bem, está bem; poupe-me dos detalhes. Mesmo se isso não fosse problema, quem é que ia cozinhar? E cuidar da casa? Você ia querer que eu fizesse tudo, igual à mamãe, não é?"

"Não, eu ajudo você. É só me dizer o que eu faço."

"Eu não sou sua mãe, Teddy. Nem sei se quero ser mãe de ninguém, e você de qualquer modo já tem uma. Você tem uma mãe que é um amor, e minha vida inteira está em suspenso. Continuo sem saber para que lado o Pete vai pular, e nem sei se estou interessada."

"Pois é", disse Teddy, aproveitando a deixa. "Como é que anda essa história?"

Ela fez um bico com os lábios e soltou uma baforada de fumaça, comprida e cômica, como se fosse um dragão. "E eu lá sei! Continua escrevendo. A mulher dele diz que já aceita a idéia de divorciar-se, mas desconfio que ele continua comendo a dita-cuja de vez em quando, no sobrado da loja de ferragens. Porque a realidade é que ele é um homem bonito mas fraco, que se imagina rico, mas que profissionalmente está preso à cidade. As cartas continuam cheias de amorzinho isso, benzinho aquilo — ah, esses advogados pintam e bordam com as palavras. É disso que eles vivem, afinal."

"Ele sabe...?"

"Que eu estou saindo com outros caras? Sabe e não gosta. Mas o que é que ele pode fazer — na situação em que ele está? O que mais você quer saber? Quando foi minha última menstruação?"

Teddy ruborizou-se e soltou uma gargalhada, embora se interessasse por esses mistérios do ventre feminino.

Sua irmã lhe disse: "Você precisa de mulher, Ted. Você devia ser simpático com uma dessas moças que o Jared vive apresentando a você. A Emily nem sabe que você está sendo fiel e, provavelmente, não dá tanta importância a isso quanto você pensa".

Essa idéia o aturdiu; mas, como sempre acontecia quando seus irmãos mais velhos o aconselhavam, Teddy sentiu que havia ali algo ligeiramente fora de esquadro, um pouco fácil demais, um pouco duro demais, que falseava a delicada natureza da realidade tal como ele precisava dela, para que pudesse aprendê-la. Teddy não queria que a vida se espatifasse em suas mãos, como ocorrera com seu pai.

Esther lhe disse: "A Emily quer o que todas nós queremos — que você cresça e vire homem". Teddy sentia-se lisonjeado de saber que era objeto de tal desejo na cabeça de várias mulheres; porém ao mesmo tempo não sabia se Esther tinha de fato razão.

Com o passar dos anos, acreditava cada vez menos nos poderes de previsão de sua irmã, já que ela claramente não conseguira prever e forjar seu próprio futuro. Vivia à deriva no mar americano de apetites, dinheiro fácil e *jazz*.

No final de maio, um jovem de Minnesota chamado Charles Lindbergh, abastecido de sanduíches que ele próprio fizera, às vezes chegando a meros três metros da superfície encapelada do mar, depois subindo até dez mil pés de altitude, realizou o primeiro vôo solitário sem escalas de uma a outra margem do Atlântico. Em junho, vendo Lindbergh desfilar em triunfo pelas janelas da McMullen Investimentos, na Broadway — a neve de papel picado e fita de teleimpressor descia sobre o retângulo formado pela limusine aberta e as costas paralelas dos homens da polícia montada —, Teddy sentiu-se avassalado por uma inspiração súbita: feitos de ousadia e perseverança como aquele são o que o mundo espera dos jovens. Teddy tinha vinte e quatro anos; Lindbergh, vinte e cinco. Lindy decolara do Roosevelt Field em Nova York com uma carga de gasolina tão pesada que por um triz não esbarrou na copa das árvores, e às dez horas da noite do dia seguinte já via as luzes de Paris. Assustado com o abismo que se abria do alto daquela janela, porém querendo testar seus nervos, Teddy debruçou-se ainda mais para fora (uma das estenógrafas de rosto afilado agarrou-lhe o braço, tensa; manchas de sol brilhavam nos instrumentos niquelados da banda que desfilava na avenida) e, dando um grande salto interior, decidiu ir embora de Nova York, voltar para Basingstoke e pedir a mão de Emily Sifford em casamento.

Ela não ficou tão surpresa nem tão deslumbrada de felicidade quanto ele imaginava. Caminhando com ele pela Fishery Way, no calor de junho, até o velho cais, Emily lhe explicou: "Você tinha que *ver* o mundo, Teddy, para saber como era. Você tinha que ver se era mesmo lá que estava a resposta".

"Era muito chato, entre outras coisas. Nova York parece que oferece um milhão de opções, mas na verdade todo mundo tem a sua rotinazinha e não sai dela. Todos os dias você faz a mesma coisa e vê as mesmas pessoas. A única pessoa que me parecia estar no seu elemento era o senhor McMullen. Ele quase não falava comigo, mas eu gostava dele. Quando eu disse que vinha embora, ele respondeu que achava que eu estava tomando a decisão certa. Foi o único que achou isso. E aqui também ninguém pensa como ele, se você quer saber."

Emily evitou a última frase, com seu potencial de desafio e crítica, e perguntou: "Ele é mesmo um grande contrabandista de bebida, como todo mundo diz?".

Tudo aquilo já lhe parecia muito distante. A lembrança mais vívida que Teddy guardara de Jim McMullen era da vez em que tirara seu casaco ao recebê-lo no apartamento de Jared e Lucille; nesse momento se surpreendera ao constatar o quanto o casaco era leve, macio, *caro*, como se feito da lã de carneiros negros angelicais. "Sei lá, Em. Não sei se é ele mesmo quem faz o serviço sujo ou se ele apenas conhece gente que faz. O que eu sei é que ele recebe muito dinheiro para investir, não sei de onde. O Jared está tão bem de vida que vive falando em arranjar uma propriedade em Connecticut, para o bebê poder respirar um pouco de ar puro. Acho que se eu tivesse ficado ele teria me ajudado muito, mas eu seria sempre o irmão menor. Foi como eu lhe disse: de repente, tive uma espécie de visão, tudo o que era sem importância desapareceu e de repente vi uma estrada reta à minha frente. A estrada dava em você." Brilhando como as luzes de Paris para Lindy. Foi a coisa mais próxima de uma experiência religiosa que Teddy se imaginava capaz de ter.

Emily recebeu o elogio sem surpresa, mas perguntou, num tom grave: "Você sentiu mesmo saudade de mim?".

"Muita."

Ela apertou-lhe o braço com as duas mãos, num gesto de gratidão, o mesmo gesto que usava às vezes para fazê-lo andar um pouco mais devagar quando não conseguia acompanhá-lo. Mas desde o dia em que, no sofá de veludo brocado, com o rádio desligado para não atrapalhá-los no grande momento, ele pedira sua mão em casamento, Emily caminhava mais depressa; em vez de mancar, meio que saltitava a seu lado.

"Estou tão feliz, Ted. Tive medo, com todas aquelas moças chiques..."

"Vi muitas moças, sim, mas elas não tinham nada a ver comigo. Elas passavam por mim na rua, e só. As estenógrafas da McMullen eram umas bobocas, com namorados que moravam em Flatbush."

"Você tem que *se esforçar*", disse Em, quase ralhando com

ele. "Você não pode achar que as garotas vão correr para cima de você, como vespas para cima de um sanduíche de geléia. Sei que você é tímido, é uma das coisas que eu adoro, que eu adoro em você, mas eu tinha medo de que o Jared, que não é nada tímido, achasse uma garota que..."

Teddy percebeu que ela não iria terminar a frase. "E talvez ele tivesse achado mesmo, se eu demonstrasse mais interesse. Mas eu sentia... não exatamente medo, mas... você nunca teve a sensação de estar num lugar que não era para você estar lá? Já acordou com um gosto de vazio na boca?"

"Ah, e como! Desde que a gente se mudou para Basingstoke. Minha mãe sofre mais ainda."

"Agora que estamos decididos, preciso lhe perguntar uma coisa: sua mãe tem algum problema? Uma das cismas que a minha família tem com você é que a sua mãe parece... meio estranha, sabe?"

"Minha mãe", disse Emily, quase sem hesitar, no tom natural de uma esposa, "é moura. Você já mora em Delaware há bastante tempo; sabe o que é um mouro?"

"Bem... sei, sim."

"Já vi que não sabe. Nos tempos coloniais, vinham muitos navios de piratas aqui na baía de Delaware, e dizem que um navio vindo do norte da África naufragou no condado de Sussex e os tripulantes acabaram virando fazendeiros. Havia uma colônia de mouros muito próspera perto de Cheswold, no condado de Kent. Segundo uma outra versão, nos tempos da escravidão um príncipe mouro foi vendido em leilão em Lewis para uma linda irlandesa que morava em Angola Neck, ali perto."

"Gostei dessa história", disse Teddy, irônico, porque o tom de Emily era muito sério e didático.

"E tem gente que acha que os mouros não passam de mulatos e deviam viver junto com os negros, ir às mesmas escolas que eles e tudo o mais. Ao sul do canal, os costumes são muito sulistas, e um dos motivos de o meu pai vender tudo que tinha lá e vir para cá é que lá ele vivia tendo que proteger minha mãe. Uma vez, lembro que eles estavam conversando sobre uma reunião da igreja onde não deixaram minha mãe entrar com ele, e ele preferiu ir embora a ter que ir sentar-se com ela nos bancos de trás onde ficava a gente de cor. Você entende que esse tipo de coisa faz a pessoa levar uma vida recolhida."

"Claro", disse Teddy, já defendendo sua futura sogra, porém excitado por aquela súbita revelação. Havia algo de diferente na tez de Emily, um brilho que não era rosado.

Como se lesse seus pensamentos, Emily prosseguiu: "Ela não tem uma gota de sangue negro. O pior que se pode dizer dos mouros é que eles talvez tenham se misturado com os índios de Delaware".

"Meu bem, não fique tão *séria*", retrucou ele; fê-la parar e abraçou-a, ali no final da Fishery Way, no caminho que se esgarçava em meio ao pântano à margem do Avon. "Você é o amor da minha vida, e é só isso que é importante."

"Eu tenho um pé deformado horrível, mas não tenho sangue negro", disse ela, com uma insistência teimosa de criança, virando a cabeça para não encará-lo enquanto ele a abraçava, esforçando-se para segurar o volume úmido e elástico do torso da jovem, por baixo da blusa de marinheiro de colarinho largo. Era um dia de junho de um esplendor oceânico; umas poucas gaivotas silenciosas riscavam com as asas abertas um céu mais puro que cristal. Calor e luz desciam sobre o pântano que se estendia até o horizonte, onde sons furtivos e intermitentes revelavam a ação dos torvelinhos de água formados pela maré que baixava e os movimentos de vidas invisíveis — caranguejos, aves, ratos almiscarados, tartarugas — que a lama e os juncos abrigavam. A um quilômetro dali, um barco subia o Avon, movido por remos ritmados. Nos braços de Teddy, Emily chorava copiosamente.

"Meu bem, meu bem", disse ele, "para mim não faz a menor diferença se você tem ou não tem."

"Como não faz diferença?", soluçou ela, ingrata. "O que há de errado com você?"

"Nada", respondeu Teddy, "que um pouco de chamego não resolva."

Essa resposta fez a jovem rir, entre uma e outra fungada. Encontraram um pouco de privacidade passando por cima de uma cerca apodrecida e sentando-se à sombra de uma velha macieira, onde a grama estava alta. Teddy recostou-se na árvore, deixando-a apoiar-se nele, encolhida; acariciou-lhe o pescoço com uma das mãos enquanto com a outra desabotoou-lhe a blusa e correu os dedos pela borda da combinação e do sutiã. Os cabelos da jovem, de um castanho-claro, desgrenhados pela caminhada e o choro, exalavam o mesmo cheiro de feno ao sol que vinha da grama a seu redor. Teddy soltou-lhe os grampos dos cabelos, sem pedir permissão. Sentindo-se cada vez mais confiante à medida que se aprofundava naquela presença dócil, provocou-a: "Você tinha medo de que eu não voltasse?".

"Tinha", respondeu ela, "mas... o que eu podia fazer?" E deu de ombros, sacudindo o corpo do rapaz. "Estava tudo nas mãos de Deus. Se você não voltasse, eu não estava pior do que antes, e pelo menos nós tínhamos passado bons momentos juntos."

"Você acredita que Deus tem mãos?", perguntou Teddy, olhando sem interesse uma abelha a zanzar de um lado para outro, à procura de flores. A felicidade de Teddy, naquele momento, enquanto ele tocava o corpo de Emily, que brincava com um botão de sua camisa, se concentrava como um punho carinhoso por trás de sua braguilha. Como era estranha a sensação de que uma outra pessoa pertence a nós — de que podemos brincar com ela, falar com ela, expor-nos a ela sem nenhuma vergonha.

"Ah, claro", disse ela, um pouco combativa, como era de seu jeito; mas sua voz continuava adocicada pela mesma sonolência hipnotizante que ele sentia, tendo tomado todas as suas decisões. "E como não, se Ele fez tudo isso?" A paisagem plana e luxuriante ao redor deles. Num campo distante, uma dúzia de vacas malhadas pastava ao longo de um horizonte verde que podia perfeitamente ser a beira do mundo.

"Quero dizer, você acredita no que eles dizem na igreja?"

"Acredito, sim, Ted, acredito. Sei que você não crê, ou acha que não crê."

Teddy suspirou. "Isso. Acho que não creio. Herdei isso do meu pai. Ele queria acreditar, coitado, precisava acreditar, e Deus continuou mudo."

"Mas comigo Ele não é mudo."

"O que Ele diz a você?"

A mão da moça pousara naquele volume sensível sob sua braguilha. "Que devo amar você com todo meu coração", respondeu ela. "Servir você, tendo fé de que você vai servir a mim."

Com as palavras de Emily, sua voz, a beleza impenetrável e silenciosa do dia, com vacas distantes pastando na beira do mundo, com o ruído ritmado dos remos vindo de longe, do lado oposto, Teddy sentiu-se a ponto de entregar-se, tal como ela fizera havia pouco, às lágrimas. Emily era tão boa, sua mão tão branca e imóvel junto à dele!

"Você se incomoda?", perguntou ela, em voz tão baixa que só um ouvido a poucos centímetros de sua boca poderia ouvi-la.

"Me incomodo com o quê?"

"Eu ainda crer. Conheço todos os argumentos contra."

"Não", disse ele, sentindo que todo o sangue de seu coração afluía diante dessa constatação: "Não me incomodo, não. Até adoro". E insistiu: "Quero que você creia".

Naquele dia, pela primeira vez, ela tirou para fora de suas calças aquele cerne grotesco e indefeso de seu ser — um cheiro forte chegou-lhes às narinas, como o cheiro de um inseto esmagado — ali ao sol. Os dois contemplavam juntos a mãozinha perfeita acariciar a pele frouxa num movimento ritmado, para cima e para baixo, até ele derramar seu cuspe branco de semente humana. Ele fechou os olhos, mas sabendo que ela continuava olhando fixamente teve coragem de abri-los no momento de êxtase. Os dois ficaram surpresos ao ver aquilo, que nenhum deles jamais vira. "Como pulou alto!", murmurou ela, limpando a mão na grama.

Teddy guardou seu membro ordenhado de volta na braguilha, enquanto ela se recostava pesadamente nele, pondo a mão em seu ombro; dela vinha ainda aquele cheiro de inseto esmagado. Ele devia sentir gratidão pelo que ela fizera, porém na verdade sentia-se um pouco incomodado. "Isso não é pecado?", disse ele, zombando da fé que ela afirmara.

Mas não conseguiu abalá-la, no auge de sua confiança feminina, naquele campo ensolarado. "Se você se casar comigo, não", sorriu ela.

Seguiu-se um período de mudanças e decisões, eventos que se amontoaram confusamente na memória da família — uma rápida avalanche que se acomodou na década estática da Depressão. Muito bem, Teddy ia casar-se com Emily Sifford, não havia como impedi-lo; mas o que faria Teddy? Não podia voltar a trabalhar no balcão de soda da drogaria, mesmo se Seth Addison já não tivesse contratado outro rapaz, o irmão mais moço de Charles Wainwright, Bob, que também estava estudando farmácia. Os estudos não combinavam com Teddy, pelo visto, embora ele fosse bastante inteligente; sua inteligência era algo que ele mantinha escondido, como se ela pudesse ser esmagada se saísse da toca. Teddy precisava de algo respeitável, porque era um Wilmot, mas ao mesmo tempo algo que não lhe exigisse muito, porque era Teddy. Mais uma vez, a solução partiu da tia Esther, embora ela permanecesse imóvel em seu quarto no segundo andar. Através de seu pesado telefone de baquelita preta, ela ficou sabendo que Jeb Horley, dos correios, estava precisando de um carteiro. Como a fábrica de chapinhas florescia e Wilmington e Filadélfia consumiam cada vez mais ostras e pêssegos, milho e caranguejos, a cidadezinha crescera tanto que a multidão que vinha buscar sua correspondência na agência dos correios, que dividia um prédio de tijolo no centro da cidade com uma nova loja de balas aberta por um casal de meia-idade que se mudara de Chester, tumultuava o serviço na parte da manhã, quando as cartas ainda estavam sendo classificadas. O diretor-geral dos correios, em Washington, queria expandir o serviço de entrega gratuita no interior, e Basingstoke ia ser dividida em uma rota servida por automóvel, na periferia, e outra por um carteiro a pé no centro — esta última rota incluía a favela onde morava a gente de cor na zona oeste, ao longo da Beaver Road. O velho Wes Freeman era quem cobria ambas as rotas, a pé ou em seu forde-de-bigode com teto de lona, mas seu corpo já estava permanentemente dobrado para a frente; precisava-se de um homem jovem que pudesse caminhar cinco quilômetros duas vezes por dia, seis dias por semana, por um salário anual de mil dólares, pago quinzenalmente, com aumentos consecutivos de cem dólares por ano nos dois primeiros anos, e quinze dias de férias pagas anuais. Os candidatos fariam um concurso para o serviço público em Dover, e depois seriam nomeados pelo diretor-geral dos correios, após serem indicados pelo agente dos correios da localidade. Jeb Horley fez os candidatos lerem uma série de nomes escritos à mão e transcrever algumas colunas de números — o que era brincadeira para Teddy, depois dos rigores do curso de administração no Colégio O'Connell. Havia também um exame físico, e o doutor Hedger deu-lhe um atestado de saúde positivo. "Vocês herdaram a saúde da sua mãe", concluiu o médico, ofegante, enquanto

Teddy se vestia após o exame. "Uns cavalões do Missouri. Vocês não vão morrer nunca. Já os Wilmot são um tanto delicados."

Restavam ainda as questões de atitude e aptidão, e Teddy surpreendeu-se a si próprio com a ênfase com que exprimiu para o agente dos correios, com sua camisa encardida, de mangas presas com elásticos, e seu surrado colete cinza-azulado, o quanto desejava aquele emprego. Estava prestes a se casar, e precisava dar a sua futura esposa a segurança de um emprego estável; e quem poderia ser mais confiável que o governo dos Estados Unidos? Além disso, que trabalho seria mais louvável do que o de estreitar os vínculos da sociedade transportando correspondência? Seu irmão lutara na Grande Guerra e lá se ferira, disse Teddy ao senhor Horley, talvez desnecessariamente, e embora ele próprio fosse pequeno demais na época para alistar-se, agradava-lhe a idéia de servir a pátria de alguma maneira. Quando menino, acrescentou, ele colecionava selos; ainda tinha sua coleção — estaria em algum desvão do sótão da tia Esther. "Conheci a Esther quando o Horace a trouxe para cá", saiu-se o senhor Horley inesperadamente. "Não entendi como ele conseguiu convencer uma moça tão bonita a casar-se com ele. E agora você vai casar com a herdeira dos Sifford. É, esses gorduchinhos devem ter algum segredo."

Depois desse chiste um pouco rude, Teddy não tinha mais dúvida de que o emprego era seu. E assim, naquele setembro excepcionalmente quente, enquanto as acácias e álamos e salgueiros e tílias que ladeavam as ruas de Basingstoke amareleciam e lentamente soltavam suas folhas de formas variadas nas calçadas irregulares — placas de ardósia azul na parte mais antiga da cidade, blocos de concreto de um metro de largura na maior parte do resto e, nos bairros menos urbanizados, caminhos de terra sinuosos paralelos à estrada — Teddy retomou as caminhadas que fizera nos seus primeiros dias na cidadezinha, só que agora arcava com o peso de um saco de couro e usava um uniforme cinza-azulado e sapatos pretos de solas grossas, como os de um policial. O próprio carteiro pagava por seu uniforme — no inverno, um jaquetão de lã penteada; no verão, uma jaqueta de sarja de algodão, com debrum preto e dez botões de latão, cada um dos quais representava um carteiro com um saco e uma carta na mão. As costuras externas das calças eram guarnecidas com uma fita de lã enfestada. Quando fazia frio, o carteiro podia optar por uma manta reversível ou um sobretudo; Jeb Horley achava que a manta não combinava com o estilo da cidade — embora, segundo se contava, nos tempos coloniais houvesse salteadores na região.

Teddy nunca tinha reparado que havia tantas casas bem recuadas da rua, com caminhos de cimento ou pedra do portão à porta, os quais, somados, acrescentariam dois ou três quilômetros a sua rota diária, e com escadas na entrada que equivaliam, imaginava ele, a subir o Monumento a Washington duas vezes por dia. Alguns dos casarões mais antigos, anteriores à Guerra de Secessão, construídos com dinheiro extraído das plantações trabalhadas por escravos, tinham sido divididos em apartamentos, e era necessário conhecer esses endereços de fundos e nomes que viviam mudando. Subia a Beaver Road, embora aqui fossem poucas as entregas, esgueirando-se por entre galinhas soltas, cachorros mal-encarados e moleques descalços, alguns até sem calças. Quando Teddy se aproximava das caixas de correio, as casas pareciam prender a respiração: o zumbido de um aspirador de pó cessava, o choro de uma criança era calado, vozes entrelaçadas em uma discussão acalorada silenciavam de repente. Quando chovia, Teddy usava uma capa de oleado com um chapéu de pescador que despejava a água sobre suas costas; as cores da cidade ficavam mais vivas, o verde dos gramados, o negro do asfalto, o vermelho das paredes de tijolo pareciam falar com ele, com a intensidade de sua solidão de caminhante. O único a sair de casa na chuva, Teddy entrava e saía dos abrigos das varandas, como se seguisse por um longo túnel descontínuo. Em novembro, as manhãs tornaram-se frias e escuras, e ele passou a usar ceroulas de malha por baixo do uniforme, e um forro de lã que Emily fez para seu boné de bico preto. Gostava de chegar aos correios às sete e quinze, quando Wes Freeman trazia os sacos de correspondência da agência do Canal, a seis quilômetros dali, na parte de trás de seu forde-de-bigode, cujo banco de couro fora retirado. Normalmente, Teddy voltava de sua segunda rota, a mais leve, por volta das quatro ou quatro e meia. O saco que punha no ombro às nove e meia tinha o peso agradável da responsabilidade, e o saco vazio que ele largava na mesa da agência ao final da tarde tinha a leveza da liberdade. Às sextas, quando chegavam as revistas, e as segundas, com o acúmulo da correspondência de domingo, eram os dias de mais peso; depois do Natal, o volume caía para a metade. Havia dias em dezembro em que ele tinha a sensação de que o Menino Jesus estava pessoalmente tentando quebrar sua coluna.

Teddy e Emily casaram-se duas semanas depois do Natal, na igreja metodista da Third Street, quase esquina com Rodney, numa tarde de sábado, após uma nevada rápida, misturada com chuva. Era estranho ver-se outra vez numa igreja — o madeiramento envernizado, cheio de pontas, o vago cheiro cálido de flores, cera, gás e pó. Os juramentos passaram por Teddy como um vento por uma janela; com o canto do olho via Emily, aumentada pelo véu branco e pelas palavras da fórmula "legítima esposa". A mão da noiva tremia tanto quando ele tentou colocar-lhe a aliança no dedo que ela quase chegou a rir, ali mesmo, no altar, da falta de jeito dos dois. Já à porta da igreja, o granizo atingiu-lhes o rosto ao mesmo tempo que uns punhados de arroz caíram-lhes nos ombros. Os convidados não tinham sido suficientes para encher três bancos de igreja. A tia Esther pretendia vir, mas na hora sentiu-se fraca e nauseada demais para se levantar da cama. Lucille não pôde comparecer porque sua gravidez estava avançada demais, porém Jared veio e atuou como chofer dos noivos. O gramado da igreja estava duro como ferro, e escorregadio também; Emily calçara seu pé normal numa chinela branca com brocado de prata, com um pêni inglês dentro. A chinela, um pouco grande demais para ela, era de sua mãe; e a moeda antiga fora encontrada por seu pai ao arar a plantação de fumo anos antes. Quando chegou ao meio-fio, Emily deteve-se diante da rua coberta de neve úmida, temerosa; ao vê-la hesitar, o homem que havia cinco minutos se tornara seu marido tomou-a nos braços e, dois passos depois, colocou-a dentro do comprido conversível Stutz de Jared. Ela era mais pesada do que um saco cheio de correspondência, porém suas nádegas eram deliciosamente lisas, por trás do vestido branco, bem simples, de crepe de seda, com grinalda e véu, mas sem cauda.

Jeb Horley dera a Teddy folga naquele dia, mas ele ainda era muito novo no emprego para ter direito à licença para lua-de-mel; assim, tomaram em Wilmington o expresso das cinco para a Filadélfia e hospedaram-se no Bellevue-Stratford Hotel, em cujos quartos toda a população de Basingstoke poderia se instalar, e em cujo saguão todas as igrejas da cidadezinha caberiam folgadamente, sem que as torres encostassem nos candelabros. Charlie Wainwright, o sabe-tudo, dissera a Teddy que era uma caminhada curta da Broad Street Station até o hotel, mas Charlie não levara em conta que estaria frio e escuro, nem que Emily era manca. Não obstante, animados pela presença de uma multidão enorme e espectral, bem como pela sensação de estarem juntos num mundo onde ninguém os conhecia, os recém-casados atravessaram o pátio feericamente iluminado da Prefeitura e desceram três quarteirões da South Broad Street. Pararam duas vezes para que Emily recuperasse o fôlego, uma vez para olhar para a estátua de William Penn, imensa, como um anjo estático de chapéu de abas largas, iluminado por um refletor, e outra vez para encostar-se por um minuto na balaustrada de pedra da escadaria curva da Union League. Dentro do hotel, houve mais uma longa caminhada pelos corredores até chegar ao quarto; o tempo todo Teddy tentava desesperadamente decidir se vinte e cinco cêntimos seria uma gorjeta suficiente para o mensageiro saltitante que carregava suas malas velhas e feias, de couro arranhado, veteranas das viagens de Clarence e Stella Wilmot pelo Meio-Oeste. Mantendo a porta do banheiro fechada, por timidez, Emily e depois Teddy lavaram-se na enorme banheira. A água jorrava da torneira focinhuda com a força de um gêiser e o calor de um vulcão. O espelho do armário ficou embaçado; o vapor desenhava samambaias caprichosas na janela do banheiro, em cujas frestas a mão de Teddy sentia os sussurros do vento de janeiro. Alguns flocos secos de neve apareceram na vidraça, caindo sobre a cidade suja. Na enorme cama de bronze do hotel, com travesseiros cheios de babados e um edredom cheirando a lavanda, Teddy e Emily, desajeitados, constrangidos, desvirginaram-se mutuamente e — coisa curiosa — adormeceram logo em seguida, sem ter sequer discutido os acontecimentos de um dia tão cheio e tão importante.

Acordaram com sinos de igreja, em meio àqueles rochedos de pedra hibernais. De onde viriam os sinos? Emily tinha lido, ao preparar-se para aquela breve lua-de-mel, a respeito da Rittenhouse Square, com suas belas casas e uma igreja episcopaliana cujo pároco compusera "O little town of Bethelehem" durante a

Guerra de Secessão. Ela manifestou o desejo tímido de assistir ao culto lá, pois não era apenas o pároco que era famoso, mas também a arquitetura interior da igreja; Teddy, porém, pediu-lhe com veemência que saísse da janela e voltasse para a cama, se não estivesse muito machucada da véspera. O céu que aparecia na janela era aquele mesmo céu urbano, frio e remotíssimo, que ele via em Nova York todos os dias ao despertar, mas agora Emily estava a seu lado, suas formas destacando-se sob a camisola quando ela se aproximava, mancando, naquele quarto de teto alto e cortinas de veludo vermelho, que eles fecharam para atenuar a imagem um do outro. Depois, enquanto ela se lavava no banheiro, Teddy pegou o telefone na mesa-de-cabeceira e pediu que lhes trouxessem o café da manhã no quarto. Ovos fritos, torradas, angu frito com porco e molho, tudo servido sob grandes cúpulas prateadas por um homem de cor uniformizado, cuja carapinha grisalha formava pequenos círculos brancos acima das orelhas. Teddy deu-lhe meio dólar de gorjeta, tal como vira Jared fazer em Nova York; o velho arregalou os olhos: a gorjeta fora grande demais, coisa de caipira.

Quando por fim saíram do hotel, para a Walnut Street — ele com seu único terno escuro, ela com um vestido novo de lã, verde-musgo reluzente, que lhe caía reto das cadeiras e cuja bainha deixava entrever o aparelho preso ao sapato de sola alta —, já era quase meio-dia. As fachadas de tijolo das casas, uma apertada contra a outra, como se fossem listras, refletiam o sol; caminhando rumo à Rittenhouse Square, os recém-casados misturavam-se no parque com os filadelfianos de cartola e peles que estavam saindo da igreja. Caminhos diagonais de cascalho davam num chafariz seco, no meio de um laguinho artificial. Havia a estátua de um bode, cuja superfície fora polida pelas incontáveis crianças que nela haviam montado. Os galhos das árvores nuas e graciosas brilhavam no sol hibernal, como se estivessem recobertos de gelo. A breve nevada da véspera deixara como vestígios sombras brancas sob os arbustos e em torno das coisas, nos lugares onde havia sombras de verdade. Amas com casacos escuros de cor indefinida e chapéus de feltro ornados com uma pena ou uma flor de seda, sentadas nos bancos do parque, cuidavam de bebês instalados em carrinhos de rodas grandes, praticamente enterrados em cobertas de crochê que só deixavam de fora as bochechas vermelhas, o nariz rosado e o bonezinho rendado. Do outro lado da praça, a famosa Igreja da Santíssima Trindade era menor, pensou Teddy, que a de S. João lá de Paterson, e sua torre não podia se comparar com a da Prefeitura de Paterson. O dia estava tão claro que parecia quente; Teddy, cujas pernas estavam rijas de tanto entregar correspondência, sentia-se capaz de caminhar por toda a cidade, mas para não obrigar Emily a andar mais pegaram um táxi, que os levou, descendo a Chestnut Street bem devagar para que eles pudessem apreciar a vista, até o Palácio da Independência, onde fora assinada a Declaração de Independência e onde o Sino da Liberdade havia soado até rachar. O motorista parou por algum tempo, para que eles pudessem saltar, atravessar a calçada a ver o sino mais de perto: pendia de uma viga curta, apoiada em suportes ornados; a rachadura já fora tocada tantas vezes por mãos curiosas ou reverentes que o metal reluzia, num tom dourado de cobre. Estranho — pensou Teddy — que a rachadura, a imperfeição, houvesse se tornado a coisa importante. Interessava-o mais ver a redação do *Saturday Evening Post*, revista que ele carregara muitas vezes; o prédio por acaso ficava ao lado da Liberty Square. O motorista, um velho que não havia feito a barba naquele dia e cujos olhos pareciam esgotados depois de rodar tantos quilômetros sem chegar a lugar nenhum, sugeriu que entrassem no Curtis Building e vissem a "coisa maravilhosa" que havia no saguão. Os dois saltaram e entraram no recinto de mármore, o qual estava aberto para que até mesmo no domingo as pessoas pudessem apreciar o irreal "jardim onírico" que Maxfield Parrish construíra num mosaico de vidro colorido, com cores que pareciam saídas de um arco-íris diferente, um arco-íris de outro planeta. Animados por essa maravilha, sentindo que se aproximava a hora em que seria necessário voltar para Basingstoke, Teddy perguntou se a sede dos correios era longe; o motorista respondeu que não, ficava a apenas uns poucos quarteirões, na esquina da Ninth com a Market Street.

"Eu trabalho nos correios", Teddy explicou ao motorista, apertando a coxa de Emily por baixo do vestido reluzente. Um emprego e uma esposa: ele se tornara homem. Saltou do táxi e, por um momento, ficou admirando o esplendor daquela sede, que ocupava todo um quarteirão — as quatro cornijas pesadas, a torre central, com telhado de mansarda, que ostentava a bandeira dos Estados Unidos. Os magníficos portais, as incontáveis janelas apresentavam o rosto grave e fechado de uma nação em repouso dominical. "Obrigado", disse Teddy ao motorista, ao voltar para o carro. A Emily perguntou: "Você quer ver alguma coisa, ou vamos voltar logo para o hotel para almoçar e pegar o trem?".

Debruçando-se para a frente, o rosto por algum motivo mais corado do que era antes de se tornar mulher, Emily pigarreou e dirigiu-se ao motorista: "Onde ficam os museus?". Voltou-se para o marido e, com um olhar tímido que exibia os brancos dos olhos luminosos, pediu: "Você se importa? Quero ver uma coisa bem bonita, para levar de volta uma boa lembrança". Então ela achava pouco perder a virgindade e ver o saguão do Curtis Building? O motorista grisalho também não entendia; imaginou que ela se referisse ao grande museu que estava em construção, uma obra monumental que havia anos os jornais vinham acompanhando. Seguiram pela Market Street, contornaram um prédio que reconheceram como a Prefeitura, subiram uma larga avenida diagonal, passaram por um chafariz com três índios nus e um cisne, em direção a um morro onde um templo enorme, com inúmeros pilares, degraus de granito e mármore reluzentes de tão novos, erguia-se no alto de uma imensa escadaria. Mas o museu — "o Museu de Fairmont", segundo o motorista — fora recém-construído e ainda não estava aberto para o público; a base de todo esse esplendor era conspurcada por um amontoado de madeira, pedra quebrada, andaimes e terra nua congelada.

Teddy virou-se, nervoso, para a mulher a seu lado, com seu vestido que deixava à mostra o aparelho de metal num dos pés. "Que tal essa coisa bonita?"

Não ficou surpreso de ver os olhos de Emily encherem-se de lágrimas. "É igual a nós", disse ela. "Está no começo. Quero ver uma coisa completa e perfeita."

Aquilo já estava começando a ficar extravagante. Teddy já ouvira falar nos acessos de extravagância das mulheres, mas era a primeira vez que se via obrigado a administrar um deles. Também o motorista começava a ficar preocupado, talvez julgando que o preço da corrida estivesse ultrapassando os recursos financeiros do jovem casal. Saiu da Benjamin Franklin Parkway, tomando a Cherry Street à esquerda, e parou diante de um prédio de aparência turca, multicolorido, com duas portas cavernosas acima das quais se lia a inscrição: ACADEMIA DE BELAS-ARTES DA PENSILVÂNIA. Teddy deu ao motorista os quatro dólares que ele cobrou mais cinqüenta cêntimos de gorjeta; dessa vez achou que não fora demais, embora o taxista agradecesse com muita ênfase: "*Muito* obrigado, senhor". Quatro dólares era mais do que Teddy ganhava após um longo dia carregando correspondência. O dinheiro faz o homem, a mulher desfaz.

Entraram pela boca da caverna e de repente o espaço diante deles abriu-se, de modo estonteante, num saguão de quatro andares, com adornos dourados e prateados, cor de bronze e vermelhos, azulejos e flores de estuque nas paredes, tudo isso coroado por um céu artificial cheio de estrelas, contendo no meio um grande quadrado de vidro de céu de verdade. Ornamentações luxuosas cobriam cada centímetro do chão, das paredes, das escadas, que Emily subia com dificuldade, com passos penosos, como se ascendesse ao Paraíso. No alto da escada, num dos lados, havia um grande painel intitulado "Cristo rejeitado", uma confusão de cabeças e gestos; do outro lado via-se um quadro do mesmo pintor chamado "A morte no Cavalo Pálido", mais confusa ainda, um amontoado de cavalos e homens coroados e figuras em desespero caindo, tudo tirado do livro do Apocalipse, segundo Emily. Aquelas imagens abundantes oprimiam Teddy, tais como as estantes altas no escritório de seu pai, na casa paroquial de Paterson. O covil da história nos lega seus sonhos insanos. Aqueles pintores e seus modelos já haviam todos mergulhado no abismo profundo que há de tragar a todos nós. Passando por arcos ladeados por pilares e agulhas, por paredes cobertas de flores estilizadas em relevo ou então pintadas, com o mesmo tom de rosa que se vê ao fechar os olhos, o jovem casal penetrava câmaras vazias, onde seus passos ecoavam, cômodos do palácio de um sultão invisível. Outro painel grande, de Benjamin West, mostrava William Penn celebrando um tratado com os índios, fazendo o mesmo gesto expansivo com que Cristo fora rejeitado. Estátuas pairavam na luz que vinha do alto, anjos e deusas que pareciam esculpidos no sabão mais alvo; cada anjo, com sua túnica ampla, cheia de dobras, exibia um único seio, enquanto as deusas estavam inteiramente nuas, com rostos tranqüilos, benévolos e vazios, pairando acima dos dois seios desnudos. A nudez dessas estátuas, ao contrário da de Emily, não tinha nenhum tom de rosado, e não cederia à pressão de seus dedos se ele, desobedecendo às placas na entrada de cada galeria, a tocasse. E havia bronzes escuros de figuras nuas, petrificadas nas pontas dos pés, a um passo da impudicícia, e bustos e retratos de Washington, Franklin e demais fundadores de nossa liberdade, com seus trajes de veludo, contemplando intrigados aqueles cidadãos de um futuro remoto a passar diante deles. Arrastando-se com seu passo coxo, Emily parecia alçar-se a uma esfera mais elevada, onde seu rosto brilhava tal como as faces pintadas nas telas à sua volta. Ela chamava a atenção do marido para isso e aquilo — a silhueta de uma raposa vermelha num campo de neve, as orelhas em pé; duas mulheres fazendo sinal para uma barcaça da margem de um rio cheia de juncos — e Teddy sentiu-se emocionado de ver nela essa fome de beleza, emocionado e orgulhoso, porém também triste ao pensar que a vida que ele lhe daria lhe ofereceria tão poucas oportunidades de satisfazer esse apetite.

Quando saíram do museu, a Broad Street estava em plena atividade, uma cacofonia de pedestres, vendedores ambulantes, mendigos, fruteiros e dançarinos de rua, tocadores de gaita e de acordeão. Passavam bondes ruidosos pelo centro da rua de paralelepípedos, porém Teddy temia que o bonde fizesse uma curva inesperada e eles terminassem perdidos na cidade. Dali ele via a silhueta já conhecida da Prefeitura, a torre mais alta entre tantas outras, dois quarteirões para o sul, e calculou que o hotel ficaria três quarteirões depois dela. Conhecer o traçado das ruas sempre lhe dava prazer e a sensação de ter tudo sob controle. "Em, você consegue andar até a Prefeitura?"

"Claro, amor."

"A estação fica à direita. Vá até lá e tome uma soda enquanto eu vou a pé até o hotel, pego a bagagem e volto."

"Querido, me recuso a comer sem você. A gente come um sanduíche no trem depois."

Assim mesmo, chegando à porta da estação fervilhante, quando a tarde de inverno já começava a escurecer, Teddy deu a ela cinqüenta cêntimos, tendo antes verificado que teria bastante dinheiro para pagar o hotel e dar uma gorjeta ao mensageiro. Estar casado era isso: pensar por duas pessoas e gastar o dobro do dinheiro. Essa responsabilidade o fez sorrir enquanto caminhava a passos largos. Anos depois, quando confessavam que haviam passado a lua-de-mel na Filadélfia, as pessoas riam, mas a verdade era que eles haviam se divertido bastante na velha cidade.

De início, ficaram morando com a tia Esther. Combinaram de pagar-lhe seis dólares por semana de aluguel. O quarto de Teddy, no terceiro andar, era bastante espaçoso, com janelas dos dois lados, uma das quais dava para o caramanchão branco, no jardim úmido e abandonado que ficava no fundo do quintal. No alto da escada, depois da porta do quarto, havia um pequeno vestíbulo que, embora cheio de correntes de ar, podia ser usado como saleta. Os pais de Emily cederam-lhe alguns móveis, um deles o sofá vermelho de veludo brocado. Naquele primeiro inverno, os dois compraram um pequeno rádio e ficavam ali, depois do jantar, ouvindo o que quer que aquele aparelho mágico lhes trouxesse — o programa musical do major Edward Bowes, do Capitol Theatre de Nova York; uma história infantil do tio Bob, da KYW, Filadélfia; música de dança ou árias de ópera que emergiam da estática constante como o bramir do mar. Não havia encanamentos no terceiro andar, mas como dividiam o banheiro do segundo andar apenas com a mãe e a tia Esther, isso não era um problema muito grande. As duas mulheres fingiam estar animadas — e talvez estivessem de fato — com a presença de uma mulher jovem na casa; Emily, apesar do defeito no pé, andava de um lado para o outro da cozinha com bastante agilidade, mas a mãe não a estimulava a cozinhar: "É uma coisa que me dá muito prazer, minha querida, e agora que não estou podendo mais fazer muita coisa é a única maneira de eu ser útil". Porém cedeu a Emily, com prazer, boa parte dos trabalhos domésticos — aquelas tarefas mais importantes que jamais haviam sido passadas para Edwina — e também dos cuidados com sua cunhada, que já quase não saía da cama. Emily passava horas no quarto da tia Esther, conversando com ela, e depois de algum tempo já sabia de todos os mexericos e da história de Basingstoke, como se fosse uma nativa. À noite, cônscio de seu papel de homem da casa, por vezes Teddy ia visitar a tia. Intrigava-o aquela mulher, que os recebera em sua casa, que arranjara para ele todos os seus empregos, que agora tomara a mão de sua jovem esposa como se fosse sua mãe espiritual, e que no entanto para

Teddy nunca deixou de ser uma presença fria e distante. Esther Wilmot fora uma beldade, a rainha da primavera da turma de 1889 na Academia Hopewell para Moças. Talvez por saber-se detentora de um tesouro, tornou-se reservada; aqueles que têm dotes esplêndidos têm a obrigação de ser egoístas. Recostada na cama, muito tesa, o rosto que lentamente fenecia ainda ostentava um nariz firme, uma fronte alta, olhos brilhantes e gelados, um queixo um pouco quadrado e masculino, um estilo que fora o ideal de feminilidade no já distante fim de século. Na penumbra do quarto da doente, Teddy tinha a impressão de que era seu pai quem o olhava com aqueles olhos afundados em órbitas sombrias, sob sobrancelhas claras. Nos últimos tempos, quando definhava na cama, seu pai de algum modo fora feliz, a espécie de felicidade que sente uma criança febril confinada no quarto num dia de aula. Sua tia não exibia nem um pouco daquela fraqueza de tuberculoso, mas também nada tinha daquela felicidade; as únicas fontes de sua força eram os vestígios da vaidade feminina e as afirmações rígidas do cristianismo convencional. A boca da tia Esther, sempre severa, já abandonara seu rosto e migrara para o mundo réptil da morte; o lábio superior transformara-se num horroroso amontoado de rugas, vincos verticais profundos riscados por traços horizontais, uma boca de múmia. Ela sentia dores, e Teddy identificou os elixires que o doutor Hedger lhe receitava como infusões espessas, adocicadas, de álcool e ópio.

Um dia a tia Esther olhou para ele com uma intensidade especial. "Você agora é o homem da casa — o que você acha disto?", perguntou.

Entregou-lhe uma carta que havia recebido de um hotel em Hagerstown, Maryland, escrita numa letra inclinada e precisa: *Minha cara Esther: Fiquei penalizado ao saber de seu estado de saúde. Haveria algum favor, pessoal ou financeiro, que você me permitiria fazer-lhe? Apesar de nossas diferenças, continuo a ser seu marido perante a lei, e é com afeição que assino estas linhas sinceras.*

"O tio Horace", disse Teddy.

"Que tal?", exclamou ela, repuxando os lábios horríveis de defunta num discreto sorriso de orgulho justificado.

No final da primavera de 1928, quando toda a nação estremecia com as oscilações drásticas da Bolsa e os relatórios oficiais que falavam de desemprego generalizado na indústria têxtil e outros setores da economia, Horace voltou para casa, os cabelos mais ralos e brancos do que antes, mas o mesmo rosto rubicundo de sempre, a mesma voz alegre, insistente, irritante. Tinha várias idéias sobre a reforma da casa, a começar pelo jardim, e achava que Teddy devia trabalhar nele todas as tardes, depois que chegava, exausto, de suas caminhadas de carteiro. Contudo não tratava Teddy como um adulto, muito embora ele usasse seu uniforme dos correios e todos dissessem que o serviço agora era muito melhor do que no tempo de Wes Freeman, que às vezes deixava acumular sacos e mais sacos de impressos na traseira de seu forde-de-bigode. Também Emily se sentia pouco à vontade na casa com a volta de Horace, pois ele esmerava-se nos cuidados com sua esposa — Stella admirava-se com aquela devoção. "Para vocês verem", disse ela a Teddy e Emily à mesa da cozinha, "como é difícil julgar os outros. Some dez anos e de repente reaparece dedicadíssimo, e toda a sua outra vida desaparece como se por mágica."

Teddy sabia que Horace havia alugado uma caixa postal nos correios, um número ao qual poderia ser endereçada toda sua correspondência privada oriunda daquela sua outra vida; cartas escritas com letra de mulher chegavam de Hagerstown pelo menos uma vez por semana, juntamente com correspondência de negócios; e quando se aproximou o aniversário de Horace vieram vários envelopes coloridos, quadrados, com letra de criança. Teddy nada dizia sobre isso; a seu ver, o sigilo das informações postais era sacrossanto. Porém disse: "Mamãe, acho melhor eu e Em sairmos daqui. Esta casa está ficando cheia".

Os olhos brilhantes de Stella, negros como ameixas, que a testa estreita aproximava dos cabelos fartos, fixaram-se nele com a mesma mistura de compaixão e perplexidade com que, tantos anos antes, Stella encarara o marido quando ele lhe comunicou que havia perdido a fé. "Então você vai embora e vai me deixar sozinha aqui?", perguntou.

"Você não vai ficar sozinha", disse Teddy, um tanto severo. "Vai haver mais uma pessoa na casa do que no tempo em que você me mandou para Nova York. E agora que o Pete Pulsifer conseguiu o divórcio, a Esther é capaz de voltar para Basingstoke."

Pois também isso havia acontecido naquele mesmo verão, no velho tribunal de New Castle, justamente quando todo mundo em Basingstoke estava concluindo que o divórcio jamais ia sair.

A tia Esther estava cada vez pior; Horace a levara em seu Chrysler novo até Wilmington para consultar um médico, dizendo que o doutor Hedger era um charlatão antiquado, sempre fora, e o especialista lhe confidenciara que o câncer havia se espalhado do útero para o resto do corpo. Se a coisa tivesse sido contida antes, talvez uma operação pudesse salvá-la — quem sabe? — mas agora era tarde demais. Ela não comia nada, apenas um pouco de canja com torrada seca que Horace lhe levava numa bandeja, e no entanto continuava uma figura imponente, fina como um crucifixo, recostada na cabeceira, bem ereta, os cabelos amorosamente penteados e presos pelo marido. Ao telefone, falava com uma voz mais cortante e forte do que nunca; seu riso sardônico, quando lhe contavam a última desventura ocorrida na vizinhança, ecoava por toda a casa, a qual continha agora seu próprio escândalo: a proximidade de uma morte.

Emily falou a seu pai sobre o descontentamento de Teddy, e o senhor Sifford pagou os quinhentos dólares de entrada por uma casinha de madeira de dois andares na Locust Street, na zona norte. Das janelas do quarto da frente, virado para o sudeste, dava para ver a varanda lateral da casa dos Sifford e um pedaço da estufa. As prestações — vinte e oito dólares mensais por trinta anos — ficariam por conta do casal. A casa situava-se num terreno de mil metros quadrados, ladeado por duas casas maiores, de tijolo, um pouco recuada da rua. Da última vez que fora pintada — havia dez anos, no mínimo — o proprietário optara por um tom plúmbeo de cinzento, a cor de um navio de guerra, talvez por estar a tinta dessa cor tão desinteressante em desconto na loja de ferragens. No entanto, quando Teddy, trabalhando nos fins de semana durante todo aquele primeiro verão, pintou a casa, ele escolheu uma cor praticamente idêntica. Agradava-o a idéia de que sua casa parecia esconder-se, encolhida, entre suas duas vizinhas imponentes. Concentrou as cores no quintal, onde, valendo-se da experiência adquirida no jardim de tia Esther logo que veio morar em Basingstoke, plantou malvas-rosas e dedaleiras, amores-perfeitos e gerânios, peônias e flox, íris e hemerocales alaranjadas. Todos pensavam que fosse Emily quem cuidava daqueles canteiros impecáveis, sendo ela filha do dono da estufa; mas era Teddy, de camiseta, nas últimas horas de sol que restavam após o jantar, quem limpava a terra, espalhava fertilizante e transplantava as mudas. Na verdade, Emily não gostava de trabalhar ao ar livre; os insetos incomodavam muito sua pele sensível, o pólen fazia seus olhos coçar e inchar, e o sol dava-lhe urticária. Havia nela algo de delicioso, algo de mimado e protegido, uma suculência por trás da pele fina, que todos passaram a perceber à medida que ela foi engordando um pouco com o passar dos anos, mas que Teddy detectara de saída. O casal formava uma cena tocante — "pitoresca", segundo um velho vizinho — quando caminhava pela Locust Street e a Fishery Way em direção ao Roxie, na Rodney Street. O Roxie havia instalado um sistema de som para poder exibir os filmes falados da Warner. Os jornais da tela da Movietone proclamavam, com uma voz poderosa como a de Deus, as últimas notícias referentes a zepelins, fechamentos de *speakeasies* e o novo plano qüinqüenal de Josef Stalin, todo sorridente.

Esther e Peter não vieram morar em Basingstoke, onde a senhora Pulsifer permaneceu, numa bela casa — agora sua — de telhado de ardósia com cumeeiras na Juniper Street, com os três filhos pequenos. O novo casamento foi celebrado por um juiz de paz na Prefeitura de Nova York, sendo as únicas testemunhas Jared e Lucille, esta com o filho de quatro meses, James Patrick, nos braços. Após uma viagem a Barbados, mudaram-se para um amplo apartamento em Red Lion, com vista para o rio, a dez quilômetros de Basingstoke. Pulsifer era um homem musculoso, simpático, de trinta e cinco anos, com cabelos louros duros e finos e uma testa alta, com entradas profundas; no cocuruto tinha uma pequena calva do tamanho de uma moeda de um dólar. Como todo advogado, tinha o dom de se dar bem com pessoas de todos os tipos, mas quando os dois casais recém-casados encontravam-se, em Basingstoke, Red Lion ou em alguma casa noturna na estrada que ligava as duas cidades, ele ficava visivelmente constrangido de estar com um carteiro e a filha de um fazendeiro; nessas ocasiões, ou se tornava jocoso e frívolo, como se os dois fossem crianças que ele tinha que distrair, ou então ficava com o olhar perdido, talvez se perguntando por que motivo havia trocado sua esposa e sua bela casa pela companhia daqueles parentes medíocres e deprimentes. Às vezes Teddy encontrava-se com Esther sozinho, quando iam visitar a tia e a mãe, e queixava-se um pouco: "Esse seu marido é terrivelmente esnobe. A Emily vive lendo livros e revistas, quando não está na estufa, e eu não sou tão burro quanto pareço, mas ele nos trata como se fôssemos dois caipiras. Dá para perceber que ele desliga o cérebro quando eu ou ela dizemos alguma coisa".

Esther apertou a vista por um segundo antes de responder. "O Pete tem problemas. Aquela jararaca da ex-mulher dele vive pedindo mais dinheiro, além da pensão a que ela tem direito. E ele vive achando que perdeu clientes por causa de nós. Eu digo a ele: 'Não seja paranóico — hoje em dia todo mundo pinta e borda, ninguém liga para essas coisas. Está todo mundo se lixando. Pelo menos você não deixou sua mulher morrer num incêndio numa pensão, como fez o Babe Ruth'. Mas é verdade, o Bundy e o McReady estão com muito mais clientes do que o Pete. Para nós vai ser uma luta, conseguir dobrar os bitolados do mundo."

"Mas mesmo assim ele não devia tratar a Emily desse jeito. Ela é inteligente. Acabou de ler aquele romance sobre a ponte que desaba no Peru."

A irmã tensionou o maxilar e deu-lhe um pequeno apertão no ombro. "Olhe aqui... relaxe. A gente chegou lá, agora o jeito é aproveitar. Pensamento positivo, está bem?"

Foi em fevereiro de 1929 que a tia Esther morreu; Horace entrou no quarto trazendo o desjejum — um pouco de torrada, uma xícara de mingau quente, tudo para que ela não morresse de fome — e encontrou-a deitada de lado sobre o travesseiro, o telefone na cama a seu lado, como se a última idéia que lhe tivesse ocorrido fosse dar um telefonema no meio da noite. Na semana seguinte, Stella, na manhã de domingo, antes de ir à igreja, bateu com força à porta dos fundos da casa de Locust Street; Teddy e Emily, abraçados na cozinha, desvencilharam-se um do outro de súbito, culpados. Mas a mãe de Teddy estava abalada demais para perceber que seus rostos estavam vermelhos, ou, se o percebeu, pôs de lado o constrangimento dos dois, de tão excitada que estava com a notícia. "O Horace decidiu vender a casa e voltar para Hagerstown! Ele tem uma segunda família — já esteve até lá para visitar a mulher e os filhos, teve o desplante de me dizer. Não quer esperar nem uma semana para pôr a casa à venda! É horrível ter que dizer isso, mas acho que ele veio para cá não por estar preocupado com a Esther, mas só para reafirmar que a casa é dele — para não haver perigo de ela deixá-la para um de nós."

"Isso não me surpreende", retrucou Teddy, sentindo-se culpado por já estar sabendo havia muito tempo das cartas que chegavam de Maryland. Assim mesmo, era difícil imaginar que o tio Horace fosse capaz de tamanha maldade; numa das lembranças mais antigas que tinha dele, Teddy via-se montado em suas costas, sendo levado até o caramanchão e trazido de volta, o tio imitando com a língua os ruídos de um cavalo, num gramado que parecia um tapete cor de esmeralda. Aquela vozinha alegre e nasal de quem imita um pato, e as bochechas rosadas e lisas, como se ele nunca tivesse se barbeado na vida. Teddy vira-o chorando no dia do enterro da tia, no cemitério frio, a família reunida em torno da cova retangular aberta a picareta na terra gelada, coberta por uma camada de neve recém-caída.

Stella sentou-se à mesa e soltou os grampos que prendiam o chapéu azul-marinho, seu chapéu de ir à igreja. Os cabelos esplêndidos, entremeados de mechas brancas, agora pareciam menos um ornamento glorioso do que um ônus — todo seu corpo, protegido pelo casaco de castor, outrora magnífico, comprado muitos anos atrás em Minnesota, pesava-lhe na alma. "Perguntei a ele. 'E eu, para onde vou, Horace?'. Ele olhou para mim, muito sonso, e disse: 'Você tem três filhinhos'. Mas o Jared, com a vida sofisticada que ele leva, não tem lugar para uma velha, e a Esther, mesmo com a maior boa vontade do mundo, não tem condição, estão vivendo com muita dificuldade..."

Emily, que estava ao lado da pia de porcelana recém-instalada, junto à geladeira de carvalho, deu um passo para a frente, sem jeito, e, dirigindo a Teddy um olhar impotente que fez brilhar os brancos dos olhos, disse então: "Senhora Wilmot, para mim e para o Ted será o *maior* prazer a senhora vir morar conosco. Tem aquele quarto grande da frente no andar de cima que eu praticamente não uso, só vou lá para costurar e ler depois que fica escuro aqui embaixo, e o banheiro fica entre os dois quartos, de modo que não ia afetar de modo nenhum nossa privacidade, e... é uma coisa que já conversamos mais de uma vez, sabendo que a tia Esther... e a irmã do Ted só tem aquele apartamento...". Deixou a frase pelo meio; o esforço do sacrifício fizera-a falar demais. De espaço e privacidade: os seis meses que estavam morando naquela casa tinham sido como seis meses no sofá vermelho, longe do mundo, sem ninguém para criticar nem interromper o prazer cada vez maior e — eles mal podiam acreditar — totalmente lícito que um proporcionava ao outro.

A sogra pareceu hesitar. Seus olhos negros voltaram-se para o rosto de um e do outro. Teddy estava surpreso e conflituado demais para falar. "Bem", foi dizendo ela, incerta, "é uma possibilidade a se considerar." Então resolveu sorrir, e sorrir para Emily. "Emily, minha querida, você devia começar a me tratar de você."

Emily conseguiu recuperar a fala: "Nós queremos que você fique conosco, Stella. Juro por Deus".

Quando se viram a sós outra vez, depois que a viúva do pastor pegou seu livro de orações com a mão enluvada e saiu mais que depressa em direção à Igreja Presbiteriana Avon, a três quarteirões dali, na esquina de Locust com Cedar, Emily perguntou ao marido: "Fiz bem? Achei que não podia dizer outra coisa. Será que fiz mal? Que não era isso que você queria que eu dissesse? Quem tinha que falar era eu".

"Claro, o que é que você podia fazer?", respondeu Teddy, levantando-se com um suspiro, olhando para o chão de linóleo, que formava um desenho imitando tijolos, em tons de vermelho e amarelo, com imitação de reboco entre eles. "Meu amorzinho, eu queria viver só com você, mais ninguém. Mas, como você mesma disse..." Sentia-se invadido, mas não era uma sensação desagradável. Duas mulheres para servi-lo, para protegê-lo. "Vamos ver se a coisa funciona. Se não der certo, a gente pensa numa outra solução."

"*Vai* dar certo. Sua mãe é muito boa. Ela vai fazer tudo para não prejudicar a nossa privacidade. Eu *gosto* dela, Ted. Falando sério."

Mas teriam que reprimir todos os barulhos, e não poderiam mais andar pela casa como já haviam feito — até mesmo no andar de baixo, os dois nus como Adão e Eva, as luzes que vinham da rua estendidas sobre a mobília como grandes línguas brancas. Quem passasse pela calçada em frente poderia ter visto pedaços de seus corpos nus surgindo rápidos detrás do sofá de veludo brocado. "Você foi um amor", disse Teddy, "de se oferecer assim na mesma hora."

"Eu tive que falar na mesma hora. Se a gente ficasse vacilando, ela ia ficar magoada para o resto da vida, e não viria nunca mais. Tive muito medo de que você ficasse zangado, mas tive que falar."

"Zangado? Ela é *minha* mãe. É *você* que está me fazendo um favor."

"Eu não teria falado nada se não gostasse tanto dela. Sei que não sou exatamente a moça que ela queria para você, mas ela tenta ser carinhosa. Na verdade, ela é bem mais minha mãe que..."

Não precisou concluir a frase: do que sua mãe verdadeira.

A casa da Willow Street não foi vendida de imediato — dinheiro não dava em árvores, ao contrário do que imaginava Wall Street, agora que mais uma vez os republicanos haviam conquistado a Presidência — e Horace pediu a Stella para ficar na casa até que a venda se concretizasse. Em abril, ele aceitou uma proposta de nove mil e novecentos dólares. Em maio, Stella foi morar com o filho e, em julho, se deu conta de que Emily não estava engordando apenas por ter ela assumido a cozinha, mas porque havia três meses vinha gerando mais um morador para a casinha cinzenta da Locust Street.

Emily gostava de "chamego", como ela própria dissera. Na cama, era mais direta e passional que Teddy imaginara; ficava surpreso, lisonjeado e tentava acompanhar seu ritmo, mas no fundo de sua consciência pairava a suspeita protestante de que devia haver algum travo naquilo, que gostar tanto dos prazeres da carne tinha que ser uma coisa corrupta e merecedora de castigo. Quando queria que Teddy fizesse amor com ela, vinha para a cama nua; falava, em tom jocoso, de seus "direitos conjugais". Por vezes toda sua pele ficava tão sensível, tão inflamada de amor, que ela gemia onde quer que ele a tocasse. Durante os primeiros meses de casados, no entanto, ela não o deixava ver seu pé defeituoso fora do aparelho e do sapato de sola grossa. Mesmo na banheira, quando ele lhe ensaboava o pescoço e os seios, ela o escondia debaixo da outra perna, fazendo-o desaparecer na água ensaboada. Aquilo acabou virando uma questão de resistência chorosa da parte dela e de insistência magoada da dele; uma noite, depois de uma visita de Peter e Esther, que vieram acompanhados de uma coqueteleira cheia de martíni, Teddy, encorajado pelo efeito do álcool, arrancou as cobertas de repente e, agarrando-lhe a perna direita enquanto Emily gritava e soluçava, olhou o quanto quis. O pé defeituoso era pequeno como um pé de criança, formado um ângulo agudo com o tornozelo. Teddy baixou a cabeça e beijou-o — a pequenez daquele pé, a palidez daquela pele que jamais vira o sol, o cheiro ligeiramente adocicado por viver encerrado dentro do sapato especial, apertado, de cano longo. Emily parou de debater-se e de resistir. Teddy continuou a beijar e acariciar aquele pé tristemente fraco e estranho, os dedos minúsculos, e com um movimento convulsivo Emily começou a sacudir os quadris e as mãos. Quando Teddy voltou a aproximar seu rosto do dela, viu que estava ruborizada, muitíssimo ruborizada. "Acho que eu sou mesmo todinha sua, da cabeça aos pés", disse ela, enquanto ele enfiava o pênis em seu sexo já úmido.

Em maio de 1929, Charles Lindbergh, cujo feito havia servido a Teddy de inspiração para que ele ousasse ser feliz, casou-se, na casa de sua noiva, em Englewood, Nova Jérsei. Em Hollywood, os primeiros Oscar foram concedidos a *Asas*, Emil Jannings e Janet Gaynor, a qual, aos vinte e dois anos, havia estrelado três filmes naquele ano. Em Chicago, Al Capone foi preso por estar portando uma arma, e em Washington, Harry Sinclair, milionário do petróleo, foi preso por contumácia: cinco anos antes, recusara-se a depor na comissão senatorial que investigava o caso Teapot Dome. Henry Ford assinou um contrato com a União Soviética, pelo qual se comprometia a produzir cem mil automóveis por ano lá. A Bell Laboratories demonstrou um sistema para transmitir imagens coloridas via "televisão". A Transcontinental Air Transport inaugurou um serviço de transporte da costa atlântica à pacífica: os passageiros embarcavam na Penn Station em Nova York, viajavam de avião de dia e de trem de noite, chegando ao aeroporto de Glendale, perto de Los Angeles, quarenta e oito horas depois, ao preço de 351,94 dólares (só ida). Judeus e árabes lutavam em Jerusalém; chineses e russos entravam em choque na fronteira da Mandchúria.

Em outubro, a Bolsa de Valores nova-iorquina quebrou; não

houve efeitos visíveis e imediatos em Basingstoke. Pouca gente de lá tinha ações e os poucos que tinham cruzaram os dedos e ficaram à espera de uma recuperação. A fábrica de chapinhas continuava a despachar grandes caixas tilintantes para a estação de trem; o Roxie exibiu por duas semanas seguidas um filme falado épico de John Ford, *A guarda negra*, que Myrna Loy estrelava no papel de uma glamourosa líder muçulmana que sonhava conquistar a Índia. E Teddy Wilmot continuava a fazer suas rondas pela cidade, confiável como um planeta em sua órbita, entregando a correspondência.

Jared veio de Nova York com um ar apenas um pouco contrafeito. "É, sem dúvida levamos uma paulada", reconheceu. "As contas-margens foram liquidadas, e era o que Jimmy mais tinha. Ele tem uns clientes que não são lá flor que se cheire e, pelo sim pelo não, ele e a Teresa foram tirar umas férias nos montes Adirondacks. Quer dizer, pelo menos ele me mandou dizer para todo mundo que é lá que eles estão."

"Quanto tempo você deve ficar aqui em Basingstoke?", perguntou Teddy. Jared havia aparecido em sua casa numa noite no final de outubro, e eles o haviam instalado no quartinho do andar de cima que estavam preparando para o bebê, programado para janeiro.

"Ah, pouco tempo. Só vim para respirar um pouco. Foi idéia da Lucille. Ela disse: 'Você está com uma cara péssima'. Disse também: 'Você precisa visitar sua família e respirar um pouco de ar salgado'." Riu seu riso curto e seco, que não estimulava o interlocutor a rir com ele. Os dentes de sua arcada inferior eram tortos; aqueles dentes faziam Teddy lembrar-se de Paterson.

Jared dirigiu-se a Emily, que estava em pé para que sua sogra pudesse sentar-se à mesa com o filho pródigo: "Não se preocupe, Em; não vou tomar o quarto do bebê. Aliás, você está ótima. Está aí uma coisa que eu gosto de ver: uma mulher gerando um bebê americano para combater o perigo amarelo".

Emily corou; embora sua gravidez fosse visível, ela preferia que as pessoas não tocassem no assunto. "Como vai a Lucille? E o Jimmy?"

"Ótimos", respondeu ele, mas num tom um pouco vago; "estão ótimos. Ele anda e fala igualzinho a um irlandês. Aliás está ficando muito esnobe; a gente arranjou uma ama inglesa para ele. Eu vivo dizendo à Lucille que a gente devia ficar mais com ele, mas ela adora festas. Agora anda interessada em arte moderna. Para mim, a impressão que dá é que o sujeito despejou uma lata de tinta na tela, mas ela acha o máximo, esses pintores franceses."

"Os pós-impressionistas", disse Emily, tímida. "Cézanne e Van Gogh."

"Isso mesmo. Agora estão fazendo um museu só para as coisas deles, e a Lucille está envolvida nessa história, levantando dinheiro, indo visitar esses vagabundos metidos a artistas lá em Greenwich Village, e não sei que mais. Se você está interessada, devia ir lá para ver. Por mim, podem até pendurar os quadros de cabeça para baixo que eu nem vou reparar."

Stella entrou na conversa, percebendo que o filho estava escondendo alguma coisa: "Jared, o que será que vai acontecer? Com a firma do senhor McMullen, o seu emprego, os investimentos e tudo o mais?". Teddy viu o medo nos olhos da mãe, o mesmo que vira no tempo em que o pai ganhava onze dólares por semana trabalhando na Modas Finas Goldman, e depois vendendo enciclopédias de porta em porta, ganhando menos ainda. Ela sabia o que era perder *status*, por mais que se tentasse blefar.

"Não esquente sua cabecinha por isso", disse Jared à mãe, levantando-lhe uma mecha com um gesto preciso para puxar-lhe a orelha. Mas havia algo de diferente em sua voz melíflua de barítono, a mesma coisa que tornava diferente o braço danificado. "O mercado vai normalizar", afirmou. "Todos os caipiras do país estavam comprando ações, e aí os preços subiram de um modo absurdo. Os mais vivos perceberam e caíram fora. Estávamos precisando de uma correção e foi o que aconteceu. Os grandes banqueiros — Morgan, Mitchell, Pierson — vão dar um jeito de recuperar o equilíbrio. O Hoover está fazendo a parte dele, inventando um monte de obras públicas. Eu e o Jimmy levamos um tranco, mas ele ainda tem um pé-de-meia. Mamãe, não faça essa cara de enterro! Tudo se resolve; a senhora vai ver que vou dar a volta por cima. A senhora sabe como é a sorte dos Wilmot."

Jared tinha ido longe demais, e agora não podia retroceder. O tom jocoso e confiante era apenas uma lembrança de um tempo passado. Agora havia algo de patético nele, uma necessidade doentia de conquistar as boas graças de todos, até mesmo de seu irmão caçula. Quando os dois se viram sozinhos na sala da frente, Teddy recusou o charuto La Palma e acendeu um Old Gold ("Satisfaz e encanta, mas não irrita a garganta"). Disse-lhe Jared: "A sua situação não é das piores. Eu até que gostaria de ter um sogro dono de estufa".

"Ele não se mete na nossa vida, mas quando a gente precisa, ele não falta. Adora a Emily; ele beija o chão em..." Não completou a expressão; seria um erro dizer *o chão em que Emily pisa.*

Jared compreendeu; olhou para o teto e começou a falar de sua mulher. "A Lucille é boa pessoa, um pedaço de mulher, mas..." — suspirou — "é péssima mãe, e uma gastadeira dos diabos. E ainda por cima fria, quem poderia imaginar? Eu achava que as católicas eram carinhosas, calorosas, sabe? Não é o que todo mundo diz? Ou só as italianas é que são assim?"

Teddy sentiu que Jared estava tentando sondar sua vida sexual, meter o nariz em sua privacidade, e não disse nada.

Jared percebeu a recusa e prosseguiu: "Já a sua Emily — a meu ver, você e ela formam o casal ideal. Porque desde que o papai caiu em desgraça você é uma espécie de aleijado".

Jared não ficou até a criança nascer; voltou para Nova York depois de passar uma semana comendo a comida deles, pegando emprestado o Chevrolet para ir até Wilmington comprar o *Wall Street Journal* e aumentando a conta telefônica com suas conversas misteriosas. Num domingo excepcionalmente quente para aquela época do ano, quando o amplo estuário do Avon estava liso como uma vidraça, ele e Teddy foram pescar juntos. Jared chegou até a pegar um peixe, um linguado, que nadava nas águas gélidas junto ao velho quebra-mar de granito; espalhava gotas d'água e reflexos de sol, em sua agonia, como um anjo achatado colhido de um céu azul e frio. O bebê, uma menina de três quilos e duzentos gramas, nasceu em fevereiro, já na década nova, na semana do dia de são Valentino e no dia do primeiro aniversário de morte da tia Esther. Por esse motivo, e por outros — talvez em homenagem ao pai de Teddy, para afirmar a continuidade dos Wilmot, que sempre utilizara aquele nome em todas as gerações — resolveram chamar a criança de Esther. Emily não pôde contribuir com nenhum nome de sua família; o de sua mãe era demasiadamente extravagante — Tabitha. Não obstante, essa senhora começou a freqüentar a casa deles, para dividir com Stella os encargos que cabem às avós. Embora não conseguisse conter o velho hábito de virar para o outro lado o rosto miúdo e escuro quando falava, Tabitha era mais ativa e carinhosa com o neném que Stella, que era dez anos mais velha e estava tão gorda que ficava ofegante cada vez que subia a escada.

Excesso de avós, queixava-se Emily às vezes. Era completamente louca pela menina. Para ela, a filha representava a perfeição. Uma vez, mais ou menos uma semana depois de voltarem do hospital, Teddy surpreendeu a esposa debruçada sobre o berço. Com as duas mãos, em êxtase, agarrava os pezinhos descalços da criança — minúsculos, ligeiramente arroxeados, gorduchos, de solas arredondadas, pés recém-desabrochados, a pele ainda enrugada como as pétalas da flor do corniso, mais lisos que seda. Emily, apalpando aqueles pezinhos com mãos amorosas e ávidas, foi apanhada em flagrante pelo marido; seus olhos, cujos brancos eram grandes como os das estrelas de cinema, voltaram-se para ele com uma expressão de surpresa e culpa, logo substituída por um olhar úmido de súplica, como se pedisse que ele ignorasse o que havia de vergonhoso naquela adoração. "Ela é perfeita", disse Emily, à guisa de desculpa.

"Você também", mentiu Teddy; ela largou a criança para que o marido lhe desse um abraço forte, o conforto que ela conquistara tão duramente. Mas a imagem de sua mulher debruçada sobre o berço, naquela atitude de súplica, tornou-se mais uma cena que Teddy jamais conseguiu esquecer. Tanta dor!

3

ESSIE / ALMA

A luz penetrou de mansinho por baixo da cortina corrediça verde, passou por cima da serpentina da calefação e chegou até junto a sua cama, quando o emaranhado de seu sonho triste se desfez e ela ousou abrir os olhos. Como um vazamento num grande tanque de escuridão, a luz havia se infiltrado em todos os objetos familiares de seu quarto — a cômoda de pinho envernizado, a cadeira de espaldar reto, pintada; a boneca de olhos arregalados sentada na cadeira, exibindo as solas ovais dos sapatos de papelão; a serpentina (que, sob a camada de tinta prateada já descascando, exibia desenhos em forma de folhas em baixo-relevo, como se fosse um segredo); a cortina corrediça verde-escura na janela, com seus furinhos de luz; a prateleira que o pai havia instalado com martelo e pregos, e quando acertou o dedo a unha dele ficou azul, retratos emoldurados de João e Maria perdidos no bosque muito assustados e uma moça de branco, com fitas rosadas, dando um passo em direção a quem olhava para ela. O olhar de Essie tocou cada um desses objetos, e em seguida os quatro cantos do teto. O mundo estava intato; não fora despedaçado por seu sonho, cheio de gritos e fogo e coisas derramadas. O mundo é como as pedras: os sonhos e pensamentos escorrem por cima dele. Essie olhou de novo para os quatro cantos do teto, dessa vez na ordem contrária, segurando o senhor Urso de tal modo que seus olhos de vidro, cada um com um disco preto solto no meio, pudesse olhar junto com ela. Era um *teddy bear*,* mas como seu pai se chamava Teddy o nome do brinquedo era senhor Urso. Essie desenhou uma dia-

(*) Urso de pelúcia. (N. T.)

gonal com os olhos numa direção e depois na outra. O ar parecia vibrar, como se houvesse nele alguma coisa que se mexesse, mais fina do que a garoa mais fina. Se ela não fizesse a diagonal nas duas direções, as coisas sairiam dos eixos e Deus ficaria contrariado. A felicidade de ser ela própria, na força de seus sete anos de idade, espalhou-se pela pele de Essie; a pele parecia tão apertada que ela tinha vontade de gritar ou dar uma gargalhada. Praticamente a primeira sensação que ela lembrava ter sentido na vida era essa felicidade por ser quem era e não outra pessoa qualquer — um daqueles milhões e milhões de seres que tiveram a infelicidade de ser outra pessoa que não Esther Sifford Wilmot, residente em 27 Locust Street, Basingstoke, Delaware.

Claro que ela sabia que havia meninas mais ricas e mais famosas que ela, como Shirley Temple e as quíntuplas Dionne e aquelas duas princesinhas inglesas, mas fama e dinheiro eram coisas que ela poderia ter no futuro, que era infinito e muito, muito grande. Por ora, ela estava na cidadezinha que era sem sombra de dúvida a mais simpática e mais bonita de todo o país, na casa mais feliz, onde cabiam direitinho só eles cinco, como cinco dedos numa luva. Sentia-se muito orgulhosa quando via o pai caminhando pela cidade com seu uniforme azul; todo mundo o conhecia e o cumprimentava, como se ele fosse o rei de Basingstoke visitando os súditos. E a mãe era como uma rainha em sua casa e na estufa ali perto, do outro lado da rua, andando de um lado para o outro no meio de toda aquela luz, às voltas com seus crisântemos e gloxínias e outras palavras maravilhosas, os fios de cabelo soltos brilhando como filamentos de lâmpadas quando ela enxugava o suor das sobrancelhas com as costas da mão. Às vezes sua mãe ficava cansada, e sua perna fraca doía; e uma vez, quando estava passando a ferro, Essie lembrava de vê-la levar a mão ao rosto de súbito ao sentir uma pontada de dor de dente; mas todos os dias ela já estava de pé enquanto Essie ainda continuava tentando desvencilhar-se da escuridão doce e grudenta do sono, zanzando de cá para lá no andar de baixo, arrumando as coisas, dando vida à casa. Era esse o dever da mulher — cuidar da casa e ser bonita. A mãe sabia direitinho como fazer Essie sentir-se bonita, dando, à noite, nos seus cabelos, sete vezes sete escovadelas para que ele brilhasse tanto quanto os cabelos louros da tia Esther, embora fosse escuro, de um negro sedoso, não negro exatamente, mas um castanho bem escuro, reluzente, a mesma cor, dizia o pai, dos cabelos da mãe dele quando moça. Embora a outra avó de Essie também tivesse cabelos escuros, raramente se falava neles. Além disso, era preciso escovar os dentes e depois bochechar com Listerine e usar cotonetes mergulhados em água quente nas dobras da orelha, mas não dentro do ouvido onde fica a cera, porque senão podia furar o tímpano e ela ficava surda. Para fazer as bochechas de Essie ficar bem rosadas, a mãe às vezes esfregava o pano com muita força em seu rosto, e também lá embaixo, ali onde as meninas eram diferentes dos meninos. Quando era o pai que a punha na cama, ele não a lavava lá embaixo não.

Ao lado da estufa moravam o pai e a mãe de sua mãe. Ele usava roupas velhas e largas que cheiravam a flores e fumo mascado, e sempre trazia no bolso, embrulhado, um nugá, caramelo ou chocolate Hershey, aquele que vinha com o papelzinho que a gente puxava para abrir. Também a pele do rosto e o pescoço dele eram largos como as roupas, e a nuca era cheia de xx. Quando ficava muito frio ou vinha uma nevasca, ele dormia na estufa, levantando-se de três em três horas para alimentar a fornalha de carvão. Era ele mesmo que fazia isso, porque os meninos de cor que ele pagava muito bem às vezes nem mesmo acordavam, e se a fornalha se apagasse, todas as flores congelavam. A avó Sifford era muito calada e tímida, e sempre cobria a boca com a mão para ninguém ver que era desdentada, mas ela sabia muitas coisas secretas. Sempre que Essie estava doente ela vinha ficar com a neta, punha a mão ossuda na testa quente dela e fazia um caldo verde-claro de folhas e galhos que normalmente não era muito amargo nem muito cheio de coisas boiando, e aí Essie tomava umas colheradas para ficar boa. Nessas ocasiões Essie podia passar o dia todo na cama grande dos pais, ouvindo rádio, desde *Lorenzo Jones* até *Lum e Abner*, e levar para a cama as bonecas, os bonecos de papel e o senhor Urso, e os creions e os lápis de cor se perdiam nas dobras da coberta e tentavam se esconder atrás da montanha dos joelhos dela. Era importante ficar de cama, com a cortina bem fechada, naquela vez em que ela teve sarampo. E também não andar com as crianças que moravam do outro lado da cidade, perto do curtume, porque elas não tomavam banho e viviam cheias de micróbios. E no verão não nadar no rio nem ir ao cinema, porque era assim que as pessoas pegavam paralisia infantil e ficavam ainda mais aleijadas que a mãe. Havia crianças, coitadas, que passavam a vida toda com pulmão de aço, elas apareciam no jornal da tela e depois vinham os lanterninhas com caixinhas de papelão para a gente pôr uma moeda dentro. Era tão bom ser ela mesma e não aquelas crianças que às vezes Essie ficava tonta de felicidade; ser ela era como estar na beira de um precipício íngreme e brilhante, olhando para tudo que se via lá do alto, que nem uma menininha loura que tinha num livro dela sobre a Escócia.

Essie gostava muito dos avós da estufa, mas gostava ainda mais da Ama. Ela a chamava assim porque quando tentou dizer "*Grandma*" ("vovó") pela primeira vez não conseguiu. A Ama morava com eles e era ainda mais agitada que a mãe, que às vezes gostava de ficar parada com os livros e os discos dela. A Ama nunca perdia tempo desse jeito, mas estava sempre costurando e fazendo bolos e tortas e falando pelo telefone com outras pessoas da igreja. Ela era tão importante na igreja que sempre tinha gente telefonando para ela, pedindo conselhos. Usava vestidos antiquados, escuros, que farfalhavam quando ela andava, e prendia os cabelos grisalhos e fartos no alto da cabeça com um monte de pentes e grampos em forma de U, de tartaruga. Quando Essie era pequenina, a Ama deixava que ela brincasse com os grampos na hora de se deitar, depois que soltava os cabelos. E uma vez mostrara a Essie, no fundo da sua cômoda, uns rolos feios, de cabelo de outras pessoas, que ela usava antigamente, no tempo em que era moda, para enrolar os cabelos dela em volta. Tinha escovas de cabo de prata e uma abotoadeira de cabo de marfim e uma porção de pedaços finos de marfim que formavam, ela dizia, um espartilho, para diminuir a barriga. Quando era pequenina, Essie pensava que essas coisas eram só para ela brincar, como os pregadores de roupa e os carretéis vazios e aqueles anéis vermelhos de borracha que a mãe e a Ama usavam quando cortavam um bocado de pêssegos e coziam dentro de potes, enchendo a cozinha de vapor. Agora ela sabia que quase todas as coisas tinham uma função para os adultos. A Ama lhe mostrara como se seguravam as agulhas grandes e grossas de fazer tricô, mas ainda era muito difícil, os laços de fio escapavam e desfaziam-se. Até mesmo os pequenos laços de pano do tapete do banheiro tinham essa função adulta, muito embora para Essie, quando ela estava sentada no troninho esperando a coisa sair, eles parecessem as cabeças de um monte de pessoas reunidas lá embaixo para ouvir o discurso que ela, a grande princesa, ia fazer. Às vezes ela ficava maluquinha de pensar como era grande o mundo, tão cheio de novidades. Agora que ela já estava na segunda série, deixavam que ela fosse sozinha a vários lugares, desde que ela sempre olhasse para os dois lados e atravessasse nas esquinas. Depois de dizer à mãe aonde estava indo, ela podia atravessar a Locust Street num dia de sábado e caminhar sozinha, passando pelos gramados das casas e pelo terreno baldio cheio de mato que era do vovô Sifford, e depois o trecho coberto de cascas de ostras que faziam créquite quando ela pisava, até chegar à estufa, cheia de sol e flores e folhas e cheirando a verão mesmo quando havia neve encostada nos vidros do lado de fora, com um monte de manivelas e roldanas para regular as janelas, e canos enferrujados da calefação soprando ar quente nas suas canelas, no chão de terra cheio de palha onde duas vezes ela encontrara dinheiro, uma vez uma moeda de cinco cêntimos e outra vez uma de vinte e cinco! Havia ventiladores que faziam o ar circular o tempo todo para que as plantas não sufocassem nem adoecessem, e as mesas em que as plantas ficavam dentro de vasos não eram de madeira maciça e sim de uma grade espessa e enferrujada, para que entrasse ar por baixo. Às vezes o pai a levava até a agência de correios, onde tinha um mural novo de cores vivas, com homens de casaco azul e rabo-de-cavalo que tinham a ver com o nome da Rodney Street, e ficava vendo o pai e o senhor Horley classificarem a correspondência no final do dia, jogando as cartas dentro de sacos diferentes, presos em armações de metal, cada um para uma região do país. O senhor Horley sabia jogar as cartas segurando-as pela ponta, fazendo-as dar uma volta no ar, e nunca errava o saco, mesmo quando era o da Califórnia. Tudo isso fazia com que acordar todos os dias fosse uma coisa emocionante, e ela até entendia que as outras crianças tivessem inveja dela e a chamassem de "convencida", mas ela não era convencida não, era só perfeita e gostava de ser perfeita.

A Ama morava com eles porque o marido dela, o outro avô de Essie, tinha morrido. Isso era um pequeno defeito em seu mundo, um canto que faltava. Ela sempre olhava para os quatro cantos e fazia todas as diagonais com os olhos duas vezes, porque a ausência de seu outro avô era prova de que coisas terríveis podiam acontecer. Mas a Ama dizia que ele era um anjo no Céu que olhava para eles e os amava, especialmente sua netinha de cabelos negros em Delaware. Essie tentava imaginar o que era ter um parente no Céu, tal como a tia Esther lá na casa de rico dela em Red Lion, com o tio Peter e dois meninos mal-educados, Peter Júnior e Jefferson, e como o tio Jared numa montanha lá longe, no Colorado, que um pedaço dela era dele, explorando uma mina de cobre, embora o pai de vez em quando sacudisse a cabeça como se isso fosse uma coisa triste. Os Wilmot eram uma família muito especial, embora em Delaware todo mundo vivesse falando nos du Pont. Os du Pont moravam numa serra ao norte e para Essie eram mais irreais que Deus. Deus morava nas nuvens e tinha mandado Jesus à terra para fazer o Natal e a Páscoa, e Seu amor desceu do Céu e envolvia todo o corpo de Essie como água na banheira. O fato de Jesus ter descido à terra mostrava que Deus não estava só lá em cima e sim por toda parte, em volta das pessoas, invisível, não como um fantasma, o que seria assustador, mas como o sangue nas veias, que às vezes a gente ouve quando encosta o ouvido no travesseiro e que o médico sente quando encosta no pulso da gente os dedos gordos e frios, cheirando a anti-séptico. O doutor Hedger era tão velho que a língua dele ficava um pouco de fora quando ele encostava o ouvido no peito da gente para escutar e pensava que ninguém estava vendo.

Deus estava em todas as igrejas de Basingstoke. A mãe antigamente freqüentava a metodista, mas como a Ama ia à presbiteriana todos os domingos ela resolvera que iria lá também. Era muito bom, as duas saindo às quinze para as dez nas manhãs de domingo com Essie entre elas, com seus sapatos de verniz que refletiam o rosto se ela abaixasse a cabeça e chegasse bem perto deles, com uma alça no meio, e meias que subiam aos joelhos até que um garoto mal-educado como Benjy Whaley a empurrava na hora em que todo mundo andava pela igreja cantando, já no final do culto. Mas tirando Benjy, as crianças que freqüentavam a escola dominical da igreja presbiteriana não eram tão mal-educadas quanto as que iam às igrejas metodistas, batistas e à Igreja do Verbo Verdadeiro, que nem torre tinha. Até a igreja das pessoas de cor lá na Beaver Road tinha torre. De todas elas, as presbiterianas eram as melhores. Seu avô no Céu tinha sido pastor, e usava túnica e abençoava o pão da Comunhão, aqueles pedacinhos que ela ainda era muito pequena para comer. Ele era servido em pratos de prata pelos diáconos, e uma vez um garoto muito mau pôs uma goma de mascar usada no prato quando passou por ele. A Ama dava aula na escola dominical para as meninas mais velhas, e o senhor Horley, uma pessoa tão importante na cidade que era até mais importante que o pai, ensinava os meninos mais velhos. O senhor Phillips, que era dono do banco e andava sempre de terno, até mesmo aos domingos, era o superintendente. Já o professor dos metodistas era só o senhor Pursey, dono do armarinho que ficava em frente à drogaria onde o pai trabalhava quando conheceu a mãe. No Dia das Bruxas, o senhor Pursey vendia dentes compridos de cera e também latas de pastilhas que tinham na tampa a foto de Irene Dunne, ou Constance Bennett, que tinha cabelos pretos como Essie, ou Jeanette MacDonald, que cantava com uma voz tão aguda que a trilha sonora do filme falhava. Os meninos metodistas mais velhos estudavam com o "Shorty" Sturgis, que era o dono da oficina mecânica e que sempre andava com as unhas sujas, onde já se viu! A escola dominical presbiteriana era no subsolo e tinha janelinhas baixas de vidro fosco na parte de cima das portas, de modo que até em dias de sol tinha-se de acender as luzes. Jesus desceu à terra e começou a curar os cegos pondo lama nos olhos deles, e antes disso os irmãos de José ficaram com tanto ciúme da túnica de várias cores dele que o largaram numa vala pensando que ele tinha morrido. As pessoas da Bíblia eram todos pastores e usavam túnicas roxas e sandálias, e um lavava os pés dos outros. Quando a mãe ou a Ama lavavam seus pés, principalmente as solas, ela sentia tanta cócega que se sacudia toda e ria e às vezes tinha que fazer xixi.

Lá embaixo, na cozinha, Danny estava se esgoelando por algum motivo — aquele bebê chorão; devia ser o óleo de fígado de bacalhau, que era só engolir num segundo e depois protegia a gente o dia inteiro contra os micróbios. Ele vivia brigando e protestando contra coisas que era mais fácil aceitar, porque o mundo sabia o que era bom para a gente e além disso era tão grande que não adiantava lutar contra ele. Ela é que não queria ser o Danny — sempre com o nariz escorrendo, descabelado, querendo brigar com todo mundo e chegando em casa choramingando porque um garoto mais forte que ele tinha batido nele. Bem feito. Quando a mãe o trouxe do hospital, Essie, que tinha três anos na época, deu uma olhada escondida debaixo da fralda dele e viu que o pipi dele parecia uma maçanetazinha, só que era mais grosso, e ficava em cima de uma almofada cor-de-rosa com um risco no meio, como uma costura de meia. Ela é que não queria uma coisa daquelas! Preferia o pipi dela, bem mais discreto, com tudo que era feio escondido dentro.

O relógio do Mickey em cima da cômoda dizia que eram oito horas, mas o apito na fábrica de chapinhas não tocou. Era sábado. Hoje não tinha escola, nem o Lowell Thomas, que o pai gostava de ouvir, no rádio, logo antes de *Amos e Andy*, de que a Ama gostava por algum motivo — dizia que era porque a fazia rir, e naqueles tempos difíceis, em que um terço dos homens do país não conseguia encontrar emprego, de que mais se haveria de rir? —, e (a desvantagem dos sábados) aula de piano e depois aula de sapateado. A senhorita Reeves chegava às nove com suas partituras e o nariz dela, roxo e inchado, que a mãe disse que ela uma vez quando menina escorregou no gelo na entrada da casa e caiu e se machucou e isso estragou a vida dela porque ela ficou feia que não conseguiu arrumar marido, e ela punha uma estrelinha dourada na página quando via que Essie tinha estudado o minueto em sol maior de Mozart ou o trecho de balé em fá sustenido maior de Gluck, depois pegava com a Ama uma xícara de café e uma broa de milho e ia correndo para a casa do próximo aluno, Marvin Gordy, que segundo ela tinha talento mas era muito menos aplicado que Essie. Então Essie e a mãe iam correndo ao estúdio no sobrado da loja de ferragens do Krauthammer, onde o senhor Josephs, que antigamente trabalhava num tal de *vaudeville*, ensinava a turma a pôr o pé direito para a frente, e depois o outro, e depois sapatear e rodopiar. Ele dizia que era para ficar com a cabeça e as mãos como se estivessem amarradas em fios puxados do alto, de modo que a gente parecesse não pesar nada e aí a platéia ficava empolgada. Era um homem triste de voz áspera, quando falava em empolgar a platéia. Os cabelos dele eram alaranjados e não combinavam com a cara, e o estúdio tinha um cheiro triste, de poeira, uma sala grande sem divisão aonde se chegava subindo uma escada coberta de linóleo, e no corredor tinha um banheiro só para todo mundo, menina e menino, de modo que a pessoa tinha que ter cuidado para ver quem estava lá dentro, e cadeiras encostadas nas paredes para as mães esperarem. Mas Essie agora estava até gostando, gostando de fazer de conta que tinha uma platéia a sua frente, ali debaixo daquelas tábuas arranhadas de tanto sapatearem nelas, e de ser a melhor das oito ou nove crianças daquela turma de principiantes. Ela sentia que era a melhor quando rodopiava, porque era a primeira a se virar de novo para o senhor Josephs, com o peso apoiado no pé direito e o joelho esquerdo encostado no chão e os braços estendidos, em posição de "oi!", igual ao que ele tinha ensinado. A mãe dizia que mesmo se ela nunca viesse a dançar sapateado as aulas eram boas para ela aprender a controlar os músculos e a ter graça corporal. Mesmo com sete anos de idade Essie já percebia que a mãe não queria que ela perdesse nenhuma das coisas que ela não havia podido fazer por ter sido criada numa fazenda e ter um pé defeituoso, tudo que fazia com que ela não tivesse "graça corporal". Essie adorava seu próprio corpo, tão rijo e flexível, adorava ver os músculos mexerem-se no tornozelo quando ela virava o pé para cá e para lá; às vezes, de manhã, ela acordava e ficava uns minutos só deitada na cama e levantando a mão para que o sol batesse nela, vendo as pontas dos dedos vermelhas e transparentes, e esticando os dedos dos pés e olhando para os pêlos miúdos e brilhantes nas canelas alvas e retas. Quando ficasse mais velha, Essie dizia a si própria, ia pintar as unhas dos pés para poder usar sapatos abertos e calças justas como Marlene Dietrich e Dolores Del Rio.

No caminho de casa, passaram pelo Roxie, em cuja marquise se lia: CEM HOMENS E UMA MENINA. ESTRELANDO DEANNA DURBIN. "Por favor, mamãe", implorou Essie. "Eu quero ver."

"Mas eu e seu pai não podemos levar você", retrucou a mãe, com aquela voz cantada, espaçada, excessivamente nítida que usava quando representava o papel de mãe. "Tenho que ajudar o vovô e a vovó na estufa hoje à tarde, e à noite eu e seu pai vamos jogar cartas com a tia Esther e o tio Peter enquanto a Ama toma conta de você e do Danny."

Essie não disse nada, pensando que quando seus pais voltavam da casa da tia Esther eles ficavam na cama até mais tarde, e no dia seguinte a mãe se vestia apressada para ir à igreja, enquanto o pai ficava mais um pouco sob as cobertas. Ele nunca ia à igreja; só foi no Natal em que Essie fez papel de pastora. Para uma menina que estava na segunda série, até que Essie já fora muito ao cinema: desde antes da primeira série seus pais a levavam à sessão das sete quando no dia seguinte não havia aula. Naquele ano ela já vira *Terra dos deuses*, sobre os chineses pobres e uma praga de gafanhotos que vem do céu, e *Horizonte perdido*, com uma cena assustadora em que o rosto da moça bonita virava uma cara escangalhada de velha quando tiravam a moça do vale encantado onde ela morava, e *O príncipe e o mendigo*, com Errol Flynn, em que um menino de rua sujo troca de lugar com o principezinho. Nos filmes havia gente pobre e gente muito rica, mas poucas pessoas como os Wilmot e os Sifford, que estavam mais para o meio. Estar no meio era mais uma coisa que fazia Essie feliz. Às vezes vagabundos batiam à porta dos fundos, alguns deles com a pele ainda mais escura que as roupas imundas, e a Ama sempre preparava um saco de papel para eles com um sanduíche, uma maçã, um biscoito amanteigado, e sempre lhes dizia uma palavra agradável e os abençoava. Eles diziam que queriam trabalho, mas que trabalho poderia haver para eles naquela casinha com quintal pequeno, onde o pai fazia todo o serviço? Até mesmo a Ama não estava mais conseguindo arranjar muito serviço de costura, porque cada vez mais as mulheres compravam as roupas já prontas. Alguns desses homens sem eira nem beira tinham um cheiro azedo e olhavam para Essie de um modo esquisito, mas a Ama dizia que todos nós éramos filhos de Deus, e nunca ia ao cinema, como se houvesse alguma coisa ruim no escuro do cinema. *Cem homens e uma menina* era a história de uma garota que cantava tão bem que emocionava as pessoas — Essie sabia porque Loretta Whaley havia contado na escola anteontem. Os pais dela a tinham levado, embora fosse dia de aula. "Eu vou ver sozinha", afirmou Essie, em tom de desafio. Quando ela e a mãe passaram pelas portas do Roxie, deu para ver um rapaz que era o irmão mais velho de um garoto da sua turma, Eddie Bacheller, limpando o tapete roxo do cinema com um aspirador de pó com um farolzinho na frente, preparando o salão para a matinê das duas. "Eu vou pelo lado da estufa e não atravesso a rua", prometeu. "Eu arrumo meu quarto antes de sair, e tudo mais. Eu até l-lavo os p-p-pratos do almoço. Ah, por favor, por favor, *por favor.*"

Essie corou, por haver gaguejado. Não sabia por que isso acontecia; às vezes passavam-se dias sem que acontecesse e então, de repente, não conseguia contornar uma espécie de bola de ar que se formava dentro de sua boca. Era quando ela estava afobada e empurrava as palavras depressa demais, ou quando avançava o sinal, ou achava que estava sem razão. Quer dizer, não exatamente sem razão, mas quando era difícil explicar uma coisa sem usar um monte de palavras e aí ninguém ia ouvi-la, ninguém estava prestando atenção e não dava tempo de dizer tudo que tinha que ser dito.

"Você é muito pequena para ir ao cinema sozinha", explicou a mãe, muito devagar, tranqüila, como se a estivesse ensinando a falar. A mãe tinha uma voz muito bonita e suave. Não se perdia uma única palavra do que ela dizia.

"Os m-meninos vão", Essie não se conteve. "Vão meninos muito menores que eu."

"Os meninos vão a lugares e fazem coisas que só eles podem, as meninas não", disse a mãe.

"Mas por quê, *por quê*? Isso é uma injustiça, a senhora sabe que é!"

"As mulheres e os homens não são a mesma coisa, e talvez até seja uma injustiça", disse a mãe, olhando para ela com um sorriso pesado. "Mas é assim que as coisas são, Esther. As meninas são mais vulneráveis que os meninos."

"O que é vul-vul-vul...?"

A mãe desviou o olhar, incomodada de ver que a filha não conseguia pronunciar a palavra. Aquela expressão em seu rosto era o mais próximo que ela chegava de ralhar. O rosto da mãe tinha um queixo duplo que antigamente não ficava tão feio quando Essie o via de baixo. "Capaz de se machucar", respondeu a mãe, como um dicionário discreto, e acrescentou: "Os meninos correm mais depressa".

Essie nunca tinha dificuldade em levar o pai e a Ama na conversa. Eles eram Wilmot, pensava ela, secretamente; eram como ela. Quando o pai chegou em casa ao meio-dia para almoçar, antes de voltar ao trabalho para entregar o correio que chegava no trem das doze, Essie disse a toda a família à mesa que queria ir à matinê, que um monte de crianças da segunda série iam ao cinema sozinhas.

O pai sorriu. "Mas você só está na segunda série há duas semanas."

"Quatro semanas, pai. A Loretta Whaley já viu o filme, se não fosse isso eu chamava ela para ir comigo, é a história de uma menina que salva toda uma orquestra de m-músicos porque ela sabe c-c-cantar."

O pai mudou de posição cuidadosamente na cadeira, e depois de mastigar e engolir virou-se para a mãe e disse, com voz suave: "Não vejo muito problema. Quando eu tinha a idade dela, lá em Paterson...".

A mãe o interrompeu. "Você era menino. E um menino de cidade grande, escolado nas ruas."

A mãe era do interior mesmo, muito ao sul do canal, e o pai era de uma cidade grande em Nova Jérsei, de onde dava para ver Nova York. Era maravilhoso os dois terem se conhecido na drogaria. Se não tivessem se conhecido, Essie pensava muitas vezes, ela própria não existiria, e isso era impossível. O mundo sem ela dentro dele, vendo o sol e as árvores e as nuvens e ouvindo todos os pássaros e automóveis e vozes, era uma coisa impossível.

"Que nada!", exclamou a Ama, com aquela voz forte e bonita e alegre dela, que derramava simpatia por cima de tudo. "O Teddy era um menino muito delicado, que vivia enfurnado no quarto dele com a coleção de figurinhas de beisebol e um livro. Mas talvez isso tenha sido depois. Ele estava com a idade de Essie em 1910... ah, como era bom nesse tempo, antes da grande greve, e depois a guerra, e o Clarence... o Clarence gostava tanto de cinema, aposto que nisso ela puxou ao avô. Ela é como ele, sonhadora, vive no mundo das nuvens."

Essie viu os lábios gordos de sua mãe hesitarem, porque os Wilmot estavam contra ela, apoiados pelo fantasma do avô também. O pai olhou para a filha sentada a sua frente, e ela viu seu rosto largo, queimado de sol, com rugas em volta dos olhos, de viver ao ar livre na chuva e no sol, as sobrancelhas pálidas com uns poucos fios escuros marcando a fronteira da testa muito branca, por causa do chapéu que ele sempre usava, e alguma coisa em sua boca mudou, como uma pequena rachadura num prato branco. Naquele rosto másculo e vazio, Essie percebeu algo assim como a chuva que a gente começa a sentir respingar no rosto, quando se está na rua. Ele a deixaria ir ao cinema. O pai havia tirado o paletó cinza-azulado com botões de latão; estava em mangas de camisa, com os suspensórios do uniforme. A camisa era cinzenta, e até os suspensórios pretos tinham que ser daquela cor. Ele virou-se para a mãe e tocou-lhe as costas da mão, dizendo, num tom suave: "Por que não, Em, só esta vez? Esta cidade é muito tranqüila. Aonde ela for, vai ter alguém que sabe que ela é nossa filha".

"É, e todo mundo sabia também quem era o filho dos Lindbergh."

"Em, você não pode criar essa menina como uma flor de estufa", disse o pai, com aquela dureza suave na voz que os homens têm quando querem fazer uma advertência. "Esse botão de rosa tem que crescer ao ar livre."

"O Clarence sempre dizia: 'A gente aprende fazendo'", disse a Ama. "'Deus nos fez livres, Stella', ele dizia, 'para que a gente pudesse cometer nossos próprios erros.' A *nossa* Esther ia e voltava um quilômetro todos os dias para ir à escola primária, passando por bairros cheios de gente de todas as cores e religiões, e havia até uns homens que todo mundo dizia que eram anarquistas de verdade."

"Eu não quero criar ela na estufa", argumentou a mãe contra o pai, num tom tranqüilo que demonstrava que estava pronta para perder, "mas também não quero que ela se exponha à geada." Quando a mãe sorria, um pouquinho que fosse, as bochechas se levantavam como se houvesse duas almofadas quadradas debaixo da pele, formando duas covinhas discretas debaixo delas.

Danny, o pirralho, percebia para que lado as coisas estavam correndo. Seus olhinhos de maricas corriam do rosto de um adulto para o do outro, e ele começou a choramingar: "Eu também quero. Eu também posso ir com a Essie".

Para não pôr a perder o que haviam conseguido da mãe, a Ama disse: "Ora, não seja bobo, mocinho. Você vai é ficar em casa comigo e a gente vai se divertir à beça fazendo uma torta de melado com passas. A Ama deixa você ajudar a fazer a massa e a pôr açúcar mascavo por cima".

Assim, o pai voltou ao correio para fazer a classificação da correspondência e, depois que os pratos do almoço estavam lavados e empilhados, a mãe levou Essie até a estufa e como prova de amor pôs-lhe na mão uma moeda de cinco cêntimos adicional, para ela comprar uma bala. Essie sentia que a mãe a observava enquanto ela atravessava com cuidado a Fishery Way, que recentemente tinha sido asfaltada e aplainada com rolo compressor e agora não era mais um caminho de terra e pedrinhas, que entravam no joelho da gente quando a gente caía, e sim uma rua igual às outras. Depois não havia mais nenhuma rua para atravessar, era só a calçada de cimento, partindo do prédio dos Oddfellows e da misteriosa construção de tijolo com as janelas dos lados pintadas de verde-escuro por dentro, de onde saía um ruído de bolas de sinuca se entrechocando — o zunido agudo de bolas correndo juntas que era como passarinhos cantando, depois um silêncio pesado em que ela ouvia os homens respirando fundo e exclamando palavras que não eram para ser ouvidas por menininhas. A luz que havia penetrado por baixo da cortina corrediça de sua janela tanto tempo atrás agora estava acinzentada, com um calor de chuva. Essie imaginou que quando saísse do cinema talvez estivesse chovendo, a calçada seca sob a marquise mas molhada mais adiante, poças d'água pululando de gotas e o asfalto negro da rua a brilhar; ela previu que teria que correr de uma porta à outra, porque a mãe esquecera de lhe dar um guarda-chuva, e que na manhã seguinte, se chovesse a noite toda, as primeiras folhas amarelas do outono estariam caídas no gramado e grudadas no telhado de papel alcatroado da varanda junto à janela de seu quarto: diante dessas cenas interiores, sentiu a felicidade apertar-lhe o peito e a cintura com tanta força que quase gritou de prazer de sentir aquela pressão, ao afastar-se do prédio onde os homens jogavam sinuca por trás de janelas pintadas e chegar à segurança da Rodney Street.

Hoje, sem nenhum adulto a seu lado, a rua parecia perigosamente comprida — uma seqüência de retângulos que iam convergindo num ponto ao longe. Tantas lojas, toldos, carros estacionados, gente que ela não conhecia andando na calçada, que nem aqueles chineses fugindo da fome e dos exércitos inimigos em *Terra dos deuses*. Mantendo a cabeça imóvel, tal como ensinava o senhor Josephs, e olhando bem para a frente, mesmo quando um *scotch terrier* de coleira de xadrez retesou a correia em que estava preso como se fizesse menção de morder sua perna nua, Essie passou por portas de lojas pintadas de várias cores escuras, com placas que ela não entendia muito bem, CORRETOR IMOBILIÁRIO, QUIROPRÁTICO, PEDICURO, SEGUROS DIAMOND STATE e BUNDY E MCREADY ADVOGADOS ASSOCIADOS, este tinha alguma ligação com sua família, uma coisa meio escondida, tinha a ver com a tia Esther e o tio Peter, que bebia demais, dizia a mãe. Depois vinha a Kresge's, com os passarinhos verdes e amarelos piando nas gaiolas, com caixas alaranjadas de alpiste e um cheiro forte de biscoitos de coco assim que a gente entrava, e o banco do senhor Phillips, com seus dois pilares brancos cheios de sulcos, como biscoitos de coco, e a sorveteria Blue Hen, onde os garotos crescidos ficavam olhando para a rua — era deles que Essie tinha mais medo, porque embora fossem do tamanho de gente grande, e fumassem cigarros sem parar, e alguns até dirigissem carros, eles não ligavam para as regras dos adultos, eram brutos como os meninos da segunda série e perfeitamente capazes de levantar as saias dela e empurrá-la para dentro do rio; para eles Essie não era mais que um inseto que se podia esmagar. Só de ver as bocas deles se mexendo e os olhos deles brilhando do outro lado da vitrine, a gente sentia que eles não ligavam para nada nem ninguém, nem os professores, nem os pais, nem Deus no céu, só para eles mesmos.

Mas então, depois da pequena papelaria, onde havia uma seção de livros infantis nos fundos (mas esses livros não eram tão coloridos e interessantes quanto as revistas em quadrinhos que vendiam na Pursey's, nem os Livrinhos Grandões que tinha na Kresge's, depois da seção de meias e calcinhas), e a loja que sempre mostrava na vitrine um vestido de noiva empoeirado, um buquê de flores de pano e um bolo de casamento de papelão, ela chegou ao cinema. Já estava se formando uma fila e, ao entrar nela, Essie viu uns meninos da terceira série que ela conhecia e um grupo de meninos muito maus da quarta série, mas ninguém do seu tamanho. Sua mãe tinha mesmo razão, e ela sentiu-se toda líquida e culpada debaixo do vestido. Não devia estar ali. Os meninos muito maus estavam rosnando e se empurrando, e Essie morria de medo de que eles reparassem nela. Tentou esconder-se entre duas mulheres, uma gorda e outra magra, que estavam falando sobre essa gente de cor metida a besta, só porque agora o campeão de boxe era negro, e quatro daqueles estupradores, imagine só, tinham sido soltos lá no Alabama. "Só falta agora", disse a magra, "a gente entregar o país todo aos negros, para eles ficarem se esfaqueando", e a gorda fez hum-hum como se concordasse, mas Essie percebeu que ela não diria o mesmo que a outra. Mas aí a fila começou a andar e a velhinha simpática da bilheteria recebeu a moeda de dez cêntimos que Essie lhe deu e entregou-lhe em troca um bilhete cor de framboesa e sorriu para ela, e dentro do cinema iluminado Essie encontrou um lugar no lado, onde parecia que ninguém ia querer sentar perto dela e ela poderia comer em paz o pacote de jujubas que havia comprado com o dinheiro a mais que a mãe lhe dera. Quando as luzes começaram a se apagar e as últimas pessoas foram correndo sentar-se em seus lugares, Essie sentiu sua solidão e tremeu, como aquela vez na praia lá depois de Port Penn quando ela olhava para todos os lados e não conseguia encontrar sua família em meio a todos aqueles corpos, todos iguais, pernas e braços brancos e roupas de banho pretas. Queria muito voltar para a estufa iluminada, onde sua mãe estaria cercada de carretéis de fitas de cores vivas.

Mas então, numa explosão de música disneyana, o camundongo Mickey apareceu na tela, com raios amarelos brotando de sua cabeça com orelhas pretas redondas e aquele bonezinho engraçado, e Essie sentiu-se protegida. Gostava mais dos desenhos do Mickey que dos do pato Donald; neles havia menos pancadaria e gritos zangados. Ela não entendia direito o que o Donald dizia, se bem que Eddie Bacheller sabia imitar o pato direitinho na hora do recreio, apertando a boca e ficando com a cara toda vermelha. Já o Mickey, embora vivesse sozinho (tal como ela viera sozinha ao cinema), tinha sentimentos ternos, pegava flores bonitas, chatas como pratos, e as levava para a Minnie, que ficava toda ruborizada e não sabia onde enfiar os pés calçados em sapatões, e havia até crianças, filhotes de Mickey correndo por entre os móveis gozados, arredondados, em camisolas costuradas na ponta, como roupa de fantasma, com um furo remendado por onde saíam os rabinhos deles. Essie lembrava-se do tempo em que Danny era bebê e usava uma camisolinha daquelas, só que os pezinhos dele apareciam por baixo. Mesmo quando aparecia o Pedro Perna-de-Pau ele não era mau de verdade, a gente via só de olhar para as orelhas dele, era só mal-humorado e grosso e não fazia a barba direito, como o senhor Horley dos correios. O Pedro Perna-de-Pau tinha orelhas pontudas de gato, mas os membros do bando dele tinham orelhas molengas de cachorro: isso era estranho. O desenho de hoje era sobre uma caçada ao alce e havia algo de triste e cruel na idéia de caçar um ser vivo que impedia Essie de rir tanto quanto gostaria. Tinha lido na revista do Mickey que antes do Natal ia ser lançado um desenho de longa-metragem sobre a Branca de Neve, mas Essie não sabia se ia mesmo querer assistir, podia ser muito assustador, se a bruxa fosse tão má quanto o Lobo Mau. Alguns daqueles desenhos a impressionavam mais que os filmes com atores de verdade. O que ela mais gostava nos desenhos era a música agitada, que apressava toda a ação, que entrava tão direto na animação da gente que a gente só a percebia quando prestava atenção nela de propósito.

De repente surgiram curvas nos cantos do retângulo da tela e o círculo foi diminuindo, diminuindo, até fechar tudo, e o desenho terminou com um apito gozado. Depois veio um filme em tons de sépia sobre a Tailândia, onde havia Budas barrigudos de ouro maciço e moças de longos cabelos negros, mais negros até que os de Essie, com vestidos abertos do lado que brilhavam como papel de presente, e canais com barcos que pareciam cestas de Páscoa. Depois o jornal da tela, com aquela voz forte e séria pairando sobre todas as coisas, como a voz de Deus — uma voz que parecia zangada mas a gente sabia que não, que ela gostava da gente —, mostrou soldados correndo e bombas explodindo na Espanha e na China e uma ponte em São Francisco e a abertura de um túnel em Nova York e aquele bobo do Hitler com aquele bigodinho dele falando zangado umas coisas que ninguém entendia, pior que o pato Donald, e o tal Joe Louis de que as mulheres estavam falando, que tinha derrubado um branco num ringue quadrado que parecia uma tela de cinema deitada no chão. Depois apareceu uma fábrica onde os operários montavam automóveis depressa, como se fossem máquinas, e a voz forte disse que a Ford havia fabricado vinte e cinco milhões de carros, e depois tinha uma outra fábrica com uns carretéis triangulares rodando, e a voz disse que a Du Pont tinha inventado uma nova fibra milagrosa chamada náilon que ia tornar obsoleta a seda natural. Isso acontecera ali mesmo em Delaware, e Essie ficou toda orgulhosa. Depois vieram os *trailers*, um sobre Napoleão e outro sobre um furacão, mas Essie sabia que seus pais iam querer assistir ao terceiro, um filme romântico sobre um homem e uma mulher que vivem brigando mas no fim descobrem que se amam, com Cary Grant e Irene Dunne. Essie ia olhar para o lado e veria seus pais de mãos dadas e se sentiria humilhada.

Quando finalmente começou o filme principal, ela já havia comido todas as jujubas, molengas como borracha por dentro depois que ela mastigava os grãozinhos de açúcar que tinham em volta. Antes de dormir Essie não podia esquecer de caprichar na hora de escovar os dentes, senão ia acabar tendo que usar aqueles dentes que à noite a pessoa tirava da boca e guardava dentro de um copo d'água, que nem o vovô Sifford, que mostrara a dentadura a ela uma vez, com uma espécie de orgulho maroto. Quando ela estava dentro d'água, os dentes pareciam maiores. Era tão assustador quanto o rosto da mulher que se desmanchava todo em *Horizonte perdido*. Um tipo de filme que ela nunca ia querer ver era filme de terror: quando começava um *trailer* mostrando aquele homenzarrão com lábios finos e negros e porcas e parafusos no pescoço e relâmpagos atrás do castelo ou um casarão sinistro que nem a casa na Willow Street que a família vendeu depois que morreu a tia Esther de seu pai, Essie afundava na poltrona e apertava os olhos com força. Mas agora ela estava bem aprumada, imitando a postura destemida de Deanna Durbin, e deixou que *Cem homens e uma menina* fluísse diante de seus olhos. Estar sozinha era como estar sozinha no tombadilho de um grande navio escuro atravessando lentamente um mar invisível. Essie estava em êxtase. O filme fazia rir e emocionava. Embora o que a heroína do filme tentava fazer parecesse impossível — a menina queria convencer o grande maestro (que era mesmo um grande maestro na vida real, fazendo o papel dele mesmo), a gente sabia que era possível. "As histórias de fada não existem na vida real", disse Adolphe Menjou, o pai de Deanna Durbin no filme, mas quando Muscha Auer levantou os olhos do teclado do piano, com seus cabelos revoltos brilhando na luz, e ouviu-a cantar, uma barra fria de certeza, como de metal liso, atravessou Essie, e não havia mais dúvida de que todos os sonhos dela iam se realizar, graças ao poder de seu canto: ela apoiava os cotovelos no piano e abria a boca sorridente e soltava aquelas notas prateadas maravilhosas, e Essie flutuava naquele grande tombadilho ligeiramente inclinado, pairando acima de um invisível mar negro. Era tão bom estar sozinha no cinema; assim ela via e ouvia melhor, sem as mãos e as respirações de seus pais para perturbá-la; assim era mais fácil assimilar o filme a seu próprio ser. Quando chegasse em casa, ia pedir à mãe que lhe arranjasse um professor de canto, para que ela pudesse abrir a boca e aquele som emocionante, puro, gélido, saísse de sua boca; ela usaria uma fita nos cabelos igualzinha à de Deanna Durbin.

Saindo do Roxie, constatou que lá fora continuava sendo sábado. Os dias eram tão compridos que Essie não entendia como as pessoas conseguiam envelhecer; o futuro era tão distante! O cinzento do dia agora estava bem mais escuro e, tal como ela havia desejado, a calçada estava manchada dos primeiros pingos de uma chuva hesitante. Essie adorava a chuva; às vezes, quando chovia lá fora, quando a água gorgolejava nas calhas, acocorava-se junto à janela, ali perto da serpentina, onde entrava um pouquinho de cheiro de chuva, aquele cheiro de pêlo, como se um bicho grande e macio e não muito perigoso estivesse se mexendo lá fora, enquanto ela estava ali dentro de casa, protegida. A chuva não era tanta que a obrigasse a correr de uma porta à outra; Essie caminhava com a cabeça ereta, como mandava o senhor Josephs, sonhadora, gozando aquele dia, que havia avançado duas horas enquanto ela estava escondida no cinema. Uma das sensações que Essie adorava era a de estar escondida, vendo as pernas passar e ouvindo as vozes sem que ninguém soubesse onde ela estava. As pessoas pareciam maiores e menos previsíveis quando a gente as espionava. De certo modo, Essie estava sempre escondida, dentro da cabeça dela. Agora a Rodney Street não lhe dava mais nenhuma sensação de perigo. As pessoas na rua pareciam grandes e bobas, como vacas agrupadas num canto do pasto. Mulheres gordas e matronais tiraram lenços das bolsas para proteger suas permanentes e um ou dois homens abriram os guarda-chuvas negros que levavam. O filme permanecia dentro dela, como uma paisagem rochosa em tons de cinza prateado, com trechos mais fundos bem negros que lhe davam uma sensação de tonteira. Os filmes, tão luminosos, cheios de vozes rápidas e súbitas e movimentos repentinos, como tesouras — os filmes levavam a gente até a beira do precipício, mas quando terminavam estava tudo bem, todas as sombras estavam fechadas dentro do final feliz, e a gente saía no sábado numa rua cheia de pessoas de verdade que se arrastavam como animais, manchas informes na luz que feria os olhos. Aqueles abismos e rochedos de perigo existiam na vida real, porque pessoas que a gente conhecia, ou quase conhecia, caíam dentro deles — o menino da sétima série que morrera afogado ano passado perto de Port Penn, o casal que a tia Esther e o tio Peter conheciam, que bateu o carro numa árvore grande depois de sair de um bar de beira de estrada; e mesmo na família dela a outra tia Esther, mais velha, e o avô morto. Esse avô era como um canto rasgado no retângulo formado pelos avós, e às vezes quando Essie pensava nele sentia uma bondade luminosa, como sal ou açúcar refinado, cair dele sobre ela, dando-lhe forças para seguir em frente, alimentando a música prateada que havia dentro dela. Era desse avô que vinha sua idéia de Deus.

Essie às vezes quase chegava a não gostar de cinema por causa dos sustos que dava nela. Até nos filmes mais engraçados sempre tinha uma hora em que a correria era tanta que alguém podia morrer, ou então o magro começava a bater no gordo com força demais. O mundo real era muito mais protegido; havia um policial para ajudar a gente a atravessar a East Rodney Street na frente da escola, e dentro dela as professoras não deixavam os meninos maus fazerem nada pior do que puxar os rabos-de-cavalo das meninas. Nos filmes às vezes as coisas ficavam tão descontroladas e perigosas que a mãe e o pai a faziam sentar-se entre eles para ela não ficar se sacudindo tanto na poltrona. Os filmes de que Essie mais gostava eram aqueles em que havia mulheres que iam assim deslizando pelo mundo afora — tinha uma que patinava no gelo com um vestido cheio de brilhos e era mais sardenta que a mãe, e aquela outra que sempre dançava com o moço magro de *smoking*. Essa usava uns vestidos que eram verdadeiras montanhas de franzidos e cobras enormes de penas de avestruz que subiam até a altura do queixo, e por mais depressa que o moço a fizesse dançar e rodopiar no chão escorregadio do salão, os olhos dela estavam sempre tranqüilos e mornos como se fossem lâmpadas acesas dentro de sua cabeça: ela achava muita graça no moço magrinho de queixo comprido e gravata-borboleta branca. Os dois se amavam, mas nem sempre sabiam que se amavam.

Na rua, Essie passava por vários adultos que a conheciam e sorriam para ela, mas ela estava com pressa de chegar em casa. O corpo da gente é só um e tem uma pele muito fininha, e dentro dele um monte de sangue dando voltas e mais voltas igualzinho aos ponteiros de um relógio, só que mais depressa. Quando Danny levou um tombo e cortou a testa, ficou uma cicatriz branca que nunca mais ia sumir. Quando a gente cometia um erro muito grande, mesmo que não tivesse culpa, a coisa durava para sempre. Os dois dentes da frente novos de Essie já tinham nascido, e se ela levasse um tombo e lascasse um deles nunca seria bonita; seria como o nariz azul da senhorita Reeves. A porta do prédio comprido de tijolo ao lado dos Oddfellows estava entreaberta e Essie sentiu um cheiro de fumo e ouviu vozes masculinas e ásperas falando ao mesmo tempo, os estalidos das bolas de sinuca, e antes de entrar no espaço estreito junto à parede sem janelas olhou para ver se não tinha ninguém atrás dela ou esperando por ela do outro lado com uma faca na mão. Nos filmes, os piratas tinham espadas curvas, e as dos árabes eram mais curvas ainda, mas todas as espadas eram retas no *Prisioneiro de Zenda*, em que convenciam o mesmo homem de bigode de *Paraíso perdido* a fingir que era o rei de não-sei-onde, um rei preguiçoso que nem o da Inglaterra, que deixou de ser rei por causa de uma moça de Baltimore, e era por isso que as duas princesinhas eram as primeiras na linha de sucessão.

Mas no final da passagem não havia nada, só a Fishery Way, com seus barris de metal convertidos em latas de lixo, sulcados como as colunas à frente do banco, e uma carroça de fazendeiro rangendo e sacolejando com um carregamento de melancias. Essie gostava do gosto da melancia, mas não gostava das sementes que grudavam na blusa, e além disso os dedos da gente depois ficavam melados. Correu até a estufa, um pouco por causa da chuva e um pouco pelo prazer de correr. Lá dentro a mãe estava trabalhando e, apesar da chuva, lá era mais claro do que em qualquer outro lugar. Agora a chuva tamborilava com gotas ruidosas no vidro inclinado, e o espaço aquecido e protegido da estufa, com chão de terra, parecia tremer em cada folha, como se as plantas ouvissem o barulho da chuva e quisessem estar lá fora. O avô estava transferindo os vasos de plantinhas que já haviam começado a pegar para outras mesas e deixou que Essie o ajudasse, carregando um vasinho de barro de cada vez, até que ela enjoou daquilo e esbarrou e virou um dos vasos numa hora em que estava pensando no cinema, no momento em que todos os rostos da platéia estavam virados para a heroína como se fossem flores enfileiradas. A mãe estava na mesa perto da entrada da frente fazendo um buquê de rosas com samambaias para um homem que ia sair com alguma mulher à noite, e a avó estava escondida na sala dos fundos borrifando uma coisa marrom, horrorosa, em cima das plantas, para matar pulgões e amintinhas e micuins e cochonilhas. "*Aah*", exclamou Essie. "Vovó, que coisa horrível, que é isso? Parece cheiro de cigarro velho."

"É chá de nicotina, Esther." A avó sempre a chamava de "Esther", ao contrário de todas as outras pessoas. Era um segredo entre elas, o direito de Esther a seu nome de adulta. "Eu faço com cigarros velhos e pontas de charutos." Numa lata de café ela preparara uma água escura com pedaços de fumo boiando. "Não respire aqui perto, querida. E não ponha a mão nisso. É veneno."

"Mas o papai fuma cigarro. Marca Old Gold."

"Então ele fuma veneno. Mas não é tão forte assim. Cuidado, menina; vou esguichar. Prenda a respiração."

Nuvens de vapor fétido molharam as folhas ressequidas e manchadas dos gerânios doentes. Essie gostava daquela segunda avó porque ela nunca tentava fazê-la comer demais nem fazia de conta que Essie era mais boazinha do que era na realidade. Havia uma força morena nos dedos manchados da velha tímida. Quando Essie estava com a avó Wilmot, ficava macia e delicada, queria comer muito doce e ser paparicada; quando estava com a avó Sifford, sentia-se dura, mais velha, como se as mulheres fossem parceiras num mundo cheio de perigos e pequenos segredos que era preciso conhecer. "Outro afasta-bicho que a gente usava lá em casa era alho", disse a velha, sem levantar a voz como se Essie fosse surda só porque era pequena, como fazia a outra avó. "Uma meia dúzia de dentes de alho fervidos num litro d'água por vinte e cinco minutos. Mas as pessoas compram as flores porque são bonitas, e não querem que elas tenham cheiro de alho. A menina que come alho todo dia", prosseguiu ela, e virou para Essie aqueles olhos penetrantes, castanho-claros, que faziam a menina apertar os lábios, "não pega resfriado nunca. Mas também nenhum rapaz vai querer beijá-la."

Essie riu, e a avó, mais que depressa cobrindo a boca desdentada com a mão morena, riu também.

A luz mudou, porque a mãe estava parada na porta da sala, de cara amarrada. "Mamãe, você vai envenená-la."

"Eu disse para ela prender a respiração", desculpou-se a avó, humilde. A velha nunca discutia com a mãe de Essie e parecia ter medo dela; pelo menos nunca olhava para ela. Era hora de a mãe levar Essie para casa e ver o que a avó Wilmot havia preparado para o jantar. A chuva estava mais fina do que antes, quando tamborilava nos vidros da estufa, e ainda restava um pouco de claridade, se bem que já havia passado o dia de setembro em que dia e noite tinham a mesma duração, e de agora em diante cada dia seria um pouco mais curto. Quando o Natal se aproximava, ainda era noite na hora em que Essie ia para a escola e já estava escuro quando o pai chegava do trabalho. "E como foi o filme?", perguntou a mãe.

"Foi bom. A menina salvou uma orquestra inteira que estava desempregada. Mãe, eu quero aprender a c-c-cantar igual a ela."

"Ah, cantar igual a Deanna Durbin é um dom de Deus. Só uma pessoa em um milhão canta como ela. Nem isso."

Esse comentário atingiu Essie no mesmo lugar fundo que o rosto da mulher desmoronando em *Paraíso perdido*. Era uma limitação terrível das coisas, um peso úmido desabando sobre ela. "Mas por que foi que Deus não deu esse dom para mim também?"

"Deus já lhe deu muitas coisas boas", disse a mãe, seca, o corpo e a cabeça baixando daquele modo constrangedor que era típico dela, como se houvesse sempre um buraco a sua frente.

"O quê, mãe? O quê?"

A mãe sorriu. "Deu-lhe um corpo perfeito, uma natureza otimista e muita energia nervosa."

"Só isso?"

"Muita gente diria que isso é muita coisa, e que a menininha que quer mais que isso quer demais." Essie ficava assustada e ofendida, um pouco, quando sua mãe falava com ela espaçando as palavras daquele jeito, num tom solene e cuidadoso, como se a estivesse ensinando a falar. A mãe adotou um tom mais suave. "Algum dia, quem sabe, se você se sair bem nas aulas de dança, a gente pode pensar em aulas de canto, se o papai puder pagar."

"O v-vovô pode." Essie estava avançando o sinal.

"Eu e seu pai não queremos pedir favores ao vovô. Ele já fez demais por nós. E o Danny também vai precisar de aulas, de estudos. Além disso você ainda não tem idade para estudar canto. Ainda tem voz de criança."

Tudo isso ia contra o estado de espírito em que o filme a havia deixado e, para não ouvir mais, Essie começou a saltitar, em parte por estar andando na chuva, sem galochas e sem a capa de chuva dura com aquele cheiro gozado de borracha, e em parte para caricaturar o jeito de andar de sua mãe. Avançou à frente da mãe saltitando, depois contornou-a e passou por ela pelo outro lado, como se estivesse cercando um animal desajeitado preso num laço. *Voz de criança.* Ela ia ver! "De agora em diante, só vou ao cinema sozinha. Adorei ir sem a senhora e o papai."

"Não diga!", exclamou a mãe, andando mais devagar e como que exagerando o passo coxo. "Quanta ambição. Quanta energia."

Reconciliadora, Essie pegou a mão da mãe, bonita, alva, perfeita, úmida, e parou de pular. Não havia carro vindo de nenhum dos lados, mas lhe haviam ensinado a sempre ter cuidado ao atravessar a Locust Street, e ela obedecia. O pai ainda estava no quintal, terminando o serviço, empurrando um carrinho de mão cheio de mato e caules mortos de peônias para o monte junto à cerca, atrás da armação de arame em que ele queimava o lixo, os jornais velhos, as caixas de biscoitos Ritz, os envelopes já abertos. Um pequeno fogo vermelho soltava uma fumaça azul na chuva. As luzes da cozinha estavam acesas e lá dentro passou o vulto recurvo da Ama, levando uma panela grande ao fogão, com passos miúdos porque a panela estava quente. A casa cinzenta, recuada, com o pai no quintal e a avó na cozinha, e o senhor Urso à sua espera na cama, no andar de cima, onde a luz do dia ia morrendo na janela junto à serpentina, com seu baixo-relevo secreto de folhas de hera, de repente pareceu a Essie uma coisa triste, insubstancial, uma casa fantasma, vista à luz do mundo prateado do cinema, cheio de pessoas lindas e elegantes, falando bonito uma com a outra e andando tão elétricas, tão determinadas, naquelas salas imensas de teto altíssimo. Ainda era sábado, todos os dias duravam muito, e se Essie insistisse deixariam que ela fosse deitar-se mais tarde para ouvir o professor Quiz às oito, se bem que às vezes o pai queria ouvir Ed Wynn na mesma hora. O pai dizia que o Ed Wynn o fazia rir e esquecer das desgraças do mundo, e isso também era uma coisa triste, e pobre, como os cantos da mesa onde a toalha estava se esgarçando, o tecido xadrez colorido desaparecia e deixava ver o pano pardo e grosseiro que havia por baixo. Quando a gente passava o dedo na trempe do fogão a óleo, o dedo ficava manchado de preto; e dentro da geladeira de madeira havia uma pedra grande maluca que suava sem parar, se derretendo, minguando mais e mais sobre a grade de metal. Essie viu sua casa a uma luz que era como se viesse de acima das nuvens, e deu-se conta de que, num futuro inimaginável, ela a abandonaria, ali na Locust Street, como uma casca de cigarra que havia encontrado no verão, sem cigarra dentro, ainda agarrada ao tronco de uma pequena macieira em que ela queria subir.

A guerra era horrível, tantos soldados jovens morrendo, tantos bebês bombardeados, e os nazistas assassinando toda a aldeia de Lidice e tudo o mais, porém ao mesmo tempo era maravilhosa, tudo acontecendo tão longe, nos diferentes "teatros", como eles diziam, e as estrelas de cinema vendendo bônus de guerra e dando espetáculos para os soldados. Com a guerra todo mundo tinha alguma coisa para fazer. Como Lyle Dresham, o jovem empregado dos correios que classificava a correspondência, fora convocado e o velho Wesh Freeman tinha se aposentado e morrido de uma doença do fígado sozinho no seu casebre perto do pântano, e o senhor Horley já estava em idade de se aposentar, só que aceitou permanecer no cargo enquanto durasse a guerra, o pai estava trabalhando mais do que nunca, mas só fazia uma entrega por dia e não duas. Para atender às regiões rurais, inclusive Beaver Road, ele ia num jipe cáqui que o exército emprestou aos correios, para que as mães de soldados de Basingstoke pudessem receber sua correspondência. Na cidade, ele estacionava nas esquinas, ao lado das caixas de correio verdes, andava um quarteirão e depois voltava para pegar o jipe. De vez em quando ele levava Essie de carona, e era divertido porque sacolejava em todos os calombos do asfalto e ela sentia como era a vida de soldado. A fábrica de chapinhas passou a fabricar cápsulas de balas e a mãe arranjou emprego lá, trabalhando de madrugada. Chegava em casa com a cara amarrotada e alegre, os cabelos presos atrás, conforme o regulamento da fábrica, de calças marrons e camisa azul, igual a um homem, a tempo de dar um beijo em Essie antes que ela saísse para a escola. Aos treze anos de idade, Essie estava na sétima série e por isso ia agora para o lado oposto ao da escola primária que ficava na East Rodney Street. Agora ia para o prédio onde funcionavam o ginásio e o colegial, construído em 1923 logo na entrada da antiga fazenda para indigentes; o campo de futebol americano ficava cercado pela pista de corrida e, logo atrás das arquibancadas, havia uma plantação de uma coisa nova, a soja, porque agora havia menos porcos no interior e por isso não se precisava mais plantar muito milho para eles.

A escola secundária era de tijolo cor de vômito, diziam os meninos mal-educados. Ao lado do prédio principal, havia um galpão de madeira com teto de papel alcatroado onde os zeladores guardavam os cortadores de grama e o departamento de educação física guardava os tacos de hóquei das meninas e os equipamentos de beisebol dos meninos. Havia dois campos de beisebol, um de *softball** perto do galpão, de modo que uma bola fora do campo jogada em direção à terceira base às vezes atingia a parede ou a janela coberta de arame, e outro mais longe, gramado, para *hardball*, onde jogavam o time oficial da escola e também os times profissionais da cidade. Além desse segundo campo de beisebol, o *playground* da cidade continha um pavilhão aberto com um galpão de equipamentos menor e mesas para jogar damas; uma cesta de basquete fixada em dois canos presos no cimento; dois escorregas de metal, regularmente polidos com papel encerado de embrulhar sanduíche; um jogo de balanços

(*) Versão facilitada do beisebol, que usa uma bola maior e mais macia e uma quadra menor. O beisebol propriamente dito, em oposição, chama-se *hardball*. (N. T.)

embaixo do qual havia quatro depressões na terra, cavadas pelos pés das crianças; mais três balanços menores, para bebês, com barras protetoras na frente; um trepa-trepa com barras de ferro que de manhã ficavam geladas e úmidas de orvalho, quando ela fazia oitavas na barra horizontal. Quando Essie estava com dez anos, ninguém fazia oitavas melhor que ela; adorava ver o mundo de cabeça para baixo e sentir o sangue fluindo para a cabeça e o vestido caindo por cima das calcinhas por um segundo. Aos treze anos ela não poderia mais fazer uma coisa dessas; os meninos podiam ver os pêlos aparecendo junto à calcinha de algodão. Agora ela estava grande demais para usar boa parte dos brinquedos do *playground*, mas mesmo assim, quando a primavera começava a encompridar os dias, ela gostava de ficar naquela área vazia entre o galpão da escola e o pavilhão, depois do qual vinha o pomar de pessegueiros da antiga fazenda dos indigentes. Entre outras coisas, ali ficavam as arquibancadas dos dois campos de beisebol. Aquele lugar tinha um gosto de liberdade, a liberdade de depois das aulas, de horizontes amplos, de não ter pressa de voltar para casa. Essie sabia que ao estender seus limites até aquele espaço ela estava dando um passo na aventura da vida. Ali havia uma atmosfera preguiçosa, suja, esperançosa, uma sujeira de pontas de cigarro e canudinhos e chapinhas de garrafas, e na parede dos fundos do galpão do pavilhão havia figuras e palavras rabiscadas, algumas das quais ela ainda não compreendia.

Essie gostava dos meninos que freqüentavam o lugar, embora fossem do outro lado — o lado errado — da cidade. Eles jogavam conversa fora sentados nas arquibancadas, e aquele céu cheio de nuvens pesadas de chuva, que pairavam baixas perto de suas cabeças, temporariamente os protegia da possibilidade de bombardeios. Todo mundo dizia que as fábricas da Du Pont e o canal eram alvos em potencial. Havia batalhas explodindo por toda parte, na Líbia, na Birmânia, em Guadalcanal e Stalingrado, nomes estampados em manchetes garrafais ou anunciados por radialistas afobados, em boletins que começavam com o gaguejar de um telégrafo. No cinema, no jornal da tela, tanques atravessavam o deserto, levantando tempestades de areia, e aviões aliados despejavam centenas de bombas com barbatanas, que caíam, rodopiando lentamente, em cidades alemãs, provocando incêndios. E eram nuvens de fumaça subindo, e aviões mergulhando, e navios de guerra adernando e afundando, e pára-quedas multiplicando-se nos céus da Iugoslávia como lírios num lago, e judeus no gueto de Varsóvia morrendo de fome e reagindo aos tiros com pedradas, e corpos de soldados nazistas espalhados por toda a Rússia: a voz de Deus do jornal da tela ribombava e ralhava, mais séria e mais forte do que nunca naquele festival de horrores, e, no entanto, ao mesmo tempo protegia a platéia com a segurança de uma voz grave e americana que jamais vacilava. Essie não tinha dúvida de que os alemães e japoneses seriam contidos e esmagados iguais a insetos. Com aqueles seus capacetes, pareciam mesmo uns besouros. Os italianos já estavam se rendendo, uma floresta de braços levantados, um bando de carcamanos sujos e barbudos e assustados. Hitler era ridículo, quando ficava irritado dava faniquito, e Hirohito era um homenzinho amarelo que usava um uniforme branco grandão com uma espada boba. Na escola dominical, o senhor Phillips dizia que era como o Armagedon no Livro do Apocalipse, todas aquelas bestas emergindo do fundo dos abismos, lideradas por um homem que falava como um dragão e punha uma marca na testa ou na mão de todo mundo, e o nome dele era o número 666, que correspondia exatamente às letras de HITLER, segundo ele. Essie ficou impressionada mas não com medo; Roosevelt, Deus, Churchill e Stalin a protegiam com milhões de jovens soldados corajosos. Em junho Essie ia receber a confirmação na igreja e a Ama já estava até preparando o vestido dela, com várias camadas de tule embaixo e um corpete de um tecido todo furadinho em cima, que só vendo.

No entanto, à noite, todas as casas da costa de Delaware faziam blecaute, e quando tocava a sirene do corpo de bombeiros todo mundo tinha que apagar as luzes e ir para a escada, como se os bombardeiros da Luftwaffe, comandados pelo balofo do Göring, estivessem sobrevoando a cidade. Uma noite, passaram mesmo uns aviões e o coração de Essie quase parou, mas a Ama abraçou-a com força e o pai sussurrou-lhe uma única palavra: "Nossos". A Ama costurava e tricotava roupas para os soldados no *front* e vivia juntando comida enlatada e roupa velha para as crianças da Inglaterra. Agora, para comprar comida enlatada, açúcar e café, tinha que ter cupons, e o troco vinha em forma de botõezinhos vermelhos de racionamento, junto com moedas normais, na mercearia de Hubie Drew. Também para comprar sapato agora era assim, mas Essie não se importava porque adorava andar descalça de abril a outubro; as solas de seus pés ficavam tão grossas que ela podia atravessá-las com um alfinete de fralda, e Danny ficava horrorizado quando via. Os maços de cigarros Lucky Strike tinham ficado brancos com a guerra,* e o pai pagava a Essie um cêntimo por cada cigarro que ela enrolava com fumo e papel de cigarros marca ZigZag, numa maquininha que a gente girava uma vez para a frente, outra para trás. A guerra fizera sumir todas as coisas do mundo pacífico de Essie: manteiga e carne, pão fatiado e cartões de Natal, tênis e gasolina. O pai só conseguia gasolina para seu jipe porque era carteiro. Quem mais gostava da guerra era Danny, sempre fazendo aquele barulho, "r-r-r-r-r-r", com seus aviõezinhos de chumbo, os P-38 e B-29 e Spitfire, colecionando as insígnias de todas as divisões do exército e soltando gritos de guerra de índio quando pulava em cima das latas velhas para achatá-las e depois entregar na escola para o esforço de guerra. Ele estava na quarta série, e ganhou um distintivo de sargento por levar não sei quantos quilos de lata, uma bola enorme. À noite, Essie o ouvia em seu quarto, brincando, ou quem sabe até quando estava dormindo, fazendo aquele barulho de metralhadora, "ta-ta-ta-ta-ta". Danny vivia contando a ela umas histórias ridículas que ouvia na escola, que os fuzileiros navais no Pacífico iam segurar os japoneses pelos calcanhares e jogá-los da popa dos navios de guerra para eles caírem direto na hélice e virarem picadinho, que o Hitler só tinha um colhão e estava transformando os judeus da Europa em sabão e fumaça. Essie dizia-lhe: "Calma aí, rapazinho, que você está superaquecendo as gaxetas", uma expressão que ela pegara com a turma com que ela andava perto do *playground*. Aqueles garotos não eram considerados "de família", mas Essie gostava deles porque lhe ensinavam coisas que ela não aprendia em casa. Eram meio durões, mas os tempos eram duros mesmo, e os adultos todos estavam com a cabeça em outro lugar por causa da guerra.

(*) Porque a tinta verde usada na embalagem tradicional estava racionada. (N. T.)

Todos eles moravam alguns quarteirões mais perto do *playground* do que Essie: Eddie Bacheller, Loretta Whaley e o irmão gêmeo dela, Benjy, Junie Mulholland e Fats Lowe, que era um ano mais velho mas tinha repetido uma série, e mais uns outros que moravam naquele lado da cidade, o lado do curtume, em vez de no leste, perto de onde ficava o velho cais dos pescadores. Fumavam cigarros, Wing e Cool, que roubavam dos pais, e queixavam-se dos professores, que eram todos uns babacas. No seu íntimo, Essie não concordava; achava o senhor Langford, que ensinava álgebra elementar, até bonitão, com umas sobrancelhas escuras que quase se encontravam no meio, como as de Tyrone Power, e a senhorita Fenn seria linda se não prendesse os cabelos num coque, como uma solteirona, e em vez disso os usasse soltos nos ombros, como Veronica Lake, e aprumasse a coluna, para não dar a impressão de estar sempre olhando para a turma pelo buraco da fechadura. Essie poderia aprender a ter boa postura com o senhor Josephs, se ele não tivesse ido embora de Basingstoke por causa da guerra; agora havia bons empregos, e além disso ele só estava com cinco alunas de sapateado. Às vezes, quando a senhorita Fenn era uma das professoras que tomavam conta dos alunos nas sessões de dança que havia na hora do almoço, Essie dançava com uma menina da nona série e dava *show*. Era essa uma das metas de Essie: ser a melhor dançarina de *jitterbug* de sua turma. As outras metas eram: (1) deixar de ser tão magricela, (2) parar de ficar vermelha toda vez que se levantava para falar em sala de aula e (3) nunca mais gaguejar, nem por um segundo, em palavras começadas por "d" ou "v". Sua professora de canto, a senhora Loring, lá em New Castle, a ensinara a respirar com o diafragma e fazer com que os sons saíssem do alto de uma coluna contínua de ar — "Respire com a barriga! Com a barriga, Essie!" — mas quando ela ficava nervosa ou sentia que não tinha razão, esquecia-se de respirar com a barriga. O que Essie via quando se olhava no espelho era uma cara gorda e redonda demais num corpo magro demais, um nariz com narinas um pouco largas demais e um calombo no meio, como o da mãe, e mãos grandes e vermelhas e disformes penduradas nas extremidades dos braços. Ela era uma das meninas mais altas da sétima série e tinha herdado os braços e pernas compridas dos Wilmot, embora não balançasse os braços nem vivesse fazendo comentários irônicos como a tia Esther. Vivia examinando o rosto no espelho, assustada mas fascinada, como se o espelho fosse um poço fundo e vazio, entortando a cabeça para um lado e para o outro, tentando encontrar o ângulo perfeito, com a melhor combinação de sombras e luz, como as fotos autografadas das atrizes de cinema que ela colecionava desde os dez anos de idade. Essie mandava uma carta educada, dizendo que a atriz em questão era a de que ela gostava mais dentre todas, junto com um selo de três cêntimos, e passavam-se meses até que um dia o pai, com seu uniforme de carteiro, trazia a resposta; para não dobrar os envelopes grandes que vinham de Hollywood ele abria a porta e os jogava no carpete da entrada. Marlene Dietrich foi a primeira, ainda antes da guerra, a mandar-lhe uma foto, em que ela aparecia de piteira e cartola, com uma perna em cima de uma caixinha branca, e depois Ginger Rogers, com os olhos vivos e sonhadores, como quando ela dançava. Recentemente Essie tinha conseguido fotos de Linda Darnell, Dorothy Lamour, Alice Faye, Carmen Miranda, Loretta Young, Laraine Day, Osa Massen, Jane Greer, Ann Sheridan e Rita Hayworth. As assinaturas das estrelas eram grandes, esparramadas, orgulhosas. Algumas usavam tinta roxa, e Alice Faye escreveu em verde: *Obrigada por sua linda carta, Esther.* Carmen Miranda aparecia com um chapelão cheio de frutas e um vestido sul-americano com babados, como era de se esperar, mas a Dorothy Lamour não estava de sarongue com uma flor atrás da orelha, e sim com um *tailleur* sério e justo, o tipo de roupa que ela usava para vender bônus da guerra. Rita Hayworth estava com a roupa de fim de século que usara em *Strawberry blonde*, mas a assinatura parecia impressa na foto, como a de Betty Grable. Linda Darnell parecia um pouco triste, como sempre, o lábio inferior caído e os olhos na sombra, e a dedicatória dela era a mais triste: *Para uma menina querida*, escreveu ela, *que todos os seus sonhos se realizem.* Todas essas fotos estavam pregadas nas paredes do quarto de Essie; ela já tinha cinqüenta, contando umas poucas de atores de quem ela gostava muito — Ronald Colman, Joel McCrea, Errol Flynn e George Sanders. George Sanders nunca era o ator principal, só nos filmes do Santo, mas Essie o adorava mesmo quando ele fazia papel de mau, como em *Nurse Edith Cavell* e *Rebecca*; adorava seu ar de superioridade e sua dicção perfeita. Quando Essie representava e falava como atriz em seu quarto, na maioria das vezes ela era Bette Davis ou Katharine Hepburn, mas às vezes era George Sanders, com sua fala levemente arrastada, matando gente com a maior tranqüilidade nos filmes do Santo, piscando os olhos, sonolento, franzindo os lábios elegantes de inglês. Quando o Danny ficava uma fera com a irmã por ela estar implicando com ele e mandando nele, o menino ameaçava entrar em seu quarto e rasgar toda a sua coleção de fotos e derramar tinta nelas, mas Essie sabia que ele não seria capaz de cometer tamanho sacrilégio, porque ela nunca mais falaria com ele, seu próprio irmão.

Essie não gostava de seu rosto, mas tinha que gostar dele, porque era seu. Achava-o largo demais, se bem que Myrna Loy e Greer Garson também tinham rosto largo. Sua tez tinha o mesmo brilho da de sua mãe, e por enquanto só havia acne nas dobras entre as narinas e o rosto e sob o lábio inferior — quer dizer, ali não era exatamente uma dobra e sim uma depressão. Os olhos eram grandes e límpidos como os da mãe, só que não eram azuis, cor de centáurea, como os dela, nem de um castanho suave, cor de chocolate com leite, como os do pai; eram de um tom de castanho mais claro que os dele, mais até que os da Ama, parecidos com os da avó Sifford, que eram misteriosos, mouriscos, cor de mel, salpicados, porém mudavam conforme o tempo e a coisa para a qual estivessem voltados; nas fotos tiradas no estúdio do senhor Purinton, num sobrado na Rodney Street, havia um pontinho brilhante junto a cada pupila, branco e preto, fascinante, o branco refletindo a luz e o preto mergulhando bem fundo. Nas fotos em preto-e-branco, os cabelos abundantes de Essie pareciam negros, mas com o sol do verão eles ficavam quase louros. Como os cabelos da Ama, eram muito abundantes e começavam numa linha reta acima da testa, sem formar bico-de-viúva. Essie preferia que fossem da mesma cor que os de Rita Hayworth em *Strawberry blonde*, com James Cagney e Olivia de Havilland. Olivia de Havilland era irmã de Joan Fontaine, e nenhuma das duas, e tampouco Vivien Leigh, haviam respondido aos pedidos de Essie, talvez por elas estarem lá na Inglaterra, sofrendo o efeito dos bombardeios, ou então porque Essie não pusera selos suficientes para chegar até o outro lado do oceano. A tia Esther tinha cabelos muito finos e claros, que pareciam barbas de milho ao tato. Mas ela quase não tinha sobrancelhas, enquanto as de Essie eram compridas e nítidas, bem em cima das curvas de osso onde terminava a testa; ela adorava a forma daquelas sobrancelhas, adorava cada fio delas, e das pontinhas que ultrapassavam um pouco os contornos dos arcos, como as de Vincent Price quando ele tinha pensamentos malignos. A mãe disse uma vez que aquelas sobrancelhas faziam com que ela parecesse ter mais de treze anos, eram sobrancelhas de mulher adulta, e Essie adorava esses comentários que a ajudavam a ver a si própria de fora, como os outros a viam.

Desde que a guerra começou, a tia Esther parou de cortar os cabelos e de fazer permanente; deixou-os ficar bem compridos e fez uma trança que ela amarrava em volta da cabeça, como se para que os cabelos não a atrapalhassem, agora que tinha três filhos, três meninos, cada um mais barulhento e mais peste que o outro: Peter Júnior, Jefferson e Ira. O pai deles, Peter, estava ficando careca e vivia indo a Washington, trabalhando para algum órgão do governo ligado à guerra; ele não podia explicar o que fazia porque era tudo segredo militar. A guerra também fora boa para o tio Jared, lá no Colorado. Depois da queda da Bolsa, quando começou a Depressão, o pai da mulher dele, que era um ladrão — foram o pai e a mãe que lhe contaram, quando a Ama não estava escutando —, lhe dera um pedaço de uma montanha que continha uma mina de cobre esgotada, para que ele não abrisse o bico. Agora o governo tinha tanta necessidade de cobre que havia pagado uma fortuna ao tio Jared para que ele reativasse a mina. "O Jared", disse o pai, rindo um pouco — ele nunca ria muito. "Meu irmão sempre dá a volta por cima. Pode levar anos, mas ele sempre acaba dando a volta por cima." Essie adorava quando o pai exprimia a idéia de que os Wilmot tinham algo de especial, um destino que se estendia além de Basingstoke. Os cabelos de Essie não eram finos e reluzentes como os da tia Esther, e sim espessos e rebeldes; quando chegava em casa correndo, vindo do campo de beisebol ou da estufa quente e úmida, ela ficava toda desgrenhada como uma louca varrida, dizia a mãe, e a mandava direto para o quarto para se pentear. Na frente do espelho, Essie experimentava armar os cabelos como Rita Hayworth em *Minha namorada favorita*, ou Bette Davis em *Pérfida* ou *Estranha passageira*, ou mais solto como Greta Garbo em *Duas vezes meu*, ou Ingrid Bergman em *Casablanca*, mais com cara de cabelo que não levou laquê nem foi todo arrumadinho em camadas como o de Irene Dunne. O rosto de Essie, quando ela o examinava no espelho, era meio achatado no meio, como um bolo: o nariz um pouco embolotado, os lábios retos, em vez de fazer uma curvinha para dentro e outra para fora, como os das estrelas de cinema, e nada carnudos e proeminentes, como os de Betty Grable ou até mesmo da mãe quando ela estava ouvindo música de dança pelo rádio na cozinha. Os lábios de Essie eram finos e cuidadosos como os do pai, e não rosados e namoradeiros como os de Alice Gordy. Quando experimentava o batom e o ruge da mãe, ela tinha a impressão de estar pintando um bolo. Embora tivesse começado a menstruar em julho, também não tinha seios, enquanto Loretta Whaley tinha uns peitos bonitos, pontudos, que espetavam através da blusa, e até mesmo os da Junie Mulholland já estavam começando a aparecer quando ela usava suéter.

Essie suspirou, jogando o peso para trás e apoiando os cotovelos na madeira áspera do banco da arquibancada. Algo precisava acontecer para salvá-la, mas enquanto isso o terreno plano onde outrora ficava a fazenda dos indigentes estendia-se, hipnótico, sob o céu suave de abril, que era como um papel molhado no qual alguém dera pinceladas cinzentas. Os cheiros da grama tenra, da terra macia, das flores de pessegueiro que formavam um mar rosado, a entorpeciam de tal modo que ela mal conseguia mexer-se, embora já estivesse ficando tarde. Loretta e Junie tinham ido para casa, apertando os livros contra os seios desenvolvidos, as sortudas, e Eddie e Fats e mais uns garotos menores daquele lado da cidade estavam jogando basquete na quadra do *playground*. A bola estava esvaziando aos poucos, e quando alguém quicava a bola ela cada vez subia menos, de modo que todo mundo ria e acabava que alguém dava um chute nela. Na arquibancada, além dela, só estava Benjy Whaley, três fileiras abaixo, lendo uma revista do Capitão Marvel, porém consciente da presença dela, Essie sabia. Ela descruzou as pernas, balançando as meias brancas, e cruzou de novo, esticando bem as pernas até sentir os músculos estalarem. Pelo menos suas pernas eram bonitas e compridas. Já estava da altura da mãe, e embora a Ama fosse ainda mais alta, boa parte era por causa do cabelo que ela usava preso no alto, como se andasse com uma rosca no alto da cabeça. Essie suspirou de novo, tão alto que era quase obrigatório dizer alguma coisa depois. "Como é que está a revista, Benjy? Ainda não ouvi você rir."

Benjy não se virou para responder, prova de que estava mesmo consciente da presença dela. "Não é para ser engraçada."

"Mas às vezes é", retrucou Essie. "Tem uns vilões que são. E o jeito de ele dizer 'Shazam'."

Benjy disse "Shazam!" com uma voz bem forte, para fazer graça, mas demonstrou estar tão nervoso que não sabia o que dizer.

"Não venha me dizer que os homens que fazem essa revista não acham que ela é engraçada", prosseguiu a garota. "Aposto que eles ficam morrendo de rir dos bobos como você que levam essas historinhas a sério."

"Se não fossem os bobos que nem eu que compram", atalhou Benjy, "eles morriam de fome." E olhou para ela, virando a cabeça para trás, com o rosto ao contrário, o queixo pontudo no alto e as pálpebras piscando para cima, com o vermelho em cima em vez de embaixo. Era horrível, como se fosse um marciano, ou um caranguejo quando a gente entende onde é que ficam os olhos e a boca dele. Na verdade, Benjy tinha um queixo bonito, arredondado, um queixo de menina, mais feminino que o dela, que era um pouco quadrado demais. Essie queria ter o queixo dele. Benjy sempre reparava nela, e a empurrava, e desamarrava a fita nas costas do vestido dela, mas agora no ginásio ele estava mais suave, mais tranqüilo, como se ao ver-se junto com todos aqueles alunos novos que tinham estudado nas escolas primárias perto de St. Georges, que vinham ao colégio de ônibus, ele tivesse descoberto alguma coisa a respeito de si próprio — por exemplo, que ele nunca ia conseguir ser grande coisa na vida, tal como o pai, que trabalhava na oficina do Shorty Sturgis e vendia armas à noite. Em Delaware os homens adoravam caçar patos; acordavam de manhã cedinho e ficavam de cócoras no meio dos juncos. Benjy precisava que mexessem com ele um pouco. Essie recolheu as pernas compridas, arrastando os sapatos *oxford* arranhados, ajeitou a saia plissada e desceu duas fileiras para sentar-se ao lado dele. Olhando para baixo, cuidadosa, para não cair e quebrar a perna, o que podia acontecer naquela arquibancada velha, viu o monte de papéis e garrafas que se acumulara na grama lá embaixo. A grama estava tentando crescer, mas por causa da sombra da arquibancada ficava amarela.

"D-deixe eu ver", disse ela, encostando-se de leve no braço de Benjy. O capitão Marvel estava lutando com um cientista careca que estava prestes a descobrir o segredo que lhe permitiria dominar todo o universo, juntamente com as potências do Eixo. Num quadrinho ele aparecia conversando com Hitler pelo telefone, através de linhas em ziguezague que contornavam a Terra. "Que coisa boba", disse ela. Benjy não fez nenhum comentário, porém limitou-se a virar a página. Essie espantou-se de ver como ele lia devagar. "V-você ouviu o Jack Benny outro dia?", perguntou. "Adoro quando ele vai ver o dinheiro dele no cofre, com aquelas portas rangendo e batendo — até meu pai cai na gargalhada. Domingo à noite a gente fica ouvindo rádio, primeiro o Jack Benny, depois Phil Harris e Alice Faye, e aí ele começa a roncar no meio do Charlie McCarthy."

"Eu esqueço", disse Benjy, baixando a revista e contemplando o horizonte. "Às vezes a gente ouve também. O papai diz que eles todos são judeus."

"Acho que o Edgar Bergen não é judeu, não, é sueco", disse Essie. "Mas e daí, o que é que tem?"

Benjy tinha uma boca muito interessante, vista de perfil, que se encaixava de modo preciso, e um pouco zangado, como a boca de Vivien Leigh em *...E o vento levou*. Aquele filme era realmente *bárbaro*, menos a hora em que a menininha caía do cavalo e morria; Essie gostava mais de *O mágico de Oz*, em que ninguém se machucava, só as bruxas. A gente via que a Dorothy já tinha seios, embora ela fizesse papel de menininha. "Nós estamos nessa guerra", respondeu Benjy, "porque os judeus fizeram a gente entrar."

"É mesmo? Eu pensava que era por causa de Pearl Harbor."

"Se eles quisessem, os judeus impediam o ataque a Pearl Harbor. Eles queriam a guerra porque dá lucro para os bancos."

Essie arrependia-se de ter ido para perto de Benjy. Sentia, à distância, que sua mãe estava começando a ficar preocupada. As pinceladas úmidas no céu estavam cada vez mais grossas e escuras. Sempre que chovia, ela ficava mexida, como se Deus de algum modo estivesse tocando-a de perto. Essie pensou em seu quartinho com as paredes cobertas de rostos e assinaturas de estrelas e sentiu um gosto tão forte de felicidade na boca que teve vontade de socar e beliscar o burro do Benjy.

Ele olhava sem parar para a serra baixa e azulada no horizonte indistinto, muito longe do campo de beisebol. Havia uma caixa-d'água verde e redonda que parecia uma espaçonave marciana, e as nuvens arrastavam fiapos escuros embaixo delas. Sem mais nem menos, Benjy disse: "Daqui a mais uns dois anos eu vou ter que ir lutar na guerra, e provavelmente vou morrer".

"Ah, Benjy", exclamou Essie, e ela própria achou que parecia Bette Davis imitando sotaque de sulista, "claro que não. Até lá isso tudo já acabou! Este ano os alemães já começaram a se render em tudo que é lugar — na Rússia, na África."

"É, mas depois tem os japoneses. Eles lutam até a morte, todos eles. São uns macaquinhos malucos."

"O MacArthur não acabou de arrasar com eles em G-Guadalcanal?"

"O MacArthur é um bestalhão. Adora aparecer."

"Puxa, Benjy, quem ouve pode até pensar que você não é americano." Mas mesmo assim ela não se levantou para andar os nove quarteirões que a separavam de sua casa. O garoto havia dobrado a revista com brutalidade, como se fosse um jornal, e seu polegar, apertando o papel colorido, parecia amarelo e forte, delicadamente esculpido e sujo. Corria graxa em suas veias. Engraçado: ele era irmão gêmeo de Loretta, que não era nem um pouco parecida com ele e era muito mais madura. Benjy tinha um crânio estreito, e os cabelos, tão louros que eram quase brancos, como cabelos de albino, estavam cortados bem curtos, à escovinha, deixando à vista uma saliência interessante do osso atrás de sua orelha. A orelha era muito próxima à cabeça, como se a parte de cima estivesse colada. Essie implicava com suas próprias orelhas — não chegavam a ser de abano, mas também não ficavam bem rentes à cabeça.

"Sou americano, sim", disse Benjy. "Se me chamarem, eu vou. Eu cumpro meu dever."

Essa idéia sinistra fez Essie rir, ali no centro de uma paisagem tão pacífica, tão tranqüila. Indicava que ele se entregava a meditações solitárias, tal como ela a seus sonhos secretos. Essie soprou de leve na bela orelha do rapaz. "É isso o que você faz, Benjy — o que os outros mandam você fazer?" Viu-o, naquele momento, apesar de sua beleza delicada, como um derrotado, preso o resto da vida naquela cidade, com seus preconceitos idiotas e seus empreguinhos bestas.

Benjy virou para ela um rosto pálido de fúria, e disse, mostrando os dentes: "Vá se foder, Essie".

Ela não ficou chocada. Já vira essa palavra rabiscada a giz e arranhada no pavilhão do *playground*, e também no galpão perto da escola. Uma vez ouvira um bando de soldados no bonde berrando a palavra bem alto, repetidamente. "Eu não disse isso por maldade", retrucou ela.

"É, e você?", perguntou ele. "Você também só faz o que mandam você fazer, é ou não é?"

Os pais dos garotos que ficavam até tarde na arquibancada e no *playground* eram diferentes dos dela; freqüentavam bares e boliches, e à noite tinham discussões e brigas tão barulhentas que às vezes o assunto chegava a ser comentado na escola. Alguns dos pais nem viviam juntos — as mães trabalhavam e os pais tinham ido para as fábricas de Ohio ou Virgínia. A guerra era como um vento que havia levantado tudo que não estava amarrado ao chão. Todo mundo ficou um pouco mais corajoso, até mesmo sua mãe, que chegava em casa de manhã toda agitada depois de passar a noite trabalhando na fábrica de cartuchos, movida a café, os cabelos amarrados num lenço, fazendo-a parecer com Jean Arthur, uma Jean Arthur que estava ficando gorda.

"Ah, eu faço coisas assim", disse Essie, e aproximou de Benjy a cabeça inclinada. Imaginou Ingrid Bergman em *Casablanca*, a cena em que ela aponta uma arma para ele, no sobrado do Rick's, aquele quarto com as persianas, e ele diz, com aquele *smoking* branco lindo: *Pode atirar. Você vai estar me fazendo um favor*, aí ela não consegue, e os perfis dos dois se fundem, as faces dela brilhando, molhadas de lágrimas, os cabelos orlados de luz e um pouco fora de foco, os lábios entorpecidos, grossos, ligeiramente entreabertos, e então ela se entrega, em desespero, num mundo dilacerado pela guerra. Essie já havia beijado garotos antes, mas de brincadeira, como prendas em jogos, e nos vestiários da escola, estrebuchando em protesto e dando um tapa no ouvido do menino depois. Os lábios de Benjy ainda eram infantis, duros, e apertavam os dela com força demais, de modo que havia perigo de os dentes se entrechocarem, porém Essie gostou daquela sensação estranha, madura, aquele corpo apertado contra o dela e o dela apertado contra ele naqueles dois pontos úmidos e vulneráveis, a existência de Benjy invadindo a sua como se fosse uma invasão de outro planeta. Ele tinha um gosto, do Philip Morris que havia fumado e da bala de alcaçuz que tinha chupado, e por trás disso tudo havia um outro gosto suave, ligeiramente salgado, que ela imaginava ser gosto de carne, ou da alma de outra pessoa subindo pela garganta. Essie pensou nos lábios de Benjy, no modo como eles se encaixavam, e tentou transportar essa idéia para seus próprios lábios, e para os lábios dos dois unidos. Mas logo ele se sentiu constrangido, embora os garotos que jogavam basquete não estivessem olhando, e afastou-se com uma expressão assustada, como um mecânico saindo de debaixo de um carro. Não havia nada a dizer; o que acontecera fora muito estranho. Mas o olhar de culpado do rapaz indicava que depois ele ia querer mais, e uma convulsão envergonhada nas entranhas de Essie lhe dizia que também ela ia querer mais. Mesmo agora ela queria um pouco mais; a casa cinzenta na Locust Street a chamava, mas isso era mais importante. No entanto, ela percebia que apesar de toda a beleza tímida dos ossos de seu crânio, de seu polegar, Benjy era só um começo. Essie começou a colecionar, em vez de fotos autografadas de estrelas, garotos. Cada um teria um gosto ligeiramente diferente, um jeito diferente de pressionar. Era deles que seu rosto achatado precisava. Deus entendia. Afinal, fora Ele que havia feito todos nós.

Realmente, era patético, e até irritante, aquele entusiasmo todo da mãe só porque ia à exposição agropecuária em Dover. A exposição era realizada todos os anos no centro do estado, na quarta semana de setembro. A mãe passara a infância lá, ao sul do canal, no condado de Sussex, não no de Kent, mas era tudo mais ou menos a mesma coisa — campo aberto, rios lerdos, casas recuadas da estrada, com varandas de colunas e uma cara de cenário de teatro velho. A mãe costumava ir à exposição agropecuária com os pais, e quando menina achava tudo grandioso e espetacular. Ela não conseguia ver o que Essie via — que o parque de diversões era vagabundo, que os espetáculos eram ridículos, que os bichos eram tristes e repugnantes —, as galinhas, as vacas, as ovelhas, os porcos trazidos das fazendas da região para serem julgados. Essie também estava ali para ser julgada, no concurso de Miss Uva de Delaware de 1947. A escola recebera um convite, estendido a todas as meninas da última série, lido para os alunos reunidos em assembléia, e todos riram baixinho, entreolhando-se, para ver quem seria tão "metida a besta" e "exibida" a ponto de se candidatar. Só quatro meninas se inscreveram, preencheram o questionário e entregaram uma redação sobre o tema "O que Delaware oferece a seus cidadãos", e ela fora escolhida, pensava Essie, não por ser a mais bonita ou por ter escrito a melhor redação, mas por ter a mãe mais entusiasmada. O pai lhes emprestou o cupê Studebaker novinho, verde-salsa, por três dias, e o avô Sifford lhes deu setenta e cinco dólares para gastar — uma fortuna assustadora, que levava a mãe a abrir e fechar sua carteira marrom gorducha a toda hora, e a não largá-la nem por um segundo, levando-a até ao banheiro, com medo de que uma camareira ou um empregado entrasse no quarto do hotel e a levasse da cômoda numa hora em que Essie estivesse distraída. O hotel era um velho cubo de tijolo de seis andares, bem no centro de Dover, chamado Duke of York; no saguão ainda havia escarradeiras de latão nos cantos, e o enorme tapete central continha a imagem, já esgarçada, do prédio da Assembléia Legislativa do estado. Todas as trinta e oito candidatas estavam hospedadas lá, com suas acompanhantes, e Essie se esforçava para não sentir vergonha da mãe, a qual, depois que voltara a ser dona de casa, com o fim da guerra, havia engordado tanto que parecia mancar só por ter de arrastar aquele corpanzil. Ao ver sem querer a mãe nua na banheira do quarto do hotel, ou coxeando de um lado para outro só de roupa de baixo, Essie ficava surpresa e até ofendida, por algum prurido moralista, de constatar que o corpo humano se permitia acumular tanta carne disforme e molenga. Emily sentiu que a filha a olhava com ar de reprovação; agitou as mãos gorduchas, com pregas fundas nos punhos, e explicou: "Culpa das tortas deliciosas que a sua avó vive fazendo. Bem que eu queria tirá-la da cozinha para que a família toda adotasse uma dieta moderna e saudável".

"É, mãe, mas você também não precisava bisar a sobremesa sempre."

"É para mostrar que eu *gostei*", disse ela, com um sotaque de roceira que Essie nunca tinha ouvido na casa da Locust Street. "Acho maravilhoso ela trabalhar tanto na cozinha com a idade dela; mas, para falar com franqueza, se ela deixasse eu fazer mais coisas, talvez eu perdesse um pouco de peso. Ah", prosseguiu ela, ao ver que Essie não estava convencida, "sei que é uma fraqueza minha, e espero que você nunca fique assim. Você e seu pai estão longe de comer como passarinhos, e no entanto vocês nunca engordam; aliás, ele está mais magro agora do que quando eu o conheci. O pai dele era magro."

"Mamãe, você chegou a conhecer o pai dele?"

"Não, ele já havia morrido quando a família se mudou para Basingstoke. Todos dizem que ele era bonito e inteligente, mas nem por isso era feliz. Pelo que seu pai conta, era uma pessoa muito sofrida. Às vezes fico achando que quando seu avô morreu ele levou boa parte do ânimo do seu pai junto com ele." Tendo dito isso, e sentindo que havia tocado num ponto sensível, Emily achou necessário explicar-se: "Sabe, fico achando que depois que seu avô morreu, seu pai perdeu a capacidade de amar as outras pessoas. Fora os filhos, é claro".

"Mamãe, não diga isso! Ele ama a *senhora.*" E mais ainda, pensou Essie com seus botões, ama a *mim.*

"Bem", concedeu a mãe, sem abrir mão de seu argumento principal, e sem mudar a expressão séria de desapontamento, "ele precisou de mim, por um tempo — precisava de uma mulher, e eu fui a mulher menos ameaçadora que ele encontrou. Eu não diria que ele não gosta de mim, não. Mas seu pai é um homem cauteloso. É como se, depois do que aconteceu, seja lá o que for, ele só queira agora atravessar esse vale de lágrimas... como era mesmo que se dizia no tempo da guerra? Minimizando as perdas. É como se ele não desse nenhuma satisfação a Deus. Eu e a Ama conversávamos sobre isso, antigamente, tentando entender, mas agora na cabeça dela o Clarence se transformou numa espécie de santo, sem nenhum defeito, nenhum senão."

Dentro de duas horas, às sete da noite, as moças teriam que

se apresentar no estádio para o desfile de maiô, e Essie deveria estar descansando, para se preparar. Mas os seis andares do hotel, do saguão à suíte na cobertura, zumbiam de atividade, com as vibrações das jovens agitadas, longe de suas casas, ansiosas para se afirmarem. Essie estava um tanto mexida por estar no mesmo quarto que sua mãe e ouvi-la falar como se fosse uma colega, animada e franca, até mesmo sedutora. Jamais lhe ocorrera que seus pais tivessem segredos, tal como ela os tinha, desde que começara a andar com garotos. Mas a mãe estava dando a entender que havia câmaras recônditas em seu passado, velhas paixões e fracassos que ainda tinham influência no presente.

De repente Essie perguntou: "A senhora acha q-que eu sou como ele? O meu avô Wilmot".

Todos os tecidos e estofados daquele quarto de hotel recendiam a fumaça de cigarros de viajantes solitários. A mãe estava sentada numa poltrona de veludo verde, como as poltronas de um carro-salão de trem, de *lingerie* branca, com marcas vermelhas na perna gorda e macia, deixadas pelo aparelho, e uma toalha branca nos ombros, enquanto os cabelos secavam. Ela encarou a filha com uma expressão sincera, de mulher para mulher, apertando os olhos normalmente bem redondos. "Bem, você é uma Wilmot, sem dúvida. O queixo, o maxilar, os lábios. Vocês não têm bocas generosas, toda a sua tribo. Mas é uma Sifford também. Quando você era pequena, com os sapatos de sapateado e a roupinha de marinheiro, tão bonitinha, as pessoas elogiavam, dizendo que você era a minha cara, naquele tempo em que eu ainda tinha formas. O seu pai dizia que a minha tez brilhava, no tempo do namoro. Mas a pessoa que eu tenho mais visto no seu rosto de uns tempos para cá é a minha mãe, por estranho que pareça. Digo 'por estranho que pareça' porque ela passou a vida toda se escondendo de todo mundo, e no entanto eu olho para você e só vejo ela, tal como eu a via quando criança, no seu rosto, os malares grandes, e alguma coisa — não sei como dizer de um jeito que não seja negativo — *selvagem*. Exótica e um pouco perigosa. Eu e seu pai não somos pessoas perigosas. De modo geral, os Wilmot não são perigosos, talvez com exceção do seu tio Jared — não sei, não o vejo há anos."

O coração de Essie disparou, como sempre acontecia quando ela era o assunto da conversa. Também ela havia percebido, no espelho — aquela coisa achatada que havia no meio de seu rosto quando criança fora substituída por uma tensão mourisca, planos que se entrecortavam e delineavam sombras nítidas quando ela virava a cabeça para um lado ou outro, uma fração de ângulo de cada vez. Havia uma precisão melancólica nos lábios, e as narinas eram largas e sensuais. Visto de frente, seu rosto tinha algo de ligeiramente achatado que parecia oferecer seus pensamentos e sentimentos de modo muito direto, os olhos de mel escuro com as pálpebras curvas e rosadas, e os brancos reluzentes, da mãe. Essie adorava os avós maternos, sempre a fuçar juntos a estufa bem cuidada, mas eles eram terra, um húmus fragrante e amigo; ela aspirava ao avô morto, etéreo. Sua irrealidade continha a promessa de elevá-la até o plano celestial onde brilhavam as estrelas do cinema, de onde emanavam os programas de rádio, onde as estrelas apareciam como convidadas. Quando rezava a Deus, Essie tinha a impressão de estar enviando um sinal radiofônico para os céus, um raio de súplica que chegava a um rádio pardacento em forma de catedral, e que seu avô desconhecido estava sentado numa cadeira ao lado dele, escutando. Ela compensaria toda a tristeza que ele sentira. Não podia dizer isso à mãe; esse era um de seus muitos segredos.

No palco montado dentro do estádio da exposição, onde se apresentavam conjuntos de música *country* e disputava-se quem era capaz de chamar seus porcos com mais eficiência, Essie surgiu à luz áspera dos refletores, no ar fresco da noitinha, trajando apenas um maiô azul-claro de náilon elástico, com decote e zíper atrás e um saiote engomado que não impedia que os membros do júri, sentados bem junto ao palco, vissem suas coxas até onde elas viravam virilha e nádegas. Os pés, de unhas pintadas, calçavam sandálias de salto Annabella de cortiça, tão altos que Essie tinha de andar com cuidado para não torcer o pé, o que causaria má impressão no júri. Os jurados — quatro homens e três mulheres — estavam em algum lugar lá embaixo, além das luzes da ribalta. As moças tinham sido apresentadas a eles no ensaio daquela tarde, quando todos estavam vestidos de modo informal. Uma das mulheres era uma atriz que havia trabalhado na Broadway dez anos antes, e um dos homens era um du Pont, mas ninguém ali era o que Essie considerava uma celebridade de verdade. A pessoa mais interessante que ela conhecera naquela tarde fora um rapaz louro, com cabelos finos e curtos, quase brancos, como Benjy Whaley, só que bem mais inteligente e civilizado que ele, que era fotógrafo do *Bulletin* da Filadélfia, mas que disse a ela (os dois haviam ficado juntos perto do palco durante uma espera interminável, enquanto preparavam as coisas para o espetáculo da noite, que começou com uma falação derramada do prefeito de Dover, seguida da apresentação de um grupo de cantores parecido com os Ink Spots, quatro rapazes negros que ficaram conversando e fazendo graça ali mesmo, misturados com as outras pessoas) que queria ser fotógrafo artista, como Dorothea Lange e George Hurrell. Essie nunca tinha ouvido falar neles, mas reconheceu o tom em que o rapaz pronunciou aqueles nomes; para ele, eram estrelas. Então ela e as trinta e sete outras moças tiveram que subir ao palco para ensaiar o número que iam cantar acompanhadas pela orquestra de um colégio de Wilmington, que tocava no estilo das *big bands* de antigamente: um *pot-pourri* de "Zip-a-dee-do-dah", "Almost like being in love", "A fellow needs a girl" e "There's no business like show business". As letras vinham impressas numas folhas e eram para ser decoradas. Durante o ensaio, Essie percebeu que as duas meninas a seu lado nunca haviam estudado canto: elas inspiravam pelo alto da garganta e expiravam pelo nariz. Mas quando Essie cantava, a voz jorrava, direto do diafragma, tal como a senhora Loring lhe havia ensinado. Quando terminaram o ensaio geral, disperso, cheio de risadinhas nervosas, em plena luz do dia, os sons da exposição se impuseram — a música do carrossel, o estrépito do trem da montanha-russa subindo, o mugido de alguma vaca apavorada, o murmúrio oceânico da multidão, o falatório amplificado dos apresentadores, os gritos extáticos dos passageiros da montanha-russa na descida — e seu amigo fotógrafo desapareceu; e o desfile de misses, com sua inocente pompa rural, de repente lhe pareceu patético.

Mas à noite, quando o céu úmido, de um azul quase negro, cheio de aglomerados de estrelas inatingíveis, dava a impressão de estar muito próximo das luzes fortes do palco, tudo parecia mais intenso e nítido; a terra era uma fruta espremida que liberava seu sumo. Os sons distantes da exposição eram mais distintos, mais graves; os cheiros de esterco, feno, algodão-doce e fumaça de carros, ao fundo, inundavam a noite, como um perfume borrifado. Os refletores do palco, agrupados em grandes retângulos ofuscantes, riscavam raios de luz nos cantos dos olhos deslumbrados de Essie. O ar fresco da noite arrepiava sua pele quando chegou sua vez de desfilar no palco, enquanto a banda de Wilmington tocava "To each his own" num andamento acelerado. Seu nervosismo evaporou-se; todas aquelas luzes e olhos infundiam em seu corpo um amor espectral, que lhe proporcionava uma tranqüilidade extática. *Flashes* explodiram; Essie nem sequer piscou. Não via quase nada: além do palco, rostos confusos, cheios de expectativa; além das luzes, um céu negro e fechado, com sua geografia própria de vales estrelados e altitudes despovoadas. Levantando bem a cabeça, como se houvesse fios retesados a puxá-la para cima, tal como o senhor Josephs lhe dissera tantas vezes anos antes, caminhou até o círculo riscado a giz nas tábuas velhas do palco; deu uma volta devagar, exibindo ao júri e à multidão os tornozelos e as coxas, e as nádegas (que — ela pensava às vezes, preocupada — estavam ficando redondas *demais*, destacando-se excessivamente do corpo esguio, das pernas compridas), e o V ousado das costas expostas (que ainda estavam ligeiramente bronzeadas dos dias de verão que ela passara em praias ou piscinas com este ou aquele rapaz; embora sua tez lisa fosse muito alva, ela dourava com facilidade, graças ao toque de sangue mourisco). Mostrou-lhes a nuca (exposta pelo penteado alto que ela e a mãe haviam levado uma boa meia hora para preparar, tentando controlar a massa rebelde de cabelos castanhos com um monte de grampos) e um sorriso maroto à Betty Grable; então andou até a outra extremidade do palco, formando um ângulo reto, como se andasse na corda bamba; os pés calçados nas sandálias desconfortáveis pareciam estar a quilômetros de seu queixo. Os aplausos que se seguiram a sua apresentação pareceram-lhe um pouco mais calorosos que os que as outras moças haviam recebido, mas depois se confundiram com os aplausos que saudaram a candidata seguinte, uma ruiva estonteante, com um maiô de raiom branco, sem alças.

Nos bastidores, atrás dos praticáveis improvisados — pranchas de pinho cru, a superfície coberta de recortes de cartolina salpicados de lantejoulas do lado virado para o público — Essie sentiu-se fria, vagamente conspurcada; o fio que antes mantinha sua cabeça ereta se rompera. Olhou a sua volta, à procura da mãe, que estaria com uma túnica de veludo comprada especialmente para aquela ocasião. Porém sua mãe havia ficado na extremidade oposta do palco. O fotógrafo do *Bulletin* tocou-lhe de leve no ombro nu. Ela deu um salto, de tão tensa que estava. Disse ele: "Desculpe. Eu só queria dizer que você estava fantástica. Você tem tudo".

Essie sorriu, tentando acalmar-se. Um encontro com uma única pessoa parecia uma coisa parca e pobre, depois de ela alimentar tantos olhos ali no centro do estádio.

"Tenho o quê? Como se a gente não soubesse. As coisas de sempre. Toda garota tem, meu chapa."

Ele teve a delicadeza de ficar sem graça, ali àquela luz incerta e inóspita. "Não, não é verdade. O que você tem é especial. Magia, presença, beleza, seja lá o que for. Escute, meu nome é Doug, o seu é Esther — certo? Pois eu gostaria muito se você arranjasse hora amanhã para uma sessão."

"Uma sessão", repetiu ela, sem desligar o sorriso completamente.

"Eu queria tirar umas fotos de você. Agora só dá para tirar com *flash*. Fica uma coisa brutal. Eu queria fazer uns estudos, à luz natural, para mostrar você."

"M-m-me mostrar para quem?" Por um instante, não conseguia lembrar-se do nome do rapaz, embora ele tivesse acabado de lhe dizer. Ainda estava muito excitada, por ter desfilado. "Para quem, Doug?"

"Para o *Bulletin*, antes de mais nada. E para mim também, para eu guardar. Você vai ganhar alguma coisa com isso — eu faço umas cópias em papel brilhante, para você mostrar nas agências."

"Agências. E essa sua conversa mole costuma colar?"

"Agências de modelos — você sabe o que eu quero dizer. Vamos, não me faça perder tempo. Eu devia estar lá tirando fotos. Olhe, estou falando sério. Tome o meu cartão. Eu anotei o número do meu quarto nele. Me ligue amanhã de manhã. Ou então não ligue. Mas seja lá como for, o que eu falei é verdade. Você é especial."

Ela hesitou antes de pegar o cartão — aquele pedaço de papel parecia fazer parte da conspurcação, da vergonha que ela sentia por ter se exibido no palco — mas acabou aceitando-o. Era um cartão de visitas de verdade, com letras em relevo que ela acariciou com o polegar. "E onde q-que seria a t-t-tal sessão?"

O rapaz olhou para ela de novo, não tendo percebido que ela gaguejava da primeira vez. Isso lhe dava um pequeno poder sobre Essie, tal como dava a ela sobre ele, como sempre ocorre quando uma fraqueza é exposta. Doug passou a falar mais devagar, num tom conscientemente impessoal. "Ao ar livre, perto daqui. Se você está mesmo sem tempo, tem um pátio no hotel, com uma piscina que ninguém usa nesta época do ano. A luz deve estar boa lá, fora do sol. Tem cadeiras e outras coisas para você sentar. Vou tirar uns filmes em preto-e-branco e umas poucas fotos em Kodachrome. Traga dois trajes, além desse maiô. Perto da piscina tem lugar para trocar de roupa. Talvez seja melhor calcular *duas* horas."

"Mas eu..."

"Sei; você não sabe se quer. Pois decida, Esther. O que você tem a perder? Mal não vai fazer, e quem sabe pode ser bom para você." Num tom mais suave, como para não assustar uma criança, e torcendo os lábios, formando uma espécie de bico curioso por um instante, acrescentou: "Não fique imaginando coisas. Sou um cara sério; e realmente eu queria tirar essas fotos". Seus lábios eram mais carnudos e rápidos que os de Benjy; estava acostumado a levar as pessoas na conversa.

"Por quê?"

"Por motivos estritamente profissionais para nós dois, Esther. Sou fotógrafo, e você é uma uva de Delaware."

A mãe, com a túnica de veludo, ouviu essa frase, quando se aproximava com seu passo manco, e fez uma cara que teria desanimado Doug se ele já não tivesse se virado para voltar ao desfile com sua câmara fotográfica. Tal como Essie imaginava, a mãe não aprovou a idéia. Haviam planejado ir de carro a Lewes depois do ensaio matinal para ver a antiga fazenda dos Sifford; dizia-se que o agente imobiliário, que até então estava alugando a casa da fazenda, ia derrubá-la para construir pequenas casas de veraneio, que depois poria à venda. O celeiro, o depósito de milho e o estábulo já tinham sido demolidos havia muito, mas a casa e o pequeno pomar atrás dela haviam sobrevivido à Depressão e à guerra. "Ele disse que era coisa de uma hora", explicou Essie à mãe.

Ela respondeu, ríspida: "Muita coisa pode acontecer em uma hora. Até em vinte minutos".

"É no pátio do hotel, ao lado da piscina", implorou Essie.

"Isso é o que ele diz. Aposto que depois esse rapaz vai pedir que você vá ao quarto dele. Já até lhe deu o número do quarto. Você pode achar que eu não entendo nada de homem." E ficou vermelha, zangada, como se a filha a tivesse chamado de aleijada.

Essie também corou. "Então venha assistir. Venha, sim. Pode me acompanhar. Não vai acontecer nada. Mamãe, estou falando sério. Se eu sei me cuidar em Basingstoke, também sei me cuidar aqui."

"Os rapazes de Basingstoke são uma coisa...", começou a mãe, e deixou a frase pelo meio. Essie percebeu que ela não proibira o encontro terminantemente — também ela sentia-se tentada por aquela oportunidade imprevista. Pois as duas não tinham ido lá na esperança de que acontecesse alguma coisa, alguma coisa que nem uma nem outra podiam imaginar o que seria? "Não gostei do jeito desse rapaz", disse a mãe, para ganhar tempo. "Ele é um dom-juan." Mesmo ela se deu conta de que, nos últimos anos, aquela expressão se tornara antiquada.

Agora as outras moças estavam se acotovelando e cochichando instruções em torno delas; era hora de voltar ao palco, para o *pot-pourri* final. Sob as estrelas, saiu muito melhor do que à luz do sol. "... *Não há vida melhor que vida de artista...*" Todas as moças, de maiô, deram os braços, formando duas fileiras balançando-se em direções opostas, como uma válvula flexível a abrir e fechar, e quando tudo terminou em meio a aplausos elas espontaneamente abraçaram-se e beijaram-se, trocando votos de boa sorte para o dia seguinte. Mais uma experiência nova para Essie: ser abraçada por uma moça, estando apenas de maiô e sapatos de salto alto — em particular, pela ruiva de maiô branco. Seus cabelos eram mais olorosos e seu corpo mais elástico do que os de um rapaz.

No quarto do hotel, Essie percebeu o quanto sua mãe ia lamentar a perda do passeio a Lewes. Ela havia passado boa parte de sua vida lá, enquanto a vida de Essie estava quase toda ainda por vir. Chegaram a um acordo: Esther posaria para Doug logo depois do ensaio da manhã seguinte, mas não tomaria muito tempo, para que elas pudessem ir até Lewes e estar de volta às cinco e meia. As candidatas deveriam reunir-se no salão do hotel já vestidas para o banquete de despedida, antes de serem levadas em dois ônibus, com suas acompanhantes, até o estádio, para o desfile decisivo. Essie temia ficar tão excitada que não conseguiria dormir, e rezou: *Querido Deus, faça com que eu durma para que amanhã eu não dê um passo errado nem gagueje no palco, e esteja bem radiante.* Então desenhou com o olhar as diagonais do teto escuro do quarto; sua mãe já respirava ruidosamente na cama a seu lado. A luz da rua atravessava as venezianas como naquela cena de *Casablanca* ou então *O sono eterno*, em que Humphrey Bogart estava menos bonito, e *Assassinos*, com Burt Lancaster no papel de um boxeador decadente fadado a ser morto. Essie sentia-se ameaçada por esses filmes passados em cidades sórdidas, sobre homens e mulheres que tentam desesperadamente fugir, levando vidas amarguradas. *O destino bate à porta*, com Lana Turner, fez com que ela passasse dias doída, como se tivesse sido ferida com uma faca suja. Gostava de musicais: *As garçonetes de Harvey*, em que Judy Garland domestica o Oeste e até mesmo as prostitutas da cidade ajudam na reconstrução do restaurante incendiado. Gostava dos filmes em que se manifestava o poder confiante das mulheres, como *Gilda*, na cena em que Rita Hayworth fazia aquela dança com as luvas, e *O fora-da-lei*, que não era para ela ter visto, só que ela viu assim mesmo, levada por Jamie Ingraham, que ficou o tempo todo pondo o braço nos ombros dela e colocando a outra mão em cima de seu joelho, e *Duelo ao sol*, em que Jennifer Jones se pintava de marrom e vestia blusas apertadas depois de ser Bernadette; este filme era tão comovente e apavorante, com Vincent Price morrendo de câncer na garganta agarrado à cerca e crendo tarde demais, que Essie chorou, embora não fosse nem um pouco católica. Fechou os olhos e tentou fechar os ouvidos para não ouvir o trânsito cinco andares abaixo e pensou na ruiva de maiô branco que a abraçara naquela noite, na pele diferente, mais sedosa, das mulheres, para não falar nos seios; uma mulher saberia direitinho onde pegar nela, aqui, e não pararia cedo demais. Quando ela deu por si estava acordando após uma noite de sonhos irritantes, e a mãe andava pelo quarto ensolarado com seu passo coxo de sempre. Ninguém era perfeito, mas Deus sempre atendia às preces de Esther: isso é que era engraçado.

Essie deixou que a mãe ligasse para o quarto de Doug e dissesse que ele poderia encontrar-se com a filha dela junto à piscina às doze e trinta. Doug provavelmente respondeu que o sol estaria muito a pino, porque sua mãe disse em seguida: "Está bem. Uma hora no máximo. E nós *temos* que sair às duas, meu jovem — eu e minha filha temos um compromisso importante".

Era uma tortura ouvir sua mãe falar com Doug num tom tão afetado e severo; Essie jurou que teria uma conversa em particular com ele assim que fosse possível. Ele era simpático; a forma de sua cabeça ossuda indicava inteligência, isso e mais o jeito como ele fazia uma careta rápida cada vez que terminava uma frase. O ensaio foi muito mais demorado do que todo mundo imaginava, e foi difícil reduzir a parte em que cada candidata, antes de demonstrar seu talento, tinha que responder em uma ou duas frases à pergunta: "Como fazer do mundo um lugar melhor?". Algumas das moças começavam a falar e não paravam mais, falavam sobre a cortina de ferro e os massacres na Índia e tudo o mais. Tinha também um desfile engraçado no começo, uma espécie de marcha, enquanto a banda tocava "Old buttermilk sky" e "They say it's wonderful". Já passava de uma hora quando chegaram ao hotel, esbaforidas, sem nem ter comido, mas Doug não estava zangado, e até mandou vir sanduíches antes de começarem as fotos. Essie nunca havia posado para um fotógrafo antes, tirando o chato do senhor Purinton no estúdio dele num sobrado perto da Blue Hen quando ela tinha cinco anos, e depois aos treze, com o vestido de confirmação feito pela Ama. Doug disse a ela para levantar o queixo e entreabrir os lábios um pouco e relaxar o resto do rosto: "Às vezes o melhor é não pensar em nada. Olhe para mim, Essie". Doug ouvira a mãe chamá-la de Essie, e na mesma hora adotou o diminutivo. Mas logo em seguida disse: "Olhe para o outro lado, depois volte a olhar para mim. Isso. Mais uma vez? Ótimo. Os seus cabelos, aquela mecha — mas quanto cabelo para controlar! Será que a sua mãe podia pegar esse pente...". Essie sabia que ele queria ajeitar-lhe os cabelos com suas próprias mãos, mas estava inibido pela presença da mãe, sentada muito empertigada ao lado de uma mesa de vidro redonda. Havia alguns dias que não limpavam a piscina, que estava cheia de pontas de cigarro e folhas amarelas flutuando. Quando Essie jogou a cabeça para trás, sentada na espreguiçadeira, uma perna levantada para que as saias do vestido caíssem para cima da coxa, ela viu três paredes de janelas emoldurando um quadrado de céu azul no qual ela mentalmente desenhou um x, ligando os cantos. "Lindo", disse Doug. "Belo pescoço. Eu sei que não é muito confortável, mas será que dava para virar para trás mais ainda? Isso. A mão. Dava para fazer uma coisa com a mão esquerda, Essie? Levante, como se... como se você estivesse segurando uma coisa com muito cuidado. Isso. Ótimo." Na noite da véspera, ele estava usando uma Graphic, uma máquina grande e pesada, mas hoje tinha trazido uma câmara menor, mais achatada, chamada Contax. "Esta é de trinta e cinco milímetros, e não quatro por cinco", explicou Doug. "Muito mais fácil de manejar, e dá uma seqüência toda de fotos para você depois escolher. É alemã."

Essie achou aquilo muito civilizado e progressista, ele usar um produto alemão logo depois de uma guerra em que todo mundo tinha tanto ódio da Alemanha. Cada rolo de trinta e seis fotos Essie achava que seria o último — o pai costumava espichar um filme de doze fotos de modo que cobrisse uma semana de férias em Wildwood, e as fotos do Natal ainda estavam dentro da velha Kodak quando chegava o aniversário de Essie, em fevereiro — mas Doug dizia a toda hora: "Mais um rolo de foto em cor, depois você pode ir embora. Mas a luz... meu Deus, está ficando maravilhosa". Doug entregou-lhe uma suéter de um tom acinzentado de rosa que apertava na cintura mas era larga no pescoço. Tomando coragem, embora a mãe estivesse assistindo, ele descobriu um dos ombros, à Jane Russell. Aproximou-se, chegou bem perto com a lente, e disse a ela em voz baixa, para que a mãe não ouvisse: "Seja sedutora com a câmara. Olhe bem para ela e pense numa coisa que você deseja, que você deseja muito".

Do outro lado da piscina, a mãe disse, áspera: "Essie, já passa das duas. Diga ao senhor Germaine que agora chega". Doug Germaine, era o nome que estava no cartão de visitas. Um nome tão impressionante que Essie chegou a pensar que talvez fosse inventado.

"Seu rosto só agora está começando a relaxar", sussurrou ele.

Essie exclamou: "Mãe, só mais dez minutos. Vá até o quarto para descansar um pouco. A senhora está me deixando ansiosa e preocupada, e o Doug diz que isso está deixando o meu rosto tenso. Deixe nós dois sozinhos mais dez minutos que depois a gente vai direto para o carro".

"A gente termina mais depressa, senhora Wilmot", disse Doug, "se a Essie puder se concentrar."

A mãe entrou no hotel, e Essie seduziu a câmara. Olhou para a lente, aquele buraco de vidro levemente arroxeado, e pensou em pilhas de cédulas, e em todas as roupas que poderia comprar com aquele dinheiro. Pensou num Cadillac branco conversível. Pensou em ir de avião para onde ela bem entendesse, subir naquele quadrado de céu azul e ir embora. Pensou em desabotoar as calças cáqui surradas de Doug, baixar o zíper e chupá-lo ali mesmo, ao lado da piscina suja, com pequenas ondas que faziam o som de lambidas. *Lept. Lopt.* "Ótimo", Doug estava dizendo. "Se derreta toda. Umedeça os lábios com a língua. Isso. Baixe o queixo, se puder, sem tensionar o rosto. Agora um meio sorriso. Um quarto de sorriso. Lindo. Lindo." Essie via o obturador abrir e fechar por trás da lente, como a boca delicada de um predador submarino. Doug baixou a câmara e rapidamente pôsse a rebobinar o filme. "Ótimo. Terminamos, Essie. Os seus olhos estão vidrados."

Porém ela ainda estava insatisfeita. Havia algo de místico naquela câmara que absorvia seus estados interiores através da pele fina de seu rosto. Quando criança, Essie sabia que era o centro do universo, e agora as provas de que isso era verdade estavam se acumulando, a cada vez que a câmara fazia *clique.*

Disse Doug: "Escute, Essie. Eu gostaria muito de fazer outra sessão com você no meu estúdio. Lá eu posso pôr as luzes onde eu quero e colocar umas cortinas no fundo. Você acha que consegue ir à Filadélfia um dia desses?".

"Ah, claro. É fácil", respondeu ela. Mas agora a mãe havia reaparecido, e Doug despediu-se das duas muito educadamente. Menos de uma hora depois, a mãe começou a chorar na estrada 113, perto de Milford. "Não vai dar tempo de ir até Lewes! Vamos voltar."

"Dá, sim, mãe. Assim que a gente passar de Milford, eu piso na tábua. Vai dar."

A mãe afastou uma mecha de cabelo da testa suada. Estava quente, embora já fosse setembro, e ao sul de Dover o calor estava ainda pior, mesmo com as janelas do Studebaker abertas. Disse a mãe, séria, fazendo Essie sentir-se culpadíssima: "Ah, não. Não tem sentido a gente se arriscar a sofrer um acidente. Nós viemos aqui por causa de você, e hoje à noite você tem que estar bem descansada para se apresentar. Ali tem uma lanchonete; aproveite para fazer o retorno. Não, vamos comer um pedaço de torta. Agora temos bastante tempo". Voltando ao carro depois, tranqüilizada pela comida, a mãe disse: "Eu ia ficar muito triste de ver a velha casa, prestes a ser derrubada. Melhor eu guardar na memória a imagem dela como era antigamente".

Mas Essie sentia que havia fracassado: era a primeira vez que veria sua carreira, se aquilo já era uma carreira, sobrepor-se às necessidades pessoais das pessoas mais próximas a ela. Aquela noite, no palco, embora seu vestido fosse lindo — um tomara-que-caia cor de pêssego, com luvas brancas compridas, três anáguas e uma sofisticada rosa de seda acima de um dos seios — e tivesse custado uma fortuna a seu pai, nada deu muito certo, como se uma lingüeta a toda hora travasse o projetor. Atravessando o palco com aquele vestido, Essie sentia-se rígida e irreal, e não triunfante e elástica, como se sentira desfilando de maiô. A rosa de seda e as anáguas de crinolina arranhavam sua pele em diversos lugares, fazendo-a sentir-se presa; tinha de esforçar-se para não ficar ajeitando as roupas o tempo todo. Na primeira noite, as luzes lhe deram a sensação de estar elevada aos céus, mas agora pareciam um banho de ácido, que destacava seus defeitos, fragilizando-a. Quando cantou a ária que havia escolhido para demonstrar seu talento, de *Páris e Helena* de Gluck, sua voz não falhou nas notas mais agudas, como ela temia, mas o som gélido e puro não empolgou a platéia; os aplausos pareciam desconfiados, contidos. A ruiva saiu-se melhor, cantando com muita garra "Can't help lovin' dat man", do musical *Barco das ilusões* e do filme *Até as nuvens passarem*, em que era cantada por Lena Horne. O som de Deanna Durbin se tornara antiquado, tal como a palavra "dom-juan" e as *big bands*. Algum dia Essie mostraria do que era capaz, mas naquela noite não conseguia livrar-se do nervosismo; não conseguia colocar-se exatamente atrás de seu próprio rosto, de modo que todas as suas facetas se encaixassem em seus lugares. Quando chegou a hora de dizer, em no máximo cinqüenta palavras, de que modo o mundo poderia se tornar um lugar melhor, e depois ser entrevistada por um minuto pelo mestre-de-cerimônias, Essie não conseguiu lembrar-se das primeiras palavras do texto decorado, de modo que sua afirmativa saiu mais categórica do que ela planejara: "Acho que o mundo seria um lugar melhor se o r-representante republicano J. Parnell Thomas parasse de f-ficar procurando comunistas inexistentes em Hollywood. A indústria do cinema é a mais patriótica do país, e fez muito para levantar o moral da nação durante a guerra, quando a R-Rússia, não devemos esquecer, era nossa aliada".

O mestre-de-cerimônias, com sua maquiagem alaranjada e a peruca visível, com um cheiro igual ao de Jamie Ingraham depois que tomava um gole de uísque do pai, aproximou-se mais dela e perguntou, ao microfone, com aquela voz melíflua que jamais tropeçava em nada: "Você está querendo dizer, Esther, que não acredita na existência de uma ameaça comunista?".

"A ameaça existe, sim", disse ela, sabendo que tinha avançado o sinal mas não vendo outra saída, sentindo que as luzes a cegavam, que o microfone projetava sua voz sobre as cabeças da platéia emudecida de espanto, "mas está s-sendo exagerada, e s-sendo usada por políticos para se p-p-promoverem. Quem nos diz o que é a liberdade são as estrelas, os roteiristas e diretores, e não os p-políticos."

"Sabe, Esther, você é mesmo autêntica", disse o mestre-de-cerimônias, quase com sua voz de verdade em vez da voz forçada e mecânica que adotava no palco, e a platéia seguiu seu exemplo, aliviada, dando-lhe uma grande salva de palmas que a perdoava. Mas quando o júri deu o resultado final, Essie ficou em terceiro lugar. A vencedora foi uma lourinha oxigenada com peitos artificialmente levantados, de Seaford, que disse que o mundo seria um lugar melhor se os hinduístas e muçulmanos parassem de se matar na Índia e aprendessem a grande lição da religião, o amor. Em segundo ficou a ruiva, que era da região ao norte de Wilmington, dominada pelos Du Pont, e respondeu que o mundo seria um lugar melhor se toda a Europa aceitasse o Plano Marshall, e que barriga cheia era a melhor defesa da liberdade. No final da seção de tortura que foi a proclamação da vencedora, em que Essie e a outra moça sorriam e batiam palmas como se elas é que estivessem no lugar daquela putinha oxigenada metida a besta, as moças se abraçaram de novo, mas Essie estava se esforçando tanto para não chorar e parecer feia e invejosa no palco que não sentiu nada. Para a carne dar prazer, o espírito tem que estar animado.

"Essie, estamos todos orgulhosos de você", disse o pai no dia seguinte, quando ela e a mãe chegaram em casa arrasadas, até mesmo fisicamente doloridas, como jogadores de futebol depois de uma derrota. Essie não queria encarar as colegas no dia seguinte, embora soubesse que era necessário: vida de artista era assim mesmo. "Você foi mais corajosa que o Harry Truman, que obrigou todo mundo a fazer essa bobagem de juramento de lealdade. Que diabo, se eu não fosse leal, eu seria o primeiro a fazer o tal juramento." Seu pai raramente usava palavras tão fortes quanto "diabo"; aquilo era sinal do quanto ele queria consolá-la.

"A coisa está tão feia quanto em Paterson em 1912", disse a Ama. "Diziam o diabo daqueles pobres operários italianos, só porque eles queriam ganhar um salário mais decente para sustentar as famílias. Mataram um deles na varanda da própria casa, perto da Weidemann; sempre achei que isso ajudou a apressar a morte do Clarence."

"Eu detesto os comunistas", disse Danny. "Eles não jogam limpo. Eles roubam as eleições. Eles põem no campo de concentração todo mundo que discorda deles."

"Ah, é, doutor Sabe-Tudo?", exclamou Essie. "E desde quando você entende alguma coisa disso? Quem é que você pensa que derrotou os exércitos do Hitler, hein, seu sabichão? Se não fossem os c-comunistas, não ia haver Dia D." Mas Danny, aos catorze anos, embora pequeno para a idade e ainda totalmente imberbe, era um menino musculoso e inteligente, mais inteligente que Essie na escola. Estavam pensando em mandá-lo para uma instituição particular como o St. Andrew's ou o Tatnall quando ele chegasse ao colegial, embora o colégio público de Basingstoke fosse mais do que bom para Essie. No fundo, ela não queria defender os comunistas. Nem sequer imaginava o que fosse um comunista, nem entender o que poderia levar alguém a querer derrubar o estilo de vida americano, o futebol e as animadoras de torcida, os pés de malva-rosa, as drogarias com seus balcões de soda, os novos Studebakers sem pára-lamas na frente, com as laterais totalmente lisas, verdes.

Talvez por ser domingo, o único dia em que não trabalhava, ou porque sua filha havia tirado terceiro lugar no concurso de Miss Uva de Delaware e sua auto-imagem estava um pouco mais inflada, o pai resolveu bancar o patriarca. "Os Wilmot sempre foram republicanos", disse ele à família reunida, "e meu nome é homenagem a Theodore Roosevelt, mas quando apareceu o outro Roosevelt, o Franklin Delano, eu já percebia que Hoover e todo aquele pessoal só queria mesmo era se dar bem e defender os interesses dos ricos."

"Querido, seu nome fui eu que dei", disse a Ama. "Escolhi o nome em total desespero, o primeiro que me ocorreu, porque seu pai andava dizendo que ia chamar você de Cornelius, em homenagem ao melhor amigo dele em Princeton."

"Corny Wheelwright", lembrou o pai. "Sempre que ia lá em casa ele me dava uma moeda. Ele conseguia fazer papai rir, o que não era fácil. Uma vez ele levou nós três para assistir a uma partida de beisebol profissional, em Newark — eram os Newark Indians contra os Jersey City Skeeters, no Wiedenmayer's Park, da antiga Liga Internacional; eles eram conhecidos como 'os Pestes'. Fiquei tão empolgado que comecei a colecionar figurinhas de beisebol no dia seguinte."

A mãe interrompeu com uma notícia fresca: "Um repórter do *Bulletin* de Filadélfia, um rapaz muito arrogante, aproveitou que a Esther estava vulnerável e fez com que ela prometesse tirar umas fotos com ele, e ficaram tanto tempo tirando as tais fotos no pátio do hotel que acabamos não podendo ir a Lewes ver a casa velha antes de ela ser derrubada".

Por um momento, revoltada, Esther pensou que a mãe ia começar a chorar; disse então: "Mãe, ele não tinha nada de arrogante, e se para a senhora isso é tão importante eu levo a senhora lá de carro no fim de semana. Era um fotógrafo profissional, respeitável, com cartão de visita e tudo. Ele nem me pediu para posar de maiô, e olhe que a gente estava na beira da piscina".

"Não", retrucou a mãe, "mas convidou você a ir ao *estúdio* dele, na Filadélfia, o estúdio dele, onde tenho certeza que além das luzes e das cortinas do fundo deve ter um outro móvel também."

Essie teve que rir alto, daquela mistura de inocência e de seu oposto exibida pela mãe gorducha.

"Ah, para a minha cabeça de velha essa história toda parece muito moderna demais", interrompeu a Ama, que havia completado oitenta anos. Essie tinha a impressão que ela estava sempre interpretando um papel, o de "velhinha adorável", para diluir os conflitos do constante drama familiar.

O pai interveio: "Em, nós dois sabemos que nem todo mundo na Filadélfia trata a gente mal".

"Os comunistas acabam de roubar a Hungria bem na nossa cara", disse Danny, voltando à carga. Ele tivera que começar a usar óculos ainda na terceira série, por causa do astigmatismo, e os óculos, junto com as espinhas, faziam com que ele parecesse o menino feio e maricas da casa ao lado, num filme da família Hardy.

"Filha minha", dizia a mãe ao pai, com a dicção mais caprichada, "não vai até a Filadélfia se oferecer como uma zinha qualquer."

Essie sentiu-se prestes a explodir — ainda estava humilhada por causa da entrevista com o mestre-de-cerimônias em Dover, ainda ouvia o silêncio aturdido da platéia — e teve que sair daquela cozinha claustrofóbica, com a Frigidaire branca nova, o velho fogão preto, a espiral de papel pega-moscas dependurada e o calendário ensebado da companhia de seguros, que mostrava em cada mês um cachorrinho vestido de bruxa ou peregrino ou Papai Noel ou outra besteira qualquer. Levantou-se, virou-se para os rostos brancos e preocupados que a encaravam, em torno da mesa, na qual o velho oleado gasto fora substituído por uma toalha de um tecido sintético azul-claro que parecia uma cortina de chuveiro: "Não precisam se preocupar comigo. O Douglas Germaine nunca mais vai me procurar, depois do que eu aprontei lá no desfile. Agora, com sua licença, tenho que terminar um trabalho de história para amanhã, e prometi ao Frankie Sturgis que ia com ele à matinê do Roxie".

A matinê dominical fora criada, contra as objeções de alguns carolas, durante a guerra, quando todo mundo trabalhava sem parar e precisava se distrair um pouco nas horas de descanso. Então, com o público de cinema aumentando cada vez mais, as matinês continuaram. Falava-se até em abrir um segundo cinema, numa cidadezinha com menos de quatro mil habitantes.

"Eu não sabia que Frankie Sturgis era um dos seus namorados", disse a mãe, não conseguindo se calar, embora estivesse tentando visivelmente.

"Ele não é meu namorado. Ele só me convidou para ir ao cinema. Qual o problema?"

"Nenhum, eu espero."

"Ah, *mãe*! O pai dele dá aula na escola dominical da igreja metodista. É ele quem conserta os nossos carros. E o Frankie vai ser o dono da oficina algum dia."

"Mas esse filme não...?"

"*Entre o amor e o pecado*? É, eu sei que o livro fez escândalo, mas a Loretta Whaley diz que o filme é bem leve. Eu só quero ver porque George Sanders faz o papel do rei. Eu amo George Sanders."

Naquele instante, Essie teve a impressão de que George Sanders era a única pessoa no mundo que ela amava.

A mãe, nervosa, tentando agir com tato, havia se levantado e agora mancava de um lado para outro, o que a tornava ainda mais irritante. "Essie, acho que depois de tantas emoções e tantas noites maldormidas..."

Essie interrompeu-a, contendo-se para não gritar. "*Papai.* Mande ela parar."

"Sua mãe está cansada", disse ele. "Em, deixe ela ir, ela está precisando relaxar." Dirigiu-se à filha, tentando ser severo: "Só depois que terminar o trabalho de história. E depois do filme volte direto para casa".

"Depois ele t-talvez me leve para tomar uma soda na B-Blue Hen." Talvez ela gaguejasse quando mentia.

"Esteja em casa às cinco e meia. Às seis no máximo."

No meio daquela família tão mansa, Essie sentia sua força, seu fogo irresistível; aqueles rostos pálidos ao redor da mesa estavam se desprendendo dela, caindo para trás como aqueles suportes do foguete na hora da decolagem, como ela via nos jornais da tela. Eles nem imaginavam o quanto ela já sabia sobre os rapazes, o que havia por trás das braguilhas deles, duro como pedra; nem imaginavam que ela os deixava apertar seus rostos ávidos contra sua calcinha, para depois ela sentir aquele cheiro almiscarado e úmido nos lábios deles quando a beijavam. Só havia deixado Jamie e Tod Middleton — que tinha ido para a faculdade naquele ano — fazer tudo com ela; fora Tod quem lhe mostrara uma camisa-de-vênus pela primeira vez, e depois de passar um mês inteiro preocupada, no último verão, ela fez com que Jamie também passasse a usar camisinha.

Quando ela se virou para subir a escada, Danny disse a ela: "Você vai ver que o próximo a cair vai ser o Irã, depois a Turquia e a Grécia".

"Vá pastar", disse ela. Fora o Walter Winchell que inventara a expressão, e todos os garotos mais avançados lá no colégio estavam usando. Ela achava lindos os cabelos longos que Frankie Sturgis começara a usar; uma mecha negra caía-lhe na testa, e na sua nuca havia uns cachinhos. Essie mexia neles quando o filme ficava chato. Estava começando a perceber que Linda Darnell e todas aquelas outras mulheres de lábios pesados, como Lana Turner e Betty Grable, com aqueles penteados esculpidos que jamais ficariam no lugar por mais de uma hora na vida real, eram como estátuas — que nelas faltava alguma coisa, alguma fagulha nervosa que agora estava no ar, que havia dentro dela, uma energia que estava pedindo para explodir. Só que — Essie pensou com tristeza, quando Frankie a trouxe para casa, no carro do pai, um De Soto Airflow de antes da guerra, recauchutado e envenenado, depois de uma ida até um arvoredo bom para namorar, perto do canal, freqüentado pelos jovens, um passeio que a deixou toda descabelada — Basingstoke não oferecia muitas saídas.

Esquecer Doug foi fácil. Essie era da equipe de animadoras de torcida e do time de hóquei feminino, e além disso em dezembro iam começar os ensaios de *Agora seremos felizes*, a peça que seria montada pela turma da última série, em que ela faria o papel da mãe, e não o que fora interpretado por Judy Garland no filme. A carta de Doug chegou num envelope grande, com uma fileira de selos de três cêntimos por fora, contendo as fotos tiradas no pátio do hotel — cópias em papel brilhante, em que só apareciam os ombros e o rosto de Essie; podiam perfeitamente ser fotos de uma estrela do cinema, só que ainda não autografadas. Ela não se cansava de examinar sua própria boca, todas as reentrâncias e sombras e dobras de carne. O lábio superior era um pouco fino, lábio de coelho, e o nariz um pouco largo, com aquele calombo no meio de que ela não gostava, herança da mãe; mas os olhos de um castanho-claro eram muito bonitos, olhos sonhadores, que olhavam sem ver, tal como Doug lhe havia ensinado, como os olhos de Ginger Rogers atrás do ombro de Fred Astaire, enquanto a música alçava vôo e seus pés começavam a deslizar sem nenhum esforço acompanhando os de seu par, passo a passo — olhos com a mesma forma dos de sua mãe, os brancos grandes e límpidos encaixados nas pálpebras inferiores como ovos em oveiros, e as beiras sensíveis das pálpebras com cílios finos; o mundo inteiro penetrava aqueles olhos, e deles saía depois. Tal como antes sentira um impulso de ajoelhar-se diante de Doug e chupá-lo, teve vontade de beijar o papel brilhante das fotos. A carta estava escrita em papel timbrado do *Bulletin*, com aquele lápis escuro e muito macio usado nas redações dos jornais.

Oi, Essie!

Estas foram as que saíram melhores. Acho que você ficou muito bem. Mostrei para o redator da minha seção e ele não pôde usá-las, você sabe como é a competição, mas se eu tivesse umas fotos de corpo inteiro tiradas com luz de estúdio eu gostaria de mandá-las para uma agência de modelos em Nova York onde trabalha um conhecido meu. Será que você podia vir à Filadélfia num sábado ou domingo no mês que vem — quanto antes, melhor? Telefone aqui para o jornal, ramal 403.

Recomendações à sua mãe.

Doug

Acabou que não foi difícil escapulir. Naquele mês de outubro, a família estava com mil coisas na cabeça: Chuck Yaeger, num avião-foguete X-1 da Bell, quebrou a barreira do som, e um negro, Jackie Robinson, participou do campeonato nacional de beisebol. Jeb Horley ia aposentar-se do cargo de chefe dos correios de Basingstoke, e à hora do jantar a conversa ficava animada em torno da mesa da cozinha quando se discutia se o pai seria nomeado para substituí-lo. Jeb dizia que o cargo era dele, bastava pedir, não havia motivo para que o próximo chefe fosse um funcionário de escritório e não um carteiro, segundo o regulamento bastava que ele morasse no distrito postal em questão e não fosse casado com uma carteira rural, e ele preenchia os dois requisitos; e era só mandar o pedido e fazer o juramento que o presidente o nomearia. Mas o pai — teimoso e tímido como sempre — argumentava que não queria passar o dia inteiro socado dentro da agência, mexendo com papel e fazendo política e jogando conversa fora com todos os boas-vidas e fofoqueiros da cidade; ele gostava de trabalhar ao ar livre, andar por toda a cidade. A fumaça do cachimbo de Jeb Horley estava empestando o ar da agência havia quarenta anos, e levaria outro tanto para sair o cheiro. Que Lyle Dresham ficasse com o cargo. Lyle voltara da campanha do Pacífico Sul com malária e com a barriga cheia de parasitas; estava fazendo entregas nos arredores da cidade na caminhonete Willys que substituíra o jipe; tinha filhos pequenos e era ambicioso. Essie e Danny acharam a atitude do pai cautelosa demais; além disso, achavam que era egoísmo e falta de consideração para com eles e a mãe (ainda que não dissessem isto de modo direto) negar-lhes as vantagens que adviriam do aumento de salário e de *status*; mas a Ama tomou o partido do filho, dizendo aos meninos quando ele não estava perto: "Esse trabalho faz bem à saúde dele, e é uma coisa que ele sabe fazer. O pai de vocês tem um temperamento muito especial. Lá no Missouri diziam: 'Cavalo de arado não é para corrida, e galinha poedeira não é para comer'".

A mãe vivia muito ocupada com a estufa, porque a avó Sifford estava com problemas de saúde. Sem apetite e sentindo dores constantes, ela estava cada vez mais encolhida e escura, cada vez mais parecida com uma moura do norte da África. O sucessor do doutor Hedger, o jovem e bonitão doutor Jessup, fizera-a passar por uma bateria de exames no Hospital Geral de Wilmington, na South Broom Street, e as radiografias revelaram um tumor — aliás, vários tumores pequenos. Só Essie sabia o que causara aquele câncer: aqueles venenos, como o chá de nicotina, com que sua avó combatia as pragas que floresciam na atmosfera da estufa. A mãe, coitada, vivia mancando de um lado para outro, atravessando a Locust Street na diagonal no meio das chuvas de outono, cozinhando para o pai e cuidando da casa deles, cuidando com dedicação materna da mãe arredia, origem de sua vida defeituosa.

Assim, foi relativamente fácil para Essie anunciar que tinha que ir à Filadélfia no sábado para tirar mais umas fotos com

Doug Germaine, e que voltaria no dia seis ou sete sem falta. "Espero que não falte mesmo", foi tudo que sua mãe disse. Parecia cansada e irritada. "Aquele rapaz era muito abusado."

"Mamãe, é o trabalho dele. Você viu as fotos — não ficaram ótimas?"

A mãe jogou para trás uma mecha que lhe caíra sobre a testa branca e arredondada, dizendo, num tom distante: "Ele vê você de um jeito que uma mãe não pode ver". Havia uma permissão disfarçada naquele comentário frio.

"Se você tiver oportunidade", disse o pai, "não deixe de ir ao Curtis Building. Lá tem uma coisa fantástica, um mural enorme todo de vidro. É do outro mundo; só vendo."

Doug morava na Pine Street, num apartamento de dois cômodos no quarto andar; o da frente era seu estúdio, com um velho sofá de veludo atrás do qual ele pendurara um lençol mosqueado que usava como fundo. Estava acompanhado de uma amiga, uma presença com que Essie não contava, uma loura oxigenada meio durona e pesada, com seus vinte e poucos anos, chamada Gloria. Essie não conseguiu perceber qual a relação que havia entre os dois, porque assim que entrou no estúdio tornou-se o centro das atenções. Gloria ensinou Essie a usar pincel em vez de batom para pintar os lábios e a aplicar cílios postiços — aquilo lhe deu uma aflição, cócegas nas beiras das pálpebras, mas Gloria lhe disse, num tom sedutor: "Você tem olhos muito fotogênicos"; com isso Essie relaxou. Cobriram seu rosto e seus ombros de óleo, para conseguir um efeito mais marcante sob as luzes, e mexeram em seu cabelo, até que a jovem começou a achar que todo seu couro cabeludo estava ardendo. Gloria, cujos dedos eram ágeis mas não muito delicados, passou o que lhe pareceu ser uma hora experimentando tons diferentes de maquiagem, inclusive branco, para definir a linha de seu nariz e fazer as bochechas parecerem menos cheias. "Sombras", disse Doug, num tom muito menos descontraído e bem-humorado do que adotara em Dover. "Vamos esculpir você com sombras." Mudava as luzes de lugar o tempo todo, pedindo a Gloria que segurasse um refletor de papel laminado enquanto ele fotografava. Sua câmara ali era uma caixa grande com um fole na frente e um pano preto atrás. Ele chegava cada vez mais perto, até que Essie tinha que se controlar para não ficar piscando; era como os cílios postiços, uma coisa que fazia cócegas e era perigosa. Doug apertava uma pêra na extremidade de um fio branco que disparava a câmara enquanto falava com ela. "Ótimo. *Ótimo*, Essie. Agora vamos usar um *spot* só, para fazer umas sombras nítidas nos malares." O tempo todo Doug lhe pedia que assumisse umas posições forçadas, contorcidas, olhando para a luz, cujos raios, riscos semelhantes a cílios, a cegavam, enquanto a voz de Gloria, vinda da escuridão atrás das lâmpadas, a tranqüilizava: "Você está lindíssima, minha querida". Ou então era a voz de Doug, tensa por causa da concentração, que lhe dizia: "Nada de poses. Fique com o rosto bem tranqüilo. Deixe a gente entrar. Queremos os seus sonhos, a Essie interior. Não pense demais, que isso tensiona a boca. Relaxe o lábio superior. Imagine uma coisa grande e suave fluindo para dentro de você, vindo de trás. Bom. *Ótimo*. Agora olhe diretamente para a lente. Um olhar de desafio — fique com raiva. 'Quem é esse idiota?' Isso. Levante o ombro. Mais alto. Mais ainda. 'Quem é esse bestalhão aí?' Ah, isso — ótimo". Doug fê-la trocar a suéter rosa-cinzento que deixava um ombro à mostra, à Jane Russell, por um vestido de cetim à Joan Crawford, bem justo nas cadeiras e nos joelhos, e pediu-lhe que brincasse com um boá de penas comprido, colocando-o sobre os ombros e caindo sobre o peito; e para uma série de fotos quis que ela colocasse o boá na frente do rosto, numa atitude enigmática, deixando apenas os olhos à vista. Pintada, coberta de óleo, os cabelos duros de laquê como as fibras de um chapéu, Essie sentia-se dentro de uma armadura de fingimento, sem forma, protegida por trás do próprio rosto, como o recheio delicioso de um chocolate duro. Enquanto Doug trabalhava, suando, tentando extrair dela alguma essência que ela não conseguia imaginar, Essie constatava que as expressões que pareciam agradá-lo mais eram as que ela formava quando o imaginava como o senhor Urso, um senhor Urso grande e inocente, os pêlos já puídos nos cotovelos e no focinho; a lente da câmara era um dos olhos ocos e arredondados dele, com uma pupila furadinha no meio. O senhor Urso fora a sua primeira platéia. Ela ralhava com ele, afagava-o, contava-lhe tudo que pensava. Jamais gaguejava quando falava com ele, como sabia que jamais gaguejaria protegida por aquela armadura pintada de beleza com a qual encarava a platéia invisível que se reunia por trás daquelas luzes implacáveis.

Depois, Doug e Gloria levaram-na a um restaurante vagabundo numa esquina a um quarteirão do estúdio. Na Filadélfia, as pessoas falavam alto demais, com uma jovialidade forçada, e havia negros misturados com elas, não só no balcão como também nas mesas, falando tão alto e tão descontraídos quanto os outros, e pelo visto ninguém se incomodava com isso. Em Basingstoke nunca se via amor fraternal assim. Depois do almoço, voltaram para o estúdio; e quando Doug foi para o outro cômodo Gloria lhe perguntou se ela se incomodava de posar de *lingerie*. Essie estava com sua melhor calcinha e seu melhor sutiã, imaginando que talvez tivesse que fazer amor com Doug por ele lhe estar fazendo aquele enorme favor, mas assim mesmo hesitou, enquanto Gloria lhe explicava que os anunciantes cada vez mais usavam fotos de modelos em vez de desenhos para ilustrar anúncios de coisas como *lingerie* e roupas de banho. Os anunciantes gostavam mais de modelos de verdade do que de desenhos estilizados, se bem que os jornais e revistas de família, é claro, ainda estivessem muito cautelosos.

Também Essie estava cautelosa; bem podia imaginar o que a mãe diria, e o que o pai pensaria, se a vissem ali. De repente Gloria assumiu um tom de franqueza, que parecia conter o peso da experiência, e disse: "É pegar ou largar, minha querida: você escolhe. Nesse tipo de trabalho não dá para ficar cheia de escrúpulos. O produto é você. A sua privacidade você guarda aqui". Gloria bateu no próprio peito, entre os seios maiores que os de Essie, porém já começando a cair e um tanto ressecados em cima, pelo excesso de sol. A gente tem que aproveitar enquanto pode — a pele de Gloria parecia lhe dizer. Submissa, Essie fez que sim e despiu-se, ficando só com o sutiã e as calcinhas de náilon, e depois de alguns minutos sentiu-se tão natural naquela poça quente de luz como se estivesse de maiô na praia de Woodland. Seu corpo esguio e atlético era um dom em que ela confiava, e que jamais lhe inspirava preocupações; ele lhe chegara de seus ancestrais caçadores, tendo pulado a geração de seus pais, ambos gorduchos. Quando Gloria pediu-lhe que tirasse o sutiã, para "umas fotos glamourosas, mais de costas", ela mal chegou a protestar. Não lhe pediram nada além disso. No entanto, de volta a Basingstoke, exausta e suja depois da viagem de trem e bonde, Essie sentia que tinha mais a esconder do que se tivesse de fato ido para a cama com Doug, como ela pretendia e sua mãe temia.

"Mãe, tinha uma mulher o tempo todo com ele, ajudando na iluminação e outras coisas. É *trabalho*, falando sério. Um trabalho suado e honesto."

Sua mãe não estava convencida. Examinando a filha com seu olhar penetrante de mãe, antes de sair apressada no entardecer para ir ajudar seus pais, Emily disse: "Você não é mais a mesma. Eles fizeram alguma coisa com você".

"Não fizeram nada, só tiraram milhões de fotos que eu aposto que ninguém nem vai ver nunca. Ora, mamãe. Por que é que você me levou para fazer tantas aulas disso e daquilo se você queria era que eu ficasse o resto da vida escondida debaixo do alqueire aqui neste fim de mundo?"

Essa alusão bíblica fez sua mãe pensar. Depois ela observou: "Nós duas tivemos expectativas irrealistas, talvez. Essie, me desculpe se eu amei você mais do que era razoável".

A mãe levou a mão ao rosto da filha e, de repente, as duas mulheres se abraçaram para fechar o fosso que estava se abrindo entre elas. De algum modo, Emily havia percebido que Essie entregara a Doug e suas luzes uma parte do tesouro oculto acumulado na indecência de ser objeto de um amor furtivo e sufocante. O que sua família e os rapazes de Basingstoke haviam lhe confiado desajeitadamente agora seria posto no mercado. Ainda não haviam passado três horas desde o fim da sessão e Essie já sentia seus nervos excitados ansiando por atenção, pela pressão protetora da auto-exibição.

"Vá fundo", aconselhou-a a tia Esther. "Quem não arrisca não petisca." No vazio de seu último ano de colegial — um período confuso e irritável de espera, semelhante ao que ela imaginava que deveria ser a gravidez —, Essie, sempre que conseguia se apossar do Studebaker da família, ia até Red Lion visitar a tia Esther e o tio Peter. De início moravam num apartamento, como fugitivos; depois, no tempo da Depressão, ostensivamente compraram um casarão velho, com jardim francês, encanamentos ruidosos e contas de calefação estratosféricas; agora haviam construído uma casa moderna, num terreno de oitocentos metros quadrados, todo arborizado, com janelas panorâmicas na cozinha e na sala de visitas, um varandão de madeira no quarto do segundo andar, uma churrasqueira de pedra no quintal e uma quadra de tênis onde os três garotos jogavam com os pais. Essie achava aquela casa mais alegre do que a sua. Quando a avó Sifford finalmente morreu, em dezembro, a Ama caiu bastante; seu rosto estava cada vez mais pregueado e seus ombros mais arqueados, e embora tentasse ser tão alegre e ativa na cozinha como sempre, às vezes o jantar só saía quando a mãe voltava da estufa, onde o avô Sifford precisava de sua ajuda mais do que nunca. Era como se, depois que seu marido recusou a promoção, sua mãe tivesse se casado com outro homem: seu próprio pai. Havia dias em que Essie chegava da escola e tinha a impressão de que a casa estava vazia, as cortinas corrediças da janela baixadas para proteger a mobília do sol, a Ama sentada em sua cama, de combinação e meias antiquadas, com costuras, enroladas no alto, olhando para o papel de parede como se o desenho que nele se repetia — um muro de tijolo coberto de hera — contivesse, numa terceira dimensão rasa, a solução de algum enigma. Então Essie lhe perguntava o que devia pôr no forno ou fritar para o jantar; quando o assunto era comida, a Ama voltava à vida. Danny ainda estava na escola. Franzino demais para praticar qualquer esporte, ele se tornara o empresário do segundo time de basquete da escola, era membro da equipe de debatedores e do conselho estudantil da nona série — um pequeno político. Tudo era deprimente; a casinha tímida e cinzenta, recuada da Locust Street, havia se tornado bolorenta; a mobília era malcheirosa, manchada, pré-guerra, tal como o velho rádio Philco, com fachada de catedral, de imitação de nogueira, cheio de estalidos; e até mesmo os livros de receitas que a Ama sugeria que ela consultasse estavam rasgados, caindo aos pedaços — livros que remontavam a um passado tirânico em que as mulheres passavam o dia inteiro preparando assados ou fazendo tortas, desde a confecção da massa, em fogões de lenha.

Já em Red Lion tudo era novo e ensolarado, até mesmo no meio do inverno. Em vez de calendários idiotas com cachorrinhos vestidos como gente e uma gravura religiosa ensebada mostrando Jesus com uma túnica púrpura rezando no alto de uma pedra achatada, enquanto um *spot* destacava os detalhes de Seu rosto, os Pulsifer enfeitavam as paredes com gravuras de Bonnard e Matisse de cores e formas surpreendentes, e pinturas a óleo de verdade feitas por um amigo deles, representando os pântanos e os velhos casebres miseráveis à margem do canal. Em vez da pilha de *Reader's Digests* e *Saturday Evening Posts* velhos num porta-revistas de madeira junto à poltrona do pai, lá havia uma publicação novíssima, *Flair*, com um buraco no meio da capa, e *Life*, cheia de fotos reluzentes de pessoas famosas. Em Locust Street, na estante havia livros encadernados grossos, de lombadas desbotadas, com nomes como Thornton Wilder, Edna Ferber e Sinclair Lewis, escritores de antes da guerra, do tempo em que a mãe lia romances, e mais um monte de livros horríveis, de capas cor-de-burro-quando-foge, que remontavam a Paterson, sobre a Bíblia e Deus e mais O. Henry e Kipling, e na prateleira de baixo o mais deprimente de tudo, uma coleção encadernada em couro castanho-claro já semi-apodrecido, uma tal de *Enciclopédia popular* que Essie jamais abrira, porque tinha um cheiro forte de velharias mortas; enquanto isso, espalhados pela casa dos Pulsifer havia livros novos, ainda com as sobrecapas de cores vivas, de autores modernos como Philip Wylie, Anne Frank, Ernest Hemingway e Ross Lockridge Jr. Além disso, naquele outono eles haviam comprado uma televisão, a primeira que Essie viu numa casa. Era como ter um cinema na sala da gente, um cinema de graça dentro de uma espécie de aquário. Para Essie, a imagem que se via naquela tela era embaçada e suja, pior que os filmes B da Universal, e nem parecia cinema, lembrava mais os *sketches* representados pelos alunos do colégio, um homem que se vestia de mulher e aí não conseguia andar de sapato de salto alto, tudo malfeito, improvisado, mal ensaiado, mulheres esbarrando umas nas outras num rinque de patinação, um homem com os dedos cheios de anéis tocando piano numa espécie de porão à luz de velas: quando ela assistia por mais tempo, chegava a ficar com o estômago embrulhado, como se tivesse se empanturrado de balas. Mas os três filhos do casal ligavam o aparelho assim que chegavam da escola e o deixavam ligado o tempo todo enquanto entravam e saíam da casa, batendo portas, fazendo barulho, com seus equipamentos esportivos e seus amigos. Eram um bando de meninos ricos e mimados, em comparação com os amigos de Essie lá de Basingstoke. O tio Peter chegava em casa do trabalho e encontrava as duas Esther na cozinha ou na varanda telada do primeiro andar, embaixo da varanda do quarto. "Qual das gêmeas usa Toni?", dizia ele, repetindo um bordão de anúncio de tevê, abaixando-se para beijar os lábios finos da esposa, mas querendo — Essie sentia — beijar a sobrinha. O tio Peter voltara de Washington ao final da guerra com seu pique juvenil renovado; o cocuruto calvo, liso como bunda de bebê, era cercado por uma franja de cabelos grisalhos claros. Graças aos contatos que fizera durante a guerra, que além disso lhe mostrara como funcionava o governo, havia aberto seu próprio escritório em New Castle. Quando não estava indo ao tribunal nem a Dover, com um terno escuro, usava paletós esporte de *tweed*, calças de flanela cinzenta e sapatos de mocassim marrons. A atração que Essie sentia pelos rapazes e pelos homens estava associada ao fascínio do poder, da facilidade com que eles se locomoviam no mundo; nessa escala, dava ao tio Peter nota seis. "E como vai a minha sobrinha estonteante, a Claudette Colbert de Basingstoke?"

Isso de ele pensar em Claudette Colbert era sinal de sua idade, mas talvez houvesse mesmo uma semelhança. Uma comparação com Lauren Bacall seria mais lisonjeira, se é que ele ainda ia ao cinema. O tio Peter e a tia Esther passavam o fim de semana quase sempre no clube, jogando golfe ou tênis ou jantando com gente da idade deles. Para eles, assistir a um filme era um insulto à inteligência e um desperdício de tempo.

"Ela não consegue se decidir se deve ou não ir morar em Nova York", explicou Esther. "Eu disse para ela ir. Quem não arrisca não petisca." A tia Esther ainda usava os cabelos numa trança grande presa no alto da cabeça, e quando fumava ou ficava pensando num comentário espirituoso para fazer, seus olhos se apertavam tanto que se reduziam a duas fendas azuladas, inclinadas para baixo nas extremidades. Toda vez que estava com ela Essie esforçava-se por abrir bem os olhos, com medo de que sua família tivesse uma tendência àquele cacoete.

O tio Peter às vezes parava para tomar um ou dois drinques a caminho de casa, de modo que seu rosto carnudo estava rosado quando ele chegava. "Você cortou o cabelo de um modo diferente", disse a Essie. "A nova moda!" Largou a pasta e apertou a nuca descoberta da jovem com força demais; ela encolheu os ombros para repeli-lo. Mas não queria ser indelicada com o tio; gostava demais de freqüentar sua casa.

Como se para justificar o novo corte, Essie explicou-lhe: "Esse tal de Doug que eu sempre falo mandou minhas fotos para um amigo dele chamado Wexler, que trabalha numa agência de modelos em Nova York, mas ele levou meses para dar uma resposta, e aí só disse para eu dar um pulinho lá quando eu estiver em Nova York".

"Não gostei desse endereço que ele deu a ela", disse a tia Esther ao marido. "Fica em Chelsea, na West Nineteenth Street. No meu tempo lá só tinha *speakeasies* e tinturarias. Se é um negócio sério mesmo, não devia ser mais ao norte?"

"Como é que você sabe? Isso era há vinte anos, no tempo em que a passagem do metrô era cinco cêntimos. Se eles estão interessados em dar uma olhada na nossa Essie, o que ela tem a perder?"

"Dar uma olhada para quê?", perguntou a tia Esther. "Tem umas agências de modelos que no fundo não passam de..."

"Eu sei me cuidar", retrucou Essie, sem saber se sabia mesmo. Uma coisa era um garoto de Basingstoke no banco de trás de um carro, outra coisa era uma grande agência em Nova York.

Perguntou o tio Peter, bem alto: "Quem quer um drinque?". E em seguida respondeu ele mesmo, com uma voz aguda: "'Eu aceito, sim, senhor', disse o pequeno Tim, largando as muletas". Pelo visto, ele já estava bem alto.

"Ela precisa de alguém para tomar conta dela", disse Esther, ignorando a pilhéria sem graça do marido. "Eu estava pensando... que tal o Patrick?" E dirigiu-se a Essie: "O seu primo. Você o conhece bem?".

"Eu me lembro que ele esteve uma vez na nossa casa, quando o tio Jared veio do Colorado. Mas isso foi antes da guerra. Eu tinha uns dez anos. Achei o Patrick muito crescido e metido. Ele deixou bem claro que achava eu e o Danny dois matutos."

"Na verdade, ele é pouco mais de um ano mais velho que você. Quando nos casamos, ainda era bebê. Mas quando a Lucille se separou do Jare ela começou a andar com uma turma ligada às artes, gente com muita grana, de modo que eu imagino que ele tenha crescido depressa. O Patrick não tinha nenhum modelo masculino para seguir." Havia aqui algum significado que

Essie não captou; percebeu isso pelo modo como os olhos da tia examinaram os seus antes de prosseguir: "O Jare estava lá às voltas com aquela porcaria da montanha dele no Oeste. Mas enfim, numa emergência qualquer coisa é melhor que nada. O Patrick está sabendo das coisas, pelo menos mais que você. O Pete tem razão; não custa você conversar com ele antes de se envolver mais com pessoas como Doug, que está mais é querendo explorar você em proveito próprio, e esse Wexler, que pode ou não ser honesto".

Como era desconfiada a tia Esther! Igual ao pai, só que se expressava de modo diferente. Respondeu Essie: "Se a senhora acha que ser modelo é a mesma coisa que ser prostituta, eu não vejo o que o Doug teria a ganhar com isso. Ele quer que eu tenha sucesso. Ele diz que eu sou muito bonita, se bem que eu não consigo ver essa beleza. Eu me acho meio feiosa".

Os olhos apertados da tia se arregalaram por um momento, quase a ponto de ficarem redondos. "Meu bem, de jeito nenhum. Você está com tudo. Sua beleza não aparece o tempo todo, mas nas fotos a gente vê. Tem algumas em que você parece o papai transformado em anjo. Meu pai era um homem muito bonito, e em você essa beleza aparece. Mas a gente tem que se cuidar para você não dar um passo errado. Eu me mudei para cá para agradar o *seu* pai, e perdi toda a sofisticação urbana que já tive."

Aquele elogio era como um raio X que revelasse em negativo o segredo que havia dentro dela, aquela coisa que lhe dizia que ela era o centro do universo, que tudo sempre daria certo. O tio Peter, sem ter consciência do momento de comunhão entre duas Wilmot, colocou um drinque escuro na frente de sua mulher, batendo-o com força demais na mesa, e disse: "Essie, posso tentar você um pouco? Sei que você não gosta dessas coisas, mas que tal um copinho de xerez? Ou uma cuba-libre bem fraquinha, palavra de escoteiro". Porém levantou os dedos não em juramento, mas formando chifres de diabo, de brincadeira. As pessoas que bebem querem que todo mundo beba. Embora tivesse parado de freqüentar a igreja um ou dois anos depois da confirmação, optando por ficar em casa com o pai, lendo o jornal de domingo, sua formação presbiteriana ainda a levava a temer a bebida. O álcool corroía a vida, começando pelas bordas, escondido no fundo do armário, aos poucos virando o motivo secreto de qualquer reuniãozinha, e um belo dia a pessoa acordava e descobria que a bebida tinha consumido toda a vida dela. Além disso, engordava, tornava a carne flácida, e para ela era importante que os ossos do rosto fossem visíveis sob a pele.

"Você não devia oferecer bebida à menina quando ela está dirigindo", disse a tia Esther ao marido. Ela raramente repreendia o marido de modo tão direto. A tia desejara casar-se com ele, no tempo em que Essie ainda nem era nascida; pagara o preço do escândalo para tê-lo; entregara-se a ele; mas agora que havia preparado aquela cama, ninguém a impediria de deitar-se nela. Aqueles casamentos maduros, que remontavam aos anos vinte, cercavam Essie por todos os lados, como as sombras das serras baixas e azuladas de Delaware. Quando pensava neles, em seus tios, seus pais, no casamento fracassado do tio Jared e tia Lucille, Essie imaginava-os como velhos monumentos à covardia e timidez da geração anterior. Ela estava decidida a ter muitos homens e não se deixar prender por nenhum deles.

"Ah-ah", exclamou Peter, defendendo-se, momentaneamente envergonhado por ter sido apanhado em flagrante tentando corromper uma jovem. "A Essie vai daqui a Basingstoke de olhos fechados. Ela tem uma cabeça muito boa." E aproveitou a oportunidade, conforme Essie previra, para colocar as duas mãos fortes e gordas uma de cada lado de sua cabeça, apertando o crânio mal protegido pelos cabelos curtos, num aperto ao mesmo tempo forte e suave, que pareceu durar muito tempo. Essie submeteu-se a ele; era uma espécie de despedida.

James Patrick Wilmot morava no apartamento da Park Avenue que pertencia a sua mãe e seu padrasto, o senhor Traphagen. O senhor Traphagen — um tradicional nome holandês — era um artista frustrado que, após trinta anos trabalhando na importadora de louças de sua família, na Pearl Street, havia se aposentado cedo, para dedicar-se à pintura. Por isso, passava cada vez mais tempo em Maine com a mulher, que ficava com ele a contragosto, e ainda estava por lá, pondo lenha no fogão e vendo as ondas batendo contra os rochedos, no início de dezembro. Era tudo que Essie conseguira saber de sua tia e seu pai. Este pouco tinha a dizer sobre a cunhada; limitou-se a comentar: "Para ficar casada com o Jared, só mesmo uma santa, e santa a Lucy não era, não. O pai dela por um triz não foi parar em Sing Sing. E não sei como esse menino não virou um delinqüente juvenil. A mãe estava no final da gravidez e não pôde vir ao nosso casamento, mas veio com ele no colo quando a Esther casou, e foi o centro das atenções. Ele é muito bonito, tipo irlandês moreno; não sei a quem puxou. O velho Jimmy McMullen era feio como o diabo; mesmo de *smoking* parecia um motorista de caminhão". Todas essas histórias de família, pensou Essie, estavam saindo do fundo do baú para incentivá-la.

Haviam lhe explicado como ir da Penn Station até o Times Square Shuttle, e de lá subir o East Side até a esquina da Eighty-sixth Street com a Lexington Avenue, tudo isso com uma única passagem de dez cêntimos. Porém Essie chegou uma hora mais cedo e, em vez disso, resolveu subir a pé pela Fifth Avenue, bebendo o ar cáustico da cidade, o frio pétreo, as músicas de Natal amplificadas, os grupos do Exército da Salvação tilintando sininhos nervosos, os táxis amarelos e os ônibus verdes a rosnar, as pessoas andando depressa, esquivando-se dos olhares alheios. Havia uma série de vitrines luxuosas, cintilantes, desde a Lord & Taylor's até a Saks and Bonwit's, com árvores rotativas, papais noéis e três reis magos cada um de uma raça, figuras em trenós, com regalos de pele como na Nova York de outrora. Essie só estivera lá duas vezes antes — com os pais durante a Feira Mundial e depois para ver as Rockettes no Radio City Music Hall —, porém a cidade abriu-se para ela como uma maçã de chocolate, em fatias nítidas e apetitosas, perfeitamente inteligível. As ruas numeradas eram como livros enfileirados numa estante que algum dia ela iria ler. As avenidas disparavam em direção a um ponto de fuga que era o Harlem. No canto do parque, com suas estátuas de bronze, virou à direita, andou até a Park Avenue e seguiu a pé rumo ao norte, embora seus pés já começassem a doer, até chegar ao endereço dos Traphagen. O porteiro repetiu seu nome para um interfone, que em resposta zumbiu. Um ascensorista de luvas brancas e uniforme vermelho-escuro com botões de latão levou-a até o andar desejado; uma empregada de uniforme preto com babados brancos, que caminhava com passos pequenos e afetados, abriu-lhe a porta. Tantas pessoas só para servir a gente! O soalho do *hall* era de parquê; sobre uma mesinha de marchetaria em forma de meia-lua, havia um vaso com samambaias e um eucalipto, que Essie reconheceu com base em sua experiência na estufa do avô.

Na sala de visitas havia um piano e um sofá, tão grandes que pareciam ser vários. O espaço da sala, que diversos aglomerados de móveis reluzentes e poltronas macias tentavam em vão ocupar, se perdia à distância, como numa cena de filme em que a câmara vai recuando mais e mais; as janelas, com cortinas de veludo, davam para abismos de tijolo e granito e vales profundos no fundo dos quais automóveis passavam vagarosos. Essie reconhecia aquele lugar, do cinema. Patrick apareceu, vindo de algum outro cômodo do enorme apartamento; tal como era de se esperar, era alto, bonito e educado. Ela era obrigada a inclinar-se para a frente para ouvi-lo falar, discorrendo sobre sua vida com uma timidez divertida, uma voz arrastada, uma mistura de James Stewart com a sofisticação de Cary Grant e as sobrancelhas expressivas de Robert Taylor. A única diferença era que os cabelos eram espetados, como os de Farley Granger, como os da própria Essie, quando a cabeleireira não os achatava. Patrick estudava artes na New York University, na Washington Square, embora não pretendesse virar pintor; de tanto tentar e não conseguir, o velho Trap ficara inconsolável. Trap? Era seu padrasto. Muito chique, pensou Essie, ter um padrasto, e um pai que é dono de uma montanha no Colorado. Mais exatamente, o pedaço de uma montanha. Quando terminou a guerra, explorar os vestígios de cobre da mina não era mais rentável, mas Jared — ele chamava o próprio pai de "Jared", sem mais nem menos, um homem falando de outro homem distante — e seus sócios tinham esperanças de transformar a encosta numa estação de esqui. O esporte amador estava virando um grande negócio. Essa coisa de a família toda viajar junta — essas bobagens de classe média. Essie percebia, fascinada, o que havia de seu no primo — o jeito típico dos Wilmot de inclinar a cabeça para um lado, como se à escuta; os gestos econômicos e precisos; os lábios finos e secos — e deu-se conta de que, de um modo muito mais profundo e maduro do que daquela vez na arquibancada, com Benjy Whaley, estava se apaixonando.

Enquanto conversavam, Essie tentando falar com uma voz

tão suave e discreta quanto a de Patrick, o apartamento derramava à volta deles a riqueza, o silêncio, a amplidão dos cômodos invisíveis. Havia muitas antigüidades de família, e alguns móveis modernos, quadrados, como os da tia Esther e do tio Peter, só que maiores e mais caros, e tudo aquilo tinha um ar romântico de abandono, dando a impressão de que os proprietários haviam decorado tudo conforme os padrões mais elevados e depois ido embora, entediados, deixando as janelas cobrir-se de pó e os tecidos desbotar-se. O primo queria, sim, acompanhá-la quando ela fosse à entrevista com o senhor Wexler. Havia outras agências, agências melhores, mas como o senhor Wexler já havia manifestado interesse, já vira seu *book*, começariam com ele. Mais vale um pássaro na mão... etcétera. Ele iria com ela; aliás, conhecia um sujeito que havia trabalhado para o Wexler. Não, não era nenhum incômodo. Seria um prazer; ele estava de férias e morto de tédio. Patrick falava depressa, num tom de murmúrio, como se tentasse hipnotizá-la. Não — respondeu à pergunta séria de Essie — não tinha nenhuma dúvida, tendo-a visto em pessoa. Ela era mesmo uma pedra preciosa, que só precisava — um pouco constrangido, Patrick fez uns gestos vagos e agitados no ar — de polimento. Talvez aulas de canto e interpretação, depois que ela se mudasse para a cidade. Ser ou não ser adepto do Método, eis a questão. Uma brincadeira do pessoal do meio, explicou ele. Claro que nem tudo podia ser ensinado, quem nasceu para dez réis... etcétera, mas esses professores têm técnicas, conhecem certos truques, maneiras de fazer a pessoa se ligar com o eu profundo... As coisas iam dar certo, ele tinha certeza. Havia anos que sua querida tia Esther vivia lhe falando dela. Aliás, sua mãe sempre dizia que um dia desses ia pegar o carro e ir até Delaware, mas, sabe como é... Mas não fazia mal, finalmente a montanha tinha vindo a Maomé. Não, ele insistia em almoçar com ela, e depois lhe mostraria um museu — ela precisava conhecer o MOMA, a mãe dele era uma das fundadoras — ou então a Broadway, embora na verdade de dia não houvesse muita coisa para se ver lá, apesar dos cartazes gigantescos e daqueles cinemas ridiculamente luxuosos. Tinha gente que vinha até Nova York e na mesma hora se enfiava num cinema escuro, você já viu uma coisa dessas?

Mas Essie imaginava um filme ali mesmo, naquele cenário

lindo e silencioso. Patrick achava que ela não sabia nada, que era uma caipira, mas ela sabia algumas coisas sim. "Antes de mais nada", foi dizendo, "será que dava para eu t-tomar um banho? Eu s-suei muito, vindo até aqui a pé, de tão entusiasmada que eu estava. Esta cidade é um paraíso."

"Não", disse Patrick, com uma severidade que Essie não sabia se era jocosa ou não. "O paraíso é muito longe daqui." Teria ele tido uma formação católica rigorosa? Eles levavam tudo muito a sério, iam atrás do que os padres diziam. Ainda bem que o Deus de Essie era protestante e confiava um pouco na inteligência da pessoa, deixava a gente decidir certas coisas por conta própria, pelo menos até a hora da morte.

Dentro da banheira, Essie esperava que o primo entrasse a qualquer momento e a visse nua, os seios reluzentes de espuma. Ela encontrara num armário um sabonete perfumado da mãe de Patrick, mas a banheira estava sem uso havia tanto tempo que havia aranhas mortas no fundo, e até uma viva; quando começou a jorrar, a água saiu da bica escura de ferrugem. Porém havia uma abundância de espelhos, que refletiam várias fatias de suas formas perfeitas, em rosa e branco, em ângulos diferentes. Enquanto Patrick não vinha para gozar com ela o prazer de sua beleza, Essie levantou da água um pé, examinou os dedos rosados, o tornozelo forte; depois levantou o outro, e ficou a admirar os tendões finos e retos, tesos, e as veias que pareciam rios de um tom delicado de azul. Inclinou a cabeça para trás, de modo que sua nuca ficou molhada e cheia de sabão, e descreveu com a vista um risco de um canto do teto para o canto oposto, depois fez o mesmo na outra diagonal, completando um x. Todos os seus nervos estavam tensos, aguardando o estalido da porta ao abrir-se, como num filme — seria engraçado numa comédia e assustador num filme de mistério — mas por fim todas as bolhas estouraram e a água ficou desagradavelmente morna. Embrulhada numa toalha bege com os vestígios de um monograma, foi à procura de Patrick. A empregadinha apareceu no corredor e espantou-se ao vê-la, mas Essie sorriu sem olhar para ela, sabendo que os criados são apenas a mobília do amor. Seguiu em frente, pisando descalça as diferentes texturas de parquê, tapete oriental e tapete de urso polar, até chegar ao escritório, um ambiente masculino, cheio de livros e couro escuro, onde Patrick fingia ler uma revista. Chamava-se *The New Yorker* — Essie nunca ouvira falar dela, não era vendida na drogaria de Addison — e tinha na capa um desenho que representava pessoas de rostos brancos com sacos de compras caminhando à noite pela rua onde ela passara havia pouco, à frente de uma vitrine com uma árvore de Natal e um Papai Noel sinistro, de olhos vazios.

Talvez ele estivesse lendo de verdade; pareceu não ouvi-la entrar, e só levantou a vista quando ela deixou a toalha cair. Patrick estremeceu e recuou; suas sobrancelhas negras e expressivas franziram-se. Levantou-se de um salto, pegou a toalha úmida, que caíra na cabeçorra quadrada do urso polar, e cobriu a nudez tenra e radiante de Essie. Sua respiração estava alterada, tal como a dela, percebeu a jovem; ele beijou-a de leve no rosto e disse, com sua voz apressada, como se tentasse hipnotizá-la de novo: "Você é mesmo lindíssima, mas não acha que devia se guardar?".

"Para quem, uai?", indagou ela, e tentou corrigir-se: "Para quem, ora? Por que não para você?".

"Ah, porque não, minha cara. Eu, não. Já me conheço o bastante para dizer isso com certeza. Desculpe. Ah... eu explico durante o almoço. Por favor, vista-se — você vai escandalizar a pobre da Marie."

Ela ainda tinha coisas a aprender na vida e sabia disso. Imaginava, porém, que estava sendo protegida, mesmo naquele momento, e que nada poderia dar errado. Havia muitos olhos fixos nela, olhos espectrais e reais; ela não podia fracassar. Para contornar o constrangimento, Essie viu-se a si própria afastando-se, toda descoberta atrás, segurando a toalha contra o peito, no lugar exato em que ele a havia colocado, exibindo as pernas longas e alvas e flexíveis, as nádegas firmes e indiferentes, para que ele visse bem a que havia renunciado com seu curioso cavalheirismo. Talvez, pensou Essie, ele estivesse noivo. Mas não, Patrick explicou no almoço; o problema era que desde os catorze anos, mais ou menos, ele descobrira que, infelizmente, só sentia atração por meninos. Sua mãe não fazia idéia do fato; o velho Trap, o qual — imaginava ele — também era meio fresco, havia percebido, mas não dizia nada. No colégio interno — Choate, em Wallingford, Connecticut — ele fizera essa descoberta extraordinária, e terrível. Pois bem, era esse o seu problema. E acariciou o joelho de Essie, à mesa redonda do restaurante, onde o cardápio era todo em francês. Havia uma afinidade entre eles: dois Wilmot com algo de clandestino. Talvez todos os Wilmot tivessem algo de clandestino.

Como se nada de constrangedor tivesse acontecido, Patrick levou-a ao museu, que ficava em frente a uma igreja episcopaliana. Que cores berrantes, que formas infantis! E as pessoas olhando para aquilo muito sérias, homens com jaquetões feitos sob medida e mulheres com saias godês compridas e *tailleurs* de cintura apertada, como mandava Dior. Ainda era cedo quando começou a escurecer, e o frio doía-lhe nas faces; Patrick levou-a até a estação de metrô de Times Square e explicou-lhe como encontrar, naquele labirinto subterrâneo de cimento, aço e corpos apressados, a linha IND Eighth Avenue, que levava à Penn Station. Já no trem de Wilmington, Essie ficou a refletir que o sexo, ainda que fosse o coração do *show business*, não ficava necessariamente à flor da pele.

Não conseguia acreditar que Patrick fosse mesmo homossexual. Sentia que, se ele deixasse, ela conseguiria convertê-lo. O único homossexual de Basingstoke era um velho que morava num quarto no sobrado da loja de ferragens; os rapazes do colegial pregavam-lhe peças horríveis, mas ele nunca se zangava nem se queixava à polícia, como se não tivesse nenhum direito. Ele simplesmente baixava a cabeça, como cachorro que levou surra, dobrado por seus desejos estranhos, sempre na esperança de um dia ter sorte. Lá em Nova York a situação era um pouco melhor; havia homossexuais em número suficiente para formar uma sociedade, e uma sociedade que nem era tão secreta assim. As artes — principalmente as artes menores, como decoração de vitrines — eram dominadas por eles. Essie chegava a achar que era uma vantagem chegar à agência acompanhada de um veado.

No mundo dos modelos, quem mandava era um tipo de pessoa que não existia em Basingstoke. Wexler era um homenzinho calvo e afobado; ao vê-la, rosnou: "Mostre as pernocas, meu bem". Sobre as fotos que Doug Germaine lhe mandara, disse: "Tem umas que eu gostei. Menininha bem-comportada, mas com um diabinho dentro dela. Perca três quilos e dê um jeito nesse cabelo; ele é rebelde demais. E também não tem muita vida. Devia ser mais claro, mais escuro, sei lá. Pois bem, mocinha: se você quer tentar a sorte aqui, a gente põe a sua ficha no nosso arquivo. Não prometemos nem garantimos nada. A satisfação do cliente é um negócio meio imprevisível. Tem umas garotas que entram aqui e a gente logo pensa: 'Que pedaço!'. Mas em preto-e-branco não aparece nada. Normalmente o problema é o nariz. Porque o nariz, de modo geral, tem mais é que sumir. Os olhos, a boca — isso é que conta. O seu nariz... bem, ele podia ser retocado, mas isso não é um grande problema a esta altura. Espero que você dê graças a Deus todas as noites por esses seus dentes. Seus pais devem ter gastado uma fortuna".

"Nem um tostão", disse Essie. "A Ama — a minha avó — me ensinou a escovar os dentes após cada refeição, especialmente depois que a gente come doce. Eu só tive quatro cáries na minha vida. Meu irmão, o Danny, tem dentes horríveis, mas também ele reclama de tudo." Essie gostava de Wexler. Sentia que ele gostava dela a sua maneira de judeu durão. Entre essas pessoas, Essie sentia-se em casa — pessoas como Jack Oakie e Jack Hailey naquele filme em que um deles estava tremendo de frio e aí começa a cantar gaguejando, "K-K-K-Katie". Ela fora largada na margem do Delaware e adotada por nativos simpáticos, mas no fundo sabia que pertencia a uma outra raça e falava uma outra língua; o cinema e o rádio lhe mostraram a existência de sua verdadeira gente, e agora ela estava cruzando a fronteira e voltando para casa.

"As nossas moças começam ganhando sete e cinqüenta por hora; algumas chegam até a vinte e cinco. Menos nossos dez por cento. Parece uma fortuna, mas só se ganha pela hora de trabalho. Nas convenções, os coroas vão convidar você para um programa. Tem que enfrentar a situação com dignidade. Quando a gente sabe que uma moça ganhou para dormir com o cliente, ela cai fora. Já em desfile de modas, o risco é menor. Certo, Pat? Quer dizer que vocês são primos?"

Patrick fez que sim. "Primos irmãos. Mais primos que irmãos."

"Quanto você está levando nesta história?"

"Nem um tostão, como diz minha prima."

"Talvez fosse bom ela arranjar um agente — uma pessoa que tivesse garra. Você, Pat, é um sujeito bem-educado e tudo, mas acho que você não tem muita *garra*, sabe? A propaganda é a alma do negócio. E beleza feminina é manteiga em focinho de cachorro. Me desculpe, Essie, por dizer as coisas na cara desse jeito."

"Que nada. Eu sei. Você acha que eu devia largar o colégio e vir para Nova York logo?"

"Não, de jeito nenhum. Termine o colegial. Você provavelmente vai precisar do diploma, para arranjar um emprego decente. Você ainda nem é maior de idade, não é?"

"Só no dia de são Valentino." Estavam em janeiro e dois dias antes tinha havido uma grande nevasca na região. Se em Basingstoke o efeito fora transformar a cidadezinha num cartão-postal, com galhos de pinheiros recurvados sob o peso da neve, chapins saltitando e deixando um rendilhado de pegadas no chão alvo e pessoas retirando a neve das calçadas de uma ponta a outra da Locust Street, em Nova York as ruas ficaram cobertas de lama gelada, que os carros atravessavam com correntes nos pneus e buzinas irritadas. Porém Essie via ainda alguma coisa secreta e radiante nos restos daquela tempestade ali, como o ar leve e fresco da manhã entrando pela janela. Ainda havia montinhos de neve limpa nas entradas dos porões, nos canteiros nas janelas, em linhas retas finas traçadas sobre as escadas de incêndio. Ao longo dos meios-fios havia montes de neve suja, que cobriam as latas de lixo, e em meio a ela as pessoas haviam aberto uma picada estreita, como se numa floresta, carregando suas compras caras, usando aquelas roupas chiques. Essie adorava ver neve caindo num filme — uma coisa tão rica, uma infinidade de flocos de sabonete Lux — e ali era assim mesmo. A West Nineteenth Street parecia uma rua de cidadezinha, com vapor saindo dos narizes das pessoas e riscos amarelos de xixi de cachorro na neve em meio às pontas de cigarro. Essie gostava até da sensação áspera e gelada que tinha na garganta por ter acordado tão cedo naquela manhã e ter entrado neve em suas galochas, fazendo-a pensar: *Deus, não me deixe pegar um resfriado tão terrível que eu tenha que ficar de cama; que eu seja uma adulta que se resfria e toca a vida para a frente assim mesmo*, no trem que atravessava a paisagem transformada de Nova Jérsei, a qual, coberta de neve, voltara a ser uma terra suavemente ondulada, cheia de aldeias com chaminés fumarentas.

"Falta pouco", disse Wexler. "Feliz aniversário para você, menina. E cuide bem desse rosto. Não vá jogar beisebol com uma turma violenta."

Mas Wexler acabou não esperando; surgiram algumas oportunidades — fazer a demonstração de uma enceradeira numa feira de eletrodomésticos no Armory, na Sixty-eighth Street, e posar para um anúncio da Bloomingdale's em que um grupo de moças apresentava uma novidade ousada, o biquíni; em maio Essie já estava mais do que acostumada a pegar o trem, saltar na Penn Station, andar de metrô, com seus expressos sacolejantes, suas máquinas de vender goma de mascar, suas bancas de jornais e espaços subterrâneos amplos e sujos, aquecidos pelo calor cotidiano de milhares de corpos. O último ano do colegial — partidas de basquete em que ela e as outras animadoras de torcida apresentavam suas danças ritmadas, sabatinas e boletins, sinais tocando e portas de armários de metal batendo, o cheiro do perfume barato das moças e do Vitalis e suor dos rapazes, os cigarros clandestinos e fofocas cochichadas furiosamente, ela disse e ele disse e quem foi que disse, o emaranhado de rapazes e promessas, carros estacionados com o motor ligado por causa do aquecedor e iluminados pelo brilho fraco do painel, a apresentação teatral da turma em abril (*Mudança de atitude*, em que ela fez o papel da mãe sofredora, a senhora Dunlap), a festa da primavera (Essie não foi eleita rainha nem mesmo dama de honra e, sim, apenas uma das cinco "damas de companhia"), o baile de formatura (ela foi com Jamie Ingraham, embora os dois tivessem terminado em abril, e Jamie não parava de dizer que queria muito casar com ela se os pais dele deixassem, até que, no banco de trás do carro, Essie levantou todas aquelas anáguas incômodas e deixou que ele a comesse, e assim o fez parar de falar), a sensação de que o mundo protegido onde ela vivera estava se desgastando, acabando, sua vida de menina chegava ao fim — tudo isso parecia uma realidade menor, como a Rodney Street quando ela saía do Roxie.

Mudou-se para Nova York em junho. Patrick se informara e concluíra que o melhor lugar para ela seria o Hotel Barbizon, só para mulheres, na Sixty-third Street com Lexington Avenue. Os quartos eram em rosa e verde, e os banheiros ficavam no final do corredor. As cabineiras, mulheres grandalhonas e machudas, não deixavam os homens e rapazes que se amontoavam no saguão subir para os quartos, mas nada impedia que as moças passassem a noite fora. Nos dezoito meses que se seguiram, Essie teve vários namorados — alguns de sua idade, outros mais velhos e casados, até mesmo um rico *playboy* iraniano, ligado à ONU, que se apaixonou por ela — mas quando, anos depois, relembrava esse período de transição, era das amigas do Barbizon que ela mais se lembrava. Em Basingstoke Essie ressentia-se da falta de amigas, desde que começou a afastar-se de Loretta Whaley no penúltimo ano do colegial — Essie fora para um lado, com suas aulas e suas ambições, e Loretta para o outro, já praticamente casada com Eddie Bacheller, que namorava desde a décima série. Do jeito que os dois se comportavam, já haviam entrado para a geração dos pais; iam ao boliche, festas todas os sábados à noite, onde os homens se agrupavam num canto da cozinha e as mulheres no outro. Loretta falava sobre a casa e o carro que iriam ter, e quantos filhos, e onde passariam as férias. Começou a descuidar-se, os cabelos desgrenhados, as unhas malfeitas, e a assumir um jeito de durona, mexendo o queixo como se mastigasse mesmo quando não tinha goma de mascar na boca: os modos grosseiros e preguiçosos chegaram a afetar-lhe a pele. Essie sabia que, por mais que endurecesse por dentro, a finura dos Wilmot era seu passaporte para sair de Basingstoke — isso e mais o frescor de planta de estufa. Outro motivo pelo qual Essie não tinha feito muitas amizades no colegial era o trabalho na estufa, onde passava horas depois das aulas e no fim de semana, trabalhando àquela luz opressivamente branca, inalando aquele ar úmido, oxigenado, recebendo e atendendo clientes, carregando plantas novas e mudas de uma mesa para a outra, na constante rotação exigida pelo microclima, de áreas mais quentes para mais frescas, do norte para o sul. No Barbizon ela conheceu um outro tipo de estufa, de moças em flor; confidências úmidas e descobertas entusiasmadas a respeito de homens e roupas, empregos de garçonete e filmes imperdíveis passavam de boca a ouvido e ouvido a boca, como se todo o hotel possuísse um único sistema nervoso, feminino, que vibrasse todas as manhãs de andar em andar, com o mesmo cheiro de café e o mesmo ruído de encanamentos quando os chuveiros todos eram ligados, os corredores enchendo-se de perfume ao final da tarde quando as moças saíam, de salto alto, para encontrar seus namorados, *jeunes filles en fleur* menstruando todas num mesmo ciclo, revirando-se na cama em uníssono no meio da noite quando se esgarçava a gaze dos sonhos, para depois mergulharem no sono outra vez. Essie tinha a impressão, durante esse período, de que o tremendo ônus com que arcava, a responsabilidade de ser ela mesma, era dividida com todas as outras, diluída em acessos de riso e brincadeiras pueris, de pijama e roupa de baixo.

Via Patrick pelo menos uma vez por semana e seguia todos os seus conselhos, menos os que diziam respeito a homens. Se fosse pela cabeça do primo, só sairia com os homens que ele próprio desejava. Seguindo a sugestão de Patrick, matriculou-se numa escola de interpretação e dicção — um labirinto empoeirado de estúdios com soalhos nus na Fifty-seventh Street — que se tornara obsoleta com a ascensão do Método Stanislavksi. Em vez de enfatizar os estados emocionais interiores, lá ainda ensinavam técnica, coisa de que, na opinião de Patrick, ela estava precisada. O professor de dicção, um velho inglês que bebia martínis que ele escondia num tubo de vidro disfarçado dentro da bengala de castão de prata, fechou a cara quando ouviu Essie falar, com suas vogais arrastadas e nasaladas de Delaware, e obrigou-a a pôr um pregador de roupas no nariz para que sua voz saísse do fundo da garganta. Para melhorar a postura, tinha que se deitar no chão duro até que a instrutora, que fora corista nos anos trinta, constatasse que não havia nenhum intervalo entre sua espinha e o soalho. Aprendia-se a lutar esgrima e duelar, a fazer mímica e rolar escada abaixo. Quando certas *grandes dames* do palco vinham dar palestras, as moças tinham que vir de chapéu e luvas brancas. Ao que parecia, a idéia era que, se o ator cuidasse bem do exterior, o interior cuidaria de si próprio. A casca da ilusão não precisava de mais do que um certo *aplomb*, uma tranqüilidade, para que a platéia se envolvesse; aliás, era melhor não se afirmar demais, porém dar à platéia, como a qualquer objeto de sedução, um espaço para que ela própria se aproximasse e exercesse sua vontade. Se Deus se esforçasse muito para agradar, quem iria querer adorá-Lo?

Quando não estava tendo aulas nem assistindo a palestras, Essie corria para os estúdios de fotógrafos. Não era descarnada o bastante para posar para a *haute couture*, porém os fabricantes de enceradeiras e inseticidas, dentifrícios e cremes para a pele gostavam de sua beleza sólida e caseira, seus dentes perfeitos, seu sorriso sincero, suas sobrancelhas negras e fortes de moura, seu brilho misterioso. As pernas longas e retas, pernas de menina levada até poucos anos antes, eram usadas para ilustrar as novas meias sem costura, invisíveis. Junto a um ventilador, Essie tinha uma frieza aristocrática; com um aquecedor elétrico, exprimia um calor convidativo. Pagava a escola e o hotel, e ainda sobrava dinheiro para presentes cada vez mais generosos, nos aniversários e datas especiais, para os pais e a Ama e o avô Sifford. Poncheiras de cristal, ferramentas de jardinagem inglesas, eletrodomésticos recém-inventados, pentes de chifre antiquados para os cabelos maravilhosos da Ama. E recebia presentes também — uma pulseira de esmeralda do *playboy* iraniano, uma cigarreira de prata com uma inscrição chorosa de um de seus amigos casados. Mas Essie, ao contrário de algumas de outras moças que também queriam se tornar atrizes e trabalhavam como modelos, jamais colocou seu nome numa agência de acompanhantes, e nunca aceitava dinheiro como presente quando passava a noite fora do Barbizon. Seus amantes desse período, que, muitos anos depois, em tempos menos recatados, deram aos entrevistadores uma quantidade considerável de detalhes íntimos, todos concordavam que Essie impressionava por seu jeito direto e sua energia, sua inocência natural, sua alegria às vezes infantil, bem como pela beleza inesquecível de seu corpo nu: os seios sólidos, as coxas esguias, os pulsos e a garganta em que pulsava sua vida jovem e frágil, o *mons veneris* com seus pêlos negros e abundantes, sua força virginal, como a de Ártemis.

Os grandes filmes de Hollywood no final dos anos quarenta eram *Desfile de Páscoa* e *O tesouro de Sierra Madre*, *Festim diabólico* e *Belinda*, *Rio Vermelho* e *Um dia em Nova York*, *A costela de Adão* e *Sansão e Dalila*. O público de cinema era um pouco menor do que fora em 1946, o ano em que as bilheterias mais faturaram, mas só os profissionais da área percebiam esse fato e se davam conta das implicações das leis contra os monopólios, que teriam o efeito de separar os grandes estúdios de suas redes de cinemas. Em Nova York, Essie descobriu os filmes estrangeiros — da Inglaterra, *Sapatinhos vermelhos*, o *Hamlet* de Laurence Olivier e *As oito vítimas*, em que Alec Guinness, numa atuação hilariante, representava oito personagens assassinados;

da França, *La Chartreuse de Parme*, com legendas e Gérard Philippe, mais *Les enfants terribles* e *Le silence de la mer*; Essie nunca vira na tela tanta desilusão, tanto desespero, tanta impiedade gritante, nem mesmo em *Consciências mortas*. Os filmes que vira outrora no Roxie mordiam mas depois sopravam, e no final o espectador voltava à realidade mais patriota e temente a Deus do que nunca. Mas o que mais abalava Essie era o neo-realismo italiano — o filme em que um soldado bêbado pega uma prostituta e fala sem parar sobre a moça pura e simples que ele conhecera outrora, sem se dar conta de que a moça em questão era ela, a prostituta; e aquele outro sobre o homem que roda toda a cidade de Roma atrás da bicicleta que lhe roubaram, acompanhado de um menino: a pobreza, a esqualidez, a vitalidade, a honestidade eram tais que *O milagre* e *Arroz amargo* só podiam ser exibidos numa salinha perto da Fourteenth Street, fora do alcance da Legião da Decência. Foi Patrick que lhe apresentou esses filmes, ele que a levou às salas modestas e castas da cinemateca do MOMA, onde Essie teve seu primeiro contato com o mundo bruxuleante, dramático, absurdo, majestoso do cinema mudo. Era como penetrar no silêncio do tempo anterior ao seu nascimento, o tempo em que os cabelos da Ama eram negros e o avô Wilmot era um ser de carne e osso. Ele lera livros demais e refugiava-se do mundo no escuro do cinema: esses dois fatos a respeito do avô ainda ecoavam na família como um apelo dirigido a Essie. Além disso, a cinemateca exibia filmes russos — os gigantes iracundos de Eisenstein, a caminhar, com túnicas esplendorosas, por corredores de castelos que eram como as câmaras de um cérebro imenso e enlouquecido. Foi numa de suas epopéias — numa seqüência em que cavaleiros teutônicos, com elmos de lata que lhes ocultavam os rostos, lançavam-se na batalha — que Essie viu pela primeira vez a cruz de Cristo, em suas bandeiras desfraldadas ao vento, usada como símbolo do mal. Todos aqueles filmes, novos para ela, reabriram-lhe um abismo que seus olhos evitavam desde o dia em que, aos sete anos de idade, ladeada pelos pais, assistira a *Horizonte perdido*; naquele rosto lindo e jovem a transformar-se de súbito numa face de múmia Essie divisara uma crueldade abissal, sem limites no tempo e no espaço, da qual a protegiam os filmes de Hollywood, a casa paterna e suas preces, quase sempre atendidas. Mas para permanecer fiel a suas preces, era necessário encarar essa luz dolorosa e crescer, mesmo que doesse; e muitas vezes o namorado que saía do cinema de braços dados com ela, a julgar pelos comentários boçais que fazia, não tinha percebido nada, não fazia idéia da revelação perturbadora que havia testemunhado.

Já Patrick sempre sabia o que dizer sobre o filme — qual o trecho que não funcionava e qual o que continha uma verdade sincera, que detalhe subitamente captava o ritmo da vida real e provocava o riso. Os homossexuais tinham essa vantagem: eram sensíveis. No entanto eles a frustravam, e não apenas por conta do aspecto sexual; algum desvio interior levava seu primo a ficar sempre nas arquibancadas da vida, analisando quadros mas sem pintar e debochando dos que tentavam, apaixonando-se por alunos da Universidade de Nova York que eram heterossexuais e tachando desdenhosamente os que eram como ele de "frescos" e "veados". Patrick descobrira no colégio interno que não podia nem mudar sua própria natureza nem tirar partido dela; quando Essie, para quem sexo nunca fora problema — um escorrega delicioso que a lançava no coração do prazer —, ofereceu-se para provar-lhe que também ele era capaz de amar uma mulher, o primo retrucou: "Lá vai a porra da toalha para o chão outra vez".

"Você não sentiu nada quando eu fiz isso? Uma pontadinha? Nem mesmo de c-c-curiosidade, vontade de ver como é?" Essie sabia como tentar um homem; o cinema lhe havia ensinado; mas, que ela se lembrasse, nenhum filme jamais tocara nesse estranho problema, que lhe parecia ser uma espécie de curto-circuito na fiação.

"Vontade de proteger você", respondeu ele. "É o que eu sinto até hoje. Você é minha priminha querida, ora." Ela o fazia sentir-se homem, talvez, a orientar sua formação e supervisionar sua carreira à distância e preservando a pureza de suas intenções; ele, por outro lado, fazia Essie sentir-se eficiente, ousada e íntegra. Diversas vezes Patrick lhe disse que queria tirá-la daquele ambiente — a agência de modelos cada vez mais lhe arrumava trabalhos em que ela tinha que posar de *baby-doll*, com *négligés* sensuais, ou com sutiãs com enchimento. Os anúncios saíam nas últimas páginas de revistas masculinas como *Esquire*, que dificilmente seriam folheadas por seus pais ou sua avó; mas o Danny, aquele pirralho, descobrira um deles e o mostrara para todo mundo em Basingstoke. Reclamou Patrick: "O Wexler está usando o encantador exibicionismo que lhe é tão natural para transformar você na putinha da agência. Só falta agora você posar nua para um calendário".

Essie deu de ombros; o sentimento da vergonha não fazia parte de sua religião. "Por que é que não posso mostrar? O corpo é meu, não é?"

"É, meu bem, mas às vezes você se vende muito barato. É uma das desvantagens de ser do interior: você não conhece seu preço verdadeiro. Pense bem: o que é que você realmente quer na vida?"

"Casa, marido, f-filhos?"

"Bobagens. Deixe de bobagens, menina. Casa, criança e cachorro? Isso para você seria o mesmo que para mim. O que você quer é fazer cinema. É ou não é? Ser *atriz*. Você precisa de um empresário. Andei me informando e acho que encontrei a pessoa certa. Ele trabalha numa tal de Music Corporation of America, mas não se preocupe que eles não estão mais trabalhando só com música. Peguei o telefone, forcei a nota e consegui marcar hora para você no Radio City."

"Ah, Patrick", disse Essie, apertando-lhe o braço protegido pela manga do sobretudo pesado, "eu q-queria *tanto* fazer alguma coisa por você!"

A agência ficava no décimo sexto andar, de onde se descortinavam o rinque de patinação, a deusa dourada que pairava de lado no ar, a imensa árvore de Natal com volumosas bolas vermelhas, as portas giratórias, o saguão com piso de mármore verde cheio de quadrados concêntricos de metal, os murais escuros com nus bundudos trabalhando e homens de sombreiros mexicanos sendo libertados e máquinas imensas e misteriosas cheias de engrenagens anunciando uma espécie de revolução, os elevadores com portas deslizantes douradas e cabineiros negros de luvas brancas e uniformes debruados. No elevador lamuriento, Essie estava nervosa, percebendo a tensão na presença alta e garbosa de Patrick a seu lado, mas tão logo entraram no escritório do empresário ela relaxou; o homem era parecido com o tio Peter, só que mais baixo e judeu. Tal como o tio, dava a impressão de estar sobressaltado, sempre na ponta dos pés, e de ter vontade de tocá-la. Seu nome era Arnold Fineman. Os poucos cabelos que tinha eram crespos e ruivos. Essie não teve dúvida de que, mais dia, menos dia, ia acabar dormindo com ele, e ficou toda recatada e discreta, sentada numa cadeira com os joelhos muito juntos e as mãos enluvadas repousando na carteira preta de couro de crocodilo. Estava tão reservada que de início quem falou foi Patrick; falou sobre sua carreira como modelo, seus cursos de interpretação e dicção; contou que ela trabalhara numa peça no verão anterior, no condado de Bucks.

"É mesmo? Qual peça?"

Respondeu Essie: "Eu fiz o papel da empregada em *Por um triz*, de Thornton Wilder. Sabina".

"E como se saiu?"

"Maravilhosamente bem", disse Patrick, leal. "E depois trabalhou nos *Archoteiros* — ela era a Florence McCricket."

"Acho que a platéia gostou de mim", admitiu Essie. "A gente trabalha tanto, e sente que cada noite está ficando melhor, mas aí depois de uma semana a coisa termina. O diretor disse que eu tenho que fortalecer a voz."

"Nesses palcos do interior é assim mesmo", observou Arnold Fineman. "São uns celeiros; lá, nem a Ethel Merman tem voz. Que mais você já fez no teatro?"

"No t-tempo do colegial", gaguejou Essie, "eu fazia sempre o papel da mãe. E no concurso de Miss Uva de Delaware de 1947 eu fiquei em terceiro lugar. Na época eu tinha dezessete anos."

Ao ouvi-la gaguejar, Fineman ficou mais atento; seu instinto protetor foi despertado. "E está com quantos anos agora?"

"Dezenove. Faço vinte em fevereiro."

"Ficando velha, hein?" Estendeu a mão e pegou na mesa amontoada um maço de Viceroy com filtro, e com um gesto ágil fez com que dois cigarros pusessem a cabeça para fora; ofereceu-os aos dois jovens à sua frente e depois acendeu o seu. Visto através da fumaça, seus olhos apertados faziam-no parecer a tia Esther, e ele levava o trabalho demasiadamente a sério para ser *sexy* como o tio Peter. Essie já não tinha tanta certeza de que iria para a cama com ele. Fineman perguntou: "Quer dizer que você acha que quer trabalhar no cinema?"

"É, acho que sim." E emendou: "Mais do qualquer outra coisa".

Ele suspirou. "Você faria qualquer coisa para chegar lá?"

Essie tinha a impressão de que deveria responder afirmativamente, porém hesitou, tentando imaginar o que ele queria dizer com "qualquer coisa"; Fineman, porém, ajudou-a:

"Ande pela sala para eu ver. Imagine que você está entrando num bar em Xangai. Epa, Xangai agora é dos comunistas; pense em Cingapura."

Essie estava com um redingote de lã cinzenta macia que lhe chegava aos tornozelos, com um corte algo chinês — colarinho alto, botões pretos e um debrum preto na frente — e um chapéu de feltro da mesma cor. Começou a caminhar, imaginando-se com a pele tensa de uma mulher de passado dúbio, Dietrich ou Ida Lupino, abrindo uma cortina de miçangas com a mão e o joelho, e olhando à sua volta com as pálpebras semicerradas, através de uma névoa de fumaça oriental. Estavam lá Peter Lorre e Sydney Greenstreet, e talvez, junto ao balcão, com um *smoking* branco, fumando um cigarro e remexendo velhas feridas...

"OK, OK", disse Arnie Fineman, naquela sala onde as persianas fatiavam a luz do sol e nas paredes havia fotos autografadas de estrelas de cinema, tal como no quarto de Essie. "Agora faça beicinho."

"B-beicinho?"

"Faça assim com a boca para mim. Aquilo que os franceses chamam de *moue*. Como se fosse beijar alguém. Como se você estivesse se derretendo toda. Você está toda molhadinha, Esther."

Essie pôs as mãos nas coxas e curvou-se toda, até que seu rosto ficasse à altura do de Arnold Fineman. Ao fazê-lo, corou de vergonha; sentia-se humilhada por Patrick estar assistindo àquela cena. Temia que uma tal demonstração o fizesse sentir ainda mais repulsa pelo amor heterossexual. Porém sentiu uma pontada de inspiração, semicerrou os olhos e pensou, olhando direto nos olhos de Fineman: *Seu judeuzinho de merda, um dia você ainda vai pagar por isso.*

Fineman deu um sorrisinho cauteloso. Essie percebeu que ele tinha um lado maternal, preocupado. Além de ser baixinho, tinha os ombros caídos, quase como um corcunda. "OK, Esther; boa tentativa. Muito boa. Você podia caprichar no lábio superior. Quem sabe um pouco de batom? E esse cabelo... a gente tem que decidir se ele vai para um lado ou se vai para o outro. O seu namorado aí diz que você canta. Cante alguma coisa."

"Sem piano nem nada?"

"Eu cantarolo junto. Tudo, menos 'Rudolph, the red-nosed reindeer'. Essa não." Aquela música de Natal estava saturando o ar desde o início de dezembro; era difícil tirá-la da cabeça. "Mule train" e "Ghost riders in the sky" — uma das meninas do Barbizon sabia imitar muito bem o Frankie Laine, usando o secador de cabelo como microfone; era engraçadíssimo. "'*Numa noite encantada*'", começou Fineman, com uma voz de barítono espantosamente musical, "'*conhecerás um estraaaanho...*'"

"'*Conhecerás um estranho*'", começou Essie, com emoção, surpresa por ele ter escolhido uma canção operística. Cantaram em dueto até não saberem mais a letra, e terminaram rindo. "OK, OK", disse ele. "Você ainda não chega a Deanna Durbin, mas já me convenceu. Por mim, é negócio fechado. Você me dá quinze por cento da sua renda bruta que eu me viro e lhe arranjo um teste logo. No momento os estúdios estão em pânico — a bilheteria anda em baixa e a crítica está metendo o pau — mas também isso não é de hoje. A meu ver, você é uma pessoa especial, Esther. Pele de cetim e uma ossatura de ferro, uns peitos razoáveis e olhos que eu nunca vi iguais desde Pola Negri. O nariz... bem, nisso se dá um jeito, com maquiagem e iluminação. Só tem mais uma coisa que eu não gosto. O nome. Quem é que vai querer pagar meio dólar para ver Esther Wilmot? Isso é nome de professora de escola dominical. Vamos pensar um pouco. Sente aí."

Sentada na cadeira, as faces de cetim ardendo com o calor daquele elogio áspero, tanto que lhe dava uma sensação de pressão no rosto, como se estivesse de cabeça para baixo no trepa-trepa do *playground*, Essie via Fineman, de olhar parado, a boca aberta de modo ridículo, como boca de filhote de pássaro, a repetir: "Ah... ah...".

"Anna?", sugeriu Patrick.

"Lá em casa a gente chama a minha avó de Ama", disse ela.

Os lábios de Fineman fecharam-se e ele pronunciou-se: "Que tal Alma? Para mim, você tem cara de Alma. Suave mas *sexy*. Uma coisa européia, misteriosa, e ao mesmo tempo muito americana, muito 'sal da terra'. Alma. É seu. É só seu. Tem alguma outra estrela de cinema chamada Alma?".

"Estrela?", perguntou ela.

"Você quer ser o quê?", indagou Arnie. "Figurante?"

"Não é meio... assim... nome de negra?", perguntou Patrick.

"Que seja; dane-se. É só olhar que a gente vê que ela não é. Alma Wilmot. Não, horrível. Wilmot não dá. Não dá mesmo. Vocês dois me dão alguma idéia?"

"Seria bom", disse Esther, "conservar alguma coisa do meu nome verdadeiro. Sabe, a minha família, eu não queria que eles..." Aqueles rostinhos brancos, vendo o foguete Alma decolar, ficando cada vez menores, todo o estado de Delaware reduzido a um risquinho, a cabeça redonda enterrada no ventre da Pensilvânia, como uma sanguessuga. Essie pensou nos du Pont, tão importantes, tão distantes da humilde Basingstoke. "De... de..." começou ela.

"De Mille, de Havilland", disse Patrick, tentando ajudar.

"DeMott", Essie anunciou.

"Diga como se escreve", pediu Arnie, nada convencido.

"D maiúsculo, sem espaço, M maiúsculo. Alma DeMott."

Arnie estava escrevendo. "Mott, mota, marmota, não sei não."

"É ótimo", insistiu Alma. "Afinal, vai ser o meu nome, a minha opinião tem que pesar."

"Vamos pensar um tempinho. A gente resolve isso hoje à noite no jantar. O que você acha do Twenty-One, na Fifty-second Street?" Arnie lembrou-se da presença de Patrick; acorcundando as costas, virou-se para ele com um sorriso de polidez e disse: "A menos que...".

"Não, não, seria ótimo", interveio Alma. "Ele não é... Ele é meu primo." Teve que se conter para não dizer: *Ele não é um de nós.*

Mas era; era um membro daquela família que ela estava abandonando, até mesmo no nome.

Nos anos que se seguiram, Alma viria a contracenar com Gary Cooper e (no novo formato de cinemascope) Clark Gable. Era uma atriz praticamente desconhecida e barata, e no início dos anos cinqüenta, quando os grandes estúdios estavam se desintegrando aos poucos, as estrelas reconhecidas começavam a pedir salários tão astronômicos que era necessário economizar em alguma outra parte do orçamento. Cooper e Gable haviam entrado na casa dos cinqüenta em 1951 e na época ainda não estava tão claro, quanto ficaria depois, que a carreira dos grandes astros masculinos dos anos trinta só terminaria com a morte. Os deuses da tela estavam cheios de mazelas humanas. Cooper tinha um problema na coluna, que as cenas de ação pioravam muitíssimo; estava sofrendo de úlcera e artrite. Sua esposa, que era católica, recusava-se a aceitar o divórcio, e seu caso com Patricia Neal, que todos comentavam, dava-lhe muitos aborrecimentos. Ele parecia totalmente esgotado. Havia em seus modos delicados e corteses com Alma durante as filmagens a eficiência exausta de um homem belo como um anjo o qual havia lidado com tantas jovens bonitas que já perdera a conta. Alma, acostumada a causar impacto, ficou profundamente ofendida e adotou uma atitude quase de desprezo. Nas mãos do diretor, Cooper tinha um jeito silencioso e passivo que se aproximava da burrice. Alma, desde o início, era o tipo da atriz rebelde, que tinha idéias próprias e uma imagem a cultivar. Tão ardente na sétima tomada de cena quanto na primeira, ela sentia nos braços de Cooper toda a superioridade que lhe conferiam a juventude, a energia e o desejo. Porém, ao ver a primeira montagem (nunca deixavam uma novata ver o copião) e depois o produto final na estréia, ficou atônita ao constatar que Cooper dominava a tela — que seu rosto áspero, com aqueles olhos nórdicos de meter medo, a boca um tanto imóvel e inerte no meio da confusão ofuscante do estúdio, tinha uma vida interior própria ao lado da qual a presença de Alma era trêmula, nervosa, descontínua. Ela percebia vestígios do sotaque de Delaware em sua voz e a sombra do medo em seus olhos. Quando se defrontava com o poder que tinham o diretor e o editor de moldar seu desempenho, retocando-o aqui e ali, à medida que montavam o filme, Alma ficava admirada e indignada, até o dia em que Cooper, num prolongado intervalo para o almoço em que a levou até Malibu em seu famoso Jaguar prateado, lhe disse: "Não resista, Willie". Ele descobrira seu nome verdadeiro e gostava de zombar dela. "Confie na máquina. Senão você acaba com uma úlcera igual à minha. Por trás de um filme existem centenas de pessoas trabalhando. Você mesma já viu: são oitenta homens só para fazer o cenário e a iluminação. O que você tem de fazer é decorar o texto e chegar ao local de filmagem em forma, duas horas antes da hora de rodar a câmara." Ao longe, além do penhasco, o sol traçava sulcos reluzentes no Pacífico, e o vento agitava o lenço com que Alma prendera os cabelos; Cooper estendeu a mão, segurou-lhe a cabeça por detrás e sacudiu-a de leve, como se fosse um recipiente. "É só por isso que você é responsável. O resto é por conta da equipe de produção. Eles acham que sabem o que estão fazendo, mesmo quando a gente pensa que não." *Eles* — aquelas potestades inescrutáveis e inumeráveis, chefes de produção, assistentes, diretores, continuístas, eletricistas, câmaras, foquistas, figurinistas, maquiadores, que manipulavam os rostos e suspiros dos atores depois exibidos em milhares de telas. Após pensar mais um pouco, Cooper acrescentou: "Como emprego, não paga nada mal. É melhor que ser vaqueiro, isso eu garanto. Deve ser melhor do que o que tem lá em Delaware". E, retorcendo de leve os lábios imóveis, numa expressão parodística, grunhiu feito um caubói: "Hum, hum".

Gable era mais acessível — um homem que ficava à vontade com mulheres; começara na região petrolífera de Ohio e fora subindo pouco a pouco numa escada cujos degraus eram todos do sexo feminino, sendo o primeiro sua madrasta. Flertava com Alma, com aquele sorriso que se espalhava aos poucos, como uma mão a apertar cada vez mais forte. Algumas vezes, nas semanas secas e poeirentas que passaram filmando em Nevada, dormiu com ela, como um leão sonolento fazendo a vontade de uma jovem leoa inquieta. Mas isso não levou a nada; havia em Gable uma solidão grande demais para que Alma pudesse preenchê-la. Se a carreira de Cooper fora um sublime acidente — ele tinha sido caricaturista, vaqueiro e desocupado antes de começar a fazer suas primeiras pontas —, Gable sempre quisera ser ator. Sua mente era um grande cartaz de cinema. Amara Carole Lombard; numa Hollywood que o fizera contracenar com todas as deusas da tela, de Jean Harlow a Ava Gardner, Lombard, com uma suavidade alegre e dourada, mas dura como pedra, uma mulher desbocada que corria atrás da publicidade e pregava peças cruéis em todos, conquistara seu coração, e terminara espatifando-se contra uma montanha quando tentava vender bônus de guerra. Gable era astro havia tanto tempo que não sabia mais gozar prazeres próprios dos mortais; após um período de solidão, encontrou uma esposa suficientemente glamourosa para ele:

a viúva de Douglas Fairbanks pai, com o nome celestial de *lady* Sylvia Ashley; e três semanas após o casamento deu-se conta de que não podia ter escolhido alguém pior para desempenhar o papel de sua esposa. Estava vivendo as agruras financeiras do divórcio quando trabalhou com Alma. Desde o tempo da guerra suas mãos tremiam, e as câmaras não mais as mostravam. Alma percebeu que Gable dependia demais de pessoas que eram seus inferiores — toda a ralé de maquinistas e dublês que acompanha uma equipe de filmagem numa locação — e do álcool; de manhã, apertava com força as dentaduras para disfarçar o bafo fétido que lhe deixara a noitada, em companhia de outros homens da equipe, nos bares de Elko. Mas isso os filmes não mostravam; o que se via na tela, ampliado às dimensões da esfinge de Gizé graças ao cinemascope, era a fronte nobre, as sobrancelhas belas e ferozes, a sensação de que uma força benigna combinara aquelas faces, lábios, queixo, numa harmonia pura, beleza masculina sem o menor toque de feminilidade. Alma gostava de brincar com suas orelhas, que eram de abano como as dela, maiores até. Ele a chamava de Al e ela o apelidara de Papá. Tanto Cooper quanto Clark eram dois anos mais velhos que seu pai, e a ajudavam a compreendê-lo melhor como membro de uma geração que crescera num tempo difícil. Quase todos haviam se tornado bestas de carga, incapazes de se explicar, de sentir qualquer necessidade de explicações; eram filhos de uma América em que a Bíblia ainda imperava e a bênção que sua formação protestante conferia às privações e provações justificava todas as suas limitações. Em Gable e Cooper, essa austeridade era *sexy*, embora seu pai jamais lhe parecesse ser assim. Era o homem menos *sexy* que ela já conhecera.

No "21" Club, outrora um *speakeasy*, que continuava a ser um lugar claustrofóbico e superlotado, cheio de aeromodelos e outros *souvenirs* da guerra dependurados do teto, o futuro de Alma estava próximo, mas ainda não chegara. Uma das primeiras perguntas de Arnie Fineman foi: "O que você acha da televisão?".

"Odeio", disse ela mais que depressa; já havia virado uma dose de gim com soda limonada. Não sabia beber, mas com base no que ouvira a tia Esther e o tio Peter dizer, imaginava que os drinques à base de gim não engordassem tanto quanto o uísque.

"Odeia por quê?"

Ela deu-se conta de que adorava o cinema e detestava tudo aquilo que o prejudicava, como a televisão. "É uma coisa feia e vulgar", explicou. "É c-como a realidade, s-só que fica dentro de uma caixa e tem anúncios."

Arnie pôs a mão — gorda, larga e de pele fina, como a de seu pai, só que as unhas eram cuidadas — sobre a dela. Pêlos vermelhos reluzentes brotavam dos dedos. Num deles havia um anel grosso com uma pedra negra e luzidia, e no outro, Alma percebeu, uma aliança. Disse Arnie: "Pode odiar à vontade, mas a televisão chegou para ficar, e é uma devoradora, minha cara. É uma maneira de expor um rosto ao público depressa. Você fez algum anúncio de tevê com o Wexler?". Diante da resposta negativa, ele prosseguiu: "Vou falar com ele. Tem milhões de pessoas assistindo a essa joça. Além disso, eles vivem passando peças, dia e noite. É bom para dar experiência, e a coisa toda leva só umas duas semanas, no máximo. É ensaiar, representar e pronto. Como Hollywood antigamente. Hollywood está perdendo o fôlego. Mesmo quando se tem contatos, às vezes leva-se um mês para conseguir uma oportunidade. E não dá para a gente ficar só esquentando a cadeira com a bundinha, não é mesmo?".

Alma já começava a sentir os efeitos agradáveis do segundo drinque. Tinha a impressão de que as vozes estridentes e masculinas a sua volta faziam seu corpo flutuar no ar. Os aviõezinhos no teto pareciam estar em vôo rasante; Alma sentia uma felicidade penetrar-lhe o corpo, como se fosse sol forte, ao se dar conta de que seu novo empresário cuidaria dela muito melhor do que Wexler, ou do que Patrick, coitado, e de que ela responderia sim a todas as perguntas que ele lhe fizesse.

Arnie tinha um pequeno apartamento em Manhattan, na West Sixty-sixth Street, onde dormia algumas noites, enquanto a mulher e os filhos tocavam a vida para a frente em Scarsdale. Alma ficou fascinada quando o ouviu dizer, ao telefone, que um problema inesperado no trabalho o obrigaria a dormir na cidade; era como assistir a uma peça dos bastidores e perguntar-se como a platéia podia acreditar numa coisa tão evidentemente falsa.

Alma fez anúncios de televisão em que demonstrava o novo aspirador de pó Electrolux, puxando-o e empurrando-o com facilidade, mostrando como guardar as diferentes escovas e bicos dentro do cilindro compacto do aparelho sobre rodas. Em comerciais ao vivo, de um ou dois minutos, apresentou produtos novos, como o sabonete Dial e o Quik da Nestlé. O anúncio de sabonete foi um tanto ousado: Alma aparecia no chuveiro — na verdade um balde furado, sob as luzes quentes e fortes do estúdio — trajando apenas a parte de baixo de um maiô duas-peças; da cintura para cima a única coisa que a cobria era uma abundância de espuma. Ficou de costas para a câmara, cujo olhinho vermelho ardia como se a devorasse. Esses estúdios de televisão primitivos eram improvisados e áridos — ficavam perto do Chrysler Building ou da Union Square, talvez no sexto andar de um prédio com elevador de carga, num conjunto de salas que dava para um corredor com passarela de linóleo e paredes creme. Todo mundo a sua volta parecia ter terminado o colegial recentemente. Nem todas as sessões eram em Manhattan. Para uma pequena estação de Bridgeport, Alma teve que fazer um bolo da Pillsbury, enquanto uma voz em *off* explicava a milagrosa facilidade de preparo: "Chega de passar horas na cozinha às voltas com farinha e açúcar, manteiga e ovos! Jogue fora aquele velho batedor de ovos!!". De outra feita, em Newark, demonstrou, entre dois outros modelos, as diferentes tonalidades das tintas para cabelo Miss Clairol. Durante algumas semanas, foi candidata a Miss Rheingold, e seu rosto, emoldurado por uma caprichada e comportada permanente que lhe cobria as orelhas, pairava como um balão sobre Times Square. Minute Rice, Corningware — Arnie começou a achar que aquilo era demais. "Chega de comida, pelo amor de Deus", decretou ele. "Você vai acabar ficando com imagem de dona de casa. Uma imagem gorda."

"É o meu lado vovó", explicou Alma. "Ah, como eu adorava ficar com ela na cozinha! Quando ela me deixava bater e provar o glacê, eu me sentia tão responsável!"

Arnie encontrou papéis para ela nos programas teatrais, cada vez mais numerosos. *Lux Video Theatre*, *Goodyear TV Playhouse*, *Robert Montgomery Presents* — Alma era chamada alguns dias antes de o espetáculo ir ao ar, para encarnar uma recepcionista, uma jovem freira com problemas de consciência, uma companheira de quarto amalucada, uma esposa vivendo um drama e, uma vez, a "outra", uma mulher fria e calculista. Os ensaios eram poucos e corridos; às vezes só se realizavam na manhã do dia em que o programa seria transmitido. Alma aprendeu a decorar falas rapidamente, e a decorar tudo de novo quando o diretor mudava o texto dez minutos antes de começar o programa. Havia pontos segurando cartões com as falas de cada ator atrás das câmaras, mas ela não podia ficar olhando para o texto em vez de para o ator por quem supostamente estava apaixonada. Uma das poucas vezes em que gaguejou em cena foi quando um ponto segurou o cartão de cabeça para baixo. Alma quase nunca gaguejava; isso só acontecia quando ela se lembrava de que era Essie. No estúdio de televisão, havia um fluxo urgente de ação e paixão que não dava tempo para dúvidas interiores. Copos viravam, textos eram truncados, os telefones não tocavam na hora esperada, quadros caíam da parede quando alguém batia uma porta; mas nada disso era muito importante. Aqueles dramas estavam sendo assistidos em lares onde copos eram derramados, pessoas levantavam-se para ir ao banheiro, crianças brigavam aos berros e cachorros pediam para dar uma volta. A televisão era gente; um desmazelo insidioso, que implicava uma tolerância mútua, imperava no estúdio, com suas pseudo-salas de compensado e fios emaranhados a poucos centímetros do campo de visão da câmara. Tudo era muito diferente do acabamento luxuoso e impecável dos filmes de Hollywood a que Essie assistia nos tempos do Roxie.

Por fim, Arnie conseguiu um teste para ela na Columbia. Ele tinha certa influência sobre uma pessoa que tinha uma certa influência sobre Harry Cohn. "Mesmo assim, menina, essas coisas levam tempo. Quanto maior o figurão, menos ele gosta de ser apressado. E o Cohn, vou logo lhe dizendo, num meio cheio de gente grossa e calhorda, é o rei dos reis. Se cafajestagem desse Oscar, ele ganhava todo ano."

Alma nunca tinha andado de avião e não apenas se sentia morta de pavor como também não sabia como baixar a mesa a sua frente quando a aeromoça se aproximou. Arnie a acompanhava e, com sua mão simpática e peluda, soltou o fecho de sua mesa, ao mesmo tempo que lhe explicava, num murmúrio, por que o ruído das hélices do avião mudava de tom constantemente e por que aquele longo cilindro de metal a toda hora parecia afundar e virar para o lado. Alma sentiu no estômago um vazio a lhe dizer que Deus a abandonara, Deus não existia, ela iria esborrachar-se na terra, como se caísse de uma árvore muito alta, e seria sempre a moça anônima do anúncio de bolo Pillsbury. Ela jamais deveria ter aspirado a altitudes tamanhas. O sutiã estava encharcado; era como se seus seios segregassem um suor de pânico em vez de leite. Arnie murmurou, rouquenho: "É igual às ondas do mar, meu bem. A gente não vê, mas existe. O ar é como a água, sempre em movimento. Mas este barco de alumínio em que a gente está... o DC-9 é um avião muito sólido". Deu com os nós dos dedos na parede curva a seu lado, junto à fria janelinha oval, e ouviu-se um ruído abafado, amortecido.

Los Angeles, porém — as palmeiras, as casas cor-de-rosa de um só andar, o ar espanhol, o espaço infinito, o ar que lembrava um fim de primavera em Basingstoke, só que sem a friagem que vinha do rio Delaware —, encantou-a. A cidade, com seus bairros que se sucediam um depois do outro, era tão cheia de gente e lojas e carros quanto qualquer cidade do Leste, só que sem aquela sujeira acumulada de indústria e história. Nada ali era velho, só os nomes espanhóis e os pré-históricos lagos de betume de La Brea, que existiam mesmo, no Wilshire Boulevard, tal como haviam dito no programa de Jack Benny — a platéia sempre ria quando os lagos eram mencionados; todos os nomes e lugares citados no programa existiam de verdade, inclusive as cidades cujos nomes eram anunciados no trem: Anaheim, Azuza, Cucamunga. E o Brown Derby e as letras enormes na encosta da serra formando a palavra HOLLYWOOD. Hollywood era quase uma cidadezinha como Basingstoke. Mas Alma não estava preparada para a largura das ruas e calçadas, nem para as ruas de Beverly Hills, ladeadas por palmeiras, onde só se viam jardineiros japoneses e mexicanos empurrando carrinhos de mão cheios de palmas secas, detrás de sebes de oleandro e fúcsia. As casas enormes, semi-ocultas, davam a impressão de que ninguém morava nelas, embora tivessem donos; eram como cenários de filmes. A riqueza aqui era delicada, tinha até senso de humor; essas fortunas eram fruto da arte, da ilusão, da beleza física, e não, como em Basingstoke, de fábricas cruéis que produziam idiotices feias e necessárias como camisas-de-vênus e chapinhas de garrafas.

Arnie explicou-lhe por que seria bom conseguir um contrato com a Columbia. "Veja bem, estamos em 1951 e não em 1937.

A Fox, a Metro, a Paramount, estão todas fodidas, desde que tiveram de abrir mão dos cinemas. A Columbia nunca teve nenhum cinema; até a época da guerra só produzia filme B e Frank Capra. Mas o importante é que é o único dos grandes estúdios que leva a televisão a sério. Já que não dá para derrotar o inimigo, o jeito é fazer uma aliança; o Cohn pode ser um boçal mas não é burro como as pessoas pensam. Ele criou uma subsidiária para produzir filmes para a televisão — a Columbia Screen Gems. Com os filmes que vendem para a tevê, eles financiam a produção de outros filmes. Muito esperto, não é? Pois é. Os dinossauros estão sendo substituídos pelos mamíferos, meu bem, e a Columbia é o único estúdio que está começando a ter pêlos."

Para seu teste em preto-e-branco, Alma fez as duas últimas falas de Sabina em *Por um triz* (as que começam com "Senhor Antrobus, não ligue para o que eu digo, não. Eu sou uma moça simples..." e com "Ah... ah... são seis horas e o patrão ainda não chegou em casa") e em seguida cantou "Can't help lovin' dat man of mine". No teste de cor, sem som, ficou conversando com o câmara enquanto ele fazia um *close*, manipulando o foco. Ele lhe explicou como funcionava a máquina, as duas rodas que a faziam virar para cima, para baixo e para os lados; disse que quando a pessoa tinha muita prática era capaz de escrever o próprio nome com uma caneta amarrada na lente. Convidou-a para jantar, mas ela e Arnie tinham que voltar para Nova York. Duas semanas depois Arnie lhe disse que a Columbia tinha gostado dos testes, mas o tal sujeito que conhecia o Cohn dissera que Harry implicara com seus lábios — mais exatamente, com o lábio superior. Era fino demais. Porém, Arnie explicou, isso se resolvia com facilidade; era só fazer uma operação simples. Injeção de colágeno.

Mas não foi essa a impressão de Alma quando acordou no quarto do hospital, de onde se via a expansão cinzenta do East River e a Welfare Island. Tinha a sensação de ter levados vários socos fortes na cara, dados por uma sucessão de homens. Haviam aproveitado o ensejo para dar uns retoques nas aletas, diminuindo-as um pouco, e consertar o pequeno calombo no dorso do nariz, igual ao da mãe. As feridas, porém, cicatrizam depressa aos vinte e um anos de idade; na viagem seguinte à Califórnia, todos os homens do avião viraram-se para vê-la passar, indiferente, em direção ao banheiro. Na Columbia, o recrutador de novos talentos, tão logo pôs os olhos nela, propôs um contrato de sete anos, com salário inicial de duzentos e cinqüenta dólares por semana durante os seis primeiros meses, subindo até três mil e quinhentos por semana no sétimo ano de vigência. Alma respondeu que a proposta era interessante, mas não podia assinar sem antes consultar seu empresário. Arnie andava estressado e adoentado — vivia dizendo que ia parar de fumar, e algumas vezes, no apartamento da West Sixty-sixth Street, na cama com Alma, havia broxado. Alma viera sozinha. O recrutador, um homem chamado Max, ficou impressionado com aquela resistência, e depois de telefonar-lhe várias vezes disse que o senhor Cohn gostaria de falar com ela pessoalmente.

Em comparação com as imensas propriedades ocupadas pela Paramount e a M-G-M, os estúdios da Columbia eram modestos: um terreno de seis hectares comprado pouco a pouco na velha Poverty Row, no Sunset Boulevard, entre a Gower Street e a Beachwood Drive, até a Fountain Avenue. Mas a sala de Harry Cohn era enorme, e na porta exterior a tinta estava gasta no lugar que tantas mãos suarentas haviam empurrado. A sala cheirava a charuto, tal como a velha drogaria de Addison; essa lembrança tranqüilizou Alma. Cohn, o último dos grandes mandachuvas monstruosos do cinema, havia acabado de completar sessenta anos, e no momento a Columbia estava em alta. Ele trajava um terno cinza-claro e uma gravata branca com rabiscos prateados, que era sem dúvida alguma da Countess Mara; no bolso do paletó um lenço de bordas vermelhas destacava-se elegantemente. A cabeça quase calva emendava numa testa espetacular, testa de bisão ou rinoceronte, de um animal cuja arma mais poderosa é a cabeça quando ele a abaixa. Cohn permaneceu em pé atrás de sua mesa até que Alma aceitou a cadeira cinzenta que um serviçal puxou para ela. O rosto pugnaz fê-la pensar no senhor Horley dos correios — um homem que era ranzinza e implicante por fora, porém sempre gostara de Essie, como ela sabia, desde o dia em que a colocou dentro de um saco de correspondência, fechou-o e disse que ia despachá-la para Cincinnati.

"Muitas moças, no seu lugar, aceitariam uma oferta como essa sem pestanejar", disse Cohn, sem sorrir.

"Mas eu vou aceitar, senhor Cohn", retrucou ela. "Só que antes quero saber direitinho onde estou embarcando, não é? O seu amigo Arnie Fineman tem sido muito bom para mim; eu dependo dele."

"Meu amigo? Quem?", perguntou Cohn, acrescentando: "No mundo em que eu vivo, o amigo de ontem é o pé-no-saco de hoje". A toda hora ele olhava para o lábio refeito, mais cheio, de Alma — ou seria ela que ainda não conseguia parar de pensar nele? Quando sorria, sentia-o repuxar. Harry Cohn tentou sorrir também. Sua boca era larga e irônica, e não combinava muito bem com os olhos negros, que olhavam fixamente, debaixo das sobrancelhas salientes. De tanto se impor, de tanto mandar em todos que o cercavam, ele adquirira uma expressão tão vazia como a ponta de um aríete. "Vi seu teste", disse ele. "Você ainda não representa porra nenhuma, mas tem alguma coisa do que tinha... tem a Rita." Ainda não desistira da estrela decadente que fora o esteio de seu estúdio nos anos quarenta. Mas estava procurando outra. Quando falava, Cohn lembrava menos Jeb Horley do que o antigo diretor do colégio, o senhor Pritchard, os ralos cabelos grisalhos cuidadosamente penteados, uma boca de sapo e um jeito todo seu de tentar, apesar da fachada durona, intrometer-se nos segredos que têm todos os jovens. O senhor Pritchard tornava-se severo quando algum aluno cometia uma falta muito grave, mas depois se referia ao ocorrido com uma expressão marota. "A carne é um negócio engraçado", observou Harry Cohn. "Tem moças que a gente acha muito bonitas, mas que na fotografia parecem carniça. Carne tem que ter uma coisa luminosa. A Harlow era assim. A Clara Bow também. Está achando a conversa chata?"

"Não. Estou achando interessante, senhor Cohn. Eu adoro o cinema desde pequena."

"Claro. Você e todas as outras. O que não falta em Los Angeles é boceta; pense nisso. Levante a cabeça. É. Serviço bem-feito. Agora você tem uma boca que combina com o corpo. E um nariz refinado. Vou logo lhe dizendo que você nunca vai ser uma Hepburn. Você tem bunda; a Hepburn nunca teve. Chega de mulher ossuda. Você tem um ar de vagabunda; topa assumir esse lado? Você não tem nada a ver com a Alice Adams. Tem aqueles olhos das vampes de antigamente. O seu cabelo — será que o Arnie ou Artie ou lá o que seja nunca lhe disse? — tem um tom de castanho meio bunda-mole, que não é bem uma coisa nem outra."

"É a minha cor natural."

"Para mim não é natural não. Vejo você como uma morena de cabelo bem preto, para combinar com os olhos de vampe. Mas não vamos avançar demais. Ainda falta o contrato. Eu já lhe disse que tem muita mulher aí que seria capaz de matar para conseguir esse contrato?"

"Eu vou assinar o contrato, não tenho dúvida. É só mostrar para o Arnie. Mas eu queria saber uma coisa: agora que estão fazendo menos filmes, o que aconteceria se um outro estúdio quisesse me usar?"

Cohn reacendeu o charutão que estava apagado em sua mão e apertou os olhos para vê-la através da fumaça. "Nesse caso a gente faria um acordo com eles", explicou. "É o que se chama de empréstimo. Mas você ainda não fez filme nenhum. Você ainda não posou para nenhuma foto para cartaz de filme. Você ainda não pegou no pesado, Alma DeMott."

"Eu sei, senhor Cohn. Estou louca para começar."

"Quer dizer, está certo que você já trabalhou na tevê. Mas tevê é coisa para criança e paraplégico, gente que não pode sair de casa para ir ao cinema." Alma adorava quando falavam sobre ela, mesmo daquele modo grosseiro; porém percebeu que os olhos de seu interlocutor estavam começando a ficar baços — ele estava enjoando do assunto. "Sabe o que eu fazia em 1921?", perguntou ele.

"Não, senhor."

"Trabalhava em *vaudeville* com Harry Ruby. Harry Rubinstein. Eu cantava, ele tocava *ragtime*. Antes disso eu ganhava dinheiro jogando sinuca e vendendo peles roubadas. Cheguei a trabalhar como condutor de bonde, mas me despediram porque eu embolsava uma parte grande demais do dinheiro das passagens. Eles sabiam que todo mundo pegava um pouco, mas eu exagerei. Lá em casa o pessoal dizia de gozação que a companhia me agradecia quando eu devolvia o bonde à noite. Larguei a escola depois do *bar mitzvah*. Eu tinha uma voz linda — era tenor. Dá para acreditar?"

"Mas claro, senhor Cohn."

"O primeiro trabalho que eu arranjei foi numa peça, *O casa-*

mento fatal. Eu cantava no coro. Mas é isso. Eu estava levando aquela vida e aí o cinema me pegou. Primeiro pegou meu irmão, o Jack. Ele trabalhou para o Carl Laemmle — já ouviu falar nele?"

"Não, senhor. Infelizmente, não."

"Uma grande figura, esse alemão. Eu vendia música e tive a idéia de usar curta-metragem para vender música. O primeiro foi *Estou a caminho de Dublin* — não vale rir. Os donos de cinema gostaram. Eu e o Jack interessamos o Laemmle e uma coisa foi puxando a outra. O Carl me contratou como secretário, lá na Universal City. Foi por isso que vim parar aqui. Nunca olhei para trás. O cinema me pegou, e me pegou de mau jeito. E eu peguei no pesado — era aí que eu queria chegar. Todo mundo tem que pegar no pesado. Quer cantar para mim?"

"Cantar?"

"É, cantar. Soltar a voz. Aquela falsa crioula que cantou no teste não era você."

Alma levantou-se e engoliu, tentando respirar com o diafragma, e cantou os dezesseis primeiros compassos de "Oh, del mio dolce amor". Harry Cohn gostou mais do que a platéia lá em Dover, ela percebeu, embora balançasse a cabeça com impaciência e soprasse uma baforada de fumaça de charuto, talvez sem querer, bem na sua cara.

"Alma, eu tenho um iate", disse ele. "Você topa dar um passeio nele um dia desses?"

"Seria um prazer", respondeu ela. "Nunca andei de iate. Aliás, nunca andei em nenhum barco no Pacífico. A sua esposa vai também?"

Cohn baixou a cabeça, como um rinoceronte prestes a atacar. Mas então alguma coisa ocorreu em seu insondável cérebro de paquiderme, e ele riu, uma única risada seca. "A Joan", disse. "Você ia gostar dela. E ela de você. A Joan vive dizendo que sabe que tem gente simpática em Hollywood, só que ela não conhece nenhuma. A minha primeira mulher, Rose, era adepta da ciência cristã. Você também é?"

"Ah, não", respondeu Alma, chocada pela primeira vez. Em Basingstoke, os seguidores da ciência cristã eram considerados malucos — pessoas que se recusavam a chamar o doutor Jessup mesmo quando quebravam a perna ou estavam morrendo de pneumonia. "Sou presbiteriana."

"Sei. Bem, nessas coisas vale tudo", disse Cohn, e com um suspiro dispensou-a.

Assinado o contrato, a Columbia deu a Alma pequenas pontas — a namorada morena de um gângster num dramalhão de Hayworth, *Um acontecimento em Trinidad*, uma *taxi-girl* em *A um passo da eternidade*, a garota de um motoqueiro em *O selvagem*. Mas foram os dois minutos em que apareceu dançando *jitterbug* com Jack Carson (que ia parar no salão de dança quando fugia de dois capangas), já velho, gordo e com uma cara aparvalhada, numa comédia despretensiosa chamada *Rápido e rasteiro*, que impressionaram as platéias. Alma falou em cena pela primeira vez no papel da vendedora orgulhosa de *Falso amanhecer*, com José Ferrer; depois foi a amante mexicana de Ernest Borgnine, traiçoeira mas comovente, em seu primeiro filme de época, *Fronteira*. Em seguida, alcançou o estrelato em *Pistoleiros ao entardecer*, uma continuação não muito bem-sucedida de *Matar ou morrer*, também com Gary Cooper. Sendo a única mulher do elenco — fazia uma professora que tentava ensinar os rudimentos do saber a crianças indígenas —, Alma foi cortejada por todos, tanto que o diretor reclamava de suas olheiras todas as manhãs, e houve um bate-boca entre ela e a megera gorda que maquiava os atores. As locações davam uma sensação de estar de férias que por vezes tornava difícil trabalhar. Ser estrela, constatou Alma, era um trabalho pesado, que dependia do expediente de todos os técnicos e dos motoristas de caminhão, determinado pelos sindicatos. Acordava às seis da manhã para maquiar-se às sete; quando saía de seu apartamento em West Hollywood, as prostitutas que moravam em seu prédio estavam voltando do *trottoir* no Sunset Boulevard. E havia aulas de dicção, e aulas de dança, e sessões de fotos para publicidade, e entrevistas para *Modern Screen* e *Screenland*, e horas em pé no departamento de figurinos esperando que os funcionários lhe ajustassem as roupas à perfeição, e outras tantas horas sofrendo nas mãos dos cabeleireiros — muitas vezes seu expediente só terminava às oito ou nove da noite. Naquele tempo, as equipes de filmagem ainda trabalhavam aos sábados. Ela dormia lendo o roteiro que seria trabalhado na segunda-feira, e passava o domingo apresentando-se para um grupo de soldados de partida para a Coréia.

Depois do filme com Clark Gable filmado em Nevada, Alma insistiu para que a Columbia não a obrigasse a fazer outros *westerns*. Não agüentava mais esconder as pernas por trás de saias de chita. Desde mocinha investia no *glamour* e sabia que era esse seu forte. Cohn retrucou com as ameaças e palavrões de sempre, mas em 1953 emprestaram-na para a Paramount, que a colocou num musical com um daqueles títulos compridos típicos da época, *A última vez que estivemos em Topeka*. O filme foi rodado em VistaVision, sistema com que a Paramount pretendia enfrentar o cinemascope da Fox. Era uma solução brilhante: o filme corria pelo projetor na horizontal, e podia ser projetado numa tela mais ou menos larga, conforme as possibilidades do cinema. Alma tinha a impressão de que ela e o resto do elenco (Dan Dailey, Vera-Ellen, Oscar Levant, Kathryn Grant e Georges Guetary) estavam o tempo todo sendo colocados um ao lado do outro em planos gerais, e os que ficavam nas extremidades sempre temiam não aparecer nas telas comuns que ainda predominavam na maioria dos cinemas. Mas todos que assistiram ao filme (cuja bilheteria foi decepcionante) consideraram inesquecível a cena em que Alma cantava "Melancholy baby" estendida sobre lençóis lilás, trajando um vestido de cetim escarlate com um talho lateral que chegava quase até o alto da coxa longa e alva, como um pára-lamas de Cadillac sem o rabo de peixe. Mas a imagem que ela mais projetava não era a de *glamour girl*, e sim a de uma jovem sozinha no mundo, porém indomável — uma mulher que havia sofrido e sabia causar sofrimento; uma mulher que, por excesso de desejo, impaciência e inquietação, a sociedade não conseguia aceitar — naqueles melodramas *noirs* em que o descontentamento contido dos anos cinqüenta encontrava expressão, filmes como *Os delinqüentes*, *Correndo perigo*, *O grito das ruas*, *Turbulência em Memphis* e o mais ousado de todos, *Reservado para pessoas de cor*. Neste, Alma tornou-se a primeira atriz a beijar um negro, se bem que só na testa; em *Correndo perigo*, numa cena rápida, porém sem precedentes, ela era vista nua, de costas e a certa distância, mergulhando num lago no meio do bosque enevoado, por um psicopata foragido (Richard Widmark) armado de uma faca. Em todos esses papéis, seus cabelos eram negros: por vezes Alma usava-os cortados curtos e cacheados; outras vezes, apareciam caídos nos ombros, com uma franja sobre a testa, estilo Chanel, e ela os jogava para trás, num gesto à Barbara Stanwyck.

O que a platéia sentia era que Alma já vivera tudo aquilo — já namorara no banco de trás de um Plymouth, dançara em festas no colégio, freqüentara o beco atrás da sorveteria, ficara de olhar perdido contemplando o vazio rural bestificante que se descortina dos limites de uma cidadezinha. Ela pegara no pesado, vivera a vida desoladora de quem trabalha e gasta e come e se reproduz e tenta ouvir a música das coisas, uma vida que as princesinhas Grace e Audrey desconheciam. Também Kim e Marilyn estavam pegando no pesado, mas de uma maneira algo entorpecida, com a sensibilidade anestesiada da loura burra; o dom emocionante de Alma era passar a sensação de que tinha consciência de tudo, sabia mais coisas do que era capaz de dizer, mais do que o próprio roteiro podia exprimir, mesmo quando a trama exigia que ela fosse punida — assassinada, exilada, presa — por recusar-se a baixar a cabeça. Por conta do Código de Produção, em vigor desde 1934, todo filme era um mecanismo moral que funcionava com o intuito de eliminar as peças defeituosas. E quando a personagem de Alma era inevitavelmente castigada pela retidão condenatória do roteiro, o espectador sentia que algo de precioso seu estava sendo excluído, naquela terra promissora onde o desejo nunca se detém ao atingir uma satisfação específica, porém sempre segue adiante, penetrando territórios inexplorados.

Alma surpreendia-se ao constatar a facilidade com que exibia sua veia trágica, ela que fora criada numa cidadezinha idílica, por pais e avós amorosos. Quando o roteiro exigia que ela gritasse ou chorasse — e não uma vez apenas, porém repetidamente, até que o sal das lágrimas deixasse seus olhos vermelhos e seus lábios ficassem doídos de tanto retorcê-los — seu método era escavar as lembranças até chegar a algo de terrível e irrevogável que justificasse uma dor profunda: o pé deformado de sua pobre mãe; seu pai a dar voltas e mais voltas pela cidade, como se fosse um brinquedo de corda idiota, porque qualquer outra coisa lhe inspirava medo; a Ama, que enviuvara tão cedo, preparando tantas coisas pesadas e pouco saudáveis na cozinha, e remexendo em longos telefonemas as feridas doentias de seu círculo de carolas. E a avó Sifford, morrendo de câncer, secando na cama como um pulgão envenenado, deixando o velho fazendeiro sozinho na estufa, onde todas as pragas floresciam e a massa escorria lentamente dos espaços entre as vidraças, e todas as coisas iam aos poucos escapando de seu controle. Tanta solidão na vida, tanto desperdício, tantas perdas irreparáveis. E mais o avô que ela jamais conhecera, perdido para sempre num abismo alvo e claro de danação. E Benjy Whaley, com seus lábios bonitos e sua cabeça esguia, condenado a usar um macacão sujo de graxa, compreendendo sua situação apenas o suficiente para odiá-la, como um bicho enjaulado cujos instintos lhe dizem que existe alguma coisa fora daquelas grades; e Patrick, enjaulado também, se bem que com o passar dos anos desempenhava cada vez melhor seu personagem altivo e ocioso, para esconder o sonho romântico de ser descoberto e levado por um homem, como uma mocinha numa história água-com-açúcar; e Arnie, com mulher e filhos em Scarsdale, a saúde cada vez pior, tossindo de se arrebentar, quase não conseguindo mais subir um lanço de escadas nem fazer amor com a *call girl* mais sofisticada de Manhattan; e o pobre senhor Urso, com seus olhos de vidro, sempre tão fiel, que outrora ouvia com atenção seu falatório infantil, deixava que ela o abraçasse, abraçasse bem apertado para poder dormir, e agora juntava pó no sótão da casa da Locust Street, com o olhar perdido, sem entender por que aquela menininha nunca mais vinha brincar com ele...

"Cortar. Copiar. Maravilha, Alma. Desta vez chegamos ainda mais perto; os seus olhos ficaram estupendos."

Ela era modesta, eficiente. "Fred, por favor, se você resolver fazer mais uma tomada, vou precisar de pelo menos meia hora para esfriar meus olhinhos. Cadê meu colírio?"

"Está lá no seu *trailer*, senhorita DeMott. Quer que eu vá pegar?" Alma agora tinha seus próprios assistentes — uma cabeleireira, Leonore, e uma secretária particular, Paulette.

Zinnemann continuava entusiasmado; as mãos de violinista voejavam e o sotaque vienense acentuava-se. "Focê é mesmo um amor. Mas já temos o bastante, com certeza. O técnico de som acha que pode ter dado um estalo no microfone suspenso; se precisar regrafar, fale com essa mesma foz, bem rouca. *Piano*, mas não *pianissimo*. Como se focê falasse para só focê mesma oufir."

Alma adorava aquele trabalho — usar o próprio corpo com uma precisão distanciada, andar até um lugar assinalado com uma fita sem olhar para ela e dizer a mesma coisa que já dissera dez vezes antes, com a mesma paixão, a mesma verve, percebendo que os atores que contracenavam com ela estavam desanimando, ficando exaustos e impacientes, perdendo o ritmo e a concentração. Penteada, maquiada, caracterizada, sentia-se envolta numa armadura sutil, flexível e ao mesmo tempo impenetrável; aquela ilha iluminada de faz-de-conta, cercada de andaimes e fios e silhuetas de técnicos às voltas com equipamentos, era um receptáculo maior, uma espaçonave luminosa que a transportava, junto com os outros atores, a uma esfera de segurança imortal, onde nada mudava, nada era perigoso. Uma atenção cósmica pulsava em sua pele, tal como no tempo em que, ainda pequena, Deus observava cada movimento seu, registrava cada prece e cada anseio, sem deixar passar nada, cada fio de cabelo seu era contado, Essie e os pardais que eram vendidos dois por um tostão por todo o estado de Delaware, pardais pardos a farfalhar nos arbustos pardacentos. Daquela penumbra Alma fora elevada até o céu em que agora ela resplendecia, extasiada com o milagre que lhe ocorrera.

A câmara não perdia o menor tremor, a menor piscadela, a mais leve crispação da face. Tudo era captado, até mesmo os pensamentos inconscientes, que transbordavam pela pele, pelos olhos. Embora mergulhasse em seu próprio eu para transmitir emoção, no fundo o Método Stanislavski lhe era alheio; no curso de teatro da West Fifty-seventh Street havia aprendido a dar ênfase ao gesto exterior, ao corpo como sucessão de sinais nítidos. "Faça movimentos claros", dizia-lhe sempre o professor Berthoff, o mais exigente de todos. "Movimentos inteligíveis. A platéia tem que saber de imediato *exatamente* o que você está fazendo. No palco não há lugar para os gestos incertos e ambíguos que fazemos o tempo todo na vida real." Na época, Essie não entendera por que alguma coisa da vida real deveria ser excluída do palco, mas depois, quando se transformou em Alma, viu que essa clareza criava um refúgio para os atores e a platéia, distanciando uns e outros da realidade imperfeita e elevando-os até uma realidade mais nítida e mais eficiente, mas não menos verdadeira. Até mesmo o rosto: representar para a câmara, em *clo-*

se, era uma forma de atletismo facial, de usar pálpebras e íris e todos aqueles minúsculos músculos que formam como que uma cama-de-gato em volta da boca. Com estrelas mais velhas e experientes, Alma aprendera que esse atletismo pode ser exercido em doses mínimas: o privilégio da estrela é continuar sendo o centro das atenções em torno do qual giram os atores secundários, gerando a ação. Às vezes, quando uma sucessão tediosa de tomadas de cena deixava-a sem entender aonde o diretor queria chegar, Alma desligava suas lembranças e não pensava em nada, e algo fluía de Deus e vinha detrás dela e penetrava seu rosto até que Zinnemann ou Wilder ou Walter Lang, na escuridão que a cercava, exclamava de repente: "Isso! Perfeito, Alma! Copiar!".

Quando ouvia esse grito, ela entendia que mais uma vez seu pobre ser, precioso e perecível, tal como existira naquele exato momento, havia sido transportado — a menos que o diretor ou o montador ou o produtor ou algum mandachuva do estúdio metesse as patas naquela cena — para uma esfera além do tempo e do espaço, de onde migraria para milhares de projetores, os quais o estampariam em milhões de corações tão impressionáveis, tão inocentes e magnânimos quanto fora o seu outrora. Desde 1950 — outro golpe de sorte seu — a indústria cinematográfica substituíra o nitrato de celulose, substância muito inflamável que se desmanchava quando guardada por muito tempo, por acetato de celulose, que não queima e, ao menos em teoria, dura indefinidamente. A maior parte de Mary Pickford se perdera, mas o mundo jamais perderia Alma DeMott. Ela estaria sempre presente, em algum arquivo ou retrospectiva, revivendo num eterno retorno.

"Quantas vezes você o beijou de verdade?", perguntou Loretta Whaley, atônita, numa das raras vezes em que Alma foi visitar a família em Basingstoke. Referia-se a William Holden, num filme em que ela fazia o papel de esposa de um militar que fora para a guerra; sua personagem traía o marido, acreditando que o avião dele fora derrubado em Guadalcanal. Ainda que não tivesse culpa, pois realmente achava que estava viúva, o erro a condenava ao sofrimento. Era 1957, e Loretta havia se casado com Eddie Bacheller seis anos antes; tinha agora dois filhos, dois meninos lindos, tão próximos em idade que ela os levava a passear na Rodney Street no mesmo carrinho.

"Ah... umas cem."

"Cem vezes? Como que você conseguiu agüentar?"

"Não é fácil; eles obrigam você a repetir a mesma cena sem parar. Uma hora é uma porta que bate, na outra é um ator que fica com soluço, ou então o homem esquece de empurrar o carrinho no momento exato; a culpa não é sua, mas você tem que fazer mais uma vez, como se beijar aquele homem que você mal conhece fosse uma coisa mais importante para você que a sua vida, porque você sabe que é isso que está no roteiro, você vai morrer no final."

"Ah, Essie!... Alma. O que é que a gente sente na hora?"

"Depois de algum tempo, não sente quase nada", respondeu ela, com uma ponta de desdém. "Os atores mais velhos são muito sérios, eles nunca abrem a boca, é igual a beijar um zíper, mas os mais moços, como o Holden, às vezes dão até beijo de língua, se bem que a câmara não pode mostrar muita coisa. Não pode aparecer saliva, sabe?" De algum modo Alma invejava Loretta; aqueles dois pirralhos, de rosto redondo e olhos brilhantes, olhavam para a idiota da mãe, com aquele vestido barato de bolinhas, como se ela fosse a oitava maravilha do mundo. Os meninos tinham o mesmo temperamento alegre e confiante de Eddie, e os cabelos finos, de um louro rosado, típico dos Bacheller. Essie sempre gostara de Eddie, e não apenas porque seu irmão mais velho trabalhava no Roxie como lanterninha. Naquele dia, na arquibancada, ela pensara que preferiria estar com Eddie a estar com Benjy, que tinha um lado meio mesquinho e que agora estava bebendo tanto, segundo Loretta, que fora despedido da oficina de Sturgis; os pais estavam muito preocupados, não sabiam o que fazer com ele. Junie Mulholland casara-se com um rapaz de St. Georges, e Fats Lowe, que parecia o pamonha mais caseiro do mundo, sempre socado com a mãe beberrona numa casa de um andar só quase no bairro dos negros, tinha resolvido "pôr o pé na estrada", como ele mesmo dizia, e agora estava para os lados de Oregon, levando uma vida de vagabundo, se drogando, segundo as pessoas comentavam. Estava indo por um mau caminho, tal como a mãe, só que numa estrada mais bem asfaltada.

"Mas", insistiu Loretta, "você não ficava toda excitada? Quer dizer, quando eu e o Eddie..."

Alma não queria ouvir aquilo; virou-se de costas para ela, ali na calçada ensolarada, perto do lugar onde outrora a drogaria de Addison exibia seus antiquados frascos de água rosa-iodo e azul-tinta. A viúva do velho Seth vendera a loja para a cadeia Rexall depois que ele morreu, e agora via-se na vitrine uma pirâmide de maços de cigarros L & M, ao lado de uma sorridente mulher de cartolina, embrulhada numa toalha, a passar um aparelho de barbear Shick na perna nua. Aquela meia-volta abrupta deu-lhe a impressão de desenhar uma foice invisível no céu nevoento de final de verão. Mesmo despida de maquiagem e figurinos, Alma tinha mais nitidez, contornos mais definidos, do que aqueles outros seres informes que se arrastavam pelas calçadas, seres que a haviam assustado no dia em que ela foi sozinha ao cinema e, ao sair, ela viu como uma manada de vacas cegas e desajeitadas. Ali perto, na Rodney Street, lia-se *Cinderela em Paris* no letreiro do Roxie, o que teve o efeito de aumentar ainda mais sua irritação. Alma sentira-se ignorada por Audrey Hepburn numa das festas de Joe Mankiewicz — Audrey, delicada como uma fada, com suas covinhas e seu charme europeu, tão pura e delicada, ali em Hollywood para se divertir e ganhar uns dólares. A refinadíssima senhora Ferrer ficou rígida quando Alma lhe foi apresentada, e com um brilho feroz nos olhos estendeu-lhe a mão esguia e relutante como se tivesse um pouco de medo de ser contaminada por aquela jovem de cabelos fartos, heroína de tantos filmes fortes produzidos na selva de asfalto de King Kong Cohn — por assim dizer, no bairro menos recomendável de Hollywood. Como se isso fosse tudo que Alma já havia feito e era capaz de fazer. Ela explodiu com Arnie: "Se o Cohn me botar mais uma vez fazendo *strip-tease* num dramalhão idiota do tipo *Nunca fui santa*, numa outra imitação de *Boneca de carne*... Por que ele não me chamou para fazer *A busca* em vez da Natalie Wood? Eu ia ficar muito menos ridícula que ela vestida de índia. E por que é que eu não posso fazer outro musical? Como cantora eu dou banho na Audrey. Me arranje um papel *leve*". As queixas e brigas ainda ecoavam em sua cabeça, mesmo ali, na remota Basingstoke.

"Porque quando eu e o Eddie" — prosseguia Loretta — "estamos vendo televisão, depois que os meninos já dormiram, e a gente começa, sabe, a se pegar..."

"Loretta", disse Alma, firme, "filmar uma cena romântica não tem nada a ver com isso. É *trabalho*, e trabalho pesado. Tem vezes que a gente fica dias e mais dias filmando para pegar a cena por todos os ângulos, para depois poder montar. O que você mais sente é vontade de proteger aquele cara que está ali com você debaixo daquela iluminação fortíssima, principalmente quando ele tem idade para ser seu pai. Você faz uma simulação de uma foda, só que ninguém fode ninguém." Em Hollywood "foder" e seus derivados não se escondiam nas sombras do idioma, porém referiam-se a um processo fundamental, que era moeda comum naquele mundo.

Mas isso não deteve Loretta, tal como não fora possível impedi-la vinte anos antes de contar a Essie todo o enredo de *Cem homens e uma menina*. "Mas o que acontece quando, no meio da simulação, o cara...?"

"Você contorna a situação", disse Alma, percebendo satisfeita, com o rabo do olho, que um caçador de autógrafos se aproximava, com os passos hesitantes, porém inexoráveis, que caracterizavam a espécie.

"Senhorita DeMott, eu não queria invadir sua privacidade..."

"Ah, porra, desembuche logo", disse Alma, quase gritando de raiva só de pensar em Audrey Hepburn e Natalie Wood.

"...mas é que eu conheço sua família muito bem, seu pai entrega a correspondência lá em casa desde que eu me entendo..."

"Ele entrega a correspondência em todas as casas", disse Alma ao rapaz. "Até na minha, antigamente." O intruso apresentou-lhe uma velha caneta-tinteiro. Alma rabiscou sua assinatura, que estava ficando a cada dia mais esparramada, num recorte já sujo do *News-Journal*, uma versão ridiculamente exagerada do furor causado em Basingstoke por aqueles poucos segundos de nudez em *Correndo perigo*, um recorte que ele guardava como um cachorro guarda um osso imundo e babado; no entanto, ela fez questão de riscar os dois tês. Achava importante não se entregar ao desleixo — era coisa que se via a toda hora em Hollywood, começava com um drinque de vez em quando, aí a barriga começava a aumentar, a memória falhava, e os dois traguinhos tomados no almoço resultavam numa tarde desperdiçada com uma equipe de cinqüenta homens de braços cruzados, um remédio para dormir de vez em quando transformava-se num estupor constante, um único trabalho comercial feito para ganhar dinheiro prenunciava a queda de um diretor, um único desempenho fraco sujava o nome de uma atriz por toda a indústria. Alma mantinha-se profissional, magra, sóbria, tesa. Não era à toa que era neta de um pastor calvinista. Olhou para o dedo indicador; tal como imaginara, a caneta do babaca estava vazando.

"Meu Deus, eu *amei* você em *Reservado para pessoas de cor*, mas *Correndo perigo* eu devo ter visto mais de dez vezes..." Aquilo era tão excessivo, mesmo para um fã apaixonado, que Alma por fim tentou olhar para ele — era alto, pálido, tinha lábios úmidos e parecia ainda mais ridículo com aquela viseira verde e aquela bermuda xadrez. Antigamente nunca se via um adulto de calças curtas na Rodney Street. Esse homem era jovem, mas também não era nenhum menino. Os ombros e os braços estavam vermelhos de sol, os olhos eram pálidos e envergonhados, e Alma percebeu nele alguma coisa, uma morrinha de expectativas diminuídas, de decadência genética. Sim: ele parecia — só que era mais alto, mais desinteressante e menos controlado — o senhor Phillips, aquele brancarrão que era dono do Basingstoke Savings Bank e superintendente da escola dominical. Aquele devia ser seu filho, Wayne Júnior, que Essie vira pela última vez quando ele tinha seus treze anos, um adolescente feioso, e ela estava terminando o colegial, indo e voltando de Nova York. O banco do senhor Phillips fora comprado pelo First Delaware, e o filho se tornara fã de Alma DeMott.

"Mais de dez vezes?", perguntou ela. "Você não enjoou?"

"Não, meu Deus, nunca, Alma — a cada vez eu descubro uma coisa nova. Aquela cena da arma, por exemplo, que só com um brilho dos olhos, menos que isso, só uma contração das pupilas, a gente vê que você está pensando: *É, a morte não seria uma coisa tão má.* E aí ele dá um tiro, bem no meio da sua barriga." Havia um bom número de veados e malucos no fã-clube dela — os mesmos tipos que sentiam um fascínio mórbido por Judy Garland — e às vezes eles a irritavam.

"Foi um grande prazer conhecê-lo", disse Alma, com aquele tom seco que só não afastava os doidos mais varridos, e deu-lhe as costas; mais uma vez experimentou a sensação de que raios invisíveis emanavam de seu corpo e varriam o céu, como uma foice.

Wayne Júnior foi-se embora pela Elm Street, agarrando seu pedaço de jornal autografado, mas Loretta continuava a reivindicar suas prerrogativas de pessoa que a conhecia de longa data — mais ainda, que fora sua melhor amiga, na medida em que se podia dizer que Essie, aquela sonhadora fanática, tivera amigas. Sentindo-se ignorada, parada no sol quente, na esquina perto do armarinho de Pursey, com os meninos no carrinho já começando a choramingar e brigar, Loretta assumiu um tom desdenhoso: "E você já soube, é claro, do Jamie Ingraham — casou com uma loura linda de Brandywine, filha de um alto funcionário da Du Pont. Eles já têm uma filhinha".

E Loretta, aquela mulher gorda de cabelos ralos, acertara em cheio, sim; doía-lhe a imagem de Jamie engravidando uma loura bela e de boa família, não no banco de trás do Chrysler do pai, mas numa cama de casal abençoada por todos os poderes da igreja e do capital.

Em casa, quando Alma relatou, com algumas omissões, o que ocorrera na rua, sua mãe lhe disse: "É, o Wayne é um pouco retardado, coitado. Lembro quando a mãe estava grávida dele, o Danny já estava começando a aprender a andar, de modo que você devia estar com uns cinco anos, e todo mundo dizia que o Basingstoke Savings Bank ia afundar por causa da Depressão; pode ser que o feto tenha sido prejudicado".

"Mamãe! Que idéia absurda!"

"É", retrucou a mãe, contornando a mesa da cozinha com aquele seu irritante passo de manca (com a idade ela mancava cada vez mais) para examinar o peru no forno, "você ainda não teve a experiência de ficar meses com uma criança na barriga. Pois fique sabendo que há comunicação entre mãe e feto, sim, mais ou menos a partir do quinto mês. A criaturinha ouve os seus pensamentos e diz a você o que ouviu."

A Ama, sentada à mesa, inerte, comentou com voz trêmula: "O Clarence dizia que quando o bebê chorava na hora do batismo era porque os pais tinham uma vida amorosa boa". A Ama completara noventa anos em maio. Alma teve vontade de vir a Basingstoke para a festa, mas estava na Inglaterra filmando um dramalhão, *O agora é para sempre*, passado no Meio-Oeste americano. Filmar em estúdios estrangeiros, com equipes menores que trabalhavam por salários inferiores aos impostos pelos sindicatos de Hollywood, era a mais recente manobra utilizada por uma indústria que se desesperava com a diminuição do público e os sucessivos fracassos de superproduções. Mas as externas de *O agora é para sempre* foram prejudicadas pelas condições atmosféricas; estivesse o tempo bom ou ruim, o céu estava sempre estranho, cheio de nuvens inglesas, e as estradas não convenciam como estradas americanas, mesmo quando eram bloqueadas para que os carros americanos pudessem andar do lado direito da pista. Depois que calcularam os custos de construir uma lanchonete americana de beira-estrada e um trecho de rua central de uma típica cidadezinha do Meio-Oeste, concluíram que teria saído mais barato filmar tudo lá mesmo num estúdio em Burbank e passar uma semana fazendo externas no Kansas. Como um jogador que começa a fazer loucuras, a indústria cinematográfica cometia equívocos cada vez piores. Além do horrível clima inglês, Alma também não se deu bem com Frank Capra, vinte anos mais velho do que nos tempos de glória do senhor Deeds e *Horizonte perdido*, implicante e sentimentalóide; em sua visão piegas dos Estados Unidos, não havia lugar para a ambigüidade moral e o pessimismo desconfiado que Alma DeMott representava. Capra queria que ela projetasse uma imagem mais alegre. "Mostre ao público que no fundo você está apaixonada pelo sacana. Quando os olhinhos brilham, é amor." Psicologia barata. Fosse como fosse, Alma estava cansada de interpretar mulheres fortes e sofridas; sabia que era capaz de ter um desempenho mais *sexy* num musical do que a pobre da Judy ou do que a Doris, tão desprovida de densidade. Sentindo-se culpada, entrara na Harrod's e comprara para a avó um magnífico casaco de *cashmere* preto, com mangas largas, colarinho alto e bolsos diagonais. Agora, vendo a Ama, dava-se conta de que o casaco era elegante demais e grande demais para ela; sua avó, na sua lembrança uma figura imensa, havia encolhido, e até mesmo seus cabelos, brancos com alguns toques de castanho, estavam ralos, de modo que o couro cabeludo da anciã aparecia em alguns lugares, à luz impiedosa da cozinha.

Assim mesmo, ela ainda conseguia fazer Alma rir. "Mas, Ama, onde já se viu o vovô Wilmot fazer um comentário indecente como esse!"

"Ah", disse a Ama, com uma voz que, se Alma fechasse os olhos, era, apesar de trêmula, a mesma com que outrora contava histórias na cama a Essie e ao senhor Urso, "ele era um homem normal. Nas festas da igreja lá em Jackson Bluffs, ele tinha que fugir das mulheres, e olhe que algumas eram até casadas. Aposto que ele não ficaria contra minha querida neta só porque ela mostrou para o mundo que tinha uma bundinha linda, o que aliás todo mundo já sabia."

Será que Alma ficaria para a posteridade apenas como a protagonista da cena de nudez de *Correndo perigo*? Fora motivo de protestos e proibições em todo o Sul, se bem que criara menos problemas do que o beijo no negro em *Reservado para pessoas de cor*. A estrela ficava impaciente e irritada de ouvir seus filmes serem mencionados dessa maneira em sua antiga casa; aqueles filmes tinham sido feitos muito longe dali, em outro clima, outro fuso horário, e os desafios e triunfos que eles representavam eram difíceis de entender sem conhecer o lado técnico da coisa, sem saber das lutas e da auto-absorção intensa e engenhosa da arte do cinema. Alma preferiria que sua família fizesse de conta que os filmes não existiam. Desagradava-a saber que seus pais iam lealmente ao Roxie para vê-la, onde — diziam eles — hoje em dia o público era tão reduzido que dava para contar quantas pessoas estavam presentes; mas o zelo familiar chegava às raias da obscenidade quando eles levavam a pobre da Ama junto, sujeitando a anciã a duas horas de cenas de amor simuladas e violência masculina cada vez mais explícita — mais uma tentativa de Hollywood no sentido de esquivar-se do Código de Ética da indústria, para mostrar ao público alguma coisa que, além das telas excessivamente largas, cores berrantes e som estereofônico a todo o volume, a telinha da televisão não podia oferecer no conforto do lar. Embora fosse pública e internacional, a carreira de Alma a constrangia ali em Basingstoke — sua reação instintiva era tentar escondê-la, como uma coisa só sua, vergonhosa, impossível de explicar, tal como seus devaneios infantis, a masturbação e depois as experiências com rapazes. Falar sobre seus filmes em torno da mesa da cozinha — era o sentimento irracional que se apossava dela — era falta de tato de sua família.

A tia Esther, com um Kent numa das mãos e um copo cheio

de uísque caubói no outro, comentou: "São uns hipócritas. Deviam ter visto como era nos anos vinte — os lugares no Harlem e em East Village aonde o Jare nos levava às vezes. Tinha uns *shows* de madrugada que você morria de vergonha se assistisse. Tudo começou com a Lei Seca. Já que você está desrespeitando uma lei, aproveite para desrespeitar todas. As pessoas ficavam indignadas com Josephine Baker em Paris, mas pelo menos ela usava um cacho de bananas". Sua voz estava pastosa; os olhos azuis entrecerrados fixavam-se ora num rosto, ora no outro, sem saber direito a quem se dirigir.

O tio Peter apressou-se a apoiá-la: "Para não falar das coisas que exibiam em barracas nas exposições agrícolas perto de Basingstoke — um lugar supostamente tão inocente". Até hoje lhe doía o ostracismo, a perda dos clientes, tantos anos antes. Com o copo de uísque numa das mãos, pousou a outra no ombro da esposa. Ele a fizera, era o que aquele gesto dizia; um fizera o outro.

Alma não gostou de ser comparada a espetáculos de feira e *shows* no Harlem, mas quando respirou fundo para protestar deu-se conta de que, se falasse, ia gaguejar. Seu pai, que sempre percebia quando alguém estava sofrendo, viu a famosa boca voluptuosa de Alma abrir e fechar, desse modo patético, e disse: "Essie, todos nós estamos atônitos com o que você conseguiu realizar. Acho que nenhum de nós consegue conceber o seu feito. Não é verdade, Em?".

"É", respondeu a mãe com simplicidade, e sua famosa covinha esboçou-se nas faces. "Mas surpresa eu não fiquei, não. Ela sempre foi perfeita, desde o dia em que nasceu."

Danny, como se tivesse ouvido um comentário que de algum modo o diminuía, veio da sala, onde estava assistindo ao noticiário das seis na televisão, e anunciou, agressivo: "Os soviéticos testaram com sucesso o míssil intercontinental deles. Eles já têm e nós não temos. Primeiro o Rudolf Abel, e agora mais essa. Um espião implantado no Brooklyn durante nove anos, com um transmissor de rádio!". Falava no tom que sempre usava quando deixavam Essie fazer algo que não lhe era permitido. Se bem que, sendo menino, terminou podendo fazer um monte de coisas que ela nunca fizera. Depois que a irmã se tornou estrela de Hollywood, Danny cresceu muito, ficando alto e desajeitado, com a cabeça arredondada dos Sifford encimando um corpo Wilmot; formou-se em Rutgers e, em vez de ir estudar administração ou se tornar profissional liberal (Alma oferecera-se para custear seus estudos), aceitara um emprego no Departamento de Estado, que o matriculara numa faculdade de letras, onde ele estudava línguas eslavas oito horas por dia. Usava óculos de lentes grossas, com armação de plástico cor de carne. "Ah, e tem uma notícia que vai lhe interessar, mana. Os senadores sulistas desistiram da obstrução, de modo que o projeto da lei do direito de voto vai para o Eisenhower assinar."

"Isso é ótimo", disse ela, tomada de surpresa. "Mas não sei por que você diz que vai interessar a mim em particular. Acho que é uma coisa que agrada a todo cidadão americano. Está vindo com cem anos de atraso." *Sua puta que beija crioulo* — assim começava uma das cartas que ela recebera, e daí em diante só fazia piorar. Mas ali em Basingstoke ela não gostava de que a vissem como uma liberal extremista de Hollywood. Sentia-se sitiada; as reuniões familiares sempre foram assim, todo mundo se enfiando na cozinha e atrapalhando quem estava cozinhando, o cheiro da comida ficando cada vez mais forte, um pouco nauseante. Agora, essas visitas raras haviam se transformado em grandes acontecimentos em Basingstoke; as pessoas passavam devagar pela porta da casa e olhavam lá para dentro; todo idiota que cursara o colegial em Basingstoke se dizia ex-colega de Alma; até mesmo seus pais pareciam um pouco inseguros, tímidos, respeitosos. Só a Ama, e mais o pai de sua mãe, Daniel Sifford, ainda a faziam sentir-se criança — protegida e amada com naturalidade. Eram distraídos o suficiente para esquecer-se de que Essie havia se tornado Alma. A artrite e a hidropisia haviam de tal modo diminuído o ritmo do velho fazendeiro, o qual agora só contava com a filha e uns poucos negrinhos insolentes para ajudá-lo, que se discutia a possibilidade de o pai largar os correios para que ele e a mãe cuidassem da estufa. "Se eu me aposentar com cinqüenta e cinco anos", explicou ele à filha, "eu ganho dois terços da aposentadoria, e depois que você teve a generosidade de pagar a hipoteca da casa não é mais tão importante a renda fixa do meu emprego. Mas eu e sua mãe queremos consultar você antes de tomar qualquer decisão."

"O que é isso, papai? A vida é sua. Se o senhor quer largar

o emprego, pode largar. Não se preocupe mais com dinheiro." Enquanto falava, Alma percebia que a luz que vinha da sala iluminava seu lado melhor; assim, com o queixo baixado e os olhos levantados, numa pose de ternura filial, ela parecia Olivia de Havilland no papel de uma rica herdeira.

"Ah", exclamou ele, com uma expressão de sabedoria triste no rosto, embora em seus cabelos de um castanho-claro ainda não se visse quase nenhum fio branco, e embora a constante exposição ao tempo tivesse mantido seu rosto jovem, pleno e indefinido, "dinheiro é sempre uma preocupação." Era verdade. Quanto mais ela ganhava, maior a fatia de Arnie, maior a parte que o governo levava para pagar pessoas como Danny, que lutavam na guerra fria, e mais as pessoas queriam que ela gastasse. Ao casar-se pela primeira vez — com um assistente de diretor que sonhava vir a dirigir filmes, mas que não tinha nem coragem nem o toque especial, aquele toque de audácia e inteligência que fora a contribuição dos judeus no tempo em que a indústria ainda era jovem e maleável —, Alma comprara uma casa em Beverly Hills, ao norte do Sunset Boulevard, no Coldwater Canyon, numa ladeira sinuosa chamada Montevideo Drive. A casa era velha, para a Califórnia, num bairro de construções de madeira estilo pseudo-Tudor, casas esparramadas, com várias alas e telhas espanholas; destacava-se das outras pelo ar vitoriano, o telhado de mansarda de ardósia, os pináculos de ferro que ornavam uma cúpula hexagonal descentrada; Alma deu-se conta, pouco a pouco, de que era uma versão ampliada do velho casarão da Willow Street onde morava sua tia-avó Esther, onde seu pai tinha ido morar, primeiro sozinho, depois com sua esposa, até que o tio Horace, como um vilão de filme, voltara e os expulsara de lá. Essie jamais entrara na velha casa, mas da calçada muitas vezes ficava a admirá-la, fixando os olhinhos no caramanchão branco no quintal. O primeiro casamento durara pouco mais de um ano, mas a casa ainda era dela — a casa e os impostos que ela era obrigada a pagar, as telhas de ardósia que se despregavam, a piscina antiquada, de concreto, cheia de vazamentos.

Esses pensamentos ligados ao dinheiro a irritaram. Alma voltou-se contra o irmão: "Afinal, o que é que você vai fazer com todas essas línguas eslavas?", perguntou-lhe. Em sua vida, Danny sempre fora como um bebê chorando a seu lado. Se ela era tão perfeita quanto a mãe dizia, por que Danny havia se metido naquela família?

Contudo o irmão havia se tornado um homem discreto e melífluo, como tantos homens anônimos que andam por Washington enfiados em ternos cinzentos; sorriu como quem tem muitos segredos. "O que eu vou fazer? Falar com os eslavos, mana, e conquistar amigos para os Estados Unidos. Vou ajudar a afirmar a presença americana até mesmo em países que tendem a não simpatizar conosco. Pelo seu tom de voz, você acha isso uma bobagem. Uma bobagem maior que os filmes de Hollywood?"

"Só tem uma coisa, meu caro: cinema é só diversão, e nunca pretendeu ser mais que diversão. Mas o seu trabalho tem pretensões bem maiores."

"Tem a pretensão de fazer história", Danny apressou-se a responder. "E é mesmo história. Uma história com um elenco de bilhões. O futuro do mundo está em jogo. Falando sério." Olhou para os familiares a sua volta, reunidos na cozinha. Ninguém disse palavra. Estaria Alma ficando paranóica ou todos estavam querendo ver seu irmão caçula reduzi-la a pó?

"Ah", retrucou Alma, com um gesto lânguido de grande dama, "é claro que você tem razão, Danny, mas para mim é tudo um jogo de meninos. Dois meninos carecas, agora que o Krushchev fez a jogadazinha dele."

"Não tem nada de inha", disse Danny, com a autoridade dos que estão sabendo das coisas. "É uma volta ao stalinismo. Acho que nem os comunas de Hollywood como você querem isso." Debruçou-se em direção a ela, sério, as lentes dos óculos brilhando. "Mana, como é que você pode falar nesse tom depois do que os calhordas fizeram na Hungria, no ano passado? São uns bárbaros."

Alma, querendo livrar-se daquela discussão política desagradável, disse: "Se não fosse o Stalin e Stalingrado, este país não seria tão poderoso quanto é agora".

Nesse momento, Jefferson e Ira Pulsifer, que antes estavam com Danny assistindo televisão na sala e, na ausência do primo, haviam corrido todos os canais, entraram também na cozinha, onde o calor estava sufocante. O irmão mais velho deles, Peter Júnior, estava passando o verão vagabundeando pela Europa, o que os jovens de agora costumavam fazer, como se o Atlântico não fosse mais largo do que o rio Delaware. Os meninos tinham o jeito pernóstico de Peter, mas a pele branca como papel e o modo durão de falar lembravam a mãe. "Tia Alma", perguntou Ira, um garoto de quinze anos, "quando é que você vai trabalhar na televisão?"

"Eu já trabalhei, bem no começo", respondeu ela. "Era uma briga de foice, meus queridos." Alma agora assumia a postura de entrevistada com facilidade.

"O negócio agora é a televisão", opinou Jefferson, que todos chamavam de Jeff. "A Lucille Ball está em alta."

"A Dinah Shore também está fazendo televisão", acrescentou Ira, a voz mais aguda, influenciada pela curiosa atmosfera da cozinha, a eletricidade da fama. "Jack Benny, Alfred Hitchcock."

"Tem gente que se vende, Jeffie", disse Alma, batendo a cinza do cigarro — um Herbert Tareyton com filtro de carvão — num pires com um desenho que imitava pontos de crochê, que fora dado como brinde numa noite de terça no Roxie vinte anos antes, "e tem gente que tenta fazer arte duradoura."

Os meninos concluíram que a intenção daquele comentário era jocosa, e riram. Com sua fome adolescente, eles haviam aumentado o calor da cozinha. O pai se levantara para ajudar a mãe a tirar o peru do forno e colocá-lo na travessa, e depois a trazer para a mesa a panela de purê de batata-doce. Embora tivessem comprado uma geladeira nova, esmaltada de verde, e um fogão elétrico da mesma cor, e tivessem forrado a bancada de compensado com Con-Tact, com um desenho de bumerangues, a cozinha continuava a ter um ar antiquado — gerânios na janela junto à pia, lambris pintados na parede, e moscas agitadas a esvoaçar. Em Delaware ainda se usava papel pega-moscas, espirais amareladas que pendiam do alto, cheias de insetos a zumbir, morrendo aos poucos. Alma não lembrava mais como era o mês de agosto em Delaware, grudento e mosquento. Outrora aquele calor úmido fora seu elemento; as pernas e os braços esguios e morenos sempre nus, ela zanzava do *playground* à estufa, ia até o pântano, com sua furtiva população de tartarugas, peixes e garças, estendendo-se quilômetros até o estuário do rio. Deu-se conta de que sentia saudades do calor seco e desértico do sul da Califórnia — as noites tão frescas que não pedem mais que uma suéter leve para proteger os ombros e braços, as estrelas enormes e próximas, a gigantesca rede de luzes a se espalhar para o sul a partir dos morros de Santa Monica. Quando a gente sai da piscina, forma-se um arco-íris com um brilho como que de óleo nos cílios, e ao refestelar-se na espreguiçadeira de plástico, com um leve arrepio na pele que seca rapidamente, fica-se a ouvir os jardineiros e empregadas falando espanhol, o murmúrio do tráfego que sobe a Doheny Road e a Coldwater Canyon Drive — a ouvir os sons da vida, negócios sendo fechados por pessoas belas, ao ar livre, no ar puro e azul do deserto, já se preparando para a mudança de estação, tornando-se o pano de fundo índigo, macio como veludo, dos figurinos de ouro inflamável que a serra gramada veste no inverno.

Alma havia programado passar três dias em Basingstoke antes do Dia do Trabalho,* entre um compromisso em Nova York — Arnie tinha cada vez menos forças para ir até L.A., embora agora com os novos aviões a jato a viagem durasse a metade do tempo — e uma festa em Bel Air onde seria acompanhada por um jovem escritor de cabelos crespos que, tal como a Ama, sabia fazê-la rir. Constatava que seus pais tinham um pouco de medo dela, e também a reprovavam um pouco. A indústria da fofoca se apossara de seu nome (inventando romances ridículos — com Rock Hudson, pelo amor de Deus!) e vários jornalistas, fascinados pela idéia de que o pai da estrela era carteiro, intrometeram-se no armistício que ele havia conseguido acertar com o mundo. Quando chegavam os repórteres, a mãe subia a escada e se escondia, tal como outrora fazia a avó reclusa.

Ama tinha momentos de lucidez e atividade, entremeados por períodos que o doutor Jessup denominava "crepusculares". No terceiro dia, sentindo-se cansada demais para descer, ela pediu que Essie fosse ficar sentada ao lado de sua cama um pouco. Pôs a mão seca, ainda quente, sobre a mão úmida, bela e cuidada da neta, e ficou a contemplá-la com um prazer que não era toldado pelo véu de remela que lhe cobriam os olhos negros como ameixas. Toda uma vida de costuras havia de tal modo forçado seus olhos que o negrume das pupilas inundava as lentes gros-

(*) Nos Estados Unidos, a primeira segunda-feira de setembro, feriado nacional e espécie de marco informal do fim do verão. (N. T.)

sas dos óculos; sem eles, os olhos pareciam pateticamente pequenos. "Você é um milagre", observou ela por fim, tendo-se fartado de olhar. "Só não sei por que resolveram escurecer seu cabelo. E mudar seu nome, um nome tão bonito, tão americano. Eu sempre soube que isso ia acontecer. Ah, sim, eu sempre soube. Quando o Clarence... quando ele... caiu", ela conseguiu dizer, "foi uma coisa tão repentina, tão inesperada, que tinha que haver uma... Sabe, acho que foi mesmo o demônio, não há outra explicação, foi pura tentação, ainda que você ache que sou uma boba por pensar assim..."

"Não, não. Mas a senhora começou a dizer uma coisa e não terminou: 'Tinha que haver uma...'"

"Uma compensação no final."

"Como nos filmes", sorriu Alma.

"Como num filme, minha querida. Isso mesmo. Me dê um beijo com esses lábios maravilhosos."

Alma ia beijar-lhe a face seca e enrugada, mas a Ama virou-se de frente, para ser beijada nos lábios. Quando Alma recuou, os olhos da velha estavam novamente recobertos por um véu. "Vou tentar ainda estar aqui quando você voltar", disse ela, tateando à procura da mão da neta, como se fosse cega, "mas não posso prometer nada. Você sabe", acrescentou, num tom muito diferente, de indignação, "é uma coisa que eu posso lhe dizer agora que você não é mais uma Wilmot — os Wilmot têm uma coisa, não sei se vou conseguir dizer..."

"O quê, Ama? Que coisa?"

A anciã estava um pouco ruborizada. "Eles são... egoístas. Cada um de um modo diferente, mas é isso. O seu avô poderia ter continuado a ser pastor, muita gente tem dúvidas, mas a gente varre as dúvidas para debaixo do tapete e toca a vida em frente. É, sim."

O velho Sifford, encerrado em seu prisma de vidro abaixo do nível da rua, com chão de terra e musgo, deu-lhe sua bênção de modo mais indireto. Sua linguagem era o silêncio, sua tática era deixar que a Natureza seguisse seu curso. A gordura vazara de suas bochechas, que agora pendiam vazias como as de um sabujo. Admitiu ele: "Quando você entrou até me assustei, de tão parecida com a Tabitha na primeira vez em que a vi. Estavam colhendo abóboras, lá perto de Cheswold, e a menorzinha das apanhadeiras carregava a cesta mais pesada de todas. Já que você está aqui, Essie, eu até que precisava de uma pessoa forte. Os ciclamens estão pegando muito calor à noite, e estou pensando em colocá-los debaixo da mesa do lado norte. O rapaz que rega os ciclamens não toma cuidado para não molhar as folhas; ele abre a mangueira e fica pensando na morte da bezerra. Eles não obedecem mais, fazem o que lhes dá na veneta. Agora ele está de folga — acredite se quiser — porque está treinando com o time de futebol americano do colégio. Neste ano pela primeira vez o time vai ser... como é mesmo que se diz?".

"Integrado?"* Por mais de uma hora, Alma realizou com seu avô o velho ritual — que para a pequena Essie parecia exigir uma paciência infinita — de levar as bandejas, com seis vasos cada uma, de uma mesa de metal enferrujado e madeira pintada de branco para outra, em outra parte da estufa, onde os raios do sol batiam com intensidade um pouco diferente e a circulação do ar acariciava as folhas verdes e mudas de modo mais benfazejo. Alguns fregueses apareceram na estufa, mas não reconheceram Alma, com o cabelo amarrado num lenço e a cara lavada. Talvez fossem forasteiros que haviam se mudado para Basingstoke atraídos pela refinaria construída na margem do rio, no pântano de água salgada, junto ao lugar onde outrora o Avon desaguava no mar através de um labirinto de braços de mar, entre pedras onde os meninos iam pescar. Agora não havia mais pescarias, só uma cerca eletrificada de dois metros e meio de altura, e uma série de casas de um andar espalhadas pela área. Ou talvez fossem mesmo gente de Basingstoke que, vivendo suas vidinhas lerdas de marmotas, vidas interioranas, nunca haviam percebido que Essie Wilmot tinha ido embora.

Alma carregou vasos de um lado para outro — levou crisântemos amarelos e alaranjados para o lado sul, onde estava batendo sol, verificando se havia ácaros debaixo das folhas; beijos-de-frade vermelhos e rosa em vasos de pendurar; bandejas pesadas de *Kalanchoe blossfeldiana*, flores berrantes cujas pontas o velho aparava para que elas ficassem mais bonitas no outono — e imaginava-se como uma delas, sendo levada para um lugar onde seria mais feliz e cresceria melhor. Quando ter-

(*) Ou seja: alunos brancos e negros participando do mesmo time. (N. T.)

minou, seus braços doíam. O avô levou-a até o porão onde ficavam os bulbos, atrás da imensa fornalha de carvão, desusada, que após a guerra fora convertida para óleo, com um sistema de alimentação automático, embora a seu lado ainda houvesse um banco de madeira largo e um colchão sujo. "Depois de uma semana, esse banco começava a ficar duro", comentou o velho. À luz fraca e fria do porão, onde o chão era de terra, estendiam-se fileiras de bulbos de frésia, jacinto, narciso e lírio, dispostos em sacos plásticos cheios de terra, como sepulturas certas da ressurreição. Quando atingiam dois centímetros de altura, com as raízes bem desenvolvidas, eram colocadas suspensas no escuro, a quatro graus de temperatura, até chegar a hora de colocá-las no calor e na luz da estufa, para que estivessem prontas quando o Natal chegasse. Compartilhando o orgulho mudo e entorpecido do velho a contemplar seu tesouro enterrado, por um ou dois segundos Alma deu-se conta de que conseguiu esquecer quem ela era.

"Foi tão bom esse tempo que passamos juntos, vovô", disse ela ao despedir-se. Desde que Alma aprendera a chorar a pedidos, as lágrimas raramente lhe afloravam aos olhos de modo espontâneo.

"Só assim a gente não faz o que não deve", disse ele, com um tremelicar do papo, dando a entender que, na sua opinião, o que sua neta mais fazia agora em sua vida era o que ela não devia fazer.

As preces de Essie eram sempre atendidas, ainda que nem sempre tão depressa quanto ela gostaria. Alma conseguiu fazer uma comédia musical — o *remake* de *Strawberry blonde* que a Warner produziu no esplendoroso sistema Vistarama, ao lado de Bing Crosby, com Dick Van Dyke no papel que antes fora de Jack Carson e Janet Leigh no de Olivia de Havilland. Na tela, Crosby não deixava transparecer a diferença de idade de mais de trinta anos que havia entre ele e sua co-estrela; casara-se recentemente com uma atriz mais jovem ainda, Kathryn Grant, que trabalhara com Alma em *A última vez que estivemos em Topeka*, e que foi visitar os estúdios da Warner num majestoso estado de gravidez. A criança, Harry Lillis Crosby Jr., nasceu um mês depois do término das filmagens. O casal de protagonistas — Alma com os cabelos tingidos de hena e um penteado à Pompadour e

Harry Lillis Crosby pai com uma peruca também levemente avermelhada — dançava de um lado da tela curva ao outro e cantava um dueto suave que surpreendeu o mundo das gravadoras ao conquistar um disco de platina. "E queriam que minha voz fosse dublada", disse Alma na entrega do Grammy de 1959; a platéia caiu na gargalhada. O público de Hollywood agora era mais tolerante com ela, que não era mais uma jovem atriz ameaçadora e voluntariosa, e sim uma veterana calejada e versátil.

Alma tornara-se comediante deixando-se contaminar pela fantástica leveza de Crosby, por suas tiradas que pareciam espontâneas mesmo quando cuidadosamente ensaiadas. Ao contrário dos outros astros com quem Alma já havia contracenado, Crosby não fundara seu sucesso na beleza física. Havia conquistado os mundos do rádio, do disco e do cinema com sua competência pura e simples; quando menino, em Spokane, destacara-se em todos os esportes que havia tentado, e na escola era tão brilhante que os jesuítas tinham esperanças de que ele se tornasse advogado de defesa. De vez em quando, o velho cantor tinha seus acessos de impaciência e frieza, mas essas coisas não a perturbavam. Alma sabia que por trás de talentos como o dele tinha que haver uma certa eficiência desumana. Nele via algo que já tinha percebido em si própria — o perigo de tornar-se atriz e mais nada, de viver em função da platéia, ficar desligada e distante quando o público é pequeno. Com base nos muitos irlandeses que já conhecera — a começar por Patrick, o professor de álgebra solteirão em Basingstoke, o senhor O'Brien, Spencer Tracy e Donald O'Connor; além disso, até os judeus começarem a se destacar, não se dizia que os irlandeses eram a alma do mundo do entretenimento? — ela sabia muito bem que, por trás de um cativante charme espirituoso, podia ocultar-se uma moralidade mesquinha e rígida, a visão de mundo de um padre frustrado. Também Alma tinha sua religião. Não conseguia entender como havia pessoas capazes de questionar a existência de Deus. Era uma presença tão nítida, a seu lado, entremeada com seu próprio ser, uma pressão palpável, tão vital quanto as sensações que lhe transmitia sua pele, tão firme quanto sua própria imagem no espelho. Quando, após levantar-se ao amanhecer, submetia-se, sob a luz implacável da sala de maquiagem, às mãos da maquiadora, a cutucar, pincelar, esfregar, armada de esponja, lápis e escova, e deixava que seus cabelos fossem enrolados em torno daqueles rolos horrendos — aquelas redes em forma de salsicha que uma vez ela encontrara na gaveta da Ama — para formar um penteado à Pompadour como os do fim do século; quando sua cintura era comprimida dentro de um espartilho de baleia, e cada prega, cada babado, cada fita de veludo de sua longa gola de renda e de sua saia-funil era alisado e preso com alfinetes; quando sua gargantilha de brilhantes e pérolas era colocada em seu pescoço e sobre o penteado alto pousavam, num equilíbrio um tanto precário, um enorme chapéu preto de veludo com plumas de avestruz — então Alma assumia, no banco de trás da limusine Lincoln que a levava da sala de maquiagem ao local da filmagem, a postura de uma estátua sagrada, apoiando todo o peso do corpo numa única nádega na beira do banco, as pontas dos dedos enluvados pousadas no encosto do banco da frente para diminuir a pressão que poderia amarrotar uma única dobra da saia, os olhos bem abertos por baixo da camada de creme e pó e beladona, os lábios entreabertos e mudos, e saltava da limusine com movimentos leves e hieráticos, para oferecer sua imagem sagrada às câmaras.

Não obstante, somente um ano e quatro meses depois Alma voltaria a filmar. A crítica aprovou a nova versão, mais leve e "boazinha", de Alma DeMott, mas o público não foi tão favorável. *Casey e sua loura arruivada*, o título um pouco longo da refilmagem, não foi o sucesso de bilheteria que se esperava, naquela época de custos crescentes e orçamentos estourados. Não bastava uma imagem inocente, canções agradáveis e cores tecnicolor para tirar o público do fascínio cada vez maior da televisão. O musical — exceção feita aos filmes baratos que a M-G-M fabricava em torno de Elvis Presley — era coisa do passado. Também passara o tempo — coisa curiosa — das divas do cinema; não eram mais as mulheres que influenciavam a bilheteria, por mais bem maquiadas que fossem, por mais terríveis os apuros em que se metessem, talvez porque as donas de casa agora preferissem ficar em casa, diante da lareira eletrônica. Fenômenos como Garbo, Crawford e Greer Garson dependiam da cumplicidade de mulheres insatisfeitas e sonhadoras. Apesar das feministas, cuja voz se ouvia cada vez mais alto nos anos cinqüenta, a mulher americana tivera, na prática, uma condição mais próxima da do homem, mais *status* derivado da independência econômica, nos tempos da Depressão e durante a guerra. Os roteiros que a Columbia propunha a Alma continham papéis femininos cada vez menores e mais desagradáveis, num mundo masculino envenenado em que Tony Curtis lambia as botas de Burt Lancaster e Ben Gazzara era vítima de trotes homossexuais numa academia militar. Queixava-se ela a Arnie: "Era melhor no tempo dos comunistas; pelo menos eles sabiam criar papéis femininos. Os roteiros de agora são escritos por garotos, pensando em um público de garotos". Ao dizer isso, pensou no garoto de cabelos crespos com quem estava vivendo agora; mas isso ela não disse.

Arnie e Alma estavam nus na cama da suíte dele no Beverly Hills Hotel, pois agora o jovem roteirista, Matt Lazlo, estava morando com ela na casa da Montevideo Drive e passava o dia lá dentro, "trabalhando". Seu querido empresário fumava um Salem semiterapêutico para disfarçar o constrangimento que lhe causava sua impotência, a qual ficara patente após uma hora de muito esforço e suor. Ele conseguia, mas aí perdia a concentração, e começava a pensar em Scarsdale ou nos escritórios da MCA no Rockefeller Center. Ou seria ela que perdia a concentração, no momento exato em que o pau de Arnie começava a endurecer um pouco dentro de sua boca? Era um daqueles paus surpreendentemente escuros que caracterizavam os homens mediterrâneos, como se fosse tirado de um africano. Embora circuncidado, tinha um gosto rançoso. Tornara-se muito delicado, e só conseguia motivar-se com uma paixão bem concentrada. Como uma câmara de cinema, percebia qualquer falsidade. Com seu jovem amante, Alma podia estar com a cabeça a um milhão de quilômetros da cama que não fazia diferença: ele gozava após três minutos e convencia-se de que ela era a maior fêmea que surgira no mundo desde Cleópatra. "Meu bem, a indústria está de pernas para o ar", explicava Arnie, aliviado de poder recorrer às palavras. "Hoje em dia, não há mais favas contadas. Até a Esther Williams fracassou na M-G-M, e depois foi aquela brigalhada toda pelo controle da companhia. Quando a tripulação da nau capitânia se amotina, a frota toda fica mal. Mary Pickford e Chaplin caíram fora da United Artists. Hughes fez uma bagunça na RKO e vendeu sua parte. A Warner vendeu os arquivos dela. A televisão é o urubu, nós somos a carniça. O cinemascope não deu em nada. As pessoas enjoam dessas novidades técnicas; chegaram até a enjoar do cinema falado, no início. O pessoal da antiga, que tinha faro para o público, está tudo morrendo. Primeiro o Mayer, e agora o seu amigo Cohn." Resfolegou, e um pouco de brasa do cigarro caiu sobre os pêlos grisalhos de seu peito; Alma sentiu um cheiro de cabelo queimado. Ela estava pensando em ir ao banheiro e fazer um bochecho. "Essa de que o Cohn dava ao público o que o público queria é muito boa", disse Arnie. "Mas se foi tanta gente ao enterro dele, é porque as pessoas sabiam que era o enterro *delas*."

"Eu gostava do Harry."

"Eu sei. Ele gostava de você. Tinha o maior respeito por moças cristãs que não davam para ele."

"E quem foi que disse que eu não dei para ele?" Talvez o ciúme o excitasse. Para Alma, aquele fracasso sexual era exasperante. Era como um filme rejeitado pelo público; todo seu ser estava em jogo. Os homens achavam que eram loucos por virgens, mas Alma aprendera em Hollywood que nada os atraía mais que uma mulher que eles sabiam ter sido usada por outros homens, mais poderosos. Era uma maneira de entrar em contato com eles: um canal.

"Quem me disse foi um amigo de um amigo." Tragou fumaça duas vezes e soltou um fio de vapor amarelo-azulado junto com suas palavras. "Não vá me dizer que estou mal informado." Alma apertou o braço flácido de Arnie, aprovando a citação de Bogart. Talvez ele entendesse erradamente o sentido do gesto, pois anunciou, olhando para o teto: "Por falar em morrer, Alma, estou nas últimas. Meu médico disse que tenho o sistema cardiovascular de um homem de oitenta anos. E meus dois avós emplacaram noventa, lá na Polônia".

"Está aí o preço que se paga por sair da Polônia."

"Para ficar o preço é alto também." Tentando emergir desses abismos, Arnie suspirou, dizendo: "Você se saiu muito bem. Uma menina mal-ajambrada de Delaware, que no começo nem tinha um nariz decente".

Ela brincava com os pêlos grisalhos acima da orelha translúcida, recoberta de uma penugem fina e sem cor. "Então por que é que não estou trabalhando?"

"Por isso mesmo. Você é uma estrela. Ficou cara demais."

Três mil e quinhentos dólares por semana tornara-se havia anos um preço muito pequeno; tinha havido duas renegociações, duas ameaças vãs de suspensão e, por fim, a Columbia a liberara dos dois últimos anos do contrato. Ela estava sozinha agora, num jogo cujas regras mudavam depressa, com um empresário que não conseguia nem mesmo ficar de pau duro.

"Nesse caso, você não podia baixar meu preço?"

"Meu bem, a coisa não é tão fácil assim. Não seria justo com os nossos outros talentos. Se a gente desce você, o esquema todo fica desequilibrado. A cidade está cheia de pechincheiros."

"Arnie, não posso parar de trabalhar. As pessoas vão me esquecer."

"Para esquecer leva algum tempo. Você só tem vinte e oito anos. Escute, Alma. Vou lhe explicar o que aconteceu. Os estúdios fizeram muita merda, mas contrataram gente, e as pessoas que eles contrataram continuaram trabalhando — maquinistas, dublês, continuístas, carpinteiros, todo mundo, até chegar ao diretor. Criaram uma estrela, e quando você chegou no alto eles fizeram umas experiências, para ver até onde podiam esticar você sem que seu público desaparecesse. O público vinha sempre, para ver filmes de caubói, filmes de suspense, filmes A e filmes B — não fazia diferença. Você sabia que os bancos antigamente calculavam que *qualquer* filme, por pior que fosse, recuperava sessenta por cento do custo? Assim, qualquer filme tinha sempre sessenta por cento do custo financiado, sem problemas. Tudo isso acabou. Agora a produção caiu de quinhentos filmes por ano para duzentos. Os estúdios são relíquias. Só vão ficar as negociações individuais — os independentes e os empresários. A MCA já contratou um terço do pessoal de Hollywood, e Stein e Wasserman compraram os contratos à medida que os estúdios foram liberando gente. Temos tantos atores que não dá para vender todos. Agora temos que fazer o que os estúdios faziam antigamente. Mas isso é pedir muito. Nós não temos as instalações deles. E eles não têm mais cadeias de cinemas. E se a MCA acabar não comprando nenhum estúdio, não é de espantar não. Acabamos de formar a Revue Productions para fazer séries de televisão. E então — você gostaria de voltar a trabalhar na televisão, quando a gente encontrar um pacote do seu tamanho? Você estava demais em *Strawberry blonde* — o Bing do seu lado parecia um morto-vivo."

Essa imagem fez com que Alma se sentisse um pouco culpada e enojada. "Não quero voltar para a televisão. A televisão é para quem nunca conseguiu chegar a Hollywood; para mim seria o mesmo que voltar a trabalhar em teatro em balneários, no verão. Será que já estou tão decadente assim? Quando foi que isso aconteceu? Como, Arnie? Eu só tenho vinte e oito anos!"

Ele suspirou uma última baforada de fumaça em direção ao teto e colocou seu cigarro longo num cinzeiro sobre a mesa de vidro junto à cama de casal. "Preciso parar com o cigarro. Escute, Alma. A gente está trabalhando para você dia e noite. Tenha um pouco de paciência. Tire umas férias, estude violão. Vá para um hotel-fazenda. Você podia perder um pouco de cintura, eu estava reparando."

Aquele comentário só fez aumentar a irritação de seu desejo sexual despertado e insatisfeito. O Matt pelo menos sempre a fazia gozar, com a língua ou a mão se necessário fosse. Nisso era um cavalheiro europeu, por mais adolescentes que fossem seus roteiros — histórias de espionagem, ficção científica e guerras tecnológicas de que só participavam homens. Arnie havia fechado os olhos. Olhando para o teto branco, de gesso salpicado de brilhos, Alma desenhou diagonais imaginárias com os olhos, partindo de um canto e seguindo até o canto oposto, depois formando um x, mas a quina mais distante era interrompida pela inserção do banheiro luxuoso, onde havia uma banheira rebaixada com hidromassagem de louça violeta e prateleiras de vidro, que Arnie já havia ocupado com um verdadeiro exército de frascos de pílulas. A ausência de uma quarta quina pareceu-lhe um mau agouro e fê-la arrepiar-se de medo. "Acho que foi um erro fazer aquele musical", disse Alma. "Atrapalhou a minha imagem."

"É", disse Arnie, sem abrir os olhos, "mas também você não podia passar o resto da vida fazendo papel de adolescente rebelde. Tenha paciência, meu bem." Suspirou e levantou-se; de pé, cansado, parecia mais corcunda do que nunca. O pau escuro e inútil pendia sob os pêlos brancos. Por detrás de sua orelha transparente, que um raio de sol vespertino de súbito tornou vermelha como sangue, um pequeno defeito na perfeição daquele tranqüilo dia californiano, tão exato quanto um diorama, fez com que a folha de uma palmeira em primeiro plano se levantasse de leve, como a mão de um figurante moribundo, numa cena de campo de batalha, que não consegue ficar quieto.

Não era hora de ser paciente. Já o espelho revelava a Alma que a linha de seu queixo não estava intacta e a carne começava a avolumar-se em torno dos olhos. A raiva que sentia de Arnie levou-a a engravidar do namorado roteirista, Matt Lazlo (Matt não de Matthew, mas de Matthias). Seus pais eram húngaros que haviam imigrado para a Califórnia em 1921, fugindo dos excessos antiliberais e anti-semitas dos primeiros anos da regência de Horthy. O pai, György Lazlo, que em Szombathely trabalhara como professor de música na universidade, tornou-se afinador de pianos e professor particular em Pasadena. Matt tivera uma adolescência dourada na Califórnia e terminara no mundo da arte e do cinema. O casamento não durou muito — nenhum dos primeiros casamentos de Alma foi duradouro. Seus maridos eram invejosos e agressivos; uma coisa puxava a outra. Com Matt a separação foi mais amistosa, menos conturbada, do que com o primeiro e com o terceiro, um músico de rock cujo conjunto nunca conseguiu se estabelecer. Alma não tinha muita paciência com maridos e amantes; depois da adoração de que fora objeto quando criança, em pouco tempo ficava achando que não estava sendo amada suficientemente.

Seu único filho nasceu em abril de 1959, o mesmo ano em que teve início a segunda fase de sua carreira, a fase triunfal, de loura platinada, com a comédia sensual ousada (levando-se em conta que o país ainda vivia a era Eisenhower) e um tanto feminista *Requeijão e caviar*, com Paul Newman. Não foi uma idéia muito feliz pôr naquele bebê de rosto tão sério o nome de Clark, pois no ano seguinte Gable morreu de repente. Gable vivera como ator e como ator morrera: dizia-se que o que o levara à morte fora trabalhar sem dublê e conviver com Marilyn Monroe drogada durante as filmagens de *Os desajustados* no deserto. Mas os anos sessenta seriam marcados por muitas mortes. Arnie Fineman morreu no mesmo ano, enquanto dormia, em sua casa em estilo pseudo-Tudor, em Scarsdale; no ano seguinte foi a vez da Ama, e em 1963 foram-se embora Daniel Sifford e John Kennedy.

Dos muitos papéis que Alma representou, o de mãe foi um dos poucos em que não se saiu nada bem. O menino simpático, tímido, de bochechas rosadas, acabou se tornando um homem fracassado, que não tinha nem a consciência de ser um eleito, como os Wilmot, nem a elegância européia dos Lazlo. Tinha as feições desconfiadas e o corpo atarracado de seu avô Teddy, a quem adorava. No mundo competitivo e desestruturado de Hollywood, jamais conseguiu encontrar seu lugar. Era uma pessoa pouco cooperativa. Graças à fama da mãe, conseguia trabalho em agências e equipes independentes; porém, por conta de uma briga ou uma falta a um compromisso importante, invariavelmente punha tudo a perder. Vivia tendo problemas com garotas, drogas e batidas de carros. Alma chegou a sentir-se aliviada quando, em 1987, Clark tornou-se discípulo de um montanhês muito religioso chamado Jesse Smith e entrou para sua comunidade supostamente utópica, o Templo da Verdadeira Fé. Uma decisão tão insólita — concluiu Alma — certamente haveria de satisfazer o desejo de se distinguir que Clark, como filho seu, não poderia deixar de ter. Desse modo ele saía de suas mãos e passava para as mãos de Deus. Que assim fosse. Um problema a menos.

4

CLARK / ESAU / SLICK

"Não tenho muito a dizer sobre mim mesmo", era o comentário que Clark fazia quando conhecia alguém, para esquivar-se do fato opressivo, esmagador, que vinha à tona mais cedo ou mais tarde, de que era filho de Alma DeMott. O filho único. "Ah, ela fez o melhor que pôde", respondia ele quando lhe faziam a pergunta inevitável. "Quando eu me levantava para ir à escola ela já tinha saído, e era comum eu me deitar antes de ela voltar. As pessoas não imaginam o quanto essas estrelas trabalham, coitadas; são umas verdadeiras *escravas*. Mesmo no fim de semana mamãe tinha coisas a fazer — apresentações especiais, coisas de caridade, entrevistas, viagens a Nova York para ser entrevistada na televisão. Depois que morreu o primeiro empresário dela — parece que era um cara bem tranqüilo — ela arrumou uma mulher na Califórnia, a Shirley Frogusi, que era uma *fera*. Ela obrigava a mamãe a correr de um lado para o outro para fazer publicidade — Londres, Nova York, Roma. E depois, quando *estava* em casa, mamãe tinha que ir a um monte de festas e eventos, esses lugares cheios de bêbado e bicão, onde era importante ela aparecer. Ela ia, mas não bebia quase nada. Aliás foi isso que acabou com o casamento dela com o Rex — Rex Brudnoy, um cantor de rock, você provavelmente nunca ouviu falar dele —; isso pesou mais que as tietes, mais que o fato de que a carreira dela meio que esbarrou num muro, mais ou menos por volta de 1969, e a dele simplesmente *nunca* decolou. Em Hollywood dá para ter um fracassado num casamento, mas dois é demais."

Quando o motorista trazia Clark da escola primária Beverly Vista, Rex já se levantara umas duas horas antes, e os dois treinavam beisebol na parte plana do gramado, junto à piscina de concreto. Rex jogara no time de seu colégio no Texas, que ele largou antes da formatura para virar músico, e dizia a Clark exatamente que tipo de bola iria dar-lhe: *Esta aqui vai ser bola alta. Agora vai uma lá embaixo. Pense rápido, Supergarotão, que esta aqui vai parar lá na puta-que-o-pariu.* Rex chamava-o de Supergarotão numa alusão a Clark Kent, o nome verdadeiro do Super-Homem. Agora, quando pensava nessas coisas, Clark concluía que Rex fora a coisa mais próxima de um pai que ele jamais tivera. Era magro, musculoso, atlético, mas não alto — mais ou menos da altura da mãe, quando ela estava de salto alto. A barba era negra e irregular; cheirava a cerveja e a algo doce, como incenso. Estava quase sempre bêbado, Clark pensava agora, mas isso não afetava seu desempenho no beisebol. Depois que Clark pegava cinco bolas, era sua vez de ir para o campo; então fazia as defesas mais extraordinárias: agarrava bolas que vinham raspando o chão, bolas altas que vinham fazendo efeito para o lado da piscina, obrigando-o a dar um salto junto à piscina ou mesmo jogar-se dentro dela, levantando um monte de gotas no ar seco da Califórnia. Saía da piscina exibindo a bola branca na mão, a barba encharcada, mostrando os dentes brancos e impecáveis num sorriso de triunfo; no alto da cabeça, os cabelos molhados começavam a rarear — Rex já estava ficando careca e seu conjunto, Brudnoy and His Boys, ainda não tinha estourado nas paradas, continuava se apresentando em lugares, em Santa Monica e Redondo Beach, onde depois da meia-noite a garotada gritava e dançava sem parar sem ligar para o que estavam ouvindo, desde que o baterista mantivesse o ritmo. Com seu prestígio, a mãe conseguia que eles gravassem na Decca e na Columbia, mas os discos não vendiam; as pessoas diziam que pareciam os Beatles sem a ternura de Paul e sem o sarcasmo de John, ou os Stones sem a fúria de Mick, ou os Monkees sem açúcar, ou o Led Zeppelin sem pauleira. Aquilo não era vida, Rex abria-se com Clark. O esforço cotidiano de arrancar de si próprio toda sua eletricidade pessoal, para conseguir estabelecer contato com um bando de garotos idiotas abestalhados de maconha, estava acabando com ele, tornando-o mais magro que um maratonista. Quando o conjunto se reunia na casa de Clark, percebia-se claramente como eles eram pequenos, por mais cabeludos e barbudos que fossem; com suas camisetas roxas e coletes de couro, não passavam de meninos, meninos procurando uma saída, um mexendo com o outro para divertir Clark, embora Clark só tivesse dez anos, olhando-o com o canto do olho para testar suas reações, e conversando educadamente com a mãe como se ela fosse uma mulher mais velha — como, de fato, ela era. Quando se casou com Rex, a mãe tinha trinta e um anos, e Rex vinte e cinco. Uma vez, por volta dos dezesseis anos de idade, Clark perguntou à mãe por que ela se casara com Rex e o aturara até 1970, quando ele já havia se transformado num bêbado absolutamente patético. Ela o olhara com um ar de *Não se enxerga?*, com aquelas famosas sobrancelhas longas e arqueadas, sob os cabelos platinados cuidadosamente despenteados, e respondeu, tranqüila: "Rex tinha uma senhora pica". Tanto na época quanto agora, Clark achava que aquilo não era coisa que se dissesse a um filho, nem mesmo a um filho que já está crescendo e vivendo certas experiências. Aquilo o chocou e o marcou: ainda via na imaginação a mãe naquele momento, ouvia seu jeito tranqüilo e desafiador de falar, como quem dá a entender: *Vá plantar batatas, garoto*, as longas unhas vermelhas alinhadas em torno de um Virginia Slim que soltava espirais de fumaça azul no ar, junto a sua orelha. A ponta branca da orelha se destacava um pouco em meio ao cabelo descorado. As caricaturas de Alma sempre enfatizavam as orelhas de abano, mas quem olhava para ela sempre tinha a impressão de que as orelhas combinavam com o resto do rosto, que às vezes ficava feio ou cansado mas sempre estava cheio de vida, de uma fome que Clark sempre perdoava, por ser uma coisa tão simples e inocente.

Clark havia experimentado LSD e PCP algumas vezes, até que começou a ficar assustado, e aquelas viagens deixaram algumas janelas em seu cérebro um pouco entreabertas, de modo que de vez em quando ele entrevia por elas uns filmes coloridos que não havia pedido para ver. Um desses filmes era o de sua mãe dizendo que Rex tinha uma senhora pica, uma espécie de tabefe, quando sua intenção fora a de ser simpático por algum motivo, já que — coisa rara — os dois estavam juntos em casa. Naquela época, ele devia estar de férias do St. Andrew's, o colégio onde o tio Danny estudara dois anos antes de ir para Rutgers e arranjar emprego no Departamento de Estado; a mãe, por algum motivo sentimental, ou esnobismo, ou pirraça, cismou que Clark tinha que estudar lá também, ao concluir a oitava série da Beverly Vista. Clark morria de saudades da Califórnia, odiava os invernos gélidos de Delaware, o clima de pântano que dava a impressão de que os pés estavam sempre molhados, o nariz sempre escorrendo e entupido. As pessoas diziam que o Delaware era bonito, mas para Clark aquilo não passava de um pedaço espremido do passado, um cenário de filme de época abandonado ao ar livre por muito tempo, todos aqueles prédios industriais de tijolo, sujos, capim para todo lado, e o rio mais poluído que ele já vira na vida. No Leste havia um monte de rios cheios de óleo escuro, rios que não valiam uma garrafa de água cristalina do reservatório de Hollywood. Clark entendia por que sua mãe caíra fora de lá assim que fora possível.

Outro filme interior mostrava Rex caindo na piscina com um rosto sério de comediante do cinema mudo, só para divertir um menino de dez anos, enquanto Clark se envergonhava das bolas altas e fáceis que lançava; o nervosismo fazia-o tacar depressa demais, apenas roçando na bola. "Calma, calma", dizia o atleta texano; "tem que *acertar* a bola, Supergarotão." Mas Rex nunca ralhava com ele, apenas saía da piscina pela escadinha, com um comentário na terceira pessoa, do tipo "Ele emerge triunfante" com uma voz sonora de locutor, tomava um gole da lata de cerveja Coors que havia sobre a mesa de vidro e voltava a acocorar-se no gramado liso como um tapete, o *jeans* e a camiseta ensopados, tiritando um pouco, como um cachorro faminto, a água escorrendo da barba e dos cabelos compridos, sem se dar conta de que o couro cabeludo estava começando a aparecer no cocuruto. Naquele filme mental, dava até para ver o que estava estampado na camiseta de Rex: na frente dela lia-se VIVA LA V.C. e, atrás, aparecia um astronauta com aquele traje de urso polar fazendo continência ao lado daquela bandeira que havia espetado na Lua, só que era a bandeira do Vietnã do Norte, com fundo branco e estrela amarela e a efígie sorridente de Ho Chi Minh no capacete do astronauta. Também sua mãe queria que o Vietnã do Norte ganhasse a guerra, o que Clark achava estranho, já que a América fora muito boa para ela.

"O Rex não era má pessoa, apesar da imagem de maluco que ele cultivava no palco. Isso até o desgastava. A gente brincava de beisebol ou jogava *frisbee* no quintal, e depois íamos assistir a filmes antigos no Channel Nine até a mamãe chegar em casa, ou até a hora de ele ir se apresentar em algum lugar. Eles se separaram quando eu estava com onze anos. Ele chegou a ficar tão bêbado que mijava dormindo no sofá da sala. A mamãe me disse que o verdadeiro problema era que ele não agüentava mais ser o senhor DeMott. Claro, não existia nenhum senhor DeMott."

"Claro."

"DeMott era um nome inventado", explicou Clark, desnecessariamente; deu-se conta de que estava um pouco perdido e de que aquela garota estava alguns passos à sua frente. Era uma coisinha meio sem graça, parecida com Sissy Spacek anos atrás — cabelos louros arruivados finos e lisos, um rosto sardento e um pouco arisco, um nariz tenso como focinho de animal, de narinas bem visíveis. Estavam num reservado no Golddigger's, um café na base da montanha. Vários grupos de esquiadores se faziam e desfaziam ao longo do balcão de mogno; alguns tinham ido comer no restaurante mexicano ali perto, outros haviam se amontoado num furgão para ir conhecer o novo restaurante tailandês que abrira no próximo vale e ele ficara no Golddigger's com uma única garota, como se tudo tivesse sido combinado. Clark não entendia o que estava acontecendo, mas deixava que acontecesse. A garota tinha a expressão gasta, ávida, deslumbrada de uma pioneira; o que estragava o efeito era a marca branca que os óculos protetores haviam deixado em seu rosto, como o fantasma do biquíni estampado no corpo de uma atriz de filme pornográfico. Clark imaginava que ia acabar dormindo com ela, mas ainda não estava muito animado. As mulheres eram uma espécie de armadilha — como as drogas, como o álcool, como a fama; havia chegado a essa conclusão algum tempo antes, quando se mudou de Los Angeles para aquelas lindas montanhas. As pessoas diziam que o Colorado era a terra de Deus.

Era preciso mordiscar a isca, era a natureza humana que mandava, mas ele tentava escapulir antes que a porta de aço descesse sobre ele. As sardas e o bronzeado do rosto da garota indicavam cerca de três dias de sol: ela viera da Califórnia ou de Denver ou do Leste para passar uma semana nas montanhas. Essas piranhas vinham para dar uma trepada. Se não conseguissem trepar com um instrutor de esqui, um auxiliar de teleférico servia.

Seu tio-avô Jared lhe prometera que aquele trabalho — ajudar as pessoas a instalar-se no banco do teleférico — seria apenas por algum tempo, até que surgisse a oportunidade de um emprego melhor. No Natal, sua mãe antigamente ia com ele e Rex ao Squaw Valley, no tempo em que o lugar ainda era muito freqüentado pela gente de cinema. Clark adorava o branco deslumbrante das encostas, os movimentos rápidos e precisos dos esquiadores, o azul ultravioleta do céu. A mãe o colocava num grupo de crianças, onde ele ficava o dia inteiro; iam duas vezes por ano — no Natal e na semana do aniversário de George Washington —, mas quando Clark estava com seus doze anos pararam de ir, talvez por não estarem mais com Rex; antes ele esquiava como um profissional, mas depois o hábito de beber de manhã e tomar cerveja na hora do almoço tornou-o preguiçoso e imprudente. Por isso Clark jamais aprendeu a esquiar direito. Tentou tornar-se instrutor, mas foi reprovado no teste três vezes; os rapazes de lá, uns caipiras de vinte anos de idade com cara de bebê, que andavam de esquis desde meninos, riam de suas desventuras. "Se focê nom tem os rreflexos aos dessessete anos, nom dá mais parra aprrenderr": foi este o consolo que lhe ofereceu o instrutor-chefe de Bighorn, Rolf Koenig, um austríaco de cabelo raspado à máquina e covinha no queixo, com cara de nazista, que embora já estivesse beirando os cinqüenta descia a encosta a toda a velocidade com a leveza de uma pena descendo ao chão.

Clark encontrou oposição em todos os escalões da hierarquia de Bighorn — esse era o nome que Jared e seus sócios de Denver deram à estação de esqui nos anos quarenta, quando o teleférico era de corda e as cadeiras eram simples e não duplas. O sobrinho-neto do fundador não gostava de obedecer a ordens, mas também não sabia exercer autoridade. A seu ver, o menu do café local deveria baixar um pouco a taxa de colesterol — era só *cheeseburgers*, batatas fritas e sonhos cobertos de açúcar; e mais dia menos dia alguém ia acabar morrendo se Art Marling, o chefe da patrulha, continuasse a abrir trilhas para peritos quando a primavera já começava a derreter a neve, expondo pedras e tocos de árvores. "Quem é perito não esbarra em pedra", respondeu Art a Clark.

"É, mas tem muito esquiador que não é perito e se mete em qualquer lugar que não estiver fechado com uma corrente. Tem umas meninas aí que mal sabem ficar em pé no esqui. Os namorados convencem elas a tentar."

"Problema delas. As placas explicam direitinho que as trilhas são para peritos", retrucou Art, dirigindo-lhe um olhar do tipo "faça o que eu mando", um olhar que deixava Clark furioso, se bem que na maioria das vezes ele punha o rabo entre as pernas e recuava. Sua pior briga em Bighorn fora com Johnny Ponyfoot, homem de meia-idade, índio puro, do povo ute, que naquele domingo estava operando o teleférico de cadeiras triplas, recém-inaugurado, que levava a Silver Saddle, um ponto no meio da encosta. As trilhas dali para baixo eram largas e suaves, mas como o público de fim de semana era muito grande, o teleférico estava a toda a velocidade, de modo que as cadeiras balançavam muito quando passavam pelas roldanas e batiam com força nas costas dos passageiros, como se fossem machadinhas. A pessoa que estava sentada no meio, e que não tinha descanso onde se segurar, ficava particularmente vulnerável; naquela manhã, já três garotos menores não conseguiram firmar-se no assento na hora H, e foram despejados de cabeça na neve semiderretida na base da encosta, com todos os equipamentos de esqui caros e vistosos de que seus pais os haviam recoberto, como tintas tecnicolor. Estando o teleférico andando àquela velocidade, se um bastão prendesse num galho de árvore alguém podia quebrar um braço, ou uma perna no caso de um esqui. Fosse como fosse, era um trabalho de dar nos nervos, três esquiadores se aproximando do ponto semi-escondido no meio da neve, esperando que Clark agarrasse as cadeiras e as colocasse delicadamente debaixo de suas nádegas, como se fosse uma comadre — dava dor nas costas, dava nos nervos, ainda mais com o barulho que faziam as cadeiras, *blém, blém, fluf, blém, blém, fluf.* Da terceira vez que foi obrigado a pegar um menino que caíra no chão e recolocá-lo na cadeira, em lágrimas, Clark fez sinal a Johnny para que ele fosse mais devagar; em resposta, o índio aumentou a velocidade mais ainda, de tal modo que os esquiadores riam de nervosismo antes de tomar de assalto as cadeiras. Clark ficou possesso; levantou a mão, pedindo que parassem o teleférico, e plantou-se na frente da cadeira seguinte, numa atitude de desafio. O cabo foi freado, e ao longo de meia encosta as cadeiras levaram um tranco, ficando a balançar-se. Clark foi até o galpão, entrou e disse a Johnny: "Diminua aí um pouco, pelo amor de Deus. Você vai acabar matando alguém".

"Nunca matei ninguém, e estou nisso há vinte anos. O fabricante fez esse troço para andar nessa velocidade. Volte já para o trabalho."

"Diminua senão eu dou parte de você."

"*Eu* é que dou parte de você, DeMott."

"Meu nome não é DeMott, Tonto. Vou embora."

A fila aumentava; todo mundo, todos aqueles jovens de rostos corados, com óculos protetores e faixas na testa, estavam escutando. No fundo do estômago, Clark sentiu uma vontade de recuar, mas seus pés batiam no chão com força, afundando as botas de caubói na neve flácida como purê. Enquanto se afastava, ouviu o telefone de Johnny Ponyfoot tocando — seria o operador do teleférico lá no alto perguntando o que havia acontecido; deu-se conta de que, quando chegasse à administração, todos já teriam ouvido a versão do índio. Clark sentiu-se desanimado. Suas costas doíam; seus pés estavam úmidos e gelados. Fodam-se aqueles caipiras e a montanha deles. Mas ele, para onde iria? A Califórnia que ele conhecera e amara era um lugar para crianças, um parque de diversões.

Perguntou à falsa Sissy Spacek: "Quer comer alguma coisa, ô... menina? Estou ficando de porre".

"Meu nome é Hannah. Você não deve ter ouvido da primeira vez."

"Ah, não comece a brigar comigo. Como é que eu podia adivinhar que nós dois íamos acabar sozinhos numa ilha deserta? Porque de repente todo mundo foi embora. Aqui tem bife com fritas, ou então a gente vai para o mexicano aqui perto. O vegetariano fecha às nove; esse já era."

"Ou então a gente pode comer alguma coisa lá em casa."

"Na sua casa? Assim, sem mais nem menos?" Hoje em dia, em tempos de AIDS, a coisa não era mais tão fácil assim.

"É só a meia hora daqui, um pouco mais, lá em Lower Branch."

"Lower Branch é uma cidade?"

"Já foi uma cidade até razoável."

"Ah, sei. O minério acabou."

"É logo depois da divisa, no condado de Burr."

"Meu Deus", exclamou Clark, sem entender bem por quê.

Ela explicou: "Antigamente todo o Colorado se chamava Jefferson, você sabia? O Território de Jefferson. Foram os mineiros que deram o nome. Mas o Congresso disse que era ilegal, sei lá por quê. Isso foi pouco antes do massacre de Sand Creek". Ela era uma professorinha primária, estava na cara. Clark estava o tempo todo tomando *margaritas* e enchendo a cara enquanto ela molhava os lábios num copo de conhaque cheio de *club soda* com algumas gotas de xarope de framboesa. Na cama, ela ficaria totalmente sóbria e acordada, enquanto ele não ia conseguir fazer nada. Dez anos antes, ele não imaginaria que até nisso seria capaz de fracassar. Mas agora o sexo era apenas mais uma prova de sua mediocridade geral.

"Sempre achei estranho", reconheceu Clark, "ele ter comprado esse território todo e não ter nada com o nome dele. Andrew Jefferson. Não, espere aí. É Thomas Jefferson. Acertei?"

O tio Jared reagira à última de Clark com perplexidade e resignação, lá em seu escritório no alto da estação de esqui, que era como o passadiço de um navio, olhando, através da vidraça, para a encosta branca riscada pelo cabo do teleférico com suas cadeiras triplas, uma paisagem ofuscante e próspera, pontilhada por pequenas silhuetas a balançar-se. Cada figurinha que descia era mais outra que subia, assim como os dólares que saem de um caça-níqueis voltam direto para dentro dele. Aquela encosta fora o começo de tudo, nos anos quarenta — de início, os esquiadores subiam a encosta agarrados a um cabo; depois veio o primeiro teleférico, com cadeiras simples; em seguida foram instaladas as cadeiras duplas, os cabos apoiados em enormes pilares tubulares, chegando até quase o pico do monte Bighorn. As pistas de esqui tinham nomes ousados como Roleta Russa, Tiroteio e Straight Flush. O braço inútil de Jared ficava preso, com alfinetes de fralda atravessando a manga do paletó de flanela, à camisa social, com uma pala de camurça branca sobre a qual se destacava uma gravata fina de um negro reluzente, com uma presilha de marfim em forma de caveira de boi. Os olhos verdes que a velhice tornara baços brilhavam como gelo quando ele contemplava a encosta coberta de neve — o rosto castigado pelo sol, visto de perfil, tinha uma cintilação de esmeralda. Jared virou-se e disse, num tom que não era antipático: "Clark, você me lembra meu irmão caçula. Sempre com medo. Com medo disso, com medo daquilo. Com pena de todo mundo, principalmente dele mesmo. Já eu pensava: foda-se. O pior que pode acontecer é a pessoa morrer, e quando a gente chega à idade em que eu estou a gente vê que a morte não é nada de muito sério. Qual foi o problema desta vez?".

"Tio, o Johnny Ponyfoot estava operando o teleférico a uma velocidade excessiva. Três crianças pequenas, uma delas uma menina, caíram no chão quando tentavam subir na cadeira."

"O seu trabalho é justamente não deixar que isso aconteça. O trabalho do Johnny é fazer as cadeiras andarem. O Johnny faz o serviço dele porque ele sabe que nem todo mundo aqui nestas bandas gosta de contratar os utes, apesar de o governo querer que a gente dê emprego para eles. Diziam que não se pode confiar neles. E eu disse: vamos ver. Pois bem, o Johnny está trabalhando para mim há um bom tempo. Você se incomoda de trabalhar com um nativo?"

"Absolutamente."

"Não esqueça que eles chegaram aqui antes de nós. Porque *eles* nunca se esquecem disso."

"Claro. Mas..."

O velho encarquilhado levantou-se da mesa, onde havia apoiado uma das nádegas para contemplar sua montanha, num movimento semelhante ao de um cozinheiro que retira uma panela pesada do fogão. "Você tem falado com o Teddy? Como vai o seu avô?"

"Ele não tem escrito regularmente, mas se tivesse acontecido alguma coisa minha mãe tinha me contado. Ele e a vovó agora passam o tempo um levando o outro para o médico ou então lá na estufa. Mas quem está cuidando mesmo da estufa agora é um dos filhos da Esther, o Ira."

"Eu tentei fazer o Ted vir trabalhar comigo em Nova York — entrar para a McMullen. Naquele tempo o velho Jimmy estava com toda a corda, e os otários só faltavam enfiar dinheiro nos bolsos da gente. Mas o babaca do meu irmão não agüentou a barra e correu para os braços da Emily."

"É, nem todo mundo é ambicioso", disse Clark. Seria esse o

seu castigo, ter de ouvir mais uma vez essas velhas histórias, já gastas de tão repetidas?

"Sempre gostei da Emily. Uma mulher bonitona, apesar da perna. Mas a sua mãe é que tem pique."

"Ela é incrível" — foi tudo que Clark conseguiu dizer, enquanto Jared, protegendo o braço paralisado, acomodava o corpo magro e rígido numa antiquada cadeira giratória com braços de madeira. "Até hoje", Clark resolveu acrescentar. "Falei com ela pelo telefone há umas duas semanas; está toda entusiasmada, dizendo que vai se casar com o novo namorado dela, um banqueiro de Boston que foi nomeado para dirigir a Columbia, que foi comprada pela Coca-Cola. O homem já é casado, mas a mamãe não está nem aí para isso."

Jared pensava em voz alta: "Não sei a quem ela puxou. A meu pai é que não foi, isso eu garanto. Ele já nasceu derrotado. Deixou a família toda com uma mão na frente e a outra atrás". Os olhos do velho estavam vendo uma cena que Clark jamais veria — uma mesa, uma sala, janelas de caixilhos que davam para uma ladeira de paralelepípedos por onde passava um bonde — uma cena que tirava todo o brilho da paisagem a sua frente. Jared tornou-se impaciente. "Meu filho, você está aqui por atenção a um pedido dela", disse ele. "Não fique achando que você é melhor que os outros empregados."

"Não é isso, tio, é que..."

"Se a besta do seu avô não fosse um medroso, hoje ele provavelmente seria dono de um pedaço desta montanha. O Jimmy me deu o monte Bighorn para eu não botar a boca no mundo, quando a crise de 29 pegou de calças curtas todo o pessoal que trabalhava com as contas-margem. Tinha gente devendo até as calças. O Jimmy pensava que a montanha não valia nada. Para ele, era só um penhor que tinha acabado na mão dele. Três mil hectares de coisa nenhuma — foi o que a Lucille, que era minha noiva na época..."

"Eu sei. Meus avós me mostraram as fotos."

"Foi isso que a Lucille disse: três mil hectares de coisa nenhuma. E caiu na gargalhada. Esse comentário não foi lá muito bom para a saúde do nosso casamento."

"Imagino que não."

"Mas aceitei assim mesmo. Eu não tinha mais nada para fazer no Leste. Nas escavações ainda havia uns restos de prata e ouro. Os utes que trabalhavam na mina antigamente ainda estavam aqui — eles ou os filhos deles. Naquele tempo, dois dólares era um pagamento razoável para passar o dia rastejando num túnel com uma vela na cabeça. Então a guerra aumentou o preço do cobre. A melhor coisa para este país foi essa guerra. A guerra é a melhor coisa do mundo — é a conclusão a que eu cheguei. Dá uma remexida geral em tudo. A primeira guerra me tirou uma coisa, mas a segunda devolveu. A gente aproveitou até os resíduos antigos com os novos métodos. O Henderson ainda tinha uma fundição grande funcionando à margem do Cinder Creek, de modo que o transporte era barato; e tinha também a ferrovia. Você tem que fundir o minério de calcopirita; o óxido de cobre precisa de lixívia. Depois da guerra o negócio era o molibdênio. Antes era um subproduto que jogavam fora junto com a ganga. Mas eu tinha uns amigos espertos em Denver que perceberam que ia surgir um bom mercado para recreação e aí resolvemos dar um descanso para a mina. Agora, se alguém se interessar e quiser investir em equipamento moderno, ela ainda tem muito a dar. Mas a estação de esqui demorou para pegar. Para os fazendeiros da região, a neve sempre foi só um estorvo. Antes do avião a jato, nunca vinha ninguém do Leste. Depois, tinha invernos em que não nevava muito e outros em que nevava demais. Antes de inventarem esses tratores para andar na neve, nos anos sessenta, a preparação da pista era um negócio bem precário. A gente pegava um serrote grande, desses de lenhador, que precisa de dois homens para usar, e cortava fora os calombos maiores que tinha no meio das pistas. Fora de brincadeira! Serrava como se fosse uma árvore! É, eu não tenho do que me queixar. Fiz noventa e três anos em janeiro, e ainda sei assinar meu nome. Às vezes consigo até ficar de pau duro, quando eu sonho com sacanagem." Virou-se na cadeira de repente, ameaçador; o mecanismo enferrujado guinchou. "E você está perguntando: por que é que ele está me falando isso tudo? Porque você é parente, Clark. O sangue é um negócio gozado. É uma coisa que prende a gente sem a gente saber por quê. Eu não vejo o meu irmão desde o enterro da mamãe, mas se ele aparecesse ali na porta agora eu era capaz de plantar uma bananeira, de pura felicidade. Fomos meninos juntos em Paterson, por algum tempo. Ele precisava fazer as coisas do jeito dele, e nesse ponto ele é como eu. Os Wilmot são todos assim." Cuidadosamente, Jared deslocou o corpo até ficar sentado na beira da cadeira, aproximando de Clark os olhos opacos e sem cor. A mão boa, apoiada no joelho, era como um feixe de ossos de galinha enrolado em folhas de fumo; ela tremia, ao contrário da mão paralisada. "Agora, meu rapaz, você não tem o direito de atrapalhar a vida de um velho. Aprenda a cumprir ordens, senão você volta para a sua mãe, ou para alguma outra mulher que lhe dê guarida."

Durante esse monólogo, Clark ficara olhando fascinado para as botas do tio-avô: eram de cor creme, com uma abundância de enfeites em forma de folha, em relevo, com saltos de quase dois centímetros, com as pontas afiladas, inflexíveis: botas de um jovem arrogante, com as calças de poliéster, xadrez vermelho, enfiadas dentro dos canos de bordas onduladas.

"E mais uma coisa: se por acaso eu bater as botas amanhã, o que não deve surpreender ninguém", prosseguiu Jared, "ouça estas palavras de sabedoria: o dinheiro dá, a mulher tira. Você precisa dar um jeito na sua vida, meu filho. Você precisa aprender uma profissão." Fora esse o conselho do tio-avô Jared.

Ele e a moça — Hannah, Sissy, era difícil lembrar — saíram do bar para o estacionamento. A neve dura e sulcada rangia sob seus pés. Em torno do estacionamento, havia montes brancos de cinco metros de altura, do que fora retirado das vagas, embora a primavera já estivesse se anunciando e, nas encostas viradas para o sul, boa parte da neve houvesse derretido. A moça levou-o até seu carro, um Ford Ranger de dois anos antes, com aqueles faróis duplos, quadrados, e muitas listras de lama embaixo. O carrinho de Clark, um Nissan Maxima V6 1984, o aguardava ali perto, chamando-o para voltar para seu quarto-e-sala no prédio principal da estação de esqui, deitar-se com um romance de Michael Crichton, dormir, para acordar às seis e meia no dia seguinte. "Acho melhor a gente deixar para a próxima", disse ele. "Vá para casa que eu vou comer um hambúrguer lá no Wendy's."

"Não seja medroso", disse ela, parada ao lado da *pick-up* enlameada, rindo e arregalando os olhos de tal modo que os brancos brilhavam. "Eu não mordo, não."

A mulher tira. Clark chegou a cochilar por uns dez minutos, depois que o aquecimento começou a esquentar. Sua cabeça chocou-se contra a janela do carro; dobrou o boné para fazer um travesseiro. Sentia um frio no fundo dos ossos que resistia a tudo; mas por que teria ele medo daquela professorinha sardenta? O carro ia quase o tempo todo na descida, em direção ao sul, afastando-se das luzes, de néon ou não, das lojas, restaurantes, butiques e condomínios de casas que haviam se acumulado ao pé da montanha, às margens da estrada de pistas separadas. Aos poucos as luzes foram se afastando, até reduzir-se a um punhado de janelas iluminadas, afastadas da pista, enfiadas na floresta, como lampadinhas numa árvore de Natal. De repente surgiu a luz solitária de um restaurante vagabundo, anunciando SHOWS ERÓTICOS TODAS AS NOITES. Passaram pelo enorme fantasma pardacento da fundição de cobre Henderson; os galpões de telhado de aço, as calhas de escoamento, as esteiras de alcatruzes, cercados por montes de escória, eram como um enorme mecanismo de artilharia danificado durante uma batalha. Aquelas ruínas eram propriedade de alguma empresa; a guerra do cobre poderia recomeçar a qualquer momento. O rádio da *pick-up* murmurava as notícias dos primeiros dias de março de 1987: corpos de afogados ainda estavam sendo retirados na barca inglesa *Herald of Free Enterprise*, que havia virado quando voltava de Zeebrugge, Bélgica. Em Bergenfield, Nova Jérsei, quatro adolescentes foram encontrados mortos numa garagem cheia de monóxido de carbono; tratava-se provavelmente de suicídio, pois três deles haviam abandonado o colégio, e o quarto recentemente fora punido com uma suspensão. Em Roma, o Vaticano condenava os bebês de proveta e a inseminação artificial; enquanto isso, em Washington, tendo o presidente Reagan se declarado "totalmente responsável" pelos eventos do escândalo Irã-contras, a reação da opinião pública era bem suave. Calculava-se que investidores japoneses haviam comprado, no ano anterior, cerca de seis bilhões de dólares em imóveis nos Estados Unidos.

Alguns quilômetros depois, a jovem misteriosa saiu da estrada principal, tomando um caminho estreito que subia por algum tempo, depois atravessava uma floresta cerrada de pinheiros e abetos, depois descia novamente. Clark sentia todos esses movimentos em seu corpo pesado, adormecido. Estava indo para um lugar muito longe, completamente desconhecido. Uma vez, quando seus olhos se abriram por um instante, viu lá embaixo, como se estivesse num avião, um lago enorme, sem nome, plano como um espelho, devolvendo à lua sua luz fria. O luar destacava os troncos pálidos dos choupos e bétulas às margens das escuras florestas de coníferas que recobriam aquelas encostas. Clark raramente vinha para esses lados do sudoeste; quando viajava, ia para o norte, pela rota 70, que levava a Denver ou, na direção oposta, à Califórnia, passando por Utah e Nevada.

Hannah acordou-o quando pisou no freio e fez a curva num lugar onde havia um aglomerado de placas gastas, numa das quais se lia LOWER BRANCH. A floresta — talvez fosse um parque nacional — havia ficado para trás; agora estavam numa campina alta, uma ampla extensão de terreno ondulado, coberto de capim, com um capão aqui e ali; a única luz era o luar vago e mórbido. Seu estômago doía; sentia na boca todo o sal das *margaritas* que havia tomado, e as narinas doíam por conta das duas carreiras de pó que havia cheirado no banheiro do Golddigger's. A *pick-up* virou à esquerda numa estrada de terra batida e seguiu sacolejando por cerca de um quilômetro, na velocidade exata que garantia o máximo de sacolejos. Aquela putinha o havia sacaneado: tinha cara de quem alugava uma casa, talvez com uma ou duas amigas, não muito longe de Bighorn. Pois bem, quando chegasse na hora da cama, ele não precisaria ter muita consideração com ela. Só que ele teria de voltar e estava sem carro. Chegaram ao que parecia ser uma cerca de arame farpado novo, com pontas que brilhavam à luz dos faróis. A moça teve que saltar para abrir uma porteira, o que deu a Clark tempo de examinar com atenção uma placa onde se lia, em letras pequenas, de prata: LOWER BRANCH — ENTRADA DO TEMPLO.

"Templo?", disse ele, pigarreando para recuperar a voz depois da cochilada. "Que lugar é este?"

"A gente chama de templo. É aqui que eu moro", disse Hannah. Tal como Sissy Spacek, o perfil dela não era grandes coisas, pelo menos na escuridão da *pick-up*. Sua voz havia mudado; agora falava como que ronronando, um som que combinava com o focinho de gato do carro.

"Você é dona desta fazenda?"

"Eu moro nela com outras pessoas."

"Que pessoas?"

"Irmãos e irmãs espirituais", respondeu ela. "Todos nós contribuímos, com trabalho ou dinheiro, quando a gente pode. É uma espécie de comuna."

E mais essa agora. Aquilo estava começando a ficar esquisito. Clark não gostou daquela voz de hipnotizada, nem do ar institucional daquele lugar. À construção original, uma casa de fazenda tradicional, de madeira, com dois andares, com uma varanda na frente e eiras trabalhadas, foram acrescentadas alas utilitárias, verdadeiras caixas de madeira, algumas de ripas, outras com um acabamento irregular, de sarrafos pregados na vertical, como se fossem galinheiros. Enquanto a *pick-up* manobrava para estacionar, os faróis iam destacando da escuridão uma diversidade de alas e construções secundárias, tantas que Clark perdeu a conta. A primeira idéia que lhe ocorreu foi que, se houvesse um incêndio, tudo aquilo explodiria como um depósito de feno. Talvez essa idéia fosse inspirada pela luz que se via nas janelas, o brilho amarelado e clandestino dos lampiões de querosene.

Ao sair do carro, Clark sentiu um cheiro diferente do que havia em Bighorn, que para ele sempre cheirava a graxa, cerveja velha e à madeira de sequóia dos deques expostos ao sol do meio-dia. Ali havia, dispostos em camadas, fumaça de lenha, bosta e feno. Em algum lugar naquela selva de prédios um carneiro baliu e, em seguida, outros responderam cegamente, hesitantes, *baa-aa*. Na varanda ampla havia pilhas de lenha cortada. Na entrada da frente, que parecia mais estreita do que o normal, havia uma porta de proteção contra o frio, sem pintura; a segunda porta era pintada de azul, a tinta já desbotada e cheia de rachaduras; nas duas bandeiras o vidro era trabalhado com um padrão de folhas de samambaias, semelhante aos desenhos que se usam nas botas de caubói. Quando a porta foi empurrada, soou uma sineta antiquada, com uma mola espiral enferrujada. Do outro lado do *hall* apertado havia uma escada estreita; ao lado do balaústre em caracol, ficava uma mesinha de costura de cerejeira, com um vaso de estanho contendo um maço de espigas de trigo do verão passado, sob uma cruz formada por dois gravetos amarrados com barbante grosso. Ao ver a cruz, Clark sentiu um calafrio; por outro lado, ela indicava que não fariam nada de mal a ele. À direita havia uma sala comprida, onde uma lareira de pedra projetava calor e uma luz rubra e bruxuleante sobre um círculo de cadeiras e sombras. Algumas das sombras se levantaram e aproximaram-se dos recém-chegados. Todos mais ou menos da idade de Clark e Hannah, com nomes como Tom, Jim, Polly, Mercy, Luke, saudaram-nos, desajeitadamente, dizendo "Bem-vindos", ou "Olá", ou "Paz, irmão". Nos olhos de alguns deles refletia-se o brilho das chamas. Suas mãos eram duras, e seu aperto de mão era, de modo geral, um tanto frouxo, como é comum em gente do interior. Uns pareciam fazendeiros experimentados, enxutos; outros davam a impressão de não ter nenhuma identidade profissional, tal como o próprio Clark. "E este aqui é o Jesse", disse Hannah, naquele mesmo tom hipnótico e presunçoso que adotara ao falar em irmãos e irmãs espirituais.

"Ora, mas que presente", disse Jesse, apertando a mão de Clark com firmeza e agarrando seu cotovelo com a outra mão, como se quisesse conduzi-lo em alguma direção. Quando chegaram, ele estava falando para os outros, reunidos em frente à lareira; sua platéia estava tão silenciosa que a voz de Jesse parecia mais alta do que era na realidade. Era um pouco mais alto que Clark e cerca de dez anos mais velho; tinha o peito largo e o olhar franco, desafiador, do montanhês. No alto de sua cabeça, os cabelos rareavam como os de Rex Brudnoy quase vinte anos antes; os que lhe restavam, de um grisalho sujo, cobriam-lhe a nuca e o colarinho. Usava uma camisa de flanela parda por cima de uma suéter preta de gola rulê, enfiadas por dentro das calças de *jeans*, largas na altura do joelho mas apertadas como *lycra* na cintura. Havia três dias que não se lembrava de fazer a barba; os olhos vermelhos davam a impressão de que ele os havia esfregado, talvez por estarem fixos no fogo. Falava com cuidado, como se estivesse lendo um texto quase ilegível, com uma voz rouca de tanto falar, porém grave, confiante, suave. "A irmã Hannah sempre nos traz visitas agradáveis. Ela tem muito faro para perceber as pessoas que podem se beneficiar do nosso convívio."

"Ele está morrendo de fome", disse Hannah, ao lado de Clark. Sua voz de mulher parecia leve e ligeira, em contraste com a voz ressonante de Jesse. "Ele queria ir a um restaurante, mas eu lhe prometi comida aqui."

"O alimento e o companheirismo são duas das armas do Senhor. 'Preparais para mim uma mesa diante de meus inimigos.' Querida esposa, vá para a cozinha e veja o que você consegue preparar para o nosso novo amigo, enquanto eu converso um pouco com ele."

Se Clark estivesse de carro, teria saído correndo da casa nessa hora. Ficava muito inquieto quando tinha a impressão de que alguém estava se apossando dele. De qualquer modo, aquela situação não parecia oferecer nenhum obstáculo incontornável. Os outros haviam voltado a seus lugares ao redor do fogo, menos os que haviam dado boa-noite e saído da sala. Havia crianças também, duas ou três crianças pequenas, adormecidas nos ombros dos pais, os rostinhos corados, as cabecinhas pendendo para um lado ou para o outro. Aquela casa de fazenda, toda de madeira, com maçanetas de porcelana e paredes onde o reboco estava rachado, teria sido construída na virada do século. Naquela sala de teto baixo, todos os móveis eram caseiros ou então coisas baratas; havia cadeiras de plástico das que se vêem nas salas de espera dos aeroportos misturadas com outras de madeira e palhinha, do tipo que estava na moda nos anos setenta. O velho sofá de veludo à frente da lareira dava a impressão de que toda uma família de cachorros dormira nele durante anos; os lugares mais gastos estavam cobertos por cobertores listrados, de artesanato indígena. Para Clark, a atmosfera do lugar era de um centro comunitário para pessoas sem-teto ou drogados se recuperando do vício, mantido por uma igreja e verbas públicas concedidas com relutância. Nas paredes havia pinturas toscas em acrílico, representando um Jesus de olhos arregalados cercado de discípulos e torturadores, imagens que seu olhar repelia. Com a mão pressionando de leve o cotovelo de Clark, seu anfitrião levou-o a um canto onde havia duas velhas cadeiras de cozinha pintadas de verde junto a uma estante meio vazia, contendo alguns livros de lombadas negras — bíblias, hinários — e pilhas de panfletos fotocopiados, com capas cheias de insígnias desenhadas à mão: chamas, olhos, raios, pirâmides, escadarias, estrelas. Jesse instalou-se na cadeira que estava em melhor estado; Clark teve que se sentar na outra, com o encosto quebrado, sem poder recostar-se.

"Esposa?", perguntou ele.

"É um modo de falar. Todos nós somos cônjuges em Cristo aqui no templo. Fale-me sobre você, meu filho."

"Não tenho muito a dizer sobre mim mesmo."

"Ora, se isso fosse mesmo verdade, e não só uma maneira

de se esquivar, você seria o primeiro, a primeira alma na história do universo, que não tem uma história importante para contar, a primeira alma que Deus deixou totalmente vazia de potencial de eternidade." À meia-luz do fogo que já morria, os olhos vermelhos de Jesse tinham lampejos amarelos; de vez em quando seu olhar imobilizava-se por um segundo, como se ele estivesse vendo algo que fosse necessário traduzir de um idioma estrangeiro. Apesar da confiança sobre-humana de sua voz rouca e experimentada, tinha o ar de um homem que já sofrera muito, e ainda viria a sofrer mais.

Disse Clark: "Minha mãe era — *é*, como ela gosta de dizer — uma estrela de cinema. Certamente o senhor já deve ter ouvido falar nela — Alma DeMott". Ao pronunciar o nome, sentiu que não tinha mais o mesmo impacto do tempo em que ele era menino, um impacto que chegava a ser ensurdecedor.

Jesse sorriu, mas sorrir não era uma coisa natural para ele. Os lábios entreabriram-se, relutantes, revelando dentes um tanto escuros e irregulares, um deles de ouro. "Meu amigo, confesso que o nome não me diz nada. Nunca fui muito chegado a cinema. Minha mãe e meu padrasto eram pessoas muito religiosas, à maneira tradicional, adventistas do sétimo dia, e achavam que esse tipo de diversão era coisa do Demônio. Nós vivíamos ora numa fazenda, ora noutra, para aqueles lados" — apontou para trás com o polegar, para as montanhas, imaginou Clark — "oferecendo nossos serviços aos interessados. Meu padrasto era muito jeitoso. Sabia consertar quase tudo com as mãos e, se precisasse, usava os punhos também. Quando você via, já estava estendido no chão, sem nem saber o que tinha feito de errado. Mas eu, aos dezesseis anos, me afastei da disciplina da família, e vivi sozinho, como um filhote de cachorro selvagem, até que o rei Gog — quer dizer, o governo dos Estados Unidos — me convocou para o serviço militar, que na época ainda era obrigatório, pois estávamos combatendo o inimigo comunista no Vietnã. Mas, e é aí que eu queria chegar, o rei Gog, com a intenção de distrair aqueles pobres jovens pecadores que estavam sendo obrigados a cometer barbaridades, exibia muitos filmes para nós, dentro da própria base e também no bairro da perdição da cidade vizinha. Um desses filmes, se me lembro direito, era a história de um rapaz inocente, recém-saído da faculdade, que era seduzido por uma sem-vergonha que era amiga da mãe dele, e tudo se passava em hotéis luxuosos. O outro, se não me engano, era a história de uma orgia de crimes cometidos por um casal de jovens namorados, sendo que o rapaz só não era impotente logo depois de cometer um assassinato. A senhora sua mãe trabalhou em um desses filmes?"

"Não. Parece que o senhor está falando de *A primeira noite de um homem* e *Uma rajada de balas*. Dois grandes filmes, aliás."

"Essas maldades diabólicas, para minha surpresa, claramente eram aprovadas pelas pessoas que fizeram os filmes. As cores eram maravilhosas e os detalhes mostrados com tanta perfeição que a gente tinha a impressão de que aquilo estava acontecendo de verdade. O trabalho do Demônio é feito com muito amor, justiça seja feita. Aquelas prostitutas desfilavam com roupas cheias de brilhos, roxo e escarlate, enfeitadas com ouro e pérolas, e tudo aquilo descia redondo feito sorvete, até a própria morte, inclusive. O tal casal morria numa rajada de balas, mas você saía do cinema sentindo-se inteiro. Os caminhos da perdição são glamourosos. Lúcifer era o mais belo dos anjos. Mas Deus o expulsou do Céu, como quem raspa merda da sola do sapato."

Tentando manter um tom impessoal, Clark disse: "Mas 1967 foi o ano em que o cinema deu uma virada. Foi a reconquista da grandeza perdida. O senhor por acaso viu *Blow-up*? Ou *No calor da noite*? Eu só tinha uns oito anos, mas mamãe sempre me levava ao cinema; era o único programa que fazíamos juntos. Mas acho que o filme que mais me empolgou foi *Só se vive duas vezes* — o melhor filme de James Bond de todos os tempos, na minha opinião".

"Você disse que não havia muito o que dizer sobre você; pois bem, vou lhe dizer uma coisa: você devorou uma quantidade enorme de lixo efêmero. Em matéria de lixo, você se lembra de todas as latas, de cada casca de laranja."

"Por favor, não diga isso. Na nossa casa sempre respiramos cinema. Quando ela não estava fazendo nenhum filme, a gente ia assistir a uma matinê e se enchia de pipoca e passas. Às vezes a gente via dois filmes seguidos. Como ela trabalhava em cinema, as pessoas ficam achando que tinha uma atitude crítica em relação aos filmes, mas não — ela gostava de quase tudo."

"Sua mãe era uma boa mãe?"

"Como eu sempre digo, ela se esforçava. Tinha um lado muito divertido, uma coisa dela. Mas mamãe trabalhava muito e, quando não estava filmando, ficava preocupada por não estar trabalhando, lendo as porcarias dos roteiros que a Shirley trazia para ela. A Shirley — é a empresária dela, Shirley Frugosi — queria que ela aparecesse como convidada em programas de humor na televisão, ou então numa série idiota como aquela que a Doris Day acabou fazendo, qualquer coisa que fosse, para a Shirley ganhar os vinte por cento dela. É, acho que a carreira da minha mãe consumiu a maior parte da energia dela. As estrelas acabam ficando muito narcisistas."

Clark olhou para aquele messias das montanhas, para ver se ele entendera. Jesse fez que sim. Em 1987, todo mundo sabia o que era narcisismo.

Porém alguma coisa impelia Clark a explicar-se bem com aquele homem. Transformou-se, de certo modo, em sua própria mãe. "Sabe, aquela coisa de — 'Será que eu devia fazer mais uma plástica?' Porque quanto mais plástica a pessoa faz, menos dura o efeito da última. A pele não se mexe mais direito como pele normal." Esticou a pele sobre o próprio queixo para mostrar como era. "Ou então: 'Será que eu devia arranjar outro marido? Será que um marido jovem e garanhão vai me dar gás para eu ser a atriz principal de filmes românticos por mais uns dois anos?' Ela se queixava de que os estúdios de agora não eram mais como os de antigamente, que *ninguém* cuidava dela, que tinha sempre um monte de gente nova saindo das escolas de cinema e de atores. Antes essas coisas não existiam. Para a garotada de agora, ela já era coisa do passado." Estaria ele falando demais por causa das duas carreiras de pó?

"Clark, pelo que você disse, dá para ver que você amava muito sua mãe. Sofria junto com ela, embora não pudesse fazer nada."

"É mesmo? Na época eu não achava isso não. Ela era tão famosa que a única maneira de eu me afirmar era rir dela. Mamãe tinha esses maneirismos dos anos cinqüenta, sabe? Levantar as sobrancelhas, fazer beicinho em direção à câmara — era fácil de imitar. Na escola eu costumava fazer umas imitações que todo mundo achava um barato, ainda mais porque era eu que fazia. Escute... será que dava para me arranjar uma cerveja? Minha boca está seca."

"Meu amigo, aqui no Templo nós não bebemos álcool. Para nós, cada corpo é um templo em miniatura."

"Nem cerveja? Eu li num artigo outro dia que estudos científicos comprovaram que cerveja até faz bem..."

Antes Jesse tocara Clark no cotovelo; agora o fez no joelho. "Irmão, a ciência prova que o álcool e o fumo prejudicam a potência sexual, o que impede o homem de cumprir seu dever de disseminar sua semente, tal como dizem o livro do Gênese, o Levítico e o Cântico dos Cânticos. No Cântico, capítulo seis, versículo oito, lemos: 'São sessenta as rainhas, e oitenta as concubinas, e um número inumerável de virgens'." O dente de ouro cintilou; os olhos castanho-claros brilharam; a mão pousada no joelho de Clark apertou-o. Havia uma umidade na presença física de Jesse; Clark sentiu um aperto na garganta, uma espécie de colarinho apertado por dentro, embora se orgulhasse de não ter herdado a tendência ridícula de sua mãe a gaguejar, mesmo em seus maiores fracassos. "Se você mantém este templo puro", disse Jesse, "ele *funciona.*"

"É. Certo. O que era mesmo que eu ia dizer? Não sei. Espero não estar sendo chato."

"Jesse nunca acha chato ouvir a verdade. No máximo, ele fica exausto de arcar com o ônus dos sofrimentos da humanidade."

Clark tinha esses brancos irritantes na memória, que estavam ficando cada vez mais freqüentes; mas depois o filme interior era emendado e a projeção seguia em frente. O amor pela mãe. Basingstoke, a Locust Street, a estufa. "É. Não sei direito o que eu sentia pela minha mãe, mas eu adorava os pais dela. Estudei numa escola preparatória perto da cidadezinha em Delaware onde eles moram, e aí fiquei conhecendo meus avós. Eles me contavam um monte de histórias sobre a mamãe quando ela era pequena, e acho que eu ficava com ciúmes. Para eles, ela sempre foi uma estrela, desde o início. Eles davam muita atenção a ela."

"Atenção é uma coisa boa. Consciência do amor do Senhor é melhor ainda. 'Amo os que me amam. Quem me procura, encontra-me.' Provérbios, oito, dezessete."

"É. Sabe, minha mãe nunca falou comigo sobre Deus. Numa das poucas vezes em que meus avós foram à Califórnia, ela me levou para ser batizado na igreja presbiteriana de North Gower, em Hollywood, mas em matéria de religião ela não foi além disso. A família toda achava estranho o pai dela nunca ir à igreja."

"O falso testemunho é pior que a ausência de testemunho." Jesse mudou de posição na cadeira, fazendo-a ranger. Seus braços eram compridos; a cabeça calva era larga. Clark via-o como um caçador, apertando um dos olhos amarelos de leão por trás da alça de mira. Jesse explicou, num tom de voz mais suave: "Talvez sua mãe tivesse ciúmes do Deus dela, e não quisesse dividi-Lo com ninguém mais, nem mesmo com o filho".

"Mas isso é meio..."

"Deus tem uma relação com todos nós, amigos e inimigos, ateus e religiosos. Sua mãe provavelmente achava que Deus a havia ajudado muito, permitindo que ela subisse no mundo desses entretenimentos despudorados, e não queria arriscar seu pacto com Ele falando sobre o assunto. O que ela chamava de Deus era na verdade Satanás, e eu lhe digo que ela não queria dividir seu prazer indecente com Satanás, suas cópulas e blasfêmias."

Clark teve que rir dessa. Talvez Satanás tivesse uma senhora pica. Aquela conversa, ele sentiu, estava fortalecendo-o. Estava sacudindo suas idéias, fazendo os pedaços se reencaixarem numa nova ordem. A cabeça daquele cara entrava numas viagens ainda mais estranhas que a dele. "Não me leve a mal não, mas quem é o senhor para falar da minha mãe? O senhor nunca viu nenhum filme dela. Aliás, será que não viu mesmo? *Requeijão e caviar*, com Paul Newman? Ou o que veio depois, que eu achei ainda mais sensual, *Babados e alinhavos*, sobre o mundo dos modelos, em que o Steve McQueen faz papel de um costureiro desmunhecado — foi a única vez que deixaram o McQueen mostrar que ele também sabe ser engraçado."

"Sou a única pessoa que você jamais vai conhecer", disse Jesse Smith, "que não está interessado na sua mãe. Eu estou interessado é em *você*."

"O senhor falou naqueles filmes de 67; pode ser que o senhor tenha visto em 68 *O bebê quebrou a banca*, em que ela faz papel de mãe pela primeira vez. Mamãe ficou muito grilada de subir uma geração. Ela me disse: 'Desse jeito, eu vou acabar sendo a irmã de Bette Davis!'. Quando vi o filme fiquei fascinado; lá na tela ela era uma mãe muito melhor do que comigo, muito carinhosa, atenta, cuidando de todas as necessidades do filho. Uma mãe fantástica."

"Em 1968", disse Jesse, fechando os olhos doloridos e vermelhos, "eu não estava indo ao cinema. Por obra e graça do rei Gog, eu estava no Vietnã, como cabo, andando no meio de plantações de arroz."

"O Vietnã! O senhor esteve *lá*? Um barato. Foi mesmo aquela loucura que aparece em *Apocalipse*, o rock rolando e bombas explodindo para todos os lados?"

"Tinha música", disse o montanhês, pesadamente. "Tinha drogas. Tinha medo, ferimentos. Rezávamos para ser feridos e mandados de volta para os Estados Unidos. Tinha até uma expressão: 'um ferimento de um milhão de dólares'. Não posso dizer que Deus me estreitou contra Seu peito no Vietnã. Não posso lhe dizer, Clark, que as preces me consolavam. Eu não estava lá para me aproximar do Senhor. Não era esse o objetivo do Senhor naquele momento. Eu estava lá para testemunhar o mal. Para descer aos infernos."

"Meu tio é da CIA, mas é claro que ele não admite que é. Faz parte do código deles."

Hannah reapareceu, ainda com a mesma roupa de páraquedista e botas de esquiador, com forro de pele sintética roxa. Ao aproximar-se de Jesse, ela arregalou os olhos; ele lhe inspirava um temor respeitoso, fazia-a hesitar antes de chegar mais perto. "Eu não queria interromper..."

Jesse grunhiu e levantou-se, jogando o peso para as pernas magras dentro do *jeans* justo. Não usava botas de caubói, e sim meias de lã e aquelas sandálias curvas dos lados, que têm um nome alemão. Como era mesmo o nome delas? Jesse pôs a mão pesada no ombro de Clark e disse: "Irmão, seus antecedentes são ímpios. No entanto, 'a pedra rejeitada pelos arquitetos tornou-se pedra angular'. Salmo cento e dezessete, e também Mateus, vinte e um. Amo você sinceramente. Você tem qualidades ainda inexploradas. Acho que vai aprender a me amar. Hannah veio anunciar que está pronta sua refeição; vá e coma".

Na cozinha primitiva, de paredes caiadas, com o fogão de lenha negro e as panelas de ferro e cobre penduradas em pregos, Hannah serviu-lhe uma tigela de sopa de lentilhas, bem espessa, e um pedaço de pão caseiro, mais um prato de peras fatiadas num molho apimentado. Ela explicou que as peras eram de um velho pomar que fazia parte da propriedade; a conserva fora preparada pelas mulheres do Templo.

"Porra, quantas pessoas vivem aqui?", perguntou Clark. A conversa com Jesse, que na hora lhe parecera hipnótica e tranqüilizadora, o deixara irritado. Só pensava em voltar para Bighorn e dormir um pouco. Ele tinha que estar trabalhando na cadeira dupla que levava ao pico às sete e quinze, quando a pista abria; sempre havia uns fodões que faziam questão de esquiar bem cedo, para pegar a neve solta que havia caído durante a noite. Lembrou que tinha visto uns flocos de neve brilhando à luz do farol da *pick-up*. Numa prateleira alta, na cozinha, um velho relógio de corda, com estojo de madeira e uma lua vermelha no mostrador, ia gotejando — *ploc, ploc* — pingos vazios de tempo em seu cérebro, onde ressoavam.

"Quase quarenta, contando as crianças. Entra gente e sai gente o tempo todo, não há regras. O Jesse é contra controlar as pessoas dessa maneira."

"E como é que ele controla as pessoas?"

"Com amor e instrução", respondeu Hannah, e ela própria achou graça no tom de catecismo que havia adotado; um leve sorriso esboçou-se nos cantos daqueles lábios secos de Sissy Spacek.

"E funciona?"

"Na maioria das vezes, funciona sim."

"Você costuma esquiar muito? Isso não é meio fora do esquema?"

O tecido sintético de sua roupa farfalhava de leve com cada movimento que ela fazia, servindo-o. "Nós vivemos no mundo", respondeu ela, "até o Juízo. Muitos homens daqui têm empregos lá fora. Um é contador, o outro é carpinteiro. O Templo tem um rebanho de carneiros, e duas das mulheres fazem trabalhos de cerâmica que a gente vende. Temos despesas: os veículos da fazenda, a calefação central da casa, um gerador a óleo diesel. Tentamos viver como os lírios do campo, mas temos de comer, temos que usar roupas. Não somos anjos, Clark; somos seres humanos que aspiram à salvação."

"Quando chegar o Juízo."

"Isso."

"E quando vai ser?"

"Mais cedo do que a gente imagina. O Jesse vive estudando o livro do Apocalipse para achar a data exata."

A cabeça de Clark zumbia de expectativa, como os pontinhos que saltitam na tela da televisão antes de começar o vídeo. "Você não acha possível que o seu amigo Jesse seja louco de pedra?"

Talvez a expressão de censura nos olhos de Hannah fosse fingida. "Como que você pode dizer uma coisa dessas, depois de passar esse tempo todo conversando com ele? Tem convidados nossos que ele mal cumprimenta — ele não vai com a cara deles. Mas com você não foi assim."

"Quem mais falou fui eu."

"Eu sei, meu bem. Ele faz a pessoa falar. A gente tem vontade de contar tudo a ele. Eu disse que sentia falta de esquiar e ele respondeu: 'Então vá e faça o que você quer fazer'." E acrescentou, com o rosto muito sério: "O Jesse acha que o importante é fazer".

"Eu estava falando com ele sobre filmes antigos que ele não viu. Por que é que você está me chamando de 'meu bem'?"

Hannah zanzava de um lado para outro, tirando os pratos da comprida mesa de madeira em cuja extremidade Clark havia comido, limpando o lugar com uma esponja azul. "A mulher não chama o marido de 'meu bem'?", perguntou ela. "Quer um chá de ervas?"

"Eu não sou seu marido. Meu Deus! Não, não faço questão do chá. Só quero voltar para Bighorn."

"Eu levo você, se é isso mesmo que você quer." A esponja parou de descrever círculos rápidos; com a mão, Hannah recolheu os farelos de pão na outra mão em concha, à beira da mesa. A pia era de aço, comprida; acima dela havia prateleiras com pratos grossos e xícaras de base quadrada. O mesmo artista amador que pintara as cenas da Crucificação da sala, com cores vivas, havia feito ali uma Última Ceia, com treze pares de pés descalços alinhados sob a toalha de mesa como uma fileira de pãezinhos rosados numa padaria. Uma neve seca roçava nas janelas escuras.

"Você não pode me levar lá. Iam ser duas horas de viagem."

"Uma hora e meia, a menos que a neve piore."

"Não tem nenhum lugar aqui onde eu possa dormir?"
"Claro. O meu quarto."
"O que é que o bambambã daqui vai pensar?"
"Bambambã?"
"O seu guru. O Jesse."
"Ele vai gostar. Aqui a gente tenta não ser egoísta. Dormir com você é uma maneira de dormir com ele."
"Ah, que ótimo."
"De ser a noiva perfeita dele."
"Você é noiva dele."
"Todas as mulheres do Templo são noivas dele."
"Grande sacana. Quer dizer que você já deu para ele? Aquelas crianças que eu vi são filhas de quem?"
O rosto de Hannah, ainda debruçado sobre o dele, ruborizou-se enquanto ela falava. "Não são meus. Nenhum deles. Ainda." Então, muito séria, ela fez uma coisa que realmente o agradou, uma pequena travessura do mundo normal: abriu a mão cheia de farelos sobre a cabeça de Clark, sujando-lhe os cabelos. Clark riu, levantou-se e esfregou a cabeça para livrar-se dos farelos. Em pé, sentiu que o corpo tenso de Hannah, pequeno e musculoso, era um desafio, uma unidade física semelhante a seu próprio corpo.
"Afinal, você esquia mesmo", perguntou ele, "ou vai lá para pescar?"
"Adoro esquiar. Cheguei a ser campeã na categoria júnior lá em Minnesota. Pescaria é uma questão de sorte. Às vezes você encontra o peixe certo."
"E por que é que eu sou o peixe certo?"
"Você parecia perdido. Conversando com você, tive a impressão de que não estava indo para lugar nenhum mas não estava satisfeito com a sua vida. Você bebeu, mas não estava gostando de estar bêbado. Você é ambicioso, igual à sua mãe maravilhosa. Vamos para a cama. Você não tem que fazer amor comigo."
"Obrigadão. Era a única coisa que ainda estava fazendo sentido."
Hannah pegou uma lanterna de quatro pilhas, numa prateleira só de lanternas, e entrou por uma porta branca depois da pia; Clark foi atrás. Passaram para uma despensa cheia de latas e

caixas de alimentos que não precisavam de refrigeração; penetraram em corredores frios com chão de compensado ou carpete do tipo usado em fábricas; passaram por portas fechadas e outros corredores escuros. Quanto mais se afastavam da casa central, maior o frio. A luz arredondada e líquida da lanterna pousava em superfícies de pinho, chapas de papelão e gesso. De algumas das portas por que passavam vinham cochichos, tosses, vozes de gente deitando-se. Uma criança fez uma pergunta estridente que não foi respondida. Duas vozes, uma de homem e outra de mulher, recitavam um texto que Clark reconheceu como o pai-nosso por causa de uma única palavra: "ofensas". Sentiu um cheiro de argila úmida e tijolo quente, e concluiu que estavam passando perto da olaria. Na St. Andrew's School, em Delaware, Clark fora à igreja muitas vezes, e aquele ambiente espartano lhe trouxe à mente um versículo que lhe parecera melancolicamente humano — o trecho em que Jesus lamenta que as raposas têm tocas e as aves do céu têm ninhos, mas o Filho do Homem não tem onde repousar a cabeça. Birkenstock — era esse o nome da tal sandália alemã. Hannah chegou a uma porta de madeira sem pintura e empurrou-a; não havia tranca.

No seu cubículo havia uma cama de solteiro, sem cabeceira, uma cômoda simples, uma mesa, um lampião de querosene e alguns cabides de parede para pendurar roupas; o quarto vinha acumulando ar frio desde a manhã, e a luz inquieta da lanterna mostrava o vapor que saía de suas bocas e narizes. Era março, mas a primavera ainda não havia chegado. Com fósforos, Hannah acendeu o lampião e um aquecedor cilíndrico colocado sobre o chão nu. Na parte de cima do aquecedor havia uns furos caprichosos, que projetavam uma imagem larga e aquosa, uma rosa abstrata, no teto de gesso, tão malfeito que em alguns lugares a fita que unia as chapas estava enrugada. O banheiro, mal calafetado, com sua gélida louça branca, ficava fora do quarto; Hannah foi primeiro, e quando ele voltou — tendo esfregado um pouco de bicarbonato nos dentes com o dedo, à falta de escova — ela já estava deitada na cama estreita. Parecia uma criança, os cabelos espalhados no travesseiro; os olhos eram dois pontos de sombra; as narinas, mais dois.

"Apague a luz, meu marido querido", disse ela, voltando a falar com aquela voz de transe. Embora o aquecedor ronronasse, e sua projeção rosada dançasse no teto como se viva, todas as superfícies do quarto continuavam geladas, inclusive a pele de Clark e o botão metálico do lampião. A chama alaranjada deu um salto e desapareceu, enquanto o pavio se recolhia em seu invólucro circular. O rosto de Hannah sumiu e logo reapareceu, à luz rosada do aquecedor, que enchia todo o quarto, como se as paredes de compensado pudessem incendiar-se a qualquer momento.

"Que roupa você está usando?", perguntou Clark.

"Uma camisola de flanela. Está frio demais para ficar nua. Mas a camisola pode ser levantada."

"Que tal uma camisinha?"

"O Jesse diz..."

"Esse detalhe eu queria que fosse acertado só por nós dois. Não é um negócio muito agradável, mas protege a gente de um monte de coceiras. Para não falar na..."

"Eu sei. Não fale nisso. Não gosto nem de ouvir a palavra. Você tem camisinha?"

"Por acaso, tenho sim. Com a vida descompromissada de solteiro que eu levo... Está ao lado da minha carteira de motorista."

"Você é mesmo um amor. Você é uma gracinha de peixe, Clark."

"Se você não quiser, a gente não trepa, você sabe, não é?"

"Você não gosta de mim nem um pouquinho?"

"Gosto, sim, gosto. É que eu estou meio derrubado." Sem ter onde repousar a cabeça. "Estou morrendo de frio. Estou batendo queixo. Dá para você ouvir?"

Ela ficou a escutar; ele também. O vento estava aumentando; o caixilho da janela estremeceu, uma viga do teto estalou, um coiote uivou ao longe, um carneiro mais próximo baliu. Lá em Beverly Hills, Clark vez por outra ouvia um coiote longínquo, em Coldwater Canyon, talvez. Quem sabe não seria o mesmo coiote, vagando pelo Oeste. Clarence descalçou as botas, mas ficou com as meias grossas; tirou a suéter norueguesa, mas não a camisa de gola rulê; tirou as calças de briga, as ceroulas de seda, as cuecas. Pegou o pacote metálico e oleoso da camisinha, como se fosse um ingresso, e enfiou-se sob as cobertas. O contato das coxas com o lençol gelado foi tão doloroso que, num impulso, ele agarrou a mulher, para aquecer-se. Aquele corpo envolto em flanela deu-lhe um abraço hesitante, desajeitado;

eram estranhos. Tentaram beijar-se, mas foi difícil um lábio encontrar o outro. O dela tinha um gosto de remédio — óxido de zinco e manteiga de cacau. Foi mesmo uma trepada conjugal — sonolenta, obrigatória, uma enfiada e uma submissão. Hannah nem sequer fingiu que gozava, e ele estava com muito frio e medo, no espaço estreito da cama aquecido, para dar-se ao luxo de cortesias sexuais. Afinal, fora ela que tivera a idéia. Assim mesmo, havia algo de esplêndido, um ímpeto interior, como numa música, no momento em que ela levantou a camisola e entregou às mãos dele suas superfícies curvas, tanto as lisas quanto as peludas, e abriu as coxas para ele, e exclamou, com surpresa e delícia, "*Aah!*" em seu ouvido.

Clark mal conseguiu livrar-se da camisinha (sempre prendia nos pentelhos) e largá-la no chão antes de virar-se para o outro lado e adormecer. A cama era tão estreita que Hannah foi obrigada a abraçá-lo e encaixar seu corpo no dele. Entre um e outro farrapo de nuvem, a lua, aquela deusa destronada, vertia sua luz emprestada através do vento invisível; o caixilho vibrava, os coiotes cantavam tristes um para o outro. Até as raposas têm tocas.

Quando ela o despertou, seus olhos abriram-se para a luz vaga do amanhecer. O quebra-luz de vidro fosco do lampião tinha a forma de uma mulher de antigamente, com quadris largos. O aquecedor ficara ligado a noite inteira, e o cubículo estava tão quente que seu pescoço estava suado. Hannah, debruçada sobre ele, murmurava com insistência: "Clark, são seis horas, meu bem. Quer que eu o leve a Bighorn?".

"Bighorn", exclamou ele; sua consciência escapou do mundo dos sonhos, tão confusos e rasos como o desenho nas botas arrogantes do tio Jared. "Eles me acham um babaca", disse a Hannah. "Me deixe dormir mais um pouco, amor. Depois eu ligo para eles." Era tal como na vez em que viajara à Europa com a mãe, quando, depois daquele primeiro dia de excitação e deslumbramento — as ruas tortas e úmidas, as lojas com venezianas de ferro, a língua estranha e rápida, os prédios diferentes, sólidos, ritmados, cinzentos, como monumentos — uma necessidade profunda abriu-se dentro dele, a necessidade de afundar mais e mais na gaze do esquecimento, o poço sem fundo que há por baixo do mundo cotidiano — uma necessidade que sua mãe resumia numa expressão simples: "uma mudança de ares".

O tio Danny viajava muito de Washington para o Extremo Oriente nos anos em que Nixon estava se desvencilhando do Vietnã e visitando a China, e no caminho às vezes passava uma ou duas noites na casa de sua famosa irmã. Clark só foi estudar no St. Andrew's em 1973, aos catorze anos, de modo que ainda morava em sua casa na época; enquanto sua mãe estava trabalhando, ele e o tio corriam os *freeways* de Los Angeles no Jaguar conversível branco dela. O tio, ao que parecia, só tinha ternos cinzentos; o máximo de informalidade que conseguia era não pôr paletó nem gravata e enrolar as mangas da camisa social branca. Clark o achava altíssimo, mas o avô lhe dissera que Daniel não era mais alto que seu bisavô Clarence, nem tão bonito quanto ele. O tio Danny tinha os cabelos castanho-claros da família, cortados bem curtos, um corte de homem de negócios — pareciam absurdamente curtos naquela época de cabelos longos, uma espécie de posicionamento pró-militar — e óculos de lentes grossas, por trás das quais os olhos estavam sempre um pouco apertados, numa expressão ligeiramente desconcertada e evasiva, mas não muito preocupada. Dirigindo o Jaguar, parecia um adolescente; o vento despenteava seus cabelos e depois os achatava numa massa sem cor; Clark admirava seu jeito de dirigir, com um toque bem leve, de apenas dois dedos, no volante. O tio Danny era um homem sensível; percorria o rádio em busca das estações de música erudita, escondidas no meio das que transmitiam rock barulhento ou programas de radialistas mal-humorados; uma vez levou Clark ao museu de arte de Los Angeles, bem ao lado dos lagos de betume de La Brea. Nessa época, Rex Brudnoy não morava mais com eles; quando Clark estava com seus onze, doze anos, o tio levava-o à Disneylândia ou ao Knott's Berry Farm, para passarem um dia divertido. Mas aos treze anos, Clark já estava muito grande para parques de diversões; assim, passeavam de carro, um programa mais adulto — iam para o sul, até San Clemente, ou para o norte, a Santa Barbara, ou para o oeste, gozando a sensação absorta de devorar quilômetros e mais quilômetros de casas azuis ou cor de adobe até chegar a vistas do Pacífico tão vastas que dava para ver a curvatura da Terra, ou então para o leste, rumo ao deserto, até a megalópole dissolver-se em cidadezinhas torradas pelo sol, do tempo em que a Califórnia fazia parte do México.

"Quando quiser voltar é só me dizer", pedia-lhe o tio. "Não quero lhe impor a minha vontade. É que para mim dirigir é o maior prazer, Clark. No meu trabalho eu quase nunca dirijo. Ando com motorista, o que não é a mesma coisa. Preste atenção nisso — é puro leite e mel. E fogo. É Mozart. Você devia aprender a ouvir esses caras."

"O que é que você faz, tio — quer dizer, tudo bem eu perguntar?"

"Tudo bem, claro. Sou funcionário do Departamento de Estado e atuo na área política. No momento, estou servindo na nossa embaixada em Phnom Penh, no Camboja. Um país muito bonito, cheio de problemas. Um povo lindo, Clark, e uns templos maravilhosos. Angkor Wat — a maior construção religiosa do mundo, segundo dizem. Prometa a si mesmo que você vai lá para ver antes de morrer. É um desses países, como a Polônia, que por azar estão no lugar errado. Eles passaram por um mau pedaço, com aquele reizinho de duas caras, mas agora temos um sujeito bom lá, a meu ver: Lon Nol. Já ouviu falar dele?"

"Claro, eu acho." Ele sabia que o tio Danny sabia que ele estava mentindo. Isso fazia parte do trabalho dele — saber quando uma pessoa estava mentindo. "E o que é que você faz o dia todo?"

"Ah, é difícil explicar. Assino papéis, falo com pessoas. Reúno informações para depois passar adiante. Acho que sou um comunicador. É graças a pessoas como eu que os outros países se comunicam com o nosso e nós nos apresentamos a eles. A diferença entre 1972 e 1914 é a comunicação — é por isso que a guerra fria não esquentou. Tem que saber o que é que o outro lado não vai engolir e ir até esse ponto, mas não passar dele. Se você estudar a Primeira Guerra Mundial, vai ver que aquelas pessoas não faziam a menor idéia do rolo em que estavam se metendo. O imperador Francisco José nem veio da casa de férias quando os ministros dele estavam declarando guerra à Sérvia."

Por trás do perfil pálido e simpático do tio, sempre a apertar os olhos, Clark via montanhas brancas emergirem do deserto. Mais perto da estrada havia um campo de golfe — faixas de um verde berrante que destoavam do cenário — e, à frente dele, uma sucessão de postos de gasolina, paradas de caminhão, lojas de cimento com placas como PEPSI, HOAGYS e TIENDA DE COMESTIBLES. Clark tentou imaginar bombas de hidrogênio destruindo tudo aquilo, mas parecia uma coisa vasta demais, e ao mesmo tempo delicada demais, uma visão translúcida a desdobrar-se sob um céu sereno, ensolarado, azul, vazio. "O que você acha do Vietnã?", perguntou Clark.

"Acabou. Está nas últimas. O Henry está cuidando de tudo."

"Como que os Estados Unidos foram cometer um erro tão grave?"

O tio Danny fez um bico, pensativo; visto de lado, Clark pensou, ele lembrava um pouco sua mãe tentando ser *sexy*. "Foi um erro?"

"Bem, nós perdemos cinqüenta mil soldados, e o Vietnã do Sul está pior do que estava antes."

"Mas foi graças à guerra que conseguimos entrar na China", disse o tio. "E mais os dois acordos SALT. Mao e Brejnev ficaram tentando puxar o nosso saco. Isso é uma coisa que ninguém pode sair por aí dizendo, mas a verdade é que o Vietnã impressionou quem tinha que ser impressionado. Todas as superpotências acham os vietnamitas uma cambada de escrotos. Eles pegaram o Laos. Mas não vão pegar a Tailândia. Nem o Camboja, no que depender de mim." Virou-se para o sobrinho, dois dedos pousados de leve no volante; o velocímetro estava quase em cento e vinte. "O Vietnã foi uma barra", disse ele. "Ainda bem que você não vai ter que lutar lá. Mas sempre tem alguém que tem que lutar. Se eu e você podemos andar na rua despreocupados, é porque tem um policial armado ali na esquina. A garotada hoje diz que o Estado é a violência organizada, e eles têm razão. Mas faz diferença quem é que está organizando. Se é o rei Jorge III ou George Washington. Stalin e seus discípulos ou um bando de políticos americanos apatetados. Prefiro os nossos patetas. O que essa garotada não vê é que eles só têm liberdade para deixar o cabelo crescer e queimar fumo e cagar na cabeça do coitado do Nixon porque tem alguém lutando por eles. Se você não protege uma coisa, você perde. Se uma classe, uma tribo ou um país não sabe lutar, ele é engolido. Eu tento não me irritar com essas coisas, mas — você mesmo, Clark, com esse cabelo, essa folhinha de maconha na camisa pólo — na verdade eu fico puto com esse decadentismo, com toda essa geração mimada, estragada, desbundada, ingrata, ignorante, cheia de *slogans* na cabeça. Ainda bem que eu passo pouco tempo aqui nos Estados Unidos. Senão eu acabava virando conservador." Um Mercedes novo, com janelas opacas, passou por eles depressa, como se o Jaguar estivesse imóvel. "Os Estados Unidos não querem criar caso", disse o tio. "A gente não precisa de mais território, nem de mais países satélites. Mas a gente não podia ficar aqui, escondido entre dois oceanos, e deixar esses covardões dominar o resto do planeta. O sistema deles está podre. Já estive lá. Me diga o nome de um único país comunista onde, se houvesse eleições limpas, o governo não ia perder. Existem problemas, sim, mas esses bandidos roubam as palavras de ordem e apresentam umas soluções de merda. Se a sua mãe não fosse minha irmã, eu não ia agüentar as conversas dela com esses outros esquerdinhas de Hollywood, todos cheios de dinheiro e sentimentos nobres, falando como se quisessem ser governados pelo falecido Ho Chi Minh. Eu queria que eles experimentassem só por uma semana. Na melhor das hipóteses, iam acabar num campo de reeducação. Não me provoque que eu não quero ficar muito esquentado. Eu tento ficar de cabeça fria, mas apesar de tudo eu adoro este país maluco, esbanjador, que vive se audodestruindo."

"Acho que no fundo a mamãe não se liga em política não." Clark, que nunca tivera irmãos, ficava fascinado ao ver sua mãe e seu tio brigarem por causa de Mitchell ou McGovern ou sabe-se lá o quê, e um minuto depois trocar gozações, sorrindo, como se a briga fosse apenas uma espécie de brincadeira bruta. Ela tratava o irmão como se ele fosse um menininho fascinado por sua coleção de pistolas de espoleta e soldadinhos de chumbo, mas que não conhecia as guerras de verdade em que ela combatia em Hollywood, guerras em que toda a sua pessoa estava em jogo: beleza, tônus muscular, emoções, sexualidade, tudo à mostra, para ser criticado ou ignorado pelos banqueiros, pelos mercadores de carne humana, pela garotada recém-saída das faculdades de cinema. Sua mãe explodia com Danny e chamava-o de fascista, e ele, com seu terno cinza ou listrado, do alto de seu metro e oitenta e sete de altura, fazia a saudação nazista e punha dois dedos no lábio superior, imitando o bigode de Hitler, tal como eles provavelmente faziam quando eram crianças, no tempo da guerra. O rosto dela se desarmava num sorriso radiante. Ela o amava, Clark percebia, porque ele a conhecia, conhecia-a do tempo em que sua mãe ainda não era Alma DeMott, e assim era uma das poucas pessoas que haviam testemunhado aquela transformação milagrosa.

"Você não conhece sua mãe", disse o tio Danny. "Ela foi dizer que a gente não devia ficar procurando subversivos e perdeu o título de Miss Uva Delaware." Estavam voltando a Los Angeles pela Pomona Freeway; à direita, a serra de San Jose; à esquerda, o Puente Hills Shopping Mall, cercado por uma ampla extensão de carros estacionados brilhando ao sol, o qual pairava como uma lua vermelha atrás de uma faixa prateada de poluição atmosférica. "Quem sabe foi até bom: se ela tivesse mesmo ganhado o concurso, ela podia ter ficado metida a besta e casado com um babaca de lá como o tal do Ingraham, que ela estava namorando. Ela não ia ter toda essa *garra* dela." Olhou para o sol, apertando a vista; com aqueles óculos de lentes grossas, parecia um professor. "Para agüentar a barra da vida, você tem que ter alguma coisa para provar. Você devia conhecer o tio Jared um dia desses, antes de ele bater as botas."

"Você já planejou muita coisa para mim. Conhecer o tio Jared, ir a Angkor Wat."

"Eu não quero que você fique aí na vagabundagem. Eu quero ter um sobrinho famoso. Gosto muito do meu pai, mas não seja medroso como ele não. Escute isso. É *Sturm*. É Beethoven. Não tem luvas de pelica como Mozart. Com Beethoven é sempre tudo ou nada."

Para Clark, o tio Danny era um tesouro, era como um ser interplanetário que lhe pertencia, um pouco como aquele robô com luzes que piscavam e uma voz grave e ressonante, o ajudante de Will em *Perdidos no espaço*, a que Clark assistia religiosamente quando pequeno. Até hoje achava que *Perdidos no espaço* era melhor que *Star Trek*. Perguntou ao tio: "Com que língua você se comunica lá no Camboja? Eu pensava que você tinha aprendido russo, essas coisas".

"Estou aprendendo um pouquinho de cmer, mas com francês dá para quebrar o galho. Não sei por que, mas nunca tive muito problema com línguas. O segredo é você não ter vergonha de errar. Eu adoro me arriscar, só para ver no que dá. Não é só sua mãe; eu também sou um ator."

O sol projetava sombras cada vez mais longas entre a *freeway* e a serra, e uma meia-lua fina e transparente surgira no céu sem nuvens, à direita. Clark nunca entendera direito qual a relação entre as fases da Lua e a posição do Sol, embora o senhor Sourian, seu professor na oitava série na Beverly Vista, tentasse explicar o fenômeno à turma no quadro-negro. A tarde fresca, o rádio trovejando Beethoven junto aos joelhos de Clark, a volta ao centro poluído de Los Angeles no sentido contrário à maioria dos faróis dos carros que voltavam para os subúrbios, o tio jovem e companheiro a seu lado a protegê-lo, com sua camisa social branca — esse era um dos filmes que às vezes passavam em sua cabeça, embora aquilo só tivesse acontecido umas poucas vezes, três ou quatro. Na nona série Clark foi para o St. Andrew's. O tio Danny foi enviado para a Tchecoslováquia depois que Pol Pot substituiu Lon Nol no Camboja, com a derrota do anticomunismo em toda a antiga Indochina; assim, ele não fazia mais escala em Los Angeles. Além disso, casara-se com uma cambojana, e agora que tinha sua própria família afastou-se ainda mais da órbita do sobrinho.

Clark já estava morando no Templo havia alguns meses quando Jesse o levou ao estábulo dos carneiros, numa manhã de verão, e lhe mostrou, num jirau, atrás de uma fachada de fardos de feno, as armas: rifles, fuzis, metralhadoras, pistolas. Canos, ferrolhos, gatilhos de metal escuro em engradados de madeira ou embrulhados em plástico, cheirando a óleo, ostentando uma beleza tranqüila e imperturbável, orgulhosos de seu poder letal. Clark percebeu que aquilo era claramente ilegal, mas não recuou, porque Jesse estava ali perto, na penumbra, observando atentamente sua reação. "Isso é para quê?"

"Para o Dia do Juízo, irmão."

"Essas armas têm licença? Aqui tem bastante para um exército."

"Claro, o Zeb tem um monte de licenças, lá no arquivo dele. E se alguma delas não tem licença aqui, tem lá nos arquivos do

Senhor da Justiça, tudo carimbado e datado lá onde Ele está sentado em Seu Trono Todo-poderoso", disse Jesse, com sua voz rouquenha, suave, fazendo os fragmentos de feno descreverem espirais nas lâminas de luz que entravam por entre as ripas do celeiro. "Umas foram compradas legalmente, numa loja em Leadville onde ninguém fica fazendo muita pergunta. As outras, sempre tem um jeito — você pode pedir as peças separadamente e depois montar uma bela arma. O irmão Luke é muito bom nisso, desde o tempo em que ele era torneiro mecânico." Pegou um rifle num engradado e segurou-o na vertical, diante do rosto de Clark. "Você pega um AR-15 velho como este, aí põe a base de encaixe de um AR-15-M-16 e pronto, vira um M-16, totalmente automático. Depois é só puxar o gatilho e *ta-ta-ta-ta-tá*, adeus, vietcongue. Lá no Vietnã eles davam M-16 para a gente. Beleza de arma, quando não engasga. Muito soldado que morreu por causa de um M-16 engasgado andou reclamando, então mudaram o nome de M-16A1 para M-16A2 e passou a funcionar muito melhor. Tome aí, meu filho. Segure."

A arma surpreendeu-o: era provocante como uma mulher, ao mesmo tempo mais leve e mais pesada do que ele imaginava. Aqueles três quilos de peças de metal encaixadas com precisão tinham uma certa leveza, como se pudessem transformar-se a qualquer momento numa vara de condão. A coronha era de plástico em vez de madeira, e a alça de mira era uma casinha complicada de um negro fosco.

"Já segurou uma arma antes, Esau?"

Ele recebera aquele nome ao romper completamente com Bighorn, quando, após uma última noite de bebedeira no Golddigger's em que disse a Johnny Ponyfoot e Art Marling o que pensava deles, voltou ao Templo para ficar. Ainda não assumira o nome; nos créditos de seu filme interior ainda aparecia "Clark". Tinha a impressão de que naquele nome havia uma intenção irônica, quando leu no Gênese o trecho sobre Esau: o primogênito de Isaac e Rebeca, ruivo e peludo, um caçador rude que era o favorito do pai mas perdeu o direito de primogenitura para o irmão gêmeo, Jacó, que nascera agarrado a seu calcanhar e tornou-se o predileto da mãe. Com a conivência dela, Jacó roubou a bênção do pai, enganando o velho cego com as peles de cabrito que colocou sobre as costas da mão. Esau fora um caipira bobalhão.

Mas Hannah explicou-lhe que o segredo da história era que Esau depois perdoou o irmão traiçoeiro; ele, Clark, tinha bom coração. Não lhe permitiram ficar no mesmo quarto que Hannah, tal como ele imaginara; teve que ir para um dormitório masculino na outra extremidade do prédio, e todas as noites era obrigado a dormir em meio aos roncos grosseiros dos outros homens. Um bando de caipiras; ele agora vivia no meio de caipiras desconhecidos e grosseiros. Tal como Esau fundara a nação de Edom, separada dos israelitas, Clark viera de um mundo muito diferente daquele Templo, habitado por homens e mulheres de origem rural, possuídos pelas expectativas apocalípticas do adventismo. O adventismo devia ter acabado logo no início, quando as previsões do fundador, William Miller, fracassaram em 1843, a Primeira Decepção, e depois, refeitos os cálculos originais, em 22 de outubro de 1844, a Grande Decepção. Apesar de todas as oportunidades que Lhe foram oferecidas, Cristo recusara-se a voltar. Mas os caipiras estão acostumados com as decepções; e a seita criada por Miller sobreviveu sem ele, desaguando, após uma série de meandros e bifurcações, em uma de suas ramificações mais estreitas, na idéia, instalada na cabeça já quase calva de Jesse Smith, de que ele era um instrumento prestes a ser usado por Deus.

"Que eu me lembre, não", respondeu Clark.

"Então nunca segurou", disse Jesse, com um sorriso malicioso. "É que nem sexo — a gente não esquece, não é?"

Na verdade, Clark esquecia. Aqueles meninas saudáveis, sem nada na cabeça, que ele conhecia na praia ou num clube, e no dia seguinte entravam confusamente numa viagem de ácido ou noitada de pó, ele até queria esquecer. Ficava constrangido quando Jesse falava em sexo: o tema era como uma rachadura cada vez mais larga que se abria de alto a baixo na imagem de senhor e salvador que ele projetava. Sua obsessão era engravidar tantas mulheres do Templo quanto possível, para que sua semente fosse bem representada em meio aos cento e quarenta e quatro mil que seriam salvos após o Juízo. Hannah estava grávida. Clark achava que o pai não era ele, pois nas raras vezes em que os dois conseguiam dar uma escapulida sempre usavam camisinha.

Jesse percebeu que Clark estava pouco à vontade, que era

virgem em matéria de armas, e tirou do arsenal secreto uma arma mais poderosa. "Isto aqui era o que a gente tinha que enfrentar, o pai de todos os rifles automáticos: o AK-47. O velho Kalashnikov. Criado na Rússia, e agora fabricado principalmente pelos chineses. A arma preferida de todos os que combatem Gog. Está vendo esse pente-banana? É o que distingue o AK-47. São trinta disparos; é só enfiar. Deve ter uns cinqüenta milhões iguais a este aqui pelo mundo afora, infernizando a vida do Demônio e seus asseclas." Levantou a arma, segurando o cano de tal forma que seu rosto ficava partido exatamente no meio; focalizou a vista na mira, e lentamente seus olhos envesgaram.

O que significavam aquelas brincadeiras de Jesse? Que ele detinha o monopólio não só sobre as mulheres mas também sobre o humor? E quem era o alvo daquela brincadeira?

Clark não sabia mais quando resolvera acreditar em Jesse; aquele homenzarrão simplesmente se plantara dentro dele, como um vagabundo que se apossa de um casebre vago. Na presença de Jesse, sentia-se valorizado, de um modo que não se sentia com ninguém — certamente não com a mãe, para quem o nascimento do filho fora apenas uma interrupção de sua vida verdadeira, nem tampouco com nenhuma daquelas pessoas para quem ele era, acima de tudo, o filho de Alma. Jesse, com sua maluquice astuciosa, havia esquadrinhado a alma de Clark e descobrira algo que não havia interessado a ninguém até então. Clark era o mais ínfimo dos filhotes de Jesse, mas levava lambidas e tabefes tal como os outros. Não entendia em que momento se dera sua conversão; numa cena ele se via do lado de fora, querendo entender como deixara que Hannah o levasse até aquela arapuca; no fotograma seguinte já estava do lado de dentro, sem poder sair, preso pela ação da gravidade à órbita daquele salvador imprevisível.

"'E chamarei contra ele a espada para cima de todos os meus montes, diz o Senhor Deus: a espada de cada um se voltará contra seu irmão.' Sabe de onde é isso, irmão Esau?"

"Ezequiel, alguma coisa." Clark com freqüência cochilava nas intermináveis sessões de estudo da Bíblia presididas por Jesse. Ficava exausto de tanto trabalhar no Templo, ajudando Luke e Jonas e Mephibosheth a construir mais alojamentos para a tribo cada vez maior de crianças, manejando um martelo e um serrote o dia inteiro, enquanto os ventos quentes do verão varriam o campo, embranquecendo em ondas as ondulações do terreno onde os carneiros vorazes ainda não haviam devorado o capim.

"Ezequiel, trinta e oito, vinte e um. 'E exercitarei os meus juízos sobre ele pela peste e pelo sangue, e pelas chuvas veementes, e pelas pedras de extraordinária grossura. Eu derramarei chuvas de fogo e de enxofre sobre ele, e sobre o seu exército, e sobre os muitos povos que estão com ele.' Isso lhe dá medo, meu filho?"

"Se você é meu amigo, não, Jesse." Era uma resposta decorada, repetida por todos nas sessões de estudo.

"Você sabe sobre quem ele está falando, não sabe?"

"Os inimigos dele. Os inimigos do Senhor."

"Não é qualquer inimigo não. Ele está falando em Gog, na terra de Magog, o príncipe e chefe de Mosoc e de Tubal. Você lembra que eu expliquei exatamente quem é Gog, não lembra? Pense nisso — G, O, G."

Clark deixou que as letras rodopiassem em sua cabeça, mas a única coisa que lhe ocorreu foi que o nome era quase igual a *God* (Deus). Aquela gente tão devota estava sempre a um passo da blasfêmia. A blasfêmia estava em toda parte, como o sexo no cinema antes de abandonarem o Código de Produção, quando então as cenas se tornaram explícitas e perderam a graça. Clark estava olhando para uma arma pequena e grossa, ainda embrulhada em plástico e dentro de uma embalagem de isopor. Com base nos filmes de Arnold Schwarzenegger que já vira, imaginava que fosse uma Uzi.

"Feita na Terra Santa", sussurrou Jesse ao pé de seu ouvido. "Pelos mesmos fabricantes israelenses que criaram o rifle Galil. O genial da Uzi é que ela lança uma bala jaquetada, de pistola de nove milímetros. A coronha é dobrável, para ficar mais compacta. G, O, G. E então?"

Aquele feno todo fazia o nariz de Clark coçar; subitamente ocorreu-lhe a idéia de que se alguém acendesse um fósforo ali, todo o prédio pegaria fogo com muita facilidade. Carneiros gritando lá embaixo, munição explodindo ali em cima.

"Governo Opressor Ganancioso", disse Jesse, com satisfação, baixando o Kalashnikov. "É isso que Gog quer dizer, e é isso que a gente tem que enfrentar. Ganancioso e ateu ainda por cima. O Reagan, esse caubói de araque, diz que acredita em

Deus, mas você já reparou que ele nunca vai à igreja? Tem medo de sair de casa desde que aquele outro ator de cinema deu um tiro nele."

"Não era ator, não", disse Clark; embora soubesse que Jesse não gostava de ser corrigido, depois de ter aquela aula sobre armas julgava-se no direito de dizer alguma coisa. "Um rapaz psicopata que estava apaixonado por uma atriz, Jodie Foster." Entregou ao outro o M-16, com alívio. A arma estava querendo ganhar vida em suas mãos.

Jesse o ignorou e prosseguiu: "E deixou o papa entrar no país, para espalhar aquele veneno infernal dele. Quando chegar o Dia do Juízo, esses dois vão ser os anticristos número um e número dois, e vão pedir para essas montanhas caírem em cima deles e escondê-los da Ira do Cordeiro. Claro como cuspe".

Clark não era do tempo em que o presidente fazia filmes, mas *criador de campeões* passava às vezes no Channel Nine, e o que o fascinava era aquele chute fantástico dado pelo homem que nem estava no jogo, nem estava de uniforme, que depois saía correndo, driblando, de uma ponta à outra do campo, enquanto Pat O'Brien percebia que um milagre estava acontecendo. A gente sabia desde o começo que um homem bom demais, como George Gipp, ia acabar morrendo. O mundo não aceita pessoas perfeitas; ele perde toda a tolerância. Uma coisa engraçada: antes de Reagan virar presidente, as melhores cenas dele eram sempre na cama: morrendo e pedindo ao time mais uma vitória para o Gipper; no filme *Em cada coração um pecado*, perguntando onde estava o resto dele; e na cama com Bonzo.

Dentro da cabeça de Clark, os filmes estavam passando depressa demais; ele começava a entrar em pânico ali naquele jirau escuro e triangular, com todas aquelas armas mumificadas, aquele cheiro do óleo que as mantinha eternamente jovens. Jesse, com sua percepção extraordinária, captou o desconforto de Clark, e levantou as duas armas num gesto sacerdotal, uma em cada mão, prolongando o tormento do discípulo, cônscio de que é o tormento que prende o discípulo ao mestre. O tormento é interessante.

"'Desse modo eu me glorifico e santifico', disse Jesse. Naquele tempo o poder era a espada; agora é a arma de fogo. 'E deu à luz um filho varão, que havia de reger todas as gentes com vara de ferro.' Apocalipse, doze, cinco. Aposto que você pensava que a vara de Jessé era a minha pica. Não é, irmão Esau?"

"Nunca parei para pensar nisso", disse Clark, contornando os fardos de feno em direção à escada vertical por onde poderia sair daquele lugar claustrofóbico, cheio de feno, impregnado de óleo.

Jesse desceu atrás dele. Clark ficou vendo o homem mais velho explorando com suas sandálias Birkenstock os degraus gastos, cuidadoso. O líder por fim chegou ao chão do celeiro, coberto de feno e bosta de carneiro, com o rosto um pouco corado, ofegante. Usava um colete de couro sobre a camisa de flanela vermelha, e dava para ver seu coração batendo, fazendo o colete mexer-se de leve, como as asas sem penas de um filhote de pássaro ainda no ninho. Na cabeça de Clark, um dente de roda prendeu-se de repente, e ele viu Jesse como um homem preso numa armadilha, a armadilha de sua própria missão, como se tivesse vermes vivos no cérebro. Jesse tinha o dom de inspirar pena junto com obediência, um dom que era uma faca de dois gumes. Disse ele, como se pedindo desculpas por ter assustado Clark: "Precisamos nos proteger, Esau. Os seguidores do Demônio estão inquietos. Gog vive reclamando de que estamos lhe devendo impostos. Impostos municipais, estaduais, locais; todos os dias recebemos esses envelopes com janelinhas transparentes. Eu pergunto a Zebulun: o que é isso, o que é aquilo? Ele não sabe. Tem uma fé poderosa, e tem posses também, mas não entende nada de números. Eu também não, irmão Esau. Os caminhos deste mundo não são o meu caminho".

Zebulun era um jovem havaiano rotundo, com uma ascendência complicada, que fora recrutado por Matthew numa pescaria de almas no Pacífico entre adventistas do sétimo dia que estavam impacientes com a demora do Segundo Advento. Essa seita, a mais numerosa de todas, havia explicado a Grande Decepção com o argumento de que, no dia 22 de outubro de 1844, fora iniciada uma investigação no Céu com o fim de lançar as bases do Dia do Juízo, ainda por vir. Como outros seguidores de fés heróicas — os mórmons e os adeptos do reverendo Moon, e, pensando bem, todos os que professam o credo de santo Atanásio —, haviam desenvolvido, por cima de suas elaborações fantásticas, uma espessa pele ou cicatriz de mundanalidade, roupas convencionais, sucesso nos negócios e maneiras afáveis; porém por trás de tudo isso ardia o pus da frustração, a inflamação das esperanças irrealizadas. Matthew, tal como o Mateus bíblico, prometia que o Segundo Advento estava "perto, às portas". Disse a Zebulun que o Profeta havia chegado, que vivia alguns quilômetros ao norte de Lower Branch, Colorado, no condado de Burr. O pai de Zebulun era proprietário de imóveis em Honolulu e plantações de abacaxi na ilha maior do arquipélago, e graças a sua riqueza Zebulun tornara-se o tesoureiro do Templo, embora Clark o visse como um escurinho que sofria de deficiência mental, tranqüilizado pela pregação de Jesse. Certamente era ele que estava financiando a compra das armas.

Jesse continuava a lamentar-se: "Gog tem mais espiões trabalhando para ele do que há demônios no Inferno. Um fiscal da Saúde Pública ouviu dizer que nossos encanamentos não estão muito bons, e quer vir aqui farejar as nossas fossas sépticas. Uma assistente social metida a besta chegou até o segundo portão, dizendo que tinha ouvido falar em casos de crianças maltratadas — é o máximo, quando nós estamos ensinando aos nossos filhos a única religião verdadeira que vai impedir que eles terminem ardendo no fogo eterno! O Luke era que estava montando guarda nesse dia — deu um tiro perto do pneu do carro dela, e disse que da próxima vez não ia errar a pontaria".

"Na minha opinião..." Clark hesitou, para ver sua reação.

"Pode falar, Esau."

"Acho que você precisa melhorar as relações públicas. Tem um jeito de evitar esses aborrecimentos. Lá em Hollywood eu trabalhei na agência Nova Talent. Uma das coisas que a gente tinha que fazer era não deixar que as novas estrelas se metessem em encrenca."

"Eu não devia ter descido para cá", confidenciou Jesse, tirando os óculos de armação metálica que havia colocado para admirar as armas e esfregando os olhos com os dedos, como se quisesse extrair deles todo o leite da tristeza. "Eu não devia ter descido tanto." Pela porta ampla e quadrada do celeiro via-se a serra para o leste, as encostas cobertas de capim que davam lugar a escarpas rochosas mais para o alto, terminando em picos distantes, inatingíveis, brancos de neve até mesmo em agosto. "Lá onde eu vivia você não deve nada a ninguém e ninguém deve nada a você. Você come caça e queima lenha."

"O que foi que aconteceu?"

"A vocação. A fé me invadiu como um fogo, quente e frio. Eu tinha que transmitir as boas novas a outras pessoas."

Uma meia-lua emergia no céu azul, como uma pedra que a vazante expõe à vista. "Deve ser uma sensação maravilhosa", comentou Clark, querendo ser educado.

"Não, foi terrível. A sensação de responsabilidade foi simplesmente medonha, um terror. É isso que eu faço por vocês — segurar o terror. Segurar o terror de toda a humanidade. Sério, implorei para que aquele cálice passasse de mim, mas não teve jeito. Eu tinha voltado do Vietnã havia dois anos, estava tentando me acertar, procurando uma terrinha abandonada para me instalar nela, e o Senhor me apronta uma dessas."

Fazia parte das convicções de Jesse não tomar banho com muita freqüência; por vezes, quando o vento mudava de direção, sua aura tornava-se insuportável. Clark teve vontade de afastar-se e meditar sobre a visão daquelas armas. Parecia-lhe que elas tinham um significado profundo, ainda que não explícito, para ele.

"Foi como ser abraçado por um urso", prosseguia Jesse; agora era ele que estava assistindo a um cinema interior, um filme de seu passado. "Foi um peso na minha cabeça que quase me enlouqueceu. A gente se sente muito sozinho quando vê que é o noivo pelo qual todo o universo estava esperando." Jesse olhava para Esau fixamente, para testá-lo, para ver se o outro iria traí-lo. "Não conte aos outros tudo que eu digo a você. São pessoas simples, a maioria, e não seriam capazes de agüentar mistérios demais ao mesmo tempo."

Clark, seco, fechou a conversa dizendo: "Se quer que eu ajude o Zebulun, melhor você falar com ele. Se partir de mim ele não vai acreditar".

Durante os quatro anos em que freqüentou o St. Andrew's, em meados dos anos setenta, Clark visitava seus avós uma vez por mês, em média. Gostava de sua avó, embora não entendesse por que nunca haviam consertado sua perna com uma dessas operações simples que os médicos vivem mostrando na televisão, nem por que ela lhe dava para comer aquela comida pesada do interior que a engordara de tal modo que só com dificuldade ela conseguia transitar entre o fogão e a mesa da cozinha. Mas gostava mesmo era do avô — adorava ouvir todos chamá-lo de "Teddy" embora já estivesse com mais de setenta anos, adorava seu jeito paciente de andar, de escutar, de sofrer em silêncio. Se havia uma coisa que sua mãe não sabia fazer era sofrer em silêncio. Embora de vez em quando tivesse uns acessos de instinto materno, na época em que Clark estava se tornando homem ela passava a maior parte do tempo a milhares de quilômetros do filho, em filmagens no México ou na Louisiana, e mesmo na presença dele sua cabeça estava sempre longe. A partir de 1970, quando completou quarenta anos, Alma entregou os pontos e começou a aceitar trabalho na televisão — papéis de mulheres mais velhas em minisséries de quatro ou seis capítulos, adaptações dos *best-sellers* do ano anterior, dramas históricos com uma abordagem politicamente correta das questões raciais. Sua fase de loura platinada havia terminado; os cabelos voltaram a escurecer. Um dos papéis que fez foi o de mãe castradora de uma aristocrática moça mexicana que se apaixona por um trabalhador que vira revolucionário; no final, porém, a mãe compreende a situação e perdoa a filha. Em outra série, era uma cafetina de Nova Orleans, descendente de franceses, cujo bordel era incendiado por ela aceitar clientes mestiços. Irmãs mais velhas, executivas poderosas, mulheres com um passado que voltava para torturá-las — a televisão, por mais vulgar que fosse, pelo menos abrangia um mundo onde as mulheres de meia-idade ainda desempenhavam um papel. O cinema, ainda atônito de se ver livre da censura, apegava-se ao ideal da beleza jovem, e o que não faltavam eram novos exemplares: Ali McGraw, Katharine Ross, Karen Black, Maria Schneider. Não iam durar tanto quanto ela, dizia a mãe; por outro lado, ela não tinha durado tanto quanto Joan Crawford.

Teddy agora tinha mais tempo livre, desde que seu sobrinho Ira assumira o controle da estufa, cheio de energia, e gostava da companhia muda do neto adolescente. Os dois eram fisicamente parecidos — o corpo atarracado e quadrado, os olhos castanhos suaves, os cabelos lisos de cor indefinida. Teddy caminhava com Clark pela cidade, mostrando-lhe terrenos baldios onde outrora havia casas, casas novas onde antes era campo, residências que antigamente eram mercearias, uma mansão caindo aos pedaços que pertencera ao fundador da fábrica de chapinhas, um casarão em mau estado transformado em casa de cômodos que fora da irmã de seu pai e na qual ele e Em foram morar quando recém-casados, casebres onde viviam os negros outrora — em condições deploráveis, agora ele se dava conta. Tendo trabalhado anos como carteiro, sabia o nome de cada família que havia morado em cada casa. Muitas ainda estavam lá; outras tinham desaparecido. Ah, se não fosse proibido pelo regulamento dos correios, ele teria muitas histórias para contar. O carteiro, que bate à porta de muitas casas todos os dias, começa a sentir o clima de cada uma delas, e vê coisas — mulheres de roupão que lhe perguntam se ele não quer entrar para tomar um café, carros estacionados na frente cujos verdadeiros donos moram no outro lado da cidade, crianças abandonadas no andar de cima berrando em desespero, sinais de que uma família está sendo derrotada quando a tinta começa a descascar e as telas das portas ficam quebradas. Ele disse a Clark: "A gente sabe pela correspondência que chega — se as pessoas da família têm interesse em assinar uma ou duas revistas, se recebem cartões-postais e cartas escritas à mão de conhecidos que estão viajando, ou se recebem muitas contas com o carimbo ATENÇÃO e envelopes de órgãos da justiça com recibos que têm de ser assinados. É uma coisa terrível, Clark, quando uma casa começa a afundar — quando o chefe da família está sendo arrastado para baixo".

O garoto percebeu um toque de sofrimento pessoal, de queixa. Perguntou: "Foi isso que aconteceu com o seu pai?".

"Foi. Foi, sim. Prefiro não falar sobre isso, está bem?"

"Mas depois sua filha ficou rica e famosa."

"Isso ajudou. Mas ela pagou o preço. Na vida nada é de graça. Veja as porcarias que ela tem que fazer na televisão agora. Pior que novela, nem sei como que Em consegue assistir todo dia. Sua mãe devia se aposentar e viver do dinheiro que já tem, mas não consegue. É o preço do sucesso. Ninguém sabe quando parar. Todo mundo sempre quer mais."

Ele e Clark entravam no Chrysler da família — um carro sóbrio, cinza-azulado, um dos poucos luxos que os velhos permitiram que Alma lhes desse — e rodavam por Delaware, indo até Wilmington, onde o avô apontava para os prédios em que ficavam antigamente os cinemas, o Colégio de Administração Prática O'Connell, no tempo em que o centro da cidade não havia ainda se transformado no bairro dos negros. "Não é por culpa deles que fica tudo estragado", explicou. "Eles não têm dinheiro para fazer a manutenção. Não têm dinheiro porque não têm instrução. E não têm instrução porque ninguém quer saber deles, desde que deixaram de ser escravos. Você sabia que este estado foi escravista, durante toda a Guerra de Secessão? Só conseguiram ratificar a emenda nº 13 à Constituição em 1901. Negro que se metia a votar acabava mal. Aqui teve de tudo — linchamentos, chibatadas. Gente é pior que bicho." O avô riu, enquanto o Chrysler passava devagar por quarteirões inteiros de prédios em péssimo estado, com tábuas pregadas nas janelas. "O resultado é isso. As cidades americanas são a vingança dos negros. Eles tomaram todas. Os brancos têm medo de ir ao centro à noite. Antigamente aqui havia um monte de lojas, moças bonitas, de chapéu, andando de bonde. Não vá pensar que antigamente a gente não olhava para as moças, e que elas não sabiam que a gente olhava, só porque não era como agora, que elas mostram tudo logo desde o começo."

O avô não se indignava com nada. Era um homem em paz com o mundo, ainda curioso mas sem a menor esperança de mudar o que quer que fosse. Até mesmo os tanques de petróleo, pintados de branco, atrás de uma cerca metálica de dois metros e meio de altura, no rio onde ele e Jared pescavam quando meninos, onde antes havia pântanos cheios de garças, ratos almiscarados e tartarugas, ele achava admiráveis de um certo ponto de vista, um triunfo do dinheiro e da engenharia, da capacidade do Homem de se impor à Natureza. Estacionaram; o avô abriu a janela, para que eles pudessem sentir o cheiro dos tanques, da química complexa do petróleo refinado. Um banco de cirros iluminados pelo sol descrevia um arco em direção a Nova Jérsei, e dava a impressão de que flocos da tinta branca dos tanques haviam subido aos céus. Naquele outono, os cientistas tinham revelado que os gases fréon liberados pelos *sprays* de aerossol estavam destruindo a ozonosfera. Clark estava com quinze anos e no St. Andrew's havia sido exposto a pequenas doses de Maquiavel e Platão, Byron e Camus, e até mesmo um pouco de Nietzsche — o bastante para que ele se desse conta de que havia menos coisas no céu do que ele outrora imaginava, vagamente. Cada viagem à Lua diminuía Deus um pouco. Clark tinha inveja da mãe; ela sempre tivera seu Deus, ali sob o céu próximo e protetor de Basingstoke, e, com seu egotismo de estrela de Hollywood, não se dera ao trabalho de repassá-Lo para o filho. Clark não sabia no que devia acreditar; sabia apenas que um dia ia morrer, o que era impensável — tudo desaparecendo como se uma lâmpada se apagasse, e as pessoas e os planetas seguindo em frente sem ele, até depois que o sol explodisse e virasse um monte de cinzas. À noite, ao deitar-se, pesava-lhe essa eventualidade carbonizada e plúmbea; fazia parte dos cheiros adultos de seu corpo à medida que os lençóis esquentavam, e o alívio imediato da masturbação apagava essa consciência com uma espécie de luz interior, só que depois a idéia amarga retornava, enquanto ele limpava o lençol às cegas com o lenço, na esperança de que a lavanderia da escola confundisse aquela ejaculação com meleca. Lynette, Bobby Anne e (esta do modo mais sujo possível) Alicia, meninas da oitava série que ele conhecera no ano anterior na escola Beverly Vista, estrelavam nos filminhos que se projetavam dentro de sua cabeça, mas, quando terminava a sessão de cinema, a verdade, um poço sem fundo e escuro, permanecia. Em Hollywood havia igrejas e sinagogas bem cuidadas nos bulevares ladeados de palmeiras, mas sua mãe jamais o levara a nenhuma delas, salvo no caso de um ou outro funeral concorrido, a morte de uma estrela, com fotógrafos ávidos, os fãs excluídos amontoados na calçada, e lá dentro um clima de evento publicitário ou churrasco, só que com menos brincadeiras que de costume. Quem era esse Deus de que todo mundo falava mas que ninguém jamais vira? O culto na capela episcopaliana do St. Andrew's parecia perfunctório e insubstancial, como se estivessem engrolando palavras numa língua estrangeira que ele jamais aprendera; os sermões dados por professores eram leves, num tom terra-a-terra, às vezes até irônico. Onde estava o milagre oculto? Com quem ele podia conversar senão com o avô, que tinha opiniões moderadas sobre tudo e não condenava ninguém? Um dia em novembro, quando tinham ido à praia e estavam satisfeitos de se ver de volta no Chrysler aquecido, protegidos do vento, Clark perguntou: "Como era a religião da mamãe quando ela era menina?".

A pergunta poderia ter sido mais bem formulada, mas o avô entendeu o que ele queria dizer. "Ela freqüentava a igreja presbiteriana de North Elm, com a mãe dela e a minha. Os Sifford eram metodistas, mas depois que a Emily teve a menina foi mais fácil eles trocarem de igreja, porque a minha mãe era muito devotada à dela. A família sempre dizia que quem devia ter sido pastor era ela, não o papai."

"A mamãe era... quer dizer, sincera?"

Teddy pensou. "Ela nunca disse nada de decisivo sobre o assunto. Ia à escola dominical todos os domingos, e foi confirmada aos treze anos. Linda como um anjo, com um vestido branco que minha mãe fez, apesar da vista fraca. Normalmente eu não ia à igreja, mas dessa vez fui. Era a *minha* filha." Examinou o rosto preocupado do neto; não sabia o que o rapaz queria ouvir. "Então, mais ou menos quando estava com a sua idade, se não me engano, quando começou a namorar, ela começou a ir cada vez menos; ficava em casa comigo, fazendo dever de casa ou visitando as amigas. Isso era normal, até mesmo mamãe achou. Ela disse que nessa idade as pessoas não vão mais à igreja, mas voltam depois que têm filhos. Minha mãe dirigia a escola dominical lá no Missouri; foi assim que ela e o papai se conheceram."

"E por que você nunca ia?", perguntou Clark.

O carteiro aposentado virou-se de frente para o pára-brisa fumê, e seu perfil exibiu ao neto os lábios finos apertados numa expressão dura — uma boca bem Wilmot. "Nunca achei necessário", respondeu. "Parei de ir de vez depois que papai morreu." Pensou um pouco mais, voltando ao passado. "Devo ter ficado ressentido." À luz forte do dia, um trecho das costeletas que fora esquecido pela lâmina de barbear exibia pêlos brancos curtos. Ao lado da cerca de metal ainda restava uma faixa de pântano, e dela bateram asas duas grandes garças azuis; o S de seus pescoços endireitou-se à medida que as asas ensombradas afastavam do chão os corpos em forma de seta.

"Ressentido?"

Com um gesto vagaroso, o avô coçou o queixo, no trecho exato em que haviam ficado alguns pêlos. "Isso pode lhe parecer estranho, se você levar em conta a maneira de pensar das pessoas na época, mas eu tinha a impressão de que Deus podia ter dado um sinal a meu pai. Para ajudar. Só um sinalzinho, não ia custar nada a Ele. Eu é que não ia mais à igreja para louvar a Deus depois dessa. E mamãe nunca tentou me obrigar, embora a religião fosse tão importante para ela. Acho que ela sentia um pouco de medo de mim. Então apareceu a Emily, e ela ia no meu lugar. Eu não seria capaz de tirar o conforto da religião daqueles que acreditam, e não quero que isso que estou lhe dizendo vire uma preocupação para você, Clark; você perguntou, e eu respondi da melhor maneira que pude. Tudo isso aconteceu há muito tempo. De lá para cá tivemos um presidente que renunciou; agora nada mais é sagrado."

Fez uma pausa, achando que Clark ia dizer alguma coisa, talvez discordando de sua posição. Mas Clark não conseguiu achar o que dizer; ali ao lado dos tanques de gasolina de um branco reluzente, que poderiam explodir numa bola de fogo igual a uma bomba atômica, a idéia de Deus o assustava; sua língua parecia enorme e entorpecida.

O avô pôs a chave na ignição e disse, num tom suave: "Um dia desses, quando você vier passar o fim de semana conosco, a gente devia ir a Paterson para ver se ainda tem muita coisa lá de que eu ainda me lembre. Naquele tempo, Paterson parecia o centro do universo; a greve dos empregados das fiações deu manchetes no país inteiro". Engrenou, acrescentando: "Vamos para casa ver o que a mamãe preparou para a gente comer". Nessa frase, "mamãe" referia-se a sua esposa.

Depois de terminar o secundário, e voltar para Los Angeles e matricular-se na U.C.L.A., em Westwood, e largar a faculdade quando surgiu o que lhe pareceu uma boa oportunidade numa produtora independente, quase toda de jovens, criada para fazer um filme aproveitando a onda do Super-Homem (só que o nome dele não seria Super-Homem nem nenhum nome de super-herói já registrado, e todas as suas tentativas de demonstrar força sobre-humana, como dobrar um pé-de-cabra ou levantar uma locomotiva, fracassariam de modo hilariante, o que permitiria fazer uma boa economia em matéria de efeitos especiais), e acabar voltando para a universidade e cursando algumas disciplinas quando se cansou de ser sacaneado pelo chefe de produção, um cara metido a besta que pelo visto gostava de humilhar o filho de uma estrela famosa, de modo sutil, até que Clark um dia disse o que achava dele — depois de tudo isso, à espera de uma ocasião propícia, dormindo até meio-dia e assistindo à MTV ou a filmes velhos pela televisão a cabo, sem entender por que naquelas comédias malucas em preto-e-branco as pessoas falavam tão depressa e tão alto — as platéias daquele tempo deviam entender, mas ele não conseguia — e dando telefonemas e pintando no Ma Maison ou no Jimmy's ou no Spago ou no Colony com a maior gata, que apesar da minissaia de couro, da blusa transparente, do brinco no nariz, das botas de vinil roxo de salto agulha, da borboleta tatuada no ombro esquerdo, na verdade era uma moça legal, simpática, que tal como ele tinha tomado um excesso de substâncias químicas para levantar o astral e tinha esperança de que, só de freqüentar aqueles lugares que cheiravam a sucesso, conseguiria entrar no mecanismo mágico que levava ao mundo das estrelas, e depois indo a uma festa na casa de alguém cujos pais estavam fora, cada um lá viajando de alguma coisa, e a água da piscina iluminada por baixo, por lâmpadas douradas e trêmulas, parecia um pedaço do céu de cabeça para baixo, e o cachorro siberiano deitado no terraço com uma cara preocupada, querendo brincar com a bola de tênis amarela e amassada, pegá-la com as patas longas e brancas, só que ninguém queria brincar, todos estavam tão desbundados e ensimesmados e cuidadosamente penteados e abotoados que não dava para brincar com um cachorro, aquela casa montada com tanto esforço e tanto dinheiro, cheia de ornamentos mexicanos, entregue a conversas idiotas que não davam em lugar nenhum, nem mesmo na cama, todo mundo tenso, medroso ou entediado demais para fazer amor, os diretores de cinema já haviam mostrado o amor, os compositores também, o que restava era só um monte de imagens rasgadas, uma depois da outra, irônicas, fatiadas na MTV como as bocas dos tubarões esfomeados naquele documentário sobre a Grande Barreira de Recifes na Austrália — e enquanto tudo isso acontecia, seu avô enviava-lhe de Basingstoke cartas pacientes, em envelopes selados, o endereço escrito de modo bem legível, com aqueles números de rua imensos de Los Angeles que faziam rir o ex-carteiro do interior. As cartas eram um reconhecimento do afeto que o rapaz demonstrara, e uma tentativa de atender à necessidade de fé que o velho percebera no neto. Mas Teddy não tinha fé alguma para lhe oferecer;

tinha apenas os fatos da vida cotidiana: o tempo, notícias da família, as mudanças ocorridas na cidadezinha.

19 de fevereiro de 1983

Querido Clark:

O inverno está bastante ameno, até agora, mas ainda estamos em fevereiro, de modo que qualquer coisa ainda pode acontecer. Já vi dar trinta centímetros de neve em março.

Emily anda tendo problemas respiratórios, e mais a perna dela, como se não bastassem os incômodos da velhice, mas ela nunca foi de ficar se queixando de nada. Para mim é um prazer paparicá-la, depois de tantos anos sendo paparicado por ela.

A drogaria na esquina de Rodney com Elm, onde nós nos conhecemos, conforme lhe contei, mudou de dono mais uma vez. Está vazia há meses, nem mesmo a Ligget's está conseguindo enfrentar a concorrência da nova que abriu no *shopping* perto de Red Lion.

Fico triste de ver aquelas vitrines grandes vazias, e a porta da esquina fechada com tábuas. Quando eu tinha a sua idade, eu achava que a drogaria de Seth Addison e o banco de Wayne Phillips eram eternos. Mas todos os dois um dia chegaram ao fim.

Todo o quarteirão mudou — uma pilha de tijolos no lugar onde ficava o Roxie, e a loja dos Oddfellows fechada por falta de membros novos. Uma locadora de vídeo onde antigamente era uma sinuca. As pessoas põem a culpa nos *shoppings*, mas o problema não é só esse, é que as pessoas não têm mais sentimento comunitário. Além disso, os jovens começam a trabalhar muito cedo, porque a vida está difícil.

Eu e sua avó ficamos tristes quando sua mãe nos contou que o seu último emprego não está dando certo. Pelo visto, eles não querem criatividade. Só querem imitar o que já funcionou antes. É a mentalidade do *shopping*.

Não desanime, Clark. Todos nós sabemos que você tem capacidade para fazer o que tem que ser feito e construir seu futuro. Aqui em Basingstoke muita gente não levava sua mãe a sério, mas ela apostou nos seus sonhos e foi até o fim. Agora essas mesmas pessoas me procuram achando que vão encontrar em mim um pouco da magia dela. E eu explico: Essie fez tudo o que fez sozinha, nós só fizemos amá-la. Nunca imaginamos que uma coisa tão bonita pudesse sair de nós.

O seu tio Danny foi enviado para a Alemanha Oriental; ele não pode dizer mais nada. Quando tirou licença e passou uns tempos em Washington, fomos visitá-lo várias vezes. Os filhos dele estão muito bonitinhos, e ele está engordando um pouco. Essas mulheres orientais sabem muito bem cuidar do marido.

Até o correio saiu da cidade. Agora fica num lugar onde antigamente havia uma plantação de beterraba, e atende a três comunidades. Mas os selos a gente compra numa máquina, e as pessoas que trabalham lá são quase todas de cor, não conhecem a gente nem querem conhecer. No meu tempo, dávamos um serviço pessoal a todo mundo, e era comum entregarmos cartas que chegavam sem endereço, só com o nome do destinatário.

Bem, chega de resmungar. Nós ainda estamos guardando os livros e fitas que você trazia do St. Andrew's quando vinha passar o fim de semana conosco e depois esquecia de levar. Sempre que a gente pensa em empacotar e mandar para você, dá a maior tristeza, e a gente acaba deixando para depois. Da próxima vez que você vier, não esqueça de pegar.

Foi a mesma coisa quando morreu a minha irmã Esther e o Pete queria vender a casa o mais rápido possível, mas eu não conseguia ir lá para ver as coisas do tempo de Paterson que ela guardava no sótão. Na época em que nos mudamos para cá, ela não queria vir, só veio porque eu implorei. Ela era mesmo muito boa, só pensava nos outros, nunca nela.

Agora a mamãe está me chamando para o jantar. Segundo o noticiário das seis, talvez venha uma tempestade dos lados das Carolinas neste fim de semana, mas acho que só vai chover ou nevar um pouco. Quando a tempestade é das grandes, a gente sente um gosto de ferro no ar, e os pêlos do braço ficam tão carregados de eletricidade que levantam.

A mamãe manda um abraço para você e diz para você descansar bastante. Dormir bem é o grande *sine qua non*, como dizia meu pai.

Um abraço do
vovô Wilmot

Às vezes Clark pensava que se fosse mais bonito seus problemas estariam resolvidos. Hollywood era uma cidade em que a beleza era a base de tudo — quem ficava abaixo de um certo patamar mínimo era como se não existisse; as pessoas nem olhavam. Ele não era propriamente feio: tal como o avô, tinha uma aparência que não comprometia, insossa. Não herdara, contudo, os ossos bem formados da mãe, sua pele lisa e reluzente, seu rosto sensual; tampouco tinha o charme gracioso e os cabelos crespos do pai. Matthias Lazlo entrava e saía da vida do filho como um boato não confirmado. Seus fracassos como roteirista, seu apego incondicional às fórmulas do ano passado e ao eterno poder do lugar-comum mais rasteiro, não destruíram sua carreira; as pessoas gostavam de sua companhia. Era um filho predileto de Hollywood, com um toque de charme húngaro. Estava em seu elemento. Sentia-se feliz em Hollywood, com todo aquele sol, aquela abundância sexual, aquela rapacidade alegre, tudo dependendo dos caprichos de um público global. Sua felicidade era incorruptível, o que fazia as pessoas à sua volta sentirem-se bem. A mãe de Clark achava que a indústria cinematográfica estava correndo perigo; era uma roda girando cada vez mais depressa sob seus pés cada vez mais lentos. Já Matthias Lazlo, que conseguia pôr seu nome nos créditos de um filme uma vez por ano, mais ou menos, via o cinema como uma atividade que mobilizava milhares de pessoas talentosas e trabalhadoras cuja especialidade era lidar com a beleza e a emoção, e que, se outrora tinha a função de distrair uma nação sofrida, agora era obrigada a fazer o mesmo por todo o mundo livre e o Terceiro Mundo, e também algumas partes da Europa Oriental. Para ele, as responsabilidades de pai consistiam em uma partida de beisebol à noite no Dodger Stadium, um aniversário no restaurante Chasen's, uma partida de tênis no Hillcrest Country Club, dois hambúrgueres *diet* no Carneys da Hollywood Boulevard e, alguns anos depois, uma tentativa de pegar duas garotas de programa no Hard Rock Café de La Brea. Clark ficava arrasado de ver que era seu pai que atraía a atenção da moça de cabelos azuis com purpurina em volta dos olhos, de *jeans* desbotado, bustiê cor da pele e barriga de fora.

Assim, gostava de ser, no Templo da Fé Verdadeira, o homem que sabia das coisas, o contato com o mundo exterior, o porta-voz melífluo que recebia o entrevistador da estação de tevê quando Jesse se recusava a sair do quarto. Zebulun era uma mina de ouro, mas seu cérebro parecia ter sido fritado nas plantações de abacaxi. Matthew — um sujeito míope, de rosto largo, que falava depressa, filho de um pregador adventista de Indiana — tinha implacáveis poderes de persuasão, mas nem uma gota de humor; só sabia falar para outros adventistas. Quando se via em meio a pessoas de formação diferente, que não estavam à espera de um Profeta e do fim do mundo próximo, sentia-se perdido, atônito com a enormidade daquele ceticismo. Ele havia assimilado, junto com o leite materno, sutilezas de interpretação bíblica sustentadas com veemência; a possibilidade de que cada palavra e cada vírgula das Escrituras não fossem de inspiração divina jamais lhe ocorrera a sério. Luke e Jonas estavam com Jesse havia muito tempo, quase desde o início, e tinham uma certa dureza de caubói sem o lado lúdico e o estupor místico que caracterizavam o líder. As roupas que usavam, fora as fivelas de prata, grandes e lustradas, davam a impressão de que eles as haviam esfregado em coral áspero. Seus corpos magros e musculosos, seus rostos acabados e implacáveis faziam Clark sentir-se mole e liso; percebia que os dois não gostavam dele. Clark era uma pessoa de fora, um não-caipira. Na cabeça daqueles dois, tudo que vinha de fora do círculo estreito do Templo era um alvo em potencial. Mephibosheth era muito menos duro, um homem acima de tudo prático — carpinteiro profissional, eletricista e bombeiro amador; ele e sua mulher, Mercy, haviam se convertido depois de ler uma reportagem sarcástica e hostil sobre o Templo no jornal de Grand Junction. Inexplicavelmente, a fé desceu sobre ambos; passaram a noite em claro comentando o ocorrido, um descobrindo o milagre que se dera no outro, e no dia seguinte puseram a casa à venda. Tinham três filhos adolescentes, e dedicavam-se a administrar aquela comuna segundo o método que adotavam na vida anterior. Tom e Jim, como Clark, tinham em torno de trinta anos, e tal como ele não haviam conseguido adaptar-se ao mundo exterior. Eram instruídos: Tom tinha formação em fisioterapia e trabalhara em clínicas de reabilitação; Jim (primo-irmão de Tom) e sua esposa, Polly, haviam trabalhado como professores de grau médio — ele de matemática comercial, ela de espanhol. Era com eles que Clark deveria sentir-se mais à vontade; de fato, não desgostava deles, mas os dois tinham uma atitude meio descompromissada com relação ao Templo — do tipo "por que não?" — que o perturbava, pois reacendia o que restava de sua incredulidade. Eram muito parecidos com as pessoas da Califórnia que o haviam levado a buscar refúgio ali. Preferia a companhia impassível e ingênua de Mephibosheth, segundo o qual ele próprio e Mercy antes estavam "tão fundo no abismo do Inferno que a gente nem percebia que estava pegando fogo", e a de Zebulun, cujas graves deficiências mentais eram recobertas por uma bondade polinésia tão profunda quanto o Oceano Pacífico. Cada novo dia era uma pequena surpresa para Zebulun, o que o fazia sorrir de leve constantemente e rir baixinho a toda hora, um riso que desaparecia tão de súbito quanto havia surgido. O objetivo de sua vida era agradar Jesse; com freqüência viajava a Nevada e ao Texas, os mais americanos e individualistas dos estados, e voltava trazendo armas, como um namorado que traz um buquê de rosas. Uma comunidade de fiéis é como uma prisão cheia de criminosos: a intimidade e a solidariedade de que gozam baseiam-se no que os membros têm de menos justificável.

28 de agosto de 1988

Querido Clark:

Agora que mamãe não está mais comigo, fico andando de um lado para outro, e o dia parece tão comprido que é como se nunca fosse chegar ao fim. Acordo de manhã e tenho a sensação de que me largaram ao pé de uma montanha que não sou capaz de escalar. O esforço de fazer a barba me parece uma coisa quase impossível.

No tempo em que morávamos aqui nós dois, sua mãe, Danny e a minha mãe, eu não podia imaginar que algum dia esta casinha ia se tornar grande demais. Para mim, agora, é como a mansão do governador.

Tem uma menina que vem aqui uma vez por semana, uma das filhas da Loretta Bacheller, e passa o aspirador de pó, mas para facilitar o trabalho dela eu quase que só uso dois cômodos, meu quarto e a cozinha. Quando a Em estava começando a ter dificuldade de andar, pusemos uma televisão no quarto e outra na cozinha.

Todo dia falam nesse escândalo Irã-contras, mas nunca vão conseguir pegar o Reagan do jeito que pegaram o Nixon. O povo gosta muito dele, e estamos cansados de agitação. A tal Roseanne, essa personagem da tevê, eu acho muito engraçada. Há quem a considere vulgar, mas ela chama as coisas pelos nomes.

Confesso que fiquei meio preocupado quando você entrou para o Templo, mas se isso o faz sentir-se bem e lhe dá conforto, não tenho nada contra. A fé dos outros nunca me incomodou, e talvez por viver junto a duas mulheres boas e religiosas eu pude viver com a tolerância do Senhor. Relembrando o passado, às vezes fico achando que papai tinha mais fé do que imaginava, quem sabe não foi por isso que ele estava tão tranqüilo no fim. Espero que, quando chegar a minha vez, em breve, eu não dê trabalho a ninguém, tal como meu velho.

Não tenho nenhuma intenção de driblar a morte, como parece estar planejando meu irmão Jared. Acho muito estranho saber que há dois Wilmot vivendo nas montanhas do Colorado. No tempo de Paterson, a gente não conseguia imaginar uma coisa mais alta que o monte Garrett. Aos domingos, metade dos trabalhadores de Paterson subia lá, e era uma cena e tanto, aquelas moças irlandesas bonitas, os jovens tingidores italianos.

Por falar em Paterson, finalmente consegui ir lá. Ira tinha que fechar um negócio num horto em Clifton e me convidou a ir com ele, agora que eu estou sozinho. Ele e Benjy Whaley de vez em quando me chamam para algum programa. O Benjy se deu muito bem com aquela oficina de aparelhos eletrônicos, e para ele eu não sou um velho qualquer — sou o pai da sua mãe.

Fiquei emocionado de ver minha velha cidade. A cachoeira continua lá, maior do que no meu tempo de menino, porque agora não tem mais fábricas tirando água dela, e os prédios públicos, a Prefeitura, o tribunal e a velha sede dos correios, que sempre achei o mais bonito de todos, ao lado de um terreno baldio enorme, cheio de entulho.

Quase todo mundo lá agora é negro. Quem não é negro é hispânico. A Market Street parecia uma rua no Haiti, tinha um ar carnavalesco, caixas de som a todo o volume, as moças com roupas coloridas que deixam quase tudo de fora, os homens parados nas esquinas, rindo, como se fosse feriado. A gente fica orgulhoso do programa de assistência social do governo.

A cidade está cheia de estacionamentos enormes, cada um do tamanho de uma plantação de fumo. Numa das margens no rio, todas as fábricas foram demolidas; na outra, algumas viraram museus. Quando entramos na cidade, caímos num labirinto de ruas que são todas agora de mão única.

A igreja do papai, perto da biblioteca, agora é dos batistas africanos, e não parece ter muitos membros. A casa paroquial, que tinha uns madeiramentos antigos tão bonitos, de nogueira, foi demolida, e ali agora tem um conjunto habitacional, na Straight Street.

Ira tinha um compromisso em Clifton, por isso não insisti para que ele me levasse até a Twenty-seventh Street, onde fomos morar depois da casa paroquial. Até porque eu não lembrava mais do número, para espanto meu.

Não fique pensando que fiquei muito triste. Afinal, minhas lembranças não eram muito alegres. Aquelas fábricas eram muito feias, e faziam um barulho que dava para se ouvir do outro lado da cidade; pareciam estar o tempo todo moendo vidas humanas. O barulho, e as ruas imundas de bosta de cavalo. Hoje a gente tem problemas, mas naquele tempo tinha também. Prefiro ver pessoas dançando no meio da Market Street do que cabisbaixas naquelas senzalas da Beaver Road.

Com base nas coisas que você me mandou, esse Jesse Smith parece ser uma pessoa sincera e interessante. Não entendo direito essas interpretações, que aplicam ao presente histórias tão antigas. Eu não gostava era da voz dos pastores quando estavam no púlpito — pareciam estar ao mesmo tempo implorando e ameaçando. Era tanta a tensão que meu pai perdeu a voz, literalmente.

Não espero muita coisa da morte, mas também nunca esperei muito da vida. Assim a gente nunca fica decepcionada. Acabei conseguindo mais do que esperava. A Em e os correios foram muito bons comigo.

Agora estou tentando não viver à espera do passo da Em. Ela tinha um passo que era só dela. A gente sempre sabia onde ela estava. Logo quando a conheci, fiquei espantado de ver que ela sabia andar bem depressa, apesar dos pesares.

Este verão está quentíssimo, nunca vi outro igual. Todo final de tarde tem uma tempestade lá para os lados do oeste, mas a chuva não chega até aqui. Os gramados estão estorricados desde julho. Pelo visto é mesmo verdade o que dizem sobre o buraco na ozonosfera. Segundo Darlene Bacheller, as rãs estão morrendo todas, porque a pele delas é fina demais para suportar os raios cósmicos.

Faça o que você acha certo, Clark, e pode ter certeza de que estou sempre torcendo por você, nessa sua vida nova.

Com o abraço de sempre,
vovô Wilmot

De vez em quando apareciam novos seguidores, que acampavam nos prédios sem aquecimento e sumiam quando o frio apertava; mas quando Clark completou dois anos no Templo, e especialmente a partir do terceiro ano, tornou-se cada vez mais difícil entrar ou sair da seita, à medida que Jesse concebia sua missão de modo mais ambicioso e se acirravam os conflitos com o mundo exterior.

Sem a pressão exterior, talvez nada mudasse. Mas que época, que império foi imune a tais pressões? Até mesmo os mórmons, às margens de seu lago longínquo e amargo, tiveram que aceitar o domínio de Gog e um governador nomeado pelo presidente. O ponto de atrito do Templo eram as crianças. Por que não estavam matriculadas na escola? Estariam sendo maltratadas? A assistente social, a quem Luke ameaçara com um tiro junto ao pneu do carro, voltou acompanhada de um membro da guarda estadual e um subdelegado do condado de Burr. Esses três representantes da terra de Magog atravessaram os corredores oblíquos e entraram nos cômodos, olhando de cara feia para os alojamentos inóspitos e improvisados, os símbolos religiosos arcanos cuidadosamente pintados nas paredes pela mulher de Mephibosheth, Mercy, uma artista que também pintava, com base em fotos Polaroid, aquarelas absurdamente detalhadas que reproduziam as vistas que se descortinavam do Templo, vendidas através de uma galeria em Aspen. No alojamento dos homens, Jonas jurava matar os invasores, Luke parecia paralisado por peçonha de cobra, e Jim, num tom tranqüilo, olhando de relance para Clark e sorrindo, afirmou que seria um erro fatal esboçar qualquer resistência naquele momento. "Não é a hora", disse Jim. "Se um desses três ficar ferido ou se assustar, trezentos demônios armados vão vir aqui, com tanques e helicópteros. Eles querem um pretexto para nos destruir." Mas, apesar desse conselho sensato, os homens mais simplórios sentiam-se como que febris de saber que havia pessoas de fora, incréus, naquele lugar secreto e sagrado, que eles próprios haviam construído, a golpes de martelo e formão.

Jesse tivera a idéia de enterrar um ônibus escolar velho sob aquele emaranhado de prédios de madeira, a que se tinha acesso por meio de um único alçapão coberto por um tapete colorido que as mulheres haviam confeccionado com trapos: naquele espaço alongado e silencioso, um ônibus com portas que não abriam e janelas enegrecidas de sujeira, as armas foram colocadas, não apenas os M-16 e AK-47, mas também as armas de mão — Berettas 92, Magnums Smith & Wesson .357 — e um rifle antitanque de calibre .50, quilos de pólvora e couraças de granadas, e mais de um lança-granadas M-79. Era sobre esse tesouro que se erguia o Templo; Jesse pregava, citando Êxodo 15,6: *A Tua destra, Senhor, se assinalou no muito que fez brilhar a sua força.* Citava Ezequiel 9,1: *Os visitadores da cidade estão a chegar, e cada um tem na sua mão um instrumento de morte.* E recitava o capítulo vinte e um do Apocalipse, que fala do céu novo e da terra nova que hão de substituir os antigos — muros de jaspe de cento e quarenta e quatro côvados, e a cidade toda de ouro puro, semelhante a um vidro claro, os fundamentos ornados de safiras, calcedônias e esmeraldas. Lia: "E esta cidade não há mister de sol nem lua que alumiem nela, porque a claridade de Deus a alumiou, e a lâmpada dela é o Cordeiro". Jesse era o Cordeiro: os fiéis entendiam que mesmo se o Templo ficasse enterrado, como o ônibus escolar, a luz de Jesse continuaria brilhando dentro dele. Sua luz jamais os abandonaria, naquele templo eterno de ouro e esmeralda além do horizonte da existência mortal e do entendimento humano.

Ele recebeu os três visitantes no pequeno auditório, com uma clarabóia alta projetada e construída por Mephibosheth, usado pelos adultos para as sessões de estudo da Bíblia e pelas crianças menores como sala de aula. Havia na época dezessete crianças; algumas tinham ido para lá junto com os pais, mas a maioria fora concebida no próprio Templo; segundo as mães, havia entre elas onze filhos de Jesse. "Nós amamos nossos pequeninos", disse Jesse aos três intrusos. "Demonstramos nosso amor ensinando-lhes a retidão, para que no Juízo Final eles sejam levados diretamente para a casa do Senhor."

"Vamos ter que fazer um censo, para saber quantas crianças em idade escolar vivem aqui", disse o subdelegado.

"As escolas públicas deste país", disse Jesse, "são cloacas cheias de ladrões, valentões, fumantes, cheiradores de cola, tomadoras de anticoncepcionais, lugares onde ensinam mentiras e distribuem camisinhas. As palavras de ordem são sexo sem procriação e ciência sem Deus. As crianças aprendem a adorar os deuses diabólicos do rock e os anúncios lascivos que passam na televisão, a adorar as imagens que vêem na tela até que tudo o mais perde o sentido. Toda a criação de Deus — as aves, as feras — não faz o menor sentido para elas. Eu peço aos senhores que não destruam essas almas tenras jogando-as numa escola onde vão aprender ateísmo e magia negra eletrônica!"

A assistente social, uma mulher feia, gorda e dentuça, com seios grandes e caídos, retrucou: "Fui criada como mórmon, e não discordo de muita coisa que o senhor diz. Mas a lei é a lei para todo mundo, senão o país acaba. Nós temos indícios de que essas crianças estão sendo criadas como fanáticas ignorantes. E dizem também que há problemas de moralidade sexual irregular e maus-tratos".

Os olhos de Jesse escureceram; duas faíscas amarelas brilharam neles. "Nossa fé é o amor. O amor é o sentimento que nos une. Às vezes temos que castigar", reconheceu, "mas todos os castigos são impostos num espírito de amor, por motivos corretos. As crianças sabem que isso é verdade. Podem perguntar a elas."

"Nós amamos o Jesse", disse um menininho de voz trêmula; rompida a barreira, ouviu-se um coro nervoso de profissões de fé.

Atrás das crianças, Hannah — grávida pela segunda vez nas dez estações do ano que haviam se passado desde a noite de fim de inverno em que trouxera Esau para o Templo — baixou o rosto sardento e cochichou: "Vamos cantar a nossa música?". Sua voz doce e frágil, incerta nas primeiras notas, foi logo seguida pelas vozes das crianças:

"Jesse é nosso mestre,
Jesse é nosso Senhor:
Jesse nos protege
Com seu imenso amor".

A segunda estrofe não estava bem decorada, e era mais difícil de compreender; a última palavra era "terror". Constrangido, o guarda, com sua camisa de um azul arroxeado e suas calças pardas com uma lista negra em cada perna, foi-se chegando até a parede onde um quadro de avisos exibia desenhos infantis que representavam um homem calmo e sorridente, com uma orla de cabelos até os ombros, as mãos unidas numa prece, cercado de raios de poder divino, esboçados com um creiom trêmulo. Em alguns dos desenhos, os olhos de Jesse, que rezava, estavam fechados; em outros, estavam abertos, ovais, olhos que viam tudo. O guarda, um jovem musculoso e sério, em cujo queixo havia uma fenda tão profunda que parecia uma cicatriz, quando a palavra "terror" terminou de ressoar, perguntou: "Mas quem o senhor está dizendo que é? Deus?".

Jesse, com sua voz mais rouquenha, respondeu, sorrindo: "'Tu o dizes.' Lucas, vinte e três, três".

O guarda, porém, não retrucou, como Pilatos: *Eu não acho neste homem crime algum.* Grunhiu e disse: "Há leis contra alegações falsas. Tem que haver limites, até mesmo agora, quando as pessoas falam qualquer coisa no rádio e na tevê".

O subdelegado, um homem mais velho e menor, de terno cinza e com um distintivo baço, interveio: "Sabemos que muitas das pessoas que moram aqui assinaram um documento passando para o seu nome todas as suas economias. Isso pode ser considerado fraude, dependendo das circunstâncias e do juiz".

As crianças perceberam que havia ali uma ameaça séria e olharam para Jesse na esperança de que ele a enfrentasse, expulsando aquela gente sem fé. "Nós aqui no Templo não violamos nenhuma lei", disse Jesse, alto e bom som. "Pelo contrário, as leis que são verdadeiras nós estampamos em aço imorredouro, forjado num fogo mais quente do que qualquer fogo terreno. 'De maneira que assim como é colhida a cizânia, e queimada no fogo, assim acontecerá no fim do mundo.' Pense, meu amigo", prosseguiu, dirigindo-se ao guarda, "o que seria passar um segundo nessa fornalha de fogo puro, o que seria ficar lá dez segundos, um minuto, toda a eternidade. Você queimaria, todas as células do seu corpo, todos os pêlos, seus olhos e as partes mais delicadas arderiam, e a cada segundo seriam reconstituídos para queimar de novo. Você pediria a extinção completa, o aniquilamento piedoso, o único dom que Deus Todo-poderoso não pode conceder. 'Eis que estou vivo pelos séculos dos séculos, e tenho as chaves da morte e do inferno.'"

O guarda musculoso desviou o olhar para a janela, para contemplar o dia seco e ensolarado de outono, as ondas rápidas que o vento desenhava no capim e no centeio silvestre que cobriam o prado. Jesse suspirou, e num tom menos sentencioso virou-se para a assistente social e o subdelegado.

"Falem com meu irmão Esau. Se os senhores fazem questão, ele entrega uma lista com os nomes de todas as crianças. As que estiverem em idade escolar vão estar junto à estrada quando o ônibus passar. O tempo que nos resta antes do Juízo é pouco e não dá para desperdiçar em bobagens. Nossos pequeninos conhecem a verdade divina."

Pouco a pouco, Clark se transformara em Esau. Deixara crescer a barba, que, embora de início rala e sem cor, acabou tornando-se espessa e adquirindo um surpreendente tom avermelhado, uma barba comprida e dura, em forma de pá. Irritava-lhe a pele do pescoço e do peito, fazendo-o lembrar-se de sua nova identidade; quando se olhava no espelho — eram poucos os espelhos do Templo, porém no banheiro dos homens havia um, de superfície irregular, para fazer a barba — seus olhos lhe pareciam mais doces e jovens do que antes; seus lábios, aninhados no meio daqueles pêlos crespos e ruivos, estavam mais grossos e mais sensuais, embora não tivesse relações com Hannah havia meses. Sua vida sexual era clandestina, pois agora as mulheres mais jovens, todas as cinco, eram noivas de Jesse. Ela o deixara penetrá-la por detrás, deitada de lado, tão assexuada e dócil como um carneiro; andava enjoando, tendo engravidado pela segunda vez. Para Esau, era estranha a sensação de que seu pau entrava nela como se para afastar a semente de Jesse, que já brotava; era uma idéia blasfema, que o excitava. Depois de limpar-se com papel higiênico, puxar para cima a calcinha e baixar a saia, Hannah disse-lhe que não poderia mais deixá-lo fazer aquilo. Se ele ficasse excitado demais, que procurasse uma das outras, como Deborah e Jael, nas quais Jesse tinha perdido o interesse. Porém — e ao dizer isso apertou os lábios, como uma professora — se Esau amasse Jesse de verdade, não precisaria; os outros homens não faziam aquilo, com exceção de Tom; além disso, Polly às vezes se entregava ao primo de seu marido. Então havia uma troca de informações sexuais entre as mulheres: ao saber disso, o apetite de Esau diminuiu. Ele precisava de privacidade.

Levou os três visitantes ao quarto no segundo andar onde lhe haviam permitido instalar um terminal de computador e um telefone. Aquele cômodo bagunçado, ocupado por beliches no tempo em que ali morava a família de um fazendeiro, era agora a interface entre o Templo e o mundo. Zebulun trabalhava numa escrivaninha laqueada preta, com escaninhos atulhados de recibos, licenças, contas, extratos bancários, ultimatos, intimações. Esau convencera-o a investir num computador, uma mesa de computador de fórmica, alguns arquivos de metal e uma impressora a *laser*; fora necessário estender uma fiação ao longo da estrada de terra de um quilômetro até a estrada asfaltada que levava a Lower Branch. Antes, quando só tinham lampiões de querosene e lareiras a lenha, Jesse e Jonas argumentaram, eles eram independentes do mundo exterior. Porém Esau argumentou que, se não controlassem a publicidade, só teriam publicidade negativa. O próprio Jesus dissera aos discípulos: *Ide por todo o mundo.* Se vivessem nos tempos de hoje, Pedro e Paulo usariam o computador. Os panfletos e análises das Escrituras de Jesse agora podiam ser impressos com uma variedade de fontes e tamanhos, com pictogramas, e enviados pelo correio ou via fax. "Detesto escrever", admitiu Jesse. "Depois que o pensamento passa para o papel, ele morre; não cresce mais." Quando a palavra passava da boca para o ouvido e para outra boca, o testemunho crescia e era enriquecido pelos desejos e pensamentos de todos os homens. "Aquele fio", disse ele, referindo-se à fiação elétrica, "é a corda bamba do Demônio; é pelo fio que ele vai chegar aqui. Tão certo como é certo que cai titica de passarinho das árvores." Esau prometeu que seu equipamento era moralmente neutro, como um automóvel, e que seria usado para espalhar a verdade, manter em dia a contabilidade do Templo e impedir que as autoridades os acuassem.

A maior mesa desse quarto — onde outrora dormiam os empregados temporários da fazenda, o chão todo riscado de esporas e as paredes cheias de cabides de madeira — era reservada para Jesse, mas estava sempre vazia; jamais era usada. Ele ficava o tempo todo no outro cômodo grande do andar de cima, seu quarto, com uma mulher ou várias, ou então pregando para os fiéis no auditório, a qualquer hora do dia ou da noite em que lhe viesse a inspiração, ou então caminhando pelo perímetro do terreno, ao longo do arame farpado que o Templo havia instalado, contemplando as montanhas onde vivera antigamente. À medida que o verão se afastava, nuvens gigantescas de centro escuro vinham dos desertos do oeste para cobrir os picos recobertos de neve. "Não vai demorar", dizia ele a Esau, os olhos amarelados brilhando de alegria mórbida. "Estamos à espera da catástrofe; só faltava esse fio." Graças a seu equipamento, porém, Esau pôde imprimir rapidamente, em três cópias, a lista das crianças, com a idade de cada uma, o que aumentou um pouco a credibilidade do Templo perante a assistente social e seus dois protetores.

O subdelegado tinha um distintivo em forma de estrela espetado na lapela do terno cinzento lustroso, puxando-a para baixo; era um homem magro, com a espinha torta. Dos invasores, ele era o menos hostil, o mais inclinado a conversar. Entregou a Esau um papel — na verdade, um maço de papéis com folhas de carbono entre eles. "Você devem ao condado de Burr três mil, setecentos e vinte e um dólares em impostos atrasados."

"Nós sabemos, e estamos trabalhando nisso", respondeu Esau, e após digitar algumas teclas do computador apareceu na tela uma série de números, em sua maioria negativos. "Nosso líder, o senhor Smith, recusa-se a aceitar a idéia de que devemos alguma coisa ao governo. Aqui nós levamos uma vida independente, e não pedimos nenhum serviço."

Respondeu o subdelegado: "Vocês precisam de estradas para ir a Lower Branch, para comprar mantimentos e ir para o trabalho, pois tem gente aqui que trabalha lá. Vocês precisam ser protegidos da Rússia. Vocês acham que não pedem nada, mas pedem muita coisa. Se fosse tão fácil fugir dos impostos, todo mundo fazia isso. Cada um inventava uma religião maluca, e pronto".

"Entendo o que o senhor quer dizer", disse Esau, para ganhar tempo. "E você, Zeb?"

Zebulun havia entrado, grandalhão e impressionável, com um sorriso nervoso e idiota nos lábios, piscando. Queria que aqueles intrusos simplesmente desaparecessem, e que Esau fizesse essa mágica — como quem aperta a tecla DELETE do computador. "Comigo, tudo bem", concordou; porém indagou, desconfiado: "E o Paizão, o que ele acha?". Paizão era o apelido jocoso dado a Jesse por algumas das esposas mais jovens e crianças mais velhas, que acabara se espalhando por todo o Templo. Jesse parecia não se incomodar.

"O Paizão não quer se meter nessa história", disse Esau. "Quer que eu resolva tudo." Dirigiu-se ao subdelegado, aquele homem torto, que parecia razoável e, até certo ponto, compreensivo: "Em princípio, nós pagamos nossos impostos. Damos a César o que é de César".

"Tem outros problemas." O guarda, com seu queixo fendido, aproximou-se, com passos pequenos e ameaçadores. "Os vizinhos dos dois lados se queixam de que ouvem tiros desde o amanhecer, e pelo som parece que é reparo automático. Você sabe que a posse desse tipo de arma é ilegal."

"A gente tem direito de fazer tiro ao alvo", argumentou Zebulun, rindo sem querer. "É lá no cânion, onde só tem pedra." Ele amava suas armas como só os retardados amam. Ele, Luke e Jonas faziam competições acirradas de tiro. Esau surpreendeu-se um dia quando, pegando um Kalashnikov de quatro quilos, constatou que sua pontaria não era nada má. Era só não tremer, fechar um olho e puxar o gatilho. A duzentos metros de distância, uma lata dá um salto, um prato velho explode. Magia. Rápido e exato como uma tecla de computador.

Corando sob a barba, cônscio da enormidade da mentira que estava dizendo (porém a sensação de formigamento na pele ao menos era sinal de que ele estava vivo, estava jogando o jogo da vida), Esau apertou mais umas teclas, mexeu no *mouse* e clicou-o; na tela apareceu uma lista de armas, cada uma delas acompanhada do número de sua licença. "Nossas armas são essas", mentiu. "Menos de uma por homem, todas elas de um disparo só, usadas para caçar e fazer tiro ao alvo. Olhe aqui", disse ao guarda estadual, virando-se ao mesmo tempo de modo a dirigir-se também aos dois outros agentes de Gog. "Vocês não vão querer criar o maior caso na justiça. O que está em jogo é uma série de questões constitucionais — liberdade de religião, direito de portar armas — que ainda são importantes aqui nesta região dos Estados Unidos. Afinal, isto aqui é ou não é uma democracia? Está certo que a nossa teologia não é aquela bobagem descartável que ensinam nas escolas dominicais. A gente tenta tomar a Bíblia ao pé da letra. A Fé Verdadeira — tentamos viver com base no Verbo divino, literalmente. Isso é uma atitude antiamericana? O que é que vocês estão querendo dizer? A gente quer levar a nossa vida em paz. Isso é antiamericano? Para mim, isso é o que há de *mais* americano. Vocês ouviram o que o chefe disse: está bem, vocês são mais fortes que nós. Quando chegar o Juízo Final, vamos ver quem pode mais, mas agora vocês ganham, não tem dúvida. Vamos entregar as crianças à escola. Vamos pagar os impostos atrasados. Mas não forcem a barra. Eu sou um sujeito razoável, o Zeb também é, mas o chefe é um homem muito sincero. Vocês já viram, já ouviram o homem falar. Para ele, a vida humana é só uma fase pela qual estamos passando. Uma fase preliminar. Se ele mandar a gente morrer, a gente obedece, com o maior prazer. É essa a nossa vantagem em relação a vocês. A gente encara a vida em relação às coisas mais importantes, enquanto que para a maioria das pessoas — pode não ser o caso de vocês em particular — a vida é uma coisa a que elas se agarram a qualquer preço. A maioria das pessoas tem medo de morrer, e isso é um obstáculo para elas. As pessoas não são *livres*. *Nós* não temos medo. Nós somos *livres*. Sabemos que, aconteça o que acontecer, vamos ser salvos. É ou não é, Zeb?"

"É isso aí. O Jesse vai nos salvar."

"Ele já nos salvou, irmão", corrigiu Esau, delicadamente. "Nós estamos protegidos de todo o mal. Já estamos vivendo à luz do Templo celestial. 'O que quiser salvar a sua vida, perdê-la-á' — vocês conhecem esse versículo?"

O subdelegado e a assistente fizeram que sim; o guarda deu um passinho agressivo e disse: "Sem essa, está bem? Todo mundo aqui já foi à igreja. Hoje é terça-feira".

"Está vendo?", concluiu Esau, paciente. "Vocês que vivem no mundo ainda estão tentando salvar suas vidas, e é por isso que vocês estão perdendo elas. Olhe, eu não sou nenhum ingênuo não. Já vivi no mundo. Já bebi o cálice do mundo até as fezes. Já transei droga. Já transei mulher. Essas coisas deixam a gente pior do que estava antes. Eu não tenho mais nada a perder. Nem eu nem o Zeb. O que eu estou dizendo é que esta situação é delicada. Vocês entram aqui com armas e intimações e esses papos de lei, e se bobear o troco não vai ser bem o que vocês estão esperando. Não falo por mim não; falo pelo chefe. A justiça do Senhor é como dinamite — não brinquem com ela."

"Você está nos ameaçando?", perguntou o guarda estadual. "Olhe aqui, meu chapa, o governo também tem dinamite, ouviu?"

Esau deu de ombros. Era como no tempo em que, lá em Hollywood, ele tentava fazer um projeto e convencer um grupo de banqueiros reunidos a financiá-lo; sem que ninguém dissesse uma palavra, ele sentia a resistência aumentando, o ar virando gelo. Recuou um pouco. "Tato", disse. "Só estou pedindo que vocês tenham um pouco de tato. Que lei a gente está violando?"

"Lá na cidade estão falando em poligamia", disse a assistente social.

Esau reagiu: "O senhor Jesse Smith não é casado com ninguém. Legalmente é solteiro, tal como eu. Os casais que há aqui se casaram uma vez só. Além disso, a Constituição garante nosso direito à privacidade".

"Menos do que você pensa", retrucou o guarda. "Tem leis que protegem os menores de idade. Tem leis que proíbem as perversões."

Esau olhou para a figura mais tolerante do subdelegado e piscou para ele. "É, e também tem uma lei que proíbe a gente de arrancar aquela etiqueta que vem presa no travesseiro."

Às vezes ele se lembrava de uma noite em 1984, quando mais um pacote que o incluía, numa posição de pouca importância porém assalariada, não fora aceito pelos bancos e fracassou, e ele teve a satisfação, antes de ir embora, de dizer ao veado do diretor que ele não passava de uma prima-dona de merda, e aí foi com um maluco que queria virar seu fornecedor de pó até uma boate que acabara de abrir no San Fernando Valley, cheia de surfistas fascistas, todos com a mesma cara, bronzeadérrimos, com coletes de couro com tachas de metal e cabelo louro cortado rente, tudo com cara de figurante de *Blade runner*, zumbis vindos de um mundo futuro de veados metidos a besta. Clark tomou quatro *hi-fis* e cheirou umas carreiras no banheiro, e, além de seu estômago estar vazio e embrulhado, o septo nasal coçava e ardia muito, e toda vez que ele assoava o nariz saía sangue. Naquele verão, na tevê só dava Olimpíadas, e uma mulher era candidata a vice-presidente; cada vez eram mais casos de AIDS e mais crianças morrendo de fome na Etiópia; a primeira Miss Estados Unidos negra teve que renunciar por causa de umas fotos que tinha tirado nua anos antes para a *Penthouse*, e Jim Fixx morreu fazendo *cooper*; um segurança que tinha sido despedido entrou com três armas num McDonald's em San Ysidro e saiu dando tiros, matando vinte pessoas, várias delas crianças. Isso tudo deu no noticiário das dez, que Clark viu em seu quarto. No andar de baixo sua mãe estava com uma visita, um homem corpulento e estranho, com cabelos grisalhos nas têmporas que pareciam pintados. Ao entrar na casa, Clark fora convidado para ficar com eles, e estava tão drogado e assustado que não conseguiu resistir; além disso, qualquer companhia era melhor do que ficar sozinho no quarto. Pelo cheiro que sentiu no ar, um aroma de perfume mais intenso do que de costume, um toque almiscarado de excitação, percebeu que sua mãe estava dando em cima daquele cara, que para Clark não parecia muito mais moço que seu avô.

"Meu filho, este é o senhor Wentworth. Ele é de Boston e faz parte da nova administração que a Coca-Cola está trazendo para a Columbia." Os dois haviam jantado em algum restaurante; a mãe estava com uma calça larga, que parecia pijama, de um tecido farfalhante, que grudava nas pernas, verde-limão, sapatos vermelhos de salto agulha, que pareciam pequenas ratoeiras presas a seus pés finos e bronzeados; a toda hora ela cruzava as pernas e balançava os pés, para exibir os tornozelos finos. Clark a ouvira dizer várias vezes que, tendo visto sua própria mãe ficar obesa, ela jamais toleraria um quilo a mais, e mantivera a promessa, com dietas, esteiras e pesos, para evitar o acúmulo de gordura nos braços; pesava o mesmo desde os dezoito anos, mas seu peso era mantido a duras penas, e depois da última plástica no rosto e nas pálpebras sua pele parecia esticada, como se houvesse fios escondidos nos cabelos, que ela tingia de vermelho e cortava bem curtos, à Isabella Rossellini. Estava conversando com o homem de terno cinza sobre o tempo em que trabalhava na Columbia: "O Harry comigo era um *amor*, embora muita gente o detestasse. Ele tinha um lado grosso e agressivo, é verdade, mas acho que muita gente não gostava dele de inveja, porque ele era muito mais inteligente que a média dessa máfia dos estúdios. Ali era todo mundo catador de trapo, ou filho de catador, enquanto o pai de Harry tinha sido alfaiate, o que já é alguma coisa. Quando ele entrou para a Columbia, lá era um miserê que só vendo, eles produziam os filmecos ridículos dos Hall Room Boys, de dois rolos. Uma vez, no iate do Harry, eu *morri* de rir quando ele me contou que eles economizavam dinheiro comprando sobras de filmes da Paramount e da Universal e pintando *os dois* lados do cenário, e além disso — essa você não vai acreditar — maquiando só um lado do rosto da atriz se na cena ela só fosse aparecer de perfil. Pois bem, foi ele que levantou esse estúdio — no começo o nome era Cohn-Brandt-Cohn, ou CBC, e aí as pessoas diziam que era Caipiras Brincando de Cinema, e o Harry, que na verdade era um esnobe e como todo esnobe ficava magoado com muita facilidade, resolveu dar um nome bem imponente: Columbia — e foi graças a ele que eles ganharam tantos Oscars com os filmes do Capra, e também a Rita Hayworth, é claro, e *A um passo da eternidade* e o *Rio Kwait* e tudo o mais. Quando ele morreu, no ano seguinte o estúdio fechou no vermelho pela primeira vez. Isso numa época em que todos os grandes estúdios estavam *totalmente* endividados. Depois disso, é claro, a Columbia se agüentou graças às produções inglesas, como o *Lawrence*, e também, justiça seja feita, a Barbara Streisand, nos anos setenta. Ah, você pode falar que teve também *Sem destino* e *Bob e Carol e Ted* e esqueci o nome da outra, mas esses filmes também foram casos excepcionais, não é? Eu sei que eles perderam uma fortuna numa versão musical ridícula de *Horizonte perdido*, um dos meus filmes prediletos quando eu era menina. Outro dia eu vi a versão original em vídeo, e realmente é uma coisa absurda, tive que reconhecer, aqueles cenários malfeitos, os panos de fundo que está na cara que foram pintados. Só que criança não repara nessas coisas. Mas Clark — fale um pouco sobre você mesmo. Como foi a sua noitada hoje? E a sua comediazinha romântica, foi aceita?".

"Não. Mixou. Eu caí fora. E disse ao Don que ele é um merda."

"Aposto que ele *adorou* ouvir isso. Ainda mais vindo de você, que entende tanto de merda."

O senhor Wentworth, constrangido, pigarreou e perguntou: "Meu jovem, quer um drinque?". Seu rosto era redondo, liso, fechado, com manchas vermelhas causadas pelo sol nos malares; seus olhinhos davam a entender, de modo não muito simpático, que ele estava sabendo das coisas. Eram de um azul intenso, como o vidro de certos frascos de remédio antigos. Tinha um jeito de falar seco, como se o nariz estivesse fechado; Clark imaginava que fosse sotaque da Nova Inglaterra. Clark tinha a impressão de que seu terno emitia vibrações: o cinza não tinha um tom definido, e sim uma espécie de iridescência ultravioleta, que vinha em ondas. Talvez tudo isso só existisse na cabeça de Clark, como a imagem nebulosa que se obtém passando vaselina na lente da câmara.

"Obrigado, mas acho que se eu beber sou capaz de vomitar."

Sua mãe olhou assustada para ele, para ver se era o caso de aplicar-lhe uma lavagem estomacal. Ela estava havia um ano sem trabalhar, e Clark sabia que isso a deixava enlouquecida. Em seu último filme, fizera o papel da mãe de um astronauta; seu nome aparecera nos cartazes precedido por "também estrelando", mas deram-lhe tão poucas falas que não passara de uma ponta. Haviam-lhe oferecido o papel de Eleanor Roosevelt, com uma dentadura falsa, é claro, num seriado em quatro capítulos feito para a televisão que terminava com o ataque em Pearl Harbor, e ela ficou uma fera por lhe oferecerem o papel de uma velha. Clark fez os cálculos e concluiu que a diferença não era tão grande assim. O pessoal de cinema da idade de Clark falava de sua mãe sem nenhum respeito, como se ela fosse uma relíquia ambulante, um boneco da Disneylândia. Eles confundiam sua geração com a de Myrna Loy, quando na verdade ela era uma mulher bem conservada de cinqüenta e quatro anos, que ainda era capaz de bancar a vampe, como ele podia ver. "Nesse caso, acho melhor você ir para o seu quarto, meu amor", disse ela. "Eu e a Conchita anotamos mil recados para você. Pelo visto, você anda emprestando dinheiro para os amigos de novo, embora eu *viva* pedindo para você parar com isso. Como o senhor Wentworth estava me dizendo, de um jeito muito engraçado, toda Hollywood está a pão e água, e os seus amigos têm que sofrer igualzinho às outras pessoas."

Enquanto ele subia a escada, ouviu sua mãe continuando a falar, com aquela voz implacável, sem nenhum sotaque específico, que ela havia aprendido nos cursos para atores: "Agora está todo mundo com muita fé nesse tal de *Os caça-fantasmas*, mas pelo que ouvi dizer é só mais uma bobagem daquela garotada do *Saturday Night Live*, que quando passa da tela da tevê para o telão do cinema fica *completamente* sem graça".

Em seu quarto, Clark ficou a olhar pela janela, vendo as luzes de Los Angeles se estendendo para o sul, num padrão xadrez, de West Hollywood, passando por Inglewood, chegando ao amontoado de arranha-céus iluminados no centro da cidade; depois a paisagem esmaecia aos poucos até desaparecer num oceano de escuridão, sob um céu que não parecia céu, tão cheio de luz refletida que as estrelas desapareciam, vendo-se em lugar delas os aviões multicoloridos a piscar, aproximando-se do aeroporto. Clark relembrou que em Delaware, no outono, as estrelas ficavam enormes depois da primeira geada, grandes como ameixas azuis, além das árvores já quase desfolhadas; mas esse tempo também havia desaparecido. O tempo da escola, do mundo regrado. Sentia fome, mas não conseguia imaginar uma comida que não o fizesse sentir-se mais enjoado ainda. Leu os recados, mas sua mãe tinha razão — eram só pessoas que queriam alguma coisa dele, ninguém que tivesse algo para lhe dar. O noticiário das onze o enojou e entristeceu; o pior de tudo eram aquelas duas cabeças saudáveis e vorazes lendo o texto no ponto eletrônico e cuspindo palavras sem parar, com bocas que se mexiam como parasitas grudados nos rostos. Havia dias em que o mundo não conseguia distraí-lo. Ele usava o quarto só para trocar de roupa de manhã. Havia duas noites que não dormia ali. Uma dessas noites ele passara no quarto de uma garota, enquanto a mãe dela e seu namorado transavam no quarto ao lado, e na véspera ele apagara em Simi, com uns caras que ele conhecera no Ginger Man.

Na gaveta da mesa-de-cabeceira encontrou um baseado semifumado e um vídeo pornô que ele havia começado a assistir mas não tinha terminado, por puro tédio. Pôs a beata entre os lábios, acendeu-a, colocou o vídeo no aparelho e ligou-o. Apagou todas as luzes, só restando a brasa vermelha que se aproximava e se afastava dos seus lábios e o retângulo tremeluzente da tela da televisão, mais as luzes da cidade a seu lado, que pareciam ladear uma gigantesca pista de decolagem vista de um avião prestes a levantar vôo. O fumo começou a atenuar sua sensação de indignação e o vídeo passou de uma seqüência em que a dona da mansão estava sendo currada por dois ladrões afro-americanos, que a haviam amarrado e vendado seus olhos, para uma cena no andar de baixo, em que a empregada e o mordomo, um rapaz de cabelos compridos, estavam transando. A empregada morena tirou o uniforme preto e branco de criada, que incluía uma minissaia, revelando as ligas vermelhas; parecia estar entrando no espírito da coisa, enquanto o mordomo lhe chupava a boceta. Ela não havia tirado a touquinha de renda nem a gargantilha também de renda. Havia algo naquela mulher que o fazia pensar em alguém, algo nos seus movimentos rápidos, ávidos, elásticos, nas narinas que se abriam fingindo êxtase, nos olhos que se reviravam de modo que só os brancos apareciam. Ela parecia sua mãe. Sua mãe quando jovem, antes de ele nascer, no tempo em que seus cabelos eram escuros. Aquela falsa criada francesa tinha até mesmo o lábio superior parecido com o de sua mãe, gordo, como um travesseirinho, de modo que, quando a câmara mostrava em *close* seu rosto inclinado para trás, enquanto era chupada pelo mordomo, a carne dos lábios formava dois lados de um triângulo negro cuja base era o lábio inferior, um triângulo tão cheio de saliva que por um instante formou-se nele uma bolha em que se refletiram as luzes dos refletores. Claro que não era sua mãe, mas poderia ter sido, vinte e cinco anos antes. No tempo em que ela estava grávida dele: essa idéia deu-lhe náuseas.

Havia naquela falsa criada francesa algo de inocente, como se ela fosse uma moça do interior tentando ser agradável; apesar da música *disco*, com seu ritmo insistente, ouviam-se as palavras que ela pronunciava em voz baixa, "Que bom", "Hummm", "Ah, mais", dirigindo-se menos à câmara do que ao outro ator, dando-lhe força. Quando chegou a vez, como sempre acontece nesses filmes, de chupar o mordomo, ela o fez com vontade, enfiando o pau até a garganta, forçando um pouco, mordiscando a pele cheia de veias saltadas com os dentes um pouco salientes, os lábios chegando até os pentelhos do homem enquanto seus dedos, com unhas compridas e vermelhas de puta, acariciavam-lhe os colhões. A pica do ator ficou tão volumosa que quase a fez engasgar; tem umas garotas nesses filmes que não conseguem excitar o homem direito, não fazem aquelas pausas de ternura esperta que conseguem levantar o pau do cara apesar daqueles luzes todas acesas, da pressa de terminar a cena, do sutil deboche dos câmaras. Clark já trabalhara umas vezes, no Valley, na produção de filmes assim, e conhecia os problemas técnicos. O problema de manter o tesão. Já quando era mulher com mulher, esse problema não existia. Clark já havia baixado as calças e a cueca, deitado na cama, e sua mão esquerda seguia o ritmo da boca da atriz morena, que a toda hora olhava para cima, incentivando o homem, cujo rosto não aparecia — aquela mesma expressão de expectativa alegre que já vira no rosto de sua mãe, em sua forma mais pura, um olhar que ela agora raramente lhe dirigia, já que esperava cada vez menos de Clark. Ela ia ver, aquela puta. Agora era ele que revirava os olhos no momento em que seu avião decolava com um estremecimento súbito de propulsão, seguido de latejos cada vez mais fracos. Quando olhou de novo para a tela, o mordomo estava gozando no rosto da criada, uma gosma branca como cola Polar, que ela agora lambia dos dedos, ainda com seu ar infantil, ansiosa para agradar, e Clark havia se esporrado todo, melando a mão, os pentelhos, a cueca. Meu Deus, como as pessoas são repugnantes. Na outra mão, a beata ainda estava acesa. Ele deu o último tapa, enchendo bem os pulmões, e decidiu ir embora de Los Angeles, ir para longe da porra da indústria cinematográfica.

O Templo não crescia, mas também não diminuía muito. Os pais de Zebulun vieram de Maui para visitá-lo, e embora os dois velhinhos tímidos — que não paravam de balançar a cabeça, como dois bonecos — fossem embora pouco depois, deixaram mais dinheiro para comprar armas e comidas em lata e alimentos congelados, armazenados nos *freezers* gigantescos instalados no ônibus enterrado, agora que tinham eletricidade. Os presságios de Jesse e suas leituras do Apocalipse estavam cada vez mais sinistros. Mandou fazer túnicas brancas para seus discípulos, em conformidade com Apocalipse 7, 9, onde uma grande multidão é vista diante do Cordeiro, todos "cobertos de vestiduras brancas", e com 6, 11: *E foram dadas a cada um deles umas vestiduras brancas: e foi-lhes dito que repousassem ainda um pouco de tempo, até que se completasse o número de seus conservos e o de seus irmãos, que haviam de padecer como também eles a morte.* Ao vestir uma das túnicas que as mulheres do Templo haviam feito com lençóis, Esau sentiu na pele a presença da morte. No entanto, continuou a ir na *pick-up* Ranger até Lower Branch — um amontoado de casas de telhados íngremes, um posto de gasolina Total, a loja de conveniência 7-Eleven e, depois da encruzilhada em triângulo, o restaurante Mildred's, o café J. C.'s, a loja de ferragens Tru-Value, uma igrejinha de paredes sem pintura, usada por várias congregações diferentes, e o prédio de concreto de dois andares que reunia a Prefeitura, a delegacia e a cadeia, com uma única cela: lá Esau lidava com os servidores de Gog — pagava impostos, negociava com a assistente social, dialogava com o subdelegado para manter o Templo em harmonia com as leis do estado e do condado, de vez em quando acertava com um repórter da televisão ou do jornal uma entrevista com Jesse e uma visita ao Templo, cuidadosamente supervisionada. Quando voltava, conspurcado pelo contato com o mundo corrompido, vestia sua túnica de discípulo e ia ouvir Jesse delirar sobre as passagens mais terríveis de Ezequiel, Jeremias e Apocalipse, martelando a ganga de seus velhos ressentimentos acumulados no deserto, transformando-os numa espada furiosa, até que sua voz rouca não agüentava mais o esforço — Esau pensava que essa transição de um mundo para outro não era mais estranha do que a passagem de uma a outra das diversas camadas que compõem a existência humana, vigília e sono; a vida social, que exige roupas e conversação, e o silêncio e a nudez do sexo; a refeição cerimoniosa em que o cereal é abençoado antes de ser comido e o ato solitário de cagar numa privada fria. O homem é uma mixórdia, uma paisagem que contém pântanos e cavernas, além de encostas ensolaradas. A realidade é uma espécie de filme projetado pelo eu, e o diretor de efeitos especiais não precisa de mais que um orçamento razoável para fazer com que o sol fique negro como um pedaço de aniagem, e recolher o céu como um livro, que se enrola, e fazer as estrelas caírem do céu como quando a figueira, sendo agitada por um grande vento, deixa cair os seus figos verdes.

Com a chegada do outono de 1989, veio uma friagem revigorante. Karen, a mais velha das três crianças que Mercy e Mephibosheth haviam trazido para o Templo, contou que, no colegial onde ela cursava a décima série, o professor de biologia, um jovem camita metido a besta, que morava em Denver, dissera à turma que, embora a teoria do "criacionismo" ainda fosse levada a sério por muita gente atrasada, inclusive legisladores estaduais, a ciência não tinha mais dúvida de que o universo não era obra de nenhum Criador, e sim o resultado de eventos cósmicos aleatórios que haviam produzido, em meio a uma infinidade de planetas infernalmente quentes ou frios, um que era favorável à vida, fenômeno que surgira quando permutações acidentais de moléculas complexas presentes numa sopa morna primeva formaram combinações capazes de se auto-replicar; daí em diante foi só uma sucessão de criaturas maiores a devorar outras menores, a sobrevivência dos mais aptos, tal como fora exposto pelo naturalista inglês Charles Darwin, um dos grandes homens do século dezenove. Quando Karen, trêmula, perguntou a seu professor afro-americano a respeito de Jesus Cristo, ele respondeu, diante de toda a turma, que embora Jesus e os boatos a ele associados constituíssem uma verdadeira fixação da cultura branca e européia a partir do ano 300, mais ou menos, a grande maioria da população do mundo, desde o início dos tempos históricos, acreditava em outros deuses ou em nenhum deus em particular. E as vidas dessas outras pessoas, acrescentou ele, provavelmente não eram nem mais nem menos felizes que as nossas. A religião, refletiu o professor, é um apetite curioso e, tal como ocorre com o apetite por alimentos, uma grande variedade de substâncias o satisfaz, inclusive alguns pratos muito estranhos, quando a fome aperta muito. A menina, embora cônscia de que o mal abundava no mundo exterior, jamais travara contato com uma manifestação tão direta, e vinda não de uma criança implicante, mas de um professor.

No dia seguinte, os campos amanheceram cobertos de orvalho. Luke disse às crianças que ficassem no Templo e saiu; foi até um trecho pantanoso no prado à direita do prédio, onde havia um arvoredo, com um M-16 equipado de mira telescópica. Quando, às sete e meia, o ônibus escolar alaranjado despontou na estrada de macadame e buzinou no final da estrada de terra do Templo, Luke, de uma distância de aproximadamente cento e cinqüenta metros, disparou, furando os dois pneus daquele lado. Era uma manhã friorenta de novembro, com um vento que já prenunciava o inverno; o céu estava azul como uma flor de tremoceiro, e as folhas das árvores do bosque já estavam tomando uma coloração cáqui, como papel pardo. Pela mira telescópica, com o fuzil apoiado num galho baixo, ele enxergava perfeitamente. Viu a motorista do ônibus, uma loura oxigenada gorducha, com uma jaqueta de camurça amarela, baixar o vidro da janela para examinar o pneu da frente; dava para ver a luz refletida pelo cromo do retrovisor. Via também, ao descrever um arco lento com a arma, os rostinhos curiosos se aglomerando nas janelas embaçadas. O vidro dava a impressão de que as crianças estavam sujas. As bocas abertas emitiam um ruído estridente que ele não ouvia. Quando Luke atirou no pneu de trás e voltou a apontar a mira para as janelas, todos os rostos haviam desaparecido — certamente as crianças teriam se abaixado — e ele resolveu aproveitar e atirar em algumas das janelas também. Riu ao ver aquele vidro de segurança desaparecer, reduzido a milhares de fragmentos. A motorista, por burrice ou imprudência, abriu a porta e saltou, olhando primeiro para a estrada e depois na direção de Luke. Aquela mulher estava precisando perder alguns quilos. Luke apontou o retículo da mira para a cabeça loura e redonda, para os cabelos oxigenados presos num coque; mas estava claro que à noite ela os soltava, aquela meretriz gorda como uma porca que levava crianças tementes a Deus para beber nas fontes poluídas da impiedade. Seria um ato de misericórdia dar fim àquela existência, mas Luke contentou-se em atirar no retrovisor comprido que brilhava trinta centímetros acima de sua orelha. Quando o espelho se fez em pedaços, ela abaixou-se imediatamente, como se a bala tivesse raspado seus cabelos dourados de prostituta. A mira telescópica proporcionava-lhe uma sensação tranqüila de paz, uma intimidade inteiramente silenciosa, como um olho mágico que lhe permitisse ver o paraíso; teve que se obrigar a voltar depressa para o Templo, já que seu recado fora dado.

Entrou pela porta dos fundos, e os homens do Templo, tendo ouvido os tiros e vendo o ônibus imobilizado pelas janelas do andar de cima, receberam-no na cozinha com um emaranhado de vozes agitadas. "Não acredito que você fez isso", disse Esau. Luke olhou com desprezo para o rosto redondo do novato, cuja palidez contrastava com sua barbicha rubra e pseudobíblica.

"Você anda flertando demais com o Demônio, Slick.* Vá com eles; vá, é a sua oportunidade."

Mas Clark imaginava que, se tentasse, não chegaria muito longe antes de ser atingido por uma bala nas costas. Só de pensar nisso, sentiu uma umidade na virilha; seu corpo pareceu-lhe terrivelmente frágil, exposto a todo tipo de perfuração e corte, em meio àqueles homens ásperos e duros, duros por natureza e por efeito da fé.

Jesse desceu do quarto, com um camisolão largo de flanela listrada; parecia uma velha. Ultimamente, passava as manhãs dormindo, por vezes até o meio-dia, porque suas obrigações para com as mulheres e seus estudos bíblicos o mantinham acordado até tarde. As mulheres cochichavam que à noite ele era agi-

(*) *Slick* significa "escorregadio", "melífluo", "ardiloso". (N. T.)

tado por visões, que o faziam gritar e suar frio. A pele de seu rosto barbado estava frouxa; os pés descalços, um detalhe tocante sob a barra do camisolão, estavam cheios de calos amarelos e manchas rosadas, como se não tivessem sido feitos para andar. Ouviu o relato de Luke e a tensão voltou a seu rosto, a luz voltou a seus olhos castanhos, sem a proteção dos óculos de lentes circulares. Jesse levantou os braços, ali na extremidade da mesa comprida à qual todos faziam as refeições, e proclamou: "'Aproximaram-se os dias, e o cumprimento de toda a visão. Porque não será vã daqui em diante visão alguma, nem haverá adivinhação ambígua no meio dos filhos de Israel'. Ezequiel, doze. Ou seja, irmãos: agora é pau puro. 'Estes pelejarão contra o Cordeiro, e o Cordeiro os vencerá, e os que são com ele, são os chamados, os escolhidos, e os fiéis'".

Os outros montanheses, Luke e Jonas, gritaram jubilosos, e Zebulun e Mephibosheth fecharam a cara, rejeitando qualquer alternativa à obediência ao mestre. Esau olhou para Tom e Jim e viu neles reflexos de sua apreensão; mas então Jim, o que era casado, piscou o olho para ele e deu de ombros; assim, Esau sentiu que tinha cúmplices. Sentiu-se recrutado. O serviço militar obrigatório fora abolido antes que ele chegasse à idade de ser convocado; só conhecera o perigo ao tomar drogas pesadas ou ao andar em carros a toda a velocidade nas curvas de Mulholland Drive, na neblina. Havia um lado não desenvolvido de sua personalidade que se sentia gratificado com aquela convocação. Chegara a hora de manifestar sua fé em atos. Imaginava que os olhos cansados de Jesse haviam se voltado para ele quando o profeta falara de visões vãs e adivinhações ambíguas — como se os contatos de Esau com as autoridades que os cercavam fossem uma traição e não um serviço, a divulgação do Evangelho do Cordeiro. Pois eles iam ver.

O barulho atraíra as mulheres e as crianças, que vieram correndo do andar de cima, dos quartos nos corredores de madeira. "Não tenham medo, doces criaturas", disse-lhes Jesse. "O dia de nossa glória está próximo." As mulheres foram instruídas a preparar-se para a eventualidade de ficarem sitiados, a juntar agasalhos e cobertores e tudo o mais que fosse necessário e ir com as crianças para o *bunker* subterrâneo. Zebulun e Mephibosheth receberam ordem de ir buscar as armas nos lugares onde tinham sido escondidas. Jonas e Jim foram encarregados de montar guarda no telhado, a que se tinha acesso através de um alçapão e de uma pequena plataforma atrás da chaminé, construídos por Mephibosheth. Minutos depois, as sentinelas gritaram que a motorista do ônibus havia aberto a porta de emergência do outro lado do ônibus, e estava conduzindo as crianças em fila dupla estrada abaixo, em direção ao vizinho mais próximo, a mais de um quilômetro dali.

"Mandamos chumbo neles?", gritou Jonas.

"São *crianças*!", exclamou Esau, dirigindo-se a Jesse.

O líder estava agora de *jeans* e tênis; havia vestido várias suéteres uma por cima da outra, e por fim um colete verde e volumoso, dos tempos do exército, cheio de bolsos quadrados. Havia meses que Esau não o via mover-se com tanta agilidade e rapidez. "*Negativo*!", gritou Jesse. "Não atire!"

"Ele está doido", disse-lhe Esau.

"Outros diriam que está inspirado", retrucou Jesse, com sua voz rouquenha, olhando a sua volta, vendo as janelas, os outros homens que entravam e saíam, o céu cristalino lá fora. Assim mesmo, achou tempo para doutrinar aquele membro de seu rebanho. "Irmão Esau, isso tinha de acontecer. Está tudo no Livro. Tem que haver um dia da ira, para que só restem os cento e quarenta e quatro mil eleitos. É uma questão matemática. É preciso separar o trigo do joio. Está com medo?"

"Não sei. Nunca entrei numa briga como essa."

"Tem uns que levam jeito, outros que não levam. Pode ser que você se surpreenda com você mesmo."

Jesse e Luke calculavam que a mulher levaria meia hora para conduzir as crianças até a fazenda mais próxima. Se ela encontrasse algum empregado num veículo ou a cavalo, esse tempo se reduziria. As autoridades levariam mais meia hora para se organizar e vir do centro de Lower Branch.

Não deu outra: meia hora depois, o telefone começou a tocar, insistentemente, no escritório do segundo andar. Esau correu para atender, porém constatou, um pouco aliviado, que Luke, com uma bandoleira verde-oliva cheia de munição, explicava, com seu jeito paciente de caipira: "O senhor entende, foi um protesto legítimo contra essa escola que só serve para expor nossas crianças inocentes à doutrinação de ateísmo. Ninguém saiu ferido, e a gente não queria mesmo ferir ninguém; agora, se vier aqui um bando de homem armado, aí não posso garantir nada. A gente tem o direito de se defender, um direito dado por Deus e pela Constituição".

Esau pegou a extensão na mesa que Jesse jamais utilizava e disse: "Eddie, é você? A gente paga os pneus e os vidros das janelas — pode nos mandar a conta. Mas não mande ninguém aqui, não. A situação aqui está delicada no momento. O clima está muito explosivo".

"Clark", disse Eddie, o subdelegado, num tom um tanto lânguido, "não se pode sair por aí dando tiro em ônibus escolar. Isso simplesmente não se faz. Infelizmente, vamos ter que mandar gente aí. Já tem um monte de repórter aqui querendo informação."

Luke interrompeu: "Moço, não liga não para essas coisas que o Slick está dizendo. Ninguém vai pagar os pneus, nem eu nem o Paizão".

Esau não se surpreendeu de ver que os montanheses o chamavam de Slick pelas costas. Às vezes, depois de passar a tarde em Lower Branch tomando cerveja com Eddie no J. C.'s e rindo com Charlie Rower, o chefe da receita do condado de Burr, ele próprio sentia-se melífluo, escorregadio. Mas Jesse reconhecia seu valor, ele sabia. *De cada um conforme seus talentos.*

Luke prosseguia, ao telefone: "A gente tem pago esses impostos todos, de otário, e o que é que vocês fazem com essa grana toda, seus debilóides? Sustentam um bando de vagabundos que não querem trabalhar e despejam lixo de Satanás na cabeça dos nossos filhos". E desligou.

Vinte segundos depois, o telefone tocou outra vez. Esau tentou atender a extensão, mas Luke deu um puxão no aparelho principal, arrancando os fios da caixa; assim, o fone que Esau levara ao ouvido emudeceu. Havia uma certa pureza nesse silêncio e uma certa sensação de felicidade no fato de que ele nada mais podia fazer; tentara tudo que era possível, mas agora a situação não estava mais sob seu controle. Relatou a Jesse o gesto enlouquecido de Luke, e o outro sorriu, um sorriso que tinha algo da piscadela que Jim lhe dirigira. O profeta vasculhou a memória, em busca de uma citação, e encontrou esta: "'Todas as varas que não derem fruto em mim, ele as tirará'".

Jesse parecia meio metro mais alto do que era, assumindo o controle, mandando cada homem para seu posto, acariciando as cabeças das crianças reunidas e olhando por alguns instantes para o rosto de cada uma delas. Antes que elas descessem para o *bunker*, com cobertores, bichinhos de pelúcia e alimentos, Jesse pediu a todos, mulheres e crianças e homens que ainda estavam na sala, que se reunissem diante da lareira fria para uma leitura da Bíblia. Leu para eles um trecho do Apocalipse, 21: "'E Deus' enxugar-lhes-á todas as lágrimas dos seus olhos; e não haverá mais morte, nem luto, nem clamor, nem mais dor, porque tudo isto passou.

"'O que estava sentado no trono disse: Eis que eu renovo todas as coisas. E ajuntou: Escreve, porque estas palavras são muito dignas de fé e verdadeiras.

"'Depois disse-me: Está feito! Eu sou o Alfa e o Ômega, o princípio e o fim. Eu darei gratuitamente da fonte da água da vida ao que tiver sede.

"'Aquele que vencer possuirá estas coisas. Eu serei seu Deus e ele será meu filho.

"'Mas, pelo que toca aos tímidos, aos incrédulos, aos execráveis, aos homicidas, aos fornicadores, aos feiticeiros, aos idólatras e a todos os mentirosos, a sua parte será no tanque ardente de fogo e de enxofre: o que é a segunda morte'".

Jesse levantou a vista e disse a seu rebanho assustado: "Esses homicidas e idólatras, esses fornicários e mentirosos logo vão chegar a nossa porta. Mas, meus amados pequeninos, eu sou o Alfa e o Ômega. Meus inimigos serão lançados no tanque de fogo e enxofre, e darei gratuitamente a beber da fonte da água da vida aos fiéis. Para nós não haverá mais morte, nem dor, nem choro. Crianças, o que foi que Deus prometeu que faria? Quem lembra o que eu acabo de ler?".

Olhou esperançoso para os rostos das crianças; todas permaneciam em silêncio, até que um menininho assustado, com seus cinco anos, disse, com voz trêmula: "Enxugar, enxugar...".

"Deus enxugará, com Sua linda mão, todas as lágrimas de nossos olhos", parafraseou Jesse. "Haverá em todas as Sagradas Escrituras passagem mais bela que essa promessa solene contida no Apocalipse? Podem acreditar nela, meus pequeninos, que o medo vai embora. Jesse está cuidando de todos vocês. O Paizão promete levá-los com ele aonde quer que ele for. Amém. Agora quero todo mundo no porão com a mamãe, e fiquem sentadinhos lá, com a bundinha no chão, e só saiam quando ouvirem uma voz que vocês conhecem bem mandando sair."

Algumas das crianças mais velhas riram daquela "bundinha" inesperada; as menores, porém, estavam transidas de medo, incapazes de rir ou manifestar qualquer emoção. Um reflexo animal as levara a ficar mudas, agarradas às mães; várias estavam com o nariz escorrendo e o nariz de uma menina pequena sangrava sem que ninguém lhe desse atenção; todos seguiam em silêncio em direção ao *bunker*.

Luke e Zebulun tinham seus planos estratégicos, mas os homens mais jovens, mais urbanizados, só confiavam em Jesse. As névoas que haviam se acumulado no cérebro do líder, por excesso de imersão no Apocalipse e nas secreções sexuais das mulheres, haviam se dissipado; estava calmo, um pouco distante; parecia um leão preguiçoso, tal como na primeira vez em que Clark o vira. Mandou Luke subir ao telhado com seu M-16 e o lança-granadas portátil M-79; Tom e Mephibosheth montariam guarda nos fundos, armados de AK-47; Jonas e Jim desceram do telhado para ficar com Matthew no segundo andar; Zebulun, Esau e o próprio Jesse postaram-se no primeiro andar, a linha de frente. Jesse armou-se de um M-16, colocou alguns fuzis — em sua maioria, AR-15 convertidos — e uma pilha de pentes de munição junto à lareira de pedra e encarregou Zebulun de operar uma metralhadora Browning .50. Montaram o tripé da arma sobre a estante deitada, levantada alguns centímetros do chão apoiada em bíblias, atrás de um escudo improvisado, feito com um velho banco de trator enfiado na janela semicerrada. O havaiano gorducho ria de felicidade diante daquela prova da confiança que o líder depositava nele; apreensivo e alegre, testava várias cadeiras, colocando cada uma delas atrás da metralhadora e sentando-se, como um pianista exigente a ajustar a altura do banco.

Disse Jesse: "Slick, tem uma aqui que eu sei que você vai adorar". E pôs na mão de Esau um rifle de caça antigo, uma peça graciosa, com um cano azulado, comprido e leve, que o fez pensar numa vara de condão flexível e ágil quando ele tomou nas mãos a coronha polida, de nogueira xadrez. "Ruger M-77", disse

Jesse. "Winchester Magnum trezentos. Dá para acertar na espinha no nariz da sua namorada a quinhentos metros de distância." Jesse gostava de brincar com seus seguidores, falando como se eles levassem vidas sexuais muito ativas, quando na verdade ele se apossara de todas as mulheres do Templo. Mas não deixava de ser uma distinção sutil, um reconhecimento secreto, ele dar a Esau não uma arma militar assassina, e sim aquele rifle de mecanismo delicado, preciso como um bisturi; era como se Jesse lhe dissesse que ele era superior àqueles caipiras grosseiros que os cercavam.

A alça de mira do Ruger tinha a forma intricada de uma folha; a massa era uma rampa que culminava com uma esfera. Apontando a arma para a janela, Esau tinha a impressão de que a esfera cravava no alvo como uma bola de mercúrio caindo no fundo de um copo. Jesse designara para ele uma das janelas da sala; Esau pegou a cadeira de cozinha verde, que rangia, a cadeira em que Jesse estava sentado na primeira vez em que conversara com ele. Abriu a janela frouxa, impedindo-a de fechar com um pedaço de lenha, acomodou o rosto na concavidade fresca da coronha e acompanhou pela mira o vôo de um gavião no vale. O vento de novembro fazia seu rosto arder, e seus olhos encheram-se de lágrimas enquanto ele contemplava a beleza da manhã: a encosta da montanha recoberta de capim dobrado pelo vento, um tapete interrompido aqui e ali por arvoredos de choupos e pinheiros; o sol escondido atrás de uma nuvem oblíqua que se aproximava com bordas que eram como escamas de peixe, como as curvas de areia que a baixa-mar deixa na praia; o vale que se estendia para longe e para baixo, atingido pela luz amarelada do sol filtrada pela nuvem gigantesca, onde o lago de forma irregular brilhava, um azul ofuscante, e os campos arados e recortados por cercas nas terras mais baixas pareciam uma colcha de retalhos composta de tecidos felpudos, bem costurados. Esau não queria abandonar esse mundo, mas precisava acreditar que sua glória era apenas uma pálida sombra, uma tímida antevisão, de um outro mundo melhor. *Se ao feno do campo, que hoje é, e amanhã é lançado no forno, Deus veste assim: quanto mais a vós, homens de pouca fé?* Segurava a arma com delicadeza, como se aquela esguia estrutura mecânica de aço e madeira fosse de fato uma mulher, uma mãe magra e tenaz que o ajudaria a suportar aquela febre, aquela água que fervia logo acima de seus órgãos excretórios. Seus nervos tensos pareciam levantá-lo do chão; era como se seus pés, calçados em botas alaranjadas um tanto gastas, pertencessem a outra pessoa, estivessem tão distantes dele quanto o gavião que acabava de desaparecer. A toda hora engolia algo mais espesso que saliva. De súbito, ocorreu-lhe a visão de uma coisa que ele desejava ardentemente — um daqueles sanduíches de pasta de amendoim que ele fazia quando menino, com dois biscoitos Saltine, quadrados, mas que podiam ser quebrados ao meio, na cozinha que dava para a piscina, quando Rex não estava em casa e ele teria que esperar várias horas para que sua mãe chegasse, cheia de novidades e morrendo de vontade de tomar um vinho branco com soda.

No segundo andar, os homens caminhavam com passos pesados; pareciam estar andando em círculos, para se acalmar. Cada minuto de espera era tão longo que nele cabiam mil ruídos diferentes. "Hoje o Gog está lerdo", comentou Jesse. "Deve estar a maior zorra lá em Magog." Esau deu-se conta subitamente de que Jesse havia escolhido os dois homens menos confiáveis, ele próprio e Zebulun, para ficar com ele. *Sobre esta pedra.*

No andar de cima, os passos cessaram; Clark ouviu o murmúrio dos carros que se aproximavam, um som tão sutil que poderia ser pura imaginação, como uma brisa nos ramos de uma árvore, ou o som do sangue circulando no crânio. Então a fenda que se abrira na paz da manhã foi se alargando rapidamente, embora ainda não desse para ver nada, pois a estrada ficava num nível mais baixo do que as pastagens onde os carneiros fuçavam a terra, procurando os restos de verde em meio à grama parda queimada pelo frio. Dois veículos minúsculos apareceram ao longe, na estrada de terra — um carro branco de polícia, com sua luz azul a rodopiar, e um furgão azul-claro atrás. "Homicidas, fornicários, idólatras", disse Jesse, num tom alegre, para se divertir ou dar ânimo a Esau e Zebulun. "A besta e os reis da terra enviaram seus lacaios incréus."

O portão do pátio do Templo, que era separado da pastagem por arame farpado, fora fechado e trancado com uma corrente recoberta de plástico e um cadeado. Os três homens que vinham no carro da polícia estadual — dois com uniforme da guarda estadual, com seus chapelões verdes e jaquetas pretas, o terceiro um homem meio torto, de terno cinza — levaram alguns minutos parados diante do cadeado, sem saber como agir naquela situação. Um dos policiais pegou um megafone e começou a falar, mas o sangue batia tão alto na cabeça de Esau que ele não conseguiu entender uma palavra; só captou o tom insistente e agressivo. Então ouviu-se um disparo, um ruído insignificante naquela imensidão, sob a enorme nuvem plúmbea cujas bordas se dissolviam com o impacto da luz do sol oculto. O tiro podia ter partido do segundo andar, de Luke no telhado, ou então podia ser um dos policiais atirando no cadeado. Muito depressa, como a imagem de um filme que não está sincronizada com a trilha sonora de tiros e gritos indignados, o carro da polícia arrombou o portão, despedaçando as tábuas longas e empurrando-as para o lado, avançou cerca de cinqüenta metros e depois parou, quando o pára-brisa foi estraçalhado e abriram-se rombos no teto. Os dois policiais saíram do carro com pistolas na mão, e um deles imediatamente saltitou e caiu na terra ao lado do pneu traseiro; o outro acocorou-se atrás do carro, mas não estava bem protegido ali. Da janela de Esau, a mais à esquerda da sala, via-se uma fatia do vulto acocorado entre duas tábuas da cerca da varanda. O cano azulado da Ruger foi deslizando como uma cobra, quase por vontade própria, até que a esfera da massa de mira se sobrepôs ao alvo humano. A mente de Clark de repente estava límpida como uma televisão bem sintonizada, e sua vista também: enxergava com nitidez a fivela do cinto do policial, o brilho das botas, o couro mais fosco do coldre vazio. Esau manteve a esfera logo acima do coldre e puxou o gatilho; o coice da arma empurrou-lhe o ombro, como um tapa de brincadeira dado por uma garota coquete; o alvo abstrato desapareceu, como uma figura de lata num tiro ao alvo. Em seguida, transformou-se num homem, um vulto escuro tentando rastejar para baixo do carro para proteger-se, um guarda agora sem chapéu, com um rosto redondo de menino — menos que isso, um mamífero de cara branca, uma criatura ferida e assustada enfiada em sua toca. O guarda estava tentando permanecer imóvel, mas alguma coisa, a dor, o impelia a remexer-se debaixo do carro. Era um Camaro branco novo, com as palavras PATRULHA ESTADUAL escritas em negro no capô; a chuva de balas que perfurava sua carroceria fina fazia-o balançar-se sobre o molejo. Zebulun estava extasiado com sua metralhadora, enchendo a sala de fumaça e cápsulas metálicas que tiniam ao bater no chão; no segundo andar, os homens faziam uma barulheira tremenda com seus fuzis automáticos e seus gritos frenéticos e aterrorizantes, batendo no chão com tanta força que Esau tentava imaginar a espécie de dança que estariam dançando. Ouviu-se um baque forte e úmido no telhado da varanda; em seguida, numa fração de segundo, uma sombra, como a lançada por um urubu ou um avião que passa à frente do sol, desceu no canto do campo de visão de Esau. Fosse o que fosse, a coisa agora havia caído atrás da cerca da varanda, onde ele não podia vê-la. Tudo que se oferecia a sua vista era a cerca, com suas tábuas verticais, a tinta seca já descascando, e entre elas as figuras pequeninas da cena que se desenrolava ao longe.

O furgão azul não tinha entrado no pátio; dois dos homens que vinham nele portavam fuzis e estavam postados atrás dos cantos do veículo, atirando, enquanto o terceiro, agachado, corria até o carro de polícia furado de balas, com o pára-brisa estraçalhado. Então o homem de terno cinza que viera no carro saiu de trás dele e começou a agitar os braços, como se estivesse se rendendo. Clark reconheceu seu amigo Eddie, o subdelegado. A esfera da massa de mira estava exatamente sobre a cabeça do homem; ele puxou o gatilho mas certamente errou o alvo, pois o subdelegado continuou a agitar os braços, num gesto que era como uma bênção frenética. Jesse, encostado junto à janela ao lado da de Esau, resfolegou de leve e disse: "Pelo visto, o poder do Cordeiro é demais para eles. Agora eles estão pedindo proteção às montanhas. E então, Zeb, o que você acha? E você, Slick?".

Esau perguntou: "Não se pode atirar num homem que não está atirando na gente, não é?".

"Eles são *invasores*, irmão. Eles nunca mais vão pecar, e no Céu vão nos agradecer depois."

Zebulun perguntou: "Posso? Posso mandar bala?".

Esau puxou o ferrolho para recarregar a arma, e o metal oleado nu, visto assim tão de perto, pareceu-lhe obsceno, como o pênis vermelho de um cão excitado.

"'E a morte e o inferno deram os seus mortos que estavam neles'", citou Jesse. "Apocalipse, vinte. Esses demônios já estão mortos e amaldiçoados por toda a eternidade, Slick, nos olhos do Deus justo. Você está precisando estudar melhor os detalhes da fé verdadeira."

Os dois homens que antes estavam ao lado do furgão haviam largado suas armas na grama e se aproximavam rígidos, cautelosos, um passo de cada vez, os braços afastados dos troncos, para ajudar a pegar os dois corpos. O primeiro a ser atingido não havia se movido mais depois daquele salto inicial; o outro, debaixo do carro, que Esau havia acertado — se bem que não dava para ter certeza, era tanto tiro vindo de todos os lados — havia apoiado a cabeça na terra numa posição tal que não se via mais o disco branco de seu rosto. Havia perdido o chapelão. Uma rajada de balas súbita, vinda do andar de cima, levantou pelotas de terra do chão e imobilizou todos que estavam no pátio. Jesse, com sua M-16 apontada para baixo, afastou-se da janela e foi andando tranqüilamente para a varanda, aquela varanda frágil, onde havia pilhas de lenha, e aproximou-se do alto da escada. "Podem levar!", gritou. "Levem essas carcaças embora para a cidade e não voltem mais! Aqui é a casa do Senhor!"

Do andar de cima vieram gritos de aprovação, e uma trilha de terra levantada foi se aproximando dos homens imobilizados no pátio, depois voltou, e fez dançar um balde de metal junto à velha bomba-d'água.

Esau tentou lembrar se vira Jesse dar um único tiro; não conseguiu. Estava zonzo, como um cachorro trêmulo após a cópula. Continuava abraçado à arma esguia. O dia estava escurecendo; a grande nuvem oblíqua estava agora diretamente acima do Templo, de modo que não se viam mais suas bordas brancas em forma de escamas. Os carneiros haviam descido a encosta, afastando-se dos tiros, mas o gavião continuava sobrevoando o vale, caçando, dando voltas e mais voltas, um movimento que parecia não lhe exigir nenhum esforço. Uns poucos flocos de neve, secos como cinza, começaram a descer além da varanda. De início Esau pensou que fossem manchas em sua vista, mas não, era neve de verdade, traçando trajetórias agitadas no ar. Ao longe — em plano geral — os três homenzinhos minúsculos carregavam apressadamente os dois corpos inertes para dentro do furgão; o veículo, Esau deu-se conta, viera para levar presos alguns membros do Templo. Agora todos eram tão culpados quanto Luke, que se precipitara. *E aquele que se não achou escrito no livro da vida foi lançado no tanque de fogo.* Esau vasculhou seus sentimentos nesse instante decisivo de sua vida e só encontrou a sensação que Ezequiel descrevia como uma "voz de grande comoção", um rio ensurdecedor de puro ser atravessando sua consciência em vórtices reluzentes de espuma, toda a vida proliferante do mundo jorrando, a toda a velocidade, pelo estreito gargalo de seu eu.

Jesse voltara para dentro e estava ao pé da escada, falando com os homens do andar de cima: "Parece que pegaram o Luke. Ele está lá caído no canteiro de tulipas — despencou do telhado".

Jonas exclamou, zangado: "Ele não devia ter sido colocado lá, onde qualquer um podia acertar nele".

"Era lá que ele queria ficar", disse Jesse. Seus poderes divinos não admitiam o reconhecimento de um erro. Se é que fora mesmo um erro. Fora Luke que provocara aquilo tudo. Se ele morrera, havia no fato uma certa justiça.

Em marcha a ré, guinchando, o furgão descia a estrada de terra. O carro de polícia destroçado permaneceu, em preto e branco, transformando o pátio num ferro-velho de pesadelo. Jesse saiu para a varanda, desceu a escada e pôs os dedos no pescoço magro de Luke, abaixo do queixo que ele não se dera ao trabalho de barbear naquele dia. Esau, como talvez os outros reunidos em torno do mestre, perguntou a si próprio se aquele corpo destroçado voltaria à vida naquele momento, mas Jesse não pronunciou as palavras que poderiam ter surtido esse efeito. Talvez temesse que o milagre não se realizasse. Talvez quisesse que Luke ficasse mesmo morto. Luke lhe dera problemas. Esau olhou a sua volta e concluiu que apenas ele tivera esses pensamentos. Ele e Jim entreolharam-se, e Jim esboçou uma careta e um dar de ombros. Eles dois sabiam algo em comum, mas o quê?

Os homens e as mulheres do Templo enterraram Luke atrás do celeiro, num canto do pasto superior, onde anos antes fazendeiros teimosos haviam plantado trigo. Naquela noite acumularam-se dez centímetros de neve; parecia que a Natureza queria envolver o Templo em silêncio e segurança, pois não parava de nevar, na virada de novembro para dezembro, e a estrada de terra ficou obstruída, e raramente se ouvia o som de algum motor, salvo o de um helicóptero, um Bell 206, tirando fotos e gravando videoteipe para alguma estação de TV, que exibiria imagens do prédio onde estavam cercados de neve os criminosos religiosos, e o de um Huey cedido pela Guarda Nacional do Colorado ao FBI ou ao ATF.* O relato do conflito, em que um guarda fora morto e o outro ficara com as pernas paralisadas para o resto da vida, convencera o ATF de que havia no Templo um arsenal de armas de combate ilegais ou armas de caça com adaptações proibidas. Para os fiéis, o ruído dos rotores a se aproximar e se afastar era como o bater de asas dos anjos mecânicos da destruição; as crianças corriam para o pátio e acenavam, embora Jesse as proibisse de fazê-lo, dizendo que elas seriam metralhadas.

Os helicópteros lançavam panfletos, implorando a rendição. Os culpados seriam julgados na forma da lei; os demais, garantia o texto, seriam protegidos e perdoados pelo Estado. As autoridades haviam cortado a eletricidade do Templo poucas horas depois do confronto. Os fiéis acenderam seus lampiões a querosene e puseram lenha nas lareiras e estufas. Ligaram o gerador aos *freezers* para que a comida não se estragasse; haviam acumulado o suficiente para alimentar por alguns meses trinta pessoas — oito homens, agora que Luke morrera, cinco mulheres e dezessete crianças; Jesse era pai de quase uma dúzia. E havia também carneiros. E galinhas poedeiras. Anos antes, haviam instalado uma bomba manual na cozinha para tirar água do poço, de modo que mesmo depois que acabasse o óleo diesel do gerador continuaria a haver água pura para os fiéis.

Mais do que qualquer outra coisa, Esau sentia falta de meios de comunicação. Os helicópteros lançavam seus ultimatos untuosos, e os alto-falantes instalados na propriedade vizinha — a fazenda Triple H, de Hank e Hortense Harden — emitiam, obedecendo a um psicólogo especializado em situações desse tipo, uma infernal mistura de *acid rock*, ruídos distorcidos e pronunciamentos oficiais que chegavam aos ouvidos dos fiéis quando o vento soprava naquela direção. Mas o Templo não tinha como responder; Luke havia arrancado o telefone do escritório, e além

(*) Departamento de Álcool, Fumo e Armas de Fogo. (N. T.)

disso ele ou algum outro fanático, logo após o conflito, tinha cortado os fios telefônicos onde eles penetravam na casa, no segundo andar. Esau explicou a Jesse que, sem comunicações, não havia como o Templo divulgar sua mensagem: "Só a voz de Gog está sendo ouvida. Mas há milhões de pessoas querendo ouvir a sua versão". Assim, Esau, Jim e Tom subiram no teto do curral dos carneiros, que era pouco inclinado, e com os pés retiraram a neve de modo a formar a palavra FONE. Mas os helicópteros, um dos quais ficou sobrevoando o curral como uma gigantesca libélula, pareciam não conseguir ler a mensagem escrita com letras brancas sobre um fundo branco. Tentaram fazer as letras contrastar com a neve colocando palha sobre elas, mas o vento levava a palha e a neve não parava de cair. Então ocorreu a Esau que o Templo devia estar sendo observado por telescópios e miras telescópicas, do centro de operações do governo instalado na fazenda dos Harden a nordeste, bem como do acampamento da imprensa que os vizinhos do outro lado, os irmãos Menéndez, haviam permitido que se formasse num trecho elevado de terra de pousio do outro lado da estrada, a um quilômetro a sudoeste dali. Apelidaram o acampamento de "Cidade-Satélite".

Esau saiu pela janela do escritório para o telhado da varanda e, lentamente, sacudiu os fios cortados do telefone, como se transmitisse uma mensagem com bandeiras. Sua barba estava maior, e nas fotos que a AP tirou à distância ele parecia uma figura messiânica e sinistra, a barba e os cabelos longos soprados para o lado pelo vento hibernal. Em vários jornais, saíram legendas que o identificavam erradamente como o próprio Smith. No dia seguinte, um helicóptero da televisão jogou-lhes um radiotelefone dentro de uma caixa cheia de pedaços de isopor, com várias baterias sobressalentes, e estabeleceu-se um fluxo de comunicação. "Nosso líder quer contar a sua versão da história", explicou Esau à imprensa. "Fomos atacados. Estamos sendo perseguidos constantemente. Nossos direitos foram violados várias vezes. O membro do Templo que atirou no ônibus escolar foi morto no tiroteio. Ele é um mártir. Somos vítimas, não agressores." Não acreditava em tudo o que estava dizendo, mas adorava a sensação de estar falando naquele pequeno telefone Panasonic, sabendo que suas palavras estavam sendo ouvidas com atenção por um mundo ávido de informações. Não era como antigamente em Hollywood, quando ele promovia reuniões ao café da manhã no Polo Lounge e almoços no Du-Par's ou no Bistro Garden e nada acontecia — ninguém se interessava pelo pacote, os financiadores se afastavam, e a estrela, uma filha da puta anoréxica e cheiradora de pó, mudava de idéia. Esau pediu que a eletricidade fosse restabelecida para poder ligar o computador. Sabia que nessa negociação as peças a serem barganhadas eram eles próprios, principalmente as mulheres e as crianças. Para o governo, seria má publicidade a ocorrência de mais mortes. Esau anunciava ao telefone: "Não temos medo de morrer. Sabemos que o Dia do Juízo está próximo, pode ser amanhã ou depois de amanhã, para nós não faz muita diferença; estou falando sério. Aceitaremos de bom grado o Juízo Final quando ele chegar. Para nós, é apenas uma viagem à Jerusalém celestial. Enquanto isso não acontece, vamos conversar. O Cordeiro de Deus quer divulgar sua versão dos fatos".

De início, Jesse reagiu com desconfiança. O isolamento gerara uma solidariedade intensa com seu pequeno rebanho; suas exposições dos textos bíblicos tornavam-se, depois de uma ou duas horas, uma espécie de êxtase. Não só mulheres, mas também homens, de vez em quando se levantavam e falavam depressa em línguas desconhecidas, e depois desmaiavam. Esau tentava deixar que as vozes que havia dentro dele falassem, mas algo em sua cabeça, um pequeno espectador imóvel e irônico, embora reduzido ao tamanho de um *chip* de computador, o impedia. Jesse, sempre um montanhês, gostava da falta de eletricidade, das noites frias em que todos, menos os que estavam montando guarda nos quatro pontos cardeais, dormiam enfileirados, bem próximos um do outro, no chão da sala, enquanto na lareira de pedra o fogo rosnava, soltava fagulhas, lambia a chaminé, ou então na cozinha, onde o fogão de lenha ficava aceso. Estavam todos emagrecendo, submetidos a uma dieta racionada de farinha de aveia, ervilhas e beterrabas enlatadas, frango e carneiro assado; à sombra da morte, sob o ruído incessante dos helicópteros, o bombardeio imprevisível de gritos e guinchos que vinha dos alto-falantes para minar-lhes a sanidade e o moral, o corpo espiritual do Templo foi ficando mais magro e ágil. As primeiras entrevistas telefônicas de Jesse foram rígidas, cheias de silêncios zangados e desafiadores, quando as perguntas lhe pareciam irreverentes ou irrelevantes. A única questão relevante era a salvação, precedida por uma destruição iminente. "'Como és ignorante'", citou. "'O que tu semeias não vivifica se primeiro não morre.' Primeira Epístola aos Coríntios, quinze, trinta e seis. Eis aí toda a religião cristã resumida. Vocês se dizem cristãos, milhões de cristãos, mas não acreditam nisso; têm medo da morte. Têm medo de perder suas baboseiras importadas do Japão, esses amontoados de madeira e fibra de vidro que vocês levam a vida inteira para pagar em prestações, os cartões de crédito todos. Vocês têm medo de perder as abominações da Terra, medo de acordar dentro de um caixão que custou sete mil dólares, com o nariz a um palmo da tampa. Vocês desperdiçaram a vida no meio do rio, e agora estão ouvindo o rugido da cachoeira; têm medo de arder nas chamas eternas do Inferno. 'Porque tu és morno, e nem és frio nem quente, vomitar-te-ei da minha boca.' Apocalipse, três, dezesseis. É a voz do Senhor, e não admira que vocês todos tenham tanto medo. Aqueles dois vermes a serviço do Estado que vieram aqui invadir nosso santuário, com aqueles chapéus ridículos, eles eram mornos, e eu os vomitei da minha boca. Eles não tinham a fé boa e quente. Se tivessem, estariam aqui dentro junto conosco. Não é, Slick? Não é, Zeb?" Jesse não se dava conta de que não estava apenas falando em seu quarto com alguns de seus discípulos e sim, graças ao milagre da eletrônica, com toda a nação e o mundo. Sua simplicidade era muito eficaz. Milhões de pessoas ficaram fascinadas, por algum tempo.

Alma estava filmando na Turquia, numa daquelas ilhas isoladas do Leste onde as ruínas de templos clássicos praticamente não foram perturbadas, a não ser pelos terremotos e pela erosão; era uma minissérie de tevê em duas partes, em que ela fazia o papel de uma camponesa grega que assassinava um turista alemão, debochado e malévolo, o qual seduzira sua filha retardada, e depois era obrigada a matar a filha grávida. A história baseava-se num fato verídico, que saíra nos jornais. O rosto de Alma, após alguns dias de sol mediterrâneo e algumas rugas estilizadas acrescentadas a lápis aos cantos lisos de seus olhos, estava perfeitamente adequado àquele drama cru; o que havia de implacável e mouro em seu espírito havia aflorado, corroendo a tez suave e lustrosa que tivera quando menina. Olhando pelo visor da câmara, Jeniffer Sprague, a jovem diretora de *Faca amolada*, que aprendera seu ofício fazendo comerciais para televisão, cheios de cortes estonteantemente rápidos e epidermes adolescentes irretocáveis, surpreendia-se de constatar que aquela velha de pele bronzeada era a mesma mulher que, trinta anos antes, havia cantado, toda dengosa, com Bing Crosby, e trabalhado com Jack Lemmon e Jerry Lewis em *O parâculo não pode espetar*, onde havia aquela seqüência maravilhosamente coreografada em que os três, fugindo de investidores indignados, entram de patins por engano num boliche, esquivando-se das bolas e saltando por cima das canaletas. Quantas tomadas haviam sido necessárias para fazer aquela seqüência em que Alma, após deslizar pela pista e derrubar os pinos com a cabeça, reaparece devolvida pelo mecanismo automático, equilibrando-se em cima da bola, de patins e tudo? Jennifer assistira àquela cena repetidamente no vídeo e não conseguira encontrar o ponto em que a atriz era substituída pela dublê. Alma teria saído daquela cena toda cheia de manchas roxas. Sua alegria e vivacidade naturais haviam compensado a total falta de entrosamento entre Lemmon e Lewis, e no entanto agora seu rosto duro e desgastado pelo tempo dava a impressão de jamais ter sorrido. Aquela viúva, de luto, com um lenço negro amarrado na cabeça, encostada numa parede caiada, apertando a vista, contemplava o sol negro da morte, seu destino. Ela ia matar; disso não havia dúvida. Esses atores veteranos não deixam cair a peteca, pensou Jennifer, e o mais estranho é que eles querem mesmo trabalhar. Por que cargas-d'água aquela mulher, com quase sessenta anos, casada com um homem rico e ainda cheia de dinheiro do tempo em que era loura platinada e estrela das comédias dos anos sessenta, se dispunha a suportar aquele sol escaldante, comer comida turca, passar as noites sozinha numa espelunca de um hotel, sendo dirigida por uma mulher que tinha idade para ser sua filha? À noite as duas jantavam juntas, com o câmara e o protagonista masculino, um ex-alemão-oriental desmunhecadíssimo, que estava se sentindo num paraíso naquela ilha turca cheia de rapazes bonitos. Havia noites em que ele desaparecia, enquanto o câmara saía com os eletricistas e maquinistas e os assistentes locais; as duas mulheres ficavam a sós. Jennifer estava aprendendo alguma coisa a respeito da dedicação à arte gloriosa e tão prostituída do cinema, enquanto Alma se dava conta do quanto havia perdido por não ter tido uma filha.

O marido de Alma, Caleb Wentworth, levou seis dias, ocupado com sua rotina de solteiro em Boston — o escritório na State Street, sua casa em Chestnut Hill, segunda à noite no Tavern Club, almoço da quarta no Country Club, jantar da quinta no Somerset — para se dar conta de que o maníaco religioso cujos seguidores assassinos apareciam na primeira página do *Globe* e, por alguns segundos todas as noites, no noticiário do Channel Five, era o mesmo com que estava metido aquele seu enteado que ele mal conhecia. Os repórteres levaram mais ou menos o mesmo tempo para descobrir o fato. FILHO DE ESTRELA DOS ANOS 50 NO TEMPLO SITIADO. *Atriz de "Correndo perigo" vive drama na vida real.* Quando o marido conseguiu contatá-la pelo telefone, um mal conseguia ouvir o que o outro dizia. "Não *posso* voltar", gritava ela. "Ainda faltam três semanas de filmagem, e eu apareço em *todas* as cenas! E o que é que eu posso fazer? Você sabe como a mídia é histérica; não entendo você embarcar nessa, meu querido." Ainda faltavam o assassinato do turista, a absolvição no tribunal e o sangrento golpe de misericórdia final, digno de Eurípedes.

Mas depois que Alma voltou para Hollywood, dez dias antes do Natal, Shirley Frugosi convenceu-a a ir ao Colorado, para mostrar ao mundo seus sentimentos maternos. Havia anos que seu nome não aparecia tanto na imprensa. Não eram apenas pedidos de entrevista, mas ofertas concretas também, inclusive o papel de uma mãe amalucada num seriado cômico com temática birracial, no qual Bill Cosby estava investindo e que certamente duraria pelo menos cinco anos.

O telefonema que Alma dera poucos dias após voltar da Grécia não fora muito satisfatório. Todas as ligações para o Templo passavam pelo crivo do FBI, e ela teve de esperar quatro horas até ouvir a voz de Clark no fone. "E aí, como estava a Grécia?", perguntou ele, com uma voz mais grave, mais seca.

"Quente, meu querido. Minha pele secou e rachou tanto que eu parecia um lagarto, mas a menina que estava dirigindo achou tudo maravilhoso. Quanto mais rugas, melhor, do ponto de vista dela. Para esses jovens que estão começando agora, eu sou uma espécie de *monstro.* Eles acham que eu já morri; é como se eu fosse a Rita, coitada, só que sem o mal de Alzheimer. Mas eu é que quero saber como *você* está, meu querido."

"Estou bem. Está tudo bem, mãe. Já nos adaptamos à situação, e o Jesse parece estar feliz. Quando ele fica feliz, todos nós ficamos também."

"Ah, Clark", exclamou ela, sem conseguir se conter. "Parece que você sofreu lavagem cerebral!"

Ele conservou uma atitude polida, como sempre fazia com a mãe. Nisso era um Wilmot autêntico; nele não havia nenhum vestígio da verve húngara do pai. "É o tipo de coisa que as pessoas dizem", reconheceu ele, "mas a verdade é que minha cabeça nunca esteve tão equilibrada antes. Quando me lembro da minha vida em Hollywood... Eu vivia desatinado. Não por culpa sua — a gente tinha que morar aí, por causa do seu trabalho. Você fez o seu trabalho, eu estou fazendo o de Jesse. Ele é mais ou menos o que o Harry Cohn foi para você — tosco, mas inspirado. Ele é autêntico."

"M-mas, meu filho, o q-que que vai acontecer?"

"Não gagueje, mãe; ninguém está querendo fazer você se sentir culpada."

"V-você está cercado por um verdadeiro exército, e eles vão prender vocês todos, por causa daquele p-p-policial que morreu, se bem que eu sei que você n-não tem culpa nenhuma."

"Fique calma, mãe. Estou levando a minha vida. A minha. Há um tempo para nascer e um tempo para morrer — você já ouviu isso. Aqui estamos nos sentindo muito bem. É como se todos nós formássemos um único corpo místico. Perdi umas gordurinhas, mas ainda temos bastante comida para agüentar até a primavera, pelo menos. Vamos ter que esperar para ver o que o Senhor vai ordenar. Leia o Apocalipse, especialmente os últimos capítulos, se você quiser saber mais. Está tudo lá; é só saber procurar."

"Eu v-vou até aí. É ri-ri-ridículo, você falar desse jeito, c-como se fosse um bobalhão."

"Mamãe, não é uma boa idéia. Não tem nenhum motel por aqui, num raio de cem quilômetros. Os repórteres não vão deixar você em paz. Tem milhares de repórteres aqui, todos doidos para que alguma coisa aconteça. Sabe quando uma pessoa lá em Nova York fica em pé na janela de um prédio e todo mundo lá embaixo começa a gritar 'Pula'? Pois é a mesma coisa. Que se fodam, a gente não vai pular não, pelo menos enquanto a gente não receber um sinal."

Ela riu, aliviada; parecia um pouco o filho que ela conhecia. "Não pule, não, Clark. Eu adoro você."

Ele não deu sinal de tê-la ouvido. "Até o Jesse receber o sinal, melhor dizendo." Mas talvez tivesse mesmo ouvido a mãe, pois em seguida assumiu um tom mais confidencial: "A mídia está fazendo um verdadeiro circo, e eu sou o coordenador do lado de cá. Eu queria que os babacas lá da Nova, que disseram que eu era explosivo demais para trabalhar com pessoas sensíveis, me vissem agora".

"Garanto que eles devem estar acompanhando, meu querido." Ela havia transposto a barreira da insegurança e falava com mais fluência. "A Shirley me contou uma que você vai gostar de saber. Parece que disseram ao Spielberg que ele devia colocar o Sean Connery no próximo filme da série Indiana Jones para a coisa ficar mais *sexy*, e que o Spielberg respondeu..."

"Mamãe, quem liga para cá só pode falar por três minutos."

"Ah. Quer dizer que o FBI..."

"Não, o FBI não está nem aí, por eles a gente ficava o dia inteiro conversando, para eles pegarem pistas. A regra é do Jesse; ele diz que o mundo exterior desvia a nossa atenção de Deus."

"Dele e não de Deus, é o que ele quer dizer. Clark, eu conheço esse tipo de gente. Esta cidade está cheia de megalomaníacos; é o ambiente daqui que gera isso. Qualquer sujeito que é capaz de transar com uma moça diferente cada dia da semana fica logo achando que é Deus. Aí eles se endividam e mentem tanto que não conseguem mais voltar atrás. Eu tenho visto fotos desse homem, e sei que ele é assim."

"*Mãe*..."

"Quando a polícia vai em cima, eles realmente acham que não fizeram nada de mais. Lá na Columbia, mesmo depois que tinham aquele monte de provas contra o Begelman..."

"Mãe. Até."

"C-C-...?" Não conseguiu completar o nome do filho; não conseguiu despedir-se dele. Uma palavra tão simples. Ele desligou enquanto ela estava tentando. Sua própria mãe, com todos aqueles abelhudos do FBI ouvindo aquela humilhação. "Clark", disse ela, falando sozinha no quarto, vendo-se num dos espelhos, inclinando a cabeça de um lado para outro. "Até logo, até logo, seu idiota", furiosa com ela própria.

O comentário de Clark sobre os hotéis a deixara assustada. Ela conhecera os motéis baratos de Basingstoke — uns casebres espremidos entre a estrada e a floresta, junto a um bar, onde os lençóis da cama cheiravam, na melhor das hipóteses, a mofo. Ligou para o monte Bighorn, discando o número da linha particular do tio Jared. Para Alma, era o tio que tinha culpa por Clark ter se envolvido com aquela seita grotesca. Uma voz inesperada — nova-iorquina, afetada, quase irônica de tão suave, a voz de um velho mordomo numa comédia dos anos trinta — atendeu o telefone. "Desculpe, moça, mas meu pai faleceu em outubro. Com quem estou falando, por favor?"

"Patrick? É você? Não reconheceu minha voz? Quando foi que ele morreu?"

"Essie. Meu Deus! Você não recebeu a notícia? Saiu nos jornais de Denver, mas pelo visto não chegou até Los Angeles. Todo mundo no enterro estava doido para ver se você ia aparecer, mas nada. Seu pai também não veio. Mamãe ficou muito magoada, e disse que os Wilmot nunca perdoaram Jared por ter-se casado com uma católica."

"Que bobagem! A gente adorou. A Ama sempre torcia pelos fracos e oprimidos. Passei dois meses no exterior, fazendo um filme em que eu cometo um assassinato. Minha primeira vítima na tela. *Adorei.* Minha secretária é que se encarrega de examinar a correspondência e separar o que é importante. Desculpe, meu querido. Com que idade ele estava? Velhérrimo, imagino. E você? Você deve estar riquérrimo, não é?"

"Sempre esperançosa, hein? Ah, eu adoro você, Essie. Sempre a mocinha ingênua. Mas não; descobrimos que depois dos últimos negócios que ele andou fazendo, papai só era dono de um pedacinho da montanha, menos de um oitavo. E a estação de esqui só faz dar prejuízo. As pessoas mais chiques vão a Aspen ou Vail, ou então tomam o helicóptero para ir até os montes Bugaboo. Eu estou aqui só para liquidar o negócio. Aliás, seu filho anda fazendo sucesso junto à direita cristã. O João Paulo II chega a parecer quase razoável, em comparação com as coisas que vocês inventam, seus hereges."

"Isso para o Clark é uma compensação — não seja debochado. Mas é sobre isso mesmo que eu preciso falar com você. Eu tenho de ir aí; onde é que posso ficar?"

"Tem que ser comigo, não é? Afinal, fui eu que fiz de você quem você é. Essie, seria maravilhoso. Agora, nada de deixar a toalha cair outra vez, ouviu?"

"N-não sei do que você está falando. Tenho um marido maravilhoso, de uma família bostoniana tradicional."

"Meu Deus, se você pudesse ver você mesma naquele dia! Pena que eu não estava com uma câmara fotográfica. Tão jovem e tão bonita. As suas cadeiras eram pontudas, de tão magra que você era. Acho que você estava com *band-aid* nos joelhos, e com os cotovelos esfolados. A menina pobre que morava nos cafundós depois de Wilmington. Você devia imaginar que aquilo era parte dos ossos do ofício, coitadinha."

"Pois muitas vezes era mesmo", disse ela, e fungou. "É, acho melhor eu ir mesmo para um hotel."

"Ah, deixe disso, Essie. Nós somos *primos*."

Ele foi apanhá-la no aeroporto do condado de Burr; havia engordado bastante, tanto que, de sobretudo preto e cachecol branco, parecia enorme, como Jimmy McMullen nas fotos que a Ama guardava num álbum de recortes nos tempos da Locust Street, quando o financista estava sendo processado por fraude. Os cabelos negros de Patrick, longos como se ele fosse um músico, continuavam bonitos, embora grisalhos, formando grandes faixas brancas acima das orelhas; a idade, porém, acentuara os traços grosseiros e pugnazes — herança irlandesa — no nariz e no lábio superior. No Cadillac Brougham topázio do tio Jared, com um carneiro selvagem prateado enfeitando o capô, seguiram para o leste e para o norte. "Tantos hectares de coisa nenhuma", comentou Alma, contemplando a escuridão, enquanto o carro subia a serra.

"Espere até você ver Lower Branch. Igualzinho à Times Square antes de moralizarem o pedaço."

Atravessaram o vilarejo na encruzilhada a caminho da montanha. A neve removida da pista formava montes que chegavam até a metade da altura dos postes. Lâmpadas natalinas piscavam fracas num prédio de concreto que devia ser a Prefeitura e numa igreja sem torre do outro lado da rua. Entre os montes de neve, que as cores das lâmpadas manchavam, multidões escuras — deviam ser jornalistas, pensou Alma — zanzavam de um lado para outro feito um enxame de abelhas agitadas junto às entradas do único bar e da única lanchonete, chamada Mildred's. Até mesmo a loja de conveniência, à luz fria do posto de gasolina, estava sendo invadida. Eram tantos os carros e furgões de externa de televisão, estacionados nos ângulos mais imprevisíveis, que havia trechos da via principal onde só passava um carro de cada vez. Um vulto de casaco, capuz e fones fez sinal para que eles seguissem em frente; não era um policial e sim um jornalista bêbado, que por um triz não provocou, estimulado por muita gritaria caótica, uma colisão com um carro que vinha em sentido contrário. Era um carnaval grotesco, saído de um círculo congelado do Inferno.

Após mais quarenta e cinco minutos de viagem, por uma estrada sinuosa com uma imensa floresta de pinheiros à direita e um vale longo e fundo à esquerda, onde havia um lago esparramado, de margens irregulares, branco ao luar, passaram por um complexo de prédios cinzentos abandonados, ostentando o nome HENDERSON, numa encosta, e por fim Alma chegou ao apartamento da família em Bighorn. Entre as fotografias emolduradas sobre a cômoda do tio Jared, ela encontrou uma foto dela própria, uma menina de pernas tortas, com um irmão menor em traje de banho e dois pais ainda jovens, pálidos como banha ao sol de Delaware, no tempo antes da guerra. Ao que parecia, Patrick teria gostado de passar a noite toda servindo-lhe uísques aguados e tentando evocar os velhos tempos em Nova York, quando mercadores de carne humana como Wexler e Arnie Fineman exerciam seu poder ilimitado sobre jovens modelos, e uma moça podia andar sozinha de metrô a qualquer hora do dia ou da noite sem o menor perigo, e o mundo da arte ainda produzia coisas que mereciam o nome de arte e não aquele lixo que era pior que as *performances* porque tinha o poder de permanecer, ali na parede, com cacos de louça colados sobre desenhos ridículos copiados de velhos números da revista *Life*, com uma intenção muito "irônica". "Graças a Deus, ninguém compra essas porcarias; os anos oitenta acabaram e ninguém investe em outra coisa que não seja obrigações do Tesouro Nacional." Alma não conseguia participar daquele tipo de conversa; sentia-se impedida pela altitude em que estava, ou por alguma fadiga negra e profunda trazida da Grécia ou causada por esse melodrama em que Clark se metera; mal conseguia manter os olhos abertos. Era deprimente constatar — tendo em vista a insistência com que Patrick tentava reviver o passado que tinham em comum — que conhecê-la por alguns anos tornara-se para ele, tão altivo e cheio de si quando Alma o conhecera, o ponto alto de sua vida, uma justificativa para toda aquela existência inconseqüente, estéril e afetada, uma amizade que ele vivia anunciando para todos; a história da toalha certamente teria sido contada e recontada muitas vezes, com muito humor e nenhum escrúpulo. Aquela moça inocente e despudorada, aquele rapaz elegante, incapaz de assumir sua própria sexualidade, mereciam ao menos um pouco de privacidade. Patrick levou-a até o quarto e praticamente a colocou na cama. Alma estava tão derrubada que nem mesmo passou creme no rosto. Em seus sonhos, alguma coisa muito grande ficava o tempo todo tentando arrombar uma porta elástica, rosnando e cuspindo; porém de manhã, quando ela acordou e o teleférico começou a funcionar, concluiu que teriam sido os tratores aplainando as pistas durante toda a noite.

"Me fale sobre o seu novo casamento", disse Patrick ao café da manhã. À luz matinal, parecia inchado de álcool, as faces ainda vermelhas da lâmina de barbear; era uma figura tocante, pois sua beleza de outrora reduzira-se a uma dignidade que o tornava incapaz de freqüentar o mundo da arte, cheio de corpos e vontades jovens e violentos. ("Hoje todo mundo vive se mutilando e se furando todo, aparecem umas meninas com o rosto *todo* esburacado, parece uma peneira, credo! Não quero *nem* pensar o que elas fazem com o resto do corpo", comentara ele na véspera. O rosto bem barbeado, entre azul e rosado, era um rosto de bicha velha mal-humorada.

"É um sonho", respondeu ela. "Um homem mais velho, equilibrado. Por que foi que eu me casei com todos aqueles mocinhos ridículos?"

"Porque você era uma mocinha ridícula, queridinha. Onde é que você mora com o número... quatro, não é mesmo?"

"É, isso agora está meio complicado", respondeu Alma. "Quando a Coca-Cola vendeu a Columbia para a Sony por aquela quantia absurda, não sei quantos bilhões — coitados dos japoneses! — o Caleb ficou desempregado, isso depois de ter trabalhado *tanto* na criação da TriStar, de modo que ele voltou para Boston, é claro, de onde, aliás, o coração dele nunca tinha saído. Mas eu não quero largar minha casa no Coldwater Canyon depois de tantos anos, nem mesmo a casinha em Malibu, o imposto sobre ganhos de capital ia ser uma *fortuna* se eu vendesse; quer dizer..." Os lábios de Patrick tremeram, debochados, e ela disse, com toda sua dignidade de atriz: "É verdade que eu e Caleb passamos boa parte do tempo separados, mas o que nós damos um ao outro não depende de a gente estar juntos. Ele adora a minha fama, e eu adoro o dinheiro velho dele".

A julgar pela expressão de contrariedade em seu rosto, como Charles Laughton diante do motim no *Bounty*, aquilo era mais do que Patrick queria ouvir. O casamento entre homens e mulheres era um assunto sobre o qual sua ignorância era completa; nem mesmo o de seus pais ele conhecera, e depois sua mãe e o senhor Traphagen haviam se dedicado à arte. Alma insistiu, para vingar-se de Patrick, que a matara de tédio na véspera: "Ah, eu sei que você pensa que ganhei muito dinheiro com meu trabalho, e ganhei mesmo, mas dinheiro de Hollywood é como neve — quem foi mesmo que disse isso? Ele derrete. Já o dinheiro do Caleb é dinheiro de Boston, que se esconde e cresce. Esse pessoal da Nova Inglaterra nunca descobriu o princípio do prazer. Eles todos adoram Maine porque lá é desconfortável. O Caleb tem uma casa em Brookline e uma casinha na Martha's Vineyard. Eu adoro essa casinha na ilha. Cagney passou anos indo lá. Todo mundo na ilha se acha estrela, de modo que ninguém olha para mim. Lá eu ando descalça. Até vou fazer compras descalça."

"Você parece feliz", disse ele, derrotado; Alma conseguira o que queria.

"Ah, nunca se sabe, não é? Quando a mosca azul pica a gente, a felicidade não é mais tão importante. Eu devia ser feliz — e acho que seria, mesmo, se o Clark e esses malucos com quem ele se meteu não me dessem tanta preocupação. Sem querer lhe dar trabalho, meu querido, será que dava para você me levar de carro até Lower Branch, ou tem táxi que vai até lá?"

Chegaram a tempo de assistir à entrevista coletiva que o porta-voz do FBI, o senhor Fred Dix, dava todos os dias às onze da manhã, no prédio da Prefeitura, na sala de reuniões do segundo andar. Alma achou-o parecido com Wayne Phillips, o pai, diante da turma da escola dominical; parecia pouco à vontade, esquivo, pálido, por levar uma vida muito sedentária. Alma não via cadeiras dobráveis como aquelas — marrom-escuras, unidas duas a duas, com o assento curvado feito de ripas quase sem espaço entre elas — desde seus tempos de escola dominical. A sala espaçosa, com janelas de aço dessas que se usam nas fábricas e uma bandeira dos Estados Unidos murcha num canto, estava cheia de cadeiras, mas mesmo assim alguns repórteres tiveram que ficar em pé, encostados na parede. Numa falação monótona, o senhor Dix informou que a situação permanecia mais ou menos na mesma. Quanto às exigências do senhor Smith, duas de suas fitas de trinta minutos cada, sobre o verdadeiro significado da prostituta da Babilônia e textos semelhantes, tinham sido transmitidas pelas estações de rádio de Gunnison, Salida, Leadville e Glenwood Springs. Quanto à questão de deixar que mulheres e crianças saíssem do Templo, o senhor Smith continuava rezando e meditando. As equipes de reportagem continuavam sem permissão para entrar no terreno do Templo, por motivo de segurança; na semana anterior, em três ocasiões distintas, alguns câmaras haviam se aventurado dentro do perímetro de mil metros estabelecido pela equipe de policiamento e tinham sido recebidos com tiros vindos da casa principal. Um repórter irritado perguntou: "Essa equipe do senhor vai fazer alguma coisa ou vai só ficar o resto da vida esperando do lado de fora?".

O porta-voz ergueu o queixo um pouco, como o presidente quando falava sobre Manuel Noriega, e disse: "Trata-se de uma situação muito delicada e explosiva. Jesse Smith é um psicopata mentiroso e um assassino, que está mantendo dezessete menores e cinco mulheres lá dentro. Se ele quiser provar que isso não é verdade, é só ele sair de lá e se entregar à justiça". Aquilo era um desafio, para ser ouvido por Jesse Smith; as câmaras de TV estavam todas ligadas. Fred Dix prosseguiu, com mais uma frase de efeito: "O inverno está do nosso lado, não do deles. Cada dia que passam lá dentro eles têm menos combustível, menos comida, menos paciência. E mais ansiedade, mais atritos entre eles. Estamos preparados para passar um ano esperando. Sem dúvida alguma, podemos esperar até que a neve deixe de ser um obstáculo para nós".

"Por que não cortam a eletricidade deles outra vez?", perguntou outro repórter.

A paciência de Dix não era tão grande quanto ele dera a entender. "Estamos tentando chegar a um acordo pacífico, e para isso é necessário que haja comunicação entre nós e eles. O FBI, o ATF, a polícia do estado e a do condado é que estão no comando dessa operação, e não a imprensa. Nosso objetivo é salvar vidas humanas, e não gerar uma matéria sensacional para o público. Aqui não vamos deixar que o rabo balance o cachorro."

Um repórter entediado percebeu que Alma havia entrado na sala. Como um animal com cem olhos e bocas e uma única vontade, a imprensa veio correndo para consumi-la. Ela respondeu às perguntas uma por uma, caprichando para não gaguejar e não piscar com o pipocar dos *flashes*, que formavam verdadeiras cascatas de luz azul: "Estou aqui porque não consegui ficar longe — qualquer mãe faria a mesma coisa que eu... Não, não conheço o senhor Smith nem nunca li nenhum panfleto dele. Foi uma decisão do Clark, nunca interferi. Todo mundo tem direito de fazer sua própria opção em matéria de religião... Foi batizado na igreja presbiteriana da North Gower Street, em Hollywood... Conversei com ele apenas uma vez, pelo telefone, uma conversa de três minutos, e tenho que admitir que ele parecia mais coerente e mais concentrado do que nunca.

"...Não — claro que eu ficaria, e vocês também, mas ele não parecia estar com medo... Um menino quietinho, com os mesmos gostos que a maioria dos meninos têm. Eu achava que ele tinha puxado mais ao meu querido pai... Theodore R. Wilmot, W, I, L, M, O, T, Basingstoke, Delaware... Isso mesmo, carteiro, só que está aposentado há muitos anos... Casamento entre pessoas do mesmo sexo? Eu não sabia que já podia. Mas todas as denominações têm que acompanhar os tempos, até mesmo os presbiterianos, imagino... É verdade, com Jennifer Sprague, uma moça muitíssimo talentosa, que certamente vai se revelar uma das forças mais criativas do cinema americano nos anos noventa... *Faca amolada*, baseado numa história verídica... É, muito forte, mas catártico... Dois meses e meio na Grécia... Não — nem podia, levando em conta em que época eu nasci. Acho que uma das coisas boas da televisão é que ela oferece mais papéis para mulheres maduras; a Hollywood de antigamente apresentava uma visão muito artificial da vida e da beleza, que era um ônus terrível para todo mundo, tanto as atrizes quanto as platéias... Não, isso não é verdade, absolutamente. Somos muito felizes; pena que, por causa do trabalho, nem sempre podemos estar juntos.... Não, de jeito nenhum, se bem que não entendo muito bem o que o senhor quer dizer com 'ataque frontal'... Total confiança. Eu fazia algumas restrições a J. Edgar Hoover, mas nunca tive nada contra o FBI como organização... É, achei aquela lista negra uma coisa revoltante, e continuo achando, até hoje... Bem, não vi tudo, porque eu estava na Europa, como já disse, mas gostei muito da Andie McDowell em *Sexo, mentiras e videoteipe.* O melhor ator...".

Patrick colocou-se à frente dela e disse: "Está bom, seus urubus, chega. Vocês não vêem que estão falando com uma mãe desesperada?". Depois, em voz baixa, virou-se para Alma: "Meu Deus, Essie, você não é obrigada a responder a todas essas perguntas idiotas. O seu problema sempre foi, e continua sendo, querer *sempre* agradar os outros".

Ela sentira pena daqueles repórteres; pareciam muito irritados e cansados; haviam se alimentado mal e bebido demais; estavam diante de uma situação de impasse e no entanto tinham que enviar matérias todos os dias, uma pequena revelação ou milagre diário, para alimentar a todos. Por que ela não podia servir-lhes de petisco por alguns momentos? Talvez até saísse nos noticiários nacionais, se Bush não invadisse o Panamá.

De modo um pouco brusco, Patrick arrastou-a por entre a multidão de jornalistas, que continuavam gritando e murmurando perguntas e pedidos de uma entrevista em particular, onde e quando ela quisesse, até chegar a Fred Dix, ele próprio assediado por câmaras e microfones. Dix estendeu o braço por cima do ombro de um repórter para apertar a mão de Alma. Disse ele: "A ocasião é terrível, senhora DeMott, mas é uma honra ser apresentado à senhora. Adoro seus filmes desde menino. Acho que meu favorito foi o *Strawberry blonde* que a senhora fez com James Cagney".

Alma pensou em corrigi-lo, explicar que seu filme era com Bing Crosby, que Cagney trabalhara com Rita Hayworth; mas que importava isso? Ela já fora dissolvida — o que antes lhe parecera ser a imortalidade absoluta acabara por revelar-se um lento processo de incorporação a uma massa confusa de imagens perecíveis, como uma montanha multicolorida de lixo putrefaciente compactado. "Obrigada", respondeu ela e, como Dix estava momentaneamente deslumbrado demais para dizer alguma coisa, acrescentou: "Esse filme foi um dos mais divertidos. Hoje em dia não se fazem mais musicais assim".

"O que é uma pena", retrucou Dix. "O mundo seria menos violento se ainda fizessem. Me diga, Alma — posso chamá-la assim? — o que exatamente você pretende com a sua vinda?"

Ela não sabia. Fora sua empresária que a fizera vir. "Bem, eu achei que t-talvez pudesse ver Clark c-cara a cara."

"Cara a cara", disse Dix; ele próprio era uma espécie de ator, do gênero machão imperturbável. "É o que todo mundo quer, ver esses malucos cara a cara; os investigadores são os que mais querem. Vocês sabiam" — prosseguiu, dirigindo-se agora também a Patrick, imaginando que ele seria o protetor ou o empresário de Alma, e, como homem, entenderia melhor os problemas que ele estava enfrentando — "que esses jornalistas ficam o tempo todo nos ameaçando de abrir processo contra nós se não deixarmos que eles se aproximem da casa, assumindo os riscos decorrentes? Só falam em direitos constitucionais. E vocês acreditam que tem um monte de doidos varridos querendo que a gente os deixe entrar no Templo para aderir à seita? Estamos recebendo remessas de comida de todo o país e mais do Canadá; querem que a gente jogue de helicóptero para os sitiados. Tem uns dez psicóticos dizendo que o Jesse Smith devia ser preso porque *eles* é que são Jesus Cristo. Alguns desses Cristos são mulheres — isso é novidade. Um caso como esse desperta tanta morbidez humana que dá vontade de vomitar. Eu até ri quando lhe fizeram aquela pergunta sobre casamento de homossexuais — eu sou batista conservador, e nós nunca aceitaríamos uma coisa dessas."

Durante todo esse longo discurso, Alma estava ensaiando sua próxima fala: "Senhor Dix, o que é que eu posso fazer? Queria que meu filho soubesse que estou aqui por causa dele".

"Ele vai ver. Na televisão. Eles receberam duas televisões Zenith. O tal Jesse parece que já se viciou. Quem recebe a conta de eletricidade deles somos nós, e está cada vez mais alta. Não quero parecer que estou levando na brincadeira uma questão como essa, em que tantas vidas estão em jogo, mas a gente tem que ver o lado cômico da coisa de vez em quando, senão a gente enlouquece também."

"É verdade que o homem disse que quem quiser ir embora pode ir?"

"É, mas não esqueça que as pessoas que estão lá dentro estão todas hipnotizadas. Elas não têm mais vontade própria. São como um cachorro que apanha do dono mas não vai embora de jeito nenhum. Além disso, elas vão ter que se apresentar à justiça."

Alguma coisa — talvez a imagem do cachorro — fez com que as lágrimas transbordassem os olhos de Alma de repente. "Ele caiu numa armadilha!", exclamou ela.

Patrick pôs o braço em seu ombro e disse a Fred Dix: "E se o rapaz quiser falar com ela, como é que vamos ficar sabendo?".

"O Esau — é o nome que ele adotou — entra em contato conosco três, quatro vezes por dia. Ele está se divertindo como nunca. E está se comportando como um verdadeiro profissional, tenho que admitir. Onde a gente diz que a mãe dele está?"

"Monte Bighorn, a quarenta e cinco minutos daqui. Vou lhe dar o número do telefone particular."

Dix anotou o número, mas sentiu necessidade de fazer algum comentário cerimonioso, em reconhecimento da descida daquela deusa entre os mortais. Essie temia que ele tentasse beijar-lhe a mão. Disse Dix: "Uma verdadeira honra, minha cara. Acho que uma coisa como essa mostra que os filmes não estavam exagerando não, e sim dizendo a verdade pura e simples".

Meu Deus, perdoe meus erros e meu egoísmo. Eu sempre tentei fazer a Sua vontade, para que meu talento não ficasse oculto, para que minha luz brilhasse. Perdoe-me por não ter feito mais por Clark. Salve-o desta desgraça, desta farsa. Devolva-o a mim tal como ele era, indefeso e ávido no meu seio. Perdoe-me por não tê-lo amamentado mais tempo, mas o Senhor sabe que eu tinha que fazer Requeijão e caviar *e o Paul Newman depois não ia mais estar disponível. Senhor, faça com que eu volte a ser a jovem mãe que fui; que eu possa verter nele todo o amor que seu pequeno ser necessitava. Saneie nossas vidas, volte o tempo para trás, faça com que todos nós sejamos perfeitos.*

Faça o impossível por ele, Senhor, tal como o Senhor fez por mim. Salve-o daquela casa terrível. Estenda Sua mão até nós, e que só eu a veja. Não contarei a ninguém. Que eu possa voltar a amá-Lo. Amém.

Alma não rezava havia tanto tempo que deu por si recorrendo ao vocabulário e às tolices da menininha que fazia suas preces agarrada ao senhor Urso. Naquele tempo, Deus era um segredo dela, e continuava a sê-lo. Ela ainda sentia Sua presença na pele, embora a pressão que Ele exercia tivesse esfriado. Alma ficou uma semana no apartamento do tio, cercada pela brancura deslumbrante da neve, pelo ruído do teleférico, pelo estranho exército de jovens esquiadores, de bochechas rosadas, uma gente diferente, hipnotizada; mas seu filho não telefonou — e sim o marido, a empresária e o pai, simpático, um pouco confuso e irritantemente passivo. Chegou mesmo a dizer: "Está tudo nas mãos de Deus" — ele que não ia à igreja desde o dia da confirmação dela. Inúmeros repórteres respeitosos, porém inexoráveis, que tinham dado um jeito de conseguir o número do telefone, ligaram para ela, e um jovem produtor britânico — fora Shirley que lhe passara o número — perguntou-lhe se ela seria capaz de afetar um sotaque europeu para uma série de TV adaptada do romance *Memento mori*, sobre essa gente velha e chata do mundo da arte, um livro muito inteligente e divertido. "Para o papel principal, estamos tentando pegar a Maggie Smith. O seu papel só exige que a senhora revire os olhos e faça uma cara de vampe." À noite, Alma tentou não acompanhar o ritmo com que Patrick bebia, para não engordar, mas era difícil segurar-se. Ele tinha uma vida inteira de ressentimentos para despejar. Conhecera a prima quando ela não era ninguém, e havia cada vez menos pessoas desse tipo vivas: ilhas abençoadas no mar ácido da fama. Ele merecia um pouco de atenção por esse motivo, mas não tanta quanto queria. Tornara-se um parasita de famas alheias, e agora queria chupar a fama velha e esfarrapada de Alma. Uma noite, quando ela se recolhia ao quarto, ele lhe deu um beijo tão lambuzado que até parecia estar tentando seduzi-la.

Com a chegada de 1990, a cada manhã havia três ou quatro centímetros de neve recém-caída lá fora. A rotina do Templo quase não variava. O principal acontecimento de janeiro, motivo de muitas preces e discussões que duraram dias, foi a apostasia de Matthew. Aquele homem grandalhão, infantil, míope, natural de Indiana, fora um missionário entusiástico — viajara ao Havaí, à Austrália, até mesmo a Israel e à Tailândia, onde, por incrível que parecesse, havia criado núcleos de convertidos nos anos oitenta; talvez, por ser tão extrovertido, se sentisse muito solitário ali dentro. Saiu de fininho no meio da noite: o barulho do carro da polícia, perseguido por um séquito de furgões cheios de jornalistas, acordou alguns dos fiéis. Quando o dia nasceu, a neve que caíra nas últimas horas já havia apagado a trilha que ele deixara no chão. Foi acusado, segundo a televisão, de assassinato, conspiração, tentativa de assassinato e obstrução do trabalho de um policial. Na sua cela, durante cerca de uma semana, foi o queridinho da imprensa; e, como seu fervor pelo Verbo de Jesse não diminuíra nem um pouco, continuou a pregar seu evangelho. Mas em pouco tempo a mídia se desinteressou; logo Matthew se viu abandonado em sua cela, aguardando os lentos trâmites do procedimento legal. Jesse encarou a defecção com equanimidade: "É, pelo visto o Matt foi uma daquelas sementes que a gente não vê que caiu na pedra".

No final de janeiro e durante todo o mês de fevereiro, as ovelhas pariram. Dia e noite os cordeiros recém-nascidos baliam sem parar, e homens e mulheres entravam e saíam do celeiro com aquecedores e cobertores, trajando aventais ensangüentados e luvas verdes de plástico, para auxiliar os partos — os pequenos cascos negros saíam da vagina cercada de lã, depois vinha a massa confusa da placenta, roxa e amarela, depois o cordeirinho punha-se de pé com esforço, ainda arrastando o cordão umbilical na palha. Os coiotes, famintos no meio do inverno, sentiam o cheiro das placentas e se aproximavam, em bandos sorrateiros, uivando; assim, os homens que se haviam armado para defender-se dos exércitos de Gog voltaram suas armas contra um inimigo natural. Clark explicou para a sede das forças do governo, em Lower Branch, que aqueles tiros não eram dirigidos contra os homens que controlavam o perímetro do Templo, e comunicou-lhes que Jesse não permitiria que uma equipe de veterinários entrasse lá de esqui. "Slick, é assim que eles fazem com seqüestrador de avião", explicou Jesse. "Mandam uma equipe para recolher a merda acumulada no banheiro, só que quando a tal equipe chega é um comando israelense. 'O que é incrédulo, perfidamente obra.' Isaías, vinte e dois, dois."

As nevadas de fevereiro foram as mais pesadas do inverno, e no entanto a cada dia o sol estava mais forte, mais ofuscante, queimando a lama exposta junto às paredes e pedras viradas para o sul, brilhando nos primeiros brotos de grama primaveril, mais para o final do mês, e nas folhas azuladas e flores brancas pendentes das anêmonas, e nos primeiros pálidos rebentos dos lírios montanheses. Mesmo nos dias mais límpidos e frios, sentia-se um toque de suavidade no ar: a fumaça que saía das chaminés tinha um cheiro mais forte e adocicado; os nimbos plúmbeos e o céu azul-metálico de janeiro foram substituídos por cúmulos fofos; e os pássaros — chapins e tentilhões — emergiram de seus abrigos nos pinheiros e pontuaram o ar com seus pipilos agitados, espalhando alguma notícia que eletrificava seus cérebros densamente programados. Junto ao celeiro, multiplicavam-se as trilhas de animaizinhos — esquilos, marmotas, ratos silvestres — que entravam para roubar os grãos armazenados para alimentar os carneiros; e num dia de março, de manhã cedo, quando a neblina começava a elevar-se da neve já macia, dois alces passaram pela casa, em sua migração sazonal do vale para as montanhas. O macho estava na muda, trocando os chifres, e os esfregou com fúria nas tábuas secas da casa, fazendo com que os homens se levantassem afobados e corressem às janelas com suas armas, imaginando que o ataque esperado havia tanto tempo estava finalmente começando. O casal de alces, dois vultos espectrais na névoa, foram embora correndo, encosta acima, penetrando nos amplos domínios sombrios dos pumas e ursos, das cotovias e galos-silvestres, e das águias. Com os prenúncios da primavera, aumentou o tráfego na estrada onde terminava o caminho de terra do Templo, ainda coberto de neve; e Clark percebeu que os policiais e agentes de Lower Branch — até mesmo seu velho amigo Eddie, o do terno cinzento e espinha torta — estavam cada vez menos comunicativos.

Em meados de março, Tom e a mulher de Jim, Polly, abandonaram o Templo, juntamente com a filha de Polly e Jim, uma menina de três anos chamada Fidelity. Na verdade, a situação não era tão adúltera quanto parecia; eles haviam pedido a Jim que os acompanhasse, e ele parecera concordar, mas na última hora disse-lhes que partissem sem ele. Em seu beliche, no alojamento dos homens, ele explicou a Clark: "De certo modo, é um problema simples de matemática. Já ouviu falar na aposta de Pascal? As possibilidades são mínimas, mas o prêmio é infinito, de modo que o risco de apostar é infinitamente recompensado. Estou apostando que Jesse é mesmo quem ele diz que é. Pode parecer muito estranho o Senhor voltar na forma de um sujeito limitado e maníaco por armas como o Jesse, mas o Senhor é assim mesmo, escreve certo por linhas tortas". Dando de ombros, Jim acrescentou com um sorriso irônico: "Se eu estou enganado, meu primo vai tomar conta direitinho de Polly e Fidelity. O Tom é um sujeito decente. Meio burrão, mas decente". Clark sabia que deveria gostar de Jim, mas algo o impedia, algo de escorregadio e fácil demais, como se a vida para Jim fosse igual a ver televisão. Clark tinha a impressão de que se afastara muito de suas origens e, no entanto, aquele homem estava sempre tentando fazer com que ele retomasse o tom, o idioma de sua terra nativa.

Menos de uma semana depois, outro milagre aconteceu: um grupo de quatro pessoas que haviam vindo a Lower Branch meses antes, pouco depois que o sítio dos seguidores de Jesse virou notícia, conseguiram finalmente entrar no Templo para juntar-se a eles. Entraram à noite, com raquetes de neve nos pés, pelo ponto mais mal defendido pelas autoridades, a encosta de pedra íngreme a nordeste; pagaram aos Harden duzentos dólares para que eles os deixassem passar pelo terreno da fazenda Triple H. "Jesse, somos seus", disseram. "Estamos salvos." O líder deu-lhes os nomes de Benjamin, Medad, Mehetabel e Elisabeth. Trouxeram centenas de dólares em dinheiro vivo e também certificados e cadernetas, para entregar a Jesse todas as suas economias; porém, até o dia em que fossem restabelecidas as relações com os bancos e o comércio, o que eles tinham mesmo trazido para o Templo era o ônus de seus próprios corpos, num período em que os mantimentos já começavam a escassear. O milagre não resolveu nada.

Jesse parecia desanimado e confuso. A publicidade que recebera durante o inverno insuflara-lhe o ânimo, porém a convergência de milhares de convertidos e multidões incontáveis de anjos que, segundo o Apocalipse, anunciaria o novo Céu e a nova Terra, não havia ocorrido. Agora detectava uma fome incipiente nas coisas, uma mudança inquietante iminente. A Cidade-Satélite era agora quase uma cidade fantasma. As redes de televisão estrangeiras e os jornais mais importantes haviam retirado seus correspondentes, e em seguida as revistas de notícias nacionais passaram a depender de jornalistas locais, enquanto as estações de rádio e televisão menos poderosas sumiram de cena. Se antes a população de jornalistas contava-se às centenas — era tão grande que o Exército da Salvação chegou a distribuir refeições no trecho de terra elevada da fazenda dos Menéndez coberto de barracas — agora restavam apenas representantes das grandes redes, do *Post* de Denver e de uns poucos jornais e estações locais estabelecidos perto de Lower Station. As fitas de Jesse tinham sido tocadas para uma audiência de milhões de pessoas; sua voz rouca e insistente fora ouvida num sem-número de entrevistas gravadas; seus panfletos de exegese e profecia tinham sido citados, ridicularizados e psicanalisados; e no entanto nada, no sentido cósmico, havia acontecido. O mundo não fora suficientemente perturbado; seguia em frente, sem sofrer nenhuma transformação. O Céu ainda esperava mais de Jesse, e o peso dessa exigência abalava-lhe o ânimo, roubava-lhe o sono. O círculo de cabelos que lhe caía sobre o colarinho embranquecera; seus óculos de armação de metal ora estavam tortos, ora ausentes, expondo os olhos dourados, fixos, vagos. Passava dias a fio com suas mulheres, porém — segundo um boato que atravessou as paredes de seu quarto — estava impotente. Quando passava por Esau nos corredores, ou antes de uma sessão de estudo da Bíblia, perguntava-lhe: "Como está indo a batalha, Slick?", mas não esperava a resposta. Uma vez, quando Clark se apressava para deitar-se após o jantar, para poder assumir seu posto de sentinela antes de o dia nascer, Jesse, que não havia participado da refeição, apareceu de repente nas tábuas inclinadas e soltas que levavam ao dormitório dos homens. Olhou para seu discípulo sem focalizar a vista nele e, como se em transe, recitou: "'Então se alguém vos disser: Eis aqui o Cristo, ei-lo acolá, não deis crédito'. Marcos, treze, vinte e um. Ha! Não deis crédito! Esses evangeleiros da antiga iam direto ao ponto, não é, Slick? Mais um quebra-cabeça para você: 'Nem dirão: Ei-lo aqui, ei-lo acolá. Porque eis aqui está o Reino de Deus dentro de vós'. Me diga o que *isso* quer dizer".

"Eu acho que..."

"Não é hora de achar mais, Slick. Não me venha com essa sua conversa mole de relações-públicas. Tarde demais. Tarde demais, garotão. Ele pegou a gente de mau jeito. O Gog. Você já esmagou uma formigona preta com o polegar? Pois somos nós agora — você está sentindo? *Está sentindo*?" Apertou o braço de Esau como um afogado que afunda o homem que vem salvá-lo. Esau, com uma interjeição de espanto, safou-se e foi embora, sentindo um prazer obscuro, ilícito, ao ver Jesse tão diminuído, experimentando a mesma sensação que ele conhecia tão bem, nas madrugadas vazias de Los Angeles, voltando de uma boate com o cérebro zumbindo e esgotado e contemplando a grade de luzes que se afastava daquele negrume espesso, absoluto, até que ele tinha a impressão de que a porta de uma jaula angelical estava se levantando para trancá-lo lá dentro.

Nas sessões de estudo, Jesse agora trocara a violência raivosa do Apocalipse e dos profetas do Velho Testamento pelos Evangelhos, como se neles procurasse sua própria história. "'Pai meu'", lia ele, "'se é possível, afasta de mim este cálice.'" Seus ouvintes trajavam as túnicas brancas feitas com lençóis usados, segurando espigas de trigo em vez das palmas bíblicas prescritas em Apocalipse 7, 9. "Ora, queridos amigos, o que se passa aqui? É um homem agonizante falando. 'A Deus tudo é possível', Jesus já havia dito num capítulo anterior do Evangelho segundo Mateus. Assim, Ele sabe que Deus poderia afastar o cálice se quisesse. Mas Ele não quer. Jesus, rezando sobre a pedra fria, no jardim de Getsêmani, levanta a cabeça e diz outra vez: 'Pai meu, se este cálice não pode passar sem que eu o beba, faça-se a tua vontade'. Deus quer que Ele beba; é assim que o cálice vai passar. Vai passar pela garganta Dele e sair pelo outro lado. O que mais Jesus bebe nesse Evangelho, um pouco mais adiante, nessa terrível tortura a que é submetido? 'E lhe deram a beber vinho misturado com fel. E tendo-o provado não o quis beber.' Estava com sede, mas se recusou a beber aquele vinho estragado, aquela porcaria intragável, Ele que tinha dado aos Seus discípulos Seu próprio sangue, doce e sagrado, para beber — o sangue de Seu próprio corpo! E logo depois que Ele provou um pouco daquela coisa repugnante, Ele sacudiu a cabeça, num gesto simples de repulsa máscula, e, no versículo seguinte, está escrito: 'E depois O crucificaram'.

"'E depois O crucificaram!' Os funcionários romanos da Judéia, e os príncipes dos sacerdotes, e os anciãos do judaísmo, e os assistentes sociais, e os agentes do FBI, e os agentes assassinos do ATF, todos eles O crucificaram, por ter trazido a perfeição do Céu para a terra. Crucificaram o Cordeiro perfeito. E o que fizeram seus discípulos? Acreditem ou não, meus caríssimos amigos, eles dormiram, fingiram que não O conheciam até o galo cantar e correram de um lado para outro como fazem os carneiros quando os coiotes levam um dos cordeirinhos. E Jesus, lá no alto da cruz, exclama: 'Deus meu, Deus meu, por que me desamparaste?'. E as pessoas lá embaixo blasfemam Dele, dizendo: 'Salva-te a ti mesmo! Se és filho de Deus, desce da cruz'. E os ladrões crucificados a Seu lado também ficam zombando Dele, embora também estejam sofrendo a mesma agonia, porque se Ele pulasse da cruz quem sabe Ele não levaria os dois junto com Ele, como Seus dois novos amigos e parceiros? E as pessoas que estão assistindo ensopam uma esponja de vinagre e esfregam na cara Dele, e caem na gargalhada, quando então Ele dá um brado, um *grande* brado" — e nesse ponto Jesse de tal modo forçou a voz que ela falhou dolorosamente, num estalo que todos ouviram, mesmo as crianças, as menores das quais se encolheram ao ouvir aquele som, enquanto as mais velhas olhavam fixamente para aquele homem a gritar, tentando entender o que o mundo lhes reservava — "e rendeu o espírito. Nessa versão Ele não diz 'Pai, perdoa-lhes, porque não sabem o que fazem', não; isso é coisa de Lucas, que tem o coração mole. Nem faz o comentário simpático para o ladrão que está a Seu lado — 'Hoje serás comigo no paraíso' — como também está em Lucas. Em Mateus, ele bebe o cálice a seco, como quem toma uma dose de uísque puro, bem amargo, tão amargo que faz a gente tossir e os olhos ficarem cheios de lágrimas, e a gente jura que nunca mais vai beber uma gota de álcool na vida.

"Mas o que é que o tal cálice continha? Vou dizer a vocês o quê: era a ira de Deus que estava no cálice. O que lemos no Apocalipse, catorze, dez? 'Este beberá também do vinho da ira de Deus, o vinho puro deitado no cálice da Sua ira, e será atormentado em fogo e enxofre diante dos santos anjos, e na presença do Cordeiro.' Nós não queremos isso não, é ou não é, crianças? Vocês sabem quem é o Cordeiro, não sabem? Sabem quem é a

Besta, não sabem? O número dela é 666, e se vocês pegarem os números e fizerem uns cálculos e somarem acaba dando E.U.A.; já vi os entendidos fazendo essa conta. Pois bem, no capítulo dezesseis, eu estava lendo uma noite dessas, enquanto vocês todos dormiam como animais ignorantes, o anjo derrama o sétimo cálice, e uma voz do templo celestial provoca um tremendo terremoto, 'e toda a ilha fugiu, e os montes não foram achados', e então 'caiu do céu sobre os homens uma grande chuva de pedra, cada uma com o peso de um talento', e os homens blasfemaram contra Deus, que é o que vocês todos fazem quando dormem enquanto o Cordeiro de Deus está acordado, estudando para salvar as suas carcaças pecaminosas; e Babilônia, aquela cidade enorme e ímpia, maior até que Denver e Washington, D.C., Babilônia, aquela cidade ímpia onde a grande mãe das prostitutas ergue sua taça de ouro 'cheia de abominação e da imundícia da sua torpeza', essa cidade de Babilônia vem em memória diante de Deus para que Ele possa 'lhe dar a beber o cálice do vinho da indignação da Sua ira'. Ouviram, crianças? '*O cálice do vinho da indignação da Sua ira.*' A taça dela transborda, como diria o salmista. É isso — estamos caminhando 'pelo vale da sombra da morte', é o que esse versículo sagrado quer dizer."

Jesse parecia perdido no meio de tantos textos, tantos cálices e taças, suando, pálido, a pele brilhando como um quebra-luz, todo o corpo contorcido, como se ele estivesse lutando com um antagonista invisível. "Por que", perguntou ele, num tom subitamente coloquial, enquanto uma criança pequena, que estava soluçando, era calada pela mãe entre dois soluços, "por que Deus coloca a nossa frente e à frente de Jesus esse cálice transbordando o vinho de Sua ira, fogo e enxofre e pedras do tamanho de um talento? Por que em vez disso Ele não nos dá um bom copo de Coca-Cola ou sidra de maçã geladinha? Jesus queria que o cálice passasse. Era um homem ainda jovem, com todo um futuro pela frente, uma vida inteira para pregar e curar. Mas Ele teve que beber aquele cálice, sofrer em Seu corpo nu os açoites e as humilhações, ser pregado naquela cruz com cravos grandes que atravessaram as palmas de Suas mãos, e ficar pendurado lá, quase sem conseguir respirar, tudo isso para expiar o pecado de Adão, o pecado do mundo. Era só assim que Deus, o Pai Dele, podia fazer o que Ele queria fazer; não conseguiu encontrar outra maneira. Claro que Jesus preferia que o cálice passasse. Eu também preferia. Também não estou tão velho assim, se bem que esse inverno está demorando muito, não é? Vocês... vocês preferiam que ele passasse. Pois não vai não. O cálice está a caminho. Está voando pelos ares, meus amigos. O cálice chegou." Estendeu as mãos largas em forma de cálice. "Bebam. Temos que bebê-lo juntos. Temos que bebê-lo porque essa bebida, a ira de Deus, engarrafada por Ele mesmo, tão bem tampada que a gente ouve o gás chiando quando tira a chapinha, é o licor da vida eterna. É a bebida do Paraíso. Em comparação com ela, champanhe parece vinho misturado com fel. Leite, meus pequeninos, parece óleo de rícino. Vocês não chegaram a pegar o óleo de rícino, mas os mais velhos aqui, como Mephibosheth e a mulher dele, provavelmente pegaram. O gosto era ruim. Ruim de doer. Mas fazia bem. O cálice da ira de Deus vai lhes fazer bem. Vamos bebê-lo juntos, quando chegar a hora. Vamos até dar uma festinha. 'Bebei dele todos; porque este é o Meu sangue do novo testamento.' O que diz nosso Cordeiro Jesus Cristo no Getsêmani? 'A Minha alma está numa tristeza mortal. Demorai-vos aqui, e vigiai comigo.'"

A pele sob os olhos do pregador brilhava, úmida. Sua voz estava agora tão rouca e seca e forçada que logo ele teria que se calar. "Demorai-vos aqui e vigiai comigo, caros amigos, aqui neste Templo da Verdadeira Fé. Milhões de pessoas no mundo dizem acreditar nas verdades da Bíblia, mas quase nenhuma delas acredita. Quase ninguém acredita. Acham que é um mito, uma história inventada por pastores cansados que não tinham mais o que fazer nas longas e frias noites do deserto que contar histórias da carochinha. Mas isto aqui é o Templo da Verdadeira Fé, meus caros amigos. A fé, a fé é a jóia, a pérola de grande preço, pela qual o negociante 'vende tudo que tem, e a compra'. E ele comprou, como a gente dizia lá no Vietnã. A gente dizia: 'Fulano comprou a passagem', quer dizer, a passagem para o país da morte. 'O reino dos céus é semelhante a um tesouro escondido no campo', e quando um homem o encontra, pelo gosto que sente de o achar, ele vai e *compra* aquele campo. Nós estamos naquele campo, naquele campo de passagem. Somos soldados nesse campo de batalha, somos a tropa de elite daqueles cento e quarenta e quatro mil que vão viver para sempre no templo celestial com paredes de jaspe e fundamentos de safira e esmeralda. Nossos olhos humanos não suportariam essa visão gloriosa; e essa visão gloriosa há de lavar nossas lágrimas, nossos estômagos esfomeados, nosso medo e nosso frio, que passamos aqui neste longo e gélido inverno, nossas lembranças dos prazeres fáceis da terra de Magog que deixamos para trás; seremos pagos em abundância, por toda a eternidade. Cristo disse: uma fé tão pequena quanto um grão de mostarda há de servir, mas somente a fé. Ah, meus amigos fiéis, quando chegar aquele cálice, bebei dele todos. Ainda que seja quente como chumbo derretido, bebei dele todos, até a última gota. 'Eu sou o Alfa e o Ômega, o princípio e o fim. Eu darei gratuitamente a beber da fonte d'água da vida ao que tiver sede. Aquele que vencer possuirá estas coisas, e Eu serei seu Deus e ele será Meu filho.' Amém. E agora, gente, vamos discutir."

No Colorado, a luz da primavera estava intensa como um holofote. As autoridades, espicaçadas pelas críticas da imprensa, que os acusava de inação, raciocinaram que, se deixassem o gelo derreter ainda mais, seus veículos teriam problemas de tração. Eram carros blindados M60A1, semelhantes a tanques, comprados barato do exército pela Guarda Nacional depois da guerra do Vietnã, com armas de 105 milímetros; para essa missão especial, foram também equipados com hastes compridas e alto-falantes de doze polegadas. Segundo o plano aprovado pelo secretário da Justiça em Washington, os veículos se aproximariam do Templo o bastante para jogar pelas janelas, com lança-granadas, pacotes contendo o agente químico CS — uma variedade de gás lacrimogêneo que, Fred Dix afirmou numa entrevista coletiva durante o ataque, não faria nenhum mal nem mesmo às crianças mais jovens. Os agentes do FBI e do ATF, bem como os pilotos de helicópteros e artilheiros da Guarda Nacional do Colorado, tinham ordem de só revidar os tiros em caso de extrema necessidade. Essa missão de salvamento deveria começar ao nascer do dia, mas ocorreram complicações — entre elas, uma caravana de veículos da imprensa alertados por um vazamento de informação na noite da véspera — que atrasaram a operação; assim, o primeiro carro blindado, com uma haste que parecia uma estranha probóscide antediluviana, só varou a parede do prédio principal depois das nove da manhã. Silhuetas de membros do Templo passavam correndo pelas janelas da velha casa de fazenda. Latas de CS atravessavam as vidraças e as frágeis paredes de madeira com um baque surdo. Um vento forte, trazendo um cheiro de seiva de pinheiro e bosta de carneiro descongelada, começou a soprar; o sol estava forte. Os repórteres especulavam, diante dos microfones de rádio e câmaras de televisão que contornavam por completo o arame farpado em volta do terreno, que com aquele vento talvez o gás lacrimogêneo entrasse por um lado e saísse pelo outro. Além disso, sabia-se que no vasto arsenal do Templo havia máscaras contra gases. "Os do Templo tiveram todo o inverno para se preparar, Peter", disse o correspondente da ABC, falando para Nova York, "de modo que é improvável que eles não tenham um plano de defesa."

Surgiram helicópteros do governo — Bell 214, enormes, que os soldados adoravam no Vietnã, com portas de correr que abrem um vasto campo de ação para as metralhadoras instaladas dentro deles — e ficaram pairando acima da casa; os ruídos de suas pás não deixavam ninguém ouvir os alto-falantes, a anunciar que os que estavam dentro do Templo não tinham o que temer, era só sair e render-se. "Isto não é um ataque. Não atirem. Estamos lançando gás lacrimogêneo inofensivo. Vocês são responsáveis por seus próprios atos. Saiam que receberão atendimento médico. Ninguém será ferido. Entreguem-se às autoridades legais. Não se submetam a mais desconfortos." Aquelas palavras, pronunciadas pela voz cavernosa do destino, eram despedaçadas pelos rotores dos helicópteros e levadas pelo vento. Os carros blindados, com peitorais de ferro que protegiam soldados da Guarda Nacional, jovens e assustados, rugiam alto, e suas hastes rasgavam e mastigavam as paredes. As tábuas externas estalavam abruptamente e as janelas se estraçalhavam com um som mais agudo; depois vinha o ruído seco do lança-granada, e a explosão surda das latas, e a nuvem verde e misteriosa de gás, aquele gás que, embora não fosse tóxico, fazia a pele arder como se fosse uma nuvem de abelhas zangadas.

No entanto, durante alguns minutos, fez-se uma espécie de pausa dentro do Templo, um silêncio submisso, sinistro. Ninguém atendia mais o telefone, embora o FBI ligasse com insistência. Um dos atiradores do governo viu através da mira de sua arma, pelas janelas dos alojamentos semidestruídos, o vulto de um homem fazendo um gesto semelhante ao de semear. Na outra extremidade, no dormitório dos homens, dois homens atiravam, aparentemente usando fuzis antitanque calibre .50, contra um M60, levando o co-motorista a reagir com um prolongado disparo de sua arma de repetição de 105 milímetros, que reduziu a parede a lascas e lançou Jonas e Medad no outro mundo, mais misericordioso. Alguns caminhões de externa de televisão, que haviam rompido a periferia de arame farpado, haviam se aproximado tanto que também estavam sendo alvejados pelos atiradores do Templo, um acontecimento que os repórteres narravam excitados e ofegantes. Depois de um jejum de notícias tão longo, aquilo era um banquete.

Veio uma ordem de cessar fogo, e os veículos desajeitados recuaram cerca de cinqüenta metros, passando por uma mistura de lama, gelo, neve e palha, e os helicópteros, entre eles um Huey Cobra Bell AH-1 com câmaras de infravermelho, subiram tanto que o som de suas hélices lembrava o tropel de cavalos ao longe. No silêncio momentâneo, ouvia-se o balir dos carneiros e cordeiros, que não haviam sido alimentados naquele dia. Já passava das dez. O sol era apenas uma cicatriz branca na névoa fina. O ar estava cheio de invisíveis e inaudíveis comunicações e consultas e boletins eletrônicos urgentes. Os veículos de combate, movendo-se cautelosamente e balançando os obuses como se fossem antenas nervosas, aguardavam, num círculo irregular, que os do Templo saíssem e se rendessem. Mas em vez disso, da extremidade dos precários prédios de madeira interligados onde ficavam os alojamentos emergiu uma espiral de fumaça que não era gás lacrimogêneo. A fumaça começou branca e foi amarelando, avolumando-se. Um segundo rolo de fumaça saiu de uma das janelas do segundo andar, acima do telhado da varanda. O vento agitou a fumaça, inclinando-a para o lado; em seguida, deixou-a assumir uma forma de pião por um instante; e a fumaça ficou negra, oleosa, convulsiva. Somente as câmaras, rodando implacáveis, sabiam o que fazer. Várias explosões, de munição ou bujões de gás, lançavam jatos de chamas alaranjadas pelas velhas janelas da casa, pelo telhado de asfalto derretido. "Dan", exclamou o correspondente da CBS, "isso foi proposital, senão não espalhava tão rápido."

Dentro do Templo, os ruídos e gritos, o som de madeira quebrando longe e perto, as vozes amplificadas ininteligíveis, os baques e jorros de gás lacrimogêneo, o sibilar das chamas atiçadas pelo vento, tudo isso fundira-se num único estrépito, um dragão do outro lado da parede. Nuvens de fumaça entravam pelas janelas do andar de cima, num torvelinho rápido, roçando no teto. Acertaram Esau em cheio, enchendo seus olhos e sua garganta com um calor ardido como pimenta, irrespirável. Era como uma baforada insolente, proposital, pestilenta, de Satanás. Esau tinha uma máscara contra gases pendurada no cinto, mas não sabia se a colocava ou não. Estava no escritório do andar de cima; fizera menção de atender o telefone, cuja campainha incessante era mais uma voz daquele antagonista de tantas cabeças. Porém Jesse lhe disse: "Deixe os sacanas esperando — chega de negociar com o Demônio, Slick". Quando Esau o vira pela última vez, Jesse tinha os olhos esgazeados, suava, pálido como papel, porém sorria, lânguido de alívio, contemplando, pela janela do escritório, o arco de veículos momentaneamente imobilizados no pátio onde, quatro meses antes, o carro da polícia estadual fora detido e os invasores contidos a tiro. "A vara floresceu", disse ele. "O Senhor está próximo."

Cortinas de fumaça e gás invisível atravessavam o recinto e Esau tinha a impressão de que a toda hora uma espécie de persiana descia sobre sua consciência. Seus olhos lacrimejavam e ardiam de tal modo que ele já quase não enxergava; de repente Jesse não estava mais à janela. Zebulun, gordo, gingando e rindo de excitação, espalhava querosene pelo escritório — sobre as escrivaninhas, o chão, os arquivos de papelão, o computador e a impressora a *laser*, o papel empilhado; um cheiro pungente de querosene encheu o ar. Esau pôs-se a pensar. Segundo o plano que fora elaborado, Mephibosheth e Jim tocariam fogo no celeiro e na ala dos dormitórios, onde ficavam a olaria e o auditório que Mephibosheth construíra. Em que momento o plano fora implementado? Esau não ouvira Jesse dar essa ordem, mas certamente ele o teria feito. Ora Jesse estava ali, no escritório, com os homens, ora em seu quarto, com as mulheres e crianças; agora Esau não sabia mais onde ele estava. O querosene incendiado veio acrescentar mais um toque infernal à atmosfera da casa. Uma multidão de mulheres e crianças saiu de repente, chorando e tossindo, do quarto de Jesse. Esau, de cócoras, para respirar e conseguir falar, gritou para elas que descessem a escada atrás dele. Não conseguia tirar da cabeça a idéia de que aquela fumaça insidiosa, insultuosa, insinuante, onipresente, era uma pessoa, um espírito malévolo dotado de vontade.

Deu-se conta de que, dentro de minutos, estaria no Céu. Primeiro a provação, o cálice da ira, e depois uma eternidade em companhia de Jesse. Essa idéia não lhe parecia mais estranha do que o fato de que outrora ele fora menino e praticara beisebol com Rex Brudnoy à beira da piscina na casa de sua mãe. *Pense rápido, Supergarotão.* Como ele ganhara aquele rabo de escorpião de mulheres e crianças atrás dele? Desceram a escada estreita e chegaram ao pequeno saguão, com o balaústre de pinho e o vaso de estanho ainda contendo algumas espigas de trigo seco. A porta da frente estava trancada, trancada e bloqueada com uma barra de ferro, para proteger a casa dos soldados de Gog, com suas armas e miras telescópicas que eram como os chifres da Besta. Puxou a maçaneta, e a sineta, acionada pela mola enferrujada, soou baixinho. Atrás dele, pessoas uivavam, agarravam-no. Estavam tentando agarrar-se a seus calcanhares e renascer com ele, saindo da casa. Não havia como escapar daquele outro nascimento que se formava a seu redor, mas assim mesmo seus corpos buscavam a fuga, o conforto. Os gritos e o choro das crianças eram particularmente irritantes. Esau mandou-as ficar de cócoras e prender a respiração. A sala de visitas comprida, um caos de sacos de dormir, cacos de vidro e sacos de palha em volta das janelas, estava cheia de fumaça, que formava uma série de paredes finas e acres; porém, prendendo a respiração e acocorando-se, Esau conseguiu atravessar o recinto, seguido por aquela cauda terrível de seres inocentes a soluçar e a debater-se. Dentro de poucos minutos, estariam todos longe dali, na claridade fresca, gélida, do Céu dourado, azul e cor de jaspe, com escadas de mármore e lagos plácidos e mulheres a vagar com tiaras e vestidos de seda formando dobras paralelas, como Elizabeth Taylor naquele filme cujo nome lhe escapava. Angkor Wat. *Ver antes de morrer.* A vida é uma confusão tão rápida. Aqueles caipiras viviam falando em tocar fogo no Templo, mas ninguém havia combinado exatamente onde as pessoas iam ficar para morrer. Mãos debatiam-se para agarrá-lo por trás. Com passos rápidos, olhos apertados, Esau apalpou as pedras negras e arredondadas da lareira, as paredes de gesso, uma mesa, um sofá: o velho trinco da porta da cozinha materializou-se sob seus dedos.

O ar estava relativamente limpo na cozinha. Havia apenas uma névoa por entre as vigas do teto enegrecido. Esau respirou fundo. Aqui havia mais gente reunida, uma multidão. Os que antes se escondiam no ônibus escolar enterrado certamente tinham subido para a cozinha também. Alguma coisa estava em andamento; pelos caixilhos superiores da janela, por entre as réstias de cebolas e ervas dependuradas de ganchos no teto, Esau viu um homem correndo pelo pátio inclinado do celeiro em direção a um dos carros blindados. Reconheceu Benjamin, um dos recém-chegados que haviam atravessado a neve para chegar ao Templo. O veículo abrira sua porta blindada e já quase o havia engolido quando alguma coisa fez Benjamin saltar para a frente como um espantalho que cai da armação; ele levara um tiro, disparado do Templo. Jim baixou o fuzil cujo cano ele havia enfiado através de uma vidraça, despedaçando-a, sob as réstias de ervas secas.

A porta dos fundos, tal como a da frente, tinha uma proteção contra o frio em torno dela, de modo que sair por ali seria uma operação complicada. Mas Jesse estava bloqueando aquela saída, ainda por cima. No meio da fumaça rala, que era como a névoa à beira de um rio, eles estavam reunidos em torno de Jesse, o qual, sorridente, distribuía alguma coisa. Em sua mão havia uma caixa de biscoitos Triscuits. "'Este é meu corpo'", dizia ele, "'que se dá por vós.' Você não vai sentir dor nenhuma, meu bem, falando sério, palavra de honra; vamos, coma." Mãos brancas e fracas estendiam-se e agarravam os biscoitos. As mulheres e as crianças mais altas, algumas trajando túnicas brancas, tinham os rostos deformados por uma espécie de êxtase. No mesmo tom exaltado de pregador, Jesse gritou: "Vamos lá, pessoal! Vamos libertá-las!".

Jim aproximou-se com o rifle de caça Ruger e dirigiu a Esau aquele seu característico olhar de viés, como se dissesse que eles não deveriam ter entrado naquela fria, mas também, por que não? Zebulun tinha na mão um Colt 38 de cano curto; encharcado de suor, que manchava sua camisa havaiana colorida, de mangas curtas, apontou o revólver, com um gesto brusco, para uma mulher, Jael, que caiu no chão da cozinha; o sangue escorria de sua cabeça, cobrindo seus cabelos castanho-escuros, presos por um passador de plástico em forma de borboleta, junto ao fogão de ferro; do buraco jorrava sangue como água de uma fonte, aos borbotões, empapando os cabelos; logo o fluxo foi minguando, até quase cessar. Jael era uma moça feia, gorda, com o rosto cheio de espinhas, mas sua voz era surpreendentemente melodiosa e precisa; quando chegava sua vez de ler o texto bíblico, ela caprichava, orgulhosa, cantando cada sílaba. "Ela já está lá!", gritou Jesse, em meio à névoa cada vez mais densa. "Nossa irmã já chegou aos portões do Paraíso!" Seu rosto estava transfigurado de felicidade; havia atingido a fonte da fé.

Da pequena multidão brotou um grito que Esau não saberia dizer se era de terror ou júbilo. O rugido do fogo estava cada vez mais feroz do outro lado da porta branca da cozinha, que dava numa despensa e no corredor torto por onde ele passara com Hannah na primeira noite em que estivera ali. O assoalho estava quente; era ali embaixo que ficavam o gerador e mais o estoque de óleo diesel. Saía fumaça por entre as fendas. Jael tinha uma filha pequena, com os mesmos cabelos finos e ruivos, a mesma testa larga de Jesse; naquele momento a criança se afastou das outras, ou foi empurrada para a frente, e um fuzil cuspiu um tiro seco, e Jim baixou o cano da arma com a boca ligeiramente retorcida, como se tivesse cometido um pequeno erro ou comido alguma coisa de gosto ruim. "Ela está entre os santos!", gritou Jesse. "Ela é uma pomba das montanhas!"

Entre as crianças, os meninos haviam entendido o que estava acontecendo e lutavam com suas mães, arranhando e gritando; porém as mulheres, apertando os olhos para protegê-los e retorcendo os lábios, abraçavam os garotos desesperados com a fúria de quem sabe o que é melhor para os filhos, de quem sabe como atingir a salvação eterna. Do outro lado da porta o calor respirava, rosnava, uma fera despedaçando madeira. Do gesso do teto desprendiam-se poeira e pedaços; o ar estava cada vez mais estranho, estonteante, já quase sem oxigênio. Uma das mulheres que ainda estavam de pé, Mehetabel, uma magricela nariguda que era uma das recém-chegadas e cuja fé ainda não fora suficientemente temperada, caiu desfalecida.

Um enxame de bolhas escuras e imateriais invadiu Esau, e ele entendeu o que precisava ser feito. Sentia seu corpo físico existir com aquela hiperclaridade elétrica que há anos surgia em sua cabeça e em seguida desaparecia. "Zeb, me dê isso um minuto", pediu, estendendo a mão, sabendo que o outro, com sua infantilidade de menino rico, não hesitaria em obedecer.

Jesse viu o revólver na mão de Esau e gritou, jubiloso: "Leve-as para o Céu, Slick! O Paizão precisa das meninas dele!". A mulher que estava à frente das outras era Hannah. Segurava com um braço o filho recém-nascido e apoiava a mão no outro, de dois anos de idade, para acalmá-lo. Esse menino olhou para Clark com um sorriso de lábios finos, irônico, que lhe parecia familiar. Hannah esperava ser morta, esforçando-se para não tossir na fumaça cada vez mais espessa. Seus olhos estavam fechados. Suas sardas pareciam pontos de sangue coagulado; suas narinas estavam tensas.

Clark sempre fora uma pessoa pouco cooperativa. "Slick", disse ele a Jesse, "é o caralho, seu filho da puta", e deu dois tiros no falso profeta, um no peito e outro no cocuruto calvo, quando o homem se dobrou para a frente. Nunca gostara daquela careca do pseudo-santo, com uma pele lustrosa grudada no crânio, que o fazia pensar no ventre de uma tartaruga. Também nunca gostara do dente de ouro. Clark teve tempo de rodar e acertar Zebulun bem na barriga gorda; só não acertou Jim com o tiro seguinte porque a fumaça turvou-lhe a vista. Seus olhos cegos ardiam; no meio de toda a gritaria e confusão teve a impressão de ouvir Jim dar uma risadinha, como se pedisse desculpas. A bala de rifle atingiu-o no ombro esquerdo, derrubando-o para trás, como se ele tivesse levado um soco inesperado. A sensação era menos pontual do que ele imaginava, e indolor nos primeiros segundos; depois começou a arder, todas as raízes de todos os nervos que ali se juntavam às veias e cartilagens, na complexa junção do braço com o ombro. Seu braço direito ainda estava bom; tentou mirar em Jim, mas seu alvo escondeu-se atrás das outras cabeças e desapareceu na fumaça intensa. As mulheres e crianças estavam de olhar parado, bestificadas. Mehetabel estava voltando a si. O cadáver de Jesse lançara um braço sobre os pés de Clark; ele livrou-se do membro inerte com um chute. A dor crescia a cada segundo, tomando todo o corpo — o pescoço, a ilharga — como um coração ardente, e sua raiva crescia junto com ela; ele se transformara numa taça de ira. Gritou com as mulheres: "Pelo amor de Deus, suas idiotas, *saiam daqui*! *Acabou!* Vamos! Vamos!". Gritava, movido por uma inspiração de certeza: "Será que vocês não entendem que aqui não tem mais *nada*? As pessoas lá fora são *amigas*!". Brandiu o revólver diante de seus rostos, e elas correram em direção à porta, as crianças puxando as mães.

Clark passou por cima do braço de Jesse, enfiado na manga de flanela vermelha, depois contornou a menina morta — a parte de trás de sua cabeça, cujos cabelos estavam presos com uma fita, tinha sido arrebentada, e o líquido que fluía em abundância dos cabelos claros era de um vermelho surpreendentemente vivo, como tinta fosforescente. Os pregos das tábuas do assoalho brilhavam; só de olhar para eles percebia-se que estavam quentes. Clark apoiou um dos joelhos no chão, prendeu a pistola na axila do braço ferido e, com a outra mão, ajustou a máscara contra gases no rosto. Ela fedia a borracha e à cânfora do filtro químico, e lá dentro havia um silêncio de estufa, com lentes de plástico leitosas diante dos olhos. Era como um capacete de realidade virtual, em que as imperfeições da realidade eram corrigidas por computador. O tormento breve, e depois o paraíso verdejante e fresco — será que Jim acreditava mesmo naquilo? Um sujeito equilibrado, professor de escola secundária; não era um idiota qualquer. Atrás do lugar onde Jim havia desaparecido na fumaça, a porta branca da despensa estava cercada por uma linha vermelha de fogo, precisa como um desenho industrial, e a cada passo que Clark dava em direção a ela o calor em seu rosto aumentava um pouco. Mas era para lá que precisava ir, cada vez mais fundo. Não havia nada para ele do lado de fora, só aporrinhações e o constrangimento de sua mãe. Fornicários, feiticeiros, aquele bando de babacas metidos a besta. Ele não estava preocupado; o Deus vivo se havia apossado dele, o Deus do momento presente; não era o caso de pensar em apostas. Seu ombro gritava, indignado, paralisado. A barba de Esau, fora da máscara, estava queimando; cada pêlo exposto se enrolava e ardia, numa pontada minúscula. O ar que ele respirava era cada vez mais denso, sufocante. Mesmo através do filtro químico, a fumaça era palpável, como uma cocaína de primeiríssima qualidade sendo enfiada em grande quantidade em suas narinas, em sua garganta, em seus olhos. Sua cabeça estava perdendo a capacidade de formar imagens. *A segunda morte* — quando fora a primeira? *O Cordeiro vencerá* — como podia um Cordeiro vencer, deixando que Lhe cortassem a garganta? Aquela besta enorme de sete cabeças, indignada, bufava e batia na porta branca, como se tivesse o direito de entrar. Esau era um destro caçador. Tinha um irmão gêmeo, em algum lugar, no meio daquela fumaça. Ouviu um ruído, suave porém nítido, no lugar onde outrora ficavam as xícaras e pratos: uma xícara pousando num pires, ou um galho estalando no fogo, ou o ferrolho de um fuzil sendo sutilmente acionado. *Pode atirar. Você vai estar me fazendo um favor.*

Depois não houve mais dor, só uma estreita borda ardente, como aquela margem alaranjada que consome o papel do cigarro à frente da cinza cada vez mais comprida.

Naquela noite, Lower Branch foi o tema principal dos noticiários das três redes, da Fox e da CNN. Alma ouviu a notícia no rádio de seu Jaguar, voltando da aula de sotaque britânico na Fountain Avenue, perto de Flores, e indo para a esteticista no Hollywood Boulevard, depois de Cahuenga. Ela achava que o tratamento de pele era a melhor maneira de manter a flexibilidade do rosto depois de várias plásticas. Desde que fizera *Faca amolada*, tinha medo de que passassem a lhe dar apenas papéis de bruxas velhas; queria papéis românticos para mulheres maduras, que aliás estavam ficando cada vez mais comuns: era o caso de *Cocoon* e *Num lago dourado*. Seu coração subiu até a boca quando ouviu a notícia, mas ela própria não sabia se sua reação era sincera; olhou para seu próprio rosto no retrovisor para ver se era uma expressão de atriz. Não; aquela súbita cara de sofrimento era genuína. Seu rosto estava pálido como cera, um efeito que era impossível falsificar. Virou à direita na La Brea e foi depressa em direção a sua casa, pelo Santa Monica Boulevard; passou por Conchita, que estava flertando com um dos imigrantes ilegais mexicanos que cuidavam do gramado da casa. "Ligue para a Annette e cancele minha sessão", disse-lhe sem parar o carro. Correu para a televisão e sintonizou a CNN, onde o noticiário era ininterrupto. Tendo assistido o suficiente para certificar-se de que seus problemas eram mesmo concretos, fechou os olhos e tentou ordená-los.

Não havia como ela não ir, embora tivesse acabado de vir de lá. Haveria ossos ou dentes queimados a identificar, formulários a assinar, repórteres a evitar sem ofender. Caleb tinha que ir encontrar-se com ela no Colorado; Alma simplesmente não conseguiria enfrentar Patrick outra vez; ele se tornara um chato opressivo, afirmando sua posse sobre ela de modo mais categórico do que qualquer amante seria capaz, fazendo-a sentir que toda sua vida fora sórdida e vergonhosa. Caleb saberia ser firme, lacônico, gelidamente bostoniano com pessoas grosseiras e abelhudas. Nos últimos tempos, porém, as conversas com ele não estavam sendo agradáveis; em tudo que ele dizia sempre havia uma censura, clara ou implícita, por não estar ela morando com ele em Brookline, naquele casarão sufocante, em meio àquela gente pretensiosa. Ela teria que abrir mão de sua carreira, quando sabia que ainda tinha muito trabalho pela frente — claro que não seria como antigamente, o tempo em que os estúdios jorravam um filme atrás do outro nunca mais voltaria, mas assim mesmo continuam surgindo novas produções, essas locadoras de vídeo criaram um mercado novo, e as platéias estrangeiras adoram ver atores americanos veteranos, essa nostalgia dos velhos tempos de glória. Se bem que ela não era *tão* velha assim; afinal, completara sessenta anos no outro dia mesmo, no dia de são Valentino. Mas era preciso chamá-lo, ela precisava de Caleb agora, e dada a gravidade da situação ele certamente não seria muito severo nem muito possessivo. Coitadinho do Clark. Quando bebê, ele fazia tanta força para ser bonzinho, para aprender a mamar, a engatinhar, a andar, a falar, a *ser gente*... Quem sabe ela não fora uma mãe forte demais para ele? Via seu rostinho sério de bebê olhando para ela do fundo do berço, recém-desperto, tentando afastar-se do mundo dos sonhos; como deve ser estranho para a cabecinha de uma criança sonhar, tentar apreender o mundo real! Lágrimas dolorosas brotaram sob suas pálpebras fechadas. Ainda de olhos fechados, rezou, naquela escuridão avermelhada: *Obrigado, Senhor, por fazer meu filho morrer como herói.*

Em Bethesda, Maryland, Daniel Wilmot ligou a televisão para acompanhar com um noticiário o copo de *bourbon* que tomaria antes do jantar. Ele e Bophana, mais os quatro filhos — Sotra John, Emily Bopha, Esther Sisopha e Norodom Clarence —

haviam sido chamados de volta para Washington, agora que a guerra fria tinha sido vencida, e Danny foi trabalhar na seção do Oriente Médio, para tentar encontrar uma maneira de manter Saddam Hussein como uma pedra no sapato do Irã. Bophana havia sintonizado a mesma estação na tevê da cozinha; veio até o escritório e tocou o marido no ombro, depois na pequena cicatriz que ele tinha na testa, um vestígio de sua infância, a que ela jamais teria acesso. Danny esfregou o queixo nas costas da mão fina e brônzea da mulher sem tirar os olhos da tela, onde chamas saltavam, M60A1s manobravam e porta-vozes do FBI explicavam, muito sérios, que o plano tinha sido bem elaborado, com as melhores intenções possíveis. "Esse garoto é o mesmo que você dizia que era fracassado?", perguntou Bophana, falando um inglês delicado, musical, muito mais suave que seu cmer gutural e fluente.

Veio o comercial; Danny levantou a cabeça, esticou as pernas compridas e tomou mais um gole de *bourbon*. "Sabe, de uns tempos para cá ando pensando se vencer e fracassar são mesmo coisas tão diferentes quanto a gente costuma imaginar. Eu gostava do Clark, se bem que só estive com ele umas poucas vezes, de passagem por Los Angeles, nos anos setenta. E ele gostava de mim, isso é que é engraçado. Nem todo mundo gosta de mim. Ele me pareceu um garoto carente, que não sabia muito bem o que estava acontecendo. Eu lhe dei a minha versão do que estava acontecendo, mas acho que ele precisava de mais. Mas que frase mais pretensiosa — é claro que ele precisava de mais. A gente sempre precisa de mais. Derrotamos os sacanas comunistas e agora o mundo está cheio de outros sacanas." Acendeu um Merit.

"Dou comida para crianças enquanto você telefona irmã?"

"É, acho que você tem razão, eu devia ligar para ela. Mas não tem pressa, vamos jantar juntos. Se eu conheço a Essie, ela vai armar a maior produção em torno dessa história."

Teddy não ouvia sua filha chorar daquele jeito desde a vez em que ela perdera o concurso de Miss Uva de Delaware — ou talvez desde a época de um de seus divórcios, o primeiro ou o segundo. Naquele tempo, Em e sua mãe estavam vivas e elas haviam enfrentado a situação. Ele esperava que dessa vez dissesse o que devia ser dito — de uns tempos para cá nem sempre sabia direito o que ia sair de sua própria boca. Pessoas que conhecia há milênios, ele as encontrava na cidade e nada de lembrar do nome delas, só lembrava da fachada da casa onde elas moravam, a porta de proteção contra o frio, o capacho de borracha na entrada. Além disso, abalara-o a idéia de um Wilmot morrer, à bala e queimado, lá nos cafundós do Oeste. Podiam economizar o custo do transporte e enterrá-lo ao lado de Jared e daquele irmão da Em que sumiu e nunca mais deu notícia. Se bem que talvez os Sifford tivessem notícia dele, só que não contavam para ninguém. Era um casal estranho. Davam a impressão de que tinham alguma coisa a esconder, e talvez nem tivessem. Teddy nunca conseguiu entender como aqueles dois geraram o anjo com quem ele se casara. Família é um negócio misterioso.

Normalmente Teddy se satisfazia com as notícias nacionais que davam no noticiário das seis horas, no Channel Twelve de Wilmington; as que não eram incluídas no programa de modo geral não valia a pena saber. Antigamente seu pai ficava arrasado quando lia o jornal, com as coisas terríveis que aconteciam, e olhe que naquele tempo o mundo ainda não era tão ruim quanto estava agora. As pessoas ainda respeitavam algumas normas. Todos os homens, até mesmos os operários da fábrica, andavam de chapéu-coco — no verão, de chapéu de palha. Até mesmo ali, em Basingstoke, era possível andar por todas as ruas da cidade e não encontrar nenhuma porta trancada — era só jogar as revistas e encomendas dentro da casa, embora na verdade isso fosse proibido pelo regulamento. Numa cidade pequena em que todo mundo se conhece, os regulamentos não são tão importantes assim. Basta o mínimo de respeito, de amor-próprio. Mas isso agora já quase não existe mais; o mundo está cheio de desculpas. Você mata um homem e depois alega que foi num momento de loucura.

Hoje, contudo, por causa de Clark — coitado, ele às vezes vinha de ônibus lá do St. Andrew's precisadíssimo de um pouco de comida caseira e conversa fiada, adorava ouvir histórias sobre sua mãe no tempo em que ela era menina —, Teddy às seis e meia estava assistindo ao noticiário nacional, no Channel Three, a emissora filiada à NBC, a velha KYW, que ele ouvia no rádio desde os tempos do galena, de fones. Seth Addison tinha um galena. Dos três âncoras das redes, Teddy preferia o Brokaw; era o mais jovem e, embora falasse comendo várias palavras, era o que parecia sofrer mais sinceramente com as notícias; além disso, no noticiário dele havia menos anúncios de fixador de dentadura e remédio para hemorróidas e fraldas para incontinência urinária, como se todos os que se interessam pelo mundo estivessem com o pé na cova, e já nem conseguissem mais conter seus próprios fluidos.

Farrah sentou-se ao seu lado, embora Teddy lhe dissesse que ela podia lavar os pratos e ir para casa. Era neta de Loretta Whaley, filha do mais velho dos dois filhos mais velhos dela, que nasceram um logo depois do outro, que até pareciam gêmeos; com os Whaley e os Bacheller o espaço entre duas gerações é muito pequeno. O menino casou com uma das filhas dos Ingraham. Farrah tinha treze anos e todos achavam que ela já estava grandinha o bastante para vir preparar o jantar de um velho, ainda mais agora que era só enfiar um prato dentro de um forno de microondas e que a mãe dela estava fazendo um curso noturno de informática.

Ficaram os dois à frente da televisão, Teddy na espreguiçadeira azul que já nem tinha mais cor no assento e nos braços, Farrah — com aquela boca delicada dos Whaley e os cabelos avermelhados dos Bacheller — na *bergère* de veludo de pés curvos, com um escabelo da mesma cor, onde a Em costumava descansar a perna defeituosa. Às vezes Teddy fica assistindo às comédias enlatadas, uma depois da outra; ele cochila numa e acorda na outra, e é como se a Em estivesse ali a seu lado, desde que ele não cometa o erro de virar a cabeça e olhar.

Muitas das cenas já haviam aparecido no noticiário local, de modo que era como ver um filme pela segunda vez, e um filme mudo ainda por cima, porque Farrah ajustara o volume para ela e Teddy estava um tanto mouco, de modo que perdia boa parte dos comentários. Havia veículos militares, do mesmo tom de verde usado no Vietnã e nas guerras anteriores. Fotos do Smith, o tal maluco, quando ainda era um menino de fazenda, de cara redonda, e depois adulto, falando e agitando os braços, todo prosa por estar dando uma entrevista. Lembrava um pouco Harlan Dearholt, aquele homem que era da paróquia de seu pai — usava uns óculos pequeninos iguais aos dele. Fotos rápidas de Clark e Essie de dez, vinte anos atrás, fazendo pose de mãe e filho em Hollywood, e depois umas fotos em grupo daqueles outros pobres infelizes iludidos. Fotos da velha casa de fazenda com seus anexos, e depois imagens da mesma casa pegando fogo, ardendo como uma pilha de lenha encharcada de gasolina; dava até um mal-estar no fundo do estômago pensar que tinha gente lá dentro. Um anúncio de um transatlântico que parece uma festa de *réveillon*, com uma mulher de boca grande cantando que queria que a gente a visse agora. Depois Brokaw, muito sério, engrolando as frases, e fotos do sujeito magricela, com cara de culpado, que levou um tiro quando tentava fugir mas ia sobreviver, e depois uma das mulheres, de rosto sardento, falando do tiroteio que ocorrera dentro da casa, contando como Clark havia salvado todas elas. Por fim, um *zoom* mostrando as mulheres, umas quatro, com os rostos sujos de fuligem, saindo da casa com cara de quem tem medo de levar um tiro, depois andando ao ar livre, apertando os olhos, piscando como se estivessem acordando, carregando no colo ou dando a mão para as crianças, tantas que nem dava para contar. As crianças.

POSFÁCIO

Pela ajuda inestimável que me deram na elaboração dos detalhes deste romance, agradeço a Herb Yellin; Emily e Gregory Harvey; Carole Sherr; Elain Burnett; Theodore Vrettos; Stephanie Egnotovich e Davis Perkins, da Westminster John Knox Press; Clifford S. Wunderlich, da Andover-Harvard Theological Library; Yvonne Lavelle e Paula E. Rabkin, do United States Postal Service; Jeffrey W. Gmys e Kwaku Amoabeng, da Paterson Free Library; Dennis Santillo; Norma Harrison; Robert Atwan; Steve Golin; Rodney Dennis; Ray e Joyce Smith; Peter, David e Cindy Gordon; Ray Maguire; Hugo Weisgall; Arthur Griffin; Donald Burt; Frederic R. Bernhard; Cyril Wismar; Barbara Platt-Hendrin; Mary Yuhasz; Paul L. Singer; Diana Waggoner; Kathy Zuckerman; William Koshland; Judith Jones; e a equipe sempre prestativa da biblioteca pública de Beverly, Massachusetts.

Foram-me particularmente úteis os seguintes livros: *The fragile bridge: Paterson Silk Strike, 1913*, de Steve Golin; *Delaware: A bicentennial history*, de Carol E. Hofecker; *Greenhouse gardener's companion*, de Shane Smith; *Cinema: The first hundred years*, de David Shipman; *The story of cinema*, de David Shipman; *A biographical dictionary of film*, de David Thomson; *The film encyclopedia*, de Ephraim Katz; *One hundred years of filmmaking*, de Jeanine Basinger; *American cinema: Hollywood at sunset*, de Charles Higham; *The Hollywood story*, de Roy Pickard; *The Columbia story*, de Clive Hirschhorn; *A million and one nights*, de Terry Ramsaye; *Grace*, de Robert Lacey; *Legend: The life and death of Marilyn Monroe*, de Fred

Lawrence Guiles; *Doris Day: her own story*, em colaboração com A. E. Hotchner; *King Cohn*, de Bob Thomas; *Acting in the cinema*, de James Naremore; *Making movies*, de Sidney Lumet; *Mad man in Waco*, de Brad Bailey e Bod Darden; *Inside the cult*, de Marc Breault e Martin King; *Religious cults in America*, org. de Robert Emmet Long; *Less than zero*, de Bret Easton Ellis.

ESTA OBRA FOI COMPOSTA PELO GRUPO DE CRIAÇÃO EM GARAMOND LIGHT, TEVE SEUS FILMES GERADOS NO ESTÚDIO 34 E FOI IMPRESSA PELA PROL EDITORA GRÁFICA EM OFF-SET SOBRE PAPEL PÓLEN SOFT DA COMPANHIA SUZANO PARA A EDITORA SCHWARCZ EM MARÇO DE 1997.